«Monaldi & Sorti sind die Erben Umberto Ecos» (L'Express, Frankreich)

Rita Monaldi ist Altphilologin, Francesco Sorti Musikwissenschaftler. Die ersten drei Romane des Ehepaars, IMPRIMATUR, SECRETUM und VERITAS, sind in 60 Ländern und 26 Sprachen erschienen; sie wurden internationale Bestseller. Nach dem Boykott ihres ersten Romans IMPRIMATUR in Italien haben sich die Autoren entschlossen, ihre Bücher nicht mehr dort zu veröffentlichen. Monaldi & Sorti leben mit ihren zwei Kindern in Rom und Wien. Im Rowohlt Taschenbuch Verlag sind bereits erschienen: «Veritas» (rororo 24612) sowie «Die Entdeckung des Salaì» (Kindler Verlag).

«Ein intellektueller Genuss!» (Standard)

«Amüsant!» (Freundin)

«Geniales Verwirrspiel auf historischer Basis» (Joy)

MONALDI & SORTI

Die Zweifel des Salaì

HISTORISCHER ROMAN

Deutsch von
Annette Kopetzki

Rowohlt Taschenbuch Verlag

Veröffentlicht im Rowohlt Taschenbuch Verlag,
Reinbek bei Hamburg, April 2010

Umschlaggestaltung any.way, Barbara Hanke / Cordula Schmidt
(Abbildung: The Art Archive / Musée des Beaux
Arts Rennes / Dagli Orti; Galeria Nazionale/
Parma, Italy; Fitzwilliam Museum,
University of Cambridge, UK / © Bridgeman Berlin)
Satz ITC New Baskerville PostScript (InDesign)
bei hanseatenSatz-bremen, Bremen
Druck und Bindung CPI – Clausen & Bosse, Leck
Printed in Germany
ISBN 978 3 499 24597 8

Die Zweifel des Salaì

DER EIN DIEB UND LÜGNER,
EIN DICKSCHÄDEL UND FRESSSACK

AN DEN NACHFORSCHUNGEN
DES SER LIONARDO, MALER, SEIN MEISTER
UND ZIEHVATER

Gewürzt mit einer pikanten Novelle des Boccaccio
Und mit einem Brief des Machiavelli
Welcher den Fall trefflich löst

Zahllose Male habe ich im praktischen Leben bestätigt gefunden, dass Antiquare oft besser Bescheid wissen über Bücher als die zuständigen Professoren, Kunsthändler mehr verstehen als die Kunstgelehrten, dass ein Großteil der wesentlichen Anregungen und Entdeckungen auf allen Gebieten von Außenseitern stammt. So praktisch, handlich und heilsam der akademische Betrieb für die Durchschnittsbegabung sein mag, so entbehrlich scheint er mir für individuell produktive Naturen, bei denen er sich sogar im Sinn einer Hemmung auszuwirken vermag.

Stefan Zweig, *Die Welt von Gestern*

EINFÜHRUNG

Die aufsehenerregende Entdeckung der Briefe Salaìs, Schülers und Adoptivsohns des großen Leonardo da Vinci, ist sicherlich eines der wichtigsten kulturellen Ereignisse unserer Zeit.

Der Kodex aus dem späten 16. Jahrhundert, der vor kurzem überraschend in der Bibliothek des Altersheims «Sant'Anna addolorata» in Grugliate (Mailand) auftauchte und eine große Anzahl privater Papiere Salaìs enthält, darunter die Briefe, die er im Frühling 1501 aus Rom an einen unbekannten Adressaten in Florenz schrieb, hat die Leonardo-Experten in Aufruhr versetzt. Dennoch harrt der Kodex noch seiner Veröffentlichung.

Es ist ausschließlich der freundlichen Hilfsbereitschaft Professor Mario Rossis von der Universität Mailand zu verdanken, dass die Autoren dieses Buches eine Fotokopie der Briefe erhielten, die hier zum ersten Mal in einer vorsichtig modernisierten Schreibweise veröffentlicht werden, um sie über die engen Grenzen der Fachkreise hinaus einer größeren Öffentlichkeit bekannt zu machen.

Wie unermesslich der historische und künstlerische Wert dieses Briefwechsels ist, muss kaum eigens betont werden. Dank der Schreiben Salaìs, des jungen Ziehsohns und Lehrlings von Leonardo da Vinci, der den Künstler jahrzehntelang auf seinem Weg begleitete, kommen wichtige Details über Leben und Werk des großen toskanischen Genies zum ersten Mal ans Licht. Auch unser Wissen über andere historische Berühmtheiten seiner Zeit wird durch diese Texte so gründlich revolutioniert, dass der amerikanische Historiker Vincent S. Leonard Salaìs Briefe sogar als «das erstaunlichste historische Dokument, das in den letzten hundert Jahren entdeckt wurde», bezeichnet.

Nicht zuletzt ist die historisch-soziologische Bedeutung des Briefwechsels hervorzuheben, handelt es sich doch um ein äußerst seltenes Zeugnis aus der Renaissance, in dem sich der italienische Genius in einer völlig ungeschliffenen und authentischen Form ausdrückt. Der junge ungebildete, aber bauernschlaue Salaì ist ein perfekter Vertreter unseres «popolino scarpe grosse e cervello fino» – des kleinen Mannes, hinter dessen grobem Auftreten sich oft ein wacher Geist und gesunder Menschenverstand verbergen. Dieser Typus ist jenseits der Grenzen Italiens schwer zu finden und in Ländern ohne katholische Mehrheit vielleicht nicht einmal denkbar: ein Individualist, redselig, doch skeptisch, einer, der keine Verbote und Hierarchien kennt, ein vorurteilsloser und darum scharfer Beobachter der menschlichen Seele. Zu Recht stellt Professor Nino Borsellino, der große Italianist, dessen Studenten zu sein wir die Ehre hatten, Salaìs Briefe an die Seite der schönsten Texte in der Tradition Boccaccios, von «Calandrino e Buffalmacco» über «Bertoldo Bertoldino e Cacasenno» bis zum «Morgante» von Luigi Pulci, vor allem aber seiner nächsten Verwandten, der italienischen Antiklassizisten des 16. Jahrhunderts: des «Baldus» von Teofilo Folengo, der makkaronischen und fidanzianischen Dichter, Francesco Berni und der Burlesken bis hin zu Ruzante, Pietro Aretino und Benvenuto Cellini. Es sei uns erlaubt, an dieser Stelle das Urteil wiederzugeben, das Prof. Borsellino anlässlich der Bekanntgabe ihrer Entdeckung über Salaìs Briefe abgab: «Die strukturelle und formale Kohärenz des Werks gründet auf einer plebejischen, unersättlich expressionistischen und gestischen Schreibweise, die sich mit ihren verzerrenden und mimetischen Impulsen über jede rhetorische Konvention und erkennbare mundartliche Prägung hinwegsetzt und gerade aufgrund ihrer obszönen Maßlosigkeit umso elaborierter und ausgefeilter wirkt.» Salaì, schließt Borsellino, macht aus Leonardo «den größten aller ‹Regellosen› der Renaissance.»

Die vorliegende Veröffentlichung erhebt selbstverständlich keinerlei Anspruch auf Wissenschaftlichkeit: Es handelt sich schlicht um eine Transkription der Briefe Salaìs (sein richtiger Name war Giangiacomo Caprotti, er lebte von 1480 bis 1526), deren Schreibweise nur soweit heutigen Lesegewohnheiten angepasst wurde, wie es nötig ist, um einem möglichst breiten Publikum Zugang zu diesem außergewöhnlichen Zeugnis über Leben und Werk Leonardo da Vincis zu verschaffen.

Der sehr gut erhaltene Band aus dem 16. Jahrhundert ist der Aufmerksamkeit der Historiker rein zufällig entgangen: Nachdem er als Teil eines Erbnachlasses in die Bibliothek des Altersheims geraten war, blieb er jahrhundertelang zwischen anderen zeitgenössischen Manuskripten von geringer Bedeutung begraben.

In der zusammenfassenden Abschrift, die uns überliefert wurde (die von Salaì geschriebenen Originale sind leider verloren), fehlen freilich einige wesentliche Angaben, vor allem das genaue Datum der einzelnen Briefe und außerdem die Antwortschreiben, die Salaì von seinem unbekannten florentinischen Briefpartner erhielt (auf dessen Identität der Text allerdings aufschlussreiche Hinweise gibt).

An der Echtheit der Briefe haben die wichtigsten Leonardo-Forscher jedoch nicht den geringsten Zweifel. Es ist bekannt, dass Leonardo da Vinci sich in den ersten Monaten des Jahres 1501 nach Rom begab, um dort eine Zeitlang die Werke der Antike zu studieren. Während dieser Zeit weilten auch andere historische Persönlichkeiten in der Papststadt, die Salaì in seinen Briefen erwähnt, zum Beispiel der polnische Astronom Kopernikus und dessen Landsmann, der Erzbischof Erasmus Ciolek. Äußerst detailgetreu sind die Angaben, die Salaì über seine Zeitgenossen macht, vom päpstlichen Zeremoniar Johannes Burkard bis zu den deutschen Bankiers Fugger, und ebenso präzise ist sein Bericht über den grausamen Mord an Giovanni Maria de Podio, der den Zeremoniar als «supernumerarius» vertreten hatte – all dies Tatsachen und Umstände, die in ihrer Gesamtheit nur modernen Historikern bekannt sind, von einem Zeitgenossen Salaìs jedoch niemals hätten gefälscht werden können.

Der Titel auf dem Frontispiz des Manuskripts, der vielleicht Salaì selbst zugeschrieben werden kann, lautet: «Briefe des Salaì / Ziehsohn von Lionardo aus Vinci / und sein Lehrjunge / von Lionardo genannt / Dieb, Lügner, Dickschädel und Fressack / enthaltend die Zweifel ebendieses Salaì / an der Inquisizion welche Lionardo in Rom für den Valentino geführt / ergänzt durch eine Novelle des Boccaccio / und einen Brief des Machiavelli».

Weitere Dokumente aus dem wertvollen Archiv von Grugliate werden demnächst veröffentlicht. Wer weiterführende Informationen über die Entdeckung der Briefe und die Ergebnisse der Forschungen wünscht, die die Leonardo-Experten bis jetzt über den Briefwechsel betrieben haben, den verweisen wir auf den Artikel von N. Bianchi und P. Formigoni in der nächsten Ausgabe der *International Review of Art History*.

Monaldi & Sorti

Die Zweifel des Salaì

1.

Erhabner und erlauchter Padrone,

ich halte was ich versprech, und hier ist der erste Brief von mir Salaì, ergebenst Euer Diener, und mögt Ihr verzeihen, Signior Padrone, wann sie nicht genüsslich zu lesen sind weil ich komm aus dem Volk und hab nicht studirt und der einzige Lehrer den ich hatte ist mein Ziehvater gewesen, und ich spreche und schreibe nur unsere Sprache von Fiorenza, doch werd ich mein Bestes geben, und wann ich schon einen Feler geschrieben hab, so tut's mir leid, aber hab zimlich wenig geschlafen heut in der Nacht und bin müd als wie ein Hund.

Nach einer langen Fahrt sind Lionardo und ich heute in Rom angekommen der heiligen und sehr schönen Stadt. Es tut nicht Not dass ich Euch abermals den Grund nenne für meine Reise ins Reich vom Papst, da ich es Euch ja schon in Fiorenza sagte bevor wir aufgebrochen: Mastro Lionardo, mein Ziehvater und Lehrer, der große Baumeister und Maler, sagt er will diese Reise tun um die antiken Büsten, Statuen und die Ruinen Roms nach der Natur zu studiren. Er sagt auch kein Verleger hat Bücher, die zeigen, wie man die edlen antiken Palazzi vom römischen Imperium und die Schönheit der Baukunst zeichnen sollt und das ist schlecht, denn wie Lionardo immer sagt, es ist löblicher die alten Dinge nachzuahmen als die neuen.

Lionardo wird recht lange hier in Rom bleiben, zwei oder drei Wochen vielleicht um Statuen, Monumente und Tempel nach der Natur abzuzeichnen und ich werd bei ihm sein. Er sagt, dieser Auffenthalt wird seiner Kunst zu großem Nutzen gereichen, zum Beispiel will er in die berühmte Villa vom Kaiser Hadrian gehn, das haben ihm nemlich der Bramante, Giuliano da Sangallo und der Peruzzi geraten, die anderen Baumeister, so seine Freunde sind, aber die haben im Leben immer Schwein gehabt, wogegen am Lionardo das Pech klebt wie der Honig am Löffel und er hat nie auch nur einen Groschen in der Taschen.

In Wahrheit ist, wie ich Euch schon geschrieben, der Zweck der Reise ganz ein anderer als was Ser Lionardo sagt, denn er tut als wenn nichts wär aber ich, Signior Padrone, bin ja nicht tumb! Mein Ziehvater hat seine Sachen in Fiorenza, also sein Geld, wo er auf der Bank hat, seine Bücher und andre Papiere so bestellt, als wenn er lange Zeit fortbleiben müsst, von wegen zwei oder drei Wochen. Ich bin fast gewiss dass er in den Dienst einer hochwichtigen Person treten wird, sei's ein Kardinal, ein Fürst oder gar ein König. Noch weiß ich nicht, wer's ist, aber das find ich bald raus und ich werd versuchen Euch so rasch als wie möglich Kunde davon zu geben, wie Ihr wisst, nemlich es juckt mir in den Fingern einem großen und sehr guten Herrn zu dienen wie Ihr es seid zumal Ihr mir einen feinen Lohn versprochen, und sowas lässt niemanden kalt.

Doch jetzt mach ich Schluss, denn in der Herberge wo wir heut Nacht geschlafen hatte ich ein Getändel mit der Tochter vom Wirt, das in ihrer Kammer geendet, wo wir gewisse sehr gute und erfreuliche Übungen des Leibes gemacht, und so ist sie zuletzt auch sehr zufriden gewesen, doch nun wiegen mir die Augenlider so schwer als wie zwei Pferdehufe.

In Gedanken stets in Fiorenza, unserer Heimat, grüßt Euch

Euer treuer

Salaì

2.

Ehrwürdiger, guter Padrone,

vor unsrer Abreise aus Fiorenza hatte ich keine Zeit Euch zu sagen, wie ich herausgefunden hab, dass die Geschichte von der Reise nach Rom, um die antiken Palazzi abzuzeichnen, ein großer Schwindel von Lionardo ist. War nemlich ein rechter Hexenkessel in den letzten Wochen in unsrem Haus in Fiorenza, ein fortwärendes Kommen und Gehen von Menschen, Mastro Lionardo hier, Mastro Lionardo da, gebt ihm diesen Brief, sagt mir wo er ist, geht ihn suchen. Und drum dünkt mich schon, mein Ziehvater hätt endlich eine richtige Arbeit gefunden, wo man anständig verdient, statt dass er die ganze Zeit in seinem Zimmer hockt und Zeichnungen von wunderlichen Apparaten und Bildnisse von schönen Frauen macht, daher er ja auch dunkle Augenränder hat als wie, vergebt mir den Vergleich, Signior Padrone, die Jüngelchen so man mit elf, zwölf, dreizehn Jahren stets in ihrem Kämmerchen findet wo sie immerfort wichsen.

Aus Rom sind drei oder viermal in der Wochen Boten und Herolde gekommen und gaben mir einen Haufen Briefe (von Lionardo hab ich Erlaubnis sie anzunehmen wann er nicht da ist). Das Treiben hat mich ganz fickerig gemacht, Signior Padrone, hab ja keine Engelsgeduld nicht als wie die

Heiligen, also bohr ich in einen von diesen Briefen ein Löchlein und linse ein bisschen hinein. Aber da waren nur Zahlen, ein verschlüsselter Brief war das! Oh, hab ich gedacht, Lionardo hat gute und große Geschäffte und wichtig sind sie noch dazu, dieweil man das Verschlüsseln doch nur für Staatsgeschäffte braucht oder um die eigne Frau zu hintergehen, aber Lionardo hat gar keine nicht, im Gegenteil, er schaut die Weiber nicht mal an, indem dass er immer über seinen Zeichnungen sitzt, und wenn er wirklich mal Geld braucht dann malt er Bildnisse von edlen Damen und dann bezahlen sie ihn ein bisschen besser.

Wie Lionardo den Brief nimmt sage ich, dass er schon so kaputt ankommen ist. Er sieht das kleine Loch das ich ins Futteral gemacht und schaut mich an wie er's gewöhnlich tut wie jemand, der einem nicht glaubt, aber dann wollt er Gottseidank doch nichts fragen. Was hätt ich auch schon verstehn können von all den Zahlen, die machen, dass das Ganze aussieht wie eines von Lionardos eigenen Manuscripta welche er gern von rechts nach links schreibt wie die Araber. Armer Salaì hab ich gedacht, machst den Sklaven für Meister Lionardo und musst dich auch noch behandeln lassen als wie ein Dieb, aber wer sich das Paradies verdienen will, Signior Padrone, der muss getuldig sein.

Die Reise von Fiorenza nach Rom ist höchlich gefehrlich gewesen wegen der Kriege die in Italien herrschen zwischen dem Heer von Papst Rodrigo Borgia, Alexander VI. genannt, dessen Kommandant Cesare Borgia ist, der Neffe Seiner Heiligkeit, und den Signiorie von Faenza und Bologna, aber schließlich sind wir wohlbehalten und gesund in Rom angekommen. Ich bin zufriden hier zu sein, weil die römischen Frauenzimmer sind wirklich schön, vergleicht man sie mit denen aus Fiorenza, so haben sie mehr Fleisch auf den Hüften und auf dem Vorbau, ich sag nemlich immer, Brüste kann eine Frau nie zu viele haben.

Dies ist alles was ich im Augenblick berichten kann und lass ich Euer Gnaden entscheiden ob es gut oder schlecht ist für Fiorenza, unsre Heimat.

Euch stets ein untertäniger Diener
Salaì

3.

Hocherhabner und erlauchter Padrone,

Mastro Lionardo und ich haben uns in der Herberge de la Fontana einquartirt, in der Nähe von der Piazza Campo de Fiore und nicht weit von dem großen und schönen Palazzo der Cancelleria, den hat der Borgia bauen lassen wann er Vizekanzler war und jetzt gehört er dem neuen Vizekanzler also dem Kardinal Ascanio Sforza.

Bevor ich aus meiner Kammer auf die Straße geh frag ich einen der Diener wem das Gasthaus gehört. Der Diener scheint mir von der Frage überrascht und auch ein wenig besorgt und antwortet mir recht barsch dass es einer gewissen Vanozza Cattanei gehört und entfernt sich darauf mit einer Höflichkeit die würd man in Fiorenza einen Tritt in den Hintern nennen. Mir sagt dieser Name rein gar nichts und ich nenn ihn Euch einfach so wie er ist. Freilich haben sie uns zwei große Zimmer gegeben, nur die Aussicht ist ein wenig trist weil das Fenster wird von all den Dächern ringsherum ganz erstickt.

Rom ist groß und man verirrt sich hier als wär man mitten

auf den Feldern, doch so schön als wie unsere Stadt Fiorenza möge Gott sie beschützen ist sie nimmer nicht. Die Straßen sind voller Prozessionen von Bruderschaften und die Kirchen immer vollgestopft mit Volk und das Allerheiligste Sakrament wird bei jeder Gelegenheit ausgesetzt, kurzum, die Römer scheinen mir gute und fromme Christenmenschen. Trotzdem sieht man hier fürwahr nichts was so ist als wie unsere allerheiligste Kirche Sancta Reparata in Fiorenza und alle sagen sogar, sie wär viel herrlicher als die Kirche von San Pietro. Nemlich die Kirchen und Palazzi von Fiorenza sind voll schöner und prächtiger Dinge wogegen die Stadt vom Papst verfallen und kahl ist und sieht man auch allerorten viel Kühe auf Wiesen zwischen einer Kirche und der nächsten weiden und geben einen ekligen Gestank. Das ist doch verrückt hab ich mir gesagt, Padrone, was macht der Papst eigentlich, warum kümmert er sich nicht um Seine Stadt?

Die Weiber auf der Straße murmeln unaufhörlich das Paternoster um ihre Tugend zu zeigen doch wann sie mich sehen so klebt ihr Äuglein am Salaì wie das vom Falken der die Maus erspäht, und so hat es gar keinen Zweck dass sie weiter ihr Gebet hersagen denn, Signior Padrone, man sieht sehr wohl dass auch sie nur die eine Sache im Kopf haben.

Des Abends wann die Händler auf den Straßen endlich aufhören zu schreien Wein, Wein ich verkaufe Wein oder Fritelle, kauft Fritelle (die hab ich gekauft und mundeten mir köstlich) hört man hunderterlei verschiedne Sprachen von den Pilgern die herkommen sich segnen zu lassen. Sie reden florentinisch mailändisch neapolitanisch und venezianisch, auch sind viele Leute aus anderen Ländern da, so hab ich zum Beispiel eine Menge Teutsche gesehen die Bäcker sind und Brot verkaufen. Doch ist unter den Sprachen so man hier und da hört eine die ganz anders ist als alle andren, von der ich kein Wort verstehe wiewohl ich sie jedes Mal erkenne, denn die Hälfte der Worte schnalzt recht ordentlich auf den Lippen, die andre Hälfte aber erstickt in der Kehle als wie Steine die in einen Brunnen fallen.

Meister Lionardo und ich haben im Wirtshaus de la Vacca grad gegenüber von unserer Herberge gegessen. Wie immer hat Lionardo gebeten dass ihm kein Fleisch servirt werde und so haben sie uns zwei Fladen mit Kräutern gebracht. Ich hab einen Bärenhunger und ess sofort den größren Fladen und wann Meister Lionardo mich schelten will frag ich, entschuldigt Vater, aber welchen hättet Ihr denn gewählt? Und er sagt, aus Anstand hätt ich den kleinren genommen, und ich erwidere, seht Ihr, das ist in der Tat jener den ich Euch gelassen. Aber Lionardo kann nicht lachen über meinen Streich im Gegenteil er bleibt die ganze Mahlzeit über brummig und rührt fast nichts an von den Speisen, schade denn der Fladen war sehr gut und am Schluss hab ich auch noch die Hälfte von seinem gegessen, das wird ihm eine Lehre sein so mit mir zu grollen.

Stets mit Eifer in Euren Diensten
Salaì

4.

Mein geliebter Padrone,

um die Wahrheit zu sagen macht Lionardo mir Angst denn er scheint bekümmert und matt wie eine von diesen traurigen, vertrockneten Nonnen bei denen man sofort weiß dass sie denken, ach hätt ich doch besser geheiratet wenigstens würd ich dann die Strümpfe von meinem Mann waschen statt die der andren Nonnen und obendrein tät mein Mann es mir auch besorgen. Nach dem Mittagessen hat Lionardo mich fast drei Stunden allein gelassen ohne mir zu sagen wohin und mit wem er geht und sowas geschieht in Fiorenza niemals. Zum Glück weiß Euer Salaì sich in derlei Fällen zu helfen, und wann Lionardo hinaus ist folg ich ihm von weitem und so seh ich wie er in den Palazzo der Cancelleria geht der zwei Schritt von hier entfernt liegt. Dann hab ich ihn in der Herberge erwartet wie er mir befohlen und wann er zurück kam sind wir gleich zum Abendessen gegangen, aber von dem was er ohne mich getan und gesehen kein Sterbenswörtchen. Drum frag ich ihn, Herr Vater wollt Ihr dass ich Euch Gesellschaft leiste? doch er sagt danke nein ich möchte zeichnen, und schließt sich in sein Zimmer ein. Also hab ich heimlich durch einen Spalt in der Tür gelinst und sehe dass er gar nicht zeichnet (unser Herr Jesus Christus wird mir vergeben dass ich solcherlei Mittel anwende aber ich tu's ja in Euren Diensten, Padrone).

Wenn ich recht gesehen durch den Spalt dann las er wohl noch einmal jenes Gedichtchen das ihm ein Freund gewidmet hat und handelt von den Schönheiten der römischen Ruinen* und wie er liest wirkt er besorgt und aufgeregt und kratzt sich den weißen Bart auf den er so stolz ist obwohl er damit aussieht wie der heilige Hieronymus. Ich hätt nicht übel Lust gehabt ihm zu sagen er soll zu Jesus und der Madonna beten statt sich am Bart zu ziehn denn das Beten beruhigt die Seele und verscheucht den bösen Blick und macht Jesus Freude, aber ich weiß ja wie Lionardo darüber denkt, dem ist

* Salaì, der bei seinen Angaben immer sehr genau ist, bezieht sich wahrscheinlich auf das Leonardo gewidmete *Antiquarie prospetiche romane* von Giovanni Maria Predi, das um 1496 veröffentlicht wurde.

Jesus völlig wurst, drum hab ich vor dem Schlafengehn zweiunddreißig Avemaria gebetet für mich und nochmal zweiunddreißig für meinen armen Ziehvater weil er nemlich vor lauter Nachdenken über seine Apparate und die Matematik und die Wissenschafft schon fast ein Ungläubiger geworden ist, Gott möge ihm vergeben Amen. Nemlich das ist doch kein Zufall nicht, Lionardo der nicht an Jesus glaubt und nie in die Kirche geht hat immer ein gottverdammtes Pech.

Wie ich dann weiter durch die Tür spähe, seh ich dass er beginnt wieder mal ein Bild von Antinoo zu zeichnen, das ist der junge Freund vom römischen Kaiser Hadrian und manche sagen er war vom andren Ufer und hatte ein schönes Gesicht und viele blonde Locken, grad so wie ich. Ich glaube hier in Rom gibt es viele Statuen von ihm, und Lionardo hat sein Gesicht das meinem so ähnlich sieht schon so oft gezeichnet dass die Leute schließlich denken könnten, ha, wir haben's doch gewusst, Lionardo und Salaì sind auch warme Brüder. Aber wie falsch sie da bei mir liegen, Signior Padrone, das wissen sie gar nicht.

Ach, fast hätt ich vergessen Euch zu sagen, während wir im Wirtshaus de la Vacca auf die Fladen warten hab ich Mastro Lionardo allein gelassen weil ich mich in der Küche umschauen wollt (und hab mir da aus dem Schrank ein Stück Käse stibizt, nemlich ich hatte einen fürchterlichen Kohldampf). Neben dem Schrank ist eine kleine Tür welche gewiss in den Keller führt und ich denke, verflucht, wär ich jetzt allein ich würd hinuntersteigen denn dort unten muss ein Haufen feiner Sachen zum Essen sein. Aber einer der Küchendiener steht in meiner Nähe der hat wohl verstanden was ich bei mir denke und sagt, pass auf Junge, den Schlüssel zu dieser Tür den hat nur die Hauptköchin, drum brauchst du gar nicht darauf zu starren, das nützt dir nichts. Dann frag ich zwei andre Köche ob die Osteria auch dieser Vanozza Cattanei gehört aber sie antworten gar nicht und zeigen bloß auf die Hauptköchin die fett und mordshässlich ist und verdrehte Augen hat, und das Gesicht ist ganz zerfressen von Eiterpusteln, so schauerlich dass sie einen Blinden das Fürchten lehren könnt.

Die Köchin starrt mich lange an mit ihren Schielaugen und scheint erstaunt, keine Ahnung warum, so dass ich schon denke was erlaubt die sich mich so zu begaffen, und schließlich sagt sie, ja, auch die Osteria gehört der Vanozza. Sie ist so abscheulich, besser Ihr kriegt sie nie zu Gesicht, Signior Padrone, sonst schlaft Ihr nicht mehr des Nachts, und da sagt sie zu mir, Junge, du siehst grade so aus wie der Antinoo. Ach ja danke antworte ich und dann fragt sie mich woher ich komme und wie lang ich in Rom bleibe und ob mir die Sachen schmecken die sie kocht und ich sag dass ich noch gar nicht angefangen habe mit dem Essen aber hinterher würd ich ihr schon sagen ob's mir gemundet hat, derweil aber denk ich bei mir da kann sie lange warten bis ich's ihr erzähl, mit der will ich nichts mehr zu schaffen haben, denn unter uns Mannsleuten gesagt, Signior Padrone, mit ihrer Hässlichkeit hat sie mir meinen Schwengel so verschreckt dass er klein geworden ist als wie eine von ihren Pusteln im Gesicht.

Wie ich aus der Küche geh denk ich es ist doch sonderbar dass diese Vanozza eine so große Herberge besitzt wie die Fontana und eine so gute und geräumige Hosteria wie die Vacca wo auch immer voller Volks ist, denn in Fiorenza gibt's nur wenige Weiber die sowas besitzen ich glaub sogar eher es gibt kein einziges nicht. Das ist alles was ich Euch heute erzählen kann und lass ich Euer Gnaden entscheiden ob das alles gut oder schlecht ist für unsere Heimat Fiorenza.

Euer getreuer Diener
Salaì

5.

Mein über alles geliebter Padrone,

hab nun also Euren hochgeschätzten Brief bekommen welchen Ihr mir schriebet noch bevor Ihr meine Briefe aus Rom erhalten. In diesem Euren Brief find ich, wie ich's mir schon gedacht, sehr viele weise und recht schlaue Sachen. Ihr ermahnt mich nemlich vorsichtig zu sein wann ich Euer Gnaden diene und ich schwör Euch dass auch dies von mir befolgt und ausgeführt wird und dass Ihr voll und ganz zufriden mit mir sein werdet. Ich tu das auch deswegen, weil Lionardo hat die Neigung Dummheiten zu machen und bringt sich immerfort in Schwierigkeiten, und drum hab ich sowieso schon mächtigen Schiss vor dem was alles hier passiren könnt auf fremdem Boden. Ich glaube fast dass früher oder später uns was Schlimmes zustoßen wird. Hoffen wir, dass nicht, und auch dass Gott unser Fiorenza beschützen möge. Ich werd versuchen mein Bestes zu tun doch müsst Ihr getuldig sein, Signior Padrone, und vergesst nicht dass ich noch immer zimlich dumm bin, denn wann Lionardo mein Lehrer war erzählt er mir immer nur langweilige Sachen Mattematica Historia etcetera, das ging mir maximamente auf den Sack, Stunden um Stunden still dasitzen und Schreiben und Lesen etcetera insonderheit wann's ein schöner Tag war. Da hab ich einmal gesagt seht doch nur Vater, auf der Straße hat's dutzendweise schöne Weiber denen hängt die Meierei halb an der Luft, und da ist es Lionardo am Schluss auch zu bunt geworden und er hat aufgehört mir Lectiones zu erteilen, drum ist es jetzt auch seine Schuld wenn ich Dummheiten mache wo er eben nicht genug Getuld mit mir hatte, aber wenigstens komm ich leidlich zurecht mit meiner ~~Inteliggens~~ ~~Intelgi ilntgz~~ mit dem was ich im Kopf hab.

Euer stets treuer
Salaì

6.

Gnädigster Padrone,

heut will Mastro Lionardo sich die Haare wieder mal blond färben denn obzwar er einen gewaltigen Schopf hat sieht man schon wieder weiße Haare, und hat mir also aufgetragen einen Barbier zu suchen weil man ihm gesagt dass es in Rom Barbiere gibt die Teutsche sind und dass sie gut sind. Mein Ziehvater hält nemlich sehr auf sein Äußeres auch wenn das alles vergebliche Müh ist weil er sucht sich eh kein schönes Weib niemals nicht, dabei könnt er berühmt wie er ist zehn oder zwölfe am Tag haben und es ist wirklich wahr, Padrone, das Sprichwort dass wer Brot hat dem fehlen die Zähne. Ist von schönem Wuchs, Lionardo, wohlgestallt, angenehm und von löblicher Erscheinung, schade nur dass er immer diesen angefressnen knickrigen Rock trägt der ihm nur bis zum Knie reicht und nicht einsehen will dass man heut lange Kleider trägt, und manch einer lacht wenn er ihn sieht. Den Bart rasiert Ser Lionardo sich allweil mit großer Sorgfalt und trägt ihn ganz zu Locken gekräuselt und schön gekämmt und lässt ihn bis auf die halbe Brust herabhängen, und er weiß genau dass er eine prächtige Figur macht und dünkt sich selbst sehr schön, ich hab ihn nemlich viele Male erwischt wie's ihn so erregt hat das Malen von seinen Bildnissen von edlen Damen dass er sichs danach vor dem Spiegel selbst besorgt hat.

Was mir nicht gefällt sind seine Augengläser mit den blauen Linsen die er jetzt immer öfter aufsetzt, weil er sieht damit aus wie ein alter Uhu, außerdem ist das Gestell woran die Linsen befestigt sind ganz kaputt so dass die Brille schief sitzt und man denkt, meine Güte warum kauft er sich denn keine neue? Kaum ist Lionardo bei mir aufgetaucht versuche ich ihm das noch mal zu sagen, doch unterbricht er mich und sagt ich soll Respekt vor ihm haben und duldet nicht dass ich etwas erwidere, also gut, mach doch was du willst denke ich, selbst Schuld wenn die Leute dich für einen Narren halten.

Nach dem Essen machen wir einen Spazirgang und treffen auf einen der gebratne Würste verkauft, und trotzdem dass mein Bauch fast voll ist esse ich zwei Würste und eine halbe weil sie gar so gut sind, der Händler ist nemlich ein Teutscher, und das wissen sogar die dümmsten Hinterwäldler dass die teutschen Würste die besten sind auf der Welt. Dann läuft uns eine Zigeunerin über den Weg die wahrsagt und Lionardo frägt sie wie viel sie will um ihm sein Schicksal vorherzusagen. Ich geb meinem Ziehvater einen Stoß mit dem Ellbogen denn die Zigeunerin gefällt mir nicht, sie hat kleine böse Augen, aber Mastro Lionardo verabredet ein Treffen mit ihr in den nächsten Tagen. Obendrein verkauft sie ihm eine ölige Salbe die nennt sie Protection und sagt, wer sie sich alle Abende auf die Schläfen und die Augen tut der ist beschützt vor jeglichem Missgeschick, heute und immerdar. Dabei spricht und schreibt Lionardo immer gegen die Hexenmeister und Schwartzkünstler und sagt das ist Zeug für Einfaltspinsel und Leichtgläubige, aber dann gibt er sein Geld doch für ihre Lügenmärchen aus, und derweil ist sein Konto auf der Bank von Sancta Maria Nova schon so geschrumpft dass wir bald nicht mal mehr Augen zum Weinen haben.

In letzter Zeit hat Ser Lionardo sogar immer ganz leere Taschen und muss er sich Geld von mir leihen und gibt's mir fast nie zurück, aber ich lass mir nichts anmerken denn des Abends ist er eh so müde weil er seine wunderlichen Apparaten zeichnet, und wenn die Leute wüssten was für ein Spinner die gemacht hat, sie würden allesamt zu lachen anfangen, und ich weiß gewiss, eines Tages werden nur die dümmsten Trottel sagen Aaah oooh guck mal wie schön wie interessant. Was zum Teuffel wollt ich eigentlich sagen, ach ja, also bevor er sich schlafen legt vergisst Lionardo immer aus seinen Taschen das Geld zu nehmen das ich ihm geliehen und dann stehle ich's ihm. Drum nennt er mich ja auch Salaì, also Saladin, wie der berühmte türckische Sultan, nemlich wann Lionardo mich zu sich genommen da war ich erst zehn Jahre alt aber tüchtig darin ihm Geld zu stibitzen und hab mir feine Sachen zum Essen gekauft davon, Zuckerwerk Brot Kuchen etcetera (damals hatte ich auch schon immer Hunger) und sogar Schuhwerk, aber zu jener Zeit konnt er mich noch stets erwischen und eines Tages ist er böse geworden und hat gesagt, jetzt ist's genug ich hab's satt mit dir du bist wirklich wie Salaì, und seither nennen mich alle so.

Aber ich will Euch nicht langweilen, hochverehrter Padrone, weil in Wahrheit wollt Euch ich von andren Dingen schreiben, nemlich ich hab kapiert warum man auf den Straßen Roms so viele verschiedene Sprachen hört. Nicht nur weil die Pilger herkommen, der wahre Grund ist dass in dieser Stadt Völker aus der ganzen Welt leben und arbeiten, ja von denen hat's sogar fast mehr als von den Römern selbst. Heut hab ich eine junge Magd aus der Herberge kennengelernt die ist nicht übel (sie erinnert mich an die schöne

Cecilia, die Freundin von Ludovico il Moro dem Herrscher von Mailand die mein Adoptivvater mit einem Hermelin im Arm gemalt hat)* und hab ihr ein paar Fragen gestellt, Ihr wisst wie das ist, Signior Padrone, ein Wort zieht das andre nach sich und alle beide ziehen das Mädchen mit, und so will mir scheinen auch sie hat ihren Gefallen an der Gesellschaft des Salaì so wie ich an der ihren, also frag ich sie ob sie gern in der Herberge arbeitet und sie sagt, ach, wenn du wüsstest, hier zahlt man mir recht wenig, fänd ich doch nur eine Anstellung im Dienst einer wichtigen Person, und so sprechen wir lange darüber dass allweil sehr viele Fremde sind in Rom, und sie erklärt mir dass der letzte römische Papst Martin V. war, der schon vor achtundsiebzig Jahren krepirt ist, aber danach gab es nur mehr Päpste die nicht aus Rom kamen, der eine aus Siena, der andre Ligurien, einer aus Spanien wie der Papst jetzt, und alle miteinander haben sie einen Haufen Verwandte mitgebracht die sich dann in Rom niedergelassen und noch mehr Verwandte und Freunde hergeholt haben, welche alle verschiedne Sprachen sprechen, und das ist der Grund warum man hier durch die Straßen geht und nicht die Bohne versteht.

Also frag ich das Mägdlein was das für eine Sprache ist die ich hier in Rom so oft sprechen hör und die mir in den Ohren klingt als wie das Geräusch von Steinen in einem Brunnen, und sie sagt dass es vielleicht Frantzösisch ist dieweil es noch viele Frantzosen hier gibt, nemlich vor Martin V. sind die Päpste gut siebzig Jahre lang in Avignon in Frankreich gewesen weil der Teuffel das Schisma bewirkt hat, also die

* Hier bezieht sich Salaì auf die sogenannte Dame mit dem Hermelin, das berühmte Porträt Leonardos, das sich heute im Krakauer Czartoryski-Museum befindet.

Spaltung der katholischen Kirche, drum hat es damals sogar drei Päpste zur gleichen Zeit gegeben, einen richtigen und zwei falsche die Ketzer waren, kurzum in der Kirche gab's ein riesiges Durcheinander damals. Und das ist der Grund warum noch immer viele Frantzosen aus dem Frankenreich ankommen, mitsamt ihrem König der vom Teuffel geschickt ward um Italien zu erobern und den Papst gefangen zu nehmen und ihn als Sklaven nach Avignon zurückzubringen. Aber dieser Papst ist heilig, sagt die Magd, und unser Herrgott wird das nicht dulden. Also frag ich sie wie sie das weiß dass dieser Papst wirklich so gut und heilig ist und sie antwortet mir das wissen doch alle.

Danach lad ich sie ein mit spaziren zu gehen, weil ich hab so eine Idee dass ich sie in ein Gebüsch mitnehm und ihr Küsse gebe und ein paar Schweinereien mit ihr mache, aber sie erwidert, nein ich kann nicht ich muss gehen auf meine alte Mutter achtgeben, doch man sieht genau dass es sie sehr wohl gelüstet mit mir zu gehen, denn die Weiber sagen immer, nein danke ich kann nicht, aber wenn einer sich auf die Sache versteht, Padrone, dann kriegt er sie alle weich.

Das ist alles was ich Euch im Augenblick erzählen kann und lass ich Euer Gnaden entscheiden ob das alles gut oder schlecht ist für unsere Heimat Fiorenza.

Euch immerdar ergeben
Salaì

7.

Gütigster Padrone,

das Mägdlein wollt mich nicht begleiten, nun gut, bin ich also allein spaziren gegangen und konnt ich so endlich mal ungestört durch die Stadt streifen und mich ein bisschen zurechtfinden, denn bis jetzt hat sich mir immer der Kopf gedreht von all den Straßen und Plätzen über die Lionardo und ich viele Tage werden gehen müssen, aber kann ich mich ja nicht alle drei Minuten verirren wie ein Trottel.

Nachdem ich den Palazzo de la Cancelleria im Rücken habe gehe ich an dem von den Borgia vorbei, was die Familie vom Papst ist, und gelange zu den Anwesen der mächtigsten und bekanntesten Familien von Rom, deren Namen Euch, Signior Padrone, gewiss so vertraut sind wie die Tage der Woche, nemlich Fieschi, Orsini, Santa Croce, Chigi, Savelli und Colonna. Vor jedem dieser Palazzi wacht ein Haufen Garden und steht im Dienste der Besitzer, denn die großen Familien von Rom haben seit jeher ihre Händel mit der Papstmacht so wie die Mücke den Mann plagt der schläft. Da fällt mir ein, Padrone, ich muss Euch eine sonderbare Sache berichten, ich könnt mich auch irren, aber gleich wie ich den Spazirgang begonnen da war mir schon als würd ich verfolgt, vielleicht war's nur ein Gefühl aber welch ein Zufall in Fiorenza geschieht mir sowas nimmer nie.

Gar sehr gefällt mir der Palazzo de l'Oratore von Venedig der auch Palazzo del Ambasciatore genannt wird, mit der Kirche San Marco und der Residenz der Colonna, und daneben die Kirche der Sanctissimi Apostoli wo just in dem Moment die Messe gelesen wurd, und das hab ich genutzt um zur heiligen Kommunion zu gehn welche ich fast keinen Tag auslasse, gelobt sei Gott mit allen Heiligen Amen.

In jeder Straße der Stadt schuften viele Maurer Baumeister und Handwerker und manche sind sogar Fremde, nach dem Aktzent mein ich es wären Schweitzer oder Teutsche. Straßen und Dächer und Brücken und Bollwerke und Wasserkondukte werden alle neu gebaut, und überall fliegt ein Staub umher dass ich immerfort rote Augen hab, verflixt. Jüngst hat der Papst das Kastell Sant'Angelo verstärken lassen und dann Haus und Hospital San Rocco de li Schiavoni ~~restrura restuar~~ egal erneuert, jetzt will er Kirche und Piazza von San Pietro erweitern und erhabner machen, und darum lässt er einen Brunnen bauen wo viel besser und schöner ist, nemlich aus dem alten haben früher die Pferde und Maulesel von den Reisenden getrunken wie wenn sie auf dem Bauernhof wären, ich sage Euch, Signior Padrone, das ist wirklich eine Schande.

Im Palazzo vom Vatikan ward für den Papst ein ganz neuer Turm gebaut mit seinen Gemächern und darin herrliche Fresken von Pinturichio, aber die Häuser in Rom sind fast alle alt und zerfallen, drum will der Papst keine neuen bauen und lieber die alten instandsetzen, wofür er die großen Meister wie Giuliano da San Gallo holt. Mein Ziehvater der den San Gallo sehr gut kennt wird deswegen gewiss arg neidisch sein, Lionardo nemlich den holt kein Schwein nicht damit er große Palazzi baut.

Wie ich an der Via dei Banchi am Tiber vorbei komm bleib ich vor einer Osteria stehn und denke, eigentlich könnt ich mir einen schönen Krug Wein trinken wo mich ein viehischer Durst plagt, und tu recht dran denn der Wein ist gut. Der Wirt ist ein Schwatzmaul und fragt mich ob ich aus Siena bin und ich sage, was fällt dir ein ich bin aus Fiorenza und die aus

Siena kann ich nicht ausstehn, da sagt er, Entschuldigung ich dachte du wärst aus Siena weil lange Jahre hat's viele von dort bei der Dienerschaft Seiner Heiligkeit gegeben. Da nutz ich die Gelegenheit und frag ihn ob er jene sonderbare Sprache mit den Steinen im Brunnen kennt und er sagt, mein Junge, hier in Rom sprechen sie die wunderlichsten Sprachen und man sieht beileibe nicht nur Leute aus Siena sondern aus der ganzen Welt, sogar Würdenträger aus dem Orient, Abgesandte der Königin von Zypern, der Despoten von Ägypten und Morea, der Zoe Paleologa Großherzogin von Moskau, ja vor Jahren ist sogar eine Gesandtschaft des Priesters Gianni gekommen, des Herrschers über das große Reich von Ostafrika, und auch der Bruder des Großsultans des Orients war hier, und so zählt mir der Wirt noch mehr schöne Namen auf und ich denke, sieh mal einer an wie diese Orientalen sich den Arsch aufreißen um von zu Haus bis nach Rom zu reisen wogegen ich niemals weiter östlich gekommen bin als bis nach San Godenzo, aber da gibt es diese Bäuerin mit den dicken Bällen der ich's immer so oft besorgen muss dass ich abends grad so todmüd nach Hause komm als wie einer wo aus dem echten Orient heimkehrt.

Wann ich die Osteria verlasse und über den Tiber gehe ragt sogleich vor mir das Kastell Sant'Angelo auf wo die Kerker sind darin die Päpste die Verbrecher stecken, doch ich habe gar keine Angst. In der Nähe steht nemlich einer der Obst und Gemüse verkauft, und wie er mich grad nicht sieht stehl ich ihm einen Apfel um mir den Mund zu säubern vom Weingeruch, denn gestohlen schmecken sie immer besser, ich weiß nicht, Padrone, ob Euch das schon aufgefallen ist. Schließlich komme ich zu dem großen Palazzo vom Kardinal Della Rovere nah bei der Kirche San Pietro, und in dem Moment, Signior Padrone, Teuffel auch, bin ich sicher dass da einer ist der mich verfolgt, nemlich ich hab ihn genau gesehen, aber dann hat er sich in einem Gässchen versteckt und ich hab gewartet und gewartet weil ich glaubte auf der andren Seite kann man nicht raus, doch dann bin ich doch hinein und seh ich hatte mich getäuscht.

Vielleicht war's nur ein Verrückter, Signior Padrone, denn davon laufen hier viele herum, oder ein Bengel der mir einen Streich spielen wollte, jedenfalls denk ich mir, jetzt hab ich Lionardo schon zu lang aus den Augen gelassen, ist also besser ich geh zurück zur Herberge man weiß ja nie.

Am Ser Lionardo möcht ich nicht kleben wie die Kacke am Hintern denn auch einer mit einem verschrobnen Kopf wie er könnte mal misstrauisch werden, doch möcht ihn auch nicht alleine lassen, weil ohne mich passirt ihm immerfort irgendein Unglück, Lionardo ist nicht gläubig und darum geht ihm immer alles schief, weil solche die nicht an Jesus und die Madonna glauben sind meiner Meinung nach vom Pech verfolgt, aber mir scheint das hab ich Euch schon gesagt.

Euer getreuer Diener
Salaì

8.

Erlauchter und ehrwürdiger Padrone,

ich schreibe nachdem ich in der Osteria de la Vacca gegessen wohin wir gegangen sind um uns zu erholen von dem Wirrwarr hier in der Herberge, von dem ich Euch sogleich eine getreue Beschreibung auftischen werde, so wie die Diener hier in der Osteria uns gerade eben Brot, verschiedne Schinken, frischen Ricotta, Salat, angemachte Kräuter und andre gute Dinge aufgetischt haben wogegen sie den übrigen Gästen bloß Minestra mit Gemüse und alten Käse geben, so dass ich mir denk vielleicht behandeln sie uns besser weil sie erkannt haben dass Lionardo ein großer Baumeister ist.

Ihr wisst recht gut, Signior Padrone, wie sehr ich meinen Ziehvater liebe, und ist es auch zu seinem Wohl dass ich Euch aus Rom berichte, weil wie Ihr mir befohlen habt muss man aufpassen wer Lionardo besucht, worüber er mit anderen Leuten spricht, welche Post er erhält und sonderlich ob die Leute die er trifft unserem Fiorenza wohlgesonnen sind oder ob sie bloß aus seiner Kunst und Wissenschafft Nutzen ziehen wollen, um ihm Geheimnisse zu entlocken die den Feinden des Vaterlands dienlich sind, und auch deswegen weil mein Ziehvater so unschuldig ist als wie ein Kind, und jeder könnt ihn ganz leicht reinlegen, und darum müssen wir ihn beschützen wenn wir unser Fiorenza beschützen wollen.

Nun, als ich von meinem Spazirgang zurück bin erfahre ich dass mein Ziehvater sich zu einer Verabredung begeben will und also begleite ich ihn. Wann wir zum vereinbarten Ort gelangen kommt uns ein junger Mann von düsterem Aussehen entgegen, um genau zu sein er hat das Gesicht von einem dem man gehörig in die Eier getreten hat, und das sag ich auch zu Lionardo als ich ihn von weitem seh, und er lacht, aber er gibt mir Recht. Gleich darauf schickt Lionardo mich fort, so ein Mist, Padrone, natürlich bloß deswegen dass ich nicht höre was er mit dem andern bespricht, doch befielt er mir auch in einer halben Stunde wiederzukommen. Was soll ich Euch sagen, Signior Padrone, Lionardo will nicht dass ich ihm bei seinen Geschäfften im Weg bin, aber er hat auch Angst allein durch Rom zu gehen, warum hätte er mich sonst mit zu der Verabredung genommen?

Sobald ich mich entfernt habe, versuch ich die beiden von weitem zu beobachten, aber sie schlüpfen sofort in ein Eingangstor und so verlier ich sie aus den Augen. Wo wir nicht weit von der Herberge sind fällt mir ein dass ich in meine Kammer gehen könnt um etwas mehr Geld zu holen, denn vielleicht will Lionardo sich ja mal wieder was leihen. Wie ich Euch schon erklärt hab, Signior Padrone, versuch ich immer sehr großzügig zu sein und geb Ser Lionardo alles Geld um das er mich fragt, denn wer mehr besitzt der muss auch fürchten mehr zu verlieren, sagt er immer, und am Abend hol ich mir das Geld sowieso aus seiner Tasche zurück.

Also geh ich in die Herberge, und da find ich die Überraschung: die Tür von Lionardos Zimmer neben dem meinen ist aufgebrochen. Ich geh rein und seh das grässlichste Durcheinander das man sich vorstellen kann. Jemand hat alles durchwühlt und verstreut, Kleider Papiere Arzneien und Bücher, alles was Mastro Lionardo in seinen zwei Kisten aus Fiorenza mitgenommen.

Sofort heb ich einen ganzen Packen Papiere vom Boden auf um nicht draufzutreten und steck einige in ein Buch das ich auf den Tisch neben der Tür lege, und dabei frag ich mich ob der Dieb (denn was andres konnt's nicht gewesen sein) wohl auch das Geld von Lionardo genommen hat. Dann mach ich ein paar Schritte zum Fenster das noch offen steht wie mein Meister es zurückgelassen hat und versuch mit der Fußspitze Strümpfe, eine Feder und ein paar Bücher wegzuschieben, alles Zeug das auf dem Boden liegt. Vor dem Fenster bleib ich stehn, die Beine zittern mir noch vor Angst, und wie ich schon zur Tür zurück will um Hilfe zu holen stößt mein Fuß gegen ein Glasfläschchen, und damit ich nicht falle halte ich mich am Vorhang fest, und erst da merk ich, Signior Padrone, dass hinter dem Vorhang einer steht und sogar atmet. Der Schrecken lässt mich lang genug erstarren so dass der Kerl Zeit hat sein Messer zu ziehen, hinter der Gardine hervorzuspringen und mich an der Kehle zu packen. Jung war er, mit wenig Bart, und die Wangen hohl als wie bei einem der arm ist, ja halb verhungert. Die Klinge von seinem Messer glänzt, und aus Angst, Padrone, mach ich mir ein warmes Bächlein in die Hosen.

Ach Salaì, denk ich, bist kurz davor dem Leben addio zu sagen, und verdammt was für ein elendes Pech, wär ich doch nur auf der Straße geblieben oder besser gleich in Fiorenza, doch wann mein Mörder zum Stoß anhebt, Signior Padrone, da ist etwas Sonderbares passirt, nemlich just wo das Messer herabsaust um mir ein Loch in den Bauch zu stechen bewegt sich der Vorhang und

Ihr müsst entschuldigen, Signior Padrone, die Tinte ist leer, aber jetzt hol ich mir ein Glas mit rotem Wein und misch ein wenig Ruß darunter, so kann ich weiterschreiben

Salaì

9.

Verehrungswürdiger Padrone,

vergebt mir das Gekritzel auf dem vorigen Blatt, aber auch das Papier war mir ausgegangen, und werd ich Euch dies so schicken müssen als wie es ist, weil seit Lionardo angefangen griechische Handschrifften voll mit wunderlichen Gerätschaften zu kopiren verbraucht er mehr Papier als wie die Kühe Gras fressen, ich sag Euch das ist die reinste Verschwendung, weil nach einiger Zeit vergisst er wozu die Apparate gut sind die er gezeichnet und wegen dem dass er gerne von rechts nach links schreibt kapiert er am Ende selbst nichts mehr.

Jedenfalls grad wann der Kerl dort mich abstechen will bewegt sich durch meinen Angstschauder der Vorhang, sein Messer verfängt sich drin und er trifft mich nicht, denn wenn ja hätt er mich gewiss getötet, denkt bloß, Padrone, was für ein Schwein ich hatte, drum bin ich mit meiner nassen Hose schon zweimal in die Kirche gegangen und habe Dankgebete zur Jungfrau Maria gesprochen, denn eine solche Hilfe die konnte ja nur von ihr kommen.

Derweil ich den Ruß im Wein auflöse um ein wenig schlechte Tinte zu machen gesteh ich Euch dass mir das Herz noch immer gewaltig klopft, aber hab allweil noch eine frische Erinnerung und kann Euch daher eine sonderbare Einzelheit berichten: Wann das Messer sich im Vorhang verfängt, hat der Dieb der mich töten wollte etwas gesagt, aber ein Wort nicht von unsrer Sprache, nemlich es endet mit einem Gurgeln das man in unserem Idiom nie hört.

Was aber danach geschehen erinnere ich nur verworren, also der Dieb ist aus dem Fenster gesprungen und hat sich über die Dächer verflüchtigt, dieweil ich sitzen bleib und meine Hinterbacken auf was Hartes und Spitzes stoßen. Heilige Jungfrau Maria, ich danke dir hab ich gedacht dass ich noch heil und lebendig bin und steh auf um zu sehen was mich da hinten schmerzt. War ein hölzern Kästchen, und ich konnt hineinschauen weil der Dieb den Deckel aufgebrochen hatte. Drinnen war das Kästchen gefüttert mit rotem Samt und auf das Tuch waren viele kleine Ringe aus Stoff genäht, ich zähl sie eins zwei drei etcetera, dreizehn sind's zusammen, mir scheint sie sollen Dinge halten von einer runden Form und etwa wie mein Finger so groß. Ich schau mich noch einmal um und zittere vor Angst und mir ist kalt in der nassen Hose und wenn jetzt jemand reinkommt in das Zimmer vom Lionardo mit dem ganzen Durcheinander er würd mich gewiss für den Dieb halten, vielleicht stecken sie mich dann auf der Stelle ins Sant'Angelo mitsamt der bepissten Hose, na das gäb ein Gelächter.

Wann ich zur Tür geh tret ich mit dem Fuß auf ein kleines Ding und da springt es gegen eine der Kisten von Lionardo, und weil es ein sonderbares Geräusch gemacht bück ich mich und seh es ist ein Stäbchen aus Holz, etwa sieben acht Fingerbreit, und an der Seite hat's eine Kerbe und scheint gemacht damit man's in ein Loch steckt. Also geh ich zurück nehm das Kästchen und steck das Stäbchen in einen der Ringe aus Stoff, und sieh mal an es passt genau hinein. Da hab ich gedacht was zum Teuffel macht Ser Lionardo mit diesen Stäbchen und wo sind wohl die andern die fehlen?

Hilfe hab ich nicht mehr geholt sondern bin gelaufen um meinem Ziehvater wo ich ihn zurückgelassen alles zu berichten, und find ihn wieder allein denn der Mensch dem man die Eier verbeult hat ist schon fort, also erzähl ich Lionardo was geschehen ist und wir laufen beide sogleich zur Herberge.

Wann wir bei der Fontana ankommen will ich einen der Diener bitten uns ins Zimmer zu begleiten, doch Lionardo befielt mir niemandem etwas zu sagen von dem was passirt ist, nicht jetzt und auch nicht später, das hat mich verwundert, Signior Padrone, aber ich gehorch ihm lieber, denn sonst macht er mir die Hölle heiß.

Wie wir die Treppen rauf sind haben wir drauf geachtet dass keiner uns sieht und sind in sein Zimmer, und da stürzt Lionardo sich sofort auf die Sachen und jammert und flucht, ich kann Euch gar nicht sagen, Padrone, wie's ihn gedauert hat, und ruft wo sind meine Zeichnungen, meine Steine, meine Pinsel, meine Notate, und weint dieweil er in allen Ecken herumwühlt. Dann sieht er das hölzerne und mit Samt ausgeschlagene Kästchen, nimmt es und öffnet es langsam. Er fragt mich ob ich die andren Stücke gesehen, und ich sag, nein Ser Lionardo, nur das eine was noch drin ist. Mein Ziehvater scheint mir besorgt, doch frägt er nichts weiter.

Das Geld war gottlob noch an seinem Platz denn der Dieb war zwar geschickt und wie er in die Herberge rein ist hat ihn niemand gesehen, doch mein Kommen hat ihn gestört und blieb ihm keine Zeit sich was Rechtes mitzunehmen. Lionardo hat das Kästchen gehalten wie wenn's ein krankes Kind wär, bis dass nach langem Suchen auch die andren runden Stäbchen aus geschnitztem Holz hervorkommen, alle ganz gleich wie das erste. Doch zuletzt fehlt immer noch eins, und Mastro Lionardo sagt, wenn es nicht alle sind dann nützen sie einen Dreck. Dann fügt er hinzu dass vielleicht noch andre Sachen fehlen, doch plötzlich schweigt er und will durchaus nicht mehr sagen.

Schließlich lässt er sich aufs Bett fallen und ist zu Tode erschöpft wegen dem großen Kummer, und hat mir einen langen Vortrag gehalten den ich Euch nicht sofort wiedergeben kann, nemlich erst muss ich erledigen was er mir aufgetragen, und verspäte ich mich wird er misstrauisch und entdeckt zuletzt gar dass ich Euch heimlich schreibe. Armer Ser Lionardo und armer Salaì, heut war kein guter Tag, und werd ich wohl heut Abend nochmal zur Heiligen Jungfrau und auch zur Sancta Reparata beten für Lionardo und für mich.

Das ist alles was ich Euch im Augenblick erzählen kann und lass ich Euer Gnaden entscheiden ob das alles gut oder schlecht ist für unsere Heimat Fiorenza.

Euer untertänigster
Salaì

10.

Ehrwürdiger Padrone,

soeben bin ich in meine Kammer zurück und schreib Euch jetzt sofort diese Zeilen damit ich sicher sein kann dass ich nichts vergesse, und hoff ich dass Lionardo mich nicht gleich wieder stört weil immer wenn ich Euch grad was Interessantes berichten muss unterbricht er mich um mir einen Auftrag zu geben oder mir irgendeinen neuen Apparat zu erklären wo ihm in den Kopf gekommen, und jedesmal sag ich, Ser Lionardo, den müsst Ihr verbessern, Ihr müsst dies machen und das machen denn sonst funktionirt das Ganze gewiss nicht, und da sagt er verflucht, du hast Recht, und dann schließt er sich wieder für zwei drei Stunden in sein Zimmer und denkt nach, und erst zum Abendessen kommt er zurück mit einem langen Gesicht weil er erkannt hat dass seine Idee nichts taugt und meine Idee, die von Salaì der ich ein Tölpel bin aber ein gesundes Hirn hab wie die normalen Leute, meine Idee funktionirt wahrscheinlich besser als seine obwohl er ein Genius ist, wenigstens sagen das alle, pah, wer weiß.

Jedenfalls die Sache ist so gelaufen. Weil ich Ser Lionardo nach der Geschichte mit dem Diebstahl und dem Mörder etcetera gewiss tausend Fragen gestellt hätte wollt er sich diese Fragen lieber selbst stellen und antwortet auch gleich selbst, was meiner Meinung nach eben genau die Art der oberschlauen Leute ist die einem immer das Wort aus dem Mund nehmen, dann kann ihnen nemlich niemand sagen, guck mal einer an, manchmal redest auch du dummes Zeug grad als wie ein normaler Mensch, und so war das auch wann Lionardo mir Lectiones in Lectura Scriptura Historia Politik Matematik etcetera erteilt weil wenn ich ihn was gefragt und er hat die Antwort nicht gewusst, dann hat er mich angeschrien, Salaì, was stellst du bloß für dämliche Fragen? Denn in Wahrheit ist er selbst ein ebensolch ignioranter Hinterwäldler wie alle die aus Vinci kommen, seinem Dorf, und darum werden sie in Fiorenza ja auch von allen verarscht.

Von dem Reden von Lionardo hab ich jedenfalls den Eindruck, Padrone, dass Eure Idee sehr gut ist zu überwachen was er hier in Rom tut und sagt, denn Ser Lionardo hat sich in eine sehr gefehrliche Angelegenheit eingemischt die könnte viel Böses bringen für unser Fiorenza Gott segne es immerdar Amen.

Ser Lionardo hat mir nemlich gebeichtet, sein Aufenthalt in Rom ist gar nicht für das Studium der Antiken bestimmt, das ist bloß ein Ammenmärchen für die Dummen, denn in Wahrheit ist er hier im Auftrag von Personen die er mir bald nennen will und die Seiner Heiligkeit dem Papst sehr nahe stehen.

Dann zieht er mich am Arm so dass mein Ohr ganz nah an seinem Mund ist und sagt dass jemand, man weiß nicht genau wer, schreckliche Dinge über den Papst verbreitet um Seinen Ruf als guter und heiliger Mann zu besudeln. Der Zweck von diesen Ränken, sagt Lionardo, ist dass die Absichten vom Papst Borgia vereitelt werden sollen. Denn der versucht grade den kleinen italienischen Staaten ordentlich was aufs Dach zu geben damit sie sich nicht immer gegenseitig bekriegen und miteinander einig werden, und da hat er Recht, wo sie doch nur dran denken sich zu befehden und sogar gegen den Papst wettern der ihnen immer sagt, sie müssen zusammenstehen um Italien gegen Frantzosen und Teutsche zu verteidigen, doch der Nachbar geht ihnen viel mehr auf den Senkel als der Fremde. Ich versteh nicht viel von Politik, Padrone, aber eins hab ich kapirt, nemlich dass dieser Papst Borgia wo aus Spanien kommt im Grund viel mehr Italiener ist als die Mailänder, die Fiorentiner, die Sienesen und die Römer etcetera, also als wir Italiener allesamt, weil uns Italien völlig schnurz ist und wir lieber unsrem Nachbarn die Hucke vollhauen, und wenn ich's recht bedenke dann gehn auch mir der ich aus Fiorenza bin die Leute aus Siena viel mehr auf den Sack, Gott verfluche sie tausendmal, als wie die Frantzosen oder die Teutschen wo ich doch nicht mal verstehe was sie sagen.

Ser Lionardo erzählt mir, um zu erreichen dass die italienischen Staaten endlich tun was er sagt, verlässt sich der Papst auf die militärischen Operationen von Cesare Borgia, der Valentino genannt wird, und dieser Cesare ist sein Neffe und ein tüchtiger General. Aber der Krieg ist komplizirt, nemlich wie auch Ihr wisst, Signior Padrone, Italien ist seit jeher schon allein für sich ein Sauhaufen, doch jetzt herscht allergrößte Confusion seit vor sieben Jahren der Herrscher von Mailand, Ludovico der Moro, die Frantzosen als seine

Verbündete nach Italien geholt hat um sein Anrecht aufs Königreich Neapel durchzusetzen.

Lionardo erklärt mir, Papst Borgia hat es nur den militärischen Künsten des Valentino zu verdanken der als General wahrhaftig Mumm in den Knochen hat, dass er Mittelitalien langsam in den Griff kriegt und Fiorenza und Venezia zum Schweigen bringt, und auch die andren kleinen Staaten wie Imola Forlì Faenza Cesena Rimini und Piombino sind schon zerquetscht als wie die Ameisen oder werden's bald sein. In dem Moment schaut Lionardo mir achtsam in die Augen und sieht aus als hätt er ein schlechtes Gewissen, nemlich er weiß ja genau dass man ihn anklagen könnt unser Fiorenza zu verraten weil er in den Dienst des Papstes getreten, denn das sind harte Zeiten für uns aus Fiorenza, und wer nicht für uns ist der ist gegen uns, und ich muss Euch gewiss nicht dran erinnern, Padrone, dass vor nur drei Jahren niemand andres als dieser Papst den Fra Gerolamo, genannt Savonarola und Anführer der Republik Fiorenza, hat exkommunziren und hinrichten lassen und dass der vorige Papst Sixtus IV. Krieg gegen unser ruhmreiches Geschlecht der Medici geführt und die Verschwörer unterstützt hat die Ser Giuliano de Medici kaltgemacht haben. Und seinen eigenen Bruder Lorenzo, genannt il Magnifico, den hat er auch noch exkommunizirt, und hat erst aufgehört Fiorenza Böses anzutun als in Kalabrien das türckische Heer angekommen ist das allen miteinander, also den Italienern und dem Papst und den Frantzosen eine Scheißangst eingejagt hat so dass sie endlich untereinander Frieden schließen wollten.

Dann versucht Lionardo sich zu entschuldigen und sagt dass jeder gute Christenmensch die Pflicht hat den Heiligen Vater vor Bedrohungen und falschen Anklagen zu schützen, und wenn einer das tut dann bedeutet das noch lange nicht dass er in die Dienste des Papstes getreten ist.

Lionardo hat schon vorhergesehn was ich einwenden könnt, nemlich das wisst auch Ihr, Signior Padrone, dass die Studien von Mastro Lionardo über die Natur, über den Himmel und die Bewegung der Gestirne ihn vom rechten Weg abgebracht haben. Er hat viele Grillen im Kopf und will durch das Filosofiren über die Dinge der Natur verstehen lernen was die Eigenschaften der Gräser sind, und hört gar nicht mehr auf die Bewegungen des Himmels zu beobachten, den Lauf des Mondes und den Gang der Sonne. Über all dem hat er sich in der Seele eine so ketzerische Idee zurechtgemacht dass sie zu keiner einzigen Religion passen will, und dünkt ihm zuletzt dass es viel mehr wert ist ein Filosof zu sein als ein guter Christ.

Danach erklärt er mir endlich was das für Gemeinheiten und üble Nachreden sind die manche gegen den Papst verbreiten, und ich bitt Euch schon vorher um Vergebung, Signior Padrone, weil diese Dinge wisst Ihr vielleicht sowieso.

Vor allem sagen sie dass Roderico Borgia bei der Regierung der Kirche in unglaublich frecher Weise seine Verwandten begünstigt und unterstützt, nemlich er hat drei Leute seiner Familie zu Hauptmännern der Palastwache gemacht und einen andren zum Vizekastellan von Tivoli, dann hat er weitere fünf Verwandte zu Kardinälen ernannt, und ein sechster ist jetzt Verwalter seiner Güter. Ganz zu schweigen von den unzähligen Begünstigungen die seine Neffen Lucretia und Cesare haben, angefangen bei Ämtern wo sie regiren und befehlen können, sodann Ehren und Geld und Ländereien und Kastelle. Weiter sagen die bösen Zungen dass er auch den andren Kardinälen riesige Geschenke gemacht, zum Beispiel hat er Ascanio Sforza den Palazzo de la Cancelleria überlassen also den großen und herrlichen Palazzo nebst unserer Herberge.

Aber Vater, sag ich zu Lionardo, ich hab geglaubt dieser Palazzo wär für den Vizekanzler und darum wohnt der Sforza darin, und nicht weil es sein eigner ist. Was weiß ich, antwortet Lionardo, das dacht ich auch, aber bei all dem üblen Gerede hier kapirt man ja gar nichts mehr, denk nur, die bösen Zungen sagen sogar dass Cesare Borgia nicht der Neffe des Papstes ist sondern sein Sohn, also ein Bastard, und dass auch Lucretia, die Schwester von Cesare, aus den Liebschaften des Pontifex geboren ist.

In Wahrheit, meint Lionardo zu der Sache, wär es nicht mal das Schlimmste wenn Cesare, genannt Valentino, und Lucretia Bastarde des Papstes sind wo doch ein früherer Papst, das war Innozenz VIII., tatsächlich zwei echte Kinder hatte bevor er die heiligen Weihen empfing. Aber man redet Sachen die sind noch viel schlimmer und widerwärtiger, nemlich dass der jetzige Papst nicht nur der Vater von Lucretia ist sondern dass er mit ihr sogar Schweinereien und Unzucht treibt, und das Gleiche sagt man von Cesare und Lucretia, und das bedeutet dass der Sohn des Papstes der Geliebte von seiner Schwester ist, stellt Euch das mal vor, Signior Padrone, da dreht sich einem ja der Magen um. Andre Schandmäuler behaupten auch dass der Papst sich bis zu fünfundzwanzig Weiber auf einen Schlag in seine Gemächer kommen lässt, um sie zusammen mit seinen Freunden, verzeiht, zu ficken und noch andre unanständige Sachen zu machen die sich für einen Papst nun wirklich nicht gehören.

Er gibt aber auch noch das andre Gerücht dass Papst Roderico Borgia eine heimliche sehr junge schöne Geliebte hat welches eine gewisse Giulia aus der adeligen Familie Farnese sein soll, und das Gerücht ist so hartnäckig dass man diese Giulia in Rom die Braut Christi nennt.

Die Lästermäuler sagen auch dass der Papst Borgia ein großer Verräter des katholischen Glaubens ist, denn er hat heimliche und infame Abkommen getroffen mit dem türckischen Sultan Baiazet (dies Gerücht habt auch Ihr, Signior Padrone, vor einiger Zeit in Fiorenza umgehen hören) weil er will die andren christlichen Staaten zu seinem und zum Vorteil von Cesare betrügen.

Und es heißt weiter dass Cesare Borgia nicht nur ein Sohn des Papstes ist sondern auch ein entsetzliches Verbrechen beging, nemlich den Mord an seinem Bruder Giovanni, dem Herzog von Gandia, der vor vier Jahren hier in Rom umgebracht wurde, von wem, weiß man nicht genau, doch auf jeden Fall mit der schändlichen Erlaubnis des Papsts selbst wie die bösen Zungen sagen, und sie sagen auch, ganz Rom weiß genau dass es Cesare war der den Herzog von Gandia kaltgemacht hat. Außerdem wird vermutet dass Cesare seinen Schwager getötet hat, den Ehemann von Lucretia, Alfonso, den Herzog von Bisceglie.

Wie auch immer, Padrone, wenn das alles wahr ist dann wär's genug um zu sagen, da werd ich doch lieber gleich Türcke und geh zu Mohammed beten, denn wenigstens kann man sich dann sieben Frauen nehmen und die müssen still sein und gehorchen, denn dort befielt noch der Mann, nicht wie bei uns in Fiorenza, wo du mit manchen Weibern zwei bis drei Stunden reden musst bevor sie dich ranlassen und unterdessen ist dir die Lust schon vergangen.

Andrerseits hab ich an das propere Mägdlein aus der Herberge gedacht die sagt, dass dieser Papst unzweifelhaft heilig ist und die meint, das wissen in Rom alle, und sogleich ist mir ein Zweifel gekommen: Wie ist das bloß möglich dass es Leute gibt die sagen dieser Papst ist heilig und andre die im Gegenteil sagen er ist ein Ungeheuer und obendrein so blöd dass es alle in Rom sofort wissen wann er ein Weib geschwängert? Und selbst wenn es so wär, nemlich dass der Papst ein Schwein ist und dämlich zugleich, dann kommt's mir doch wirklich seltsam vor, Signior Padrone, dass so ein Trottel Papst werden konnt, denn wenn das so ist dann könnt ich wohl Kaiser werden wo ich an Weibern schon zwei oder dreihundert flachgelegt und ihre Männer haben mich nie erwischt.

Dass der Papst an allen Ecken und Enden Kinder haben soll ist eine Lüge meint Lionardo die niemand ernsthaft glauben kann weil der Papst sehr rechtschaffen war als er noch Kardinal war, weshalb er ja auch fünfunddreißig Jahre lang unter fünf verschiednen Päpsten Vizekanzler war, also der wichtigste Kardinal nach dem Papst, und hat geschuftet wie ein Maulesel, und alle vom Heiligen Kollegium haben ihn bewundert und niemand wär im Traum drauf gekommen er könnt so gierig nach Weibern sein dass er sogar eine aus Versehen schwängert, was nemlich ein Feler ist den nur Dummköpfe machen, und das passiert nicht mal mir, Padrone, der ich mir in aller Bescheidenheit sei's gesagt scharenweise Weiber auf den Spieß stecke, aber wenn ich sie schwängern tät dann würden ihre Eltern gewiss Hackfleisch aus mir machen.

Mamma mia, Padrone, mir dreht sich fast der Kopf von all den hässlichen Sachen die ich über den Papst gehört hab, und waren auch so viele dass mir unmöglich scheint sie können sämtlich falsch sein. Eine aber ist mir natürlich mehr im Kopf geblieben als wie die andren, nemlich dass der Papst Borgia sogar Kinder von einer Frau hat, und drum frag ich Ser Lionardo wer diese Frau sein soll die vom Heiligen Vater schwanger wurd als er jung war und die dann Cesare Borgia und Lucretia geboren hat, und Lionardo antwortet mir: Alle kennen sie, sie heißt Vanozza Cattanei.

Wie ich den Namen zum dritten Mal höre durchfährt's mich als wenn man mir gesagt hätt, hör mal Salaì, in alle

Würste die du in deinem Leben gegessen hast einschließlich der von heut morgen haben wir heimlich deine Scheiße reingetan, und da hab ich mir gedacht dann ist es also kein Zufall dass unsre Herberge der Frau gehört die Kinder mit dem Papst gemacht, will man den Verleumdungen glauben. Aber hat Lionardo diese Herberge ausgesucht? Und warum?

Der Zweifel war mir wohl ins Gesicht geschrieben, denn mein Ziehvater fragt mich sofort ob ich schon mal von der Vanozza gehört, und ich sag nein, Ser Lionardo, ich frag mich nur wie es möglich ist dass der Papst diese Schandmäuler nicht bestraft, kurzum ich lüg so gut ich kann und zum Glück glaubt Lionardo mein Geflunker fast immer.

Wenn der Papst diese Lügen über sich hört, antwortet Lionardo, lacht er bloß drüber und ist sich seiner Sache gewiss, der Glückliche, denn das ist alles gar zu widersinnig, drum glauben's die Leute nicht und vergessen's wieder. Wer hingegen das böse Gerede nicht erträgt, das ist Cesare, genannt der Valentino, denn vor zwei Jahren hat er Charlotte d'Albray geheiratet die Schwester des Königs von Navarra und Cousine des Königs vom Frankenreich, welche erst mal dort geblieben ist, aber sie hat Cesare den Titel eines Herzogs von Valentinois verschafft. Lionardo erklärt mir (Ihr wisst es ja schon) dass Cesare mit grad mal achtzehn Jahren zum Kardinal gemacht wurd, und jetzt wo er fünfundzwanzig ist hat er das Kardinalsgewand abgelegt und als Kommandant des päpstlichen Heeres reihenweise Schlachten gewonnen, und er ist so einer der sieht sofort rot wenn was nicht nach seinem Willen läuft, und kann's nicht erwarten die Schandmäuler an ihren eignen Klöten aufzuhängen denn, wie Lionardo immer sagt, wer das Böse nicht bestraft lässt zu dass es erneut geschieht, und nichts muss man mehr fürchten als einen üblen Ruf.

Dann gesteht mir mein Ziehvater dass all die Briefe die

jüngst aus Rom in Fiorenza angekommen sind vom Valentino waren der ihn um Hilfe bittet wegen den Verleumdungen. Entschuldigt, Ser Lionardo, hab ich gefragt, aber warum will der Valentino ausgerechnet Euch? Und mein Ziehvater antwortet dass der Valentino seinen guten Namen kennt und seine Intelligentz und außerdem hat Lionardo einen famosen Vorwand um hier in Rom zu sein, nemlich dass er Maler ist und Baumeister und die antiken Monumente studiren will. Aber man muss trotzdem sehr vorsichtig sein, und auch wenn der Kerl mich fast aufgespießt hätt wie eine Wurst wär's nicht klug den Diebstahl und versuchten Mord bei den Sbirren anzuzeigen, sonst fangen sie an Fragen zu stellen, wer seid ihr beide denn woher kommt ihr und was macht ihr in Rom etcetera.

Es ist klar Padrone, dass Lionardo mich für einen Tölpel hält und mir nicht die ganze Wahrheit sagen will, drum hab ich ihn erst mal nicht gefragt was genau diese Aufgabe ist und welchen Lohn er mit Valentino vereinbart hat. Aber ich frag ihn, verzeiht Mastro Lionardo, warum ward Ihr so besorgt um jenes Kästchen das mit Samt gefüttert und was zum Henker sollen die Stäbchen darin? Denn Ihr habt's ja selbst gesehen dass der Dieb es aufgebrochen hat um reinzuschaun.

Da ist Lionardo stocksteif geworden und man sieht genau er hat eine Heidenangst ein Fremder könnte die Stäbchen entdecken, und fast wollt er mir schon antworten, doch befielt er mir im letzten Moment ich soll losgehn und fragen wie viel der Barbier am Ende der Straße kostet und sagt nur, ich werd's dir erklären wenn wir das letzte Stäbchen gefunden haben.

Dann ist er in sein Zimmer zurück um seine blöden griechischen Kodizi von Euklid und Philon von Bizanz zu kopiren mit all den andren komplizirten Apparaten drauf, und hernach tut er so, der Schlaumeier, als hätte er sie selbst erfunden vor allem diese Apparate zum Fliegen, obwohl er doch genau weiß dass sie nicht funktioniren, und so einer sie ausprobirt fällt er nach unten als wie ein Stein, aber ich muss so tun wie wenn nichts wär denn wenn ich bloß ein einziges Wörtchen sage jammert er mir den halben Tag lang die Ohren voll und sagt, Salaì, seit ich dich zu mir genommen hab hast du noch rein gar nichts zuwege gebracht, kannst nur fressen stehlen und lügen und halsstarrig sein, und jetzt halt den Mund und hab Respekt vor deinem Ziehvater, ach was soll ich Euch sagen, Signior Padrone, Ihr kennt Lionardo auch, man muss ihn halt stumm ertragen sonst wird er zu einer bösen alten Vettel. Aber danken wir lieber dem Himmel dass mein Ziehvater der wegen höchst geheimer Dinge hier in Rom ist, so blöd war mich mitzunehmen, denn so kann ich all seine Geschäffte ausspioniren und Euch dann berichten.

Trotzdem, wann ich zum Barbier geh hab ich das Gefühl dass wir all die Zeit die wir in Rom bleiben in großer Gefahr sein werden, und drum muss ich außer zu Jesus auch zur Jungfrau Maria und allen Heiligen beten damit sie uns beschützen, denn sonst endet das hier ganz böse.

Euer ergebenster
Salaì

II.

Allerehrwürdigster Padrone,

zum Glück ist der Besuch beim Barbier nützlich gewesen denn als erstes hab ich rausgefunden dass er aus unsrer Heimat also aus der Toskana kommt, drum er auch der Pisaner genannt wird, weil er ist von Pisa, Gottseidank, denn die Pisaner gehn mir ein bisschen weniger auf den Sack als wie die Leute von Siena (Padrone, auch Ihr wisst dass ein Toskaner nichts mehr hasst auf der Welt als einen Toskaner vom Nachbarort). Dann will ich wissen was es kostet wenn er mir Bart und Haare schneidet (für meinen Ziehvater sind die Barbiere immer zu teuer) und nutz die Gelegenheit um ihn nach dem Viertel zu fragen wo Lionardo und ich einquartirt sind.

Der Pisaner ist geschwätzig und gutmütig wie alle alten Männer und erst erzählt er mir ein paar Sachen von sich, nemlich von dem Laden den er vorher hatte und wo es ihm besser gegangen, und dann von seinen Problemen mit Geld und dann von seiner Tochter die geheiratet hat, also alles Sachen die mich einen feuchten Kehricht interessiren, aber ich hör zu und hab gut dran getan, Signior Padrone, weil dann erklärt er mir dass die Herberge de la Fontana mitten zwischen drei sehr wichtigen Orten liegt, nemlich dem Palazzo de la Cancelleria wo die päpstliche Kanzlei ihren Sitz hat, sodann dem großen und prächtigen Palazzo der Familie Orsini und dem Campo di Fiore wo's viele Herbergen und Läden aller Art gibt, und ist darum einer der besten Handelsplätze von Rom. In der Nähe liegt das Viertel Pozzo Bianco das so heißt indem dass dort viele Steinmetze und Bildhauer arbeiten, und aus ihren Werkstätten steigt immer weißer Marmorstaub auf, das ist der wo mir so verdrießlich in den Augen brennt. Das Viertel Pozzo Bianco ist aus zwei Gründen berühmt in Rom, nemlich weil hier steht der Palazzo de la Cancelleria und außerdem passieren hier lauter üble Dinge wie Hurereien Diebereien Totschlägereien. Und zuletzt gibt's hier noch einen wichtigen Palazzo das ist der von dem Zeremonienmeister Seiner Heiligkeit.

Jedenfalls wohnen zwischen Campo de Fiore und Pozzo

Bianco allerlei Schurken und Hungerleider aber auch wichtige und respektable Personen, und darum hab ich wann ich zurück in der Herberge bin meinen Ziehvater gefragt wer dieser Mensch mit den verbeulten Eiern war den er getroffen. Das ist ein Spion der im Palazzo de la Cancelleria ein und ausgeht hat Lionardo gesagt, und er wird uns sehr nützlich sein. Er kann uns Kundschaft geben von allem was sich in Rom ereignet besonders in unsrem Viertel wo viele ruchlose Dinge geschehn, und drum sind solche Kundschafter ~~unerlräslch~~ ~~unleräslr~~ verflixt, drum sind sie nötig. Dann frag ich Lionardo wer dem Mensch gesagt hat er soll in unsren Dienst treten, und er antwortet, das war mein lieber Freund Bramante, und ich seh in seinen Augen das ärgerliche Blitzen das er immer kriegt wenn er an die Baumeister denkt die mehr Glück haben als wie er, denn dem Bramante haben sie in Mailand klotzig viel Geld gezahlt und in Rom noch mehr, aber Lionardo dem muss ich das Geld leihen und abends hol ich's mir dann wieder aus seinen Taschen und am nächsten Tag leih ich's ihm noch mal und so weiter immer im Kreis, wie die Geschichte von dem der Durst hat und seine eigne Pisse trinkt.

Doch es ist nicht der Bramante der Lionardo Bauchschmerzen bereitet, es ist Rom. Die Geschichte kenn ich auswendig denn Lionardo jammert immerzu wegen dem Pech das ihn verfolgt, und jedesmal erzählt er mir die gleichen Sachen. Vor zwanzig Jahren hat Papst Sixtus IV. die besten Maler von Fiorenza nach Rom gerufen dass sie ihm eine große Kapelle machen, nemlich Botticelli, Signiorelli, den Ghirlandaio und den Perugino, aber Lionardo nicht mal für geschenkt wurde der gerufen. Nachdem diese andren Fiorentiner die Kapelle für den Papst gemalt, kriegten sie dutzendweise Aufträge und Ehren und schlagen sich allweil den Bauch voll und haben ein Lächeln so breit dass es ihnen an den Ohren wehtun muss, doch Lionardo macht seither ein Gesicht dass die Leut auf der Straße wann sie ihn sehn sich sofort an die Klöten fassen, wegen dem ~~Bschewörh Bewschörungza Bschwörgs~~ damit sein Pech nicht auf sie überspringt. Nach der Enttäuschung von Rom haben ihm auch in Fiorenza alle immer bloß einen Arschtritt gegeben, und in Mailand bei Ludovico dem Moro hat er bloß Neider getroffen und Streit gehabt und von Geld keine Spur, höchstens hat man ihn mal Maskenbälle organisiren lassen, ha, was für eine Ehre! Da ist Lionardo die schöne Idee kommen für den Moro das größte Pferd aus Bronze zu bauen das es auf der Welt gibt, aber die Sache ist übel ausgangen, denn die Bronze für das Pferd die hat der Moro zuletzt gebraucht um Kanonen gegen die Frantzosen zu bauen, und ich mein da hat er Recht gehabt, weil nach sechzehn Jahren Zeichnungen von dem Pferd war Lionardo immer noch nicht fertig um mit dem Bauen anzufangen, und so lange Zeit warten zu müssen, da wär ja sogar Hiob der Kragen geplatzt, umso mehr aber dem Moro, wo der nemlich einer von den Fickrigen ist die wenn sie in den Krieg ziehn den Feinden am liebsten eigenhändig die Birne einschlagen.

Der Kasus knacksus ist dass die Auftraggeber von Lionardo sich ganz zu Recht beklagen, denn der hat tausend Ideen aber am Ende kriegt er nicht mal eine halbe zustande, oder er braucht eine Ewigkeit um eine Arbeit fertigzumachen, oder er nimmt das falsche Material wie bei dem Gemälde vom Letzten Abendmahl in Mailand, wo Lionardo noch an einem Arm vom Christus malt dieweil der andre sich wegen der Feuchtigkeit schon auflöst wie wenn er aus Butter wär, denn Lionardo ist so blöd gewesen auf einer halb nassen Wand zu malen. Und auch bei seinem ersten wichtigen Bild, nemlich der Verkündigung, hat er eine Riesendummheit gemacht, denn er hat den Engel und die Madonna ganz schief hingestellt so dass die Perspecktive falsch war, und seine Malerfreunde haben so gelacht dass ihnen noch immer der Bauch wehtut.*

Und jetzt, sieh mal einer an, läuft mein Ziehvater ausgerechnet hier in Rom herum wo sein ganzes Missgeschick angefangen hat, und auch wenn er es nicht sagt, mein ich er denkt immerfort daran.

Ach, ich hab was vergessen: Er sagt dass auch der Pisaner zu teuer ist und will nicht hingehn, drum muss ein andrer Barbier gefunden werden.

Dies ist alles was ich im Augenblick zu erzählen hab, und lass ich Euer Gnaden entscheiden ob es gut oder schlecht ist für Fiorenza, unsere Heimat.

Euer unterwürfigster
Salaì

12.

Erlauchter und ehrwürdigster Padrone,

ich hab's mir ja schon fast gedacht, Lionardo hat nicht durchgehalten. Heut morgen ist er aus Rom weg und hat nicht mal mitgenommen was er zum Zeichnen nötig braucht, um we-

* Es handelt sich um die Verkündigung, die Leonardo zwischen 1472 und 1475 malte. Das Werk, das sich heute in den Uffizien in Florenz befindet, enthält bekanntlich einen schweren perspektivischen Fehler. Zuvor bezieht Salaì sich auf das Letzte Abendmahl, das Leonardo, vielleicht aus Ungeduld, *a secco* malte statt in der traditionellen *a fresco*-Technik, wodurch er sein Meisterwerk zu einem frühzeitigen Verfall verdammte.

nigstens vorzutäuschen dass dies der Zweck seiner Reise ist. Wo er wohl stecken mag?

Auf einem Billet das ich unter der Tür fand steht geschrieben dass er mir fast alle seine Sachen überlässt damit ich sie aufbewahre, andre hat er mitgenommen und wieder andre (die ihm nicht so wichtig sind) sind in einer Kiste verschlossen den Mägden der Herberge übergeben worden, damit ich nicht die ganze Zeit auf sie achtgeben muss denn bin ja kein Wachhund.

Den gestrigen Abend sind wir bei der Zigeunerin gewesen, die hat gesagt dass Lionardo von Stund an viel Glück haben wird (für die Zigeunerin ist es recht leicht solche Sachen zu sagen, denn bei Lionardo sieht man genau dass er alles glaubt). Dann hat das Weib auch die Zukunft des Papstes vorausgesehn und hat gesagt dass er alsbald viel Ungemach leiden und keinen guten Tod haben wird, und wird in allen kommenden Jahrhunderten verrufen sein.

Nach der Zigeunerin haben wir einen kleinen Rundgang nah bei der Herberge gemacht, und Lionardo hat einen Laden gesehen mit Büchern und Drucken und Karten von der Geografie und andren Dingen für Leute die gern lesen und hat was gekauft, aber ich hab nicht mal drauf geachtet was das war und bin draußen vor dem Laden geblieben, nemlich die Zigeunerin und ihre Vorhersagen hatten mir die Laune verdorben.

Wenn Lionardo nicht verschwunden wär würd ich sofort nach Fiorenza zurückgehn, und es ist nur mein nimmermüdes Bestreben Euch hier in Rom zu dienen was mich hält, aber ich frage mich trotzdem: War es wirklich nötig dass Lionardo sich in den Dienst vom Valentino gestellt? Wär's nicht besser gewesen sich so gut wie möglich fernzuhalten von einem so grausamen Mann?

Und ich frag mich was zum Henker ich hier in Rom anstellen soll ohne Lionardo.

Euer ehrerbietigster
Salaì

13.

Inniggeliebter und verehrter Padrone,

eine Nacht mit gutem tiefem Schlafe und ein Spazirgang des Morgens in den Straßen des Viertels die voll sind von schönen Mädchen mit einem Lächeln auf dem Gesicht, das hat genügt um die böse Laune von gestern ganz zu vertreiben. Um es gleich zu sagen, Padrone, endlich hab ich kapiert was diese sonderbare Sprache ist die ich in den vergangnen Tagen sprechen gehört, aber lasst mich der Reihe nach erzählen, sonst geht mir alles durcheinander.

Kurz vor dem Mittagessen bin ich in einer kleinen Kirche nicht weit von der Herberge beten gegangen, und hab ich nach der Messe einen Schwatz mit einem jungen Pfaffen gehalten, und weil der blaue Augen hat und blondes Haar seh ich sofort dass er aus Teutschland kommt, und sag ihm wie's mich Wunder nimmt dass so viele Teutsche in Rom sind, weil auch in Fiorenza gibt's zwar viele, und sie arbeiten zum Beispiel als Tuchmacher oder im Wollhandwerk, aber hier in Rom hier wimmelt's ja gradzu von Teutschen.

Der junge Pfaffe antwortet, na hör mal, mein Junge, siehst du denn nicht, dass ganz Rom teutsch ist? Das erkennt man doch schon an den Namen rings um San Pietro, was die

Wohnstatt des Papstes ist, sagt er. Das große Hospital nah bei San Pietro zum Beispiel heißt Sancto Spirito in Saxia, also in Sachsen, denn es wurd gebaut für die Pilger die aus dieser teutschen Gegend kommen. Dort ist auch der Borgo, also das Viertel rund um San Pietro, und das heißt so nach dem deutschen Wort Burg. Die Notare vom Tribunal der Sacra Rota, die Bäcker und die Schuster sind auch alle mehr teutsch als italienisch, und die päpstlichen Medizi kommen ebenfalls oft aus Teutschland. Die Päpste möchten lieber teutsche Medizi haben wie Sixtus IV. sie hatte, Friede seiner Seele, und von uns Teutschen lassen sie sich auch ihre Stuckarbeiten in den Kirchen und in den päpstlichen Palazzi machen, oder die goldnen und silbernen Essbestecke und andre Kostbarkeiten von unsren Goldschmieden, wie dem Nikolaus von Straßburg welcher die herrliche Dekoration der Kapelle des heiligen Andreas in San Pietro gemacht, und ist vor genau drei Jahrn gestorben. Die Glasbläser wo die Fensterscheiben Kirchenfenster und Trinkgläser machen, die kommen auch aus unsren Landen, ja im Grund gibt's hier in Rom gar keine italienischen Glasbläser nicht, und darum haben wir sogar an der Kirche San Pietro mitgearbeitet, die Fenster zum Beispiel die hat ein Augustinermönch gemacht der einer von uns war, und hieß Levinus, und die von der vatikanischen Bibliothek die haben drei Männer gemacht, Hermann Georg und Konrad geheißen, und außerdem gehören fast alle Wirtshäuser rings um San Pietro unsren Landsleuten. Und wollte man ganz genau sein, dann sag ich dir dass wir sogar die Glocken vom Kastell Sant'Angelo gemacht, und die Uhren in den Kirchen von Rom wie die von Sancta Maria in Aracoeli, und auch die im Turm vom Kapitol, und obendrein die Schlüssel von San Pietro, und die von vielen andren Kirchen und auch noch die von den Festungen des Papstes nahe bei Rom.

Dieweil das Pfäfflein spricht denk ich, verflucht, was er sagt muss wahr sein, zum Beispiel wann ich bei San Pietro gewesen bin, hab ich an der Straße zwei Wirtshäuser gesehen, und bei beiden hört man von draußen Teutsch sprechen. Und außerdem, sagt der Pfaffe zum Schluss, sitzt heutzutage der Kaiser in Teutschland, und darum ist die Größe vom kaiserlichen Rom auf das Heilige Römische Reich Teutscher Nation übergegangen, hab ich nicht Recht?

Eigentlich wusst ich nicht was ich sagen sollt, Signior Padrone, weil ich von Politik keinen blassen Schimmer hab, die ödet mich sogar an, und wirklich, wenn du davon zu jungen Weibern sprichst, laufen sie dir davon und gähnen vor Langerweile, also wie kann ich da wohl auf Fragen nach dem Reiche antworten, doch in dem Moment werden wir sowieso unterbrochen von einem Mitbruder des teutschen Pfäffleins, der kommt ihn abholen dass er mit ihm geht. Aber Padrone, die Mundart die sie miteinander sprechen, das kann kein Teutsch nicht sein! Nemlich es ist ein Gemisch aus harten Tönen als wie die teutschen die ich so oft in Fiorenza gehört, und aus weichen Tönen wie bei den Frantzosen. Also frag ich, entschuldigt Pater, welche Sprache sprecht Ihr denn da? Und er und der andre blicken sich fast belustigt an, und er antwortet dass er Alemannisch spricht und dreht mir den Rücken zu und geht weg mit seinem Freund ohne mir Zeit zu geben dass ich nach einer Erklärung fragen kann.

Signior Padrone, jetzt packt mich eine mordsmäßige Neugier diese Alemannen kennenzulernen. Und wenn auch der Dieb der mich fast kaltgemacht hat einer von ihnen wäre? Für einen Augenblick verfluch ich Lionardo, denn statt wegzulaufen weil Rom ihn traurig macht hätt er wohl bleiben können und mir helfen, und so denk ich bei mir, siehst du, diese großen Geister sind doch alle Jammerlappen.

Wie ich die letzten Zeilen an Euch beendet geh ich gleich los um mehr herauszufinden, obgleich Lionardo mir ja leider nicht gesagt hat wo ich den Mensch mit den verbeulten Eiern finden kann, den der Bramante in unsren Dienst befohlen. Vielleicht will mir mein Ziehvater ein Geheimnis um diesen Mann nicht sagen, aber ich denk, bei seinem rappeligen Kopf hat er's bloß vergessen. Also werd ich zu dem einzigen Mann gehn, Signior Padrone, wo mir bis jetzt hat Auskünfte gegeben.

Euer gehorsamster und immerdar treuer
Salaì

14.

Mein ehrwürdigster Padrone,

nachdem ich mit rechter Mühe eine Ablenkung hab vermeiden können, weil mir der Duft nach diesen knusprigen gebratenen Fischchen in die Nase stieg mit denen sie dich hier in Rom an jeder Ecke für wenig Geld locken, dass es scheint wie wenn man im Paradise wär, bin ich zur Barbierstube vom Pisaner, und zum Glück hat der grade jetzt keine Kundschafft. Die Alemannen, erklärt mir der Pisaner, das sind Teutsche, aber von besondrer Art, nemlich sie kommen aus einem Teil des Landes, der an der Grenze zu Frankreich liegt, und darum wird die alemannische Sprache, welche an sich teutsch ist und also hart, vom Klang der frantzösischen Laute weich gemacht, und das schafft diese kuriose Mischung. Nun gut, sag ich, aber was machen diese Alemannen hier in Rom? Der

Pisaner weiß es nicht genau, doch will ich unbedingt einen von ihnen kennenlernen, brauch ich nur in ihre Kirche zu gehn, welches die Kirche der Teutschen in Rom ist, aber da hat's auch viele Alemannen, und liegt hinter der Piazza Navona und heißt Sancta Maria de l'Anima.

Ich verlier nicht gern Zeit, also hab ich mich sofort aufgemacht zu der Kirche, Signior Padrone, doch sieh mal einer an, gleich gibt's schon wieder Probleme. Dieweil ich nemlich zur Kirche der Anima geh, scheint mir abermals dass jemand in zehn oder zwanzig Schritt Entfernung hinter mir herschleicht. Vielleicht verwechsle ich das aber auch mit dem was mir bei San Pietro passiert, weil ich hab ja nichts Genaues sehen können. Aber dann ist die Erscheinung gekommen.

Ich weiß nicht ob Ihr Euch entsinnt wie jene herrliche Frau aussieht die Lionardo gemalt, sie heißt Madama Crivelli, und auch sie ist die Geliebte von Ludovico dem Moro,* und auf dem Gemälde hat sie ein Bändchen um die Stirn das einen kostbaren Stein enthält oder irgendeine Kleinigkeit, ich weiß nicht mehr genau, und sie ist so schön dass Lionardo sich über dem Bildnis von ihr öfters schmutzige Gedanken gemacht, ja einmal erwisch ich ihn sogar wie er sich still und heimlich davor einen runterholt, und wenn der Moro das wüsst er würd ihn ins Gefängnis stecken und den Schlüssel zu seiner Zelle wegwerfen. Ich schwör Euch, Padrone, wann ich jene Jungfer in Rom gesehen wie sie aus dem Laden herrauskommt, ist sie ganz genau als wie die Geliebte des Moro, eben nur lebendig, und fast hätt ich mir an den Kopf gehaun und mir gesagt, Salaì, was ist dir, träumst du? Aber ich träume nicht, denn die Jungfer vor meinen Augen ist zwar gleich,

* Salaì bezieht sich offenbar auf Leonardos Porträt von Lucrezia Crivelli, das unter dem Titel *La Belle Ferronière* bekannt ist und sich im Louvre befindet.

doch eben auch besser als wie die auf dem Bildnis, nemlich bei ihr ist alles überall hübsch fein gerundet, besonders hinten und vorn, wogegen die von Lionardo schön ist im Gesicht, doch flach wie ein Holzbrett, und wenn mein Ziehvater diese hier malen würd die ich gesehen, dann hätt er Stoff genug für die nächsten zwanzigtausend Wichsereien.

Um es kurz zu machen, Padrone, ich fang an ihr ein bisschen zu folgen, und die Jungfer schaut mich an und lächelt und tut gar als würd es ihr gefallen dass ich ihr folge, und schaut sie auch manchmal hinter sich, um sicher zu sein dass ich sie nicht aus den Augen verlier, und ich denk schon, gleich frage ich sie, he du da, möchtest du mit in meine Herberge kommen, da zeig ich dir meine Stäbchensammlung? So geht das eine Zeitlang weiter, sie ist von einem Laden zum andern gegangen, und wann sie wieder rauskommt schaut sie umher um zu sehen ob ich noch da bin, und wann sie mich erblickt lächelt sie und ich lächle auch, aber ich komme nicht näher, denn mir scheint das Spiel gefällt ihr sehr, und so denk ich, ich lasse sie noch ein wenig zappeln. Schließlich geht sie in einen großen Palazzo hinein und wirft mir einen letzten Blick zu, als wollt sie mich einladen, und ich gehe ihr hinterher, erst hab ich sie aus den Augen verloren doch dann find ich sie plötzlich wieder, denn sie wartet unter der Treppe von dem Palazzo auf mich, und wir sprechen, aber nur wenig denn ich geb ihr fast sofort einen Kuss und seh gleich dass ihr das große Lust bereitet, und so haben wir das schönste Ergötzen sie an mir und ich an ihr, und wann ich ihr an die Brüste will, ordentlich fest und groß sind die als wie zwei Melonen, da hab ich fast Mühe, denn ich schwöre Euch, Signior Padrone, bloß um eine gut zu packen braucht es mindestens drei oder vier meiner Hände, und ich denke bei mir, wie machen die Weiber das nur in Rom dass die Brüste hier bei allen so groß sind, vielleicht ist's ja eine Krankheit die ansteckt, derweil liebkost sie mir meinen Lockenkopf und herzt mich und sagt, du gefällst mir sehr du bist schön so schön, schaust aus wie Antinoo, sieh mal an, die kennt ihn also auch, denk ich, aber grad in dem Moment, verfluchter Mist, kommen zwei Gevatterinnen mit ihren Kindern die Treppen von dem Palazzo herunter und die Jungfer sagt, ich bitte dich geh sofort weg denn die beiden kennen mich, und ich will nicht ungesittet erscheinen, stellt Euch das mal vor, Signior Padrone, was für ein verfluchtes Scheißpech.

Grad hab ich schweren Herzens die Jungfer verlassen und geh zum Ausgang des Palazzo, und Ihr mögt denken, Signior Padrone, dass ich mich irre, aber ich sag Euch, der Mann der mir zuvor gefolgt ist, steht in dem Palazzo hinter einer Ecke, wenige Schritte nur von uns entfernt, und ich seh dass er groß ist und viel Fett auf dem Leib hat, aber er rennt so schnell fort dass ich nur seinen Schatten seh der sich entfernt und dann verschwindet, und wann ich rausgelaufen bin um die Leute zu fragen ob sie ihn gesehen, da wusste niemand was.

Euer ehrerbietiger Diener
Salaì

15.

Mein über alles geliebter Padrone,

als ich meinen Verfolger wieder aufgespürt, erschreck ich so dass ich mich fast nicht mehr erinnre wie sich die schönen Kugeln der Jungfern anfühlen, und das will was heißen, vielleicht versteht Ihr was ich meine, Signior Padrone, aber dann setz ich meinen Marsch zur Kirche der Anima fort.

Ihr könnt Euch nicht vorstellen welche Enttäuschung, wann ich ankomme und es gibt gar keine Sancta Maria de l'Anima hinter der Piazza Navona, nemlich sie wird von Grund auf neu gebaut. Von Kirchen versteh ich nicht viel, Signior Padrone, und wie Ihr wisst, das einzige worauf ich mich außer auf die närrischen Grillen von Lionardo noch sehr gut versteh das sind die Weiber, ja ist mir sogar eine Idee gekommen, nemlich wenn Ihr mal Lust habt auf ein säuisches kleines Fest mit Euren Freunden, so braucht Ihr's mir nur zu sagen und ich schick Euch diese Bäuerin von San Godenzo hoch nach Fiorenza, die hat nemlich zwei Dinger als wie Melonen so groß und auch eine Masse an Freundinnen, die könnten ein ganzes Regiment zuschanden reiten, was zum Teuffel wollte ich sagen, ach ja, sogar mir der ich nichts von Kirchen versteh, mir scheint so wie die Baustelle aussieht wollen die Teutschen eine sehr große Kirche bauen die mächtig was von sich hermachen kann, und da hab ich gedacht, sieh mal einer an, diese Teutschen und Alemannen in Rom, am Ende kommt noch raus dass die scheffelweise Geld haben und darum auch gewiss was zu verbergen.

Später in der Vacca hab ich köstlich gegessen, und man hat mir eine Suppe aufgetischt die mich sehr getröstet hat von all den Ängsten die ich hier in Rom ausstehn muss, und dann hab ich Kuhfleisch gekriegt das war schön gar gesotten und Schinken und Käse vom Schaf und Brot und frische Kräuter und hab bemerkt dass die andren Gäste der Herberge lang nicht so gut und reichlich zu essen kriegen, ja die Diener haben sich sogar entschuldigt weil sie mich haben warten lassen und haben gesagt die Köchin war nicht da, und ich denk mir, vielleicht kommt diese ganze Freundlichkeit daher dass Lionardo ihnen nicht mehr die Suppe verhagelt, nemlich immer wann wir zusammen in Gasthäusern essen sagt er stets für uns beide, kein Fleisch bitte, und mit seinem Bart und seiner Nachdenklichkeit stimmt er alle Köche traurig.

In meinem Zimmer find ich eine Überraschung, da ist eine Nachricht für mich wo man mich um ein Treffen bittet. Ich soll in die Herberge del Sole nahe beim Campo de Fiore kommen und mich vorher ankündigen lassen. Wer mich einlädt hat seinen Namen nicht verraten, doch klar ist es muss ein Freund von Lionardo sein, denn er schreibt er weiß von seiner Abwesenheit.

Wie ich's mir schon gedacht, es ist der Mensch mit den verbeulten Eiern, und wann ich angekommen hat er mich gleich in eine ruhige Ecke gezogen und sagt, hör Junge, jetzt verrate ich dir was, doch du musst es Ser Lionardo gleich berichten sobald du ihn siehst auch wenn das erst in einem Monat ist, und ich sage, ja gewiss, aber bei dem Rappelkopf den mein Ziehvater hat hält er sowieso keine drei Stunden alleine durch, ha, von wegen in einem Monat!

Und der Mensch sagt mir dass die Diener im Palast vom Papst munkeln dass hinter den ganzen bösen Verleumdungen gegen den Heiligen Vater ein einziger Mann steht, und der heißt Poggius. Man weiß nicht wer das Gerücht in Umlauf gebracht, die Diener reden in letzter Zeit häufig davon, also sag das Ser Lionardo und niemandem sonst, verstanden?

Ich hab noch nicht mal mit Ja geantwortet, da dreht sich der Mensch samt seiner verbeulten Eier schon um und geht.

Ergebenst Euer
Salaì

16.

Mein vortrefflicher Padrone,

Lionardo ist zurückgekehrt! Heut ist er in meiner Kammer aufgetaucht ohne sich anzukündigen, und mir scheint seine Laune viel besser zu sein. Ich bin ihm entgegen wie wenn ich mich sehr um seine Gesundheit gesorgt hätt, und er verrät mir den wahren Grund für seine Abwesenheit den er mir vorher nicht sagen konnt indem dass er geschworen, er hält seine Geschäffte mit dem Valentino geheim.

Und sagt mir dass ihn eine Kutsche abgeholt hat an einem vereinbarten Ort den er mir nicht verraten kann, und hat ihn nach einigen Stunden Fahrt in eine Villa auf dem Land gebracht. Hier hat ihn ein gewisser Paride Grassi erwartet, welcher ein Auditor ist vom Valentino, also sowas wie ein persönlicher Sekretarius.

Lionardo und Grassi haben von vielen geheimen Sachen gesprochen von denen er mir nichts sagen kann, weil es sind Angelegenheiten des Staates (aber seid unbesorgt, Signior Padrone, die werd ich ihm schon aus der Nase ziehn). Er sagt mir nur dass er, Lionardo, ein tüchtiger Erfinder von militärischen Apparaten, sich wird mit den Festungen und Bollwerken beschäftigen müssen, welche der Valentino erobert hat oder auf seinen Kriegen in der Romagna und Toskana erobern wird, und außerdem hat der Valentino verlangt dass Lionardo keine andren Aufträge von der Stadt Fiorenza annimmt, denn dann hätt er keine Zeit mehr für den Dienst am Valentino selbst. Dann lässt Lionardo sich aber doch entwischen dass der Valentino nicht mehr warten will, und sagt er muss unbedingt sofort erfahren wer die schändlichen Gerüchte über ihn, seine Schwester und den Papst verbreitet, und darum hat dieser Grassi Lionardo sehr gedrängt er soll bald was Handfestes als Ergebnis bringen. Was Handfestes über wen, frag ich ihn. Da ist Lionardos Gesicht grau geworden als wie die Farbe von Schlamm, und musst er die Wahrheit gestehn, nemlich der Valentino will dass mein Ziehvater die Schandmäuler findet von denen das üble Gerede über den Papst ausgeht. Wie er das sagt fühl ich mich als wie eine Kuh die man ins Schlachthaus führt, wo es doch für solch eine Aufgabe niemand schlechtren geben könnt als Lionardo der nicht mal rausfinden kann wo ihm der Kopf sitzt.

Drum sag ich, Vater, ja seid Ihr denn närrisch geworden, das ist ein sehr gefehrlicher Auftrag und fast unmöglich, wie wenn man ganz alleine gegen ein Heer ankämpfen müsst!

Lionardo antwortet nicht denn er hat die Wahrheit auch begriffen, nemlich dass über diesen Papst so viel Schlechtes geredet wird als würden ihn alle Teuffel der Hölle verleumden, und wie zum Henker willst du da was herausfinden? Dann frag ich ihn noch einmal welchen Lohn er vom Valentino kriegt so er's schafft den Auftrag zu erfüllen.

Der Valentino hat mir versprochen dass ich sein persönlicher Baumeister und auch sein militärischer Berater werd, sagt mein Ziehvater und macht das Gesicht von einem der zum Richtplatz geht wo er gehängt werden soll und dabei sagt, aber seht doch mal, wie schön, als Lohn krieg ich einen Bratapfel!

Und ich sag ihm, ich bitt Euch, Ser Lionardo, für ein solches Amt müsst man Euch wenigstens ein Großherzogtum geben!

Na komm, Salaì, wir wollen nicht übertreiben, sagt er, doch in seinen Augen sieht man dass er mir Recht gibt, und dann fügt er hinzu er hätt sowieso schon eingewilligt. Und da hab ich's nun wirklich mit der Angst zu tun gekriegt, Signior Padrone.

Denn dass der Valentino ein sehr grausamer Mann und furchtbar blutrünstig ist, das wissen sogar die Hohlköpfe, und wenn du ihm seine Sachen nicht alle so machst als wie er will, dann schneidet er dir den Kopf ab und wirft ihn den Schweinen vor. Wie soll es dann erst werden wenn du einen so wichtigen Auftrag annimmst, und dann misslingt dir alles ganz und gar? Ich spür einen Schauder dass ich gleich losheulen könnt, weil Lionardo in einer Stadt die er fast nicht kennt eine so schwierige Nachforschung machen muss, über die geheimnisvollen Verleumder die gegen den Papst und den Valentino intrigiren, und das wo mein Ziehvater doch nicht mal merkt dass ich ihm abends das Geld aus den Taschen stehl, drum ist schon jetzt klar dass der Valentino am Ende gewiss furchtbar wütend sein wird, und auch ich steck mittendrin in der Sache.

Ser Lionardo ermahnt mich, ich soll niemandem von dem Auftrag erzählen und auch nichts von dem was ihm Grassi gesagt, der Gesandte vom Valentino, und natürlich schwöre ich ihm, ich werde blind und gänzlich gehorchen. Dann fragt er mich endlich mit ein bisschen mehr Herzlichkeit wie's mir ergangen ist dieweil er fort war, nemlich manchmal fällt ihm zwischen all seinen Arbeiten wieder ein dass ich sein Sohn bin. Sogleich erzähl ich ihm dass ich gerufen wurd von dem Mensch mit den verbeulten Eiern, und berichte ihm von der wichtigen Nachricht die der Mensch mir überbracht.

Poggius? Nur ein Mann mit diesem Namen kommt mir in den Sinn, sagt Lionardo dieweil er sich am Bart kratzt.

Diese Person lebt seit vielen Jahren nicht mehr, sagt Lionardo, geboren wurd er in der Toskana und ist aufgewachsen in Fiorenza, und von daher kennt Lionardo ihn gut, aber gelebt hat er lange Zeit in Rom.

Sein vollständiger Name war Poggio Bracciolini, sagt mein

Ziehvater, und er war ein großer Mann. Und dass ich, Salaì, ihn gar nicht kenne, ist bloß weil ich zu jung bin, doch in Fiorenza gibt's in der Kirche der Sancta Reparata sogar eine Statue des Propheten Josua der man zu Ehren vom Poggio sein Gesicht gegeben, nur ist diese Statue jetzt leider ein wenig zerstört, sagt Lionardo, denn irgendein Schwachkopf hat sie verschandelt und darum erinnerst du dich vielleicht nicht an sie, Salaì.

Doch, ich kenne sie, antworte ich, aber was ich ihm nicht sage ist dass ich das gewesen bin, nemlich zusammen mit meinen Freunden hab ich mit einem Stückchen Kohle einen schönen Schnurrbart und ein paar Augengläser wie die von Lionardo und zwei ordentlich nach innen verdrehte Augen auf die Statue gemalt, und das hat mich und meine Freunde sehr von Herzen lachen gemacht.

Poggio Bracciolini, auch Poggius genannt, hat sich diese Statue wegen seiner großen Wissenschafft verdient. Geboren wurd er vor mehr als einem Jahrhundert in einem Dörfchen im Tal des Arno, und war nach Fiorenza gekommen mit dem Vorsatz Notar zu werden. Dann hat er seine Meinung geändert und angefangen Filosofie und lateinische Sprache zu studiren, um ein Büchermensch zu werden. Poggio hatte so viel Grips in der Birne dass er, nachdem er wie ein Verrückter studirt hat, in kurzer Zeit ganz von allein furchtbar ~~gelehar~~ ~~gehalr~~ ~~gelrha~~ gebildet wurde, und konnte trefflich schreiben auf Italienisch und auf Latein, der Glückliche, und schon bald wurde er in Fiorenza von allen Bürgern und allen wichtigen Leuten über die Maßen geachtet.

Man sieht genau dass Lionardo ein bisschen traurig und neidisch ist wann er von Poggio erzählt, wo er doch von sich selbst immer sagt, ich bin kein gebildeter Mann. Aber das hört man oft von ihm, nemlich dann spielt er den Stolzen und will eigentlich sagen, er kann besser zeichnen als alle andren, doch die Wahrheit ist dass er sich in Grund und Boden schämt, weil er das Lateinische nicht beherscht, und wenn er in Fiorenza mit den andren Malern spricht steht er immer als ein Bauerntölpel da, und kommt ja auch aus Vinci was ein Ort von Hinterwäldlern ist, und zwar von der ganz vernagelten Sorte.

Poggio, erzählt Lionardo weiter, hat während seiner Studien auch eine schöne und akkurate Handschrifft gelernt, und so konnt er die Schrifften von den alten Manuscripta auf solch perfekte Weise nachmachen, dass seine Schreibweise fast älter schien als die von den echten Handschrifften. Schließlich hat der hochgebildete Coluccio Salutati, sein Lehrer, ihn dem Papst empfohlen und Poggio ist nach Rom gegangen, und da hat man ihm das Amt des apostolischen Schreibers gegeben, das heißt er musste sich mit Amtsgeschäfften und Schriftstücken des Papstes befassen, und das war eine Arbeit nur für Leute wo einen sehr sehr schlauen Kopfe haben und das Latein fast besser können als wie die Lateiner selbst. Nachdem er zwanzig Jahre in den Offizien des Papstes gearbeitet ist er nach Fiorenza zurück, und da hat man ihn sogar zum Kanzler der Stadt gemacht.

In jenen Jahren, sagt Lionardo, gab's in Italien eine ganz besondere Narrheit, nemlich alle wollten die antiken Schriften der ruhmreichen römischen Väter wieder entdecken, nachdem sich viele Jahrhunderte lang kein Schwein dafür interessirt hatte, und während der ganzen Zeit davor waren die Leute grob und igniorant gewesen, fast als wie die Bauern von Vinci, wo Lionardo geboren ist, aber dann hat sich in Rom und Fiorenza eine Gruppe von Leuten gebildet die könnte man Antikisten nennen, weil sie hatten diese fixe Idee mit der Antike nach der sie ganz verrückt waren.

Die ersten Antikisten waren Petrarca und Boccaccio, die hatten hier und da ein paar alte lateinische Manuscripta gefunden, und sammelten auch die wo andre gefunden hatten, dann kamen noch mehr dazu, zum Beispiel ein gewisser Cyriacus von Ancona der durch halb Europa gereist ist um antike Inschrifften auf Marmor zu finden, oder auch Giovanni Aurispa der im ganzen Orient griechische Manuscripta gekauft und wieder verkauft hat. Man grub in der Erde um Tempel und Statuen zu finden, versuchte die Inschrifften auf Grabesplatten und Monumenten zu lesen und zu verstehen, und dergleichen mehr. Sogar wenn sie Steine und andre schmutzige Dinge sahen, welche sie in der Erde gefunden, also Sachen die ein Mensch mit gesundem Verstand einfach nur ekelhaft findet, sagten sie alle, oooh aaah guck einmal wie schön und wie alt, das nehm ich mir mit nach Hause. Einmal hatten sie unter einer Straße von Rom eine Kiste gefunden mit der Mumie von einem antiken römischen Mädchen darin, und sagten das wär eine christliche ~~Mertü Märter Märtirer~~ eine die wegen ihrem Glauben getötet wurd, und die Leut waren so gerührt, dass sie jeden Tag stundenlang zu Hunderten in einer Reihe standen um die vertrocknete Mumie zu sehn. Padrone, ich würd nicht mal eine Stunde lang warten um mir ein schönes nacktes Mädchen anzuschaun, denn das käm mir sehr übertrieben vor, was soll man da sagen wenn jemand so etwas tut wegen einer vertrockneten Toten in Kleidern die mindestens achtundert Jahre alt ist?

Wie auch immer, statt öfter in der Bibel zu lesen, denn ich mein ja wenn die Leute ein bisschen mehr befolgen würden was Jesus sagt dann säh die Welt viel besser aus, also anstatt dass sie beten haben diese Antikisten sich in Gruppen aus Dichtern Schriftstellern und Wissenschafftlern zusammengetan, und da rezitiren und studiren sie den lieben langen

Tag Vergil Cicero und Horaz und sagen, oh wie gut die sind, wie edel und weise, und am Ende können sie die Worte von den Heiden auswendig hersagen statt das Wort Gottes und der Christen zu studiren, ja sie haben sich sogar mit Leib und Seele auf so einen Dichter gestürzt wie diesen Ovid der nur Geschichten von Weibern geschrieben hat, nemlich vom Buhlen und vom Hörner aufsetzen und von Hurereien und allerlei Schweinkram.

Manche Antikisten machten lange Reisen nach Teutschland und in die Schweitz die Berge rauf und runter, um in den abgelegnen Klöstern nach vergessenen Kodizes mit unbekannten Werken von lateinischen Schreibern zu suchen. Am tollsten von allen reisenden Antikisten trieb es dieser Poggio, hat Lionardo voll Bewunderung gesagt, denn man weiß nicht wie, aber es ist ihm immer gelungen antike Handschrifften aufzuspürn, grad so wie die Hunde Trüffeln unter der Erde finden, also mit einer unglaublichen und geheimnisvollen Gabe.

Mir scheint das in Wahrheit so, Signior Padrone, dass in jenen Zeiten alle einen Sprung in der Schüssel hatten, denn plötzlich hatten sie zu viel freie Zeit, und wenn sie ein Stück antiken Marmor im Garten fanden neben Karotten oder Broccoli die man essen kann und schmecken sogar gut, dann nahmen sie lieber den Marmor mit nach Haus der zu gar nichts nütze ist. Und statt im warmen Italien auf ein schönes weißes Blatt Papier ein paar neue Gedichte auf Italienisch zu schreiben gingen sie lieber nach Teutschland wo es immer mörderisch kalt ist um alte Gedichte auf Lateinisch zu suchen, und die waren auch noch auf staubiges altes Papier geschrieben, und ist eine grässliche Mühsal wenn man bloß ein paar Zeilen lesen will.

Dieweil Lionardo mir die Geschichte von Poggio und den Antikisten erzählt bleib ich still sitzen, denn diese fixe Idee dass die alten verdreckten Sachen immer besser sind als wie die neuen und saubren, die hat auch Lionardo schon seit er damals noch Lehrjunge in der Werkstatt von Andrea Verocchio war, und so sag ich dieweil er spricht, jaja oh gewiss wie schön, was ich immer dann sag wenn er mir von seinen Erfindungen spricht die niemals nicht funktioniren, da kannst du dreihundert Vaterunser am Tag beten, alles vergebens.

Die Päpste, erzählt Lionardo dann weiter, haben die Antikisten in ihren Spinnereien ermutigt und finanzirt, nemlich so fiel der vergangne Glanz von Rom auch auf sie, und sie erschienen als die Nachfolger der großen römischen Kaiser. Ist die Heilige Stadt Rom, hat mein Ziehvater gesagt, etwa nicht die Erbin vom kaiserlichen Rom?

Das ist mir sonderbar erschienen, dass mir schon der junge teutsche (oder besser alemannsche) Pfaffe den ich mit seinem Freund in der Kirche getroffen die gleiche Frage gestellt hatte. Bloß dass das Pfäfflein sagt dass die Erbin vom antiken Rom das Reich ist, also Teutschland, und nicht das Papsttum.

Klar gibt es immer Schurken die sowas ausnutzen, zum Beispiel Michelangiolo dieser Betrüger, hat Lionardo weiter gesagt, und hat sein übliches neidisches Gesicht gemacht, wie immer wenn er von den Malern spricht wo mehr Glück haben als er selbst. Der hat hier in Rom einen Cupido verkauft und gesagt das wär eine römische Statue, das war aber geschwindelt, und man hat sogar rausgefunden dass die Figur von ihm selbst stammte, und da hat er sich dann ordentlich blamirt.*

* Hier nimmt Salaìs Manuskript offensichtlich Bezug auf die bekannte Figur des schlafenden Cupido, die Michelangelo Ende 1495 schuf und Kardinal Riario als eine antike Marmorstatue verkaufte.

Aber wo Poggio doch schon vor fünfzig Jahren gestorben ist, sagt Lionardo, versteh ich nicht was er mit den Verleumdungen des Papstes von heut zu tun haben soll, also ist die Nachricht von unsrem Mann mit den Beuleiern fast gewiss nur Gerede und keinen Dreck wert.

Das mag ja alles so sein wie Mastro Lionardo sagt der viel mehr über die Sache weiß als wie ich, aber ist mir doch von seinem ganzen Reden ein Zweifel in der Birne geblieben. Bei der Geschichte von Poggio ist schon wieder Teutschland rausgekommen, ob das ein Zufall ist, Signior Padrone? Die Teutschen in Rom verkaufen Würste, sie sind Maurer Notare und Barbiere, und wo immer ich mich hinwende stoß ich auf einen Teutschen oder Almannen. Warum sind sie bloß in solchen Scharen gekommen? Ist zwar richtig dass in Rom eine schöne Sonne scheint und in Teutschland dagegen immer nur Saukälte herrscht, aber ich denk das alleine kann es nicht sein.

Die andre Sache wo mir im Gedächtnis geblieben, ist die Statue von Poggio Bracciolini in unsrer Kirche Sancta Reparata in Fiorenza der ich den Schnurrbart und die Schielaugen angemalt, und irgendwann zeig ich sie Euch mal, Padrone, nemlich da macht man sich in die Hosen so lustig ist die. Ich weiß nicht ob's die Schuld vom Bildhauer ist der sie gemacht hat, hinter den Schnurrbart hat dieser Poggio aus Marmor das Gesicht von einem der gar keine guten Gedanken nicht hat, daran erinnre ich mich genau, und das gefällt mir überhaupt nicht.

Euer erztreuer
Salaì

17.

Mein gütigster Padrone,

nach unsrem letzten Gespräch haben Lionardo und ich beschlossen unsre Zimmer zu tauschen, so wird der Dieb in die Irre geführt wenn er nochmal wieder kommt. Leider findet Lionardo einige wichtige Papiere nicht mehr, die muss der Gauner mitgenommen haben. Ich frag ihn was für Papiere, aber er will's mir nicht sagen.

Dann bin ich die Treppen runter um mir was zu Essen zu kaufen, nemlich durch's Fenster ist ein Geruch nach gebratnem Fisch gekommen der hat mir gehörig Appetit gemacht, und tatsächlich, auf der Straße die sonst ganz leer ist find ich den Fischverkäufer sofort und kauf gleich eine doppelte Portion, und die sind so gut die Fische dass ich glattweg vergesse Lionardo die Hälfte zu bringen wie er's von mir verlangt, da ist mein Ziehvater bös geworden und musste sich allein welchen kaufen und flucht, und das hat mir leid getan, denn wenn Lionardo so laut flucht wird seine Seele nicht gerettet, aber ist das meine Schuld dass ich immer Hunger hab?

Der Kopf dreht sich mir noch immer ein bisschen von der Begegnung mit der schönen Jungfer die aussieht wie die Lucrezia die Lionardo gemalt, und da denk ich mir, Salaì, weißt du was, bevor dein Ziehvater dir wieder irgendeinen Dienst aufträgt gehst du lieber die Jungfer wie heißt sie noch gleich suchen, und dann steckst du ihr ein paar schöne Worte, von denen auf die du dich so gut verstehst, zwischen die Beine. Aber wie ich grad rausgeh treff ich auf der Treppe die junge Magd, die wo jener Cecilia mit dem Hermelin im Arm gleicht und die Lionardo für Ludovico den Moro von Mailand gemalt, und wenn der Moro wüsste wie oft Lionardo sich auch vor diesem Bildnis von seiner Freundin einen runtergeholt, dann würd er ihm die Eier abschneidn und sie ihm anstelle der Augen einsetzn.

Das Mädchen scheint sehr froh mich zu sehn und fragt mit einem Lächeln, ob ich rausgefunden hab wie die sonderbare Sprache heißt die ich in Rom auf der Straßen gehört, ob's Teutsch ist oder ein andres Idiom, denn ihr ist eingefallen dass sie sich auch auf Zungen versteht, drum könnt sie mir vielleicht helfen die Sache zu ergründen. Ich bin ja nun nicht auf den Kopf gefallen und gewisse Reden versteh ich genau und außerdem gelüstet es mich sowieso, weil ich hab ja grad an die andre gedacht, also nehm ich mir das Mägdlein mit in mein Zimmer und lass mir dort einen ausgibigen Dienst mit Mund Händen und Füßen machen und entlohn sie hernach für die Gefälligkeit, auf dem Tisch war das, keine Ahnung warum sie's dort treiben wollt wo der so kalt und hart ist als wie Stein, aber sie war so scharf dass ich ihr mitten bei der Sache sagen musst, pass auf, wenn du so schreist, dann hören uns alle, kurzum am Ende war ich leer als wie eine ausgetrunkne Flasche und hatt auch schon wieder Hunger. Ich erzähl Euch das nicht um abzuschweifen, Padrone, nemlich als Dank für meinen Dienst hat mir das Mädchen gesagt, wie bist du schön wie schön sind deine Locken, ich tu alles für dich was du willst, und da hab ich sie um einen Gefallen gebeten, aber verflixt jetzt kann ich Euch nicht erzählen was das war, weil ich muss mich beeilen sonst ist's zu spät und ich find die andre Jungfer nicht mehr die ich eigentlich sehn wollte, also jene die mich unter der Treppe geherzt.

Euer zuverlässiger
Salaì

18.

Mein sehr ehrenwerter Padrone voller Güte,

es ist tatsächlich so gekommen wie ich befürchtet, dass ich wegen dem Mägdlein Zeit verloren hab, nemlich wann ich auf die Straßen geh die zuvor leer gewesen und wo man hat so gut gehen können als wie am Sonntag, da ist jetzt ein solcher Haufen Volks dass man fast gar nicht weiterkommt.

Eine Art Umzug bewegt sich zum Campo de Fiore hin und alle Leute ringsherum drängen zu dem Mann der ihn anführt, und scheint ein Kardinal zu sein, gefolgt von Sekretari oder Auditoren, wie Ser Lionardo sagt, denn das klingt mehr gebildet, dann von zwei Garden und von hunderterlei verschiednen und bunten Leuten. In dem Moment ist auch das Mägdlein rausgekommen, und kaum sieht sie den Umzug folgt sie dem Mann an der Spitze der sich verehren und von all dem Volk den Ring küssen lässt, und kniet sie vor ihm nieder, aber die Menschen im Umzug sehen sie gar nicht, und weil alle weitergehn wird das arme Kind von den Garden fast überrannt. Grad wann ich mich nähern will nimmt einer der Sekretari sie am Arm dass sie aufsteht, und ich kann ihm ins Gesicht sehn: ein recht junger Mann war das, doch die Züge verzerrt, und die Haut runzlig als wie einer der heimlich Neid hegt und davon ganz zerfressen ist.

Auch ich helf der schönen Magd aufzustehn, und derweil frag ich den Mann wer der Kardinal ist dem alle Verehrung zeigen, und da überrascht er mich, nemlich er hätt mich ja auch verächtlich behandeln können als wie einen aus dem gemeinen Volk ringsumher das so unterwürffig ist, doch von wegen, der Sekretarius antwortet mir: Die Person nach der du fragst ist Ihre Exzellenz Giovanni Burkard, aber wer ist dieses hübsche Fräulein?

Das erste was ich denke ist, sieh mal an schon wieder einer mit teutschem Aktzent. Und dann, Signior Padrone, ich weiß selbst nicht wie's mir aus dem Mund gerutscht, vielleicht weil dieser teutsche Sekretarius einen Blick hat der mir gar nicht gefällt, aber ich antwort ihm genau das was ich hier schreibe: Dieses Weib wird bald meine Frau sein. Das Mägdlein ist so überrascht dass sie den Mund nicht auftut, vielleicht hat sie Angst der Sekretarius könnt sich verspottet fühlen. Aber nein, er wünscht uns viel Glück und Freude welche mir gewisslich nicht fehlen wird, sagt er und glotzt dabei auf die schöne Magd von der Brust abwärts, als würd er seine Finger gebrauchen anstelle der Augen.

Dann sind wir dem Umzug noch eine Weile gefolgt und ich frag das Mägdlein wer denn dieser Burkard ist und sie sagt, das ist der Zeremonienmeister von seiner Heiligkeit und kommt aus Teutschland.

Ich wusst ja schon und hab's Euch geschrieben dass der Zeremonienmeister vom Papst in der Nähe der Herberge de la Fontana wohnt. Aber erst heute hab ich von der Magd erfahren dass auch der Burkard ein Teutscher ist, genau so wie sein Sekretarius.

Das Mädchen erzählt mir dass der Sekretarius seit vielen Jahren im Dienst des Zeremonienmeisters ist, und heißt Michele Sander, und obwohl er kein Italiener ist schätzt er die Tugenden der römischen Mädchen sehr, hat sie hinzugefügt um zu sagen, du weißt schon wie ich's meine.

Zuletzt ist der Umzug beim Palazzo vom Burkard angekommen, und wann ich die Augen heb trifft mich der Schlag, nemlich der sieht nicht aus wie ein gewöhnlicher Palazzo und ist auch anders als wie alle Häuser so ich in Rom und auch in Mailand Venezia und Fiorenza gesehn. Er hat einen Turm mit Zinnen wie bei einem Gefängnis und ist sehr hoch und majestetisch und ragt über alle Dächer ringsum und scheint zu sagen, heda ihr Römer ihr seid allesamt einen Scheiß wert. Die Fassade sieht gar nicht aus wie wenn sie in Italien gemacht wär, nemlich sie ist in einem wunderlichen Stil gebaut, Signior Padrone, ich weiß bei Gott nicht wie ich Euch das beschreiben soll, weil ich bin ja ungebildet, aber mir macht der Palazzo den Eindruck als käme er aus einem Land wo es kalt ist, weil die Fenster sind klein, und ist in einer Weise gebaut, so man in Italien niemals sieht. Das Mägdlein sagt mir dass der Burkard hat teutsche Baumeister und Handwerker kommen lassen, wann er ihn gebaut. Kurzum dieser Palazzo scheint mir ein Stück Teutschland das recht gewaltsam mitten ins Herz von Rom gepflanzt ward, und ist fast als hätte der Burkard sich einen Spaß mit den Römern machen wolln.

Das Mägdelein erzählt mir auch dass der Burkard, wie das Haus gebaut wurde, einen Streit mit Kardinal Cesarini hatte welcher das Gebäude daneben besitzt, und der Papst persönlich musst einschreiten, doch jetzt ist die Sache geklärt, und als Zeremonienmeister hat der Burkard sowieso andre Dinge im Kopf, nemlich die Fundamente der Kirche der Teutschen, also der Sancta Maria de l'Anima, müssen neu gebaut werden, und der Burkard sucht grad das Geld dafür, weil er ist das Oberhaupt der Bruderschaft von der Anima.

Fast hätte ich ihr gesagt, aber warum hast du mir diese Sachen nicht gleich erzählt, die interessiren mich wirklich sehr, doch dann denk ich, lieber nicht, wo ja der Dienst vom Lionardo für den Valentino geheim bleiben muss, ebenso wie der Diebstahl und der Überfall in der Herberge.

Der vordre Teil vom Umzug ist dann in den Palazzo vom Burkard reingangen und das Tor hat sich mit großem Getöse geschlossen, und die Leut aus dem Volk wollten gar nicht aufhörn um Almosen zu betteln und um den Segen vom Zeremonienmeister. Dieweil wir fortgehn werfe ich einen Blick auf den Turm vom Palazzo Burkard, und ganz oben an der Spitze unter den Zinnen seh ich eine Inschrifft in großen goldnen Lettern:

ARGENTINA

Fast könnt man denken, Signior Padrone, dass der Burkard was mit Silber zu tun hat, aber die Magd weiß nichts davon, und damit entschuldige ich mich, ich brech jetzt ab, nemlich ich hab Hunger und muss essen gehn sonst wird die Suppe kalt.

In Treue Euer
Salaì

19.

Verehrungswürdiger und erhabner Padrone,

Lionardo hat beschlossen seine Bekanntschaften zu nutzen, um Fakten zu sammeln die uns dienlich sein können bei der Suche nach den Verleumdern vom Papst Alexander VI. Im vergangnen Jahr wurd er auf der Reise nach Venezia von der vornehmen Familie Grimani empfangen, und zu diesen Grimani gehört Kardinal Domenico der hier in Rom eine große Sammlung von Antiken besitzt und hat Lionardo schon in Venezia eingeladen ihn zu besuchen.

Jetzt will Lionardo die Einladung annehmen, drum sind wir heut in den Palazzo de l'Oratore di Venezia gegangen wo Kardinal Grimani seine Sammlung hat.

Empfangen hat uns der Sekretarius des Kardinals, Stefano Iligi da Dulcegno heißt er. Iligi ist von schmächtiger Statur, hat sehr lebhafte Augen und liebt einen guten Schwatz unter Freunden. Er überbringt uns die Grüße vom Kardinal der heut nicht kommen konnt und macht meinem Ziehvater viele artige Komplimente und fragt ihn an welchen Werken er gerade arbeitet. Lionardo antwortet mit Brummen, mmh nuuun tjaaa, denn im Augenblick hat er nicht mal den Zipfel von einem Auftrag. Dann steht er wie üblich dumm da und betrachtet stumm und mit sehr strenger Miene die Statuen, nemlich das beeindruckt alle und denken dann, wer weiß was für geniale Idee ihm im Kopf rumgehn.

Iligi zeigt uns viele Statuen die in Tivoli gefunden wurden, das ist da wo mein Ziehvater mal hingehn will, jedenfalls hat er das gesagt. Wir bewundern die verschiednen Marmorbildnisse vom Kaiser Hadrian aus seiner großen Villa, die Hadriansvilla heißt, und auch die Darstellungen von seinem Lieblingsknaben, dem berühmten Antinoo. Iligi dacht er könnt uns damit überraschen, aber Lionardo hat diesen Antinoo schon so oft gezeichnet dass er mir gründlich zum Hals raushängt, und so kommt es anders und Iligi staunt, nemlich wann er mein Gesicht mit einer von diesen Statuen aus Tivoli vergleicht merkt er sofort wie sehr ich ihm ähnlich bin. Wie ich bereits gesagt, dieser Freund von Hadrian und ich haben tatsächlich die gleiche Nase und Augen und Haare wegen denen die Weiber gleich toll werden, und meiner Meinung haben sie damit ganz Recht. Ein paar von den Statuen die Iligi uns zeigt hat man erst im letzten Jahr gefunden, wenn ich richtig verstanden hab, und jetzt sprechen alle in Rom davon, obwohl mir da ein Zweifel kommt denn dieser Antinoo war ein bisschen zu jung und zu schön um der Freund vom Kaiser Hadrian zu sein, nemlich der war alt und hatte fuderweise Geld, und von daher würd ich drauf wetten dass Antinoo wirklich eine Schwuchtel war.

Ich weiß dass man in Fiorenza sagt auch ich wär vom andren Ufer, nemlich in seiner Jugend hat Lionardo dies kleine Problem gehabt von dem ja alle wissen, jemand hat ihn angeklagt er wär ein Sodomit und andersrum, aber dann ist zum Glück nichts weiter passiert weil die Anzeige von einem Unbekannten war, aber dieser Fleck ist an Lionardo klebenblieben, und wann er mich als Sohn angenommen da haben alle gesagt, er hätte mich bloß zu sich geholt weil ich ein sehr hübscher Junge bin und dem Antinoo ähnlich seh und weil er mich flachlegen will, denn er schenkt mir ja auch immer massenhaft Armreifen und Ringe und andre schöne Sachen, aber in Wirklichkeit ist Lionardo, der Ärmste, mit seiner Wissenschafft und mit seiner Kunst verheiratet, und immer denkt er bloß an seine Zeichnungen und daran sich vor den Bildnissen der schönen Frauen, wo er gemalt, einen runterzuholn, oder auch vor dem Spiegel, weil er vor allem sich selbst schön findet, und vom vielen Wichsen kommen ihm dann die Augenränder. Mir passt das Gerede von den Leuten ganz gut in den Kram, weil in Fiorenza denken alle Väter dass ich einer von diesen Schwulen bin, und vertraun mir ihre Töchter an damit ich sie hierhin und dahin begleite und denken dabei, Salaì ist ja sowieso vom andren Ufer, aber nichtsda, ich steck mir ihre Töchter allesamt auf den Spieß, und das macht mir und ihnen die allergrößte Lust.

Um zum Sekretarius vom Kardinal zurückzukehrn, Signior Iligi hat uns gesagt der Kaiser Hadrian wär auch Maler und Bildhauer und Baumeister gewesen, grad als wie Lionardo, und hat viele Werke in Rom hinterlassen (das Kastell Sant'Angelo, die Brücke Elio und andre wo ich nicht mehr erinnre) und Iligi erzählt noch mehr Zeugs das ja vielleicht ganz interessant ist, aber er steckt eine solche Menge Latein darein dass ich schon zu gähnen anfang wie ein Esel, und Lionardo bleibt stumm von wegen seinem Problem dass er kein Latein kann und sich schämt. Ich sag ihm immer er soll in die Messe gehn, nemlich da lernt er von einem zum andren Tag wenigstens ein bisschen, so ist's mir jedenfalls gegangen, und hat das Latein ja auch eine solche Ähnlichkeit mit unserm Idiom, dass wenn ein Italiener es liest er ganz gewiss was kapiert, außer er ist ein kompletter Idiot.

Zum Glück, Signior Padrone, konnte ich einen Satz des Sekretarius nutzen um das Gespräch auf die Angelegenheit zu lenken die mir wichtig war. Dieweil er langweilige Sachen faselt über die alten Römer, wie als der Kaiser Nerva starb, Hadrian seinem Nachfolger Trajan der grad in Teutschland war die Nachricht überbracht hat blabla etcetera etcetera, da unterbrech ich ihn: Wo Ihr grad von Teutschland sprecht, ich hab gehört die Teutschen bauen ihre Kirche Sancta Maria de l'Anima wieder auf, und da guckt Lionardo mich wütend an, weil das hat er nicht erwartet dass ich den Mund aufmach.

Iligi aber der wie die meisten Sekretari ums Verrecken nichts zu tun hat und sich ödet und darum gern plaudert, der antwortet mir sofort dass es wahr ist, ja, die Teutschen bauen die Kirche der Anima wieder auf, aber es ist beileibe nicht sicher ob sie das schaffen. Ich frag, aha, warum denn nicht, und er sagt dass das Geld für den Bau welches die Teutschen hier in Rom bei der Bank der Fuoker, Fugger oder Fukker (hab nicht verstanden wie man das richtig schreibt, das sind nemlich auch Teutsche) deponirt haben, dass das schon alle ist oder fast, und der Papst wird ihnen nicht helfen. Ach ja, wirklich, und warum nicht, frag ich weiter dieweil Lionardo vor Wut kocht, denn die guten Fragen die fallen mir einfach so nebenbei ein, wogegen er über alles immer Stunden um Stunden nachdenken muss.

Da sagt Iligi, wann vor sieben Jahren der König vom Frankenreich gegen Rom gezogen ist, da haben alle gedacht dass er die Stadt zerquetschen würd als wie einen Käfer über den ein Kutschenrad rollt. Der Papst Borgia hat die Teutschen von Rom zu sich gerufen und dem Burkard befohlen er soll die Teutschen für den Kampf bereithalten wann die Frantzosen in Rom einfallen, aber da konnt der Papst noch so schöne Worte wählen, die Teutschen haben ihm praktisch gesagt, da kannst du lange warten dass wir dir helfen, nemlich der König vom Frankenreich hatte ihnen versprochen, wenn er nach Rom kommt krümmt er den Teutschen kein Haar.

Aber der Heilige Vater vergibt noch viel schlimmre Sachen, sagt Lionardo, ja er lacht sogar drüber statt die zu fangen die ihn und den Herzog Valentino verleumden.

Iligi sagt, wenn Lionardo das Gerücht meint dass der Herzog sein Sohn wär, so sind das sind alles Hirngespinste, und er erklärt uns dass die bösen Zungen sich drauf stützen dass der Papst in seinen Bullen Cesare und Lucrezia filius und filia nennt, also auf Lateinisch Sohn und Tocher. Aber das haben schon die Päpste vor ihm getan, und sogar ein Esel würd verstehn dass ein Papst wenn er so spricht natürlich Sohn und Tochter im ~~spritu spitruell~~ geistlichen Sinne meint, wie alle andren Gläubigen auch seine Kinder sind. Wenn er Briefe schreibt nennt der Papst auch die Königin von Spanien und den König der Frantzosen filia und filius, und sind die etwa auch seine Kinder?

Und mal ehrlich, Signior Padrone, ich hab's Euch schon geschrieben, auch mir scheint dass einer der sechsunddreißig Jahr lang Vizekanzler war, also gleich nach dem Papst als zweiter kommt, und der dann mit sechzig Jahren selbst zum Papst gewählt wird und obendrein mit allen Stimmen, dass so einer nicht ganz blöd sein kann, und wie käme so jemand auf die Idee in seinen offiziellen Papieren zu schreiben, er hätte einen Sohn hier und da eine Tochter?

Man sagt auch dass Seine Heiligkeit eine junge und schöne Geliebte hat, beharrt Lionardo, und dass er eine Schar von fünfundzwanzig Weibern auf einmal in sein Zimmer kommen lässt um Orgien und Sauereien zu veranstalten. Iligi hat gelacht und sagt, nicht nur dass alle in Rom es in zwei Sekunden wüssten wenn sowas geschehen würde und dass sich auch niemals nicht eine einzige Hure gefunden hat die sagt, bei der Orgie war ich dabei, sondern warum hat man denn all die Geschichten von Kindern, Geliebten und Huren in den sechsunddreißig Jahren bevor er zum Papst gewählt wurde kein einziges Mal gehört? Und wann man ihn zum Kardinal gemacht, mit vierundzwanzig nemlich, das ist ein Alter wo sogar den heiligsten Männern der Hahn gerne mal aus dem Käfig entwischt (und das, Signior Padrone, kann ich Euch wahrlich bestätigen). Wer soll da glauben dass dem Borgia der Hahn ausgerechnet jetzt, wo er über sechzig Jahre alt, mal hierhin und mal dorthin entwischt? Wann er noch Kardinal war haben die Feinde vom Borgia ihn angeschwärzt und mit Dreck beschmissen wie sie nur konnten: dass er falsch wär, geizig, verschlagen etcetera, aber von Geliebten und Kindern kein Wort. Hätt er Kinder gehabt wär's für die Feinde vom Borgia ganz leicht gewesen zu sagen, er könnte nicht Papst werden von wegen den Kindern, so war es ja auch bei andren Kandidaten gewesen, zum Beispiel bei Kardinal Ardicino de la Porta der dann auch wirklich nicht gewählt wurde. Und die, welche sagen, dass der Borgia sich das Konklave gekauft hätt, die sollten lieber das Maul halten, nemlich das gleiche hat man auch von Sixtus IV. und von Innozenz VIII. gesagt, doch es stimmte nicht, und auch bei Papst Borgia ist es ein großer Blödsinn. Die Republik von Genua, das Königreich Neapel und die Frantzosen haben vor dem Konklave einen Batzen Dukaten ausgegeben um Stimmen für Giuliano della Rovere zu kaufen, und Ludovico il Moro hat die Kardinäle mit Geld überschüttet damit sein Bruder Ascanio Sforza gewählt wird. Doch viele Kardinäle wollten weder den einen noch den anderen, das sind nemlich zwei die wegen ihrer eignen Interessen zulassen würden dass Italien von andren Ländern eingesackt wird, und dann Gute Nacht. Wann Sforza gesehen hat dass die Wahl nicht für ihn ausgehn würde hat er zu seinen Leuten gesagt, wählt den Borgia, und das haben sie dann auch getan, und genau so alle Kardinäle die noch unschlüssig waren, und wie zuletzt alle kapiert hatten dass der Borgia gewinnen könnt, da haben ihn auch noch die Freunde vom Della Rovere gewählt, aus Angst er könnte hinterher ihr Feind sein, und so ist man zur Einstimmigkeit gekommen. Im Grunde ist das passiert was immer passiert wenn's zwei Kandidaten gibt die gleich stark sind und keiner von beiden die Oberhand gewinnt: Man wählt einen dritten der schon zimlich alt ist, geschätzt wird und allen gefällt. Der Borgia selbst hatte gar nicht dran gedacht sich wählen zu lassen, das sieht man daran dass zwei andre spanische Kardinäle von denen einer sogar sein Vetter ist, sich noch nicht mal die Mühe gemacht haben zum Konklave nach Rom zu kommen. Drum haben sie den Borgia gewählt weil er sein ganzes Leben lang Vizekanzler gewesen ist und von gleich zu gleich gesprochen hat mit den ausländischen Königen, als wie ein richtiger Staatsmann eben. Und das hat er auch gezeigt sofort nachdem er gewählt worden war, weil er hat allen Kardinälen Benefizien gegeben, auch seinen Feinden wie dem Giuliano della Rovere. Nemlich Roderico Borgia wollte dass auch seine Feinde zufrieden sind damit sie besser arbeiten zum Wohl der Kirche, und das ist für ihn ein und dasselbe wie das Wohl von Italien. Alexander VI. will vor allem die Einheit und den Frieden für die italienischen Staaten, drum hat er ja auch den Namen Alexander gewählt, weil damit will er sagen dass er es so machen wird wie Alexander III., der wo erreicht hat dass die Italiener einig waren wann der teutsche Kaiser Friedrich Barbarossa nach Italien runterkommen ist, um Italien auf den Sack zu gehn, und weil sie einig waren haben sie's dem Barbarossa knüppeldick gezeigt, und der hat Prügel gekriegt. Und diese Idee die Fremden aus Italien zu vertreiben, das ist erst der Anfang, sagt Iligi, nemlich seit vier Jahren bereitet Papst Borgia auch eine große Reform für die ganze Kirche vor, davon träumt er schon sein Leben lang.

Ach ja, und was soll das bedeuten? fragt Lionardo. Iligi erklärt dass der Papst sehr wohl weiß dass es beim Klerus von Rom eine Menge Dinge gibt die nicht in Ordnung sind, da sind viele Priester und Prälaten und auch Kardinäle die nicht gern um der größren Glorie Gottes willen arbeiten, sondern möchten nur essen und saufen und dumme Späße machen, und manche lassen sich auch bestechen, damit sie in ihrem Amt überhaupt was arbeiten, und einige treiben Schweinereien vielleicht gar mit Huren. Aber die sind eine Minderheit, weil der größte Teil der Kurie und auch die meisten Leute aus dem Volk lieben Jesus sehr, und gehn sie immer in die Kirche um die Sakramente zu empfangen. Das stimmt, Signior Padrone, auch mir will scheinen dass es in Rom einen Haufen Sünder gibt, grad als wie überall auf der Welt, und vielen Leuten gefällt's jeden Tag, den Gott werden lässt, auf der faulen Haut zu liegen, nemlich hier scheint ja immer die Sonne und man ist schon zufrieden wenn man bloß ein paar Stunden auf einem Mäuerchen sitzt und sich am Sack kratzt, aber auch wenn die Leute Sünden begehen nemlich Gemeinheiten, Lästerungen, Neid oder Diebstahl und sogar Mord, so glauben sie doch an Gott und an Jesus und sagen die Gebete auf und haben ein reines Herz und bereuen fast immer ihre Sünden und die Bredullie die sie angerichtet. In Teutschland und in Holland dagegen, sagt Iligi, ist die Lage viel schlimmer, da ärgern sich die Leute die Krätze über die Mönche und die Priester wo eine Menge Sauereien machen und Anstoß erregen und sich wie Bestien benehmen, und fast scheint's als würden einige von ihnen das absichtlich tun, dass sie leben als wie die Tiere und sich vor allen Leuten so aufführn, und die teutschen Städte beklagen sich und kritisiren die Kirche von Rom und verlangen dass der Papst was tut gegen diese Schande. Obendrein gibt's auch noch die Antikisten die Ärger machen, nemlich die sammeln Leute um sich herum dass sie alle miteinander gegen die päpstliche Macht protestiren, und die Fürsten verschlimmern das ganze Durcheinander in der Kirche noch, indem dass die Bischöfe fast alle aus den fürstlichen Familien kommen und ihnen helfen, und wenn sich nicht bald ein Mittel findet dagegen, dann geschieht in diesen Ländern gewiss ein teufflisches Unheil. Alexander VI. der beileibe nicht blöde ist, hat darum beschlossen eine große Reform zu machen, und die stützt sich auf vier Punkte, den Papst und seinen Hof, die Kardinäle, die Kurie von Rom und eine allgemeine Reform der ganzen Kirche, besonders in Teutschland und Holland.

Wie Iligi so redet ist es immer interessanter geworden, denn es scheint ja fast als würd es zwei Roderico Borgia geben, einer ist der von den Schandmäulern und der andre der vom Iligi, und das ist eine Sache die mir rätselhaft vorkommt, und ist nicht zu erklären, aber leider hat Lionardo Iligi unterbrochen weil er auf seiner Frage beharrt und sagt, das sind ja alles schöne Geschichten, aber die Leute wo üble Nachreden über den Papst verbreiten müssen ja wohl einen Namen haben. Ohje, Signior Padrone, ich meine dass Lionardo da einen Feler macht, nemlich wenn man etwas erfahren will, darf man auf keinen Fall solch direkten Fragen stellen, nein, man muss langsam und von Mal zu Mal nach der Sache fragen, sonst ist's ja grad so als würdest du, wenn du ein schönes Weib auf der Straße triffst, ihr sagen, he du, komm sofort hinter diese Mauer mit mir weil du bist zimlich scharf und ich möcht meine Hände zwischen deine Beine stecken.

Zum Glück werden die dummen Fragen von Lionardo unterbrochen weil zwei andre Leute kommen die auch von Kardinal Grimani eingeladen sind, und das ist ein polnischer Priester wo Ciolek heißt und sein Freund, ein viel jüngrer Mann, der auch aus Polen stammt und Kopernikus heißt. Der erste mochte ungefehr sechzig sein und ist sehr gebildet, er weiß eine Menge von Latein Historia Religion etcetera, der andre ist fast dreißig, und am Anfang hab ich nicht genau verstanden was zum Henker der so treibt.

Iligi stellt Lionardo den Ciolek und den Kopernikus vor und umgekehrt und alle miteinander machen ein großes Getue, Meister, welche Ehre, nein die Ehre ist ganz auf meiner Seite, aber nein, ich bin der Geehrte etcetera, und da mir keiner irgendwelche Komplimente macht fang ich auch an und sag, aber bitte keine Umstände, die Ehre ist ganz die meine etcetera, und da sagt Lionardo, Salaì, was fällt dir ein, pass auf, gleich kriegst du eine Maulschelle, siehst du denn nicht dass Monsigniore Ciolek eine hochachtbare Person ist, und lass dir sagen dass Signior Kopernikus aus Polen nach Rom gekommen ist um an der Universität de la Sapienza Lectiones zu halten über die Bewegung der Planeten der Sonne des Mondes und der Erde, nemlich wie sie kreisen und wie groß sie sind etcetera, kurz Kopernikus ist ein Astrognom, und ich antworte, ah entschuldigt bitte, wie interessant, aber unter uns gesagt, Signior Padrone, das scheint mir keine große Wissenschafft zu sein, diese Astrognomie, weil auch wenn einer sie studirt bis es ihm zu den Ohren rauskommt, den Planeten ist das doch völlig wurst, und sie bewegen sich weiter als wie sie wollen.

Dann haben wir ein wenig mit Ciolek und Kopernikus geplaudert, und ich merke dass diese Polen bei Gott schlau sind und auch viel von den Dingen des Lebens wissen den praktischen mein ich, und nicht nur von der Matematik und den Planeten. Aber erst haben wir auch darüber ein bisschen geredet, weil Kopernikus ist auch so einer wie Lionardo, nemlich hat bloß die Astrognomie im Kopf, drum hat er auch Augenränder wie Lionardo, und ich frag mich ob er wohl mit Frauen geht oder ob nicht. Kopernikus hat gesagt, seiner Meinung nach dreht die Erde sich um die Sonne, nicht umgekehrt, stellt Euch das mal vor, Padrone, aber da hat Lionardo ihn bloß ausgelacht und sagt, so ein Unsinn, das ist unmöglich, wogegen mir scheint dass dieser Kopernikus einen Treffer gelandet hat, nemlich die neusten Ideen, die wo die Leute sagen, das ist doch verrückt, sowas hat man noch nie gehört etcetera, das sind so glaube ich am Ende immer die richtigen. Was aber nicht so gut ist, ist dass dieweil dieser Kopernikus spricht und gestikulirt um etwas zu erklären, man genau sieht dass auch er eine Schwuchtel ist, und zwar gewaltig, Signior Padrone, nemlich einer von denen wo nichts mehr zu retten ist und die viel mehr eine Frau sind als ein Mann.

Zum Glück haben wir das nutzlose Reden über Astrognomie bald sein gelassen und sprechen mit den Polen über die Teutschen (darauf habe ich sie natürlich gebracht, denn wenn ich damit auf Lionardo warten wollt, da könnte glatt ein Monat vergehen). Ciolek hat einen fetten Bauch und das runde und glückliche Gesicht von denen die gerne essen, und wann Iligi uns ein bisschen Wein und Backwerk mit Zucker servirt hat, da haben ich und Ciolek fast alles allein gegessen, obwohl diese Nervensäge Lionardo mir ins Ohr geflüstert hat, Salaì, elender Saukerl verfluchter Tölpel friss nicht alles auf lass den andren auch noch was übrig.

Wie ich schon gesagt, Ciolek ist sehr freundlich und spricht Italienisch mit einem polnischen Aktzent, was mich sehr lachen macht, und sonderlich mischt er nicht dauernd lateinische Begriffe zwischen jedes zweite italienische Wort, wie Iligi es tut, und drum konnt auch Lionardo alles verstehn. Ich hab Ciolek haufenweise Sachen gefragt und er sagt zu meinem Ziehvater, nein, wie tüchtig und intelligent ist dieser Salaì, Euer Sohn, meinen Glückwunsch, Ser Lionardo. Aber Lionardo hat nicht mal gelächelt, denn das wurmt ihn gewaltig dass ich keine Bildung hab, aber sobald ich den Mund aufmach krieg ich Komplimente von allen und haben alle ihre Freude an mir, aber bei ihm ist das anders, weil wenn er immer von ernsten Dingen spricht, Wissenschafft Malerei Matematik, dann wünschen sie ihn alle zur Hölle. Wartet einen Augenblick, Signior Padrone, es klopft an der Tür und ich muss aufmachen, wer zum Teuffel mag das sein.

Euer stets dienstbereiter

Salaì

20.

Mein edelmütiger Padrone,

Ihr müsst entschuldigen, aber das war der Käseverkäufer, dem hab ich heut morgen gesagt er soll mir ein wenig von seinem Schafskäse bringen, nemlich nachdem ich gerochen hatt wie der Käse duftet, war ich sicher er ist gut, und wirklich, ich habe recht gehabt, ja, und bevor ich Euch diese wengen Zeilen schreib hab ich ihn schon fast ganz aufgegessen, weil heute hat's eine frische Luft da draußen die macht einen Mordshunger, aber verflucht nochmal, wie viel dieser Käse hier in Rom kostet, und da fällt mir ein, Padrone, ich wollt Euch schon seit einiger Zeit fragen, Ihr könnt mir nicht zufällig einen Vorschuss schicken, sagen wir drei Virtel oder vielleicht sieben Achtel vom Ganzen, nemlich Ihr müsst wissen hier in Rom hab ich reichlich Ausgaben, man muss ja hierhin und dorthin gehn und das Essen bezahlen und all die kleinen Mahlzeiten etcetera, und außerdem läuft man viel herum, und so hab ich mir ein Paar neue Schuhe gekauft und zwei Hemden, nein Entschuldigung, drei oder vier, für wenn ich mit Lionardo ausgehe, sonst blamir ich ja unser Fiorenza, meint Ihr nicht auch? Danke danke danke, ich küss Euch die Hände und die Füße, aber ich bitte Euch um Gotteswillen vergesst es nicht, sonst bin ich geliefert weil ich hab schon jetzt ein paar kleine Schulden, bei dem mit den Fischen und bei dem mit den Fritelle und bei dem mit den Schuhen und dem mit den Hemden, und wie ich Lionardo kenne wenn ich den bitte er soll mir Geld leihen, frägt der mich sofort ob ich ihm nicht was leihen kann.

Also ich sagte ja schon dass dieser Pole Ciolek sehr interessant geredet hat, und hat mich eine Menge Dinge verstehn lassen und zwar diese: In Teutschland, Signior Padrone, ich weiß nicht, ob man Euch das schon gesagt, da gibt's Leute und sind sogar echte Priester, die sprechen in ihren Predigten ganz schlecht über die römische Kirche und sagen, sie müsste von Grund auf erneuert werden, weil die Päpste sind verderbt, die Römer sind verderbt, ja ganz Italien ist verderbt, nun denkt bloß, Padrone, wozu diese Teutschen fähig sind. Ciolek ist erst vor kurzem nach Rom gekommen, und während der Reise hat er die Neuigkeiten über diese Sache gehört, und haben ihn sehr besorgt gemacht, weil früher hat's ja auch schon mal eine Spaltung der Kirche gegeben. Da sag ich, alle herhörn, davon weiß ich genau, diese Spaltung die war wann die Kirche sich entzweigeteilt hat, und es hat sogar drei Päpste geben, das hat mir die schöne Magd von der Herberg erzählt, und Ciolek sagt, bravo mein Junge du kennst dich aus in der Geschichte, wogegen Lionardo bloß frägt wer diese Magd ist, und ich sag, das erklär ich Euch später, Vater.

Wie auch immer, in Teutschland, sagt Ciolek, gibt's einen gewissen Vinphelin oder Winfelin oder weiß der Kuckuck wie der sich schreibt, egal, da gibt's also diesen Wimpfeling in Straßburg, der erlaubt sich böse gegen Rom zu predigen. Wo liegt dieses Straßburg, frag ich Ciolek. Das ist die Hauptstadt von einer teutschen Gegend die heißt Elsaß, antwortet er, und da spricht man alemannisch.

Nun sieh mal einer an, schon wieder diese Alemannen, die sind ja wohl nur gut dazu, dem Papst und Rom auf den Sack zu gehn, denk ich bei mir, und Ciolek erzählt weiter dass Wimpfeling beileibe nicht der einzige ist, oh nein, er hat eine ganze Schar von Freunden die ihm helfen, aber weil die Namen auf Teutsch grässlich schwierig sind hab ich sie mir von Ciolek schön deutlich sagen lassen, nemlich ich habe gemerkt dass diese Polen ein Talent für Sprachen haben, sogar für das Teutsche, und mit der Entschuldigung dass ich ungebildet bin aber lernen möcht, hab ich mir alles auf einen Zettel schreiben lassen, wartet, wo zum Henker hab ich den gelassen, ah da ist er, er lag unter dem Käse.

Die Namen sind: Johannes Geiler von Kaysersberg, das ist der Prediger vom Dom in Straßburg, der Pfarrer vom Dom Johannes Rot, der Dekan Fridericus von Hohenzollern, der Kanonikus Thomas Wolf, ein gewisser Ademarus Nachtigall, wo Griechisch lehrt (oha, Signior Padrone, manchen Leuten reicht nicht mal das Latein, die müssen sich das Leben noch mit andern alten Sprachen schwer machen), Sebastianus Brant, ein guter Freund vom Wimpfeling und hat ein Poem geschrieben das heißt das Narrenschiff, dann der Priester Petrus Schott und andre mehr, Mamma mia, was für eine Plackerei all diese Namen auf Teutsch zu schreiben, und das sind allesamt Männer der Religion und der Wissenschafft und der antiken Schrifften.

Der erste auf der Liste, der Geiler heißt, ist sehr berühmt, nemlich er predigt immerfort gegen Rom und wird genannt die gellende Trompete von Straßburg. Ja, Signior Padrone, denn die so ich Euch genannt, sind alles wichtige Persönlichkeiten von Straßburg und Umgebung, und sie sind alle Freunde miteinander, zum Beispiel dieser Thomas Wolf ist der Sohn von einem der auf Teutsch Ammeister heißt, und das ist einer von den Herren der Stadt und hat Geiler geholfen das Amt als Prediger zu bekommen. Geiler wiederum hat andre Leute nach Straßburg kommen lassen die Geschichte studiren und sich für antike Handschrifften und Dichter interessiren, und der Sohn von der Schwester vom Wimpfeling heißt Jacobus Spiegel und ist der Sekretarius vom deutschen Kaiser Maximilian, stellt Euch bloß mal vor, Signior Padrone, diese Straßburger, wie weit die das bringen können. Stirbt einer von ihnen so schreiben die andren über sein Leben und sagen, wenn ihr wüsstet wie edel der war, wie tüchtig, wie sehr die Leute geweint haben als er starb etcetera, kurzum sogar nach dem Tod helfen sie sich gegenseitig als wie eine Familie die zusammen durch dick und dünn geht.

Ciolek hat polnische Freunde in Teutschland die ihm von alledem berichten, weil (das hab ich sofort gemerkt) die Polen plaudern sehr gern und sind so intelligent und so begabt für die Sprachen dass wenn sie an einen Ort kommen sie im Handumdrehn lernen wie man dort spricht, und so mischen sie sich immerfort in alles ein.

Diese Prediger von Straßburg und ihre Freunde kommen so gern zusammen um zu disputiren und Pläne zu schmieden und machen so viele Sachen gemeinsam, dass Geiler zu seinen Kumpanen sagt: Die eigentliche Freude des Menschen ist der Mensch. Aber da hab ich meine Zweifel, Signior Padrone, nemlich lehrt man uns nicht in der Kirche dass die eigentliche Freude des Menschen Gott ist, also Jesus, und dass der Mensch allein und ohne Gott nur ein Dreck ist? Von dem ersten Buch der Bibel erinnre ich gut dass Gott wann er dem Menschen das Leben gibt auf ein Stück Schlamm pustet das die Form von einem Menschen hat, und Schlamm ist sowas wie Dreck. Dagegen scheint mir dass diese Teutschen vom Elsaß den Menschen an die Stelle von Gott setzen wollen, und das ist gewiss keine gute Sache.

Dann hat Ciolek wieder angefangen mit Lionardo über nutzlose Dinge der Wissenschafft und Malerei zu sprechen, denn damit wollt er auch meinem Ziehvater ein wenig Bedeutung geben, dem Ärmsten, nemlich der weiß bei solchen Gesellschaften, wo man über dies und jenes plaudert, auf Teuffel komm raus nicht was er sagen soll. Schon seit einer

Weile hatt ich bemerkt dass Kopernikus mich so anschaut als wie ich die Weiber, und ich denk pass auf, gleich macht er dir ein Kompliment, und tatsächlich sagt der Kopernikus, oh, das ist ~~ekzpetio exzetpion~~ das ist sehr schön mein lieber Salaì, ich habe die Statuen gesehn, du gleichst dem Antinoo tatsächlich aufs Haar, und ich antworte, was soll man da machen, jeder hat sein Kreuz zu tragen, und da ist er ein bisschen erstaunt, aber dann nimmt er mich zur Seite und erklärt mir, wo mich die Angelegenheit ja so interessirt, er steht auch in Briefwechsel mit andren polnischen und teutschen Matematikern die ihm erzählen was im Elsaß geschieht. Mir hat es nicht gefallen mit ihm darüber zu reden, weil ich schon kapirt hatte dass der arme Dummkopf denkt, bloß weil ich mit Lionardo zusammen leb muss ich auch ein warmer Bruder sein, und er hofft was abzukriegen von meiner Wenigkeit, aber dann fällt mir ein dass die Schwulen wie die Weiber sind, drum lieben sie Klatsch, und vielleicht kann Kopernikus mir ja was Interessantes sagen.

Und ich hatt Recht, denn er hat mir zum Beispiel gesagt dass Wimpfeling, Geiler und ihre Freunde sich für antike Dinge interessiren, und dass sie Bücher schreiben über die Geschichte von Straßburg, auch sammeln sie hier und da junge Männer auf der Straße ein und gründen Schulen, ein sehr schlauer Kniff, sagt Kopernikus, nemlich dann lernen die Jungen nur was sie selbst, die Prediger also, gedacht und gesagt haben. Was sollen sie denn lernen, frage ich. Das lässt sich nicht in zwei Worten sagen, erwidert Kopernikus, und macht ein großtuerisches Gesicht als wollt er sagen, nun hör mal gut zu jetzt erklär ich's dir. Also, dieser Wimpfeling dort in Straßburg hält immerfort Schimpfreden über Italien und sagt, es stimmt zwar dass ihr Italiener als erste angefangen habt die lateinischen Schrifften und die antiken Autoren zu pflegen, und habt ihr alles wiederentdeckt, die Antike die Dichtung die Literatur und all diese herrlichen und wichtigen Dinge, die römische Baukunst und die Monumente etcetera. Aber trotz alledem sind die Teutschen für den Wimpfeling deswegen nicht weniger wert, wie dagegen Poggio meint.

Poggio? ruf ich mit einem Gesicht als hätt man mir gesagt, pass auf, deine Mutter heißt in Wirklichkeit Giacomo und hat einen Bart und vorn einen Schwanz. Kopernikus sieht mich an als wollt er sagen, aha, etwas weißt du also auch, und erzählt weiter dass Poggio, ja, genau der berühmte Bracciolini, dass der die Teutschen hat abgrundtief verachtet, und hat in aller Öffentlichkeit gesagt und auch geschrieben dass sie Barbaren sind und Idioten und Säufer und von allen gehasst werden einschließlich Gott, und sogar dass sie stinken und niedriger stehen als wie alle andren Menschen. Natürlich haben deswegen alle Gift und Galle gespien in Teutschland und sonderlich in Straßburg. Wimpfeling und seine Freunde, die Prediger sind und Geschichtsforscher und Liebhaber von alten Schriften, grad als wie der Poggio, haben gesagt, das Gegenteil ist wahr, nemlich Straßburg ist besser als Rom und das deutsche Volk wird's den Italienern schon zeigen, denn es ist ein großes Volk das nicht mal nach Italien gehen muss um zu studiren, weil es hat zuhause sowieso schon alles, von wegen Barbaren. Und im ganzen Elsaß aber erst recht in Straßburg kriegen sie eine Stinkwut auf Rom und mächtige Lust den Italienern gehörig eins überzubraten. Entschuldigt, sag ich zu Kopernikus, aber dieser Poggio ist vor fünfzig Jahren gestorben, warum machen sie in Straßburg erst jetzt einen solchen Aufstand?

Kopernikus sagt das weiß er nicht, aber vielleicht weil es erst jetzt einen Papst gibt über den so schlecht gesprochen wird als wie damals über den Borgia. Und außerdem war zur Zeit vom Poggio die Germania von Tacitus noch nicht gedruckt, sagt Kopernikus. Die Germania von wem? frag ich, doch er lacht nur und sagt, weißt du das ist eine lange Geschichte, warum kommen wir zwei beiden in den nächsten Tagen nicht mal allein zusammen? Ich versteh sehr wohl was Kopernikus von mir will, Signior Padrone, aber ich versprech ihm trotzdem dass ich von mir hören lass, weil diese Geschichte von der Germania die möcht ich unbedingt wissen.

Damit ihm aber schon mal die Lust vergeht bei mir einen auf warmen Bruder zu machen, frag ich ihn, hör mal, dir gefallen die Weiber doch auch, stimmt's? und da fangt er an zu lachen und sagt, aber ja gewiss warum nicht, und ich sag, gut, dann werd ich dir, wann wir uns sehn, eine Freundin aus San Godenzo vorstellen, die hat ein schönes Paar dicker Melonen und obendrein gute Freundinnen, die könnten sogar ein Pferd zuschanden reiten, du wirst sehn, das wird ein feiner Spaß, aber er macht ein Gesicht als würde er denken, Grundgütiger, bei dem muss ich ja wohl ganz bei Null anfangen.

Wie Ciolek und Kopernikus sich von uns verabschieden wollen, fragen sie mich noch, sag mal Junge, warum interessirst du dich eigentlich so für Straßburg, und ich antworte, na hört mal, das ist doch klar, nemlich all die Verleumdungen in Rom gegen den Papst, da können ja nur die aus Straßburg dahinterstecken.

Und da, das glaubt Ihr nicht, Padrone, was für Gesichter sie alle machen, und mein Ziehvater sagt, Salaì, was fällt dir ein, und ich antworte, entschuldigt, Ser Lionardo, das sieht doch jeder Simpel wie die Dinge stehn, nemlich auf der einen Seite hier in Rom die Schandmäuler, aber man weiß nicht wer sie sind, die verbreiten eimerweise Lügen über den Papst und Valentino, und auf der andren Seite in Teutschland oder vielmehr in Straßburg, wie Signior Kopernikus sagt, da hassen alle Rom und die Italiener und sagen dass die Kirche zum Speien ist und man sie ganz neu machen muss, und darum scheint mir klar dass es die Straßburger sind wo die Lügen über den Papst verbreiten, meint Ihr nicht auch? Mir schien das ein intelligenter Gedanke, sogar fast zu einfach, aber grad darum weil er so einfach war schämen sich Lionardo und die andern, dass er ihnen nicht gekommen ist, also sagen sie alle, naja, mmh, wer weiß, aber nein etcetera, und wissen auf Teuffel komm raus nichts Besseres zu sagen. Und deswegen, Signior Padrone, hab ich auch nicht drauf bestanden, nemlich wenn die gebildeten Männer schon so dumm sind, was kümmert's mich da, ihnen was zu erklären, wo ich doch ein ignioranter Tölpel bin?

Bevor er uns aus der Tür gehen lässt sagt Iligi zu mir und Lionardo, er weiß auch nicht mehr über die üblen Reden gegen den Papst, doch er gibt uns den Rat wir sollen zum Beispiel mal in die Locanda de la Campana gehen, weil dort erzählt man sich unendlich viele Geschichten über den Papst, aber es wär besser dass ich allein hingehe, indem dass dort auch Personen von hohem Stande sind, und die könnten meinen Ziehvater womöglich erkennen. Grad wollen Lionardo und ich ihn fragen warum er uns ausgerechnet diese Taverne vorschlägt, aber Iligi verabschiedet sich schon von Ciolek und Kopernikus, und es scheint sonnenklar dass er mehr nicht sagen will.

Beim Rausgehen musst ich Lionardo erklären wie ich all diese Dinge über die Teutschen, den Burkard, die Alemannen und die Sancta Maria de l'Anima erfahren hab. Uff, Padrone, wie ist der wütend geworden und was für Strafpredigten hat er mir gehalten! Er wollte wissen mit wem ich über all das gesprochen und wann und wo etcetera. Ich sag, Vater, was sollte ich denn tun, wo Ihr mich allein in Rom habt zurück gelassen wie einen Deppen, sollt ich mich den ganzen Tag am Bauch kratzen? Im Gegenteil, Ihr müsst mir sogar dankbar sein, dass ich Euch gesagt hab was los ist, nemlich dass ich meine es sind die von Straßburg wo die bösen Gerüchte über den Papst und seine Verwandten verbreiten. Lionardo, der einen Dickschädel hat, sagt, ach hör doch auf, wir haben ja nicht mal Beweise, ich kann dem Valentino doch nicht sagen dass dir das eingefallen ist, denn den Ideen die ein Junge von zwanzig Jahren hat, auf die kann er sich bestimmt nicht verlassen.

Grad in diesem Moment kommen wir an der Herberge an, und da gibt's schon wieder eine böse Überraschung. Unter der Tür von Lionardo hat jemand ein Papier durchgeschoben mit einer Zeichnung darauf.

Mein Ziehvater will nicht mal was dazu sagen, aber ich sehe gleich, dass sein Gesicht vor Schreck weißer ist als Gips. Wer hat gewusst dass wir in der Herberge de la Fontana sind? Die andren Zimmer auf unserem Stockwerk sind leer, drum ist es schlecht möglich dass man Lionardo mit einem andern verwechselt hat. Ist uns jemand gefolgt seit wir in Rom sind? Aber wer?

Sogleich ist mir ein Zweifel gekommen: Könnt es nicht

sein dass der wo diese Zeichnung von einem Gehenkten unter Lionardos Tür gelassen, das für die Stadt Fiorenza getan hat? Nemlich Lionardo hat auch mal ein Bild von einem Gehenkten gemacht, den hatte er selbst gesehn, und das war dieser Bernardo* der Fiorenza verraten hat und geflohen ist, und dann in Konzstantinopel gefasst wurde, der hatte mitgemacht bei der berühmten Verschwörung der Pazzi die viel Leid über Fiorenz gebracht, und war sogar ein Papst dabei, und zufällig steht auch Lionardo grad im Dienst des Valentino, also auch vom Papst. Daher sag ich zu meinem Ziehvater, wisst Ihr, Vater, diese Zeichnung erinnert mich an die von dem Verräter Bernardo die Ihr mal gemacht, und dann blick ich ihn an um zu sehen was für ein Gesicht er zieht, doch er sagt nur, was für einen Mist redest du da, Salaì, meine Zeichnung das ist ein Kunstwerk und kein blöder Scherz von einem Verrückten, und an seinem Gesicht seh ich, er hat eine Heidenangst.

Sofort sag ich zu Lionardo dass wir auf der Stelle in die Messe gehn müssen um uns segnen zu lassen, und dass ihm diese Sachen passiren weil er das Weihwasser niemals nicht anrührt, und an sowas hat der Teuffel seine höllische Freude. Aber Lionardo will in der Herberge bleiben, weil er zu viel zu tun hat, sagt er, doch ich glaube er hat nur Angst dass wieder jemand in sein Zimmer kommt, um ihm seine Zeichnungen und andre Sachen zu stehlen. Schließlich bin ich allein in die Messe gangen, und Jesus und die Jungfrau und alle Heiligen mögen uns beschützen.

* Salaì bezieht sich auf Bernardo di Bandino Baroncelli, einen der Teilnehmer der berüchtigten Verschwörung der Familie Pazzi gegen die Signioria der Medici, der floh, in Konstantinopel gefangen und am 29. Dezember 1479 in Florenz gehängt wurde. Leonardos Zeichnung, die den noch hängenden Leichnam darstellt, befindet sich im Musée Bonnat in Bayonne.

Dies ist alles was ich im Augenblick berichten kann und lass ich Euer Gnaden entscheiden ob es gut oder schlecht ist für Fiorenza, unsere Heimat.

Euer tief ergebener Sklave
Salaì

21.

Mein sehr geliebter Padrone,

ich bestätige mit diesem Schreiben Euren Brief erhalten zu haben, mit welchem Ihr mir wie immer massenhaft weise und schlaue Dinge sagt, und ich nehme mir auch wieder vor dass ich die Augen offen halt, wie Ihr sagt, und nicht immer bloß die Weiber im Kopf habe, sonst denkt Ihr nicht dran mich zu bezahlen, im Gegenteil, Ihr werdet mich bestrafen lassen, und da habt Ihr Recht, nemlich alles was Ihr macht ist immer richtig und vortrefflich.

Euch stets unterwürfigst zu Diensten
Salaì

22.

Mein hochverehrter Padrone,

die Magd von der Herberge zeigt dass sie mich gerne hat und dass sie mir helfen will. Nemlich auch heute ist vor der Herberge der Burkard mit seinem gewohnten Geleit vorbeigezogen, und konnt ich ihn diesmal sehr gut sehn: der Zeremonienmeister vom Papst ist groß und hat ein rundes Gesicht, sehr kurze und weiße Haare, eine Hakennase, blaue Augen wie alle Teutschen und einen gewaltigen Bauch, wie von einem Menschen der gerne viel und immer isst. Wann die Gruppe an uns vorbeizieht bitt ich das Mägdchen sie soll sich dem Sander zeigen, dem Sekretarius vom Burkard. Mir scheint der Magd gefällt's dies Spielchen zu spielen, und Sander hat wirklich angebissen: Wann sie vor ihm hinkniet, stellt Euch das mal vor, Padrone, da bleibt der Sekretarius stehn und lässt zu dass der Geleitzug von seinem Padrone ohne ihn weitergeht. Dann kümmert er sich um das Mädchen nimmt ihren Arm, und da komm ich hinzu. Wie er dem Mägdlein recht sittsame und freundliche Dinge sagt (ist sowieso klar, dass er nur Sauereien im Sinn hat) mach ich ein besonders tumbes Gesicht und sag, verzeiht, mein Herr, darf ich Euch eine Frage stellen? Signior Sander, ich bin Toskaner und komme aus Fiorenza und hab viel reden hörn von diesem großen Mann, dem Poggio, wo hier in Rom gelebt und für den Papst gearbeitet hat, und ist zwar schon lange tot doch vielleicht könnt Ihr mir etwas von ihm erzählen.

Aber sofort seh ich, Signior Padrone, dass ich was Falsches gesagt, nemlich Sander wird finster im Gesicht und lässt den

Arm von dem Mägdlein los und sagt, aber Junge, was geht dich das an? Und scheint ganz und gar nicht froh. Ich antworte ihm mit dümmren Gesicht als wie zuvor, naja, Ihr müsst wissen, Signior Sekretarius, dass Poggio ein großer Mann war. Ha, von wegen großer Mann, sagt dieser Sander, du weißt wohl nicht, Junge, dass er wie ein Hund krepirt ist?

Da bin ich lieber still geblieben, Signior Padrone, und denk mir, uff, wenn ich das Lionardo erzähl, dann sagt er mir wieder, ich soll mich nicht mit den Teutschen einlassen. Zum Glück hat Sander gleich wieder Lust gekriegt was mit dem Mägdchen einzufädeln, und sagt zu mir, du bist also nicht von hier, und ich nehme an, du willst in dieser Stadt dein Glück machen, hab ich Recht? Oh ja gewiss, Signior Sander, antworte ich. Gut Junge, dann komm mich mal besuchen im Palazzo vom Messer Burkard, da geb ich dir ein paar gute Ratschläge, denn Rom ist eine schwierige Stadt wo alle versuchen sich eine gute Position zu verschaffen, drum brauchst du jemanden der dir am Anfang erklärt was man tun muss und was besser nicht, und wann du zu mir kommst, dann bring deine Verlobte mit, und schenkt dem Mädchen noch einen Blick der ist so als wollt er sie verschlingen. Nachdem Sander weggegangen ist fragt mich die Magd wer dieser Poggio ist von dem ich gesprochen hab, und warum der Sander so erregt ward wie er den Namen hört. Ich hab ihr nur gesagt dass Poggio ein Gelehrter in Fiorenza war und dass ich nicht gewusst hab wie böse er geendet ist. Da sagt mir das Mägdchen, ich irre mich gewiss, nemlich es stimmt dass dieser Poggio wie ein Hund krepirt ist, im Jahr 1494, also vor sieben Jahren war das, und im Viertel von der Herberge wissen es alle, und außerdem war er nicht aus Fiorenza sondern ein Spanier.

Ist ganz klar, Signior Padrone, dass wir von zwei verschiednen Personen sprechen, weil Poggio aus unsrer Stadt kam, und darum hat er seine Statue in Fiorenza, also die wo ich den Schnurrbart drauf gemalt, und ist vor fünfzig Jahrn gestorben wie Lionardo und Kopernikus gesagt haben, nicht vor sieben. Das Mädchen wusste nicht was für ein Gewerbe dieser Poggio hatte von dem sie redet, nemlich wann er krepirt ist war sie noch ein kleines Kind, aber was ihr in Erinnrung geblieben war, außer dass er Spanier war, war wie er kaltgemacht wurde: in seinem Bett mit Axthieben auf den Kopf.

Euer getreuester

Salaì

23.

Gütigster und gnädigster Padrone,

dieweil ich schrieb hat Lionardo an meine Tür geklopft, und musst ich schnell das Blatt verstecken und so tun als wär ich mit andren Dingen beschäftigt, drum hab ich ein Stück Brot gegessen mit Oliven und Ricotta von der Kuh, der ist sehr gut, den hab ich gestern von einer Händlerin gekauft die hatte zwei so schöne runde Euter dass sie selbst aussieht wie eine Kuh, und hat mir einen kleinen Kredit gewährt.

Wann mein Ziehvater reinkommt berichte ich ihm ganz genau was mir die Magd gesagt. Nemlich sie hat noch weiter erzählt (ich hatte keine Zeit es Euch im letzten Brief zu schreiben) dass der Poggio von vier Axthieben auf den Kopf gestorben ist, und dass es sein Diener war der ihn umgebracht, der ist dann sofort gefasst und hingerichtet worden. Dieser spanische Poggio der auf so viehische Weise kaltgemacht wurd der stand im Dienst vom Burkard, er hat also beim Zeremonienmeister vom Papst gearbeitet.

Lionardo ist erstaunt und sehr an dieser Geschichte interessirt, und dann erzählt er mir auch verschiedne neue Dinge. Zuallererst will er mir eine große Ehre erweisen, nemlich er muss wieder zu Paride Grassi gehn und diesmal will er mich mitnehmen, doch muss ich schwörn dass ich stumm bleib als wie eine Statue, sonst verpasst er mir wirklich Stockhiebe wenn wir nach Haus kommen, und Ihr habt ja keine Ahnung, Signior Padrone, wie viele er mir schon verpasst seit der Zeit wo ich noch klein war. Also schwöre ich mit großer Lust weil ich hab meinen Spaß daran immer Ja zu Lionardo zu sagen, und dann mach ich doch was ich will, und das ist auch besser für ihn, sonst kann ich ihn nicht aus der Patsche holn, wo er sich immer wieder selbst reinsetzt.

Das Treffen mit Paride Grassi findet auf dem Fischmarkt statt, nah beim Getto der Juden. Ist ein kleiner Mann, dieser Paride, und von recht feuriger Natur, der Kopf ist fast kahl und die Augen schwartz wie die von einem Fuchs. Wir haben einen Spazirgang gemacht von der Kirche San Giovanni de la Pescheria bis zu der vom Velabro, wo in der Nähe die Boote der Fischer ankommen und die Kähne ihre Waren über den Tiber bringen. Ein paar Fischer sehn meinen Ziehvater mit seinen blauen Augengläsern und dem geflochtenen langen Haar und dem rosa Rock, und sie finden ihn sehr absonderlich, doch zum Glück ist Lionardo hier in Rom nicht so bekannt als wie in Fiorenza, und darum ist niemand gekommen und hat uns beim Reden gestört.

Lionardo stellt mich sofort dem Grassi vor und sagt, alles was der Grassi ihm anvertraut das darf auch ich erfahrn, weil ich sehr vertraunswürdig bin und niemandem nichts verrat, und ich sag, das schwör ich, Herr Vater, und knie mich sogar vor ihm hin. Was Lionardo und Paride Grassi sich dann gesagt, Signior Padrone, das erzähl ich Euch sogleich, nemlich es ist sehr interessant.

Mein Ziehvater hat Grassi die Nachricht von Poggio überbracht, die ihm der Mensch mit den Beuleiern gegeben, aber er sagt nicht von wem er sie hat, und wie Grassi ihn danach fragt, spielt er den Geheimnisvollen, so kann er sich ein bisschen wichtig tun.

Über die Sache mit Poggio Bracciolini ist Grassi erstaunt wie vorher schon Lionardo, und auch er sagt, das kann nicht Bracciolini sein der die Gerüchte über den Papst ausgestreut, wo er doch seit fünfzig Jahren mausetot ist. Und damit bin ich einverstanden, Signior Padrone, denn so einer tot ist wird's schwierig für ihn schlecht über andre zu reden, höchstens umgekehrt ist es möglich. Drum hab ich versucht zu sagen, hört mal, ich glaub ich weiß wer den Papst mit solchen Gerüchten anschwärzt, aber Lionardo sagt sogleich, halt den Mund, Salaì.

Der andre Poggio, der von dem die Magd geredet und der mit Axthieben auf den Kopf getötet wurd, heißt in Wirklichkeit Juan Despuig, sagt der Grassi, das heißt auf Spanisch grad dasselbe wie Giovanni Poggio, und kam aus Ciativa bei Valencia, das ist die Gegend wo auch die Familie vom Papst herkommt. Er war der Neffe von einem Kardinal, und darum hat er einen Posten bei der Kurie bekommen. Im Offizium vom Zeremonienmeister war er aber nur ein ~~supernumrera~~ ~~supernarius~~ also einer von denen wo keine feste Anstellung haben, und eigentlich sind sie zu rein gar nichts nütze, aber irgendeine Arbeit mit einem guten Lohn finden sie immer, denn sie werden ja beschützt von jemand Mächtigem. Von solchen Leuten gibt's in Rom eine große Masse, nemlich ich hab Euch ja schon geschrieben dass es hier Scharen von Leuten gibt die den ganzen Tag lachen und Späße machen und in der Sonne auf der faulen Haut liegen und kein Fitzelchen zuwege bringen, aber sind immer kreuzfidel.

Lionardo fragt Paride Grassi warum der spanische Poggio von seinem Diener umgebracht wurd, und Grassi erklärt, das hat man nie herausgefunden. Der Diener war ein gewisser Tomaso de Piemonte, und hat den armen spanischen Poggio im Schlaf erledigt, und wann man die beiden gefunden, da sitzt der Diener noch neben dem Bett von seinem Herrn und ist ganz durchtränkt vom Blut, hält die Axt in der Hand und scheint wie toll geworden, weil er zittert und die Augen ihm vorquellen, und kann nicht mal sprechen. Das Verbrechen war so schändlich dass man Tomaso de Piemonte sofort den Prozess macht, aber trotzdem man ihn gefoltert was das Zeug hält, hat er kein Sterbenswörtchen gesagt.

Dann berichtet Lionardo dem Grassi was uns der Sekretarius vom Kardinal Grimani gesagt. Als er fertig ist sagt Grassi dass Iligi ganz recht hat, nemlich das böse Gerede gegen Seine Heiligkeit ist alles bloß Blödsinn und auf ein Nichts gebaut, und es ist auch alles wahr was Ciolek und Kopernikus über die von Straßburg gesagt, und der Heilige Vater ist sowieso genau unterrichtet über das was in Straßburg geschieht.

Verzeiht, Signior Grassi, setze ich an, obgleich Lionardo sofort sagt, Salaì, sei still, sonst verdresch ich dich zu Haus, scheint's Euch nicht auch sonderbar dass an allen Ecken und Enden diese Teutschen zum Vorschein kommen? Man spricht von Poggio Bracciolini und stößt auf die Teutschen. Man spricht von den Schmähreden gegen den Papst und stößt auf die Teutschen. Man spricht über den Tod von diesem spanischen Poggio und siehe da, schon wieder landet man bei ihnen, weil der Padrone von dem Toten der Burkard war, also ein Teutscher. Sogar der Dieb wo ins Zimmer von Lionardo gekommen ist, der hat was gesagt das schien mir fast Teutsch zu sein. Und was zum Henker ist diese Germania von Tacitus die Bracciolini entdeckt hat, wie mir Kopernikus sagt?

Mein Ziehvater versucht sich beim Grassi für mich zu entschuldigen, und schimpft dass ich niemals nicht gehorche und immer den Mund im falschen Moment aufmachen muss und nicht weiß, was sich für mich gehört. Dieweil aber lässt Grassi sich erzählen wie der Dieb im Zimmer vom Lionardo mich mit seinem Messer fast kaltgemacht hätt, und dann von der Zeichnung mit dem Gehenkten die wir unter Lionardos Tür gefunden, und zuletzt sag ich ihm noch dass jemand einen seltsamen Gefallen dran findet mich in Rom zu verfolgen.

Grassi macht große Augen wegen all dem, aber er weiß nicht recht, was er sagen soll, drum redet er nur von Dingen auf die er sich versteht, nemlich die Geschichte vom Poggio und der Germania von Tacitus. Und so erklärt er uns dass Poggio Bracciolini nicht nur viele antike Handschrifften entdeckt hat, wie schon mein Ziehvater gesagt, nein, er hat auch eins der wichtigsten Werke von dem berühmten lateinischen Geschichtsschreiber aus der Antike, dem Cornelius Tacitus, entdeckt, und ist ein Buch das heißt wirklich Germania. Das ist die Geschichte von den Ursprüngen der Teutschen und davon hat vor Poggius niemand was gewusst.

Diese Entdeckung war unglaublich wichtig, nemlich so kriegten die armen Teutschen die keine Geschichte von ihrem Volk hatten endlich auch eine edle und rühmliche Vergangenheit als wie die Italiener, wo schon seit jeher ihre Fabeln von Rom, Julius Cäsar, dem Kollosseum und dem Imperium etcetera hatten. Poggio hat riesiges Schwein gehabt, weil er hat die einzge Handschrifft von Tacitus gefunden die es noch in Teutschland gab, und das war in einem alten teutschen Kloster wo die Mönche sie scheinbar vergessen hatten, stellt Euch das bloß mal vor, Padrone. Poggio ist nemlich mit ein paar Freunden durch alle Klöster in Teutschland gezogen, und hat er rausgefunden wie dämlich und ungebildet die teutschen Mönche sind, weil sie besitzen die schönsten antiken Werke von den lateinischen Autoren und wissen's nicht mal. Poggio hat den Mönchen viele Manuscripta abgekauft und hat sie in Italien wieder verkauft und einen Batzen Geld damit gemacht.

Wie ich diese Geschichte hör, Signior Padrone, da ist mir schon klar wie die Sache gelaufen ist, denn einer der nicht ganz blöde ist begreift sofort dass die Mönche dem Poggio gewiss wer weiß was für einen faulen Zauber untergejubelt haben. Nemlich wenn zehn teutsche Mönche dir sagen, schau mal, guter Freund, diese Handschrifft die haben wir seit sechshundert Jahrn hier in der Schublade liegen, aber dir verkaufen wir sie weil wir dich so nett finden, da sagst du doch nicht, nein, das glaube ich nicht. Viel schlauer wär's zu sagen, oh ja, recht schön danke vielmals, so drückst du den Preis soweit du kannst und wenn du das Papier in Händen hast dann schreist du, ein Wunder, ein Wunder, und verkaufst den Schwindel so teuer als wie du willst und wirst reich, denn man muss sich ja bloß den Poggio ansehen, der wurde in einer Familie von Hungerleidern geboren und ist gestorben da schwamm er im Geld.

Doch wie ich das sage, da rufen Lionardo und Grassi, was fällt dir ein, Poggio war ein großer Mann und ein Weiser und ein großer Gelehrter, das sagen alle, und außerdem, nein nein, das ist unmöglich dass er solche Sachen gemacht. Na gut, wisst Ihr was ich Euch sage, Padrone, sollen sie doch machen was sie wollen, und wenn sie sich unbedingt verarschen lassen möchten können sie von mir aus zum Teuffel gehn, aber hinterher sollen sie mir ja nicht kommen und sagen sie würden mich brauchen.

Dem Grassi sag ich nur, aber warum haben die Teutschen denn nicht mal selbst in ihren Klöstern gesucht wogegen der Poggio haargenau wusste wo er was finden würde? Weißt du Salaì, sagt Lionardo, Poggio und seine Freunde sind die ersten gewesen die alle teutschen Klöster und Abteien durchsucht haben, um die großen antiken Werke aufzuspürn. Die Päpste und die andern großen Männer wollten die Bücher für ihre Biblioteken und konnten einen guten Preis dafür zahlen, und dann macht Lionardo mir ein Zeichen ich soll aufhören Grassi mit der Fragerei zu belästigen, sonst haut er mir zu Haus die Hucke voll.

Da sag ich zu Grassi, wisst Ihr, Signiore, ich glaub diese üblen Reden gegen den Papst die haben die von Straßburg ausgestreut, nemlich sie sind neidisch auf Rom und die Italiener, wie mir Kopernikus gesagt, und wolln die Kirche erneuern, ja vielleicht wolln sie sogar in alle Kirchenämter Teutsche reinsetzen, sag ich noch, und darum geht ihnen die Reform vom Papst maximamente auf den Sack, weil er lässt sie ja nicht ihre eigne Reform machen, aber da hat Lionardo mich leider das letzte Mal mit einem bösen Anraunzer zum Schweigen gebracht.

Am Schluss ermahnt Grassi uns dass der Valentino und der Papst sich große Fortschritte von Lionardos Nachforschung erwarten, weil Seine Heiligkeit (und hier hat Grassi ein sehr ernstes und betrübtes Gesicht gemacht) sehr beschäftigt ist mit dem Kampf gegen die Türcken, drum muss er sich drauf verlassen können dass die Christen ihm helfen statt ihn zu verraten.

Mein Ziehvater hört sich diese letzten Worte mit einem Gesicht an das ist starr als wie ein Block Eis, aber ich wo vertraut bin mit ihm, ich seh wie sich ein paar Härchen von seinem Bart an den Mundwinkeln bewegen, auf eine Weise die nur ich kenne, und an dieser Grimasse merk ich genau dass mein Ziehvater sich in die Hosen scheißt vor Angst. Denn der Valentino erwartet große Dinge von ihm und hat verlangt dass Lionardo keine andre Arbeit macht für Fiorenza, sonst ist er mit dem Kopf woanders und kann die Ergebnisse von seiner Nachforschung nicht bald liefern. Und ob das alles gut oder schlecht ist für unser Fiorenza, das lass ich Euch entscheiden, mein gnädigster Padrone.

Danach wär ich gern in die Herberge gegangen, weil ich wollte Ordnung schaffen in meinem Kopf, doch auf dem Rückweg sagt Lionardo, ich hab jetzt was zu tun. Wohin geht Ihr, Vater? Ich muss jemanden um seine Meinung fragen, sagt er, und da versteh ich sofort dass er zu der Zigeunerin zurück will um sich sein Schiksal ~~profzie~~ ~~profeize~~ sagen zu lassen, so verlang ich dass ich mitkommen darf, und er hat nicht den Mut nein zu sagen. Sowieso hat Lionardo nach dem Besuch bei Grassi das Gesicht von einem der nach Haus zurückkommt und entdeckt dass seine Frau mit einem andren weggelaufen ist und alles Geld mitgenommen und ihm bloß einen Zettel dagelassen hat worauf steht, auf Nimmerwiedersehen du Arschloch.

Wie wir in die Kammer eintreten wo die Zigeunerin ihre Besucher empfängt da scheint das Weib vor Freude fast zu zerspringen, und sie begrüßt Lionardo mit einem Hallo, das könnt Ihr Euch nicht vorstellen: Mein lieber Herr, wie schön Euch wiederzusehen, aber bitte setzt Euch doch, wollt Ihr was trinken oder essen, immer werd ich Eure treue Dienerin sein etcetera etcetera, denn sie hat kapirt dass mein Ziehvater den ganzen Quark glaubt den sie sagt und dass sie ihn gehörig melken kann. Doch da macht Lionardo die allergrößte Dummheit von der Welt, nemlich er sagt dass er ein Problem hat mit einem der Poggio Bracciolini heißt, und dann erzählt er ihr vom bösen Gerede gegen den Papst und vom Tod des andren Poggio, also dem spanischen. Weil Lionardo drauf und dran ist alles aber auch wirklich alles von diesen wichtigen Angelegenheiten zu erzählen, gebe ich ihm ohne dass die Alte es merkt unterm Tisch einen Tritt. Und da versteht er dass er grad eine riesige Dummheit begeht, denn sowas macht ja nur der größte Idiot, irgendeiner Zigeunerin all unsre Geschäffte zu erzählen, und darum verschweigt er wie er weiterredet den Namen und die Stellung von den andren Leuten und erzählt bloß so allgemein.

Die Zigeunerin hört sich alles an und macht derweil große Augen und sagt immerfort, ach ja, wiiirklich? Ist ja unglaublich, in was für einer Welt leben wir bloß? Aber ich glaub sie hat nicht mal alles verstanden, was Ser Lionardo gesagt, denn sie ist und bleibt ja nur eine Zigeunerin drum ist sie noch dümmer als ich, und wirklich, am Ende wiederholt sie den einzigen Namen den Lionardo am Anfang genannt, nemlich Poggio Bracciolini, und sagt schön, sehr schön. Dann nimmt sie einen Stapel Karten und lässt Lionardo die ersten elf mit der linken Hand nehmen und legt sie als einen Fächer auf den Tisch und fangt an die Karten zu betrachten, dabei schüttelt sie den Kopf als wollt sie sagen, oh neinneinnein, so geht das wahrhaftig nicht.

Also gibt sie Lionardo die übrigen Karten und sagt, mein lieber guter Signiore, nehmt die erste Karte die oben drauf liegt. An den Mumpitz von den Zigeunerinnen glaub ich nun ehrlich nicht, Signior Padrone, aber wie ich seh welche Karte Lionardo genommen, da hat's mich doch ein bisschen geschaudert, muss ich gestehn, und steck ich Euch hier so eine Karte in den Brief bevor ich ihn abschick, die hab ich gekauft von einem Händler.

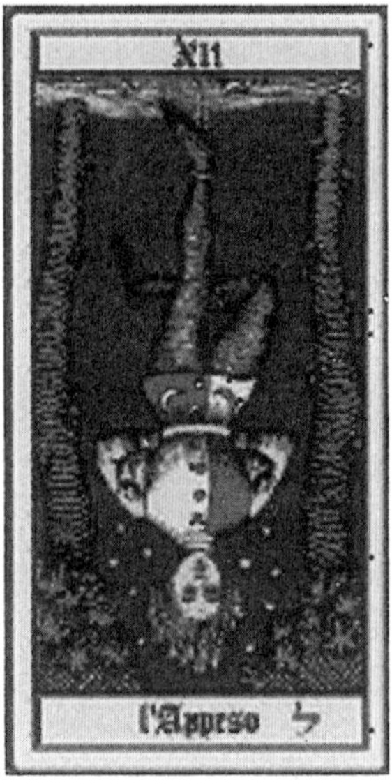

Es ist das Bild von einem Aufgehängten, aber weil Lionardo der Zigeunerin ja gar nicht erzählt hat dass wir in der Herberge einen Zettel mit einer solchen Zeichnung gefunden, wie zum Teuffel konnt das Weib das wissen? Die Zigeunerin hat gesagt das ist kein gutes Zeichen, nemlich das ist die Karte vom Aufgehängten, die bedeutet den Tod oder am Galgen zu sterben, doch auch dass man Geld verliert, denn wenn man einen Mann an den Füßen aufhängt dann fallt ihm alles Geld aus den Taschen. Außerdem bedeutet es, dass man keine Möglichkeit hat irgendwas zu tun, weil der Aufgehängte ist ja gebunden und kann sich nicht bewegen und gehen, und auch Schwermut und dass man keine Entscheidung treffen kann. Dann sagt sie weiter, diese Karte zeigt ganz deutlich dass alle Probleme von Lionardo von diesem Poggio Bracciolini herkommen, aber mehr wollt sie uns nicht erklären, weil für eine richtige ~~Interpetra Intrepre Intrrptr~~ Scheiße, für eine richtige Erklärung muss sie eine besondre Verrichtung machen, sagt sie, eine Sache von höchst exoterischer Magie, mit der Karte vom Gehenkten. Dann lässt sie meinen Ziehvater seinen Namen auf ein Stück Papier schreiben, um das bei der magischen Verrichtung zu benutzen, und sagt dass wir uns nochmal wiedersehn müssen. In wie vielen Tagen? fragt Lionardo mit der Stimme von einem der sagt, Entschuldigung, Signior Medicus, wann wolltet Ihr mir das rechte Bein absägen?

Oh das braucht mindestens eine Woche, die Geschicht die Ihr mir gerade erzählt habt ist sehr sehr ernst, und Ihr, mein bester Signiore, steckt ganz schön in der Patsche, sagt die Zigeunerin, nemlich in den Karten die Ihr genommen habt seh ich eine Unmenge böser Einflüsse, und die könnten, aber wohlgemerkt, ich sage, die könnten von einem verderblichen Zauber kommen den man mit Euch gemacht, also von einer Verwünschung durch schwartze Magie und andrem Teuffelszeug von solcher Art. Oh wirklich? sagt mein Ziehvater und ist bleicher als wie Kreide. Tja, wer weiß, vielleicht nein vielleicht ja, das muss ich herausfinden, sagt die Zigeunerin dieweil sie Lionardo anschaut mit mitleidgen Augen, und die sind so gut gespielt und fast echt dass ich denk, Signior Padrone, diese Zigeunerin sollt lieber eine Komödiantin machen, weil sie kann sich so gut verstellen dass sie auf dem Teater gewiss mehr verdienen würde als bei dem Gewerbe das sie jetzt betreibt.

Euer beständiger und demütiger Diener

Salaì

24.

Hochwürdigster und allervortrefflichster Padrone,

grad eben hat mit der schönen Morgensonne der Tag gut angefangen: Ich hab das hölzerne Stäbchen wiedergefunden! War unterm Vorhang am Fenster in einen Spalt im Boden gefallen. Ser Lionardo hat mir versprochen, wenn das fehlende Stäbchen gefunden wird, zeigt er mir wozu die kleinen runden Hölzer nütze sind. Sofort bin ich gerannt ihm die gute Nachricht zu bringen, aber wie ich an Lionardos Tür klopf entdeck ich dass er schon wieder verschwunden ist.

Diesmal hat er mir keine Anweisungen dagelassen und auch keine Nachricht, und ich glaube nicht dass er in die Villa von Hadrian gegangen ist, weil Farben und Blätter und Tinte hat er alles in seinem Zimmer gelassen, und auch das Kästchen mit den Stäbchen aus Holz steht an seinem Platz. Nur ein paar Kleider und Geld hat er mitgenommen.

Sicher hat er Schiss wegen Grassis Warnung von gestern und fürchtet dass er's nicht schafft den Valentino zufridenzustellen und ihm die Schuldigen von den Verleumdungen zu bringen, drum hat er sich verdrückt. Und ich meine sogar, Signior Padrone, dass er nicht schlecht dran getan, denn der Valentino ist so einer, wenn du den wütend machst dann reißt er dir die Eier ab, zerquetscht sie mit den Füßen ordentlich zu Brei und schmiert sie dir ins Gesicht. Außerdem ist dann auch noch die Zigeunerin mit ihrem dummen Gefasel dazugekommen, und wie wir gestern in die Herberge zurückgegangen, hab ich versucht zu sagen, Vater, ich glaub diese Alte hat keinen blassen Dunst, Ihr werdet doch nicht etwa auf sie hören, oder? Aber er hat mir nicht mal geantwortet, nemlich er hatte ja so schon Angst gehabt und erst recht nachdem er die Karte vom Gehängten gesehen, da ist er vor Grausen zerbröselt als wie ein Stück Papier wenn du's ins Feuer wirfst, und heute hat er sich aus dem Staub gemacht. Er ist zwar feige wie ein Kaninchen aber ich kann ihm nicht ganz Unrecht geben, wo wir doch erst diesen Zettel mit dem Gehenkten in der Herberge finden und dann kommt die Karte mit dem selben Bild zum Vorschein, und wollen wir wetten dass Valentino meinen Lionardo zum Schluss wirklich aufhängen lässt?

Stets Euer dienstbereiter
Salaì

25.

Mein ehrwürdiger und durchlauchtigster Padrone,

auch wenn er wieder allein ist, will der treue Salaì doch nicht auf Eure Kosten müßig sein. Wo mir sowieso niemand glaubt, wisst Ihr was, da geh ich einfach los und rede mit wem es mir passt und wann's mir passt und wenn Lionardo später schimpft dann sag ich ihm, mein lieber Vater, von mir aus könnt Ihr ruhig abhaun aus Rom wenn ihr Bammel habt, aber dann kümmre ich mich allein um meine Angelegenheiten, denn wenn nochmal ein Dieb mit Messer in die Herberge kommt muss ich ja dran glauben, nicht Ihr.

Zuerst bin ich Kopernikus besuchen gegangen, und wie er mich sieht reißt er die Augen auf, so überrascht ist er, aber lässt mich in sein Zimmer in der Herberge und lächelt. Gleich bietet er mir Wasser Wein Brot und Schinken an und denkt gewiss wer weiß was er kriegt von mir, und ich nehme gerne vom Schinken und vom Wein, doch dann fang ich gleich an ihm nur die Fragen zu stellen die mich interessiren. Erst ist er enttäuscht aber dann freut's ihn dass er antworten kann, nemlich die Schwuchteln sind wie die Weiber, sie schwatzen gern, und ich glaub sie sind auch eitel, denn wenn sie was wissen, können sie der Versuchung nicht widerstehn sich zu brüsten, und wollen zeigen, seht her was ich alles weiß und wie gut ich es erzählen kann, sonderlich wenn sie vor dummen Jungs stehn als wie Salaì.

Also gut, Signior Kopernikus, fang ich an, diese Sache da anderntags nemlich die mit der Germania von Tacitus und Poggio Bracciolini, die habt Ihr mir nicht bis zu Ende erzählt. Was Kopernikus mir dann geantwortet hat, Signior Padrone, das hat mich auf die Idee gebracht dass die Menschen heutzutage die Dinge nicht mal dann verstehen wann du sie ihnen in die Augen bohrst, und sind fürwahr alle Rindviecher und haben bloß Stroh im Kopf. Dieser Poggio Bracciolini ist nemlich beileibe kein so ehrlicher Mann wie alle sagen! Erstmal hat Poggio nicht nur ernste Bücher geschrieben, von wegen, er hat einen Haufen Facezien drucken lassen, das sind schmutzige Scherze und Witze und sonderlich Geschichten von Priestern und Mönchen die Schweinereien mit Weibern machen. Außerdem hat er mit verschiedenen Frauen an allen Ecken und Enden eine Unmenge Bastarde in die Welt gesetzt, und als er alt war da hat er ein Mädchen geheiratet die zählte erst achtzehn Jahre, natürlich, und reich war sie obendrein, und der hat er nochmal dutzendweise Kinder gemacht, und gefressen und gesoffen hat er als wie ein Schwein und hat einen Haufen Händel wegen seiner Lügen und Beleidgungen gehabt und lag mit der halben Welt in Streit.

Wie auch immer, Kopernikus erzählt dass die italienschen Antikisten alle vernarrt waren in die Antike und die Kultur und die Literatur und in das was sie die menschlichen Werte nennen, nemlich ihrer Meinung nach haben in den vergangnen Jahrhunderten die christlichen Filosofen und die Mönche und die Priester und überhaupt alle Menschen immer viel zu viel an die Religion und an Gott gedacht, aber jetzt ist endlich mal der Augenblick gekommen, an den Menschen zu denken der das wichtigste ist auf der ganzen Welt. Das scheint mir ein großer Mist, Signior Padrone, weil Gott hat den Menschen erschaffen und ist viel besser und intelligenter und stärker als wir, drum zerquetscht er uns auch zu Mus wann er will, aber ich erzähle besser weiter.

Also soll man jetzt denken dass der Mensch wichtig ist und Gott dagegen nicht, und darum haben die Antikisten sich auf die lateinischen und heidnischen Schriftsteller gestürzt die Jesus nicht mal gekannt haben, doch die Antikisten waren sich alle einig und haben gesagt, oh wie tüchtig diese antiken Römer waren, wie klug und edel und weise. Richtig lustig aber ist dass sie selbst sich die Weisheit und die Menschlichkeit und die Güte sonstwo hingesteckt haben, ja untereinander haben sie sich allzeit gern ins Gesicht gespuckt und sich in Briefen und vor allen Leuten mit Dreck beschmissen: Du kannst nicht auf Latein schreiben, du bist ein Schwachkopf, du bist ein Hurensohn, du Lügner, du Verräter und so weiter, und Poggio war einer von denen die den andren besonders gern in die Eier treten, und mit einem gewissen Giorgio de Trapezunzio hat er sich vor allen Kollegen von der päpstlichen Schreibstube beschimpft und geprügelt. Die Spezialität vom Poggio waren Gedichte in denen er seine Gegner verhöhnt, und schrieb gefälschte Briefe im Namen von andren, und die schickte er dann mit Hilfe seiner Freunde herum um diese andren zu verleumden, oder er hat sie irgendwelcher Untaten beschuldigt wiewohl er genau wusste dass es Lügen sind, kurzum es hat ihm einen Heidenspaß gemacht seinen Mitmenschen zu schaden und sie zu betrügen (ich hatt's Euch ja schon gesagt dass mir sein Gesicht auf dieser Statue nicht gefällt, und bei manchen Dingen irr ich mich nicht). Poggio hat sich also mit einem jeden von den wichtigsten Antikisten aus Rom und Fiorenza bekriegt, und jetzt schreib ich ein paar von denen auf, die Euer Gnaden gewiss bekannt sind, weil einige hab sogar ich schon nennen hören: Lorenzo Valla, Guarino Veronese, Francesco Filelfo, Tomaso Morroni und sogar sein alter Lehrer Coluccio Salutati. Er hat sie ungebildet genannt und lächerlich, aber sie selbst waren auch nicht ohne, zum Beispiel dieser Tomaso Morroni, der hat gesagt dass Poggio oft beim Kollosseum zwischen den römischen Ruinen spazirengeht, aber nicht um über die Antike nachzudenken, wie er selbst sagt, sondern des Nachts um Huren zu finden. Ist schon verrückt dass die sich alle gegenseitig beschuldigen, der andre würd die Werke der lateinischen Autoren schlecht übersetzen, und genau betrachtet haben sie Recht, sagt Kopernikus, nemlich alle Übersetzungen von den Antikisten, egal ob aus dem Griechischen oder Lateinischen, sind wirklich saumäßig schlecht.

Entschuldigt, Signior Kopernikus, aber wie könnt Ihr von all den Streitereien zwischen Poggio und den andren Antikisten wissen, frag ich ihn, und er antwortet, das ist leicht, nemlich das steht alles in den Briefen die sie sich geschrieben und von denen es dann Kopien gab.

Nun gut, sag ich, aber warum bloß haben die italienischen Antikisten sich andauernd in der Wolle gehabt? Kopernikus sagt, das hat man nie genau herausgefunden, denn nach einem Streit haben sie sich sowieso wieder vertragen wie wenn nichts wär, und das ist etwas was bei Menschen mit gesundem Verstand nicht gerade oft passirt, weswegen alle gesagt haben, naja, diese Antikisten sind vielleicht ein bisschen närrisch weil sie so intelligent sind, und damit war die Sache erledigt. Da sag ich, Ihr mögt entschuldigen, Signior Kopernikus, aber mich dünkt dass diese Antikisten das absichtlich gemacht haben, weil so blöd warn sie ja auch wieder nicht, dass sie sich wie die Schafhirten vor allen Leuten gegenseitig die Ohrn abreißen, noch dazu schriftlich, und darum wollten sie vielleicht bloß glauben machen dass sie einander spinnefeind sind dieweil sie in Wirklichkeit alle zusammen was ausgeheckt haben, was aber keiner wissen durfte.

Kopernikus macht ein Gesicht wie wenn er sagen will, verflucht, daran hab ich ja noch gar nicht gedacht, und erwidert nur: Na gut Junge, warum sprichst du darüber nicht mit Ciolek, der kann dir sicherlich helfen, denn er weiß eine Menge über die Antikisten.

Zuletzt war Kopernikus stinkig weil ich ihm tausend Fragen gestellt und seinen Schinken gegessen und Wein getrunken hab und dann sofort gegangen bin, wogegen er geglaubt hat er kriegt wer weiß was von mir.

Zurück in der Herberge treff ich Grassi, der Lionardo sucht. Er ist besorgt von wegen dass mein Ziehvater verschwunden ist, und auch ein bisschen böse, weil er wollte ihm erzählen was er nach unsrem Treffen beim Getto der Juden erfahren. Das hat er mir dann berichtet, aber nur gegen mein Versprechen und feierlichen Schwur dass ich's niemand außer Lionardo sage, und hab ich so gut geschwört dass er's mir wirklich erzählt, und so sag ich Euch jetzt gleich worum es sich handelt.

Wie Euer Gnaden gewisslich erinnert, ist eines der Dinge so man hier in Rom über den Papst sagt dass er heimlich und in sehr infamer Weise ein Abkommen mit dem türckischen Sultan getroffen hat. Wann die Türcken in Kalabrien gelandet sind hat man den Gesandten vom Papst in Konzstantinopel gefangen genommen, nemlich es scheint dass er Briefe bei sich hatte vom Sultan Bayazid, darin geschrieben steht dass der Papst dem Sultan viel Geld geben und schöne und wichtige Gefälligkeiten erweisen wird wenn der Sultan gegen die Frantzosen kämpft, wo Italien noch immer besetzen. Die üblichen bösen Zungen, sagt Grassi, behaupten dass es Beweise gibt für den Verrat vom Papst, nemlich Briefe von Seiner Heiligkeit an seinen Gesandten, und dass diese Briefe bei einem Notar in Fiorenza deponirt sind der Filippo Patriarchi heißt. Grassi fragt mich ob ich ihn kenn und ich sage nein, und dann bittet er mich ich soll in Fiorenza jemanden nach ihm suchen lassen, aber heimlich, denn niemand darf denken dass der Papst versucht die Dokumente zu finden die ihn anklagen oder retten könnten. In Wirklichkeit, sagt er, gibt es die Papiere nemlich gar nicht, er will nur wissen wer dieser Notar ist.

Darum, ehrwürdigster Padrone, bitte ich Euch ob Ihr so gütig seid den Notar Patriarchi suchen zu lassen, dann kann man rausfinden ob diese Briefe wirklich unter seinen Papieren sind. Und jetzt geh ich eine sehr nützliche Sache machen die ich Euch sogleich erklären werd, denn wenn ich immerzu schreibe bring ich ja niemals nichts Vernünftiges zuwege im Dienst für meinen gütigsten Padrone.

Euer treu ergebener
Salaì

26.

Mein vortrefflicher und gnädiger Padrone,

hurra, ich hab das Geheimnis der Holzstäbchen von Ser Lionardo rausgefunden! Und auch habe ich verstanden warum er das mit Samt gefütterte Kistchen mit den andren fünfzehn Stück mitgenommen hat. Nemlich er hat Recht, wenn man nicht alle Stäbchen zusammen hat, kapirt man ums Verrecken nicht wozu sie gut sind. Erst hab ich angefangen mit den Stäbchen zu spielen als wär's ein Zeitvertreib für Kinder, ich hab sie mal so und mal so hingelegt um zu sehn was man daraus machen kann, ein Werkzeug eine Waffe oder wieder eine der wunderlichen Apparaturen, so mein Ziehvater zeichnet und die niemals jemand haben will.

Da ist mir eine gute Idee gekommen: Ich hab alle Zeichnungen und vollgeschriebenen Papiere genommen die Mastro Lionardo aus Fiorenza mitgebracht, und fang an sie zu lesen, eins nach dem andren, und die ganze Zeit denke ich, verdammt nochmal, früher oder später komm ich drauf was er mit den Stäbchen machen will.

Nun, Signior Padrone, nach zwei drei Stunden wollt mir schier der Kopf platzen, nemlich Lionardo (ich mein, ich hätt es Euch schon gesagt) hat dieses Laster dass er von links nach rechts schreibt, und so steht man wie der Ochs vorm Berg vor seinem Gekritzel. Die Zeichnungen, das waren alles Bilder von Dingen (Palazzi, Schiffe, Apparate zum Fliegen, aber die nenne ich Apparate zum Runterfallen, und dann kriegt Lionardo immer die Wut) also lauter Sachen die haben mit den Stäbchen rein gar nichts zu tun. Also hab ich beschlossen einen schönen Spazirgang zu machen damit mir das Brummen im Schädel vergeht, und wirklich, kaum lasse ich die Zeichnungen von meinem Ziehvater zurück, da fühl ich mich schon besser und denk, Lionardo der kann mich mal, wie kriegt der das bloß fertig den lieben langen Tag im Haus zu sitzen und den ganzen Kram von den fliegenden Apparaten etcetera zu schreiben, warum geniesst er nicht sein Leben, denn wenn er erstmal tot ist, wollen wir wetten, da machen sich die Leut mit seinen Zeichnungen das Feuer im Kamin an.

Vom Fenster kam ein ~~Fluidiu Fliudlu~~ ein sehr guter Geruch und ich hab mir gesagt, diesen Duft den kennst du doch, und richtig, vor der Herberge steht der wo mir schon mal die Fritelle verkauft hat, und ehrlich, Signior Padrone, ich schwör es Euch, die machen sie hier unglaublich gut, und kaum dass ich auf der Straße war, hatt ich mir schon den Bauch voll gestopft, und da ist mir dann die übliche Sache passirt wie immer wenn ich gut gegessen hab, nemlich dann krieg ich Lust mir eine schöne Dame zu suchen. Zum Beispiel hab ich an die gedacht die Lionardo gemalt, haha ich meine natürlich die wo mich unter der Treppe von ihrem Haus richtig ranlassen wollt, wenn da nicht, so ein verfluchter Mist, Leute gekommen wären.

Also bin ich in dieselbe Straße gegangen und an genau die Stelle wo ich sie kennengelernt, aber da hab ich sie nicht gefunden, und außerdem konnte ich die Nachbarn nicht nach ihr fragen weil ich ja noch nichtmal ihren Namen weiß, und ich will schon zurück in die Herberge zu den Stäbchen von Lionardo, da seh ich aus dem Haus gegenüber ein andres Mädchen kommen, eine Magd die einen Korb mit schmutziger Wäsche trägt, und auch sie scheint mir nicht übel, und weil ich sowieso schon geil bin vom Gedanken an die andre mach ich sofort eine so schöne Verbeugung vor der Wäscherin wie man sie nur aus Fiorenza kennt, und sie ist verlegen und sagt nichts, doch wie sie weggeht seh ich dass sie ein bisschen lächelt. Also lauf ich rasch zu ihr und fange an mit in ihr zu reden, wer bist du wie heißt du wohin gehst du, und dieweil ich sprech schau ich sie genauer an und seh sie hat ein liebes Gesicht, grad so als wie die Madonna mit dem Kind, die wo eine Nelke in der Hand hält, mein Ziehvater hat sie gemalt als er jung war, und man muss zugeben dass Lionardo die Weiber recht schön malt wiewohl die Gesichter fast alle gleich sind.

Das Mädchen hat ein freundliches Gebaren, ich erklär ihr ich komm aus Fiorenza, und wie die andre Jungfer sagt auch sie gleich, welch schöne Locken Ihr habt, Signiore, sie sehn aus wie die von Antinoo, und darauf sag ich, das ist klar, ich zeig dem Antinoo ja auch wie er sich kämmen muss, und da fangt sie an zu lachen, was bei den Weibern immer ein guter Anfang ist, denn so haben sie hinterher eine Entschuldigung warum sie dich rangelassen haben, nemlich dann sagen sie ihren Freundinnen, ich wollte ja nicht, aber er hat mich so zum Lachen gebracht dass ich nicht mehr wusste wie mir geschah. Dann erklär ich ihr dass mein Ziehvater viele Bildnisse von mir gemacht hat wo ich echter ausseh als wie der Antinoo, und wenn du willst, mein Täubchen, dann zeig ich sie dir alle in unsrer Herberge, warte, ich helf dir den Korb mit der schmutzigen Wäsche tragen. Und sie sagt, danke, wie höflich ist dieser Antinoo aus Fiorenza, und lächelt, kurzum die Sache ist mehr oder weniger geritzt, und ich hab's geschafft sie ins Zimmer von Lionardo zu bringen ohne dass die Diener der Herberge uns gesehen. Dort haben wir aber nicht viel Zeit für die Bilder, weil kaum geb ich ihr einen Kuss lässt sie sich auch schon ausziehen, und wir haben eine schöne halbe Stunde unsre Lust, sie an mir und ich an ihr, auch deswegen weil sie unter uns gesagt zwei prächtige Brüste hat, und sind so prall dass man sich saumäßig mühen muss sie zu packen und gut zu lecken, obgleich ich, in aller Bescheidenheit sei's gesagt, Signior Padrone, die Hände voll kräftiger Finger hab, und weil dem Mädchen was ich in diesem Punkt anstelle sehr gut gefällt, schreit sie, ja ja nochmal und sagt zu mir, wie schön du bist, Antinoo, wie schön du bist.

Plötzlich, denkt Euch nur, Signior Padrone, da klopft die schöne Magd von der Herberge an die Tür und jagt mir einen großen Schrecken ein, weil ich glaub es ist Lionardo. Ich mach aber die Tür nicht auf und sag ihr nur sie soll später wiederkommen, nemlich ich muss über eine wichtige Aufgabe nachdenken die mein Ziehvater mir gestellt. Doch jetzt will das Mädchen mit der schmutzigen Wäsche gehn weil sie Angst vor einem Aufsehen hat, und ich leg ihr die Hand auf den Mund damit die da draußen sie nicht hört, und am Ende scheint sie mir auch mit allem zufriden und recht müde, was bei den Weibern immer eine gute Sache ist denn dann reden sie weniger.

Wie wir aus der Tür sind hab ich natürlich achtgegeben dass die Magd nicht da ist, sonst wird sie noch böse, die Arme, doch mit dem Obacht geben bin ich zu beschäftigt, und wann das Mädchen mit der Wäsche weg ist, da fällt mir ein, verflixt, auch diesmal hab ich vergessen zu fragen wie sie heißt.

Ich erzähl Euch das alles, Signior Padrone, nicht weil Ihr wissen sollt was Salaì mit den Weibern von Rom macht (wiewohl, ich sag Euch, es lohnt sich, früher oder später müsst auch Ihr eine kleine Reise hierher unternehmen) nein, weil ihr, dieser Jungfer mit der schmutzigen Wäsche die aussieht wie die Madonna mit der Nelke von Mastro Lionardo, ihr hab ich's zu verdanken dass ich endlich klar bin im Kopf ohne all die unnützen Gedanken die mir nach den Fritelle gekommen sind, und darum hab ich gleich wieder an die Stäbchen von Lionardo gedacht und seine Zeichnungen angeschaut, und zufällig springt mir eine davon ins Auge die mir sehr gut scheint für meinen Zweck. Also nehm ich alle Stäbchen und bau sie so zusammen wie man's auf der Zeichnung sieht die ich hier gemacht, und ich hab ein paarmal probiren müssen, aber am Ende ist's mir gelungen sie aufzubaun, und ich denke, hurra, wie tüchtig ich bin:

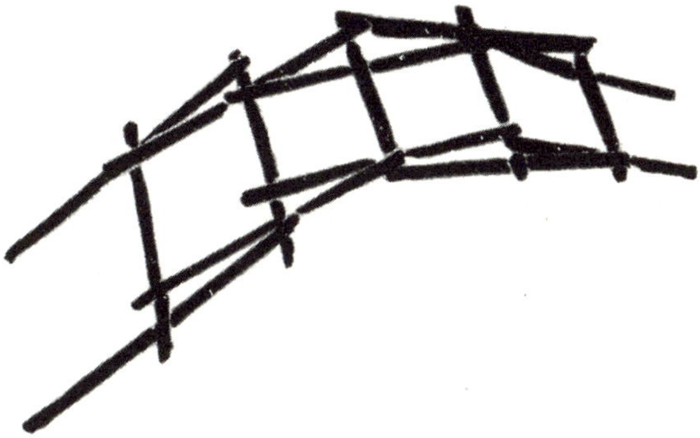

Wie Euer Gnaden sehen kann hat Lionardo eine Weise erfunden wie man eine Brücke ohne Seile Knoten oder lange Pfähle bauen kann und ohne dass man das Wissen von einem Baumeister braucht, nemlich man muss einfach nur diese fünfzehn Stöcke ineinander stecken, und ist so einfach dass sogar ein Igniorant wie Salaì es schafft. Und ich denk bei mir, wie fallen Lionardo bloß manche Ideen ein, er ist wirklich ein schlauer Kopf, nur schade dass von hunderteins Ideen die er hat fünfzig sehr gut sind, wogegen die andren einundfünfzig kann man wegschmeißen. Es ist das Zählen das es ihm schwer macht, und vielleicht ist er ja deshalb der Freund von diesem Matematiker Luca Pacioli geworden, nemlich um das Problem mit den einundfünfzig zu lösen.

Und damit verabschiede ich mich von Euch weil das Mägdlein klopft an die Tür, und ich bin sicher dass sie eifersüchtig ist und mir den Kopf waschen wird.

Euer stets beflissner Diener
Salaì

27.

Mein verehrtester Padrone,

im Gegenteil, es war gut dass die Magd mich besuchen kam, nemlich sie hat mir sehr interessante Dinge gesagt, und hatte sowieso nicht gemerkt dass grad eben die andre bei mir gewesen ist. Ich hatt Euch ja schon geschrieben dass ich sie nach dem ersten Dienst so ich ihr in meinem Zimmer erwiesen um einen Gefallen gebeten hatte (aber, Teuffel auch, hab ich doch vergessen Euch zu sagen was das war) nemlich sie soll überall herumfragen ob's wahr ist dass in Rom alle denken dass der Valentino seinen Bruder, den Herzog von Gandia, umgebracht wie die bösen Zungen behaupten.

Das Mägdchen erzählt mir, schon kurze Zeit nach dem Tod des Herzogs gingen Gerüchte über den Mörder um, aber nicht vom Valentino sprachen sie, sondern von vielen andren adligen Personen, zum Beispiel dem Herzog von Urbino, dem Kardinal Sforza und der Familie Orsini, und erst ein Jahr nach dem Mord hat jemand das Gerücht ausgestreut dass man Cesare Borgia verdächtigen muss, aber dann war bald klar dass es gegen den Valentino nichts Ernstes vorzubringen gibt. Im Gegenteil, allein die Idee dass Cesare seinen Bruder kaltgemacht hätt, war aberwitzig, denn selbst wenn er's wirklich getan hat, weil er hoffte in der Reihe der Begünstigten vom Papst auf den Platz von seinem Bruder zu kommen (wie die bösen Zungen sagen) so wusst er andrerseits doch genau wie sehr Alexander VI. den Herzog von Gandia liebt, und hätt der Papst auch nur den kleinsten Verdacht gegen Cesare gehabt, dann hätte der lange warten können dass der Papst ihm Gefälligkeiten erweist, ach was, man hätte ihn verhört und bestraft, und drum ist es auch Mumpitz zu sagen der Papst hätte mit den Mördern des armen Herzogs unter einer Decke gesteckt. Jedenfalls ist am Ende der größte Verdacht auf die Familie Orsini gefallen, weil der arme Herzog von Gandia hatte wenige Monate bevor er getötet wurde den Orsini viele von ihren Ländereien im Krieg weggenommen, den sie gegen den Papst geführt. Nemlich die Papstmacht ist schon seit ewigen Zeiten im Kampf mit den adligen Familien wie den Colonna Orsini Caetani und andren, die haben alle auch ihre eigenen Heere und Palazzi die aussehn wie Festungen, zum Beispiel der Palazzo Orsini auf dem Campo del Fiore, und auch noch Besitzungen außerhalb von Rom die so groß sind als wie ganze Staaten. Aber das brauch ich Euch gar nicht zu erklären, Signior Padrone, weil das sind Sachen die wisst Ihr viel besser als ich. Drum ist es eine hundsgemeine Lüge zu sagen dass alle immer den Valentino verdächtigt haben, denn eigentlich ist das Gegenteil wahr.

Wie ich zum Mägdchen sage, danke, du bist mir sehr nützlich gewesen, fragt sie mich ob sie noch was andres tun kann für mich, und ich sage, nein danke. Da entgegnet sie, hör mal, ich frag dich nicht warum du mich losschickst mich nach all diesen Sachen zu erkundigen die mir sogar gefehrlich erscheinen, weil der Valentino ist so einer, wenn der denkt dass du sein Feind bist dann lässt er dir sofort den Kopf absäbeln! Und für dich spiel ich auch das nette Mädchen bei Sander, doch jetzt, wo ich dir Kundschaft bringe, bist du gar nicht gut zu mir! Und da, Signior Padrone, hab ich verstanden was das Mädchen mir bedeuten will, und ich sage, ach was, komm schon, was fällt dir bloß ein, und um sie richtig zu trösten musst ich ihr mit allem Drum und Dran gefällig sein, erst im Stehen dann von hinten und zum Schluss sogar auf dem Stuhl, sonst wird sie mir beim nächsten Mal nicht helfen, und ich muss doch alles tun was möglich ist in der Pflicht für meinen gütigen und großzügigen Padrone.

Endlich ist die schöne Magd eingeschlafen, und nach all der Plackerei fallen auch mir fast die Augen zu als wie einem Toten, aber ich halte durch, Signior Padrone, denn mir geht ein Zweifel über Ser Lionardo im Kopfe rum. Und ich erinnere mich dass mein Ziehvater mir einmal erzählt hat wie er vor neun Jahren in Mailand in den Dienst von Lodovico dem Moro getreten ist.

Zum Moro ward mein Ziehvater von Lorenzo de Medici geschickt damit er ihm als Geschenk ein Musikinstrument bringt, eine silberne Leier in Form von einem Pferdeschädel (das war mir immer ziemlich eklig), die hat Lionardo selbst erfunden und gibt einen schönen und dunklen Klang.* Vor dem Moro hat mein Ziehvater gesungen und aus dem Stegreif gedichtet, darin ist er immer ekzellent gewesen. Dann

* Es handelt sich um die Leier, die Leonardo 1482 Lodovico il Moro als Geschenk Lorenzo de' Medicis überbrachte. Weiter unten erinnert Salaì an das bekannte Projekt Leonardos, das Baptisterium der Kirche Santa Reparata (heute Santa Maria Novella) mit einem Ring aus Stufen zu umgeben, für dessen Realisierung man das Baptisterium, ohne es zu zerstören, hätte anheben müssen.

hat der Moro einen Wettkampf machen lassen zwischen ihm und den andren Dichtern und Musikern am Hof, und Lionardo hat über alle gesiegt. Mein Ziehvater, der in Fiorenza nicht mal ein paar lumpige Kröten zusammenrafft, hat die Situation genutzt und dem Moro einen Brief überreicht darin er sich anbietet als militärischer Baumeister und Erfinder von Kriegsmaschinen, und der Moro hat ihn auf der Stelle in seinen Dienst genommen.

Aber ich hab Euch schon gesagt, Signior Padrone, dass ich niemals richtig glauben kann was Lionardo erzählt, und auch Ihr erinnert Euch gut wie er der Stadt Fiorenza vorgeschlagen hat Stufen rund um das Baptisterium von Santa Reparata zu bauen, aber dafür hätt man das Baptisterium hochheben, dann die Stufen bauen und schließlich es oben drauf setzen müssen, und das scheint mir eine Tollheit, und zwar eine von denen dass es nur so raucht, und ich hab den Verdacht mein Ziehvater wusste recht genau dass sowas gar nicht gehen kann, also wollt er sich nur den Auftrag geben lassen um Fiorenza ein bisschen Geld abzuluchsen.

Drum hab ich wann Lionardo einmal den ganzen Tag aus dem Hause war in seinen Papieren nachgeschaut, obgleich er sie immer in einer Unordnung hält dass man niemals nichts findet. Nach elend langem Suchen habe ich schließlich unter saumäßig schweren Stapeln von andern Papieren eine Kopie von dem Brief gefunden wo er sich dem Moro vorstellt, das war eine Schufterei, das kann ich Euch sagen.

In dem Brief les ich wie mein Ziehvater dem Moro versichert er könnte großartige Kriegsmaschinen bauen, narrensichere Bombarden und leicht zu tragen, Kanonen die Steine werfen als wie Hagelschauer und mit ihrem Rauch den Feind erschrecken, Kriegsschiffe mit Panzerung dass sie den Kanonenschüssen trotzen, ausgefuchste Metoden, um dem Feind bei Belagerung das Wasser aus den Gräben abzuschöpfen, und noch andre Geheimnisse der Kriegskunst. Aber vor allem hat Lionardo dem Moro das Modell einer Brücke angeboten die er erfunden, und ist federleicht aber stark, kann die Truppen ohne Probleme tragen, und mit ihr flieht man mühelos vor den Feinden, weil sie ist kinderleicht abzubauen und wieder neu zu errichten. Grad als wie die Brücke die man mit den fünfzehn Stäbchen macht, denn die kannst du zerlegen und nach Belieben woanders wieder aufbauen.

Hab ich recht verstanden so hat der Moro auf die Brücken von Lionardo niemals einen Pfifferling geben, und auch die andren Erfindungen so ihm mein Ziehvater angeboten konnten ihm gestohlen bleiben, nemlich er hat zu Recht gedacht dass sowieso nur eine von fünf funktionirt, ja er hat Lionardo sogar ewig lang warten lassen bevor er ihm in Mailand ein bisschen Arbeit gegeben. Und darum, passt auf, Signior Padrone, jetzt kommt's, hat mein Ziehvater wohl gedacht: Wenn der Moro sie nicht will, dann biet ich die tragbare Brücke für Kriegszwecke jetzt eben dem Valentino an, doch muss ich ihm erst zeigen wie das Modell funktionirt, denn wenn ich eine Brücke in natürlicher Größe von Fiorenza nach Rom schleppen sollte, dann kostet mich das einen Riesenbatzen Geld.

Ihr seht also, Padrone, dass mein Ziehvater in diesen Zeiten wo ganz Italien unter Waffen steht den Heeren des Papstes Maschinen anbietet, wo gut für den Krieg sind, statt sein Ingenium für unsre Stadt zu nutzen. Mit einem Wort, Lionardo ist nach Rom gekommen um Fiorenza zu verraten. Und lass ich Euch entscheiden ob das gut oder schlecht ist.

Euer treuester Diener

Salaì

28.

Mein hochverehrter und ehrwürdigster und des höchsten Lobes werter Padrone, dem ich die Füße küss sobald ich nach Fiorenza zurückgekehrt,

hab ich Euren gütigsten letzten Brief erhalten wo Ihr mich zu meinem Kummer mit hitzigen Worten beleidigt, und seid Ihr überhaupt nicht zufriden mit meinen Diensten, im Gegenteil, Ihr schnaubt vor Wut wie eine grimmige Bestie, und im Grunde sagt Ihr dass ich ein Schwein bin und dass Ihr meine Flegeleien lang genug ertragen habt, und ich verdien es dass man mich in den Hintern tritt, aber sorgt Euch nicht denn ich versprech Euch jetzt wird das Ganze sich bald richten, und werd ich alles dransetzen um Euch schöne Briefe zu schicken wie Ihr sie wünscht.

Naja, Ihr habt vielleicht auch ein bisschen Recht dass ich zuviel über Weiber schreib, wogegen die Angelegenheiten weswegen Ihr mich nach Rom geschickt ganz andre sind, und drum bitt ich auch demütig um Vergebung, aber immer wenn ich an die prächtigen Weiber denk die's hier in Rom gibt (und wenn Ihr hier herkommt, werdet Ihr mir gewiss zustimmen) dann gerät mir das Blut so sehr in Wallung dass ich den Faden verlier, weil ich nicht schreiben darf über das was ich gesehen und mit den Weibern gemacht, und dann kann ich Euch auch die andern Sachen nicht richtig erzählen, und ich versuch ja auch ehrlich nichts von solch unanständigen Dingen zu schreiben, aber die Feder führt mich immer wieder von allein dahin, und wenn Ihr wüsstet wie viele Blätter ich Euch gar nicht geschickt, die haben nur von Weibern gehandelt, ah, da fällt mir ein, ich hab fast schon kein Papier mehr von dem was ich Lionardo geklaut, und wenn er mich ertappt dass ich immerzu schreib wird er sich fragen, ist Salaì gar ein Mann der Schrifft geworden?, und da wird er vielleicht misstrauisch. Und ich schwör Euch es ist sowieso zwecklos dass Ihr mir sagt ich soll keine Zeit mit den Weibern von Rom verliern, nemlich wenn ich sie nicht vögeln darf muss ich den lieben langen Tag dran denken, und das läuft am Ende immer darauf hinaus dass ich's mir selbst besorg, und geht das so weiter dann krieg ich gewiss auch Augenränder als wie Lionardo und würden meine Körperkräfte geschwächt, was ganz und gar nicht gut ist muss man einem so großen Herrn dienen wie Ihr einer seid.

Bevor sie gegangen ist hab ich das Mägdchen gefragt ob sie eine Ahnung hat wo Lionardo steckt, und sie sagt mir dass er in aller Herrgottsfrühe fortgegangen ist, damit er von niemand gesehen wird. Wovor jedoch hat Lionardo Angst? Die Idee Brücken zu bauen, ich weiß auch nicht wieso, die kommt mir wunderlich und närrisch von, und ich frage mich auch was für Papiere das sind die bei dem Diebstahl verschwunden sind, aber er hat es mir ja nicht sagen wollen.

Das Mädchen hab ich losgeschickt dass sie den Leuten aus dem Volk noch ein paar Fragen stellt, nemlich solche Leute wissen immer allerhand kuriose Sachen. Zwar scheint es auf den ersten Blick oft Blödsinn, doch die Gerüchte die man von den Leuten auf der Piazza hört sind am Ende immer die nützlichsten.

Dann hab ich gedacht, Himmeldonnerwetter, ich hab ja doch meine eignen Kundschafter und beileibe nicht nur den jungen Mann der aussieht als hätt man ihm die Eier verbeult, nein, auch andere. Also bin ich zum Barbier zurück, dem Pisaner, denn bei all den Leuten in Rom die Haare haben wer weiß wie viele von denen sie sich auch schneiden lassen, und davon gewiss auch viele vom Pisaner, und es wird schon jemanden geben der dämlicher ist als die andern und zu viel redet, und wolln wir wetten dass der Pisaner mir was Interessantes erzählen kann? Es mag Euch sonderbar erscheinen, Signior Padrone, aber ich hatte wirklich Recht, denn ich habe den Pisaner gefragt ob's wahr ist dass man in Rom behauptet, der Cesare Borgia ist der leibliche Sohn vom Papst, und da hat der Pisaner gesagt, lebst du hinterm Mond? Klar sagt man das, das sagen doch alle! Und ich frag, glaubst du's denn oder nicht? und er antwortet: Wäre es wahr, dann gäb es in der Kanzlei vom Papst sicher irgendeinen Beweis der besagt dass Cesare und seine Schwester Lucrezia besondere Rechte haben, zum Beispiel dass sie was erben werden oder auch dass sie anerkannte Kinder von Seiner Heiligkeit sind, kurzum man müsst nur nachschauen ob es ein solches Dokument gibt oder nicht. Das scheint mir keine gute Idee zu sein, und bloß ein Barbier ist imstande sie auf so krause Weise herauszubringen, doch ganz und gar verkehrt scheint's mir auch nicht, denn wenn man so ein Dokument findet, müsst man erstmal prüfen ob es echt ist, ist's aber falsch dann gibt's eine gewisse Hoffnung dass man rauskriegt wer es geschrieben hat und warum.

Also bin ich in die Herberge del Sole und hab den Mensch mit dem Beuleiergesicht rufen lassen, und nach einer Stunde hat man ihn gefunden und er fragt mich, was willst du? Ich erklär ihm dass er für Ser Lionardo irgendeine Bulle vom Papst finden muss wo geschrieben steht dass Cesare wirklich sein Sohn ist. Er sagt, du bist ja verrückt, und ich entgegne, pass auf, das ist ein Auftrag für Ser Lionardo, und wenn du's machst bezahlt er dich fürstlich, und dann nenn ich ihm eine unglaubliche Summe. So du das aber nicht machst, sag ich, werden mein Ziehvater und die hochwichtigen Personen für welche er arbeitet, stinksauer auf dich sein, und das sind Leute die keine Zeit zu verlieren haben und vielleicht schneiden sie dir aus Rache ein oder zwei Finger ab. Da hat der Mensch mit den verbeulten Eiern ein bisschen nachgedacht und dann hat er sich für übermorgen mit mir verabredet, denn er hat einige Bekannte die können ihm eine Bulle vom Papst verschaffen, das Original oder eine offizielle Abschrift, und sie für kurze Zeit aus der Kanzlei bringen. Also sag ich, in Ordnung, wir sprechen später darüber, aber jetzt krieg deinen Arsch hoch, sofort, denn wir haben keine Zeit zu verlieren.

Ich hoffe dass er mir eine Antwort bringt die mir weiterhilft aber trotzdem nicht zu genau ist, sonst muss man ihn womöglich noch bezahlen, und Lionardo hat so viel Geld nicht wie ich dem Mensch versprochen, doch eine Lösung find ich auf jeden Fall, Signior Padrone, vielleicht genügt's ja ihm noch mal so einen schlauen Humbug zu erzählen.

Unterdessen kommt mir die Idee dass jetzt der rechte Moment sein könnte mal einen Blick in diese Locanda de la Campana zu werfen, von der Iligi, der Sekretarius vom Kardinal Grimani, gesprochen. Ich würde ja gern mit Lionardo hingehn aber wer weiß wohin es den verschlagen hat, und hoffentlich hat er keine ernsten Probleme.

Euer ~~enstagungs~~ ~~entsagunsgv~~ treuer Diener

Salaì

29.

Mein gütigster und allen Lobes würdiger Padrone,

heut ist ein sehr wichtiger Tag gewesen wo ich viele und nützliche Dinge für meinen Dienst an Euch erfahren hab. Freilich sind mir dadurch noch größere Zweifel gekommen als ich vorher hatte, und war fast besser gestern, aber wartet dass ich Euch alles in der rechten Ordnung erzähle, sonst kapirt Ihr nicht die Bohne und habt Recht wenn Ihr Euch beklagt.

Schon der Morgen ist nicht besonders gut gewesen, nemlich wann ich die Tür zu Lionardos Zimmer aufmach, find ich wieder so ein Papier mit einer Zeichnung drauf die mir nichts Gutes sagt

denn wenn man sie vergleicht mit der vom Gehenkten die vorher unter der Tür gelegen, erkennt man sofort was sie bedeutet, nemlich dass jemand Lionardo aufhängen will und das ist keine so gute Sache. Nimmt man dann noch die Karte mit dem Aufgehängten dazu die Lionardo gezogen wann wir bei der Zigeunerin waren, dann meine ich dass sich bei so viel bösen Vorzeichen sogar Moses, Julius Cäsar und der heilige Petrus vor Angst bepissen würden. Ich kann Euch gar nicht sagen was für schlimme Gedanken ich hatte, Signior Padrone, indem dass ich jetzt hier alleine bin, und wenn jemand Lust kriegt Lionardo umzubringen kommt er natürlich hierher, und findet er nur mich, dann begnügt er sich vielleicht mit mir. Wenn Ihr also in Fiorenza zufällig beschlossen habt, Lionardo zu töten weil er ein Verräter ist, und schickt Ihr einen nach Rom um ihn kaltzumachen, dann versteh ich ja dass Ihr mir das nicht sagen könnt weil's eine hochgeheime Sache ist, aber ich bitt Euch, sagt dem Mann vorher er soll sich bloß nicht in der Person irren und sich dran erinnern dass der junge Lockenkopf der aussieht wie Antinoo, also ich, null und rein gar nichts mit der Sache zu tun hat, nein, sagt ihm lieber dass ich Euer getreuester Diener bin.

Dann hab ich gedacht, besser ich bleib nicht immerzu in der Herberge, denn draußen fühl ich mich sicherer, und außerdem möchte ich nicht dass jetzt das Mägdelein kommt und wünscht wieder eine Unterhaltung zwischen den Beinen zu führen, denn dann bin ich den ganzen Morgen schlapp.

Also hab ich beschlossen den großen Schritt zu tun. Denn wenn man Lionardo sowieso schon den Hals langziehn will und obendrein der Valentino im Spiel ist der reichlich viele Hälse langzieht, kann man ebensogut mal was unternehmen. Ich bin also nach draußen gegangen und hab einen Spaziergang gemacht der wurd ein bisschen länger als geplant, weil unterwegs sind mir zwei Sachen passirt. Die erste war dass es auf einmal nach Spanferkel roch und mir ganz flau wurd, und ich sag mir, wo mag das herkommen, wo mag dies Ferkel sich verstecken, und dann find ich raus dass es ein Fleischverkäufer ist, und trotzdem dass ich in Eile bin, esse ich mir ein schönes Stück Brot mit Schweinebraten, das wird Lionardo eine Lehre sein, wo immer er steckt. Dieweil ich so an dem Braten kaue hör ich eine Stimme die flüstert, schau mal den da mit dem lockigen Haar, der sieht fast aus wie Antinoo, und denk mir, ach herrjeh, immer dieselbe Leier, bald lass ich mir die Haare schneiden dann seh ich keinem mehr ähnlich, aber wann ich mich umdreh um zu sehn wer da spricht bleib ich stocksteif stehn, Signior Padrone, als hätt mich der Schlag getroffen.

Lange und glatte blonde Haare als wie Kornähren, Augen blau wie das Meer und schneeweiße Zähne als wie Perlen und sehr groß ist sie, und wohlgestallt und von festem fleischigem Körperbau, ja sogar mit zwei schönen Schultern, doch nicht zu breit, ich würd eher sagen schmal, und nie hätte ich gedacht dass mir so eine gefallen könnt, nemlich mir gefallen eher die kleinen runden. Es war der köstlichste Anblick der mir je vor die Augen gekommen, Signior Padrone, und sie lacht mich ein bisschen verlegen an indem dass mir vor Staunen der Mund offenbleibt, wo noch der Schweinebraten drin steckt. Aber dann hab ich mich erholt und sag im Scherz zu ihr, sehr erfreut, Euch kennenzulernen, meine Dame, in der Tat heiß ich Antinoo, und vorgestern hat man mich aus Marmor gehauen. Und sie fängt an zu lachen und mit ihr eine von ihren Jungfern die sie begleitet, die ist genau das Gegenteil von ihr, nemlich klein und dunkel (aber auch nicht übel) und wir plaudern ein wenig und sie fragt mich, von wo kommst du? Aus Fiorenza, Signiora, sag ich, ich bin hier in Rom mit meinem Ziehvater. Und dann haben wir noch ein paar andre unnütze Dinge geredet, und ich denk dieweil ich sie anschau, ich liebe dich, ich will dich heiraten, du bist wunderschön, Mamma mia wo find ich nochmal so eine wie dich etcetera, kurzum all die dummen Sachen die man denkt wenn man eine wirklich heiße Braut trifft.

Nachdem sie gegangen ist hab ich mir gesagt, verflucht und jetzt? Wer weiß ob ich sie eines Tags wiederfind, denn zu gern würd ich was mit ihr anstellen. Und ich weiß ja, das Mägdlein und die wo mich unter der Treppe geherzt hat und die andre mit der schmutzigen Wäsche, das sind schon drei die ich am Hals hab, aber diese Blonde, Signior Padrone, die ist's wert dass sie von Lionardo gemalt wird, oder nein, lieber nicht, sonst sehn sie zu viele und schnappen sie mir vor der Nase weg.

Aber ich hab vergessen, Signior Padrone, Euch das Wichtigste zu schreiben, nemlich dass die oben genannte blonde und scharfe Dame mit einem ausländischen Aktzent spricht der mich an was erinnert hat, aber als ich's endlich kapirt hatt war sie schon weg, und ich sage mir, das ist ja unglaublich, auch die spricht Teutsch.

Nach einer halben Stunde bin ich also bei der Locanda de la Campana angekommen. Und da seh ich sofort, Signior Padrone, dass ich in ein sehr vornehmes Lokal geraten bin, nemlich eins für honorable Leute und von hohem Stand als wie Ihr. In den Räumen wo man isst gibt's sehr schöne und bequeme Stühle, nicht so wie die in unsrer Herberge sondern glatt und alle weiß und sauber, und das Holz von den Tischen ist rundum geschnitzt und Gabeln soviel du willst und sogar Gemälde an den Wänden. Also denk ich, Heiliger Strohsack, wer weiß was das kostet hier zu essen und zu trinken, doch da ist's zu spät denn ein Diener kommt und fragt was ich will, und ich sag, ein wenig Rotwein danke.

Wie ich den Wein trink schau ich mich um und seh dass auch die andern Leute trinken essen reden oder Karten spielen oder ein Buch lesen, kurzum so wie in einer gewöhnlichen

Osteria, außer einer Sache: Sie sprechen alle Teutsch! Denkt nur, ich hatt mir sogar in der Hosentasche einen Schreibstift und ein Stück Papier mitgenommen um Notizen zu machen, aber ich hab ja schon Probleme das zu schreiben was die Leute auf Italienisch sagen, da hört's beim Teutschen, was eine verrückte Sprache ist, natürlich ganz und gar auf. Das andre was ich seh ist dass die Leute keinen Wein trinken sondern nur Bier, und das hat mich gewundert, denn der Wein in Rom ist gut und in dieser Jahreszeit, wo's noch kühl ist, wärmt der Rote dir den Leib und passt zum Beispiel auch gut zum Schwein das ich gegessen. Und noch was bemerk ich nach einer Weile, Signior Padrone, nemlich dass die Leute im Campana das Bier verdammt kräftig saufen, und einige lachen auch schon, und man sieht dass sie's mit dem Trinken arg übertrieben haben. Auf den Tischen steht nicht ein Pokal für jeden Gast, sondern zwei oder drei, und sind allesamt schon zünftig geleert. Da denk ich, gütiger Himmel, diese Teutschen sind doch nicht etwa schon alle betrunken, am Ende war's ganz umsonst herzukommen, denn wenn einer voll ist redet er sowieso bloß Stuss. Ich hab den Gedanken noch nicht zuende gedacht, da krieg ich einen Stoß mit dem Ellenbogen in die Seite, dass ich mich frag, wer ist denn dieser Idiot? und dreh mich um, und hast du Töne, Signior Padrone, da steht der wo mir vor der Herberge die Fritelle verkauft. Und er muss mir die Frage von den Augen abgelesen haben, was zum Teuffel machst du denn hier? denn er haut mir auf die Schulter dass er mir fast wehtut und sagt, na, mein Freund, wie viele Fritelle willst du denn heute essen? Und meine zweite Überraschung, Signior Padrone, die ist noch größer, denn der Mann mit den Fritelle stinkt nach Alkohol, also er ist praktisch besoffen vom Bier, und die dritte war die größte Überraschung, denn am Aktzent den er spricht erkenn ich dass auch er ein Teutscher ist.

Danach haben wir von verschiedenen unwichtigen Dingen geredet, zum Beispiel hat er gesagt, bist du verrückt Wein zu bestellen, siehst du dem nicht dass man hier nur Bier trinkt? und hat er mich praktisch gezwungen Bier mit ihm zu trinken. Dann sagt er Sachen wie, hör mal, mein Hübscher, du hast einen fremdländischen Aktzent, sag mir woher du kommst und was du hier in Rom machst, aber ich antworte nur sehr ungefähr und hab ihm nichts Nützliches verraten. Wie er aber immer wieder damit anfängt sag ich, was willst du eigentlich, ich erzähl doch nicht jedem meinen Kram und außerdem, tut mir leid, aber den fremdländischen Aktzent den hast du, nicht ich. Da sagt er, Mamma mia du bist mir ja ein ganz argwöhnischer Geselle, und ich warne ihn, pass auf, schon mein Großvater war so misstrauisch dass er auf seinen Grabstein hat schreiben lassen «Was gibt's da zu gucken?» und bei dieser Geschichte lacht der Fritellenmann aus vollem Hals und lässt mich noch mehr Bier trinken das er bestellt. Und das hat sich mir im Blut mit dem Wein vermischt, und darum ist meine Erinnerung leider nicht sehr genau. Es sind dann noch andre Freunde vom Fritellenmann angekommen, die treiben die unterschiedlichsten Gewerbe, einer ist Schuster, ein andrer Stoffmacher, einer Bäcker und einer sogar Notar, der war nicht wirklich ein Freund von ihnen aber er gab sich trotzdem ein bisschen vertraulich, und noch andre mehr die kamen und gingen und alle haben getrunken und in großer Freiheit gesprochen und gelacht, weil viele waren betrunken und sie gossen auch mir immer wieder Bier ein und sagten, na komm schon, Junge, trink auch du, und erzählt haben sie was ich jetzt schreibe. Zuerst sagen sie dass Rom eine große Hure ist, verderbt von den schlechten Sitten der Priester und des Papstes, und dass die Geschichten aus San Pietro über diesen Papst und seine Verwandten sich immer weiter in Europa verbreiten und die ganze Christenheit mit Schande und Schmach bedecken. Zweitens reden sie von den Schweinereien die der Papst mit seinen Geliebten macht und von den Morden die er befohlen und mit seinem Sohn Cesare begangen hat, kurzum es waren mehr oder weniger die gleichen üblen Reden gegen den Papst von denen mir Lionardo erzählt hat, wenn auch mit weniger Einzelheiten. Viertens und letztens waren sie alle einverstanden dass die Kirche von Kopf bis Fuß erneuert werden muss obwohl sie nicht genau erklärt haben wie, und sie sagen dass es dieser Hure Rom guttun würd wenn ein paar teutsche Soldaten kommen und sie besetzen würden und eine Weile nach Lust und Laune brandschatzen stehlen und alles kaputtschlagen, da hätten der Papst und die Römer nicht mehr viel zu lachen und würden lernen sich besser zu benehmen.

Andre reden von den unehelichen Kindern des Papstes, also Cesare und Lucrezia deren Mutter diese Vanozza ist, und sie sagen, pfui, die Vanozza hat sogar den Nachnamen des Papstes angenommen und lässt sich jetzt Vanozza Borgia nennen und gibt mächtig an als wär sie eine echte Adelige, und bei dem letzten Satz spitz ich natürlich die Ohren, denn Vanozza ist die Besitzerin von der Herberge de la Fontana wo wir schlafen, ich und Lionardo, und auch vom Wirtshaus de la Vacca, aber als ich die Diener dort gefragt hab wie die Padrona heißt da haben sie Vanozza Cattanei gesagt, nicht Vanozza Borgia. Ich frag die Teutschen, hat diese Vanozza nicht eine Herberge und eine Osteria? und die antworten mir, aber nein, was redest du da für Blödsinn, sie hat haufenweise Geld und tut auch wohltätige Werke. Na fein, Gute Nacht, denk ich, ihr seid ja blau wie ein Veilchen.

Auf jeden Fall hat das böse Gerede gegen den Papst mich nicht groß überrascht denn inzwischen hab ich kapirt dass sogar die Steine in Rom diese Geschichten kennen und dass es vielen Leuten gefällt gegen den Papst anzustinken, weil es sie kitzelt wenn sie sagen können, hahaha, mein lieber Papst, du willst mir einreden dass du ein Heilger bist, aber guck doch mal was für ein erbärmlicher Wurm du in Wahrheit bist. Denn es ist ja immer das gleiche, Signior Padrone, alle glauben sie könnten losbrüllen wenn sie ein Strohhälmchen im Auge ihres Nächsten entdecken, aber den Balken im eignen Auge, den wollen sie ums Verrecken nicht sehn.

Trotz dem Bier und meinem Kopf der ein wenig verwirrt war hab ich genau gehört (und das hat mich wirklich überrascht) dass viele der Teutschen, wie sie unter sich geredet, nicht Teutsch sondern Alemannisch gesprochen haben. Aber wenn ich's mal genau bedenk (zum Beispiel jetzt wo mir der Dusel vergangen ist) so gibt's noch eine andre Sache die mich mehr als alles andre verwundert, nemlich dass wir immerhin in Rom sind, und das heißt unter der Regierung des Papstes, und dass diese Alemannen und Teutschen hier in der Locanda de la Campana über den Papst alles sagen was sie wollen, sogar die schändlichsten Sachen, und trotz all den Spionen die der Valentino hier gewiss rumlaufen lässt, rührt keiner diese Alemannen an und sagt ihnen nicht, hört mal, vielleicht übertreibt ihr ein wenig. Findet Ihr das nicht auch sonderbar, Signior Padrone?

Doch jetzt muss ich aufhören, weil man hat mir zum dritten Mal den Theriak für den Magen gebracht, und diesmal gelingt's mir hoffentlich endlich die üblen Wirkungen vom Bier und vom Wein auszurülpsen, denn wenn beides vermischt wird kann es einen Mann umbringen, auch einen so jungen und gesunden wie den ~~Untrezeichn~~ ~~Unterzneich~~ ~~Unrterz~~ wie mich.

Euer Gnaden getreuer Diener
Salaì

30.

Mein geliebter Padrone,

Recht hatte ich, die dritte Tasse hat mir die Eingeweide kräftig durchgespült, und gleich nachdem alles geleert war hab ich mir geschworn dass ich niemals wieder eine solche Dummheit begeh als wie Wein und Bier zu mischen, besonders wann man von einem sehr viel trinkt, nemlich vom Bier.

Nun gut, nachdem die Alemannen schlecht über den Papst geredet, fangen sie an auch über die vorigen Päpste herzuziehen, dass die auch allesamt verderbt warn, zum Beispiel ein gewisser Paul II., der war, glaube ich, Papst als ich noch nicht geboren war, und einige meinen er wär sehr für die Pflege der Literatur, andre dagegen, er wär grob und igniorant gewesen und hat den Antikisten nicht geholfen, im Gegenteil, er hat sie ins Gefängnis geworfen, und da hab ich mir gedacht, wart mal, das erinnert mich doch an was, und obgleich sich mir der Kopf schon arg gedreht, hab ich gesagt, halt, seid mal alle still, könnt ihr mir die Geschichte genauer erzähln, denn das hab ich nicht genau verstanden?

Da hat einer der Alemannen, der Schuster war das, mir erzählt dass es vor einem halben Jahrhundert unter Papst Paul II. am päpstlichen Hof massenweise Sienesen gegeben hat (aha, das hat mir ja auch der Wirt vor ein paar Tagen gesagt) und das waren die apostolischen Abbreviatoren, nemlich Schreiber und päpstliche Beamte die den ganzen offiziellen Schreibkram des Papstes mit gewissen offiziellen Formuln abkürzen, denn wenn man das alles nicht kürzen würd bräucht man ja noch für die winzigste Angelegenheit zehn Flaschen Tinte und drei Berge Papier. Diese Abbreviatoren haben auch Gedichte geschrieben und waren große Literaturkenner, aber Paul II. hat sie trotzdem alle weggejagt, weil er selbst war nicht aus Siena und hat den Sienesen nicht getraut (und mal ehrlich, Signior Padrone, vielleicht hab ich's Euch schon gesagt, aber auch mir gehn die Sienesen auf den Sack) denn in Rom eingesetzt hatte sie der Papst davor, und der war aus Siena gewesen. Da sind alle Abbreviatoren mächtig in Harnisch geraten und fingen mit Verschwörungen gegen den Papst an, und ihr Anführer war ein gewisser Platina, auch so einer von denen wo Liebesgedichte schreiben. Am Ende hat der Papst ihn ins Gefängnis geworfen, und darüber war das ganze römische Volk so böse dass bis heute alle schlecht über Paul II. reden und schreiben. Eine andre Verschwörung gegen den Papst hat vor einem halben Jahrhundert ein gewisser Stefano Porcaro angeführt, der war mal Capitano del Popolo von Fiorenza gewesen, und auch er war ganz verrückt nach der Antike und hat sogar gesagt er wär ein Abkömmling aus einer Familie vom kaiserlichen Rom. Dieser Porcaro wollte den Papst in Ketten legen und die Stadt von seiner Herrschaft befreien, aber natürlich hat man auch ihn am Ende zünftig aufgeknüpft.

Da mein ich, entschuldigt, aber ehrlich gesagt scheint mir das normal dass man diesem Stefano einen ordentlichen Knoten um den Hals gemacht hat, wo er doch den Papst in Ketten legen wollt. Und vergebt mir die Frage, ich bin ein bisschen igniorant, aber wenn dieser Platina im Palazzo von Seiner Heiligkeit gearbeitet hat um die Briefe vom Papst und von seiner Kanzlei abzukürzen, warum schreibt er dann Liebesgedichte? Das scheint mir nemlich eine Sache die man besser aus den Angelegenheiten vom Papst raushält. Ich kann Euch nicht sagen, Padrone, wie sie da gelacht haben, hahaha huhuhu haben sie gemacht, aber Junge, weißt du denn nicht dass es sogar Päpste wie Pius II. gegeben hat, der war übrigens auch aus Siena, weswegen er lauter Sienesen auf die Posten in San Pietro gesetzt, der mit eignen Händen Liebesgedichte schrieb? Und weißt du nicht dass die apostolischen Abbreviatoren wie Platina immer gerne antike und moderne Schrifften gelesen haben, sonderlich aber solche wo keine Gottesfurcht kennen, und sogar ~~erotoi~~ ~~erotsi~~ ~~corti~~ schweinische Gedichte? Schau dir zum Beispiel Lorenzo Valla an, der kam übrigens aus Fiorenza wie du, Junge, und war ein großer Antikist, aber er sagte immer dass es nichts Besseres gibt als die antiken Skulpturen von Weibern, weil die alle nackt sind, und dass die Ehe keine Tugend nicht hat und dass es das beste ist alle Weiber zu besitzen die man haben will und dass die Jungfräulichkeit ein Mumpitz ist und der Ehebruch nicht bestraft werden soll und andre Teuffeleien von dieser Art. Armer Junge, hat ein andrer Teutscher mit lauter Stimme gesagt, was glaubst du wohl was die Leute von Rom im Kopf haben, wo diese Stadt ein einzger versauter Sündenpfuhl ist und ein Ort von Dreckskerlen, und im Grund müsste sie ganz zerstört und verbrannt werden damit sie neu aufgebaut werden kann ohne ihre Schweinereien.

Mir ist aber ein Zweifel gekommen, Signior Padrone, nemlich wie ist es bloß möglich dass all diese Leute die Komplotte gegen die Päpste gemacht haben, also dieser Stefano Porcaro oder dieser Platina, dass die immer aus dem Innern der Papstmacht kamen, weil sie waren ja Abbreviatoren, und die sind, glaube ich, sehr nah dran am Papst selbst. Erscheint Euch das nicht auch sonderbar?

Bei unsrem Geplauder hab ich außerdem gemerkt dass die Alemannen ganz anders sprechen als wie die andren Teutschen, weil manche Wörter gurgeln ihnen im Mund herum, und da hab ich mir gedacht, Moment mal, wo hab ich so ein

Geräusch schon mal gehört, und dann fiel mir ein, Potztausend, das erinnert mich doch an diese Sache die der Dieb zu mir gesagt bevor er zum Fenster raus ist. Und ich hab gedacht, wetten wir dass es ausgerechnet ein Alemanne war der mich hat kaltmachen wollen?

Aber ich konnte den Gedanken nicht weiterführn, indem dass unterdessen ein Mensch mit blauen Augen und weißem Haar an meinen Tisch gekommen war, den alle kennen und begrüßen mit Ciao Angelo, wie geht es dir? und die Diener behandeln ihn mit viel Respekt, und da begreif ich dass er der Padrone ist. Angelo hat fast die ganze Unterredung gehört die ich mit dem Schuster dem Fritellenmann und ihren Freunden geführt, und jetzt fügt er noch hinzu, und was sollen wir dann von Poggio Bracciolini sagen? Da denk ich, Teuffel auch, was für ein Zufall, ich hab meine Fragen ja nur deswegen gestellt weil ich die Teutschen über die Antikisten hab reden hören, und jetzt sieh mal einer an, da fangt dieser Angelo doch geradewegs mit Poggio aus unsrem Fiorenza an!

Also frag ich, entschuldigt, aber was hat dieser Poggio Bracciolini denn angestellt? Wie Angelo antwortet sind alle endlich ein bisschen still, und das hat mir gezeigt dass der Padrone vom Campana sehr geachtet ist bei denen die seine Wirtschaft besuchen. Auf jeden Fall hat Angelo gesagt dass die Päpste vor langer Zeit schon den apostolischen Abbreviatoren verboten haben sich Geliebte und Konkubinen zu halten, nemlich sie hatten eine Masse davon und haben sie auf unverschämte Weise öffentlich vorgeführt, und Poggio zum Beispiel hat mit der einen Frau hier und der andren Frau da so viele uneheliche Kinder gehabt dass man sie in Rom schon seit fünfzig Jahren zu zählen versucht, und ist noch immer nicht gelungen.

Daran sieht man dass so einer macht was er will und das

Gute ihn einen Dreck kümmert, sagt Angelo, denn Poggio schrieb sogar dass der Geiz nichts Böses ist und die Gewalt gut für die menschlichen Angelegenheiten, und Bücher mit schmutzigen Witzen hat er auch verfasst. Also wirklich, Signior Padrone, dafür dass dieser Poggio so ein großer Mann war, wie Lionardo sagt, für den man in Fiorenza sogar eine Statue aufgestellt, scheint er mir doch eher ein Sünder grad als wie ich oder irgendein andrer Depp, und ich sag mir, bravo Salaì, der Schnurrbart den du ihm auf seine Statue in Fiorenza gemalt, der passt trefflich, denn dieser Poggio, ich hab's ja gleich gesagt, der hat ein böses Gesicht, und in manchen Dingen irr ich mich nie, Signior Padrone. Doch dann packt mich schon wieder ein Zweifel, diesmal ein noch größerer: Mag ja sein, dass er viele antike lateinische Handschrifften entdeckt hat, aber warum wird einer der sich so aufführt wie Poggio ein großer Mann genannt?

Und jetzt muss ich wieder unterbrechen, nemlich bin ich nicht in Rom sondern an einem Ort wovon ich Euch im nächsten Briefe schreibe und wo ich nicht machen kann was ich will, weil ich bin Gast von andren Leuten und will nicht dass jemand sieht dass ich diesen Briefe schreib, um Himmelswillen, drum steck ich ihn mir jetzt tief in die Hosen, ach nein, besser in die Schuh, denn hier in Rom mit all den schönen Weibern weiß man ja nie ob man seine Hosen in den nächsten fünf Minuten noch anhat.

Immerdar Euer Sklave
Salaì

31.

Verehrter Padrone,

endlich bin ich wieder ungestört und kann Euch in aller Ruhe schreiben, aber um alles gut zu erklären muss ich erst den Bericht von dem was in der Locanda de la Campana passirt ist zuende schreiben. Irgendwann bin ich aus der Wirtschaft gegangen um mich vom Drang zu erleichtern, nemlich zu pissen, weil ich hatte wirklich zu viel Bier im Leib, Heiliger Himmel, Signior Padrone, was diese Teutschen so wegtrinken, und mir war schwindelig als hätt man mir den Kopf in diesen Apparat mit Luftschraube gesteckt den Lionardo erfunden hat, das Ding soll sich furchtbar schnell um sich selbst drehn und dann fliegen, und ich kann Euch nicht sagen wie sehr ich gelacht hab wann ich's zum ersten Mal gesehen in den Papieren von Lionardo. Ich sag, Meister, was für ein hübsches Gerät um Eier damit zu schlagen, und er wurd fuchsteufelswild, aber er weiß genau dass das Ding nicht mal dann fliegt wenn Jesus am Steuer sitzen würd.*

Kurzum, wann ich in der Gasse vor dem Campana steh um Pipi zu machen sind drei Teutsche rausgekommen, und kaum sehn sie mich fangen sie an zu lachen und sagen, warte Junge, wer nicht in Gesellschaft pisst, ein Dieb oder Gauner ist, hahaha, und stelln sie sich neben mich und holen ihren Schwengel raus. Und dann haben wir einen Wettkampf gemacht, wer am höchsten auf die Mauer pissen kann, und das

* Hier spielt Salaì höchstwahrscheinlich auf das Projekt eines fliegenden Propellers an, das sich im sogenannten Codex B befindet (Paris, Institut de France, MS 2173 + 2148, Blatt 83 v).

war sehr lustig, nemlich auf der Mauer gab's Ameisen und Spinnen und wir haben um die Wette gepisst, und am Ende hab ich gewonnen mit tödlichen Treffern auf vier Ameisen und drei Spinnen. Dieses Spiel habt Ihr gewiss auch mal mit Euren Freunden gespielt, Signior Padrone, und die drei Teutschen sagen, bravo, du kannst prima zielen mit deinem Schwengel, und ich sag, danke, ich hab auch viel geübt mit den Weibern von Rom, und da sagt einer von den dreien, ja, aber die Weiber sind leichter zu treffen mit dem Schwengel weil sie größer sind als wie Spinnen und Ameisen, und der zweite entgegnet, das stimmt, aber sie rennen auch schneller weg, und der letzte der drei sagt noch, ja, aber die Weiber mögen den Schwengel, und darum lassen sie sich fangen hahahah. Nunja, Signior Padrone, eben all diese Dummheiten die einer sagt, wenn er betrunken ist, und dieweil ich mir den Schwengel schüttel um ihn zu trocknen bevor ich ihn in die Hose zurücksteck, sagen die andren halt, Junge, fast hättest du eine Sünde begangen, denn nach dem dritten Mal Schütteln ist's schon Wichsen, und schon brüllen wieder alle vier vor Lachen wie die Verrückten, mit ihrem Schwengel in der Hand, und da schreit aus einem der Fenster über uns eine Frau, basta, basta ihr besoffnen Deutschen, ihr Schweine, lasst uns schlafen und pisst nicht in die Gegend, ihr solltet euch schämen! Und einer der drei Teutschen schreit zu ihr hoch, sei still, Weib, das ist keine Pisse das ist das Gold aus dem Rhein, hast du verstanden?, und die andren beiden fangen wieder an zu lachen, dieweil der erste weiterschreit, Weib, schreib's dir hinter die Ohren dass die Teutschen sich niemals betrinken, wir sind einfach nur ein geselliges Volk, hick! (vom Bier hat er nemlich Schluckauf gehabt) und drum ist das Trinken mit Freunden beileibe kein Fehl sondern Verdienst, wie Wimpfeling sagt, hast du verstanden, Weib? Und ich sag, bravo, gut gesprochen, aber wer ist dieser Wimpfeling, der sowas sagt? Da reißen die drei die Augen auf und einer von ihnen fragt, was, den kennst du nicht? Das ist ein großer Filosof, sagt er, einer der sehr kluge Dinge schreibt, wie alle, die zur Bruderschaft der Anima gehörn, das ist nemlich die von uns Teutschen hier in Rom, ach übrigens, sagt er, heut hab ich einige hier in der Nähe gesehn, denn es ist Mittwoch, und am Mittwoch kommen sie immer zusammen. Wimpfeling aber ist noch wichtiger und klüger als die teutschen Brüder hier in Rom, weil er sagt zum Beispiel dass wir für die teutsche Geschichte unsre eignen Geschichtsschreiber haben müssten, denn die andren ~~Histro Hisotri Hsotr~~ Geschichtsschreiber außer Tacitus, den man unbedingt in der Schule studiren müsste, die übertreiben die Feler von uns Teutschen und unsre Tugenden machen sie kleiner, und es ist überhaupt ein Unglück dass wir nicht wie Achill einen Herold für unsre Taten haben, weil wir sind ein gutes Volk für die Waffen und haben eine Reihe glänzender Feldherrn, doch bis jetzt fehlt's uns an Geschichtsschreibern die das der Menschheit auch erklärn. Der andre schreit, den Schwengel noch in der Hand, weiter nach oben zum Fenster, ja, das stimmt, hast du kapirt, Weib? Wir machen unser eignes Geschichtsbuch um das Volk von Straßburg und Teutschland zu erziehn, und jetzt ist Schluss damit dass bis heute nur die andren Nationen die herrlichen Taten ihrer Vorfahren preisen und wir wie trunken vor Müdigkeit dastehn und unsren Ruhm vergessen, wie Wimpfeling sagt. Dieses Geschichsbuch das unsre Taten preisen soll, das wird ein Denkmal für die große gloriose Vergangenheit der Teutschen sein, hick!, und es wird in alle Welt gehen um den Welschen und ihren verkappten Freunden zu zeigen dass die Teutschen stolz sein können auf ihr Vaterland und ihre Geschichte. Und außerdem wird bald ein Mann kommen der alle Probleme löst und die Kirche reformiert und in Teutschland das Unterste zu oberst kehrt.

Ich mach mir schon Sorgen weil mich dünkt das bloß ein Gerede von Betrunkenen, aber ich versteh auch dass dieser Wimpfeling das alles wirklich gesagt, und wann ich in die Gesichter von den drei Teutschen schau, scheints mir sie glauben den ganzen Quark. Einer sagt, ja, denn auch die Frantzosen die das schlimmste Volk nach den Italienern sind, denn sie haben die gallische Perfidie und in der Politik sind sie immer intrigant, auch die müssen unsre Glorie kennenlernen, nemlich wir haben unser altes germanisches Recht was viel besser ist als wie das römische, und überhaupt war Karl der Große ein Teutscher, kein Frantzose, hast du verstanden, Weib? Und unser Kaiser Maximilian ist ein viel bessrer Krieger als Alexander der Große einer war, so wie Friedrich Barbarossa besser war als Hannibal, und wer nicht für das Reich ist, der ist gegen das Reich, und mein Ehr ist teutsche Ehr und teutsche Ehr ist mein Ehr, hat der Teutsche gesagt und mit einem Rülpser geendet, dieweil einer von seinen Kumpanen weitermacht: Jaja Wimpfeling hat Recht, denn wir Teutschen haben sogar den Buchdruck erfunden, hörst du da oben, Weib? Aber wir sind bescheiden und von schlichtem Gemüt, hick! drum glauben wir alle Lügen die ihr Italiener erzählt weil ihr Possenreißer und Gaukler seid, und es ist wirklich wahr, man braucht gar nicht herkommen zu euch um Literatur und Geschichte zu lernen, und auch Wimpfeling sagt dass man nicht zu den Frantzosen und nicht zu den Italienern gehn muss um zu lernen, weil wir Teutschen haben die besten Schulen der Welt.

Unterdessen wird die Sache brenzlig weil der Mann von dem Weib am Fenster hat sich neben sie gestellt und beschimpft die drei Teutschen und mich auch und sagt, Dreckskerle Säufer, lasst uns schlafen geht zurück nach Teutschland, Barbaren seid ihr, könnt nur Bier saufen und Kühe melken, und plötzlich fängt er an runterzuspucken und Abfall auf uns zu werfen und Holzstücke und andre Sachen wo ich nicht seh was das ist, aber sie machen einen Höllenlärm wann sie zu Boden fallen, und noch mehr Leute kommen an die Fenster von den Häusern ringsum und rufen, genug jetzt, ihr Teutschen, dreckiges Gesindel seid ihr, haut ab, und auch sie werfen Sachen auf die Straße, und jemand leert sogar den Nachttopf mit der Pisse und sagt, hier habt ihr euer Rheingold, und einer von den drei Teutschen wird von einem Becher aus Ton am Kopf getroffen, und da sind die drei fluchend in die Locanda zurückgegangen. Doch ich bleib draußen gefangen, weil ich unmöglich durch diesen Regen aus Abfall und Pisse gehen kann. Also hab ich gewartet dass der ganze Spuk endlich aufhört, doch kaum ist die Stille zurückgekehrt muss ich schon wieder pissen und dann denk ich, ich geh einen Augenblick rein und verabschiede mich von den Teutschen, und kehr in die Herberge zurück, doch grad in dem Moment, es wird die Aufregung gewesen sein, wird mir speiübel, und ich kotze eins zwei dreimal und noch beim vierten Mal zwacken mich die Eingeweide dass ich sterben möcht, denn auch nachdem ich mir den Bauch geleert von Schweinebraten und Fritelle und allem andren was noch drin war, fühl ich mich noch immer sauelend, und denkt nur, Signior Padrone, ich bin ganz ausgestreckt auf der Erde gelegen, und es war mir als würd alles um mich herum sich drehn, und mein Gesicht ist in den Matsch gewühlt als wie die Schweine es tun, und ich denke, Mamma mia, wenn die Teutschen mich so sehn, das gibt ein Gelächter. Dann hab ich ein paar Minuten auf der

Erde geschlafen wie ein Bettler, und wann ich aufwach fühl ich mich noch schlechter als zuvor und kotz nochmal und denke, jetzt kratzt du hier ab wie ein Idiot und denk nur, Salaì, du bist dem Messer von dem in der Herberge entkommen und krepirst jetzt hier wegen ein paar Pokalen Bier, und da muss ich schon wieder kotzen.

Das war der Moment, Signior Padrone, wo dieser Mann gekommen ist, und fragt mich nicht, wieso und warum, aber ich weiß dass es der war der mich vom ersten Tag an in Rom verfolgt, und jetzt kann ich Euch sagen wie er aussieht.

Einen Augenblick noch, wartet bitte, denn es klopft an der Tür und ich muss mir die Hosen anziehn, weil ich hatte hier halb nackt gesessen mit bloßem Pinsel wegen der Mordshitze in Rom und beim Schreiben schwitzt man wie ein Schwein.

Euer ewig treuer
Salaì

32.

Erhabner Padrone,

war nichts Wichtiges, man hat mir bloß ein bisschen Wasser gebracht weil ich drum gebeten hatt, die Leute sind fürwahr sehr freundlich hier, und jetzt sag ich Euch wo ich bin, aber erst erzähl ich die Geschichte von gestern abend zuende sonst komm ich durcheinander und dann habt Ihr ganz Recht wenn Ihr mich zur Sau macht. Also der Kerl ist auf meinen Rücken gesprungen, nemlich ich lag auf dem Bauch nachdem ich gekotzt, und so wirft er sich auf mich, verfluchte

Scheiße, war der schwer, und aus dem Augenwinkel seh ich dass er groß ist und fett und dunkle Haare hat, und was ich Euch noch sagen kann, aber Ihr dürft nicht lachen, ist dass er nach Zwiebeln stinkt. Ich dreh mich um dass ich ihn abwerf, aber weil ich sternhagelvoll bin schaff ich's nicht, und so rolln wir über die Erde einer auf dem andern und machen zusammen ein paar Drehungen, mit Beinen so verknotet dass ich denk, ist doch verrückt, das muss ja so aussehn als würden wir's miteinander treiben, ja, hätt er nicht versucht mich umzubringen hätt man fast meinen können es gefällt ihm so eng an mich gepresst durch den Dreck zu rollen. Aber dann sind wir angehalten, und ich denk bevor er mich kaltmacht möcht ich ihm doch nochmal ins Gesicht sehn, diesem Mörder der nach Zwiebeln stinkt, und dann spür ich wie sein Arm sich bewegt, wahrscheinlich zieht er sein Messer, und grad in dem Moment wo ich mir sicher bin, so jetzt bist du erledigt, da steht er dem Himmel sei Dank plötzlich blitzschnell auf und rennt weg, und ich höre Schritte vor uns und dann einen leisen Schrei von einer Frau, na ich will's kurz machen, Padrone, vor mir steht dieses blonde große herrliche Weib mit den blauen Augen das ich vor ein paar Stunden getroffen, und ihre Jungfer ist auch noch dabei. Was dann passirt ist weiß ich nicht genau, jedenfalls als ich aufwach hör ich Geräusche von Pferdehufen und Räderknarren, und es geht auf und ab, nemlich ich lieg im Karren der beiden Fraun, der wird von einem Pferd gezogen und bringt mich raus aus Rom an den Ort wo die beiden wohnen.

Mein Glück war dass der Vater von der Blonden hier in Rom lebt und dass er im Campana gesessen grad wann ich mich dort mit den andren Teutschen betrunken hab. Weil er viele Geschäffte in Rom hat wohnt er nicht bei ihr sondern schläft in der Stadt, wogegen die Blonde außerhalb wohnt, und sie war nach Rom gekommen um dem Vater einige Sachen zu bringen, und darum ist sie zum Campana gegangen.

Die Teutsche kann mich zum Glück hier bei sich beherbergen ohne dass es ein Aufsehn macht, denn wir sind in einem kleinen Dorf mit wenigen Häusern, und hier sieht mich keiner.

Die beiden Frauen haben mich auf ein Bett gelegt und ich hab wie ein Bär bis zum nächsten Morgen geschlafen, Signior Padrone. Als die Blonde mich weckt frag ich, warum hast du mich gestern abend hierher gebracht? Das war nicht gestern abend, sagt sie, sondern vorgestern, denn gestern hast du den ganzen Tag geschlafen.

Wann die blonde Teutsche und ihre Magd mich in der Gasse beim Campana gefunden, war ich nemlich halbtot, drum sagt sie zu mir, Dank dem Himmel, mein Junge, dass der Kerl geflohen ist als wir kamen und dass wir dann stark genug warn dich auf den Karren zu laden, denn sonst wär der wiedergekommen und hätt dir die Kehle durchgeschnitten. Leider haben die Teutsche und ihre Magd dem Mann der mich angegriffen nicht ins Gesicht sehen können, Signior Padrone, doch bin ich sicher es ist derselbe wo mich immer verfolgt hat. Oh, sag ich, wenn Lionardo mich totgestochen gefunden hätt, wie traurig wär der gewesen, der Ärmste, und sie fragt mit ihrem teutschen Aktzent der mir sehr gefällt, wer ist denn Lionardo? Oh nichts, das ist nur mein Ziehvater der ist Maler und zeichnet den ganzen Tag haufenweise Zeugs das schwer zu erklären ist, Apparate um vom Himmel runterzufallen etcetera, Mamma mia was für Kopfschmerzen ich hab. Da sagt sie, sorg dich nicht um deinen Kopf, gleich bereit ich dir eine Brühe zum Abführen. Davon hat sie mir dann noch zwei mehr gemacht, und schließlich hab ich mir den Magen zum Glück noch vom letzten Stück Schweinebraten geleert,

Signior Padrone, und mich gleich besser gefühlt, und wann ich ihr das sag lacht die Teutsche mich an und streichelt mir den Kopf, und da seh ich wieder ihre sehr blonden Haare und hellblauen Augen wie man so welche nie bei uns sieht, und fühle mich sofort gut und stark als wie ein Stier, trotz der zimlich aufregenden Nacht und dem Bärenschlaf.

Also hab ich mich im Bett hingesetzt und gesagt, wie freundlich bist du mit mir gewesen, und sie bedankt sich. Du bist nicht nur freundlich sondern auch schön, und entschuldige dass ich dir das sage, aber wann ich dich wiedergesehn und du mich gerettet hast, da bist du mir wie ein Engel erschienen, und die Blonde antwortet, du Ärmster, du hast solche Angst gehabt wie dieser Mensch sich auf dich gestürzt, und grad wie sie spricht kommt ein Sonnenstrahl zum Fenster herein und beleuchtet ihr Gesicht und Busen, und draußen sind Bäume mit Blättern die machen wegen dem Wind schschsch schschu schuschu, und ein guter Geruch nach Land kommt herein, und mir ist wie wenn ich im Paradies wär, und denk, dieses Weib macht mich verrückt, vielleicht liebe ich sie wirklich, und dann geb ich ihr sofort einen Kuss und greif ihr schön tief in den Ausschnitt, um zu prüfen wie fest ihre Brüste sind, und sie ziert sich kein bisschen so wie die Italienerinnen, wo du immer erst Stunden reden musst bevor was passirt.

In Wahrheit hätte die Teutsche aber fast alles kaputtgemacht, nemlich bevor wir die sehr schöne Unterredung fortsetzen die wir eben erst angefangen, steht sie plötzlich auf um sich das Leibchen auszuziehn, und dann faltet sie's fein und sorgsam auf einem Tischchen neben dem Bett zusammen und ich denk, Teuffel auch, was sind diese Teutschen sauber und ordentlich. Dann sagt sie, wie schön du bist, du gleichst dem Antinoo wirklich sehr, und ich antworte, um Himmelswillen, fangen wir nicht wieder damit an, und ich halt ihre

Zunge geschickt mit meiner fest, nach welchem Kunststückchen wir rasch mit einer Reihe sehr schöner Übungen beginnen, nemlich erst von vorn und dann von hinten und dann von der Seite was mir das Liebste ist aus vielen Gründen die ich Euch jetzt nicht erzähle, denn Ihr, Signior Padrone, der Ihr eine wichtige Person seid, wer weiß wieviele Weiber Ihr Euch schon auf den Spieß gesteckt, die kommen, Euch um einen Gefallen zu bitten, und zu denen sagt Ihr sicher, in Ordnung, aber erst zieh dich aus. Ihr Glücklicher, Ihr könnt sie so schnell zum Ausziehn bringen, was zum Henker wollt ich sagen, ach ja, dann hab ich die Teutsche noch einmal von vorn genommen, und außerdem kann man ihre Beine, die schön lang sind, bei der Verrichtung auf kuriose Weise und anders halten als die von den Italienerinnen, kurz, es ist ein Morgen voll trefflicher Mühen gewesen und fast würd ich sagen voller Poesie, wenn das Weib nicht fortwährend geschrien hätt weil's immerzu große Lust hat.

Verglichen mit den Weibern bei uns daheim, scheint mir dass diese Teutschen viel mehr Widerstandskraft haben, was ein zimlich großer Vorteil ist. Diese hier zum Beispiel gefällt mir so sehr dass ich sie nicht zu schnell müde machen will, aber ich muss Euch sagen dass sie meinen Ritmus sogar besser aushält als wie die Bäuerin aus San Godenzo, wiewohl die ein bisschen größre Melonen hat, weil sie ist eine von der kleineren und rundlichen Sorte.

Um es kurz zu machen, Signior Padrone, am Ende war ich so zufriden verschwitzt und erschöpft dass ich dachte, so muss sich einer fühlen wenn er allen Ernstes verliebt ist, und der Blonden sag ich sofort, bevor ich's vergesse, sag mir, wie du heißt, und sie fängt an zu lachen und meint, ich heiße Dorothea, hört Euch das mal an, was für Namen die Weiber in Teutschland haben, wer weiß, vielleicht kommt ihre Widerstandskraft ja von daher, also von den Namen. Wisst Ihr was, ich werd Lionardo danach fragen, der weiß ja immer alles. Verflucht, jetzt kommt die Blonde grad zurück und bringt mir zu essen, wartet bitte, und wollt Ihr mir bitte all die Unterbrechungen verzeihn, ich schreib auch bald weiter, das hängt nur davon ab, ob Dorothea wieder Übungen machen will so wie heute morgen, ich hab mir sogar schon überlegt ob diese Teutsche mich vielleicht gar nicht aus Mitleid hier in ihr Haus gebracht, sondern weil sie eine zünftige Dosis von meinem Schwengel kriegen wollte.

In ewiger Treue
Salaì

33.

Mein hochverehrter Padrone,

ich hab's ja geahnt, die Teutsche hat mir bloß zu essen gegeben damit ich wieder zu Kräften komm und ihr noch einen Stich verpassen kann, was ich dann auch vorschriftsmäßig erledigt hab, denn hier in Rom tu ich praktisch sowieso meine Pflicht als wie beim Militär, ist die eine bedient, her mit der nächsten. Und dieweil ich ihr diesen zweiten Dienst besorg scheint mir die Blonde auch sehr ~~enzusiasm~~ ~~entusia~~ ~~entuaism~~ geil und glücklich zu sein, und als wir endlich eine Pause machen erfindet sie ein Spiel, nemlich sie streicht mir mit ihren Brüsten über das Haar und dann übers Gesicht und die Nase so dass ich fast daran ersticke, und im Scherz ruf ich, hilfe und sie lacht und hat einen Mordspaß mit mir, und am Schluss gibt sie mir sogar einen Kuss auf die Wange, und mich dünkt sie tut das alles mit großer Leidenschaft und gar nicht bloß um flachgelegt zu werden. Bei den Weibern muss ich normalerweise verteuffelt lang reden damit sie endlich ihr Höschen runterlassen, und wenn ich sie dann soweit hab dass sie meinen Spieß wolln und ihn auch kriegen, dann möchten sie ihn gleich nochmal und dann wieder viele Male hintereinander, aber sie sprechen fast nicht mehr mit mir, weil sie mein kluger Kopf nicht interessirt.

Mit dieser Teutschen dagegen, das mag bloß mein Eindruck sein, läuft alles so gut dass ich denke, vielleicht stell ich sie glatt Lionardo vor und sag ihm dass ich sie heiraten will, denkt bloß mal, Signior Padrone, was einem Mann für Gedanken kommen können, nur weil's einmal noch besser war als sonst.

Nachher hab ich Dorothea gebeten einen schönen langen Spazirgang in der Umgebung mit mir zu machen, also sind wir rausgegangen, und ich muss sagen dass Dorothea in einem wirklich schönen Haus lebt, weil es liegt mitten auf dem Land mit vielen Bäumen und bei einem See wo es nah beim rechten Ufer sogar eine Insel gibt, stellt Euch das mal vor. Nach einer Weile aber sag ich, jetzt will ich mich ins Gras legen, nemlich meine Knie sind noch ein bisschen weich, aber da sagt die Blonde, hör mal, hast du nicht gesagt du willst einen schönen langen Spazirgang machen? und ich erwidre, na und? jetzt hab ich meine Meinung geändert. Und wo sie ärgerlich wird hab ich kapirt, es ist ihr egal ob ich müde bin, die Teutsche kann's nicht ausstehn wenn einer plötzlich seine Pläne ändert, so sind die pingeligen Menschen alle. Drum sagt sie, na gut, dann lass ich dich ein bisschen allein, weil ich Besorgungen machen muss bei den Bauern in der Nähe. Wenn du willst kannst du dich hinterher wieder auf dem Bett ausruhn, nein danke, bloß nicht, sag ich und denk bei mir sonst stürzt sie sich in drei Minuten schon wieder auf mich, wo ich jetzt doch lieber an der frischen Luft sein möcht.

Ich hab mich hingelegt und gründlich ausgeruht und dann eine Runde ums Haus gemacht wo es Hühner gibt Gänse Hunde und andre Tiere, und vom Hühnerhof aus bin ich um den See rumspazirt, und schließlich entdecke ich am rechten Ufer ein Häuschen aus Holz und geh hinein, und sieh mal an, wie eigenartig, da stehn ja lauter Bücher. Warum bewahrt die blonde Teutsche sie hier auf? denk ich und nehm mir eins und sehe dass es auf Teutsch geschrieben ist, drum versteh ich nicht die Bohne. Dann seh ich die vielen andren Bücher und werde doch ganz neugierig und schau sie mir genauer an, nemlich Bücher in einer Holzhütte auf dem Land aufzubewahren, das scheint mir eine wunderliche Idee. Da fällt mir ein dass ich mir einen Schreibstift und ein Stück Papier in die Taverne de la Campana mitgenommen hatt, schau in der Tasche nach und hurra, ich hab sie noch. Also schreib ich ein paar von den Titeln auf:

Schedelsche Weltchronik
Rudimentum Novitiorum
Tacitus – Germania / Celtis – Additiones
Annio da Viterbo – Historia Antiqua
Irenicus – Germaniae Exegesis

Nun sieh mal einer an, wie interessant, ein Haufen Bücher die von Teutschland handeln, fast krieg ich Lust ein paar davon zu lesen, weil in diesem Holzhäuschen ist's gar nicht so übel, und vielleicht versteh ich dieses sonderbare Volk das sich in Rom breitgemacht hat so etwas besser.

Das erste Buch ist wie ich schon gesagt auf Teutsch was eine Sprache ist die keiner versteht wenn er nicht selber ein

Teutscher ist. Das zweite aber ist auf Latein und ich nehms gern in die Hand, weil dies Idiom ist fast genau wie das Italienische, und wenn ein Italiener bei guter Laune und ausgeruht ist, dann kapirt er Latein auch ohne dass er es studirt hat (Lionardo nemlich der niemals fröhlich ist weil er immer zu viel liest studirt und zeichnet, der hat keinen Schimmer vom Lateinischen, aber ich ja). Ich mach das Buch auf und erblick einen schönen Titel DE ORIGINE ET SITU GERMANORUM, was tatsächlich ganz einfach zu verstehen ist weil es auf Italienisch praktisch das gleiche ist, nemlich De l'origine et del sito de li Germani, also woher die Germanen kommen und wo sie wohnen. Der Autor ist ein gewisser Tacitus, und der Name erscheint mir fast als wie ein Witz, denn auf Italienisch heißt tacito einer der nicht spricht, also warum hast du nicht den Mund gehalten, denk ich mir. Dann fällt mir ein, Teuffel auch, das ist doch dieser Tacitus den Poggio Bracciolini entdeckt, also das Buch das Poggio in einem Kloster von teutschen Mönchen gefunden hat, und es erklärt woher die Götter von den Teutschen kommen und gibt den Teutschen die ruhmvollen Ursprünge zurück die sie vorher nicht hatten, oh ja, ich glaube davon hat sogar einer der Teutschen gestern abend gesprochen und gesagt, man müsst es in der Schule studiren. Also denk ich, ich les mal ein bisschen in dem Buch und versuch das wichtigste zu verstehn, und dann erzähl ich es Euch.

Euer immerfort diensteifriger
Salaì

34.

Gütigster Padrone,

so, ich bin grad fertig mit Lesen und jetzt, Signior Padrone, fass ich Euch zusammen was in dem Buch von diesem Tacitus über Germanien geschrieben steht, nemlich ich hab mir ein paar Notizen auf meinem Papier gemacht, und es lohnt sich das Buch zu lesen, weil es gibt ein paar Informazionen die sind glaub ich sehr nützlich wenn einer schlau genug ist.

Es fängt damit an dass Tacitus sagt, um zu wissen wo Germanien liegt braucht man sich bloß vorstelln dass es links vom Fluss Rhein liegt, und dahinter ist Gallien, nemlich das Frankenreich von heute. Darüber ist ein großes Meer, das heißt Ozean, und auf der andren Seite gibt's noch einen Fluss, die Donau, und hinter dem leben andre Völker, die Räter und Pannonier.

Die Germanen, sagt Tacitus, sehn so aus: groß und stark und mit hellen Haaren und blauen Augen, der Körper ist kräftig und darum sind sie zum Angreifen gut geeignet, und das stimmt denn zum Beispiel Dorothea ist groß und blond und die Männer greift sie sehr gut an. Aber Tacitus sagt auch dass die Germanen keine Mühen ertragen können, und das ist falsch denn die Blonde kann Mühen gut ertragen, und ob.

Dann sagt Tacitus eine Sache die mir nicht so gut gefällt, und ich musst lang darüber nachdenken, nemlich dass die Teutschen eine reine Rasse sind weil es in Germanien immer nur sie gegeben hat, und sind nicht durch Vermischung mit andren Völkern entartet. Also diese Sache mit der germanischen Rasse, Signior Padrone, ich weiß auch nicht wieso, aber die gefällt mir nicht und scheint mir auch ein ziemlich großer Blödsinn. Nemlich Teutschland ist so wie ich gehört hab eine Ebene und hat nur sehr wenig Berge, und wann hat man jemals eine Ebene gesehn wo's immer nur ein Volk gibt und niemals keiner dort eindringt? Und außerdem vermischen sich alle Völker immerfort mit den andren, denn wenn einer ein hübsches Vögelchen sieht egal ob es gelb schwartz oder rot ist, dann steckt er sich's genau so gern auf die Stange als wie ein weißes, meine ich, und kommt dabei ein Kindchen raus schon haben wir eine Mischung. Und mal ehrlich, Signior Padrone, wer hat in seinem Leben nicht schon mindestens einmal zum Beispiel mit einer kleinen Türckin oder sogar einer Afrikanerin gevögelt?

Entschuldigt, Signior Padrone, aber ich hab ein Geräusch gehört, oh ja, es ist die kleine Magd von Dorothea, die dort draußen ist, und sie hat mich durchs Fenster gesehn, hoffentlich kommt sie nicht grad jetzt herein.

Sonderbar, nach diesem Krampf über die germanische Rasse macht Tacitus den Teutschen eine Reihe von übertriebnen Komplimenten, nemlich sie haben eine viel reinere Moral, aus Geld machen sie sich gar nichts, nicht mal aus Gold, im Kampf sind sie tapfer, ja sie nehmen sogar Frau und Kinder mit in den Krieg, sie fürchten sich vor gar nichts und dieweil sie kämpfen singen sie Lieder bei denen alle Feinde sich vor Angst in die Hosen machen. Im Frieden sind sie gerecht und bei der Gerichtsbarkeit gnadenlos aber unparteiisch, mit Verrätern machen sie kurzen Prozess, und sie ehren immer die Gastfreundschaft. Sie leben in verstreuten und sehr ärmlichen Hütten, als wie Eremiten, verleihen kein Geld zu Wucherzinsen, sie haben großen Respekt vor ihrer Religion, wenn ihnen ein Verwandter stirbt weinen sie nicht gar zu lang, Mann und Frau setzen sich fast nie Hörner auf, aber sie sind nicht mehr ganz jung wenn sie's zum ersten Mal treiben, drum bleibt die Begierde bei ihnen schön stark und der Schwengel steht ihnen immer senkrecht.

Ganz allgemein sind die alten Germanen für Tacitus Barbaren und Bestien, aber sie waren viel ehrlicher als die Römer die zwar alle eine erlesene Kultur hatten, aber trotzdem war Rom ein Sauhaufen aus Lug und Trug Verschwendung und Korrupzion, wogegen die ungebildeten Germanen gutmütge Seelen redlich und tapfer waren.

Das mag ja so sein wie dieser Tacitus sagt, denk ich, aber ich hab doch immer gehört dass auch die alten Römer im Kampf nicht grade Weicheier waren, im Gegenteil, sie haben all ihren Feinden gehörig eins übergebraten und sie mögen ja auch korrupt und unehrlich gewesen sein, aber mir scheint am Ende sind alle Menschen gleich, und wenn man ihnen Gelegenheit gibt dann stehlen auch die Ehrlichsten, zum Beispiel wenn sie Hunger haben, und das ist wie wenn ein schönes Mädchen einen Mönch nach dreißig Jahren Klausur die Muschi direkt vor die Nase hält, denn der greift dann wahrscheinlich zu, doch heißt das noch lange nicht dass alle Mönche Schweine sind.

Bis zu der Stelle hab ich diesen Tacitus ernst genommen, Signior Padrone, aber dann hab ich weitergelesen und erfahr dass die Germanen ihre eignen besondren Götter hatten, und jetzt hört Euch das mal an, wie die heißen: Tuiscon, der soll aus der Erde geboren sein, dann sein Sohn Mannus von dem die germanische Rasse abstammt. Und schon da musst ich lachen, weil wenn ich Lionardo einen Streich spielen würd und mir ein paar Namen von Göttern ausdenk und dann sag, Vater, mein Vater, kommt her und seht Euch diese Entdeckung an, ich hab einen alten Kodex gefunden der die Namen von den alten Germanen verrät, dann würd ich mir genau solche Namen ausdenken, nemlich die so albern sind dass die Leute denken: Die sind so zum Lachen dass bestimmt keiner den Mut gehabt hat sie sich auszudenken.

Von diesem Mannus sind dann drei Kinder geboren, die haben allen Völkern von Germanien ihre Namen gegeben, nemlich das sind die Ingaevonen, die Hermionen und die Istaevonen, und wann ich diese Namen les hab ich mich fast bepisst vor Lachen und denk, na gut, ich hab verstanden, das sieht ja jeder Idiot dass dieses Buch von vorn bis hinten erfunden ist. Aber ich habe weitergelesen und erfahren dass auch die verschiedenen Sippen in Germanien Namen hatten, und die klingen wie wenn einer vor sich hinbrummt, und entschuldigt, wenn sie ein bisschen lang ist, Signior Padrone, aber ich schreib Euch die ganze Liste auf, denn das lohnt sich, da habt Ihr auch was zu Lachen: Gambrivier, Vandilier, Tungrer, Ubier, Chatter, Mattiaker, Aravisker, Vangionen, Triboker, Nemeter, Usipeten, Tenkterer, Bruttier, Chamaver, Angrivarier, Dugulbnier, Chauker, Cherusker, Veneter, Chasuarier, Fosen, Semnonen, Reudigner, Avionen, Variner, Eudosen, Suardonen, Nuitonen, Hermenduren, Naristen, Quaden, Markomannen, Angeln, Marsigner, Cotiner, Oser, Buren, Helveconen, Manimer, Helisier, Narkanavaler, Gotonen, Rugier, Lemoviker, Suionen, Aestier, Sitonen, Sueben, Peukiner, Fennen und Bastarner, und das ist wirklich ein Zungenbrecherspiel für Schwachköpfe, und man sieht ganz genau dass es von einem Italiener von heute gemacht ist, weil er hat auch ein paar echte und bekannte Namen dazwischen versteckt wie Veneter, Angeln und Sueben, damit man denkt auch die andren sind echt. Und Ihr glaubt nicht, Signior Padrone, was die ihren eigenen Leuten für Namen gegeben haben: Albruna, Velleda, Maroboduo, Tudro und noch andre, und daran sieht man wirklich dass dieser Tacitus sich hingesetzt und gesagt hat, wolln doch mal sehen was für ein dummer Quatsch mir heute so einfällt.

Außerdem hat er geschrieben, dass die Germanen ein Getränk haben das aus Gerste oder Getreide gewonnen wird und mehr oder weniger wie Wein gären muss. Seltsam dass Tacitus nicht sagt es ist Bier. Denn wer soll denn glauben, Signior Padrone, dass die alten Römer kein Bier gekannt haben, wo der Mensch doch meiner Meinung nach seit Adam und Eva Bier trinkt.

Dann hab ich im Buch von Tacitus aufmerksam nach andren lustigen unglaublichen Sachen gesucht und find einen derartigen Unsinn dass nicht mal die Bäuerin aus San Godenzo, die mit den Melonen (ich erinnre mich nicht, Signior Padrone, ob ich Euch schon von ihr erzählt) dass nicht mal sie ihn glauben würd, und hab so lachen müssen dass mir am Ende der Bauch weh tat. Zum Beispiel kleben die Germanen im Winter Kuhmist auf die Wände von ihren Kellern, damit sie schön warm bleiben, sagt Tacitus, und er sagt auch, trotzdem dass es in Germanien schweinekalt ist kleiden die Menschen dort sich nur in einen Mantel der mit einer Spange oder (das ist besonders lustig) einem Dorn zusammengesteckt ist, und ansonsten sind sie nackt, und die Weiber gehn sogar mit raushängenden Brüsten umher, was nicht mal in Fiorenza passirt, wo im Sommer eine Mordshitze herrscht, also gewiss nicht in Teutschland. Wenn sie bei einer Partie Würfel all ihr Hab und Gut verlieren, nemlich Geld und Haus etcetera, und dann immer noch nicht genug haben, verspielen sie sogar ihre Freiheit, und wenn sie die verlieren nehmen sie's ruhig hin dass sie Sklaven werden, sie lassen sich in Ketten legen und wegbringen, um verkauft zu werden als wie die Esel, und alles ohne ein Wort zu sagen. Und da hab ich gedacht, wer sich diesen Spaß über Germanien erlaubt hat, der ist wirklich ein heller Kopf gewesen und hätt sich keinen lustigeren Streich ausdenken können, und nützlich ist er außerdem, weil man kann daran erkennen, wer intelligent ist und wer nicht, denn wenn einer an dieses Germanien von Tacitus glaubt und nicht beim Lesen gleich zu lachen anfängt dann ist er wirklich ein Volltrottel.

Nur drei Sachen die Tacitus sagt haben mich nicht zum Lachen gebracht: die erste ist das mit der reinen germanischen Rasse (das ist mir wirklich verdächtig) die zweite ist, dass die Germanen gesoffen haben wie die Löcher (das stimmt denn sie tun's immer noch, das hab ich gestern abend gesehn) und die dritte ist dass es Menschenopfer gab bei ihnen, nemlich sie haben einen Mann auf dem Altar festgebunden und ihn dann abgemurkst um ihre Götter also diesen Tuiscon und Mannus etcetera zu ehren. Hoffentlich ist das auch nur wieder so ein Quark von Tacitus.

Verflixt noch eins, wartet, denn ich hör Schritte, ich glaub Dorothea hat mich hier aufgespürt und muss ich das Blatt verstecken worauf ich geschrieben hab und obendrein rasch.

Salaì

35.

Mein hochverehrter Padrone,

ich hab mich geirrt, nemlich es war nicht Dorothea sondern ihre kleine Dienstmagd. Wann sie reinkommt und mich sieht ruft sie Mamma mia was für ein Schreck, ich wusste nicht dass du hier bist, aber mir war so als spielt sie mir was vor, weil ich glaub sie hat mich von draußen schon gesehen und ist grad deswegen rein weil sie mich finden wollt. Wo ist deine

Padrona? Noch bei den Bauern, sagt sie. Aha gut, sag ich mit einem Lächeln, was machen wir? Die kleine Magd wird ganz rot und sagt, Entschuldigung was meinst du? Nichts, egal, aber ich muss lachen, denn wenn man die Weiber überrascht, Signior Padrone, und ein bisschen frech ist, dann macht man sie gleich verlegen, und sonderlich wenn sie ein paar schmutzige Gedanken im Kopf haben. Ich schau mir die Magd genau an und seh dass sie einen weniger großen Vorbau hat als Dorothea, aber schöne Lippen hat sie, und die sind gut um ihr die Zunge in den Mund zu stecken, die Hüften sind ordentlich geraten, breit und sehr fest, was bedeutet dass sie den Schwengel gut hält, und außerdem hat sie die wachen Äuglein von den Weibern die wenn sie des Morgens aufstehn schon immerfort den Gedanken an das eine im Kopf haben was für die jungen Mädchen zimlich lästig ist, fast wie ein kleiner Vogel der auf der Stirn zwischen den Haaren auftaucht und Kuckuck macht und kitzelt dass es nicht zum Aushalten ist, bis sie einen Mann finden der den Vogel mit seinem Knüppel verscheucht, und dann beruhigen sie sich.

Sie hat gesehen dass ich die Germania von Tacitus in der Hand halt und fragt, kannst du lesen? Ja natürlich, antworte ich, und du, liest du diese Bücher? Nein, ich kann nicht lesen, antwortet sie, die liest der Vater von Dorothea mit seinen Freunden. Und dann hat mir die Magd erklärt dass jede Woche im Haus der Blonden eine Gruppe von Teutschen zusammenkommt um Bücher zu lesen und über verschiedene Dinge der Religion und die alten Römer zu disputiren. Ich frag, wieso, was kümmern den Vater von Dorothea denn die alten Römer, er wird doch nicht etwa einer von diesen Antikisten sein? Und sie sagt dass sie eigentlich fast gar nichts versteht von dem was die Männer sagen, weil sie reden praktisch immer auf Teutsch, aber sicher sprechen sie schlecht vom Papst und von Rom und der christlichen Religion, und von den Priestern sagen sie dass die alle verderbt und Schweine sind.

Aber ich meine, sagt die kleine Magd, dass sie selbst verderbt und Schweine sind, nemlich sie trinken bis sie blau sind und sagen Schimpfwörter und lachen die ganze Nacht. Die Magd erzählt auch dass Angelo mit dabei ist, der Besitzer von der Locanda de la Campana, und andre mehr von denen sie die Namen nicht weiß.

Dorothea ist aber doch bei diesen Versammlungen nicht dabei, frag ich, und die Magd antwortet, nein, weil die teutschen Freunde von ihrem Vater sitzen hier in dieser Hütte dieweil Dorothea im Haus bleibt und Arbeiten verrichtet, aber ich hab manchmal heimlich gelauscht, weil das kam mir seltsam vor dass sie hier in dieser kleinen Hütte zusammenkommen statt im Haus wo man so angenehm sitzt und auch weil sie sich nicht verabreden, bevor sie sich treffen und aus Rom kommen ohne Dorothea vorher was zu sagen. Da hab ich die Magd gewarnt, sei vorsichtig, denn wenn sie dich das nächste Mal erwischen dass du ihnen nachts hinterherspionierst und sie betrunken sind, wer weiß was sie dann mit dir anstellen. Sie sagt, was solln die schon mit mir machen, und ich antworte, naja, zum Beispiel wenn ich betrunken wär und ein schönes Mädchen fänd wie dich dann würd ich dich sofort fragen ob du mir einen Kuss gibst. Da wird sie wieder rot und lächelt und sagt, was redest du da, sei nicht dumm, aber grad in diesem Moment, verflucht, hör ich Schritte und Dorothea kommt in die Hütte. Sie hat einen Korb mit Salat in der Hand, und zum Glück lächelt sie, und darum hat sie den letzten Satz vielleicht nicht gehört, obwohl man bei den Weibern nie wissen kann denn sie machen einem immer was vor.

Die Magd ist gegangen und so bin ich mit Dorothea allein, und sie fragt mich, was machst du denn da, liest du die

Bücher von meinem Vater? und ich sag, nur ein bisschen in diesem Tacitus, und wie Dorothea sich sehr wundert dass ich Latein kann sag ich dass es für uns Italiener einfach ist. Hör mal, frag ich sie, wovon handeln denn diese andren Bücher? Nemlich ich hab dies hier über Teutschland gelesen und das hat mich sehr zum Lachen gebracht, vielleicht sind die andren ja ebenso lustig. Sofort zieht die Blonde ein merkwürdiges Gesicht und sagt, hör mal, diese Bücher handeln von sehr wichtigen Dingen der Geschichte und der Religion. Ach ja, wirklich? Erzähl mir was davon, das interessirt mich, sage ich. Da scheint sie mir ein wenig besorgt und winkt ab, später vielleicht, jetzt komm mit, wir machen einen Spazirgang.

Wir sind um den See gegangen der sehr schön ist, weil er ist voller Stellen wo man sich im Freien miteinander vergnügen kann ohne dass niemand einen nicht sieht, weil da sind viele von diesen Bäumen bei denen die Blätter so herabhängen, dann diese harten und graden Pflanzen wo aus dem Wasser wachsen und Büsche, aber wir haben's nicht getrieben, oh nein, wir sind nur spazirt und haben uns an der Hand gehalten, und ich schwör's, Signior Padrone, dass ich ihr nicht mal die Hand auf die Schenkel gelegt hab, was mir im allgemeinen unmöglich ist, ja hab noch nicht mal dran gedacht und schau sie bloß an mit ihren blonden Haaren und blauen Augen und denk mir, Heiliger Himmel, diese Teutschen haben wirklich was Göttliches, und zuletzt sag ich ihr dass sie wie ein Engel aussieht. Danke, wie nett du bist, sagt sie, und ich glaube sie ist sehr gerührt dass ich ihr sowas sage, und lächelt mich an mit ihren schneeweißen teutschen Zähnen. Wo wir grad von Engeln sprechen, sag ich, stimmt es dass Angelo, der vom Campana, manchmal hierher kommt? Erst hat sie ein Gesicht gemacht als wollte sie fragen, wer bitteschön? dann sagt sie, ach ja, das stimmt, er kommt mit andren Freunden meinen Vater besuchen, erst hab ich nicht verstanden von wem du sprichst, weil ihr Italiener ihm diesen Namen gebt, eigentlich heißt er anders. Wirklich, wie denn? Er heißt Toefl, aber weil das euch Italienern Angst macht nennt ihr ihn Angelo. Warum macht uns das Angst? Dorothea sagt, dass Toefel in der teutschen Sprache Diabolus heißt. Aha, interessant, sag ich und mach ein Kreuzzeichen, denn bei aller Liebe, Signior Padrone, sobald man vom Teuffel spricht streuben sich mir alle Haare als wie einer Katze vor einem bösen Hund. Und von wo kommt dieser Angelo Toefl? Aber einen Augenblick bevor sie mir anwortet hab ich's schon kapirt: Er kommt aus Straßburg.

Doch jetzt lasst mich einen Moment ausruhn, Signior Padrone, nemlich von all dem Schreiben tut mir der Daumen weh, und sind schon zwei Stunden dass ich hier in der Kammer sitz, und möcht ich nicht dass sie misstrauisch wird wenn ich heimlich Briefe schreib, und vor allem hab ich einen Mordshunger und von der Küche kommt ein köstliches Düftchen. Ich glaub das Dienstmädchen hat was Gutes gekocht, denn vorher hab ich gehört wie sie in den Hühnerhof gegangen ist, dann gab's ein heftiges Flügelschlagen und dann tocktocktock tocktock und dann Stille.

Euer dienstbarer
Salaì

36.

Verehrungswürdiger und großherziger Signior Padrone,

während dem Abendessen haben Dorothea und ich uns die ganze Zeit die Hand gehalten, ich die ihre und sie die meine, wie zwei Verliebte, und sie sagt, siehst du wie schön der Mond heut nacht scheint?, aber in Wahrheit ist alles sehr schön gewesen auch weil das Huhn köstlich war, und ich hab mehr als die Hälfte davon gegessen und den zwei Weibern hab ich nur die Flügel gelassen, die waren klein, aber auch gut, hoff ich. Dieweil wir essen schaut Dorothea mich manchmal so sonderbar an, nemlich wie man einen anschaut der ein bisschen dumm ist, ein armer Tölpel oder auch sehr ungebildet, und sie sagt, mein Schatz, gib acht, gleich fällt dir das Weinglas auf den Boden, du hast da Soße am Kinn, pass auf du bist mit dem Ellenbogen gegen den Kandelaber mit den brennenden Kerzen gestoßen, wenn der hinfällt enden wir alle als Braten, nicht nur das Huhn. Ich hab gedacht, heilige Scheiße, diese Teutschen töten einem ja den letzten Nerv mit ihrer fixen Idee dass man auf alles aufpassen muss, und wie lästig Dorothea sein kann wenn sie mich wie einen Trottel behandelt. Aber es gibt kein bessres Weib als sie, Signior Padrone, wenigstens glaub ich das, und so nehm ich ihre Hand unterm Tisch und leg sie mir auf den Schwengel ohne dass die Magd es sieht, aber an dem lüsternen Lachen von Dorothea Hahaha Hohoho hat die Magd es doch kapirt, und ob, denn die Weiber gehen einem zwar immer gewaltig auf die Eier, aber dumm sind sie nicht.

Am Anfang vom Abendessen hab ich gesagt, hört zu, Mädchen, nachher gehn wir einen feinen Spazirgang im Mondschein machen, und Dorothea ruft sofort Oh ja ja, was für eine gute Idee, heut abend ist der Mond so wunderschön, aber nachdem ich dann das ganze Huhn gegessen wurd mir der Magen schwer und ich hab gesagt, nein, ich glaub ich bleib zuhaus, und da sagt Dorothea, bei euch Italienern weiß man nie wie es endet, immer ändert ihr eure Meinung, verdammter Mist. Das heißt, verdammter Mist hat sie nicht gesagt, aber gedacht hat sie's bestimmt. Und das hättet Ihr sehen sollen, Padrone, das Gesicht das sie gemacht hat wie mir dieses Scheißglas auf den Boden gefallen ist und kaputtging (dasselbe Glas wo sie vorher gesagt hat, pass auf). Das kann doch jedem passiren dass er so ein blödes Glas kaputtmacht, oder?

Dann sind wir alle schlafen gegangen, ich in meiner kleinen Kammer und Dorothea in ihrem Zimmer und die Magd in einem andren, aber wann wir die Kerzen ausmachen kommt Dorothea mich holen und bringt mich in ihr Zimmer wo ich nach einer halben Stunde Übungen das ganze Huhn verdaut hab und wieder Hunger krieg. Also geh ich in die Küche und hol Brot und Käse und Zwieback und Obst und das essen Dorothea und ich mit großer Lust im Dunkeln auf ihrem Bett. Sie fragt mich, warum hast du nur immer Hunger, und ich sag, was weiß ich, Lionardo fragt mich auch immer warum ich ein Dieb, Lügner, Dickschädel und Fressack bin, und ich weiß es nicht, aber im übrigen geht euch das gar nichts an, und da fängt sie an zu lachen, und weil ich sie manchmal mit dem Zwieback auf den Schenkeln und auch dazwischen kitzel wird sie wieder heiß und wir machen noch eine Übung die sehr komplizirt ist weil man muss dafür Hände Füße Mund Zwieback und einen halben Apfel obendrein benutzen, und Dorothea hat so laut geschrien Ja ja mach weiter, dass ich mich nicht mal genau erinnre was zum Kuckuck wir eigentlich gemacht haben, aber am Ende ist Dorothea, nachdem sie viele

Male bekommen hat, was sie wollte, zu schnarchen angefangen und war so erschöpft wie wenn sie auf den Ellenbogen aus Teutschland angekommen wär, und ich denk, Heiliger Himmel, hoffentlich hab ich sie nicht gar zu sehr ausgepumpt, heut ist Freitag, und wie's jetzt aussieht fürcht ich wenn ich so weitermach hält Dorothea nicht bis Sonntag durch.

Ich hatte immer noch ein bisschen Hunger, verflixt nochmal, drum hab ich mich ans Fenster gesetzt und den Zwieback und den halben Apfel gegessen und da war's, Signior Padrone, dass ich ein Geräusch von Pferdehufen höre, und schau aus dem Fenster und seh eine Gruppe Männer zu Pferd und eine Kutsche in den Hof von Dorotheas Haus kommen.

Und jetzt entschuldigt bitte aber ich muss aufhörn denn es ist fast Morgen und die Teutsche wacht gleich auf, und ich will nicht dass sie mich sieht wie ich schreib.

In Treue Euer
Salaì

37.

Mein teuerster Padrone,

Gottseidank ist sie wieder eingeschlafen, das fehlt grad noch dass sie aufwacht und wieder Übungen machen will, weil nach einer Nacht wie dieser wovon ich Euch sogleich erzähl, hab ich andre Sorgen.

Wie gesagt, durchs Fenster hab ich diese Männer zu Pferd kommen sehn und hab mir gesagt, wetten dass der Vater von Dorothea ausgerechnet heut Abend eine seiner Versammlungen abhält? Ich stehl mich lieber sofort aus dem Zimmer von der Teutschen, denn wenn ihr Alter mich erwischt und sieht welche Dienste ich seiner Tochter mit dem Zwieback und dem halben Apfel geleistet hab, dann ist das Mindeste dass er mir die Eier abschneidet und sie mir in meinen Schlund stopft. Ich bin ganz leise aus dem Zimmer gegangen während Dorothea geschnarcht hat wie ein Betrunkener, bin am Hühnerhof vorbei, und am Seeufer hab ich mich bis zu dem Holzhäuschen geschlichen, dieweil die Männer ihre Pferde im Stall unterbringen. Neben dem Holzhäuschen gab's einen Haufen Baumstümpfe und Stoppeln zum Verbrennen, und da hab ich mich gut versteckt. Nach einer Weile sind die geheimnisvollen Männer mit brennenden Lichtern an der Hütte angekommen, und wie sie zur Tür reingehen fass ich sie, an der hinteren Wand versteckt, alle genau ins Auge, weil da ist nemlich ein Loch zwischen den Holzbalken, und ich kann von draußen trefflich in die Hütte hineinspähn. Der Erste hat grad so eine Nase als wie Dorothea und auch fast die gleichen Augen, und daran sieht man dass er ihr Vater ist, dann hab ich Angelo erkannt, und es gibt noch zwei andre die ich vielleicht nicht kenn, aber das Gesicht von einem der beiden kommt mir sogar beim schwachen Licht der Kerze bekannt vor, und ich denk, zum Henker, wo hab ich den schon mal gesehn?

Sie setzen sich an den Tisch, und einer der mir ein Diener scheint oder vielleicht der Kutscher stellt Wein und Essen auf den Tisch, und sie fangen an auf Teutsch zu reden und zu trinken und essen, und dieweil sie sprechen nehmen sie ein paar von den Büchern in der Hütte und lesen darin, dann disputiren sie und unterdessen trinken und lachen sie. Aber sie lachen nicht über das was im Buch geschrieben steht, im Gegenteil, wenn sie lesen sind sie alle sehr ernst, wogegen ich meine, einer der diese Germania von Tacitus liest muss sofort anfangen zu lachen wie ein Verrückter. Wie sie auf Teutsch reden hab ich keinen Furz kapirt und hab mich auch gelangweilt, aber wie sie dann in einem der Bücher blättern hör ich ein Wort das mich aufweckt: Argentina. Da hab ich eine Eingebung gehabt, Signior Padrone und hab ich mich erinnert dass Argentina die Inschrifft ist die man auf dem Turm vom Burkard liest den ich gesehn, wann ich mit dem Mägdelein gegangen bin.

Dann holt einer der Männer die ich nicht kenne einen Riesenhaufen Geld hervor, das hättet Ihr sehn sollen, Signior Padrone, es war so viel Geld dass ich gedacht hab, diese Kerle können Geld scheißen und da haben sie aufgehört zu lachen und zählen den ganzen Schotter und brauchen ewig dafür.

Nach kurzem Geschwätz hat Angelo wieder zu lesen angefangen, aber diesmal nicht aus einem Buch sondern aus ein paar Papieren die er in der Hand hält, aber die waren nicht auf Teutsch sondern auf Latein geschrieben und so hab auch ich endlich was kapirt, nemlich wenn die Teutschen Latein sprechen was sehr anders ist als ihre Sprache so verheddert sich ihre Zunge, drum sprechen sie langsam und ist recht lustig anzuhören.

Es war eine Reihe von säuischen Geschichten und Witzen über Priester und Mönche die heiraten, Kinder machen, ins Kloster zurückgehn, wieder austreten und andre Frauen heiraten und noch mehr Kinder machen, das liest er vor dieweil die andren drei lachen und trinken, und scheint fast als wär's für sie die schönste Sache der Welt solche Geschichten zu hören. Aber mir hat das einen sonderbaren Eindruck gemacht, Signior Padrone, nemlich dass es beileibe nicht nur ein Spaß war, sondern eher eine Art Prüfung, weil der mit dem bekannten Gesicht hat diese Geschichten erzählt um zu sehn ob sie den andern gefallen und ob sie zustimmen, und außerdem mussten sie mit diesen Geschichten was machen, denn von Zeit zu Zeit hat einer der vier das Lesen unterbrochen wie wenn er was korrigiren oder einen noch blöderen Scherz vorschlagen wollt, bei dem man noch mehr lachen kann. Was mir aber den größten Eindruck gemacht war wie einer der Teutschen irgendwann einen Namen gesagt, den keiner wo je in Fiorenza war vergessen kann, nemlich den vom Boccaccio welcher sehr berühmt ist, und den kenn sogar ich der ich ein Igniorant bin, aber zum Teuffel nochmal, ich hab nicht verstehn können was dieser Name mit all dem andren zu tun hat, weil die Teutschen reden nun wieder in ihrer vermaledeiten Sprache, tausendmal verflucht soll sie sein.

Dann haben sie wieder disputirt und mir scheint sie reden lange von den Türcken, weil das teutsche Wort das Türcke heißt klingt fast als wie bei uns, und am Ende ist es still geworden und die beiden Diener wo erst mit in der Holzhütte warn sind raus, und die andren fünf sind allein geblieben. Und der Vater von Dorothea hat einen Sack aus Stoff auf den Tisch gelegt und zieht ein dickes Buch heraus und fängt mit sehr leiser Stimme an zu lesen, und die andern sind still und nicken immerfort, und dieweil der Vater der Blonden weiterliest scheint es sie mir als wenn sie alle zu Stein geworden. Und das wisst Ihr sicher auch dass der Blick von den Teutschen nicht so ist als wie unsrer, denn wenn sie böse werden haben sie so ein eisiges Licht in den Augen, und blickt dir einer starr in die Augen dann denkst du, gleich packt der mich und haut mir den Leib in zwei Teile wie's der Fischhändler mit den Fischen macht wenn er ein gutes Messer hat. Und da fällt mir ein dass der andre Poggio, der spanische, von dem die Magd aus der Herberge mir zuerst erzählt, dass der mit Axthieben auf den Kopf getötet ward und man hat nie kapirt wieso.

In dem Moment war's, Signior Padrone, dass mich ein grässlicher Schauder fasst und beinah hätt ich geschrien weil von hinten hat sich eine Hand auf meinen Rücken gelegt und ich denk, siehst du wohl, wusst ich's doch dass sie mich erwischen und jetzt bin ich wirklich geliefert,

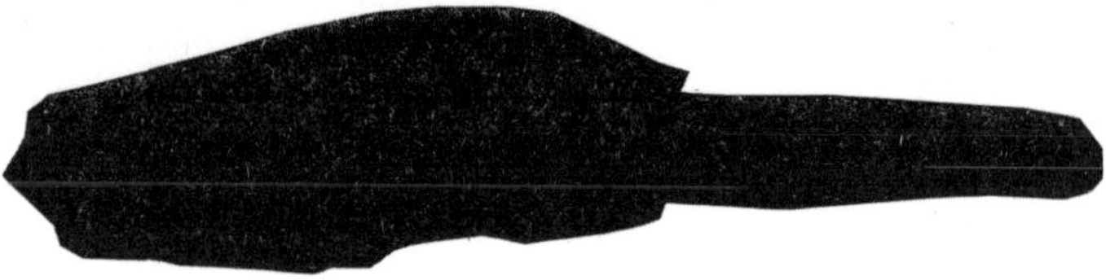

aber wartet dass ich Euch die Sache später erklär, weil ich bin so aufgeregt durch das Erzählen von diesen Dingen dass ich einen verdammten Tintenfleck auf das Blatt gemacht hab, und hols der Henker jetzt ist kein Platz mehr da zum Schreiben.

Euer ehrerbietigster
Salaì

38.

Mein überaus lobenswürdiger Padrone,

heiliger Himmel, Ihr müsst entschuldigen, aber ich zittre noch immer beim Gedanken an die Gefahr wo ich dringesteckt, und wie gesagt, mir stockt der Atem und ich dreh mich um, und als ich das Weib seh denk ich, meine Güte was hat die dumme Gans dir für einen Schrecken eingejagt, dieweil die Dienstmagd von Dorothea (nemlich sie war's die ihre Hand auf meine Schulter gelegt) mit dem Zeigefinger auf dem Mund Schschsch macht wie wenn das noch nötig wär.

Grad da ist die Versammlung der Teutschen zu Ende und die Gruppe hat sich zum Schlafengehn geschickt. Die kleine Magd und ich blicken uns besorgt an weil man konnt in dem Moment ja nicht wissen welche Richtung sie nehmen um zum Stall zurückzugehn, aber zum Glück spendet der Mond nicht viel Licht, und obwohl die Teutschen ganz nah bei uns vorbeikommen haben sie doch nicht den leisesten Schimmer dass wir da sind.

Wann sie weit genug weg sind gehn wir hinter ihnen her, aber in großer Entfernung, weil wenn wir entdeckt werden säbeln sie uns gewiss den Kopf ab und werfen ihn in den See und dann Gutenacht, und wenn der Vater von Dorothea ins Haus kommt und sieht dass die Magd nicht in ihrem Bett ist, er würd sie suchen und das gäb sicher Ärger. Zum Glück hat sie mich sofort in ihr Zimmer im ersten Stock gebracht, wir waren durch den Hintereingang gegangen so hat uns niemand gehört oder gesehn, dieweil sich die Teutschen in den andren Zimmern im Erdgeschoss verkrochen. Natürlich hätt der Vater Dorothea aufwecken können, aber ich glaub nicht dass sie ihm dann was erzählt hätt, denn das gefällt ihm bestimmt nicht dass Dorothea mich, Salaì, mit zu sich nach Haus genommen. Wenn der Vater mich im Bett von der Magd entdeckt wär das weniger schlimm, weil dann würd er mich höchstens rausschmeißen, aber die Eier würd er mir nicht abschneiden, vielleicht.

Dann haben wir uns im Zimmer von der Magd eingeschlossen und ich frag sie, was wolltest du eigentlich dort bei der Holzhütte, und sie antwortet, ich konnte nicht schlafen weil mir war als würd ich hier im Haus Stimmen hörn, und wie sie das sagt schaut sie mir nicht in die Augen, denn sie weiß sowieso genau dass ich versteh, sie meint ja die Schreie von Dorothea dieweil ichs ihr besorgt hab. Und dann sagt sie dass sie auch gehört hat wie der Vater von Dorothea ankommt, und ist sie neugierig geworden und nachschauen gangen was diese verflixten Teutschen treiben, und erst hat sie nicht gemerkt dass ich auch da war, weil sie stund auf der andren Seite der Hütte, aber dann hat sie sich woanders hingestellt um besser zu sehen und da hat sie mich entdeckt. Na gut, aber jetzt müssen wir leise sein sonst finden sie uns, sagt sie und dann meint sie noch dass sie ein anständiges Weib ist, drum muss ich auf dem Boden schlafen, nicht in ihrem Bett. Wir hören dass die Teutschen sich eingerichtet haben denn sie machen keinen Lärm mehr, und zimlich sicher schlafen sie jetzt alle, und da sagt die Magd, wie ich's schon erwartet hatt, weißt du was, Salaì, du dauerst mich wie du da auf der Erde liegst, und außerdem kann ich nicht schlafen weil ich schreckliche Angst hab von vorhin, los, komm her zu mir denn hier ist's schön warm. Bei Gott, das können die Weiber gut, solche Vorwände erfinden damit es scheint als machten sie sich rein gar nichts aus dem Vögeln, und so musst du hinterher sogar Danke sagen, kurzum sie hat mich neben sich im Bett schlafen lassen, und gleich hab ich sie mir nichts dir nichts angebohrt wie sich's gehört, schließlich hatten wir beide sowieso schon von Anfang an Lust aufeinander, und ich hatte sofort kapirt dass die kleine Magd eine von denen ist denen wenn sie morgens aufwachen als erster Gedanke ein Schwengel im Kopf rumspukt, und wirklich, sie nimmt ihn ganz vorzüglich, ich glaub weil sie in ihrem winzigen Dorf hier nur wenige zur Auswahl hat. Aber ich schwör dass ich Euch nicht ungehorsam gewesen bin, ich hab mich nicht unnötig in Gefahr gebracht, weil wir haben alles verrichtet ohne Lärm zu machen, sogar wann ich's ihr besorgt hab dieweil sie auf diesem alten Stuhl kniet der knarrt, weiß der Kuckuck warum es ihr gefällt das so zu machen, also wenn's nach mir geht dann müsste man dabei immer fein still sein denn so kann ich mich besser konzentrirn, aber in aller Bescheidenheit, es ist nun mal so, Signior Padrone, dass die Weiber bei mir immer schreien weil die Sache ihnen gar zu viel Lust macht.

Nachdem wir unsre Übungen mit viel Vergnügen, ja mit mehr Vergnügen als gewöhnlich getrieben haben wie's bei allen gefehrlichen Dingen immer so geht, kriegen wir wieder Angst und lauschen an der Tür ob die Teutschen sich rührn, doch zum Glück hört man nichts. Da frag ich die Dienstmagd, sag mal, kommt der Vater von Dorothea eigentlich immer nachts und so plötzlich an? Und sie sagt, nein, drum ist vielleicht was Besondres passirt, aber diese Teutschen aus Straßburg sind auf jeden Fall höchst wunderliche Leute. Die Magd erklärt mir dass der Vater von Dorothea sie in seinen Dienst genommen weil sie ihm empfohlen wurd von der Bruderschaft vom Sancto Spirito in Sachsen, was die von den Teutschen ist, das erinnre ich noch weil's mir das teutsche Pfäfflein erzählt das ich vor ein paar Tagen in der Kirche gesprochen. Die Magd hat viele Teutsche kennengelernt, aber sie sagt, so wunderliche als wie die von Straßburg hat sie noch nie welche gesehn. Und ich sag, oh ja, sie haben diese fixe Idee mit der Ordnung und dass man nie seine Meinung ändern darf, stimmt's? Aber nein, sie meint was andres, und das kann sie nicht genau sagen, aber sie hat bemerkt dass die von Straßburg immerzu ein Gesicht machen wie wenn sie an schlimme und traurige Dinge denken, und es mag ein Zufall sein aber man hat ihr erzählt dass es in Straßburg absonderliche Legenden gibt, und besonders die Geschichte über das

Münster, die hat ihr eine teutsche Frau erzählt die sie letztes Jahr kennengelernt.

Sie sagt, seit ewigen Zeiten erzählen die Menschen dass es unter der Katedrale von Straßburg eine riesige Höhle mit einem noch größren See darin gibt, und über diesem Loch voll Wasser steht das Münster. Eines Tags hat jemand ein altes Dokument gefunden darin geschrieben steht wo der geheime Durchgang ist um zu dem unterirdschen See zu kommen, nemlich man muss im Nebenhaus in den Laden von einem Spetial gehn, dann in den Keller hinunter wo es eine alte und sehr schwere Tür gibt die ist mit uralten Riegeln verschlossen, schlimmer wie wenn sie aus Stein wär, und da muss man durch um nach unten zu gelangen. Eines Tags hat sich eine Gruppe mutiger Leute aus Straßburg in den Kopf gesetzt rauszufinden ob das wahr ist was das alte Dokument sagt, und sie entdecken dass es den Keller im Nebenhaus mit dem Laden vom Spetial und die alte und schwere Tür wirklich gibt, also holen sie einen Schmied, der kriegt die Tür auf, aber da kommt sofort ein sehr starker Wind von unten der bläst ihnen alle Laternen aus die sie dabei haben, und so stehn sie im Finstern. Die Mutigen tasten sich vorsichtig weiter und behelfen sich mit Stöcken, und sie treffen auf Stufen die steil nach unten führen als wie in einen Brunnen, aber sogar die Tapfersten bleiben jetzt stehn, weil vom Grund des Brunnens steigen sonderbare Geräusche auf und ein warmer Wind fast als wie der Atem von einer Bestie und ferne Schreie, und so beschließen alle dass es klüger ist wieder nach oben zu steigen. Als sie zurück im Keller waren, haben sie die Tür wo der Schmied geöffnet hatte nicht wieder mit Riegeln versperrt, und so hat nach einiger Zeit eine neue Gruppe beschlossen, es zu versuchen. In den Tagen hatte es in Straßburg grad fürchterlich geregnet, und als die neuen Mutigen die Tür im Keller aufmachen sehen sie Dutzende fetter Schlangen, Molche und Kröten hervorkommen, die scheinen vor dem Hochwasser zu fliehn, und es waren ihrer so viele dass sie nicht aufhörn wollten, und man musste Pfähle gegen die Tür stemmen, und dann hat man einen Maurer geholt um sie zuzumauern, und das war der Moment wo ganz Straßburg kapirt hat dass es besser war diese Geschichte zu vergessen. Aber weil's auf der Welt stets genügend dumme Neugierige gibt, hatten zwei junge Männer immer noch Lust den unterirdschen See zu finden, nemlich sie hatten gehört dass es in dem Brunnen einen großen Schatz gibt, und so sind sie ohne niemandem nichts zu sagen in den Keller gegangen, haben die Holzpfähle und Mauersteine entfernt die der Maurer gesetzt, haben die Tür geöffnet und sind in den Brunnen hinabgestiegen, und weil sie Laternen dabei haben kommen sie schnell voran, und schließlich gelangen sie an das Ufer eines riesengroßen Sees von dem viele Kanäle abgehn, und der See erstreckt sich unter einer sehr hohen Kuppel, und so haben sie rausgefunden dass die Legende wahr ist und mitnichten ein dummer Scherz. Aber dann sehen sie dass in der Mitte des Sees ein Schiff liegt mit sonderbaren Männern und Frauen darauf die ein blasses Licht verbreiten, und sie scheinen wirkliche Gespenster zu sein und jagen ihnen eine Mordsangst ein. Und plötzlich kommt das Schiff auf die beiden zugefahren, und die leuchtenden Wesen machen ein Geräusch wie ein sehr lautes Zischen und die beiden Jungen die sich so mutig dünkten fliehen schneller als der Blitz die Treppe vom Brunnen hinauf, und aus Angst haben sie niemandem je was erzählt. Erst auf dem Totenbett hat einer der beiden seinen Verwandten alles gebeichtet, und darum kennt man das Geheimnis des Sees noch heute. Auf jeden Fall ist's sonnenklar, Signior Padrone, dass unter dem Münster von Straßburg der Eingang zur Hölle ist.

Da hab ich der Dienstmagd gesagt, Himmelherrgott, was für eine Angst hast du mir mit dieser Geschichte gemacht, die berichtet dass unter der Katedrale von Straßburg der Eingang zur Hölle liegt, und darum ist das Schiff natürlich der Nachen von Karron oder wie zum Henker dieser alte Fährmann heißt der die Seelen von den Bösewichtern und Sündern und Teuffeln zur Hölle rüberfährt, und hinterher kriegt er von ihnen gehörig eins übergebraten. Ich hab ein Kreuzzeichen geschlagen, weil das verscheucht den Teuffel und auch den bösen Blick. Die Magd sagt, wenn du wüsstest wie man mir die Geschichte erzählt hat, da war sie noch voll mit grässlichen Einzelheiten die ich jetzt vergessen hab, aber damals haben mir die Beine gezittert vor Angst, jedenfalls gibt's auch hier in der Gegend einen sehr bösen Ort der heißt die Tote Stadt und man sagt dass die Teutschen oft dahingehn. Wie sieht sie denn aus diese Tote Stadt? Sie antwortet, ich schwör dir dass ich's nicht weiß, ich hab nur gehört dass es hier eine Stadt oder ein Dorf gibt wo niemand lebt und ist wie ein Geisterort, aber ich bin da natürlich noch nie gewesen, ich bin ja nicht verrückt, und jetzt bitt ich dich, frag mich nichts mehr, wo ich sowieso schon viel zu viel Angst hab wegen dem was passirt ist. Da haben wir uns unter der Decke ganz fest umarmt aus Angst vor dem Teuffel, und weil wir sowieso schon nackt warn wie zwei Lämmchen hab ichs der Magd noch ein paar mal besorgt um sie zu trösten, und zuletzt haben wir aus Angst vor dem Teuffel ein paar Dutzend Avemaria gebetet, und als wir endlich totmüde eingeschlafen sind war's fast schon Morgen, und mein letzter Gedanke ging zu Lionardo diesem Schwachkopf, wo der bloß stecken mag. Doch kurz darauf sind wir wieder aufgewacht weil wir Angst hatten Dorothea könnte merken dass ich aus ihrem Zimmer gegangen, und ich wusste verdammt nochmal nicht was ich tun sollt und hab das Morgengrauen abgewartet bis wir endlich hören dass die Teutschen wegreiten, und erst in dem Moment bin ich ins Zimmer von Dorothea zurück die zum Glück schlief und jetzt noch immer schläft dieweil ich schreib, gottseidank, sowas nennt man Schwein.

Euer fleißiger Diener
Salaì

39.

Mein gütigster Padrone,

wann ich aufwach seh ich dass ich alleine bin, von Dorothea keine Spur, also wird sie bei den Bauern sein, denk ich. Ich spring aus dem Bett und lauf sofort zur Holzhütte, weil vielleicht find ich ja irgendwas was von der Versammlung gestern Abend übriggeblieben. Aber in der Hütte gibt's nichts Interessantes, die Bücher stehn alle an ihrem Platz, ebenso der Tisch und die Stühle etcetera. Grad will ich gehn da fällt mir ein wie einer der Männer gestern Argentina gesagt, und mir kommt eine Ahnung, also schlag ich eins der Bücher von Dorotheas Vater auf und hab was ich gesucht direkt vor Augen, nemlich dies hier:

BOETHIUS
DE CONSOLATIONE PHILOSOPHIAE
Argentinae 1491

Zur Sicherheit schlag ich ein andres Buch auf:

BIBLIA
CUM CONCORDANTIIS VETERIS ET NOVI TESTAMENTI
SANCTUS HIERONIMUS INTERPRES BIBLIE
Argentinae 1497

Ihr, Signior Padrone, Ihr seid ja nicht so ungebildet als wie Salaì, drum habt Ihr gewiss schon alles durchschaut, nemlich das Wort Argentina das haben die Männer von gestern Abend, also Angelo Toefl und der Vater von Dorothea und die andern, von der ersten Seite eines der Bücher abgelesen, die sie grad in der Hand hatten, vielleicht war's sogar die Bibel. Und ich mag ein Igniorant sein, Signior Padrone, aber blöd bin ich nicht, und darum ist klar dass auf dieser Bibel die Zahl 1497 das Jahr, und Argentina die Stadt bedeutet wo sie gedruckt ward. Und auch bei dem andren Buch ist Boethius der Verfasser, De consolatione etcetera der Titel, und 1491 das Jahr, und Argentina der Ort von der Ausgabe. Aber was zum Kuckuck ist Argentina für eine Stadt? Ich hab gedacht vielleicht ists keine teutsche Stadt, weil der Name scheint mir ein italienisches Wort oder mindestens ein lateinisches.

Grad in dem Moment, verflucht, hat der Holzboden geknarrt und Dorothea ist in die Hütte gekommen. Mein Liebster, sagt sie mit ihrem teutschen Aktzent der mir so gefällt und wirft sich mir an den Hals, und wir umarmen uns und dann sagt sie, heut morgen wolltest du um keinen Preis aufwachen und ich hab mir sogar Sorgen gemacht, und dann sieht sie das Buch was ich in Händen halt und schaut mich ein wenig schief an, weil die Weiber sind beileibe nicht dumm und wenn die Männer was zu verbergen haben so kriegen sie das irgendwie immer raus. Damit sie keine lästgen Fragen stellt sag ich sofort ich hab schlecht geschlafen denn ich hab geträumt von dem Überfall vor der Locanda de la Campana, und übrigens, mein Herzchen, vor ein paar Tagen hab ich auch einen eigenartigen Traum gehabt, nemlich dass ich unter einer großen Katedrale war und da gab's eine Grotte mit einem gewaltigen See, und man hat mir mal erzählt dass es in Teutschland in Straßburg wirklich sowas gibt, weißt du zufällig was darüber? Dorothea hat mich noch schiefer angeschaut wie wenn sie denkt, ist Salaì jetzt gar verrückt geworden. Dann antwortet sie, ach weißt du, das sind Geschichten die man sich schon seit langer Zeit erzählt, denn je älter etwas ist desto mehr wunderliche Legenden erfinden die Leute dazu, und Straßburg ist sehr alt, weil das haben sogar die alten Römer gegründet. Ach ja, sag ich, und da kommt mir eine Idee, und ich frag, hör mal, mein Täubchen, wie hieß Straßburg denn wann es den alten Römern gehört hat, und schon im selben Moment wo sie antwortet hab ich's kapirt denn sie sagt Argentina.

Euch immerfort treu und leidenschaftlich ergeben

Salaì

40.

Teuerster und guter Padrone,

vergebt mir dass ich den vorigen Brief abbrechen musste, aber ich hatt ihn vom Karren der Bauern geschrieben den ich genommen hab um nach Rom zurückzukehrn. Ihr könnt Euch nemlich nicht vorstellen wie sehr ich von Dorotheas Haus wegwollt nachdem ich erfahren was ich Euch über Argentina geschrieben hab.

Wann Dorothea nemlich das Wort Argentina gesagt kriegt ich eine Erleuchtung, und das heißt in meinem Kopf haben sich die Dinge zusammengefügt wo erst eins hier und eins da warn, und ich hab plötzlich begriffen dass der Mensch der gestern bei der Versammlung war und bei dem ich mich gefragt hab wo zum Teuffel hast du den schon mal gesehn, das war Michele Sander, der Sekretarius vom Burkard, dem Zeremonienmeister vom Papst, und das hab ich kapirt weil wie ich gehört hab dass das lateinische Argentina Straßburg bedeutet da hatt ich einen dieser Gedankensprünge durch die einem sogar die verborgensten Sachen klar werden.

Da bin ich so zufriden und hab so gute Laune dass ich Lust krieg auf Dorothea, zumal ich grad ihr Fußgelenk gesehn, ich weiß nicht ob Euch das auch so geht, Signior Padrone, aber die Fußgelenke machen mich immer sehr geil. Dorothea sagt sie hat keine Lust weil sie hatte einen Streit mit der Magd die die Wäsche schlecht gewaschen hat, aber ich glaub das Problem ist eher dass die Magd heut sehr fröhlich ist und singt und pfeift, und ist klar dass sie an was Schönes denkt das ihr passirt ist, und drum schwant Dorothea vielleicht was, denn Grips hat sie ja auch.

Also stell ich das Buch was ich in der Hand halte an seinen Platz zurück, aber Dorothea verbessert mich sofort, nein, mein Liebster, pass auf, das Buch gehört da oben hin, und da seh ich rot, weil mir scheint es ist furzegal wo das Buch steht oder nein, ich finde sogar dass das Buch viel besser dahin passt wo ich es hingestellt, nemlich zwischen Büchern von derselben Farbe. Schwamm drüber, jedenfalls bin ich noch geil genug und darum fang ich an Dorothea ein paar Küsse auf den Hals zu geben, aber sie stößt mich weg und sagt, tut mir leid heut hab ich keine Lust. Doch inzwischen hab ichs mir in den Kopf gesetzt, und wenn ich erstmal anfang, Signior

Padrone, darf ich nicht aufhören sonst geht's mir schlecht und werd ich traurig, und drum besteh ich drauf und steck ihr die Hand zwischen die Schenkel und pack ihre Brüste und sag zu ihr, na los, komm schon, streng dich ein bisschen an, aber sie sagt nein und ich ja und wann ich ihr die Hand in ihr Höschen schieb gibt Dorothea mir zuletzt eine Ohrfeige und stößt mich gegen den Küchenschrank, und von da fällt wegen dem Stoß eine Schöpfkelle runter und mir auf den Kopf, verflucht noch eins, das hat gesessen. Da hab ich kapirt dass diese Teutschen viele Vorteile aber auch Nachteile haben, nemlich wenn sie keine Lust haben etwas zu tun dann tun sie's ums Verrecken nicht, ja sie treten dir sogar in den Hintern, wogegen die Italienerinnen wenn du bei denen beharrlich bleibst mit den richtgen Überredungskünsten dann kriegst du am Ende immer was du willst, höchstens dass sie's dir hinterher heimzahln wenn sie rechte Zicken sind.

Jedenfalls hab ich zu Dorothea gesagt, aua, du hast mir weh getan, und sie entgegnet, das hast du verdient weil ich eine Frau bin und gewiss nicht dein Eigentum wie ein Maulesel oder ein Huhn. Da sag ich, ja, aber wann du den Schwengel wolltest hab ich ihn dir gegeben und hab nicht lang gefackelt und hab dich sogar ertragen mit all deinen dummen Geschichten dass ich keine Unordnung machen darf und dies nicht und das nicht kaputtmachen soll. Sie antwortet, meine Güte, was redest du da, Salaì, weißt du denn nicht dass du wirklich ein Schwein bist und immer deine Meinung änderst und das bringt mich auf die Palme, und immer machst du ein großes Durcheinander mit allem was du anfasst, denn du bist ein Tollpatsch und darum zerschlägst du alles. Der Streit ist dann eine Weile fortgegangen bis wir uns gegenseitig gesagt haben, leck mich doch, nein du kannst mich mal, Arschloch, nein du bist eins etcetera, und dann hab ich ihr ein paar dumme Ausreden gesagt, nemlich, weißt du was? Ich muss sowieso nach Rom zurück zu meinem Herrn. Aber sie ist nicht blöd und hat kapirt dass ich stinksauer bin und nur deshalb weg will, doch diese Teutschen sind zu stolz drum hat sie mich nicht zurückgehalten, obgleich sie ist dann in die Küche gegangen und ich hör von da ein Geräusch von Weinen sowas wie Schnief.

Also geh ich mit den Bauern sprechen die in der Nähe von Dorotheas Haus wohnen und kann auf ihrem Karren fahren womit sie Sachen nach Rom bringen um die auf dem Markt zu verkaufen. Dorothea hab ich durch die geschlossne Tür Lebewohl gesagt und sie hat mir nicht geantwortet, ihr Pech, denn das möcht ich sehn wann sie nochmal so feine Dienste kriegen kann als die wie ich ihr besorgt. Aber ich bin ja nicht herzlos, Signior Padrone, drum lass ich mir von den Bauern die mich nach Rom zurückbringen erklären wann und wie ich sie auf dem Markt von der Piazza Navona finden kann, denn so lass ich mich wenn ich will von ihnen wieder zu Dorothea bringen die mir gewiss furchtbar fehlen wird weil ein so geiles Weib wie sie hab ich noch nie nicht getroffen, mit ihren blonden Haaren und den blitzweißen teutschen Zähnen und vor allem mit so viel Ausdauer wenn's zur Sache geht, was bei einem Weib sehr wichtig ist.

Die Fahrt nach Rom ist lang und höchlichst fade gewesen, weil auf der Strecke gab's praktisch nichts Schönes und Interessantes zu sehn außer der Tochter vom Bauern die vorn ein bisschen zu platt ist aber zum Ausgleich hat sie zwei schöne runde Schenkel, und war klar dass sie große Lust auf Schweinereien hatt, aber konnt ich ihr's nicht besorgen indem dass ihr Vater dabei war. Der einzige gute Moment war wann wir angehalten haben damit die Tiere sich ausruhn können, und in der Nähe gab's einen großen Felsen mit einer Höhle, und so frag ich das Bauernmädchen, sag mal, was ist da drin? und sie wo mich seit dem Anfang der Fahrt immerzu angestarrt hat, und ihr gewiss die Muschi brennt, sie hat sofort kapirt dass meine Frage eine List von Salaì ist und sagt, das ist eine Höhle wo früher mal Eremiten drin gewohnt haben, und ist riesengroß und macht schrecklich Angst weil da gibt's Grotten und Gänge, und die Stimme von den Menschen wird in der Höhle als wie die von einem Ungeheuer. Allein hab ich Angst, sag ich, gehst du mit mir? Aber grad in dem Moment, verdammter Mist, kommt der Vater wieder wo für kurze Zeit weggangen war, und so konnten wir nicht allein sein und haben rein gar nichts zuwegegebracht.

In Rom bin ich nicht sofort in die Herberge, denn ich wusste dass mich da nur Scherereien erwarten, zum Beispiel einer von den Straßenverkäufern der das Geld fordert das ich ihm für Essen schulde, darum bin ich erst dahin gegangen wo's mich hinzog und das erklär ich Euch gleich.

Erst aber geh ich in die Kirche zur Heiligen Messe und empfang auch die Kommunion, denn die ist sehr wirkungsvoll gegen alles Pech, nemlich ich weiß auch nicht wie ich's Euch erklären soll, Signior Padrone, aber ich hab das Gefühl je mehr ich rauskriege von der Sache mit Straßburg desto größer wird die Gefahr dass man mich kaltmacht, denn wer sich nicht bloß um seinen eigenen Scheiß kümmert, Signior Padrone, der nimmt früher oder später ein böses Ende, auch deshalb weil bei dieser Geschicht an allen Ecken und Enden der Teuffel auftaucht, und ein Schlimmerer als der konnt mir wirklich nicht unterkommen.

Wo ich hingegangen bin das war das Haus von Ciolek, der ganz und gar nicht erwartet hat von mir Besuch zu kriegen, drum lässt sein Diener mich lange am Eingang warten, aber dann darf ich eintreten und Ciolek selbst empfängt mich mit großer Freundlichkeit und sagt, sehr schön, sehr schön, wie geht's unsrem jungen Talent, erzähl mal, was für Nachrichten bringst du mir von Mastro Lionardo dem großen Genius und warum ist er nicht persönlich gekommen mich zu besuchen? Lionardo lässt Euch vielmals grüßen, Signior Exzellenz, aber er ist krank und hat Fieber und vielleicht ist's was Ansteckendes, drum hat er mich zu Euch geschickt, aber wenn Ihr wollt, könnt Ihr auch selbst zu ihm gehen. Ciolek hat mich nicht mal ausreden lassen und sofort gesagt, aber nein, um Himmelswillen, es ist schon in Ordnung dass du gekommen bist, Salaì, denn Ciolek ist kein Dummkopf und man sieht's ihm an dass er keine Lust hat sich anzustecken, und wie alle Menschen mit ordentlich Jahren auf dem Buckel würd er bei Gefahr von Ansteckung nicht mal die Jungfrau Maria besuchen gehn.

Dann bind ich ihm einen rechten Bären auf, nemlich dass Lionardo hier in Rom sehr viel studirt und Forschungen macht über die antiken Schriftsteller und ihre wichtigsten Werke und dass er sich bei Ciolek informiren will, denn er kennt seinen Ruf als hochgebildeter Mensch. Mit diesem guten Vorwand kann ich ihn dann fragen was ich will und fang gleich an: Ist es wirklich wahr dass Poggio die Handschrifft von der Germania von Tacitus gefunden hat? Oder ist es ein Ammenmärchen das er erfunden hat?

Ciolek der wie scheint's alle Polen gern stracks zur Sache kommt, redet nicht lang um den heißen Brei herum, zumal ich hab ihm ja auch gesagt dass die Frage von Lionardo kommt vor dem alle Respekt haben und denken er hätt wer weiß was für gute Ideen im Kopf, bloß weil er immer stumm ist und ein ernstes Gesicht macht, aber eigentlich schämt er sich nur dass er schlechtes Italienisch spricht und gar kein Latein. Da sagt Ciolek, was für eine gute Frage, Lionardo ist wirklich so klug wie alle sagen, und es ist überhaupt nicht dumm dass man Zweifel hegt an Poggio und an der Germania, denn in der Tat hat niemand recht verstanden wo zum Teuffel diese Germania von Tacitus eigentlich herkommt. Einge sagen nemlich dass es Poggio war der sie gefunden hat, andre aber sind überzeugt es war ein gewisser Enoch von Ascoli der auch Reisen nach Teutschland gemacht um im Auftrag des Papstes von damals alte Handschrifften zu suchen. Als Enoch nach Rom zurückkehrte war dieser Papst aber leider gestorben und sein Nachfolger hat sich aus den alten Sachen nichts gemacht, also ist dieser Enoch wahrscheinlich in seine Heimat zurückgegangen, nemlich nach Ascoli in den Marken, um das zu verkaufen was er in Teutschland gefunden hatt, und ein bisschen Geld damit zu machen. Aber man sagt auch dass er nur Handschrifften angeboten hat die keinen Heller wert warn, und wenn darunter auch die Germania von Tacitus war dann haben die Leut vielleicht gleich gemerkt dass das ein gewaltiger Blödsinn ist und darum gefälscht. Wie auch immer, sagt Ciolek, vor zwanzig oder dreißig Jahren ist die Germania von Tacitus dann endlich in Venedig gedruckt worden und seitdem kann man sie in Büchern lesen, und darum will sowieso keiner mehr wissen wer die Handschrifft gefunden hat und wie. Wer hat diese Handschrifft denn jetzt? frag ich, weil Lionardo möchte das unbedingt wissen. Ciolek denkt einen Moment lang nach und sagt, Junge, weißt du dass Lionardo wirklich eine Geistesgröße ist wie alle sagen und dass er eine wahrhaftig kluge Frage stellt, denn ich glaube gar die Handschrifft von der Germania von Tacitus ist verlorengangen und ich selbst hab keine Ahnung wo sie sich befinden könnt. Signior Exzellenz, frag ich, können wir denn ganz sicher sein dass Poggio oder dieser Enoch von Ascoli überhaupt von einer Handschrifft abgeschrieben haben und diese Germania von Tacitus nicht einfach ihre Erfindung ist? Nemlich als sie diesen Tacitus kopirt haben da waren sie ja in Teutschland, und wer hat gesehn was zum Henker sie dort oben getrieben?

Ciolek denkt ein bisschen nach, und dann sagt er, nun, weißt du mein Junge, das ist eine heikle Sache, denn tatsächlich wär es für Poggio oder Enoch kein Problem gewesen eine Handschrifft nach Rom zu bringen und zu sagen, seht her, das hier ist uralt und ich hab's in einem teutschen Kloster gefunden. Leider gibt es keinen sichren Weg um herauszufinden wie alt eine Handschrifft ist, man kann nur sagen, diese Schreibweise und der Stil sind so alt dass die Schrifft wahrscheinlich vor drei Jahrhunderten entstanden ist oder vor fünf oder vor sieben und so weiter, aber es gibt keine Gewähr als wie bei den Edelsteinen, wo du durch eine Lupe anschaust und siehst sofort ob du einen Rubin in der Hand hast oder ein Stück rotes Glas, was einen Dreck wert ist.

Aber wenn man bloß die Schrifft untersuchen kann um rauszukriegen wie alt ein Manuscript ist, sag ich, dann konnte Poggio wann er die originale Handschrifft vorgeführt hat, jedem einen blauen Dunst vormachen, denn er konnte die alten Schrifften vortrefflich nachahmen, nicht wahr? Und wenn er wollt konnt er sie sogar perfekt imitiren, und außerdem war ihm erlaubt zu sagen, dies hier ist antik und das da nicht, und alle haben's ihm geglaubt, stimmt's? Ciolek sagt, tja, du hast Recht, diese Vermutung zeigt mir dass Lionardo sich auch auf diesem Gebiet welches gar nicht das seine ist als ein großer Geist bewährt, nemlich Poggio war wirklich ein Fachmann für antike Schrifften und sehr geschätzt von allen, weshalb seine Meinung immer viel Gehör fand, und drum ist das was Lionardo denkt durchaus möglich. Da sag ich, verzeiht mir, Signior Exzellenz Ciolek, dass ich offen sprech, aber ich geb Euch ja nur wieder was Lionardo gesagt. Diese Germania von Tacitus scheint ihm eine ausnehmend lächerliche Erfindung zu sein und sonderlich scheint sie eigens gemacht um die Antikisten von Straßburg in Aufruhr zu versetzen die bloß drauf gewartet haben endlich sagen zu können Teutschland und Straßburg sind das Allergrößte und Beste, wie zu Zeiten der alten Germanen die zwar grob aber ehrlich und tapfer waren, wogegen Rom ein verderbter Sauhaufen ist und ein Nest von Gaunern, grad so wie schon Tacitus hat geschrieben.

Erst hat Ciolek geschwiegen, doch dann hat er geantwortet dass die Gedanken von Lionardo vielleicht ein bisschen kühn sind aber ist was Richtiges dran, und er erklärt mir dass Poggio wirklich manchmal sagte er hätt die Handschrifft von einem antiken Verfasser abgeschrieben, aber das Original das er angeblich kopirt hatt, man weiß nicht wieso und warum, das war nicht mehr zu finden, und darum wurde die Kopie von Poggio oder von seinen Freunden sowas wie ein neues Original. Eine zimlich seltsame Angelegenheit, in der Tat, sagt Ciolek, nemlich in der Nähe von Straßburg gab es auch Werkstätten wo antike Handschrifften kopirt wurden und da wurde grad auf dieselbe Weise gearbeitet. Zur Zeit von Poggio Bracciolini war in Teutschland der Buchdruck noch nicht erfunden, und so gab's Schreibstuben die antike Handschrifften kopirten und sie verkauften. Die wichtigste war in der Gegend um Straßburg, wer hätt das gedacht, und gehörte einem gewissen Diebold Lauber aus der Stadt Hagenau (auch diesmal hab ich mir die Namen von Ciolek aufschreiben lassen, damit ich keinen Feler mach).

Dieser Name Diebold Lauber hat mir gleich nicht gefallen, ich weiß auch nicht warum. Diebold hatte mehrere Schreiber wo für ihn arbeiteten und kopirten die Handschrifften die er dann in vielen Städten verkaufte, und verdiente einen schönen Batzen Geld damit. Damit die Leute erfuhren was er alles anbieten konnt, schickte Diebold Billetts herum mit einer Liste von den Werken die er schon abgeschrieben oder von seinen Schreibern hatte kopiren lassen, und dann bekam er die Aufträge, und manchmal ließ er auch auf Bestellung kopiren. Aber man konnte auf keinen Fall genau wissen ob es die Handschrifft die bei Diebold kopirt wurde wirklich gab, und man musste dem vertrauen was er sagte. Die Bücher von Diebold waren gut gemacht und voll mit schönen Bildern, aber dann musst er seine Schreibwerkstatt schließen denn die Druckerpresse war erfunden. Entschuldigt, Signior Exzellenz, wann war das? Und Ciolek wundert sich, wieso, das weißt du nicht? Ungefehr vor einem halben Jahrhundert hat ein gewisser Gutenberg herausgefunden wie man Bücher druckt mit einer Presse, als wie die womit man Trauben ausquetscht. Er kam aus Mainz, hat aber wohl vor allem in Straßburg gearbeitet, und seine Gehilfen waren auch aus Straßburg. Der berühmte Wimpfeling war ein großer Bewundrer von Gutenberg und spricht mit viel Lob über ihn in seinen Büchern und sagt dass die Welt Teutschland danken muss für die Erfindung des Buchdrucks und setzt noch hinzu, wehe dem der zu sagen wagt dass die Druckerpresse nicht von uns Teutschen erfunden wurd.

Auf einmal, Signior Padrone, bin ich's satt so zu tun als hätt ich keine Ahnung und frag ihn, Signior Exzellenz, meint Ihr nicht auch dass man bei dieser Geschichte ein bisschen zu oft auf dieses Straßburg stößt, wie Lionardo sagt, und scheint es nicht als hätt dieser Diebold einen Namen wo ein bisschen zu sehr an das Wort diabolus, nemlich Teuffel, erinnert? Ciolek hat mich recht erstaunt angesehn wie wenn er plötzlich gemerkt hätte dass auf den Ring den er seit zwanzig Jahren so stolz am Finger trägt ein schöner dicker Schwengel gemalt ist. Naja, mmh, sagt er, aber was hat das jetzt damit zu tun? Und da hab ich ihm von all den sonderbaren Zufällen erzählt bei der Geschichte von Poggio Bracciolini und der Germania wo immerzu der Teuffel hervorschaut, nemlich Angelo Toefl der auch aus Straßburg ist, dann die Legende vom Dom zu Straßburg mit seinem See der in die Hölle führt, und dann die Idee von diesen Straßburgern nemlich dass die wahre Freude des Menschen nicht Gott ist, sondern der Mensch, ein Gedanke der dem Teuffel gewiss trefflich schmeckt, denn Gott kann er nun überhaupt nicht ausstehn und will immer seinen Platz einnehmen, und außerdem ist die ganze Geschichte von dem falschen Tacitus eine Sache die den Teuffel mächtig freut wie alle schmutzigen Geschäffte mit Betrug, Verrat, Täuschung und Unehrlichkeit.

Diese Legende ist interessant, sagt Ciolek, und dein Ziehvater ist fürwahr ein überaus scharfer Geist, denn du musst wissen, mein Sohn, dass die Verderbtheit der Kirche grad da oben um Straßburg herum zu finden ist, nemlich in Teutschland und in Holland, wo zum Beispiel immer noch Ablässe verkauft werden obwohl der Papst das seit vier Jahren verboten hat. Man darf freilich nicht vergessen dass der Inquisitor, den der Papst nach Teutschland geschickt, sich mit weitaus schlimmren Dingen herumschlagen muss, und wie Ciolek das sagt macht er ein Gesicht als könnt er noch viel mehr erzählen aber lieber wäre es ihm zu schweigen. Ach ja, was denn? frage ich. Nunja, es handelt sich um Böhmen, nemlich eine Gegend (wenn ich recht verstanden hab, Signior Padrone) die noch weiter im Osten liegt als wie Österreich und nah bei Teutschland und Polen, wo es die abscheulichsten Ketzereien gibt die man sich denken kann. Ciolek erklärt mir dass es in Böhmen einen Haufen verbotener Ketzersekten gibt, die heißen Valdenser Hussiten Pikarden und Adamiten oder auch Grubner und treiben grässlich unflätige Dinge, nemlich schwartze Magie und sogar die Anbetung des Teuffels. Man nennt sie

Adamiten weil sie alle zusammen in einer Gemeinschaft leben gleich den Tieren, nemlich nackt und schmutzig als wie der erste Mensch, also Adam, und man nennt sie Grubner weil sie nicht von den Sbirren erwischt werden wolln, und darum kommen sie nur des Nachts auf dem Land in großen Gruben zusammen, wo sie niemand sehen kann, und sie leugnen das Heil der christlichen Riten und haben ihre eignen gotteslästerlichen Gebräuche, zum Beispiel lassen sie den Teuffel in sich hineinfahren, der verjagt dann ihre gute und menschliche Seele und nimmt sich nur ihren Körper um damit die ärgsten Sauereien anzustelln. Die Waldenser gibt's nicht nur in Böhmen, sagt Ciolek, sondern auch im Frankenreich wo sie schon vom Kolleg der Sorbonne verdammt worden sind, also der Universität von Paris, weil sie mit Hilfe des Teuffels Hexerei Zauberei und Verwünschungen treiben um andren Menschen Böses zu tun und sich ihren Besitz unter den Nagel zu reißen. Aber man find sie auch in Norditalien, und der Papst Borgia hat den Inquisitoren schon befohlen dies Unkraut auszureißen, in Italien ist der Inquisitor der Lombardei damit beschäftigt, in Böhmen der Inquisitor von Teutschland, und das war's was Ciolek meinte als er sagte der Inquisitor von Teutschland hat zimlich hässliche Dinge zu erledigen.

An seiner Reform, erzählt der Pole weiter, stell dir vor, daran hat der Papst schon als Kardinal gearbeitet. Und als Spanier hat er mit einer Reform in Spanien angefangen indem dass er ein Konzil einberufen hat, und beim Konklave von Paul II. das er vorbereitet, hat er alle Kardinäle schwören lassen dass der wo gewählt wird innerhalb von drei Monaten nach seiner Wahl eine Reform der Kirche machen muss, und dasselbe hat er bei den nächsten Konklaven gemacht. Aber, welch ein Zufall, jedes Mal wenn ein Papst mit der Reform anfangen wollt hat er sofort dutzendweise Probleme gekriegt, nemlich

Invasionen, Kriege, Türcken, Aufstände etcetera. Und Papst Borgia ist dasselbe passirt mit dem Einmarsch der Frantzosen in Italien, den Fremden in Mailand und Neapel, den Türcken, diesem Quälgeist Venedig und mit all den andren kleinen italienischen Staaten die immerfort Ärger gemacht haben. Nach fünf Jahren ist ihm die Reform endlich gelungen, und so dürfen jetzt keine Ablässe mehr verkauft werden wegen der Reform die der Papst befohlen hat, außerdem hat er die strengsten Strafen für Kirchenbeamte angeordnet wo unerlaubte Steuern erheben oder die Güter der Kirche verkaufen und sich das Geld selbst in die Tasche stecken, was leider besonders in Teutschland geschieht. Und er hat eine sehr heilige Sache eingeführt, nemlich er hat den Papst also sich selbst der Reform unterworfen wie wenn er irgendein Kardinal oder Prälat wäre. Denn er hat den Kirchenmännern und auch sich selbst verboten mehr als einen Teller Pasta und einen Teller Fleisch pro Mahlzeit zu essen, und bei Tisch darf es keine Musik und Gesänge und Tänze mehr geben, sondern dieweil gegessen wird muss man Lesungen aus der Bibel hören, und von den Kirchenleuten darf keiner mehr Konkubinen haben, nichtmal der niedrigste Diener nicht.

Zuletzt hab ich Ciolek gesagt was ich und Lionardo rausgefunden und was ich schon vermutet als wir Ciolek und Kopernikus zum ersten Mal gesehn haben, nemlich dass die Verleumdungen gegen den Papst von den Straßburgern kommen, aber nicht bloß weil sie den Papst und den Valentino nicht mögen, sondern weil die Reform der Kirche dabei im Spiel ist, die der Papst vorbereitet, denn wenn er sie wirklich macht dann können die Teutschen und die Flamen der Kirche von Rom nicht mehr mit ihrem Genörgel auf den Sack gehn. In Wahrheit hab ich ein bisschen übertrieben, wie Ihr wisst, Signior Padrone, weil ich hab in der Osteria de la Campana und bei den Versammlungen im Haus von Dorotheas Vater ja bloß gehört wie die Teutschen den Papst und die Kirche anschwärtzen, und dann sag ich noch dass das Lionardos Idee ist, sonst könnte Ciolek mich ja fragen, hör mal, Junge, für wen hältst du dich eigentlich dass du solche Sachen sagst.

Da seh ich wie dem Polen die Augen schmal werden, so ärgert er sich über die Geschicht die ich erzählt, und er tut so als wüsst er nichts davon, aber ich versuch weiter ihn davon zu überzeugen dass das alles beileibe kein Zufall sein kann. Doch ich hab schon kapirt, Signior Padrone, dass die Menschen eben so sind, nemlich will man sie warnen und sagt, hast du denn nicht gemerkt dass man dir einen dicken Haufen Scheiße auf deinen Teller gelegt hat, riech doch mal wie der stinkt, und man hält ihnen den Teller sogar unter die Nase, so antworten alle, aber nein, das ist unmöglich, niemand wagt es sowas zu machen, und essen in aller Ruhe weiter, weil in ihrem Kopf weigern sie sich die Wahrheit zu erkennen die zu hässlich ist und stinkt, und grade deshalb haben Leute wie Poggio ein leichtes Spiel denn ihre Betrügereien sind schmutzig und unverschämt, und je unglaublicher und lächerlicher sie sind, wie zum Beispiel bei der Germania von Tacitus, desto eher falln die Leute drauf rein.

Und vielleicht hat auch Ciolek Scheiße auf seinem Teller und sieht es lieber nicht, denn statt mich anzuhören macht er einen Einwand: Jetzt hör mal, Salaì, wie erklärt ihr Euch dann, du und Ser Lionardo, dass der wichtigste von den Straßburgern, nemlich Wimphelin, die Italiener hasste, wie dir Kopernikus erklärt, und dass Poggio die Teutschen auch gehasst und öffentlich beleidigt hat? Wenn die Germania von Tacitus für die Teutschen so wichtig ist, da sie's ja zu ihren Büchern zählen, ist es dann nicht seltsam, dass ausgerechnet Poggio Bracciolini sie entdeckt hat? Was für ein Komplott soll das wohl sein wo die wichtigsten Vertreter sich vor allen Leuten gegenseitig zur Hölle schicken? Und außerdem, beharrt Ciolek, selbst wenn die Straßburger wirklich ein Komplott angezettelt haben, kannst du mir vielleicht sagen warum? Wozu in aller Welt sollten sie einen solchen Aufstand machen um den Papst zu verleumden? Ich antworte, keine Ahnung, Signior Exzellenz, ich kann ja nicht hellsehn, als wie die Zigeunerin wo Lionardo hingeht, doch jetzt hat Ciolek mal einen Zweifel und ich nicht, und ist auch kein dummer Zweifel.

Bevor ich geh frag ich Ciolek, Signior Exzellenz, erlaubt mir bitte eine letzte Frage, wo Euch sicherlich auch Lionardo stellen würd, nemlich Ihr habt nicht zufällig eins von den Büchern, die dieser Diebold oder wie zum Henker er heißt kopirt hat? Ciolek sagt, ich habe keins, aber wenn du eines sehen willst, der Zeremoniar vom Papst, also der Burkard, der besitzt gewiss einige, nemlich er kommt auch aus Straßburg, ich weiß nicht ob du ihn kennst. Signior Exzellenz, sag ich, ich und die Straßburger wir kleben inzwischen aneinander als wie der Popel an der Nase.

Euer erzgetreuer
Salaì

41.

Erlauchter und großmütiger Padrone,

ich war mir sicher dass die Rückkehr in die Herberge mir einen Haufen Scherereien und Verdruss bringen würd, drum bin ich erst mal in die Vacca gegangen. Die Diener von der

Osteria haben mich ganz erstaunt angeguckt, weil sie warn schon sicher dass Lionardo und ich uns aus dem Staub gemacht und die Rechnung von der Herberge geprellt haben, aber statt mich schlecht zu behandeln habn sie mir wieder köstliche Sachen zu Essen gegeben, nemlich Lammfleischspieße mit frischen Kräutern und frisches Brot und Obst und aus der Küche kam sogar ein Stück Torte, eine Aufmerksamkeit von der hässlichen Köchin, und war ich sehr zufriden und hab auch gestaunt denn die Diener haben gar kein Geld nicht gewollt, und scheint alles praktisch ein Geschenk zu sein, ja sie habn mich sogar gefragt ob's mir gut geht und warum ich mich so viele Tage nicht blicken lasse, und ich antworte mit ein paar Flunkereien, nemlich ich wär in die Villa vom Kaiser Hadrian gegangen um die Ruinen und die Statuen von Antinoo zu sehn etcetera, und ich denke, sieh mal einer an, wie gern dich diese Leute von der Vacca haben.

Da ist mir eine Idee gekommen, und ich hab mir gesagt, ach ja, jetzt weiß ich warum Lionardo beschlossen hat hier zu essen und in der Herberge de la Fontana zu schlafen: Die Besitzerin von dem ganzen ist Vanozza Cattanei, also die Mutter vom Valentino, und drum behandeln sie uns so gut.

Dann geh ich in die Herberge wo's eine Menge Neuigkeiten gibt. Erst finde ich eine Nachricht von Paride Grassi der mit Lionardo sprechen will, dann noch eine von Paride Grassi der mit Lionardo sprechen will, dann eine von Paride Grassi der schreibt Lionardo könnt ihn mal kreuzweise wo er nie antwortet, dann einen Zettel von Paride Grassi für mich wo steht ich soll mich blicken lassen sobald ich's lese, denn da ist ein gewisser V. der will Nachricht wie die Sache vorangeht. Ich versteh sofort was das bedeuten soll, nemlich dass der Valentino wissen will was Lionardo mit seiner Nachforschung rausgekriegt hat, aber so blöd bin ich nicht ich werd den Teuffel tun und mich bei Grassi melden, da kann Lionardo hingehen und sich die Prügel von Grassi abholen, ich bestimmt nicht. Ich frag die Diener ob Lionardo sich hat blicken oder von sich hören lassen, aber sie sagen, nein, und ich denk Heilige Jungfrau, was zum Henker ist bloß aus ihm geworden, wetten dass ich am Ende allein nach Fiorenza zurückgehn und mir einen neuen Ziehvater suchen muss der weniger fliegende Apparate zeichnet und ein bisschen mehr Schwein im Leben hat, doch wie soll ich vorher die verdammte Rechnung von der Herberge bezahlen, keine Ahnung.

In der Herberge gibt's noch andre Nachrichten für mich von einigen Verkäufern, nemlich dem mit den Fischen, mit den Fritelle, mit den Schuhen und mit den Hemden und alle wolln wissen wann ich ihnen das Geld geb was ich ihnen schulde für die Sachen die ich auf Kredit gekauft, und wo ich grad dabei bin, Signior Padrone, wann schickt Ihr mir den Vorschuss auf meinen Lohn? Recht wärn mir, sagen wir, vier Fünftel vom Ganzen oder auch neun Achtel, weil ich hab so ein Gefühl wenn die Verkäufer ihr Geld nicht in ein paar Tagen bekommen reißen sie mir den Arsch auf.

Wie ich's schon erwartet hab, wann ich in mein Zimmer geh erwischt mich die Magd die grad einem andren Gast das Essen serviert und fängt zu fragen an, wo hast du gesteckt was hast du die ganze Zeit gemacht warum hast du mir nicht gesagt dass du weg gehst etcetera etcetera, kurz sie spielt die Nervensäge weil ihr hat natürlich der Spieß gefehlt, und damit sie Ruhe gibt lass ich sie in mein Zimmer rein, zumal sie das Essen von dem andren Gast in der Hand hält wo zwei schöne Äpfel dabei sind, und ich hab mir sofort einen frischen roten stibizt.

Die Magd (verflixt, bevor ich Rom verlasse muss ich sie unbedingt fragen wie sie heißt) gibt mir endlich Euren letzten

Brief, Signior Padrone, und sagt der Bote der ihn gebracht, hätt gemeldet es wär was sehr wichtiges, und darum hat sie ihn aufbewahrt um ihn mir persönlich zu geben. Ich dank Euch also für die Nachricht, Signior Padrone, um die ich Euch im Namen von Grassi gebeten, nemlich dass der Notar Patriarchi der die Beweise haben soll dass der Papst mit den Türcken unter einer Decke steckt diese Beweise nicht nur nicht hat sondern er selbst auch gar nicht existirt, denn in ganz Fiorenza gibt's keinen Notar mit diesem Namen nicht. Also ist auch diese Anklage gegen den Papst durch und durch falsch und erfunden und ist nur eine weitre von den Bauernfängereien wo die Schandmäuler aus Straßburg sich ausgedacht. In Eurem Brief schreibt Ihr aber auch zu Recht, hör mal Salaì, woher willst du eigentlich wissen dass es grad die aus Straßburg warn die als erste böses Gerede gegen Papst Borgia in die Welt gesetzt, du hast ja keine Beweise. Wohl richtig Signior Padrone, aber ich hab da so eine Idee um Euch zu zeigen dass ich Recht habe, doch dafür brauch ich die Hilfe von der Magd.

Wo sie schon fast weint und sagt sie hätt sich solche Sorgen gemacht, lass ich sie neben mir auf dem Bett sitzen und tröste sie, und wie ich ihr sage, na komm schon, wein doch nicht, ist ja gar nichts passirt, streich ich ihr ein bisschen über den Kopf und dann über die Wangen und da nimmt dies freche Weib mir den Apfel aus der Hand und legt meine Hand auf ihre Brust, mitten zwischen die Bälle die bei ihr wie ich Euch vielleicht schon gesagt schön fest sind als wie zwei große Eier, aber ich bin ja nicht grad aus Stein, Signior Padrone, und wenn ein Weib meine Hand zwischen ihre Brüste steckt da fang ich doch nicht an das Vaterunser herzusagen, nunja und wo ich auch gerade ordentlich gegessen hab und gut im Saft steh, mach ich dem Mägdelein erst das Leibchen auf und dann das Kleid, und sie kriegt einen anständigen Dienst von mir, auch deswegen weil ich will die Magd ja um einen Gefallen bitten wovon ich Euch später erzählen werd ob's geklappt hat oder nicht. Nemlich vorher will ich lieber keine Versprechen machen sonst sagt Ihr, Salaì redet und redet aber richtig was zustande bringt er nie und gebt mir vielleicht den Vorschuss auf meinen Lohn nicht, und dann machen die mit den Fritelle und dem Käse etcetera wo auf ihr Geld warten mich wirklich zu Hackfleisch.

Euer immertreuer
Salaì

42.

Mein höchst lobenswerter Padrone,

wie sie hört was ich von ihr will, hat die Magd erst gesagt, bist du verrückt? aber nach vielerlei Gerede hab ich sie endlich überzeugt, und sie hat versprochen mir zu helfen und ist schon dabei, und jetzt muss ich nur noch meine Sachen vorbereiten für heut Nacht, und wenn alles gut geht und sie das findet was ich denke dann schwör ich Euch, Signior Padrone, dass Ihr zufriden sein werdet mit Salaì und mich gern bezahlt, aber es genügt eigentlich auch wenn Ihr mich überhaupt bezahlt.

Wie die Magd geht ist eine sonderbare Sache passirt, nemlich es hat einer von einem Laden mit Büchern und andren Dingen an der Tür geklopft, der sagt er hat hier eine Sache die Lionardo gekauft, doch er muss sie bringen weil wann

Lionardo die Ware bezahlt hat konnt er sie nicht gleich mitnehmen. Und ich hab mich erinnert, ach ja, richtig, das war der Laden wo Lionardo rein ging nachdem wir bei der Zigeunerin waren. Und der junge Mann meint, man hat mir gesagt ich könnt dir dieses hier aushändigen ist das richtig?, und ich antworte, natürlich, gib her, und er sagt, vergib mir wenn ich dich gestört hab, aber in den letzten Tagen bin ich viele Male gekommen mit der Lieferung, doch Ser Lionardo war niemals da. Ich weiß, sag ich, der hat Schiss, und er fragt, wie bitte? Nichts, antworte ich, lass gut sein.

Kaum dass ich allein bin schau ich mir das Rohr an was ich in Händen halt. Es ist aus zusammengerolltem Papier und wie ein Kindchen so lang, und ich denk, sieh mal einer an, Lionardo hat's wirklich mit den Zilindern. Ich mach die Rolle auf und find ein weitres zusammengerolltes Papier mit einer Landkarte von der Türckei, ach nein, auch von Griechenland und Italien und dem Orient, aber sonderlich der Türckei, weil die liegt genau in der Mitte von der Karte. Gleich frag ich mich, was zum Henker will Lionardo mit einer Karte von der Türckei wo er noch nie gewesen ist und wovon er einen feuchten Kericht weiß, und warum hat er mir nicht gesagt dass er sich sowas gekauft? Wegen dem dass ich noch den Apfel in der Hand habe den ich mir vom Tablett der Magd stibizt und ist noch nicht aufgegessen, fällt mir die Karte von der Türckei auf den Boden, und wie ich sie aufheb überlege ich, wo tu ich sie hin? Da fällt mir ein, nach dem Einbruch von dem der mich mit dem Messer hat abmurksen wolln hab ich die Papiere von Lionardo vom Boden aufgesammelt und in ein Buch auf dem Tisch neben der Tür getan, ohne sie anzuschaun, denn meine Hose war ja noch nass von der Pisse, wegen der Angst. Also nehm ich die Karte von der Türckei und denke mir, die faltest du jetzt und steckst sie hierhin zu den andren Karten. Aber wann ich seh was diese andren Karten sind die ich in das Buch gesteckt da sag ich mir, warte, Salaì, halt, schau dir doch mal genauer an was das für eine Geschichte ist. Was da im Buch steckt ist höchst sonderbar, und um die ganze Wahrheit zu sagen, Signior Padrone, es stinkt gewaltig nach Verrat. Erst gibt's ein weißes Blatt das mir nicht interessant erscheint, also steck ich's mir in die Hosentasche, doch das andre Papier ist eine Zeichnung mit einer Unterschrifft, und beides zeig ich Euch hier:

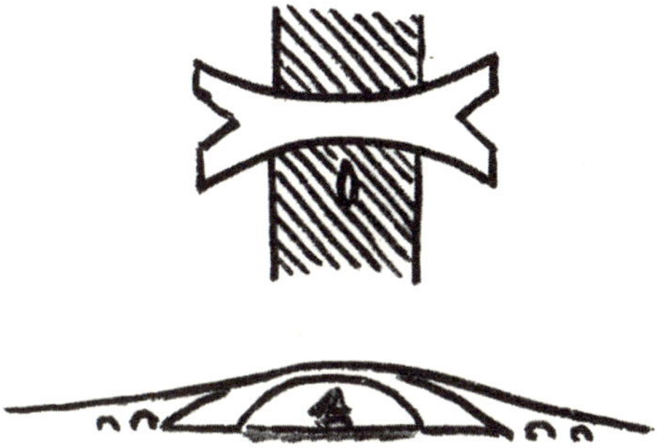

Brücke in Pera bei Konstantinopel, 40 Armlängen breit, Höhe über dem Wasserspiegel 70 Armlängen, 600 Armlängen lang, davon 400 über dem Meer und 200 über dem Land, sich selbst tragend.

Kurzum, ich trau meinen Augen nicht, Signior Padrone, aber es scheint mir klar und das kapirt auch ein Idiot dass Lionardo geheime Absprachen mit den Türcken hat, und man begreift sofort dass er seine Dienste dem Sultan angeboten, um eine Brücke über diesen Fluss oder dieses Meer zu bauen was Bossporus heißt und liegt bei Konzstantinopel. Und über den Daumen gepeilt scheint mir die Brücke so groß und so lang dass wenn Lionardo sie wirklich baut (was ich nicht glaube weil man lässt ihn ja nicht mal einen Kuhstall baun, von einer Brücke ganz zu schweigen), dann fällt sie ihm meiner Meinung nach ins Wasser und es gibt ein großes Geschrei. Auf jeden Fall sind die Türcken Ungläubige, Signior Padrone, drum wird Lionardo sich in den Dienst von den schlimmsten Feinden der Religion stellen die's auf der Welt gibt, und das ist sonnenklar ein Verrat und lass ich Euch entscheiden ob dies gut oder schlecht ist für Fiorenza unsre Heimat.

Euer eifrigster Diener
Salaì

43.

Mein des höchsten und jeglichen Lobes würdiger Padrone,

sogleich setz ich alles was ich im Kopf hab in Bewegung um rauszufinden wie ich diese Schweinerei genauer ergründen kann die mein Ziehvater gemacht, und wann mir eine ausgezeichnete Idee gekommen bin ich auf die Straße und in Richtung vom Viertel Pozzo Bianco gegangen, was zimlich gefehrlich ist wie ich Euch bereits erklärt hab, weil's da viele Schurken und finsteres Gelichter gibt, und hab bisher einen großen Bogen drumrum gemacht, denn obendrein ist dort von den Marmorarbeiten die Luft auch immer voll mit weißem Staub wo mir in den Augen brennt. Ich bin schon fast raus aus dem Pozzo Bianco und am Tiber angekommen, wann ich durch eine kleine dunkle Gasse gehn muss, und sage mir schon, Gottseidank, das wär geschafft, da hör ich Sfff ein Pfeifen wie von einem der mir sagt, heh du, guck mal hierher, und kaum dreh ich mich um da weht mir ein Staub in die Augen dass ich plötzlich gar nichts mehr seh, und spür einen Schlag in die Seite und dann eine Ohrfeige und einen furchtbar starken Stoß der mich zu Boden zwingt wo ich mir das Gesicht aufschlage.

Ich fass an mein Ohr das schmerzt und aus dem Augenwinkel seh ich dass da Blut ist und gleichzeitig blick ich hoch um zu sehn wer mich so geschlagen hat, und da steht der Mensch mit den verbeulten Eiern, Himmelarsch, an den hab ich gar nicht mehr gedacht.

Er hebt mich vom Boden auf und spuckt mir ins Gesicht, und dann gibt er mir zwei drei Ohrfeigen und sagt, Muckskerl, du hast mir eine Scheißarbeit aufgetragen wo ich meinen Arsch riskir, und dann bist du verschwunden, aber pass auf, ich bring dich um wenn du mich nicht bezahlst. Da sag ich, halt still, du hast recht, aber es ist nicht meine Schuld denn Lionardo ist verschwunden, und ich weiß nicht wo zum Henker er steckt, und das Geld hat er. Darauf lass ich einen Furz, sagt der Mensch, das Geld hast du mir versprochen, also reiß ich dir jetzt den Kopf ab, nicht ihm. Ist ja gut, sag ich, aber die Arbeit hast du nicht gemacht, und er, natürlich hab ich sie gemacht, du elendes Stück Scheiße, und schlägt mir wieder ins Gesicht, dass mein Kopf sich fast einmal ganz rumdreht.

Dann gibt er mir ein paar Papiere und sagt dass er sie sich von einem Spitzel aus der päpstlichen Kanzlei hat besorgen lassen und dass es offizielle Kopien von den Bullen des Papstes sind, und ich kann das von wem ich will kontrolliren lassen, nemlich sind echte Dokumente aus der Kanzlei von seiner Heiligkeit, und wenn ich sie nicht mehr brauch muss ich sie ihm alle vollständig und unversehrt zurückgeben, damit sie wieder an ihren Platz kommen, weil es stimmt zwar dass bei der Kanzlei vom Papst jeden Tag so viel Papiere raus und reingehn dass nichtmal der Herrgott sie alle zählen könnt, aber man weiß ja nie, Vorsicht ist besser als Nachsicht, und wenn ich jemandem sag wer mir die Papiere gegeben dann schneidet er mir erst den Kopf ab, spielt damit Ball mit seinen Freunden und wirft ihn zuletzt zu den Fischen in den Tiber, und in drei Tagen kommt er wieder vorbei um sich das Geld abzuholen was ich ihm versprochen, sonst passirt die Sache mit dem Kopf, verstanden, Arschloch? Natürlich hab ich seine Rede kapirt, sie scheint mir sehr gut verständlich, und ich sag, klar doch, gewiss, wir sind uns einig, doch dieweil denke ich, verflucht nochmal, wo nehm ich bloß das Geld her, wenn Lionardo nicht da ist?

Dann ist er weg und ich bin allein geblieben mit der Nase wo Blut rauskam, und meine Augen konnten nichts sehn und hab eine Zeit gebraucht um zu erkennen in welche Richtung ich gehen muss, und die Leute haben mich angeschaut und gesagt, nun seht euch bloß den Ärmsten an, wie übel man dem mitgespielt hat, und wie ich einen Brunnen finde, hab ich mich gewaschen und mein Gesicht ein bisschen gekühlt, nemlich das muss ausgesehen haben wie wenn drei Pferde drüber gelaufen wärn. In der Hand halte ich noch die Papiere wo mir der Mensch mit den verbeulten Eiern gegeben, aber ich kann sie nicht lesen weil mir die Augen wehtun wegen dem Marmorstaub den er mir reingeblasen hat um mich zu blenden, und verdammt das ist ihm gelungen.

Am Ende bin ich mit viel Müh und Not da angekommen wo ich hinwollte, nemlich bei dem Wirt den ich bei meinem ersten Gang durch Rom kennengelernt, ich weiß nicht ob

Ihr Euch erinnert, Signior Padrone, das war der mit dem guten Wein und der mich gefragt hat, kommst du vielleicht aus Siena? Wann ich ankomm, frag ich ihn, Hallo, erinnerst du dich an mich? und er, ja, aber was ist los, hat man dich vielleicht geschlagen, denn dein Gesicht sieht aus als wären drei Pferde drüber gelaufen. Kümmer dich nicht darum, hab ich gesagt, ich wollte nur wissen ob du den guten Wein von neulich noch hast, und dann hätt ich noch eine Frage: wo du mir erzählt hattest dass immer ein Haufen Leute aus dem Orient hierher nach Rom kommen, kannst du mir vielleicht auch jemanden sagen der Konzstantinopel kennt, weil ich muss den was fragen. Er sagt, ich denk, da solltest du zu den armenischen Patres in die Kirche Sancta Maria Egiziaca gehn, die sieht aus als wie ein römischer Tempel und ist nah bei der Tiberinsel San Bartolomeo. Die Armenier wissen nemlich alles über die Türcken, denn von den Türcken sind sie aus ihrem Land vertrieben worden, und sind drum gar nicht gut auf sie zu sprechen.

Auf dem Weg hab ich trotzdem mir die Augen schmerzen scharenweise scharfe Weiber gesehn, nemlich eine die Artischocken verkauft, eine andre die mit ihren Kindern spazirngeht und noch eine die am Fenster steht um die Leute zu betrachten die vorübergehn, aber ich muss Euch gestehn, Signior Padrone, dass mir bei all den hässlichen Sachen die passirt sind die Lust vergangen ist, und drum sagt mein Schwengel mir nicht mehr, heh, guck mal da, sondern ist winzig klein geworden als wollt er sagen, mein lieber Salaì, versuch du erstmal deine Haut zu retten, vorher will ich von der Sache gar nichts mehr hören.

Ich hab lange gebraucht um zur Kirche Sancta Maria Egiziaca zu kommen, denn die Augen taten mir noch mordsmäßig weh. Drum erzähl ich Euch nichtmal dass mir unterwegs schon wieder war als würd mir einer folgen, aber wo ich praktisch blind bin, hab ich mir gesagt, Gutenacht, wenn sie sich jetzt auf mich stürzen, machen sie mich wirklich zu Hackfleisch, aber komme was will, und hab mich bekreuzigt.

Dem ersten armenischen Pater den ich in Sancta Maria Egiziaca find, zeig ich sofort die Karte, aber er fragt mich gleich, Gütiger Himmel, Junge, sind dir zwei Pferde übers Gesicht gelaufen? Nein, Hochwürden, eigentlich waren's drei, und dann sagt er, schön ist diese Karte, willst du die verkaufen? Nein, Hochwürden, ich hab bloß eine Frage von Seiten meines Ziehvaters der Baumeister ist, nemlich ob jemals einer dran gedacht hat eine Brücke über den Bossporus zu baun. Da fangt er an zu lachen und sagt, sag mal, bist du toll oder ist dein Ziehvater der Baumeister von Sinnen? Das ist eine närrische Idee, und damit du weißt was ich meine sag ich dir, das wär wie wenn man eine Brücke über die Kirche San Pietro bauen wollt, ach was, schlimmer, denn der Abstand ist noch größer und darunter liegt das Meer, was will dein Ziehvater denn mit so einer spinnerten Idee? Ach nichts, sage ich, er ist ein bisschen verrückt, und manchmal macht er Zeichnungen von kühnen neuen Konstrukzionen, aber mir scheint auch dass diese Sache mit der Brücke über den Bossporus keine gute Idee nicht ist. Natürlich ist sie nicht gut, sagt er, wo es über den Bossporus schon eine Brücke aus Kähnen gibt die trefflich funktionirt, sonderlich aber weil der Sultan nicht ausgerechnet jetzt für einen solchen Mumpitz Geld ausgeben wird, bei dem was man hier in Rom gegen die Türcken ausheckt wovon man in Konzstantinopel sicher schon genau weiß, denn die haben einen Haufen Spione in Rom. Und was heckt man aus? Nun ganz einfach, der Papst verhandelt mit den teutschen Bankherren ~~Fugk Fukk~~ Fucker (oder wie zum Teuffel man die schreibt) um ein Darlehen von vierzigtausend Dukaten für den Kampf gegen die Türcken, und das soll nach Ungarn geschickt werden, du siehst also, mein Junge, dass große Schlachten gegen die Türcken geplant sind, und nun stell dir mal vor wie herzlich wenig den Sultan grad jetzt dran gelegen ist einen Riesenbatzen Geld für den Plan einer Brücke über den Bossporus auszugeben, den man noch nicht mal in die Tat umsetzen kann. Der Papst ist nemlich grad dabei mit Venedig und mit dem König Ladislaus von Ungarn eine Flotte gegen die Türcken zusammenzuziehn, und sicher wird's viele Monate lang Krieg geben. Das Geld für die Flotte strecken ihm die Fucker vor die sich in Rom niedergelassen seit der Borgia Papst ist, und haben ihre Geschäffte hier in kurzer Zeit mächtig ausgebreitet. Hochwürden, sagt mir bitte, warum vertraut sich der Papst ausgerechnet den Fuckern an um das Geld nach Venedig schaffen zu lassen? Er antwortet, deinem Aktzent nach scheinst du mir aus Siena zu kommen, stimmt's? Nein, aus Fiorenza. Oh entschuldige, aber du musst auf jeden Fall wissen dass die Teutschen hier in Rom die Kaufleute aus deiner Heimat, nemlich der Toskana, aus dem Handel mit Geld verdrängt haben. Früher hießen die wo mit dem Geld vom Papst handelten Ricasoli Strozzi Rucellai Gaddi Altoviti etcetera, also alles gute und adelige Familien aus Fiorenza. Aber seit dieser Papst gewählt worden ist, sagt der Armene, haben sich die teutschen Fucker in Rom breitgemacht und den Fiorentinern die Geschäffte weggenommen und scheffelweise Geld angehäuft, und ist nicht recht zu verstehn wie sie es angestellt haben sich so schnell durchzusetzen, fast scheint's als würd es da jemand in der päpstlichen Verwaltung geben der ihnen hilft und der um jeden Preis will dass sie, also die Fucker, die besten Geschäffte an sich reißen. Natürlich gibt's noch andre Kaufleute die mit dem Papst zusammenarbeiten, zum Beispiel die Spannocchi aus Siena, die du vielleicht nicht ausstehn kannst weil du ja aus Fiorenza bist, und mir scheint dass ihr Toskaner euch alle gegenseitig spinnefeind seid, aber wie auch immer, beim nächsten Papst sind auch die Spannocchi weg vom Fenster, glaube ich. Wenn die Fucker dem Papst für den Krieg gegen die Türcken so viel Geld leihn, sag ich, bedeutet das doch die Teutschen wollen ihm helfen, oder? Hahahaha lacht der Pater, wie dumm bist du eigentlich? Weißt du denn nicht dass die Türcken dem Kaiser von Teutschland und den Teutschen völlig wurst sind? Und wenn sie sehn dass der Papst sich die Seele aus dem Leib brüllt damit König und Fürsten gegen die Türcken kämpfen, dann haben sie noch viel mehr Spaß. Und er erklärt mir dass der Papst letztes Jahr im März (aber diese Sachen aus der Politik sind Euch, Signior Padrone, gewiss bis zum Überdruss bekannt, grad so als wie mir die Art und Weise, wie Lionardo sich in den Ohren kratzt) alle christlichen Länder aufgerufen einen gemeinsamen Plan gegen die Türcken zu schmieden. Die Könige und die Fürsten haben aber nichtmal geantwortet, also hat der Papst ihre Botschafter zu sich gerufen, und die haben gehorcht, aber sie waren so lahm und unwillig dass sie lieber untereinander streiten wollten als gegen die Türcken, und so hat die Versammlung einen Dreck genützt. Da hat der Papst befohlen dass drei Jahre lang ein Zehntel von den Salären aller Kardinäle Prälaten und Kirchenleute einbehalten werden soll, wie's schon seit langer Zeit in Ungarn und Polen geschieht, und so hat er einen schönen Berg Geld zusammengebracht um den Krieg gegen die Ungläubigen zu finanzirn. Und dann hat er zum teutschen Kaiser Maximilian gesagt, er soll auch mal seinen Hintern hochkriegen, und der Kaiser hat die teutschen Fürsten zusammengerufen, nemlich die wo jedes Mal den Kaiser wählen, und hat sie gefragt, nun, wollen wir denn gar nichts tun? Die Fürsten antworten, aber klar, warum nicht, jetzt unternehmen wir auch was, und haben ihm versprochen sie würden Soldaten anwerben und Geld sammeln etcetera, doch nach neun Monaten war noch immer nichts passirt. Letztes Jahr im September hat dann auch der Doge von Venedig den Kaiser Maximilian gebeten was für den Kampf gegen die Türcken zu tun, und der Kaiser hat geantwortet, jaja, natürlich, jetzt helfen wir Teutschen euch auch einmal, und hat viele Versprechungen gemacht, aber auch diesmal ist nichts dabei herausgekommen. Da hat der Papst befohlen dass vom Sonntag dem neunten August an jeden Tag um zwölf Uhr die Kirchenglocken geläutet werden und die Gläubigen für die Rettung der Christenheit beten müssen, und sieh mal einer an, zufällig haben die Türcken grad an dem Tag eine kleine Stadt erobert die den Venezianern gehört und liegt in Griechenland in einer Gegend die heißt Peloppones, oder so ähnlich, und haben Hunderte von Männern abgestochen und Hunderte von Frauen und Kindern vergewaltigt oder gefangen genommen, und von dem Tag an haben alle kapirt dass der Papst wirklich der einzige ist der ernsthaft was gegen die Türcken unternehmen will.

An der Stelle bin ich ganz aufgeregt geworden, Signior Padrone, denn schon wieder verbinden sich die beiden Nachforschungen (nemlich meine über die Verrätereien von Lionardo und die von Lionardo über die Verleumder vom Papst) zu einer einzigen Angelegenheit, wo zur Abwechselung schon wieder mal die Teutschen im Spiel sind, nemlich die Fucker. Dann hat der armenische Pater mir noch sowas in der Art gesagt wie, nun, mein Junge, du glaubst hoffentlich nicht dass ich dir diese Dinge nur aus Freundschaft erzähle, denn hier gibt's massenweise Seelen zu versorgen, und wir müssen Opfer bringen, denn unter andrem haben die Türcken uns Armenier ja aus unsrer Heimat verjagt und darum sind wir alle geflohn, die einen nach Venedig die andren nach Rom. Kurzum der armenische Pater erwartet einen Lohn für die Sachen die er mir berichtet, doch ich verabschiede mich sofort und mach ein Gesicht wie wenn ich nichts verstanden hätt, denn inzwischen, Signior Padrone, hab ich kaum mehr Geld um mir was zu essen zu kaufen, und wo wir grad dabei sind erlaubt mir eine Frage, nemlich wann kommt der Vorschuss auf meinen Lohn um den ich Euch schon seit langer Zeit bitte?

Euer pflichtgetreuer
Salaì

44.

Hochwohlgeborener Padrone,

nehmt's mir nicht übel die Art und Weise wie ich den letzten Brief beendet, aber ich dacht mir, wenn ich die wichtigste Frage an den Schluss setze erinnert Ihr Euch vielleicht eher und besser daran, und das hab ich für Euch getan, damit das klar ist, nicht für mich, weil ich würd mir niemals erlauben Euch dran zu erinnern dass mir das Geld fehlt wie dem Mann in der Wüste das Wasser, und wenn der Mensch mit den Beuleiern und all die andren denen ich Geld schuld mich totschlagen so werdet Ihr mächtig Scherereien und mich auf dem Gewissen haben, aber das hab ich Euch jetzt nicht gesagt, oh nein.

Nach dem Gespräch mit dem armenischen Pater bin ich in die Herberge zurück um meine Augen auszuspülen die mir immer noch saumäßig wehtun und kann sie fast nicht bewegen. Erst hab ich die Zeichnung von Lionardos Brücke in sein Zimmer gelegt wo sie vorher war, dann bin ich in meine Kammer gegangen, aber hab sie nur wie durch ein Wunder gefunden weil ich die Lider wegen der Schmerzen immer geschlossen halt. Dann hab ich mir die Augen ausgespült und die Magd hätt mir so schön Binden auf die geschwollnen Lider legen können, wär sie dagewesen aber verflucht, die kommt ja nur wenn sie vögeln will, denk ich und werf mich aufs Bett ohne dass ich irgendwas seh, und kann nichts andres tun als mit geschlossnen Augen daliegen und denken, und so fang ich an zu überlegen dass Ciolek Recht hat, nemlich wie zum Teuffel soll man erklären dass die teutschen und die italienischen Antikisten sich hassen, aber die Germania die den Teutschen oder mehr noch den Alemannen so sehr gefällt, die haben ausgerechnet die Italiener, nemlich Poggio Bracciolini erfunden? Da ist mir die Idee gekommen ob sie die Germania nicht vielleicht bloß zum Spaß erfunden haben, und dann wär das ganze Komplott der Straßburger gegen den Papst das ich zu sehen glaub nur ein Zufall, und der Teuffel hätte gar nichts damit zu tun. Und dann diese Fucker, ist doch seltsam, ausgerechnet unter diesem Papst sind sie nach Rom gekommen um ihre Geschäffte zu treiben, ja sie haben sogar säckeweise Geld gescheffelt und das ist eigenartig weil der Papst sie wo Teutsche sind bestimmt nicht begünstigt hat. Und zu gern würd ich wissen wie sie all das Geld angehäuft haben, die Fucker, weil wenn sie zuviel davon haben heißt das natürlich sie haben Dreck am Stecken, aber wen kann ich das fragen? Am Ende ist mir nichts eingefallen wo ich sagen kann, oh ja, jetzt geht mir ein Licht auf, denn das ist so, Signior Padrone, wenn ich nichts vor Augen hab was ich anschaun kann und bei den Weibern nichts zum Anfassen, so fällt mir gar nichts Vernünftiges ein, bin ja nicht wie die Maler, denen brauchst du bloß ein weißes Blatt zu geben, gleich malen sie dir was Schönes, nein, ich krieg bei dem weißen Blatt Papier nur Lust einen Ball draus zu machen und ihn Lionardo an den Kopf zu werfen dieweil er malt, das hab ich schon als Kind immer gemacht aber dann wird er wütend, weil immer wenn der Ball ihn trifft macht er einen lustigen Feler mit dem Pinsel, ja ich glaub sogar ein paar von den Spinnereien die er auf seinen Bildern gemalt und bei denen alle sagen, oooh, seht doch mal wie schön dieser Feler, wie originell, die kommen in Wahrheit von meinen Papierbällen, naja, jedenfalls bin ich über all dem Sinniren mit geschlossnen Augen am Ende eingeschlafen und grad erst aufgewacht, und was ich noch sagen wollte, aber oh, jetzt klopft's an der Tür, das ist gewiss die Magd, weil sie weiß dass ich sie heut abend erwarte.

Euer stets gehorsamer
Salaì

45.

Mein Padrone und Quell alles Guten,

die Magd war's nicht, aber wer es war da kommt Ihr nie drauf, es war Kopernikus der mich überraschen wollt, und steht ganz fröhlich mit einer Flasche Wein an der Tür und sagt, hallo Salaì, wie geht's dir, lass mich rein ich hab dir was zu trinken mitgebracht so können wir ein wenig plaudern. Dann sieht er wie übel der Mensch mit den Beuleiern mir das Gesicht zugerichtet, und ich erklär ihm dass es nicht zwei Pferde warn sondern drei etcetera, und er sagt, armer Freund, kann ich was für dich tun? Nein vielen Dank, morgen kauf ich mir sowieso neue Augen, da lacht er über meinen Scherz und sagt, komm, wir trinken ein Gläschen Wein, kurz er hat so sehr gedrängt dass ich gesagt hab, na gut, tritt ein, denn die warmen Brüder Signior Padrone, wenn die was wolln hat's gar keinen Zweck, nein zu sagen, nemlich hinterher lassen sie's dich büßen grad so als wie die Weiber.

Dann gießt er mir Wein ein, aber ich trink ihn nicht indem dass ich wegen den Schmerzen in den Augen überhaupt keine Lust hab, er hat dagegen große, und dieweil ich mir nochmal die Augen wasche um den Marmorstaub rauszuspüln trinkt Kopernikus vier Gläser eins nach dem andren. Erst fragt er mich was ich den letzten Tagen getrieben hab und ich erfinde irgendein belangloses Zeug, aber dann stell ich ihm ein paar Fragen, hör mal, hast du schon mal was von diesen Fuckern gehört? und er sagt, machst du Witze, klar hab ich hier in Rom von denen reden gehört, viel hört man von denen, hick, entschuldige, ein kleiner Schluckauf, und er füllt sein Glas wieder und trinkt alles auf, und ich muss schon sagen, Kopernikus versteht vielleicht was von Planeten, aber vom Wein versteht er im Gegensatz zu uns Toskanern einen feuchten Kehricht, nemlich ich hab sein Gesöff probirt und davon kriegt man die Scheißeritis, aber er trinkt munter weiter, und so frage ich ihn, sag mal, du hast heut wohl mächtig Durst, und er, nein, es ist bloß dass ich in den letzten Tagen so viel Matematik und Astrognomie studirt hab und hernach wusst ich nicht wie ich mir ein wenig Ablenkung verschaffen kann, und da hab ich gedacht jetzt geh ich meinen Freund Salaì besuchen. Aber ich glaub, Signior Padrone, die Wahrheit ist Kopernikus hat gehofft, er könnte mich durch den Wein überreden ein bisschen den Schwulen mit ihm zu machen, und er muss sich auch sehr alleine fühlen hier in Rom, denn ich wette er hat schon bei vielen andren versucht zu landen, aber die haben immer Nein gesagt, weil mit all den scharfen Weibern so's hier in Rom gibt, wer hätt da wohl Lust seine Zeit mit einer Schwuchtel zu vergeuden?

Jedenfalls frage ich ihn woher zum Henker diese Fucker oder Fugger oder wie auch immer sie heißen kommen, und er sagt, ha, das ist ja grad der Witz dass niemand das weiß. Nein warte, das kann nicht sein, sag ich, denn bei all denen wo viel Geld haben weiß man mehr oder weniger wie sie da rangekommen sind, und er antwortet, aber das ist es ja grad! Nach dem was man von den Fucker in Teutschland erzählt sind die ersten aus der Familie in ihrer Heimatstadt Augsburg in Schwaben Baumwollweber und Seidenweber gewesen und waren schon reich, aber man weiß nicht wie, und ist sogar ein Geheimnis weil die Weber fürwahr nicht reich geboren werden. Von Augsburg aus haben die Fucker ihre Geschäffte dann ausgedehnt bis sie Banken in ganz Europa hatten, nemlich in Frankreich Teutschland Ungarn Polen Italien Venedig und Rom etcetera, und allen Päpsten und dem Kaiser und Königen und Fürsten leihn sie Geld und nehmen darauf Zinsen, sagt Kopernikus, aber was kümmert dich das eigentlich mein Junge? und macht einen gewaltigen Rülpser und fangt dann an zu lachen. Verdammt, denk ich, hoffentlich kotzt er mir jetzt nicht wo er sturzbetrunken ist auf den Fußboden. Das Glas so schief in der Hand dass ihm der Wein auf den Bauch fließt, redet Kopernikus weiter und sagt dass sie beileibe nicht die einzigen sind diese Fucker Fucher Ficker oder wie zum Teuffel sie heißen, hahaha, und lacht und trinkt, denn seine Freunde haben ihm erzählt dass die reichsten Familien von Straßburg und Augsburg alle Weber sind und alle stinkreich, und bei keiner weiß man wie sie an ihr Geld gekommen sind. Ich sag, hör mal Kopernikus, trink nicht zuviel das schadet dir, und außerdem kommt's mir vor als wenn du nur Kohl redest, und da wird er laut und erwidert für wen hältst du dich, Salaì? In Teutschland hab ich die besten Kundschafter, alles Männer der Wissenschafft und keine Jüngelchen wie du! Schon gut, schon gut, beruhige dich, sag ich, denn er ist aufgesprungen und steht jetzt auf meinem Bett, und ich krieg große Angst dass jemand von der Herberge kommt und sagt, heda, was ist los da drinnen? Kopernikus redet weiter, bravo Salaì, du stellst immer die richtigen Fragen, hick, denn keiner weiß woher die Fucker ihr Geld genommen haben, aber ich sag es dir, nemlich die Fucker und ihre Freunde die haben das Geld direkt vom Teuffel, denn der ist's der das Geld macht, wie du sicherlich auch schon kapirt hast, ach Salaì, warum stellst du eigentlich so viele Fragen wenn du die Antworten schon weißt? Und jetzt sag ich dir noch dass sie das ~~Monpol~~ ~~Monoppel~~ dass nur sie allein das Geld vom Papst von Teutschland nach Rom transportiren dürfen, und weißt du auch wie? Früher ließen die Päpste sich die Groschen von den Steuern durch Priester bringen, aber die wurden immer ausgeraubt, doch seit sich die Fucker darum kümmern gibt's keine Überfälle mehr, und weißt du auch warum? Das waren nemlich die Fucker selbst wo früher die Priester haben ausrauben lassen, damit sie danach zeigen konnten dass sowas bei ihnen nicht passirt, und so bringen sie jetzt das Geld für die Päpste nach Rom und lassen sich einen Batzen dafür bezahlen. Das sind wirklich Teuffel, was Salaì? Hahaha lacht er und lässt derweil seine Hosen runter und ich sag, hallo Kopernikus, was tust du da, ich bitte dich, aber er steht immer noch auf meinem Bett und redet weiter, mein lieber Salaì, weißt du dass die Fucker obendrein Betrüger sind? Oh ja, und jetzt erklär ich dir auch was für Betrügereien sie machen, hick, und es kümmert mich einen Dreck ob sie überall Spione haben die mich jetzt vielleicht hören, hast du verstanden, Salaì? Und er fängt an mir ins Ohr zu flüstern, mit seinem Atem der nach Wein stinkt, und sagt, die Fucker in Teutschland versprechen den andren Teutschen dass sie ihnen Benefizien und Pfründe in Rom kaufen, zum Beispiel ein Amt als Propst oder Kanoniker und lassen sich einen Haufen Geld im Voraus dafür zahlen aber wenn sie aus Rom zurückkommen gibt's eine kleine Überraschung, nemlich dann sagen sie, oh, sie hätten da ein wunderbares und wichtiges Benefizium gekauft, aber in Wirklichkeit ist es viel weniger wert, weil man kriegt dafür kein bisschen bezahlt, zum Beispiel ist es bloß eine Stelle als Chorist in irgendeinem Dom, denn mit dem Geld wo sie im Voraus gekriegt haben sie sich längst schon andre Benefizien für ihre eigne Familie gekauft. Die wo betrogen wurden beklagen sich beim teutschen Kaiser Maximilian, aber was glaubst du wohl was der ihnen sagen kann wenn er selbst all sein Geld von den Fuckern hat? So treiben die Fucker Simonie, nemlich sie kaufen und verkaufen und verschachern die geistlichen Ämter und die Güter der Kirche, und das heißt dass sie genau das machen weswegen die Teutschen den Papst anklagen der sich ihrer Meinung nach beim Konklave die Stimmen der Kardinäle gekauft, hehehe!

Wie er so betrunken faselt, hat Kopernikus inzwischen auch seine Unterhosen fallen gelassen, und so steht er zuletzt mit bloßem Gemächt da, das bei ihm lang und schlaff herunterhängt wie eine Salami, und er zeigt auf seinen Schwengel fangt an zu weinen und sagt Salaì, warum gefällt er denn niemandem? Sag's mir sag's mir ich bitte dich, warum mag den bloß keiner? Was ist daran nicht in Ordnung? Dabei verliert er das Gleichgewicht und fällt fast vom Bett, doch zum Glück hab ich ihn aufgefangen und hingesetzt.

Ihr könnt Euch vorstelln, Signior Padrone, wie ich mich gefühlt hab, wo die Augen mir immerfort tränen wegen dem Marmorstaub der noch immer drin ist, und bin drauf gefasst dass jeden Moment die Diener von der Herberge in mein Zimmer kommen und Kopernikus mit raushängendem Schwengel entdecken, und dann sagen sie ganz bestimmt, ha, jetzt haben wir ihn erwischt, also ist's doch wahr dass Salaì vom andern Ufer ist, und vielleicht stecken sie mich und Kopernikus dann in die päpstlichen Kerker wegen des schweren Vergehens der Schwuchtelei, und stellt Euch vor ich würde versuchen zu sagen, nein haltet ein, lasst uns in Ruhe, das ist ein wichtiger polnischer Professor der Matematik der alles über Universum und Sterne weiß, da hätten sie mir geantwortet, na klar Salaì, drum steckt er dir ja auch seinen Kometen zwischen die Arschbacken.

Zum Glück ist Kopernikus brav geblieben und sitzt auf dem Bett, aber das Gemächt hängt ihm immer noch heraus, und wieder fangt er an zu weinen und sagt, entschuldige, es tut mir so leid, Salaì, Ogottogott wie hab ich mich blamirt, du musst mir verzeihn, ich bitte dich vergiss schnell was ich dir gesagt und erzähl es bitte niemandem, sonst steh ich als ein lächerlicher Trottel da. Ich sag, ach was, mach dir keine Sorgen, es ist ja nichts passirt, aber er ist verzweifelt und sagt, entschuldige vielmals, jetzt gehe ich, und ich hab grad noch Zeit ihn zu warnen dass er sich die Hosen wieder anzieht und den Schwengel reinstopft, da macht er schon die Türe auf und verschwindet grad in dem Moment wo die Magd kommt und mein zerschlagnes Gesicht sieht und Kopernikus der nach Wein stinkt dieweil er flüchtet, und drum fragt sie, was ist denn hier los?

Das erklär ich dir später jetzt hab ich keine Zeit wir sehn uns ja später, sage ich und setze mich sofort hin, um diese Zeilen für Euch zu schreiben, Signior Padrone, denn gleich gehn wir zu der Verabredung, weil man erwartet uns und verfluchter Mist wie spät es schon ist.

Die Magd kommt nach einer Stunde oder fast zweien wieder und sieht ein bisschen müde aus so dass ich fragen will was zum Henker los ist mit ihr und warum sie so lang gebraucht hat, aber dann vergess ich die Frage weil wir sind schon verspätet und müssen uns sehr eilen.

Euer stets gehorsamer
Salaì

46.

Mein gütigster Padrone,

ich schreib Euch nach einer der aufregendsten Nächte so ich in Rom bisher verbracht, und hoff ich gar sehr dass mir sowas nie wieder passirt sonst schwör ich dass ich sofort nach Fiorenza zurückgeh und nie mehr aus meiner Ecke komm, selbst wenn man mich am Schwanz rauszieht.

Mit der Magd bin ich ein bisschen zu spät am Palazzo vom Burkard angekommen, nemlich wann's schon dunkel war, und Schuld daran ist Kopernikus dieser Idiot, aber zum Glück wurd uns aufgemacht als wir ans Tor geklopft haben, und sind reingegangen und haben nach Michele Sander gefragt. Der Diener der uns reingelassen muss Order von Sander bekommen haben, weil er hat sofort mit einem breiten Lächeln auf die Magd geschaut als wollt er sagen, ah ja, jetzt weiß ich wer du bist, denn wenn Ihr Euch erinnert, Signior Padrone, Sander hatte mich und die Magd eingeladen ihn zu besuchen, weil ich hab ihm ja diesen Stuss erzählt von wegen dass ich bald der Gemahl von dem Mägdelein sein werd, und da wollt er mir Ratschläge geben wie ich eine Anstellung hier in Rom finden kann, aber so blöd bin ich nicht ich weiß genau was er wirklich will. Also hab ich heute eine Nachricht im Palazzo von Burkard gelassen und angekündigt dass wir kommen um Sander zu besuchen.

Dieweil wir warten dass der Sekretarius uns am Eingang vom Palazzo Burkard abholt, sag ich mir, mein lieber Salaì, diesmal begibst du dich fürwahr in eine verteuffelt gefehrliche Lage, hier im Haus von einem der mächtigsten Straßburger in Rom.

Michele Sander kommt uns mit großem Hallo entgegen und macht dem Mägdlein viele artige Komplimente, und zu mir sagt er, sehr gut, mein lieber Junge, ich wette ihr habt alle beide einen Bärenhunger wollt ihr nicht was mit mir essen ich sage gleich in der Küche Bescheid. Dann sieht er mein zerschlagnes Gesicht und erschrickt ein bisschen, aber ich sag ihm er kann unbesorgt sein, das ist eine Geschichte mit Pferden, und dann führt er uns in das obre Stockwerk, Donnerwetter, Signior Padrone, wie schön und voller Luksus ist der Palazzo vom Burkard, alles Zeug von stinkreichen Leuten, man sieht dass die Straßburgen auf viel zu viel Geld sitzen. Aber ist auch was Sonderbares dran und klar dass es kein italienischer Palazzo ist, nemlich er hat winzig kleine Türen in Form eines Bogens der oben spitz zuläuft, die Fenster sind auch Bögen aber rund, auch die Korridore sind klein und alles ist furchtbar eng und man sieht dass er für Leute gemacht die immerzu frieren weil sie in diesem vermaledeiten Teutschland leben. Die Decken vom Palazzo Burkard sind alle sehr schön bemalt und um die Wahrheit zu sagen scheinen sie mir viel schöner als die Bilder von Lionardo, und die Wände zeigen Ansichten von Städten zum Beispiel eine von Jerusalem, und dann schau ich in die Höhe und sehe gleich eine Ansicht von Straßburg, denkt Euch bloß, Signior Padrone, wie die von Straßburg an ihrer Stadt kleben, denn nach dem heiligen Land unsres Herrn Jesus Christus fällt ihnen sofort ihr eignes ein, als wenn's nichts andres auf der Welt geben würd, verrückt.

Nachdem er uns eine Treppe aus Holz hat raufgehn lassen, die wunderschön ist, und hat gewiss einen Batzen Geld gekostet um die zu bauen, führt Sander uns in einen kleinen Saal wo schon der Tisch zum Essen gedeckt ist mit einem prächtigen Kandelaber aus Silber in der Mitte, und er lässt von einem Diener Würste und Huhn und Truthahn und gebratne Tauben bringen, alles mit einer Soße aus ich weiß nicht was, ist wohl teutsches Zeug, aber köstlich, und Kräuter und knusprig Brot und süßen roten Wein, verflucht war der gut, nicht so ein Essig wie der vom schwulen Kopernikus. Eine fette schwartze Katze läuft um uns herum, der gibt Sander große Stücke Truthahn zu essen, und ich denk, Teuffel auch, man sieht dass Sander sein Geld zum Fenster rausschmeißen kann, so gute Stücke vom Truthahn würd ich bestimmt niemals einer Katze nicht geben, die würd ich selber essen zumal die fette Katze so eine hochmütige Art hat als wie alle Katzen.

Plötzlich reicht Sander mir ein Töpfchen wo rotes Pulver mit gelben Samen drin ist und sagt, nimm mein Junge, probier das mal, oder nein, erst verreib dir ein bisschen davon auf der Hand, du wirst sehen wie schön das ist, und ich mach was er sagt also leg mir ein wenig von dem Pulver auf den Handrücken und verreibe es, dann steck ich's mir in den Mund und koste den Geschmack und staune sehr wann es mir auf der Hand und im Mund sofort ein grässliches Feuer entzündet. Ich weiß nicht ob Ihr Euch erinnert was der Pfeffer macht wenn man den für sich alleine isst, nemlich Flammen und Hitze und schreckliches Brennen auf der Zunge, aber dieses Pulver brennt schon dann fürchterlich wenn man es nur auf die Haut reiben tut, und der Schmerz währt für recht lange Zeit. Sander fängt an zu lachen wie ein Blöder und das Mägdlein auch, und er sagt dass man dies Pulver aus einer Pflanze macht oder ist eher ein Gemüse das Chilli heißt und kommt aus den Indien im Westen, also der neuen Welt die vor acht Jahren wurd entdeckt, und man kann's zum Kochen brauchen und um Speisen zu konserviren, aber ist auch gut um Späße damit zu treiben. Haha sehr witzig, sage ich und hätte dem Sander dies Pulver gern in den Hintern gesteckt. Jedenfalls hab ich mir heimlich ein bisschen was davon in die Tasche getan denn vielleicht kann ich's eines Tages wirklich zum Kochen brauchen statt so blöde Späße damit zu machen wie der vom Sander.

Wann das Abendessen anfing hatte ich noch Angst, Sander würde mir Fragen stellen wie, hör mal Junge, warum hast du mich eigentlich als wir uns kennenlernten nach diesem Poggio gefragt den man wie einen Hund erschlagen hat? Die Angst ist noch größer geworden durch die Erinnrung an die Versammlung im Haus von Dorotheas Vater wo ich Sander mit all diesen Teutschen gesehn die von den Türcken sprechen, einen Haufen Geld in den Händen haben das von wer weiß wo herkommt, und zimlich seltsame Reden führn.

Gottseidank denkt Sander überhaupt nicht dran mir Fragen zu stellen, er sitzt neben dem Mägdlein sogar sehr nah und mir hat er einen Platz am anderen Ende vom Tisch gegeben, so kann der Sander dieweil wir essen und trinken und reden dem Mägdchen schmutzige Sachen sagen und lachen, und mir ruft er zu, trink, trink Junge, das tut dir gut, und zu ihr sagt er, meine Schöne der Truthahn schmeckt dir nicht wahr? und steckt ihr eine Keule in den Mund und macht dabei Hamm hamm wie man's mit den Kindern macht wenn man sie füttert, und sie lacht dieweil Sander ihr unterm Tisch die Hand auf die Schenkel legt, das weiß ich auch wenn ich's nicht sehen kann, aber es kümmert mich einen feuchten Dreck denn ich muss das Mägdelein ja nicht wirklich heiraten, und außerdem hab ich einen solchen Schiss im Haus von diesen Straßburgern zu sitzen dass mir der Schwengel geschrumpft und schon so klein ist als wie ein Haar auf dem Arm. Ja ich hab sogar gedacht, Signior Padrone, pass auf Salaì, gleich schlägt dir dieser Sander eins von den widerlichen Spielchen vor wie sie die Alten gerne machen, zum Beispiel soll ich mit dem Mägdlein vögeln dieweil er zuschaut und sich einen runterholt, oder andre Scheußlichkeiten die ich nicht mal schreiben will.

Aber zum Glück ruft Sander plötzlich nach seinem Diener, doch der kommt nicht, und da steht er auf und sagt, seltsam, vielleicht hört er mich nicht, Junge geh du mal nachsehn wo dieser Trottel von einem Diener steckt. Ich sag, in Ordnung, denn ich habe das Spiel schon durchschaut, nehm eine von den Kerzen, geh auf den Korridor und such die Treppe wo's nach unten in die Küche geht, aber ich nutze die Gelegenheit um ein bisschen hier und da zu schnüffeln damit ich später weiß wo die Zimmer der Diener, das vom Sander und das vom Burkard sind.

Dann geh ich zurück und wie ich's erwartet habe ist der Saal leer, weil Sander hat das Mägdlein mitgenommen, aber kurz vorher muss er zimliche Ferkeleien mit ihr getrieben haben, denn er hat sogar das Oberteil von seinem Hausrock vergessen das unter dem Stuhl liegt worauf er gesessen. In dem Raum ist nur noch die Katze vom Sander mit dem hochmütigen Gesicht die mir um die Beine streicht und Miau macht weil sie noch mehr Truthahn will. Fast sofort erscheint auch der Diener, wirft ein Säckchen auf den Tisch und sagt das ist für mich vom Sander, und ich mach's auf und seh dass ein Haufen Geld drin steckt, aber wirklich so viel, Signior Padrone, dass ich damit alle Schulden begleichen kann so ich hier in Rom gemacht, obgleich ich natürlich eigentlich immer noch auf Euren Vorschuss warte der niemals nicht kommt und vergebt mir wenn ich Euch schon wieder dran erinnere, aber die Hälfte von dem Geld vom Sander muss ich sowieso der Magd geben, nemlich so war's vereinbart.

Der Diener sagt dass der Signior Sander dem Mägdlein einige Stücke Bettwäsche zeigt die unser Hochzeitsgeschenk sein sollen, aha, sag ich, einstweilen probiren die beiden die Laken wohl aus und prüfen ob sie gut sind, und der Diener hat keine Erlaubnis mir zu antworten, aber man sieht dass er lachen muss, weil er weiß dass das Mägdlein mir grad gegen Bezahlung Hörner aufsetzt, und dann geht er raus.

Da hab ich mich in aller Ruhe gemütlich hingesetzt, Signior Padrone und mehr vom Truthahn gegessen der sehr gut war und noch ein bisschen Wein getrunken, der war auch wirklich gut, das muss ich sagen. Doch schon bald kommt der Diener zurück und sagt, höre Junge, der Signior Sander erwartet dich. Wie bitte? frag ich. Der Diener macht mir ein Zeichen ich soll ihm folgen und geht mit der Kerze voraus durch ein paar Korridore bis wir vor einer Tür ankommen wo der Diener mir sagt ich soll klopfen, und dann verschwindet er. Erstmal hab ich mich bekreuzigt, Signior Padrone, denn wenn ich dort erst eingetreten bin kann mir alles mögliche passiren, dann mach ich tocktocktock an der Tür und hör von drinnen die Stimme der Magd die sagt, komm ruhig rein, mein Lieber. Wann ich die Tür aufmach seh ich die Magd halb nackt und halb mit den Sachen von Sander bekleidet was sehr lustig aussieht, und man versteht sofort dass die beiden schon ein paar Schweinereien hinter sich haben, und plötzlich kommt Sander in den Kleidern der Magd hinter einem Vorhang hervor und ruft Kuckuck! Mein lieber Junge, wie schön dass wir jetzt zu dritt sind, schau mal da was ich für dich vorbereitet habe, und dieweil das Mägdlein lacht über mein erstauntes Gesicht zeigt der Sekretarius vom Burkard auf eine Holztruhe die vor seinem Bett auf dem Boden steht, und der Deckel ist aufgeklappt. Was soll das? frag ich weil ich bin natürlich auf irgendein säuisches Spielchen gefasst, aber noch hab ich nicht verstanden was Sander sich ausgedacht. Da geht die Magd zu mir und flüstert mir ins Ohr, sei unbesorgt mein Liebster, dir geschieht kein Leid, führt mich zu der Truhe und sagt, nun steig da rein, und ich schau nach Sander aus aber der hat sich wieder hinter den Vorhang gestellt, und von da sagt er lachend, wenn du nicht in die Kiste gehst, mach ich nicht mehr Kuckuck und ihr werdet mich nimmermehr wiedersehn hahaha! Da reißt das Mägdlein die Augen auf wie um mir zu sagen, los du Idiot, zieh dich aus und beeil dich, denn dieser Verrückte wartet schon, und lässt mich in die Holztruhe steigen aber nur nicht das! Denn Signior Padrone, kaum hab ich mich nackt ausgezogen drückt die Magd mir den Kopf runter und sagt, keine Angst es dauert nicht lang, dann schließt sie den

Deckel, und ich sitz allein im Dunkeln. Darauf hör ich wieder Kuckuck und ein Lachen vom Mägdelein und dann einen Lärm über meinem Kopf, also auf dem Deckel von der Truhe, als hätten die beiden sich da draufgesetzt. Plötzlich fängt die Truhe an sich auf eine gewisse Weise zu bewegen, und da versteh ich dass Sander mit der Magd auf der Truhe vögelt. Aber damit war's nicht vorbei, Signior Padrone, denn nach einer Weile fragt er mich mit lauter Stimme, wohlan denn du Tölpel, wählst du die Schande oder den Tod? Und dann bricht er in ein Gelächter aus Hahahaha als wär das ein köstlicher Scherz, dieweil ich still bleib und sogar Angst hab, denn dort drinnen in der Truhe sitz ich im Dunkeln und ohne Luft und alles bewegt sich wie ein Schiff im Sturm, und der Sekretarius vom Burkard macht Oh oh ah hmpf hmpf und das war wirklich ein Spektakel wie im Narrenhaus und wenn Ihr mir die Geschicht nicht glauben wollt, Signior Padrone, würde ich Euch fast Recht geben. Gottseidank scheint Sander sich schließlich genug an der Magd ergötzt zu haben denn ich merke wie die Truhe stillsteht, und nach einer Weile macht das Mägdelein den Deckel auf und sieht ein wenig besorgt aus wann sie mir zuflüstert, wie geht es dir?, und ich sag laut, oh wunderbar, kann's kaum erwarten es nochmal zu machen, doch in dem Moment springt Sander hinterm Vorhang vor und ruft erneut Kuckuck Kuckuck ihr werdet mich nimmermehr wiedersehn und zeigt auf meinen Schwengel der vor Angst noch immer ganz klein ist, wie eine vertrocknete Rosine, und will sich schier totlachen Hahahaha, der Drecksack, da macht mir die Magd ein Zeichen ich soll meine Kleider nehmen und sofort das Zimmer verlassen bevor dem Sander eine neue wunderliche Idee kommt, denn diese war schon verrückt genug, und wer weiß woher zum Teuffel er sowas hat.

Vor der Tür zieh ich mich rasch an und zum Glück steht eine brennende Kerze da so bin ich in den Speisesaal zurück und sehe dass niemand mehr da ist. Schon bin ich bereit den Palazzo ein bisschen zu erkunden da hör ich draußen Schritte auf dem Korridor und seh dass der Diener mich schon wieder erwartet, verfluchter Mist, denk ich, diese Straßburger kleben an einem wie das Pech an Lionardo, sicher will der Diener mich jetzt bis zum Ausgang begleiten. Also muss ich mir rasch was einfallen lassen, und so lege ich einen Taler auf der Tisch ohne dass er mich sieht. Dann lächel ich den Diener ganz unschuldig an und lass mich von ihm ins Erdgeschoss bringen, aber am Anfang vom letzten Korridor der zum Ausgang führt frag ich den Diener, sag mal, mein Geschenk für dich hast du das genommen oder nicht?, doch er versteht nichts und fragt, von welchem Geschenk redest du?, na hör mal, sag ich, das was ich für dich auf dem Tisch gelassen hab, denn der Signior Sekretarius hat mich für eine gewisse Arbeit sehr großzügig bezahlt und da wollt ich dir ein kleines Geschenk von einem Taler machen, wo du uns heut abend doch bedient hast, wir aus Fiorenza sind ja nicht undankbar. Kaum hat er gehört wieviel ich ihm auf dem Tisch gelassen dankt der Diener mir sehr und läuft schnell wie der Blitz zurück nach oben, aus Angst einer von seinen Kameraden könnt den Taler eher finden als wie er und ihn sich einstecken. Wie er die Treppe hinaufläuft rufe ich ihm mit lauter Stimme Gute Nacht hinterher dieweil ich das Tor vom Palazzo mit großem Getöse öffne und schließe dass er glaubt ich wäre rausgegangen, aber in Wirklichkeit bin ich drinnen geblieben, und von dem Moment an, Signior Padrone, bin ich heimlich im Palazzo vom Burkard, Salaì ist doch wirklich ein schlauer Bursche, nicht wahr? Jetzt wartet bitte, Signior Padrone, denn ich muss mir wieder die Augen ausspüln die mir noch immer saumäßig wehtun, verflucht soll er sein der Kerl mit den Beuleiern und zur Hölle soll er fahren.

Euer Hochwohlgeborenen stets demütig untertänig
Salaì

47.

Mein gütigster und erhabner Padrone,

wie ich sagte von dem Moment an kann ich mich im Palazzo vom päpstlichen Zeremonienmeister frei bewegen, aber die Gefahr ist groß denn wenn die Diener mich erwischen denken sie mindestens dass ich was stehlen will und schneiden mir die Klöten in Scheiben wie wenn's zwei hartgekochte Eier wärn.

Das einzige was mich interessirt ist die Studirstube vom Burkard zu finden, weil ich bin sicher dass ich dort etwas entdecke das mir hilft die ganze Geschichte um die Straßburger und um die Verleumdungen gegen den Papst zu verstehn, und vielleicht auch eins von den Büchern von diesem Diebold wovon mir Ciolek erzählt, kurzum praktisch alles was ich brauche. Um diese Zeit schlafen sicher schon alle und wenn ich nicht das Pech habe ausgerechnet dem Diener von eben in die Arme zu laufen, dann ist die Gefahr mit in Scheiben geschnittnen Klöten zu enden vielleicht nicht so groß, aber es ist wahrhaftig nicht leicht ohne Kerzen in diesem finstren verfluchten Palazzo herumzulaufen, zumal mir die Augen immer noch schmerzen. Den Speisesaal wo wir gegessen erinnre ich gut, also bin ich in die andre Richtung gegangen, denn da scheint's mir weniger gefehrlich jemanden zu treffen. Leider seh ich nicht die Hand vor Augen denn das Mondlicht was durch die Fenster fällt ist schwach, und nur zufällig merk ich dass ich am Zimmer vom Sander vorbeigehe, denn ich höre ein Aaah aaah aaaah, und erst erschrecke ich, doch dann sag ich mir, du Dummkopf, Salaì, das ist die Stimme vom Mägdelein die sich grad seinen Schwengel vornnimmt, braves Mädchen, man hört dass sie gut arbeitet, ja sogar dass sie übertreibt um Sander gehörig aufzugeilen, denn so hält sie ihn lange beschäftigt, und außerdem hilft er ihr vielleicht eine bessre Arbeit zu finden als wie die in der Herberge, wo man ihr wenig Geld gibt und sie sich plagt als wie ein Maulesel. Das ist nemlich auch der Grund warum die Magd mit mir zum Palazzo vom Sander gekommen, sie hofft dass der Schwengel vom Sander ihr als Brücke zu etwas Bessrem im Leben dient, aber ich habe sie gefoppt und gesagt, na, dann mach sie mal schön hart, diese Brücke, hahaha, sonst bricht sie zusammen wie die Flugapparate von meinem Ziehvater.

Im Palazzo herrscht eine pechrabenschwartze Finsternis die mir gehörig Angst einjagt, und das einzige was man von Zeit zu Zeit vernimmt ist das Gestöhn vom Mägdelein. Plötzlich streift mir was Warmes über die Hand, und fast schreie ich, aber es ist bloß die fette Katze vom Sander, verdammt was für ein Schreck, schon will ich ihr einen Tritt geben dann halte ich mich lieber zurück sonst miaut das Vieh und ich werd entdeckt. Ich bin durch viele Zimmer gegangen aber sie scheinen mir alle gleich, nemlich Möbel Stühle Gemälde und wieder Möbel Stühle Gemälde und so sag ich mir, das Zimmer vom Burkard kann nicht in diesem Teil hier sein, der ist zwar Straßburger, drum geht ihm die Kirche von Rom auf den Sack, aber immerhin hat er's bis zum Zeremonienmeister vom Papst gebracht, also muss das einer sein der um jeden Preis hoch hinaus will, man braucht sich ja bloß seinen Palazzo anzusehn, und bei dem Gedanken sag ich mir, Salaì, ich glaub du hast ins Schwartze getroffen und versuch sofort die Treppe zu finden wo in den Turm hoch führt. Da ist sie, ein sehr enges Treppchen das nach oben geht, bis zu einer Tür die versuch ich aufzustoßen, aber sie ist verschlossen. Ich kann Euch nicht sagen was das für eine Enttäuschung war, Signior Padrone, so dass ich schon gedacht hab, na gut jetzt geh ich nach Haus, aber dann ist mir ein zimlich genialer Gedanke gekommen, denn ich hab mir gesagt, was glaubst du wohl, Salaì, wer die Schlüssel zur Studirstube vom Burkard hat, wenn nicht sein Sekretarius? Bloß dass Sander sie in seinem Schlafzimmer haben wird, wo er grad mit der Magd vögelt, und da kann ich nicht rein sonst steckt er mich wieder nackt in die Truhe. Vielleicht hat er ja einen zweiten Schlüssel in seinem Studirzimmer, aber wer weiß wo das ist, und sowieso wird es eh verschlossen sein. Grad will ich sagen, ihr könnt mich alle mal, ich geh nach Haus, da hab ich eine noch bessre Idee, Signior Padrone, und Ihr müsst mir versprechen dass Ihr Euch dran erinnert wenn Ihr mich bezahlt, nemlich ich möchte um eine kleine Erhöhung bitten weil ich glaub die hab ich verdient. Sogleich bin ich sehr leise in den Saal gelaufen wo wir gegessen haben, und auf dem Boden unter dem Stuhl vom Sander liegt noch sein Hausrock der ihm runtergefallen ist wann er mit der Magd Ferkeleien gemacht, und der Diener hat den Rock nicht gesehn, drum liegt er noch da. Ich steck die Hand in die Taschen, und wirklich, da gibt's ein paar Schlüssel zwei große und zwei kleine und ich sage mir, da hab ich aber Schwein gehabt. Wie ich in den Turm zurückgehe und die Treppe hochsteig hört die Magd auf zu schrein, aber vielleicht nur deswegen weil sie den Schwengel vom Sander gerade im Mund hat, hoffentlich wird sie mir nicht so bald müde, denke ich, denn ich brauch sie noch eine ganze Weile.

Jedenfalls hab ich bei der verschlossnen Tür erst einen Schlüssel probirt dann einen andren und schließlich klack, da hat sie sich geöffnet, und ich denke, hoch lebe Fiorenza, Signior Padrone, und geh hinein.

War nur ein einzelnes Zimmer ganz hoch oben an der Spitze vom Turm und hat Fenster an allen vier Seiten und platzt aus allen Nähten von Papieren und Büchern und Kisten wo gewiss auch haufenweise Papiere und Bücher drin sind. Durch die Fenster sieht man die Dächer von Rom, und ich denk, hier draußen muss diese Schrifft ARGENTINA sein, die war's nemlich, Signior Padrone, die mich auf die geniale Idee gebracht hat dass ich in den Turm raufgehen muss um das Zimmer vom Burkard zu finden, denn einer der hoch hinaus will im Leben, wo glaubt Ihr wohl schafft der die Papiere von seiner Arbeit hin, wenn nicht auch ganz nach oben? Wirklich hat er ja auch draußen an die Mauer ARGENTINA hingeschrieben, als wollte er sagen, meine lieben römischen Arschlöcher was glaubt ihr wer ihr seid? Hier oben hab ich ein Stück Straßburg hingebaut dass ihr euch schwartz ärgert. Dann hab ich angefangen in den Büchern zu suchen die überall herumliegen um eins von Diebold zu finden und dabei ~~reklfek reflket rflk~~ überlege ich, dass es ein recht großes Buch sein muss wenn es Bilder hat wie Ciolek sagt, und wirklich, nachdem ich ein paar Minuten zwischen den größten Büchern die auf einem hohen Regal stehn gesucht, schlag ich eines auf und ist voll mit bunten Bildern, nur dass man in der Dunkelheit einen Dreck sehn kann also hab ich's nah ans Fenster gelegt, und sieh mal einer an, wie ich ein oder zwei Seiten umgeblättert hab kommt mir dieses Bild unter die Augen:

Verflucht nochmal, Signior Padrone, was für einen Schreck hab ich gekriegt, und ich sag mir Donnerwetter das ist ja wirklich und wahrhaftig der echte Teuffel, siehst du Salaì, es ist genau so wie du gedacht, diese Straßburger die halten's mit der Hölle, und dann hab ich genauer hingeschaut und gesehn dass neben der Figur mit den Hörnern geschrieben steht es ist Moses, aber wer traut schon diesen Straßburgern, die lügen doch dass sich die Balken biegen. Dann schau ich vorne im Buch nach und lese wie ich's mir schon gedacht dass es von Diebold Lauber gemacht wurd. Aha! sage ich mir, siehst du wohl, ein echter Treffer.

Ich mach ein Kreuzzeichen und suche weiter hier und da in den Papieren vom Burkard, denn am Himmel hat's nicht mehr viele Wolken und das Mondlicht ist nicht mehr so schwach, und mittlerweile seh ich besser weil meine Augen haben sich an die Dunkelheit gewöhnt.

Erst wühl ich zwischen einem Packen Briefe, alle auf Teutsch geschrieben, na Gutenacht denke ich, und wer soll die lesen? Dann finde ich noch mehr Papierkram, nemlich Tabellen Hefte Notizen und lauter Sachen von denen ich keinen Schimmer kapire, bis ich einen dicken Packen Aufzeichnungen entdeck auf dem geschrieben steht:

JOHANNIS BURCKARDI
CAPELLE PONTIFICIE
MAGISTRI CEREMONIARUM
LIBER NOTARUM

Und ich erinnre mich ganz genau, Signior Padrone denn es ist leicht zu verstehn weil es auf Italienisch fast das gleiche ist, nemlich: Libro di note de Giovanni Burcardo Maestro di Cerimonie de la Cappella Pontificia, also Notizbuch von Johannes Burkard, Zeremonienmeister der Päpstlichen Kapelle. Aha! hab ich mir gesagt, das ist interessant, weil das ist ein Tagebuch über alles was der Burkard als Zeremonienmeister vom Papst macht, und wo der Burkard ja auch einer von diesen Straßburgern ist, wär's doch gelacht wenn ich hier drin nicht was finde was mir hilft mich aus diesem grässlichen Schlamassel rauszuziehn in den ich hier in Rom geraten. Also fang ich an zu lesen und seh es ist wirklich eine vollständige Liste von all den Zeremonien wo man in San Pietro und den andren Kirchen von Rom für den Dienst am Papst macht, aber das ist totlangweilig, nemlich da gibt's nichts Böses gegen den Papst und auch nicht gegen seine Neffen also Cesare und Lucrezia, und nicht mal was Gutes über Straßburg oder die Alemannen, nein da werden nur Jahr für Jahr und Monat für Monat alle öffentlichen Zeremonien also Messen, Prozessionen Empfänge von Botschaftern und Missionen der päpstlichen Nunzien beschrieben, und dann das was der Papst mit dem Kaiser dem König von Frankreich und dem von Spanien geredet, und es fängt an im Jahr 1483, also vor achtzehn Jahren, und die Kapitel sind nach Jahren unterteilt, also 1483 dann 1484 1485 1486 etcetera, kurzum alles Zeugs aus der Politik was für mich, wie ich Euch schon gesagt habe, Signior Padrone, bloß unverständliches Geschwafel ist, erstens weil's mich langweilt und zweitens weil ausgerechnet Lionardo mir was davon beibringen wollt, der selbst dümmer ist als wie ein blindes und taubstummes Rindvieh, und darum krieg ich bei der Politik immer nur das Gähnen, und zwar schlimmer als wenn ich mit einer Frau reden muss nachdem ich's ihr grad besorgt und müde bin.

Ich hab dann noch ein bisschen in dem Tagebuch herumgeblättert und will grade sagen, jetzt scheint's mir fast Zeit zu gehen, wo ich im Palazzo vom Burkard eigentlich schon mehr Glück gehabt hab als Verstand, da fällt mein Blick auf das Jahr 1494, also vor sechs Jahren, und ich denke, oha, ist das nicht das Jahr wann der spanische Poggio ermordet wurd, der Mitarbeiter vom Burkard? So krieg ich Lust zu prüfen ob in seinem Tagebuch davon die Rede ist, und ich fange an vorn und hinten zu suchen, ich sag Euch, das war eine Mühe denn bei der Schrifft vom Burkard kapirt man keinen Dunst und ist eine

Sauarbeit das kann ich Euch sagen, und außerdem mag das Mondlicht ja sehr schön sein wie Dorothea sagt aber zum Lesen taugt es grottenschlecht. Naja, nach langem Suchen find ich endlich diese Nachricht, und lautet mehr oder weniger so: «Am achtzehnten Tag im November ward Giovanni Maria de Podio, Messdiener der Zeremonien und mein Amtsbruder, im Morgengrauen von seinem Diener, dem Piemonteser Tomaso, durch vier Hiebe mit der scharfen Seite eines Beils elendiglich erschlagen, Gott sei seiner armen Seele gnädig.»

Die Geschichte scheint wahr und getreu den Tatsachen, weil so hab ich sie ja auch gehört, aber Burkard hat sie auf eine Weise geschrieben die mir wirklich sonderbar erscheint, denn dieser arme De Podio oder spanische Poggio war ja immerhin sein Kamerad und hat er mit ihm im selben Amt für den Papst gearbeitet, und wer weiß wieviele tausendmal sie zusammen gelacht oder gegessen, und trotzdem hat Burkard den Tod von seinem Amtsbruder in dürren zweieinhalb Worten aufgeschrieben wie wenn seine Katze gestorben wär und nicht ein Mensch und sein alter Gehilfe. Noch sonderbarer ist eine kleine Notiz die Burkard neben die Meldung geschrieben hat, und um sie in diesem vermaledeiten Dunkel entziffern zu können hab ich mir die Augen verdorben die mir sowieso schon mörderisch wehtun:

Poggius Mercurio detur

Da hör ich ein Geräusch das kommt vom Korridor unter mir, und ich denke, wenn man mich hier mit diesen Sachen in Händen findet bin ich geliefert, und ich spitz die Ohren ob jemand die Treppe raufkommt, aber nichts gottseidank, Scheiße was für ein Schreck, und sag ich mir, mein guter Salaì, jetzt verkrümelst du dich lieber, sonst steckst du hier in diesem Turm in der Falle als wie ein Trottel. Wie ich aufstehe stoß ich gegen einen Haufen Blätter der sowieso kurz vorm Runterfallen war und ist dann auch gefallen, und ich heb ihn auf, aber wann ich mich bück tret ich auf ein paar von den Blättern und sehe, dass der Abdruck von meinem Schuh darauf geblieben ist. Also leg ich ein Blatt auf den Schreibtisch und versuche es mit dem Ärmel von meiner Jacke sauber zu machen und stoß dabei gegen ein Tintenfass, wer zum Henker konnte wissen dass es da steht, und ich mache einen Tintenfleck auf das Blatt und auf ein paar andre die darunter liegen. Hölle Tod und Teuffel, was für ein verfluchtes Pech, Signior Padrone, das ist jetzt der Beweis dass jemand heimlich ins Studirzimmer vom Burkard gekommen ist und hat diese Papiere gesehn, also sag ich mir Mist, weißt du was du tust Salaì? Du lässt die Blätter einfach verschwinden, dieses Zimmer vom Burkard ist sowieso ein Schweinestall mit all der Unordnung, und vielleicht denken Sander und sein Padrone wenn sie diese Papiere nicht finden sie wären irgendwo mitten in dem ganzen Wust verrutscht.

Also stopf ich mir die Blätter in die Hosen, schließ die Tür vom Turmzimmer leise ab und schleich sofort die Treppe runter und komm in die Korridore von den unteren Stockwerken. Hier merk ich dass ich mich nicht geirrt hab denn da ist wirklich jemand der von einem Zimmer ins andre geht und scheint der Rundgang von einer Wache zu sein, denn der Mann öffnet und schließt die Türen und geht hierhin und dahin ohne einen Augenblick stehnzubleiben. Kaum hör ich wie die Schritte sich entfernen denke ich, jetzt los, das ist der Moment, und gehe den Hausrock von Sander an seinen Platz zurücklegen, nemlich auf den Boden im Speisezimmer, dieweil ich zur Jungfrau Maria bete dass Sander nicht schon vorbeigekommen ist um den Rock zu suchen.

Dann geh ich auf den Ausgang zu aber auf Zehenspitzen also mucksmäuschenstill, damit keiner mich hört. Ein schönes Stück komm ich wirklich gut voran, nemlich ohne auch nur das kleinste Geräusch zu machen, aber bei all dem Dunkel ringsum seh ich nicht wo ich die Füße hinsetze, und so stößt mein linker Fuß gegen eine Vase mit Blumen oder irgendeiner blöden Pflanze die umfällt und macht einen Heidenlärm, und ich denke, jetzt kriegen sie mich und gehe weiter aber eher schnell als leise, und ich weiß nicht ob ich's geträumt hab aber mir scheint die Schritte von eben kommen näher. Dann tret ich gegen was Weiches und höre dass es lebendig ist und hab erst furchtbar Angst, aber dann fällt mir ein es ist die dämliche Katze von Sander, und da trete ich ein paarmal kräftig nach links und rechts und wie ich's gehofft hab treff ich das Vieh, es macht Miaaauuuu, und jetzt werden alle denken dass sie es war wo die Vase mit der blöden Pflanze umgeworfen hat. Dann lauf ich weiter so leise ich kann und plötzlich hör ich eine Stimme die sagt, was machst du denn hier? Also haben sie wohl die Katze erwischt und ihr das Fell über die Ohren gezogen, dieweil ich schneller als wie ein Rennpferd die letzte Treppe bis zum Erdgeschoss runterlauf, und wann ich am Eingang vom Palazzo des Burkard ankomm stürz ich wie ein Irrer auf die Straße und hör nichtmal mehr den Lärm vom Tor das ins Schloss fällt, denn vorhin als ich so getan als ob ich es zumach, hab ich bemerkt dass das Tor zum Glück sehr alt ist, und wenn du's nicht mit einem kräftgen Schwung schließt dann geht es nicht zu. Und ich war schnell wie der Blitz, Signior Padrone, ohne zu wissen wohin, und habe nur gehofft dass mir keiner aus dem Palazzo Burkard folgt und dass sie bloß der Katze das Fell über die Ohren ziehn, und werd erst langsamer als ich keine Luft mehr hab, danach kann ich nur noch gehen weil ich einen Schmerz in den Lungen spür und könnt fast umfalln vor Müdigkeit, aber Umhimmelswillen stehnbleiben tu ich nicht, denn ich denk an das was mir passirt ist, nemlich den Überfall beim Wirtshaus de la Campana, und blöd bin ich nicht, nein, wo die Straßen menschenleer sind, und diesmal hätt ich keine Dorothea die mich rettet.

Wann mir am Ende die Zunge raushängt und ich gar keine Luft mehr kriege, ist mir plötzlich wie wenn ich diese Straße kenn, und ich schau mich um und sehe dass ich fast bei unsrer Herberge angekommen bin, gottseidank denn ich hab wirklich keine Kraft mehr in den Beinen.

Ich hab aber immer noch sehr große Angst drum sag ich mir, weißt du was, du gehst ins Zimmer von Lionardo, denn wenn jemand in den vergangnen Tagen gesehn hat dass wir die Zimmer getauscht dann legst du ihn jetzt nochmal rein.

Wie ich ankomm mach ich nicht mal die Tür zu und setz mich gleich auf Lionardos Bett und sage mir, so, jetzt bin ich gerettet, der Burkard kann mich mal kreuzweise, und endlich hol ich ein wenig Luft und zieh mir die Schuhe aus wo die Füße bestialisch stinken, weil ich vor Angst so stark geschwitzt hab, und grad in dem Moment, Signior Padrone, seh ich aus dem Augenwinkel eine Hand die durch die Tür kommt.

Au, die Augen tun mir wieder weh, wartet, ich muss sie ausspülen gehn, denn nach allem was passirt ist wird mir das gut tun.

Euer treuer und gehorsamer
Salaì

48.

Mein ehrwürdiger und guter Padrone,

praktisch ohne mich nichtmal umzudrehn seh ich aus dem Augenwinkel die Hand durch die offne Tür, also hab ich nicht lang überlegt und geb der Tür einen starken Stoß und das ~~Indivvid Indivio Indvdi~~ der Kerl der die Hand reingesteckt hat brüllt vor Schmerz, weil die Tür ist ihm gegen die Schulter geschlagen. Wie er schreit scheint mir dass ich die Stimme kenne, aber bei der Angst die ich hab seit dieser Dieb mich damals fast kaltgemacht, denk ich diesmal nicht eine halbe Stunde nach bevor ich was tu, und so habe ich mit aller Kraft versucht die Tür zuzustoßen. Aber der andre wehrt sich, nemlich er geht nicht weg und ruft auch, sag mal, bist du blöd?, und schiebt ein Bein durch die Tür und tritt mir auf den Fuß und drückt mit seinem ganzen Gewicht gegen die Tür, und wie ich versuch mich vor ihn zu stellen um ihn aufzuhalten fällt er praktisch auf mich drauf, und so stürzen wir beide zu Boden und er reißt mich an den Haaren, aua, und wann er mich packt sagt er, bist du jetzt vollends verlottert dass du mich nicht mehr erkennst?, und ich sehe dass er wirklich ein zimlich bekanntes Gesicht hat, nemlich das von einem Alten von vielleicht fünfzig Jahren, und am Ende, Signior Padrone, war's die Stimme die mich überzeugt hat, und hab erkannt dass es Lionardo war aber ohne Bart und Haare.

Wann wir aufstehn und uns umarmen, ich wie ein Sohn und er wie ein Vater, sage ich, was zum Teuffel fällt Euch ein einfach zu verschwinden, Ihr habt mir eine furchtbare Angst eingejagt (aber das stimmte überhaupt nicht, Signior Padrone, denn ich wusste sowieso dass er früher oder später zurückkommen würd, wo er doch ohne mich verloren ist als wie ein Fisch auf dem Trocknen).

Ach mein Junge, es war furchtbar, fangt Lionardo an, aber ich war tapfer und hab alles ergeben ertragen, denn diese Ungläubigen müssen wissen dass wir Christen auch Helden sein können und zweimal tapferer sind als sie, und von Anfang an wusst ich, ich würde auch diese Prüfung überstehn, und wirklich, mein lieber Salaì, hier siehst du mich, denn der liebe Gott hat meinen Wunsch erhört dass ich in deine Arme zurückkehren möcht, mein geliebter Sohn, und in christliche Lande, damit Jesus und die Jungfrau Maria uns beschützen mögen. Und in dem Moment, denkt bloß, Signior Padrone, da macht Lionardo ein Kreuzzeichen und ist ihm sogar eine Träne entwischt.

Ich versteh aber nicht die Bohne wovon er redet und schau bloß auf den Bart und die Haare die nicht mehr da sind, aber ohne sie sieht Lionardo nicht mehr aus wie einer der immerfort kluge und schwierige Sachen denkt, von wegen, er hat sogar einen etwas blöden Blick und scheint fast ein ganz gewöhnlicher Mensch und beileibe kein großer Geist nicht wie so viele sagen. Ich frage ihn, sagt mir Vater, was zum Henker habt Ihr mit Euren Haaren und dem Bart gemacht? Stell nicht so dämliche Fragen, Salaì, antwortet er, die haben mir die Türcken abgeschnitten, ist doch klar, oder?

Und wie ich die Augen aufreiße und frage, was redet Ihr da? Was ist Euch geschehn? da scheint er überrascht wie wenn ich das alles schon wissen und verstehen müsst was er gesagt, und er schaut mich nicht direkt an sondern sucht mit Blicken irgendwas hinter mir im Zimmer. Plötzlich bleiben seine Augen an einem Tischchen kleben wo immer seine Sachen liegen, nemlich Zeichnungen Briefe verschiedne Papiere etcetera, und werden groß vor Staunen, und ohne mit dem Reden aufzuhören fängt er an eine Art Tanz aufzuführn um an das Tischchen ranzukommen, aber so dass es nicht wie Absicht aussieht also ohne zu zeigen was er tun will und derweil sagt er, mein lieber Salaì, gar nichts hast du verstanden, die Haare und den Bart hab ich mir selber abgeschnitten, was ist daran so seltsam? Und in Wahrheit bin ich weg aus Rom weil ich ein bisschen Zeit zum Nachdenken brauchte, denn in den Tagen davor hab ich viele Dinge erfahren, und die wollte ich auf exakte Weise untersuchen wie alle Männer der Wissenschafft es tun welche nach der neuen Metode der spekulativen Vernunft zu denken verstehn blablabla etcetera, kurzum Lionardo schwadronirt einfach drauflos wie immer wenn er nichts Genaues sagen will, und ich nicke und sag, aha gewiss natürlich klar, ich versteh Euch ganz genau, mein Vater, und er macht weiter, mein allerliebster Sohn, wie ich dir schon sagte, der wahre Grund warum ich in diesen Tag fort war ist dass ich über diese Dinge nachdenken wollt und auch über viele Probleme der Matematik und der Geometrie und über die Teorie der flüssigen Stoffe nemlich die Gewässer und die Luft, denn das könnte mir auch nützlich sein um neue Apparaturen zu entwerfen womit man Krieg führen kann indem man unter dem Meer hindurchfährt und auch um neue fliegende Geräte zu bauen, aber heute ist es zu spät um dir davon zu sprechen, also erzähl ich dir vielleicht morgen alles, jetzt möchte ich im Gasthaus de la Vacca etwas essen und dann ins Bett gehn, denn ich bin totmüde, verstehst du? Und er hat mich am Arm genommen um mich aus seinem Zimmer zu führen. Nun mag ich ja ein Igniorant sein, Signior Padrone, aber ein Trottel bin ich nicht, und so hab ich verstanden dass Lionardo was hinter meinem Rücken tun will, und mit den dreißig Jahren die ich jünger bin als er hab ich ihn reingelegt, denn hastdunichtgesehn dreh ich mich um und lauf vor ihm zu dem Tischchen wo mein Ziehvater immerfort aus dem Augenwinkel hingestarrt und nehm das Blatt das oben drauf liegt, und hier unten zeig ich's Euch:

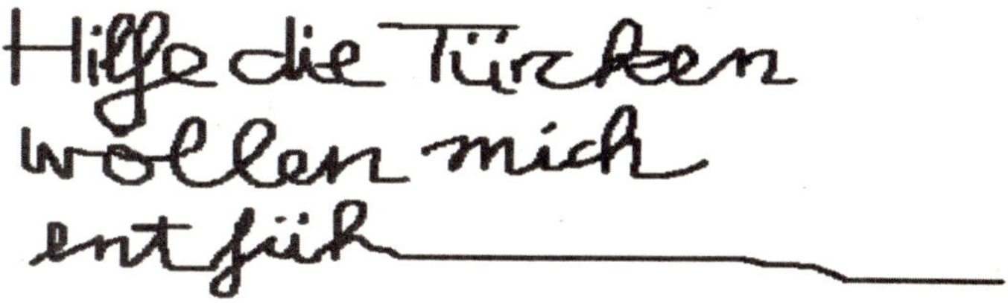

Kaum hab ich diesen Satz laut vorgelesen ist Lionardo vor Schreck erstarrt denn mein Gesicht hat ihm verraten was er schon geahnt nemlich dass ich den Satz zum ersten Mal lese.

Dann stehn wir uns gegenüber und sind still, und es liegt in der Luft dass Lionardo mir jetzt sagen muss was er wirklich all die Zeit gemacht die er nicht in Rom war und was zum Henker die Türcken damit zu tun haben.

Es gefällt mir überhaupt nicht wenn ich für dumm verkauft werde, Signior Padrone, darum hab ich gesagt, entschuldigt, mein Vater, wo Ihr sagt dass Ihr totmüde seid erinnert Euch das an etwas? Wann der Dieb in Euer Zimmer gekommen der mich fast umgebracht hätt, sind einige von Euren Papieren verschwunden die Ihr dann nicht mehr gefunden habt. Ja natürlich erinnre ich mich, sagt Lionardo mit einem besorgten Flackern in den Äuglein. Nunja Vater, red ich weiter, diese Papiere hab ich glaube ich gefunden. Und ich zeig ihm die Zeichnung von der Brücke die ich nach dem Besuch beim armenischen Priester in sein Zimmer zurückgebracht hatte. Er reißt sie mir aus der Hand und ruft, aber wo haben die denn gesteckt verflucht nochmal? Nun, Ihr müsst wissen, Vater, ich hab sie gleich nach dem Diebstahl in ein Buch gelegt, aber mich erst wieder dran erinnert wann Ihr aus Rom fortgegangen und verschwunden ward, es ist die Zeichnung von einer Brücke und sie gefällt mir sehr, erklärt Ihr mir jetzt wozu sie dient? Außerdem ist in der Zeit wo Ihr fort ward einer gekommen von dem Ihr eine Landkarte der Türckei gekauft und hat sie Euch gebracht, und genau die ist's die mich wann sie gebracht wurd dran erinnert hat wo ich die Zeichnung mit der Brücke hingesteckt hatt.

Statt sich über meine Frage zu freuen bleibt mein Ziehvater stumm und steht er da mit einem Gesicht als wenn der Wundarzt ihm nach der Untersuchung gesagt hätt, ach übrigens, mein lieber Lionardo, du hast ein schönes Geschwür an der Leber eins im Gehirn und obendrein ein recht dickes am Schwanz und heut nacht wirst du sterben.

Nein jetzt ist aber Schluss Vater! schrei ich ihn da mit böser Stimme an, Ihr müsst mir endlich alles erklären, und dann frag ich ihn warum er diesen Hilferuf geschrieben und in seinem Zimmer gelassen hat, nemlich Hilfe die Türcken wollen mich entführen, denn man sieht sowieso genau dass er falsch und sogar lächerlich ist. Dann sag ich ihm dass er mir endlich erklären soll warum er tagelang aus Rom verschwunden ist und diese Karte von der Türkei gekauft und diese Zeichnung von einer Brücke gemacht hat, denn ich konnt ja nicht so tun als wenn's all diese Dinge gar nicht gibt, und es stimmt zwar dass ich nur sein Stiefsohn bin, aber trotzdem muss ich wissen was zum Teuffel er treibt, denn die Schurken denen er mit seinen Forschungen auf die Klöten geht die haben mich zweimal schon fast kaltgemacht, nicht ihn.

Erst versucht Lionardo sich zu wehren und redet einen Haufen Blech, nemlich Salaì, sei nicht so frech, denn ich bin dein Vater, nicht umgekehrt, du musst mich respektiren und ich kann dir nicht jede Kleinigkeit von mir erzählen also halt jetzt den Mund und gib mir das Blatt was auf dem Tischchen lag. Aber ich antworte ihm wie er's verdient, mein lieber Vater, ich mag ja mehr oder wenger Euer Sohn sein, aber im Hirn hab ich nun wirklich keine Schafskacke, und wenn Ihr mir nicht die Wahrheit sagt dann schwör ich, ich geh sofort nach Fiorenza zurück und lass Euch bis zum Hals in der Scheiße stecken, verstanden?

Und so lässt Lionardo der nemlich immer Angst hat allein zu sein die Katze aus dem Sack, und erzählt mir die Wahrheit obgleich klar ist dass er überhaupt keine Lust dazu hat weil er schämt sich, und obendrein macht er noch eine lächerliche Figur.

Kurz gesagt ist es im Grund so gelaufen: Lionardo hält's nicht mehr aus hier in Italien am Hungertuch zu nagen und will anfangen ordentlich Geld zu scheffeln und endlich geschätzt werden als wie er's verdient, nemlich mindestens so wie seine Freunde die andren berühmten Baumeister zum Beispiel Bramante Sangallo etcetera. Aber wo alle ihn behandeln als wär er Luft hat er sich gedacht er probirt mal dem Sultan von Konzstantinopel seine Dienste anzubieten, denn er hat erfahren dass die Türcken Erfinder und Baumeister suchen um viele Gebäude zu baun, Palazzi und militärische Festungen und vieles andre mehr wofür die Baumeister einen Batzen Geld bekommen. Also hat mein Ziehvater in den letzten Monaten praktisch die ganze Zeit mit Männern vom Sultan verhandelt und denen versprochen die Brücke über den Bossporus zu bauen von der ich die Zeichnung gefunden, und dass er wenigstens zwei volle Jahre beim Sultan bleibt. Mittlerweile war eine Abmachung getroffen, sagt Lionardo, nemlich es sollte ein Treffen geben am Hafen von Civita Vecchia nahe bei Rom wo das Schiff von einem Venezianer der insgeheim im Dienst der Türcken steht weit vor der Küste warten und eine Schaluppe schicken wollt um Lionardo einzusammeln, und das Schiff sollt ihn heimlich nach Konzstantinopel bringen wo er dann in den Dienst des Sultans aufgenommen wird. Und darum hat Lionardo auch bevor er Fiorenza verließ seine Sachen bestellt, also Geld Bücher und viele andre Dinge so geordnet wie wenn er für lange Zeit wegbleiben müsst. Lionardo wollte nemlich überhaupt nur nach Rom gehn um in Civita Vecchia das Schiff zu nehmen und zum Sultan zu fahren. Wann wir in Rom angekommen sind hat er sich, als er das erste Mal verschwand mit den Männern vom Sultan in Rom getroffen. Dann ist er wieder fort um nach Civita Vecchia zu fahren und sich einzuschiffen. Aber bevor er nach Rom gegangen ist, hat er außerdem auch noch den Auftrag angenommen diese Nachforschung für den Valentino zu machen, denn bei dem Pech was Lionardo immer hat kann man nie wissen was ihm passiren wird, und das ist wirklich der einzige vernünftige Gedanke den Lionardo gehabt, wie ich Euch gleich erklären werd.

Wo mein Ziehvater die fixe Idee hat er wäre berühmt und glaubt dass alle wissen wer er ist, hat er sich sogar die Haare und den Bart abgeschnitten damit man ihn auf der Reise nach Konzstantinopel nicht erkennt. Dabei waren ihm seine Haare über die Maßen lieb, ja er fand sich so schön dass er gerne Bilder von sich selbst gemalt, und dann hat er sich sogar vor den Porträts einen runtergeholt, aber jetzt werden die Haare mindestens drei oder vier Jahre brauchen um wieder so lang zu werden wie vorher, drum stellt Euch mal vor wie hundsmiserabel er sich wohl gefühlt hat als es ihm dämmerte dass die Schaluppe niemals ankommen würd.

Bevor er zum zweiten Mal aus Rom verschwand hat mein Ziehvater in seinem Zimmer den Zettel mit der Aufschrifft, Hilfe die Türcken wollen mich entführen, zurückgelassen, damit alle glauben er wär von den Männern vom Sultan gefangengenommen worden, und hat den Zettel so geschrieben, denkt bloß, Signior Padrone, was für eine lächerliche Idee, wie wenn die Entführer ihm die Feder aus der Hand gerissen hätten und ihm keine Zeit mehr geblieben wäre die letzten Buchstaben zu schreiben. Jedenfalls hoffte er wann ich, Salaì, den Zettel find, würd ich allen sagen, Hilfe, Hilfe, man hat Lionardo entführt! und wenn er aus Konzstantinopel zurückkommt würde ihn keiner einen Verräter nennen, sondern alle würden sagen, armer Lionardo, zwei Jahre lang war er Gefangener der Türcken, und man würde ihn ein bisschen besser behandeln als wie zuvor.*

Aber Lionardo hat den Zettel auf ein Tischchen gelegt wo ich nie hinschau denn da bewahrt er immer all seine Zeichnungen auf von den Apparaten wo nicht funktioniren und die mir schon zum Hals raushängen so gut wie ich die kenne, also hab ich nichts gesehn wann er nach Civita Vecchia abgereist war und hab auch kein Aas zu Hilfe gerufen.

In Civita Vecchia ist mein Ziehvater endlos viele Tage geblieben und hat gewartet und gewartet wie ein Blöder bis er kapirt hat dass der Sultan ihm nicht traut oder jemand Besseres gefunden hat (was mich zimlich wahrscheinlich dünkt, Signior Padrone) und dass es Essig ist mit der Schaluppe und man ihn reingelegt hat, und so ist er nach Rom zurückgefahren. Wann er bei der Herberge ankommt glaubt er ich hätt den Zettel mit dem Satz, Hilfe die Türcken wollen mich entführen gelesen, aber wie wir miteinander sprechen merkt er dass ich ihn nimmer nicht gelesen hab und von den Ungläu-

* Auch hier lügt Salaì nicht. Wie der große Islamist F. Babinger in den 50er Jahren des letzten Jahrhunderts herausfand, bot Leonardo dem Sultan Bayazid II. wirklich an, die Brücke über den Bosporus zu bauen und andere Arbeiten auszuführen.

bigen von denen er spricht nichts weiß. Dieweil er redet und hinter mich schaut entdeckt er den Zettel und versucht ihn an sich zu nehmen, aber wie üblich stellt er sich saublöd an und ich bin früher bei dem Zettel als er. Und wie er sowieso schon von was andrem redet, nemlich auf einmal will er nicht mehr sagen dass er von den Türcken entführt wurde sondern aus Rom verschwand um zu studiren und nachzudenken, da hab ich sofort kapirt dass er Stuss erzählt und nicht mehr weiß was er tun soll, denn sein ganzer Plan dass er in den Dienst der Türcken treten wollt ist aufgeflogen, ohne dass er's überhaupt gemerkt hat, und das sind eben Sachen die solchen Pechvögeln wie ihm alle Naslang passiren.

Dann mach ich eine sehr entrüstete Miene und sage, aber hört mal, Vater, im letzten Jahr seid Ihr nach Venedig gegangen um die Bollwerke gegen die Türcken zu verstärken, und jetzt wollt Ihr in den Dienst des Sultans treten? Und wo er nichts zu antworten weiß, fängt er wieder an zu schreien, sei still Salaì, blöder Hund, was weißt du schon von diesen Dingen der Politik, und ich hab dir meine Angelegenheiten bestimmt nicht erzählt um mir die saudumme Meinung eines Ignioranten wie dir anzuhören. Außerdem erzählt auch Michelangielo überall herum dass er für den Sultan arbeiten gehn will, und wenn er, der ein Hornochse ist und nichtmal den Pinsel gerade in der Hand halten kann, das tut, warum dann nicht auch ich?* Ja, Vater, aber an mich habt Ihr nicht gedacht, Ihr wolltet mich sogar allein und ohne einen Heller in Fiorenza zurücklassen, und da antwortet er, aber nein, aber nein, was glaubst denn du, gewiss hätte ich dir Geld

* In seinen Lebensläufen der berühmtesten Maler, Bildhauer und Architekten (1550) berichtet Vasari tatsächlich, dass Michelangelo die Absicht bekundete, in den Dienst des Sultans zu treten.

von Konzstantinopel geschickt, denn dich vergesse ich doch nicht, mein Sohn, wo du immer in meinem Herzen bist. Kurz und gut, das übliche Gewäsch was Lionardo immer loslässt wenn er sich einschmeicheln will. Und außerdem, sagen wir's freiheraus, Signior Padrone, wer glaubt schon an Versprechungen von einem wie Lionardo der sich nichtmal erinnert wieviel Geld er am Abend zuvor in der Tasche hatte? Obendrein will er ja nicht nur Fiorenza sondern auch die ganze Christenheit verraten um den Türcken zu helfen und mehr Geld zu verdienen, und hier, Signior Padrone, lass ich Euch und die andren Signiori der Stadt Fiorenza entscheiden ob das alles gut ist oder schlecht. Aber vielleicht kann man ihm verzeihn, denn meiner Meinung nach wird ihm jetzt wo er alt ist das Gehirn weich und fängt er an zu spinnen und Unfug zu machen wie alle Alten, und drum merkt er womöglich gar nicht was er anrichtet grad so wie Kinder und Idioten.

Da sag ich, denkt nur Vater, ich hab geglaubt Ihr seid aus Rom verschwunden wegen Paride Grassi der Euch gesagt hat der Valentino will bald Ergebnisse von Euren Nachforschungen haben, und darum habt Ihr Angst denn nichts habt Ihr in der Hand, und der Valentino wird Euch fertigmachen, und außerdem ist bei der Zigeunerin die Karte mit dem Aufgehängten rausgekommen, und darum hab ich gemeint Ihr hättet mächtig Schiss gekriegt und würdet Euch schon in die Hosen machen, nun denkt bloß wie falsch ich mit all dem gelegen bin.

Lionardo ist feuerrot vor Scham und Wut und will mich zur Hölle schicken, aber er hält den Mund, denn den Bock hat er ja geschossen, nicht ich. Ihr müsst wissen dass Grassi Euch in zwei Tagen dreimal geschrieben hat, warne ich ihn, und sagt er will Euch sofort sehen.

Da platzt Lionardo endlich vor Wut und schreit, was bildet

sich dieses Arschloch Grassi eigentlich ein, dass man eine so schwierige Nachforschung wie die meine einfach so nebenbei erledigt wie eine Madonna mit Kind zu malen? (in Wirklichkeit braucht Lionardo immer ewig lang um seine Bilder zu malen, und sonderlich bei den Madonnen dauert's, und wenn einer ihm einen Auftrag gegeben ist er das Warten bald leid und entzieht ihm die Arbeit wieder). Aber wenn Grassi unbedingt will, sagt Lionardo, na gut, morgen treffen wir ihn, denn damit das klar ist, ich hab gewiss keine Angst davor mit ihm zu reden.

Unterdessen hat Lionardo mir ins Gesicht geschaut und gesehn wie mich der Mensch mit den verbeulten Eiern zugerichtet hat und sagt, verflucht noch eins, Salaì, was ist dir zugestoßen? Nichts, mein Vater, ich hab mit einem gestritten wegen einer Sache da ging's um Pferde. Dann fragt er mich, warum bist du in mein Zimmer gegangen? Ganz einfach, sage ich, ich hatte Angst dass in meins einer kommt um mich abzumurksen, und Lionardo fragt, warum denn, was ist passirt wie ich fort war? Oh ein Haufen Sachen und gleich erzähl ich Euch alles.

Wo Lionardo jetzt zimlich beschämt ist wegen dem ganzen Mist den er gemacht und gesagt, erzähl ich ihm die nächste halbe Stunde alles was passirt ist nachdem er aus der Herberge fort war, nemlich den Besuch im Wirtshaus de la Campana mit den betrunknen und verrückten Teutschen, den Überfall von dem Unbekannten der nach Zwiebeln stinkt und die Begegnung mit der scharfen Teutschen die ich sogar heiraten wollt, wie heißt sie noch gleich, ach ja Dorothea. Dann erzähl ich ihm dass ich die Germania von Tacitus gelesen und meine sie ist ein genialer Spaß von Poggio Bracciolini den er sich ausgedacht hat um zu kapiren ob derjenige der das liest ein Schwachkopf ist oder nicht, weiter dass ich die

Teutschen belauscht bei ihrer Versammlung in der Hütte wo all die Bücher vom Vater von Dorothea herumstanden, dass ich fast entdeckt worden wär und mir die kleine Dienstmagd von Dorothea geholfen hat etcetera. Dann erzähl ich von dem Besuch im Haus von Burkard und von allen Dingen die ich da drinnen entdeckt, aber die Geschichte von der Magd die mit Sander vögelt dieweil ich nackt in der Holztruhe sitz die hab ich ausgelassen, weil wer weiß wie Lionardo mir dann den Marsch geblasen hätt.

Mein Ziehvater scheint sehr interessirt an der Notiz die ich im Tagebuch vom Burkard neben der Nachricht vom Tod des spanischen Poggio gelesen hab, also Poggius Mercurio detur, und er fragt mich, Salaì, was zum Teuffel bedeutet das deiner Meinung nach? Mein Vater, ich glaub es heißt sowas wie «man muss Merkur einen Poggio geben», aber ich weiß wirklich nicht was damit gemeint sein soll. Mmh, ich auch nicht, denn das ist schlechtes Latein, sagt Lionardo um sich wichtig zu machen, aber in Wahrheit, Signior Padrone, kann er Latein nichtmal vom Quak Quak der Frösche unterscheiden und weiß erst recht nicht ob es gutes oder schlechtes ist.

Auch die Sache mit den päpstlichen Bullen von denen der Mensch mit dem Beuleiergesicht mir die offiziellen Kopien gegeben hat und die sagen dass der Valentino nicht der Neffe sondern der Sohn vom Papst ist, hat Lionardo sehr interessirt. Wie er die Dokumente betrachtet sagt er, aha mmh nunja, wirklich sehr wichtig, aber in Wahrheit versteht er einen Furz wo sie doch alle auf Lateinisch sind, und wirklich er sagt dass wir sie einem Fachmann zeigen müssen. Ja, bravo Vater, Ihr habt Recht, sage ich, aber erzähl ihm nicht dass Beuleier einen Haufen Geld dafür haben will sonst wird Lionardo wütend, und außerdem hat er das Geld sowieso nicht, drum lass ich mir erst morgen was Gutes einfallen was ich ihm sagen kann.

Wie ich zuletzt meine Hosen aufbinde, fragt Lionardo erschrocken, Salaì, was machst du da, und ich antworte, keine Angst, ich bin bestimmt nicht schwul geworden, und zieh aus meinen Unterhosen den Packen Blätter die ich dem Burkard geklaut wegen den Tintenflecken. Ich erklär ihm wie ich sie genommen hab und Lionardo wird fast ohnmächtig vor Schreck, aber er schimpft nicht zu sehr denn die Geschichte macht ihn neugierig. Wir haben die Papiere gelesen, aber war eine verwickelte Angelegenheit um Prozesse und kirchliche Pfründe wo man rein gar nichts kapirt, und so beschließen wir auch dies Zeug dem Fachmann für Latein zu geben.

Ich hab Lionardo zwar viel erzählt aber dass ich das Spiel mit den Holzstäbchen gelöst das hab ich ihm verschwiegen, und auch dass ich vom Plan einer Brücke für den Krieg weiß die er dem Valentino heimlich anbieten will, denn das gehört ja zu meiner Mission in Euren Diensten, Signior Padrone, und Ser Lionardo darf keinen Argwohn haben dass ich früher oder später alle seine Geschäffte rauskrieg.

Am Ende ist mein Ziehvater kreidebleich vor Angst wegen all dieser intressanten Sachen die aber auch gefehrlich sind, denn es ist klar dass diese Alemannen Elsässer Teutsche etcetera gern mit dem Feuer spieln, und wenn du ihnen in die Suppe spuckst denken sie nicht zweimal nach und pusten dir ein Loch in den Bauch und dann Gutenacht. Also hab ich ihm gesagt, hört, mein Vater, mir scheint's immer klarer dass es diese Alemannen oder Elsässer sind wo die Verleumdungen gegen den Papst verbreiten, und ich glaub das müssen wir endlich dem Grassi und dem Valentino berichten, meint Ihr nicht auch?

Lionardo sagt, aber nicht doch, mir scheint es noch immer widersinnig dass diese bösen Zungen Ausländer sein sollen, ich glaub du bist zu jung Salaì und deine Fantasie geht mit dir durch was ich ja gut versteh, aber bevor wir dem Valentino sagen dass es ganz gewiss die Leute aus Straßburg sind einschließlich Burkard so der Zeremoniar von Seiner Heiligkeit ist, muss ich ganz sicher sein, sonst blamir ich mich bis auf die Knochen und krieg obendrein noch Schwierigkeiten, du verstehst mich etcetera etcetera. Da bin ich natürlich böse geworden und hab protestirt, wie bitte? Vater, ich hab mir den Arsch aufgerissen um dem Burkard diese Papiere wegzunehmen und Ihr sagt sowas. Aber er unterbricht mich, halt mal, ich sag ja nicht dass du was Falsches gemacht, nur dass wir die Sache ruhiger angehn müssen, denn erst sollte man diese Papiere einem zu lesen geben der die offiziellen Dokumente genau versteht, nemlich die Sachen aus der päpstlichen Kanzlei auf Latein etcetera, und nachher können wir die Schlussfolgerungen daraus ziehn, hast du verstanden? Für mich war das wie das Gefasel von einem alten Narr, Signior Padrone, aber sonderlich schien's mir verdächtig denn wenn einer leugnet was offensichtlich ist, so heißt das er hat was zu verbergen.

Nach den letzten Worten die ich und Lionardo gewechselt war's furchtbar spät, und indem dass mein Ziehvater sicher sein wollt dass die Rede nicht nochmal auf all die Dummheiten kommt die er angerichtet hat, zieht er sich aus und legt sich ins Bett und sagt, ich hab keinen Hunger mehr und jetzt reicht's, Salaì, es wird Zeit dass auch du schlafen gehst, denn ich glaub all deine Hirngespinste über die Alemannen und die Straßburger haben dich aufgeregt. Aber wer hier aufgeregt ist, Signior Padrone, das ist gewiss nur er selbst, wegen der Geschicht von den Türcken, und wirklich ist er blass, und der Schweiß läuft ihm runter und er schämt sich wie ein ertappter Hühnerdieb. Und außerdem fängt er jetzt sicher wieder an über die beiden Zeichnungen nachzudenken, nemlich den Gehenkten und das Seil zum Aufhängen die jemand hier in der Herberge unter seine Tür gelegt. Denn dieser Bernardo der in Fiorenza gehenkt wurd und den Lionardo vor langer Zeit abgezeichnet hat, der war ja in Konzstantinopel eingefangen worden wo der Sultan ihn an die Fiorentiner verraten hatte (aber diese Geschichte kennt Ihr gewiss besser als ich, denn davon redet in Fiorenza jeder). Und wo Lionardo sich doch ausgerechnet mit dem Sultan verbünden wollt, denkt er jetzt bestimmt: Gut möglich dass dieses Rabenaas von einem Sultan den Fiorentinern auch diesmal alles ausplaudert, und dann verhaften sie mich und hängen mich wie den Bernardo, drum sind diese Zeichungen die man mir unter die Tür geschoben vielleicht eine Warnung?

Dann hat er sich zur Wand umgedreht weil er müde war und sofort zu schnarchen angefangen, was gut war, denn wie üblich hab ich seine Hosen durchsucht, und da finde ich viel Geld das ich mir sofort in die eigne Tasche steck, aber nicht alles, denn wo er sich ja nie an was erinnert kommt ihm morgen vielleicht ein Zweifel und er denkt, hab ich das Geld nun verloren oder hab ich's ausgegeben? Dann wird er mich bitten ihm was zu leihen und ich kann ihm dies Geld hier geben, vielleicht behalt ich's aber auch denn ich kann es sowieso besser brauchen als er, zum Beispiel könnt ich's zu dem tun was mir Sander gegeben hat, ach übrigens hab ich Lionardo natürlich nicht gesagt dass der Sekretarius vom Burkard mir einen ordentlichen Batzen Geld gegeben, wer weiß wieviel Lionardo sich sonst von mir leihen will, und dann seh ich mein schönes Geld nie wieder.

Bevor ich auch in meine Kammer schlafen geh entdecke ich dass Lionardo ein ledernes Säckchen auf dem Boden abgelegt hat was ich noch nie gesehn, ich mach's auf und steck eine Hand rein aber gleich zieh ich sie wieder raus, denn es fühlt sich an als wär da ein haariges Tier drin. Dann drück ich es in der Faust und sehe dass bloß ein Haufen Haare in dem Säckchen sind, und gleich ist mir klar worum es sich handelt: Lionardo hat es so leid getan sich seine Haarpracht und vor allem den Bart abzuschneiden dass er alle Haare in diesem Säckchen aufbewahrt, kaum zu glauben auf was für einen närrischen Mumpitz diese Künstler in ihrem Leben manchmal kommen.

Nachdem ich mir nochmal die Augen ausgespült geh ich ins Bett, hoffentlich hat das arme Mägdlein inzwischen ihre Arbeit mit Sander diesem Schwein beendet, obwohl er hat uns ja einen Batzen Geld gegeben und das ist sehr gut. Verflucht noch eins, wenn Ihr wüsstet wie mir jetzt die Hand wehtut nach diesem endlos langen Brief, und stünde ich nicht im Dienst eines so erhabenen Herrn als wie Ihr einer seid, den Teuffel würd ich tun und nachts um diese Zeit so viel Papier vollschreiben.

Mit unerschöpflichem Eifer in Euren Diensten

Salaì

49.

Hochwohlgeborener Padrone,

wann wir aufgewacht hat Lionardo noch immer das Gesicht von einem der alle wo er auf der Straße trifft zur Hölle schicken möcht, also haben wir um den Tag gut zu beginnen im Gasthaus de la Vacca gegessen wo viele Leute Lionardo angeschaut haben wie wenn sie sich denken würden, was ist denn mit dem passirt?, weil mit so kurzen Haaren und ohne Bart scheint er ein andrer Mensch, und so meinen die Leute fast an seiner Stelle wär jetzt ein Fremder in der Herberge. Aber wir werden sehr gut behandelt, man bringt uns Brot Gebäck Wein Salami Käse Schinken und Salat und dann zwei gebratne Tauben und köstliche frische Früchte, und wir bezahlen nur sehr wenig, und wie zwei Römer die am Nebentisch essen den Preis hören den wir gezahlt machen sie große Augen und fragen uns, sagt mal, ihr zwei, woher kommt ihr und was macht ihr in Rom?, denn das konnte auch ein Blinder sehn dass die Leute aus der Küche von der Vacca uns einen Gefallen tun wolln indem dass sie uns all das gute Zeug auftischen und für so wenig Geld. Ich hab mich auch gewundert und bin in die Küche gegangen um mich zu bedanken, aber da hört keiner von den Dienern mir zu, weil sie müssen alle mächtig schuften, und so frag ich ob die Köchin da ist, die fette hässliche die hier kommandirt und sie antworten mir, nein, sie ist nicht da, schön wär's wenn sie öfter käme, du hast keine Ahnung Junge, wenn du glaubst du findest sie hier, und so versteh ich dass die Köchin in letzter Zeit recht oft nicht zur Arbeit gekommen ist und die Küchendiener stinksauer sind weil sie auch noch ihre Arbeit mit machen müssen. Jedenfalls steht fest dass es nichts mit Lionardo zu tun hat wenn die aus der Küche so freundlich zu mir sind, so wie ich erst gedacht hab, denn ob ich allein da bin oder mit meinem Ziehvater ist einerlei, und kommt immer ein Haufen guter Speisen aus der Küche und gelobet sei der Herr dafür.

Nach dem Essen haben wir Grassi getroffen, aber der kocht erstmal so vor Wut dass er meinen Ziehvater praktisch nicht reden lässt und sagt, Ser Lionardo, wo zum Teuffel habt Ihr die ganze Zeit gesteckt, seht Euch vor, die Geduld vom Valentino ist nicht grenzenlos und Ihr habt den Auftrag angenommen diese Nachforschung in kurzer Zeit zu machen, ist Euch überhaupt klar wie wichtig das auch für den Heilgen Vater ist, weil er ist das Opfer von diesen ruchlosen Schmähungen etcetera etcetera. Dann sagt er plötzlich, entschuldigt, Ser Lionardo, aber was habt Ihr mit Eurem Bart und Euren Haaren gemacht, warum habt Ihr sie schneiden lassen, Ihr scheint gar ein Andrer zu sein, und fast hätt ich Euch nicht erkannt. Damit Grassi ihm nicht länger auf die Eier geht hat Lionardo ihn unterbrochen und wird jetzt wütend und sagt, Moment, gemach, also erstmal: ich hab mir Bart und Haare schneiden lassen weil mir heiß war, und das, Ihr müsst entschuldigen, mein lieber Grassi, sind meine Angelegenheiten, und außerdem hab ich beileibe nicht geschlafen in diesen Tagen, mitnichten, ich bin sogar aus der Stadt herausgefahren um die Untersuchung zu machen die mir aufgetragen ward und habe sehr viele Überlegungen angestellt nach der razionalen und wissenschafftlichen Metode, nemlich nach der Logik des Wissens von den natürlichen Elementen wie man sie gemäß ihrer eignen Art und Natur beobachtet. Kurz, es war eine von diesen Reden die Lionardo immer hält wenn er andren das Hirn vernebeln will. Und wirklich, wann Grassi die großen Worte von meinem Ziehvater hört beruhigt er sich sofort, und an seinen Augen sieht man was er denkt, nemlich, alle Achtung, dieser Lionardo ist tatsächlich ein großer Geist und so klug und gebildet dass ich nicht die Bohne versteh von dem was er sagt, und der Valentino hat wirklich gut dran getan ihn mit dieser Nachforschung zu beauftragen.

Zum Schluss hat mein Ziehvater gesagt, also mein lieber Grassi, ich habe in diesen Tagen nicht nur nicht geschlafen sondern ich kann Euch sogar die Lösung meiner Forschung mitteilen und mögt Ihr sie unverzüglich dem Valentino berichten. Grassis Gesicht fängt an zu leuchten vor Zufriedenheit, aber ich werde schwartz als wie ein Stück Kohle denn ich hab sofort das Gefühl Lionardo wird gleich wieder einen seiner vermaledeiten Böcke schießen, nemlich wenn er den Klugscheißer spielt der alles weiß und die schwierigsten Probleme im Nu lösen kann, dann sagt er fast immer Riesendummheiten und danach muss er's bereuen. Meinem Ziehvater schwillt die Brust und er hebt die Hand wie wenn er eine Rede vor dem Senat von Fiorenza halten will und sagt, wer die Verleumdungen gegen den Papst und seine Neffen verbreitet, das sind gewiss die Teutschen sonderlich die vom Elsass nemlich die Alemannen. Wie ich diese Worte höre ist mir fast als würd ich ersticken, und muss mir auf die Zunge beißen dass ich still bleib, denn gern hätt ich Lionardo angebrüllt, du gemeiner Lügner und Heuchler, erst sagst du dass die Sache mit den Straßburgern nur ein Hirngespinst von mir ist und dann verkaufst du dem Grassi was ich dir erzählt, bloß um gut dazustehn.

Und Lionardo redet weiter, nun, mein lieber Grassi, Ihr müsst wissen dass es eine Locanda gibt wo die Teutschen und die Alemannen von Rom hingehn um sehr schlecht über den Papst und Italien zu sprechen, und dann wiederholt Lionardo was die Teutschen und Alemannen mir in der Locanda de la Campana gesagt, nemlich dass die teutsche Rasse die reinste ist und Karl der Große kein Frantzose war sondern ein Teutscher, und Straßburg wird Rom fertigmachen und der ganze Quark den Wimphelin über den Stolz der Teutschen gesagt, und Lionardo fügt noch hinzu dass der Burkard, also der Zeremonienmeister von Seiner Heiligkeit, der was für ein Zufall auch ein Alemanne ist, eng befreundet ist mit diesen Teutschen die den Papst und den Valentino mit Dreck beschmeißen, und bei jedem Satz sagt Grassi, aha, wirklich, das ist ja unglaublich, oh, wenn Seine Heiligkeit das wüsste, sowas Verrücktes, und mehr solche Ausrufe von einem der staunt.

Mein lieber Lionardo, sagt Grassi zuletzt, diese ganze Geschichte wo Ihr mir erzählt ist ~~fantst fatantsch fatansti~~ sowas hat man noch nie gehört, die werde ich sogleich dem Valentino kundtun, aber ich kann Euch schon jetzt sagen was er befehlen wird. Ach ja, was denn? Ser Lionardo, Ihr werdet verstehen, das was Ihr mir soeben berichtet ist derart schwerwiegend dass Ihr mir Beweise für alles bringen müsst. Wenn Ihr meine eigne Meinung hören wollt so ist der Burkard ein erzböser Mensch und überaus neidisch und bissig als wie ein Hund, und mir geht er mächtig auf den Senkel, aber wir sprechen hier von Personen von hohem Rang und edlem Stand und will man gegen diese Teutschen und sonderlich gegen den Burkard vorgehn, braucht es den Beweis dass wirklich wahr ist was Ihr erzählt, nemlich Dokumente und Zeugen die alles bestätgen können, bis in alle Einzelheiten. Ihr versteht, Ser Lionardo, solltet Ihr zufällig nicht recht gehört haben, oder jemand hat Euch absichtlich falsche Nachrichten gegeben um Euch einen Streich zu spielen, so wäre das wahre Opfer der Valentino, denn er würde die falschen Leute bestrafen und die Schuldigen in Freiheit lassen oder grad die Täter zu leicht bestrafen, denen man gehörig das Fell gerben müsst, und dann würden die Leute murren und sagen, da sieht man's mal wieder, diese Borgias, ist also doch wahr dass sie Unrecht tun, und anstelle eines Vorteils hätten wir den Schaden. So wir aber Beweise vorlegen, ist diese Gefahr nicht gegeben, und wir können alle beruhigt sein und kriegen den Burkard, also müsst Ihr die Beweise un-bedingt finden. Drum, Mastro Lionardo, ich rate Euch, bringt die Beweise, gute Beweise! Dies ist ein unumstößlicher Befehl den ich Euch im Namen vom Valentino erteile.

Lionardo ist stumm geblieben mit versteinertem Gesicht, denn er hat ja gedacht mit dem was er Grassi erzählt könnt er sich rausreden, aber von wegen, es war gerade umgekehrt, und jetzt steckt er bis zum Hals in der Scheiße. Wann wir allein sind sagt er sofort, Salaì, du bist ein Dreckskerl, ein Betrüger und ein Idiot, und ich bin so erstaunt und weiß nicht was ich entgegnen soll dass ich bloß frag, warum denn? Weil mit deiner saublöden Idee dass die Straßburger den Papst verleumden hab ich jetzt einen Haufen Probleme, denn wer soll diese Beweise finden dass sie es waren, der heilige Joseph vielleicht? Du musst mir jetzt die Kohlen aus dem Feuer holen und die Beweise heranschaffen, sonst reiß ich dir deine Eier ab, brate sie mit Rosmarin und Knoblauch und du musst sie selber essen, verstanden?

Ich bin so wütend über das was Lionardo gesagt, Signior Padrone, dass ich rot anlauf als wie ein Granatapfel, und ich schrei ihn an, was für einen Mist redet Ihr Euch da zusammen? Ihr seid das Schwein denn Ihr habt sie mir gestohlen, die kostbare Neuigkeit dass die Straßburger die Schuldgen sind, und dann verkauft Ihr sie an Grassi ohne mir vorher was zu sagen damit es allein Euer Verdienst ist, aber jetzt wo Ihr's bereut gebt Ihr mir die Schuld und wenn die Türcken Euch nicht im Stich gelassen hätten würdet Ihr jetzt dem Sultan den Arsch lecken, kurzum Ihr seid ein Feigling ein Speichellecker und Verräter und es ist eine Schande etcetera. Und so sind wir auseinander mit Leck mich doch, nein du kannst mich mal, und am Ende hat Lionardo noch gesagt, pass auf, Salaì, wenn du mir keine Beweise für das findest was du über die Straßburger sagst, dann macht der Valentino kurzen Prozess mit mir und ich mit dir, kapirt? Aber ich hab ihn nichtmal ausreden lassen denn ich hab mich als erster umgedreht und bin um die Ecke gegangen damit er Gift und Galle spuckt, und ich war schon in einer andren Straße wann ich den Krach mit Lionardo plötzlich ganz vergess, denn stellt Euch vor, Signior Padrone, was für ein sonderbarer Zufall, ich bin grad dort gelandet wo ich die Sauereien mit der Jungfer gemacht die Brüste so groß als wie zwei Melonen hat, das war die wo ich auf der Straße verfolgt und dann unter der Treppe von ihrem Haus eingefangen hab, aber dann sind ja leider Leute gekommen, und sie hat gesagt, geh sofort weg die kennen mich. Da denk ich mir, das kann kein Zufall nicht sein, das ist die Hand unsres Herrn Jesus der mich entschädigen will für all die Mühen und Schrecken der letzten Tage, wo ich nicht mal ein einziges hübsches Küken mir zur Brust nehmen konnt, ach was, der Schwengel ist mir sogar geschrumpelt als wie ein Stück trocken Brot. Da hab ich mir gesagt, wen kümmert's ob ich Anstoß erreg, in ein paar Tagen geh ich sowieso nach Fiorenza zurück, denn es hängt mir zum Hals raus dieses Rom wo man von nichts was kapirt. Und wie ich hier und da suche, find ich fast gleich das Haus wo die Jungfer wohnt, und am Eingang seh ich zwei Weiber mit ihren Kindern die schwatzen miteinander, also frag ich, entschuldigt ihr Fraun, ich such ein Mädchen das so und so aussieht, und mit den Händen mach ich auch ein Zeichen dass sie zwei große Kugeln hat, und da verstehn die Weiber gleich, kein Wunder, solch große Melonen haben ja nicht viele, aber da werden sie misstrauisch und sagen, die heißt Rosa doch wer bist du? Ein Freund, ich heiße Antinoo, und da zeigen sie mir wo sie wohnt, nemlich im Erdgeschoss, und sagen, lauf sofort hin, und ich frag, warum denn? Lauf und frag nach ihrer Schwester, los lauf schon, sagen die Weiber, und schaun mich immer noch misstrauisch an. Nun war's zu spät um sich die Sache anders zu überlegen, denn hätt ich mich jetzt umgedreht und wär verschwunden, so hätt das wirklich merkwürdig ausgesehn, also klopfe ich an die Tür die sie mir gezeigt, und mir macht ein Mädchen auf das jünger ist als Rosa aber ihr sehr ähnlich sieht und man erkennt dass es ihre Schwester ist und auch die Brüste sind fast gleich. Wie ich sag dass ich Rosa suche macht die Jungfer ein sonderbares Gesicht und sagt, Vater, kommt her, und ein großer Mensch mit einem traurigen Ausdruck im Gesicht kommt herzu, der fragt, was willst du von meiner Tochter? Nichts, ich wollte ihr nur Hallo sagen, nichts Besondres. Kennst du sie gut? Nunja, einigermaßen, und er sagt, das stimmt nicht, ich glaub du bist einer von den Affen die unten auf der Straße auf sie warten um ihr den Hof zu machen und du kennst sie ganz und gar nicht, sonst wüsstest du nemlich dass sie seit einer Woche verschwunden ist und niemand kann sie finden. Und wie er das sagt, Signior Padrone, entschuldige ich mich bei ihm, das hab ich nicht gewusst es tut mir leid, und mit einem blöden Gesicht mach ich mich rückwärts davon, weil ich wag es nicht dem armen Vater den Rücken zuzudrehn, und erst da seh ich dass er geschwollne und verzweifelte Augen hat wie von einem der seit langer Zeit nicht mehr schläft.

Euer getreuer
Salaì

50.

Mein überaus höchlichst lobwürdiger Padrone,

Ihr könnt Euch vorstellen dass ich sofort zu Lionardo diesem Lump zurückgegangen bin um ihm die Neuigkeit zu berichten, denn obgleich ich ihn grün und blau schlagen könnt ist er doch er einzige dem ich von den seltsamen Dingen erzählen kann so mir hier in Rom passiren, und vor allem werde ich ihn jetzt fragen, warum gehn wir nicht nach Fiorenza zurück bevor man uns hier um die Ecke bringt? Aber wie ich zu Lionardo lauf passirt mir schon wieder was Sonderbares, nemlich ich treffe auf einen Umzug von Menschen die zum

Campo de Fiore ziehn, also grad in die Nähe von unsrer Herberge. Der Platz ist voller Leute, und in der Mitte haben sie ein hölzern Gerüst aufgebaut, und davor stehn haufenweise Garden, und drumherum viel Volks das offenbar auf etwas wartet, und da frag ich eine Alte neben mir, gute Frau, was geschieht denn hier?, und sie antwortet, einen elenden Dieb haben sie gefangen der hat viele Leute ausgeraubt und auch einen Mann getötet der ihn verfolgt nachdem er etwas gestohlen, und drum wird der Dieb jetzt auf dem Platz gehenkt und verbrannt, das wird Leuten wie ihm eine Lehre sein.

In dem Moment hört man wie die Leute laut schrein, verbrennt ihn verbrennt ihn!, und da ist eine Frau die weint und sich die Haare ausreißt, und jeder sieht dass sie die Witwe von dem Mann sein muss den der Dieb hat umgebracht. Wann die Menge das Weib erblickt das weint (übrigens, Signior Padrone, sie hat ein Paar schöne Brüste so groß wie zwei Büffelmozzarelle) bewegt sich alles was sowieso schon dicht gedrängt auf dem Platze steht wie ein Fluss, und hindurch geht eine Gruppe, angeführt von zwei Garden, die haben zwischen sich einen Mann in Fesseln mit geschwollnem Gesicht und voll mit verkrustetem Blut, woran man sieht dass er schon ordentlich Prügel bezogen hat, und irgendwie kommt er mir bekannt vor. Aber ich kann ihn nicht gut sehn, denn er wird sofort von der Gruppe verdeckt welche die weinende Frau begleitet, und dieser Strom von Menschen fangt an den Dieb laut zu beschimpfen Hurensohn Bastard geh zur Hölle, und sie spucken ihm ins Gesicht und treten ihn und versuchen ihn von den Garden fortzureißen, aber die verschaffen sich Platz mit ihren Lanzen und verpassen allen die sich dazwischenstellen wolln reichlich Schläge ins Gesicht. Plötzlich sticht einer der Garden einem Mann seine Lanze in den Bauch, und wie der halbtot umfällt fangen die Leute an auch gegen die Garden zu wüten und bewerfen sie mit Steinen und andren Gegenständen.

Von nun an herrscht ein Durcheinander, das glaubt Ihr nicht, Signior Padrone, einige schaffen den Verletzten fort und auch die Leute wo von den Garden geschlagen, viele schreien vor Angst, andre stürzen hin und werden getreten wie die Kacke auf der Straße, manche laufen nach vorn um sich den Dieb zu schnappen, wieder andre flüchten nach allen Seiten dass sie nicht am Boden totgetrampelt werden, aber schließlich haben die Garden es mit großen Mühen geschafft den Verurteilten auf das Gerüst zu bringen und fesseln ihn an einen Pfahl. Derweil schreit die eine Hälfte auf dem Platz Hurensohn und bespuckt ihn wieder, und die andre Hälfte schreit vor Wut wegen all den Menschen die getreten wurden, und noch eine Hälfte beschimpft die Garden und sagt Ihr Sbirren seid Dreckskerle schlimmer als die Diebe etcetera etcetera. Ich bin ungeschoren geblieben Signior Padrone, weil ich bin auf den Karren von einem Gemüsehändler gestiegen der an einer Hausmauer lehnte, drum stand er schön fest und so bin ich nicht heruntergefallen und hab nichtmal jemanden vor mir. Nun, wann sie den Dieb an einen Pfahl auf dem Holzgerüst binden fängt ein Strafrichter an den Grund für das Urteil vorzulesen, nemlich dass der Verbrecher gestohlen gemordet geflucht und viele andre ruchlose Dinge getan und drum soll er jetzt hängen. Da kann ich dem Mann ins Gesicht sehn und mich trifft der Schlag, Signior Padrone, denn sowas passirt fürwahr nicht alle Tage, nemlich ich erkenn ihn genau wieder und es ist der Dieb der in mein Zimmer eingedrungen und mich fast erledigt hätte.

Und da denk ich, Teuffel auch, diese Zigeunerin kennt sich wirklich gut aus mit Magie und Hexerei und andren Zauberstückchen, denn all diese Sachen von der Vergangenheit und Zukunft wusste sie genau: erstens den Zettel mit der Zeichnung von einem Gehenkten den wir unter Lionardos Tür gefunden, viertens die Zeichnung von einem Seil mit Knoten fürs Erdrosseln den ich auch in der Herberge gefunden hab, drittens und letztens den Gehenkten von heute. Ich frag mich nur, Signior Padrone, verflucht nochmal, wie ist das möglich? Und wann sie die Karte vom Aufgehängten gesehn, warum hat die Zigeunerin da gesagt dass alle bösen Fährnisse für Lionardo von Poggio Bracciolini kommen werden? Jedenfalls ist das alles entweder bloß Zufall, was mir aber nicht in die Birne will, oder aber die Zigeunerin ist wirklich eine Zauberin und zwar eine von den ganz schlauen.

Derweil liest der Strafrichter die Liste mit den Anklagen, aber der Dieb weint nicht wie er das hört und lacht auch nicht und sagt auch nichts zu den Leuten die schreien Verreck du Arschloch! und ihm ins Gesicht spucken und Steine und andre Sachen auf ihn werfen, nein er steht da mit dem Gesicht von einem der beschlossen hat den Tod mutig zu ertragen, keine Ahnung wie er das schafft, Signior Padrone, in so einer Lage würd ich schreien, seid ihr denn alle verrückt geworden, lasst mich sofort hier runter! Wann der Strafrichter ihn fragt ob er bereut und ob er mit Gottes Gnade sterben will, bleibt der Dieb immer noch stumm und die Garden binden ihn fest an einen Pfahl die Hände hinter dem Rücken.

Da seh ich dass die Alte von eben sich neben meinen Karren gestellt und ich sag zu ihr, gute Frau, dieser Dieb muss wohl wirklich ein Herz aus Stein haben und grausam sein weil er kein einziges Wort sagt, nichtmal wo ihm der Tod kurz bevorsteht.

Inzwischen haben die Garden dem Dieb das Seil um den Hals gelegt, und jetzt werden die Leute endlich ruhiger und schreien etwas weniger laut als zuvor, denn sie wolln sich in Ruhe ansehn wie der Dieb krepirt.

Die Alte sagt zu mir, aber mein Junge, weißt du denn nicht was die Garden heute Morgen erzählt haben als sie ihn gefasst? Nein, gute Frau. Ach nein? Nun, er ist stumm, mein Junge, er ist stumm und kann nicht sprechen und hat nur ein einziges Wort gesagt wann die Sbirren ihn gefasst und nach Strich und Faden verprügelt haben, nachdem er den getötet der ihn verfolgt hat. Und was hat er gesagt? Scheiße hat er gesagt, nur Scheiße, denn das ist das einzige Wort was er aussprechen kann, aber die Stimme hat ihm so sonderbar in der Kehle gegurgelt dass die Sbirren erst gedacht haben er wär ein Fremder, ein Teutscher Frantzos oder was andres, aber ist nur ein Schäfer, ein Idiot und Schäfer aus den Abruzzen und kann nur Scheiße sagen.

In dem Moment hängen sie den Dieb am Hals auf und ich mach ein Kreuzzeichen und sprech ein Vaterunser für seine Seele und seh dass sein Gesicht rot und prall wird wie eine Pflaume, und wie er da so hängt tritt er in die Luft wie ein Füllen, denn die Gurgel ist wahrhaftig nicht geeignet das ganze Gewicht eines Mannes zu halten.

Wie der Dieb strampelt und stirbt schreien die Verwandten und auch die Witwe mit den Brüsten so groß als wie Mozzarelle in der ersten Reihe unter dem Gerüst, ja gut so verrecke du Dreckskerl da hast du's fahr zur Hölle etcetera, und mir dreht sich der Kopf, Signior Padrone, aber nicht bloß wegen diesem Schauspiel denn ein Mann der stirbt ist wirklich kein schöner Anblick, auch nicht wenn's ein Gauner ist, nein auch weil ich weiß dass da derselbe Mann stirbt der versucht hat mich zu töten, und ich denk, mein lieber Salaì, womöglich hast du rein gar nichts begriffen und dieweil du glaubst es wärn die Alemannen die dir an den Kragen wollen, ist bloß ein gewöhnlicher kleiner Dieb und obendrein ein stummer in dein Zimmer kommen und hat Scheiße zu dir gesagt, denk doch nur wie blöd du jetzt dastehst, ein Dieb der nicht Alemannisch redet wie du glaubst, sondern dem die Zunge in der Kehle erstickt, wie jetzt wo man ihn aufgehängt hat wie einen Hund.

Und da sag ich mir, wetten, Salaì, dass alles was du zu wissen glaubst über die Teutschen und Alemannen dass all das Mumpitz ist den du dir ausgedacht, und nichts davon ist wahr? Aber dann denk ich, auch wenn der Dieb der mich kaltmachen wollt nichts mit den Teutschen und den Alemannen zu tun hat, warum hat dann der Mann der nach Zwiebeln stinkt schon mehrmals versucht mich umzubringen? Denn mal ehrlich, Signior Padrone, an echten Toten fehlt's in dieser Geschichte wahrlich nicht, wo dieser De Podio doch wirklich ermordet wurd und zufällig war sein Name auf Italienisch genauso wie der von Poggio Bracciolini den die Teutschen und die Alemannen nicht ausstehn konnten. Ich muss gestehn dass ich nicht mehr durchblick, wogegen Ihr vielleicht ja, denn Ihr seid ein großer Herr mit einem Kopf voll vom allerfeinsten Hirn, also wenn Ihr mir bitte einen Rat in der Sache geben würdet, denn sonst kann ich Euch nicht mehr dienen als wie ich möchte, nemlich von ganzem Herzen und mit dem Eifer der Eurer Person gebührt. Derweil ist der Dieb nachdem er geschaukelt und nach vorn und hinten getreten hat wie ein Hund krepirt nemlich mit einem dunkelblauen Gesicht gebrochnem Genick und Augen die hervorquellen, und jetzt wo ich gesehen habe wie der Tod dieses Diebes war weiß ich dass durch's Gehenktwerden sterben zu müssen wirklich eine Übertreibung ist.

Euer ergebener Diener
Salaì

51.

Mein gütiger und weiser Padrone,

es dauert ewig lang bis der Campo di Fiore sich von all den Menschen leert, am Boden liegen sogar zwei drei Männer mit gebrochnen Beinen, die sind unter den Volksauflauf geraten und man hat auf sie getreten. Aber ich kann nicht warten bis der Platz frei wird, denn ich will sofort in die Herberge, und wenn ich Lionardo nicht antreff kann ich mich vielleicht von dem Mägdelein trösten lassen, das ich schon allzulang nicht mehr seh. Also steig ich vom Karren runter von wo ich die Hinrichtung gesehen hab und fang an mit den Ellenbogen nach rechts und links zu stoßen um mir freie Bahn zu verschaffen und sag, oh Verzeihung, ich wollte Euch nicht wehtun etcetera, aber komm dabei gut voran bis ich plötzlich vor einem bekannten Gesicht steh, und auch er hat mich gesehn. Was für eine schöne Überraschung, sage ich, denn es ist das teutsche, ach nein alemannische Pfäfflein mit dem ich vor ein paar Tagen nach der Messe geredet, und wir begrüßen uns herzlich und das hat mich ein bisschen getröstet nach dem schändlichen und blutigen Schauspiel das ich grade gesehn. Der Freund ist bei ihm der ihn schon begleitet hat wann wir uns kennenlernten, und gleich sagt er, hast du gesehn wie grässlich das war? Der arme Kerl, und beide bekreuzigen sich. Oh ja, antworte ich und frage gleich, gibt's bei euch in Teutschland wohl auch solche Dinge, also Raub und Mord etcetera? Natürlich gibt's das, sagen sie, Teutschland ist ja nicht das Paradies, aber warum fragst du? Nun Pater, man hat mir gesagt dass manche Teutsche meinen, ganz Italien besteht nur aus Spitzbuben Mördern Dieben Huren etcetera, wogegen die Teutschen ehrlich sind und reine und alte Sitten haben. Die beiden jungen Pfaffen lächeln belustigt wie man's bei den Kindern macht wenn sie einem ihre einfältigen Geschichten erzählen und sagen, aber lieber Junge, solchen Reden darfst du niemals Glauben schenken, die Teutschen sind so gut oder schlecht als wie die Italiener, will heißen, das hängt jeweils vom einzelnen Menschen ab ob er ein Sünder ist oder eine gute Seele oder gar ein Heiliger, von denen es aber auf der ganzen Welt nur sehr wenige gibt, ja heutzutage praktisch keinen. Aha, so ist das, sage ich, das wollte mir auch so scheinen wie wenn diese Geschicht ein dummes Gewäsch ist nach der die teutsche Rasse besser sein soll als die anderen als wie der Tacitus und der Wimphelin meinen. Und das sage ich weil ich sehen will was für ein Gesicht die beiden alemannischen Priesterlein machen, und wirklich, sie sehn aus als wollten sie sagen, aha, der weiß ja gut Bescheid. Und einer der beiden fängt an, weißt du, Junge, das ist eine komplizirte Angelegenheit, und hier in Rom gibt's Leute die wissen nichts von dem was man in Teutschland über den Papst und die Kirche von Rom redet. Wenn du willst treffen wir uns mal und dann geben wir dir geistlichen Rat und erklären dir ein paar Dinge. Aber wie er spricht sieht man ganz genau dass er viel mehr dran interessirt ist zu erfahren was ich ihm sagen könnt anstatt mir was beizubringen. Oh ja gern, warum nicht?, sage ich und der erste Pater erklärt mir, wo ich ihn und seinen Freund finden kann. Ja, mein lieber Junge, sagt er zum Abschluss, wir werden eine Menge zu besprechen haben. Und da fällt mir der Moses vom Diebold ein und ich denke, eigentlich könnt ich sie gleich mal fragen, und so sag ich, entschuldigt Pater wenn ich Euch noch mit einer Frage aufhalte, aber hatte Moses zufällig Hörner? Tut mir leid, ich versteh nicht was du meinst, Junge, sagt das Pfäfflein weil er glaubt wohl dass es eine ~~blassfe~~ ~~blaspfme~~ ~~blasmpfe~~ dass ich mit der Frage Gott lästern will. Nein, Pater, Ihr dürft nichts Böses denken, ich wollte nur sagen ich hab gehört dass manche Maler dem Moses auf ihren Gemälden Hörner auf den Kopf setzen, freilich nur ganz kleine, und da habe ich mich gefragt ob das richtig ist und ob es eine Bedeutung hat. So erklärt mir der junge Priester was in der Bibel im Buch Exodus geschrieben steht, nemlich dass Moses nachdem er auf dem Berg Sinai die zehn Gebote von Gott empfangen hinabstieg zu den Israeliten, und die sahen dass sein Gesicht strahlte, was klar ist, denn er hatte ja mit Gott gesprochen und das ist keine Sache die einem jeden Tag passirt. Aber bei dem hebreischen Wort das «strahlen» bedeutet haben sich manche Übersetzer geirrt und haben es mit «gehörnt» übersetzt, stellt Euch bloß vor, Signior Padrone, was für Esel, und darum hat sich der Irrtum bis heute gehalten, denn die Welt ist voller Esel, und so gibt's immer noch Maler die den Moses mit Hörnern darstelln.

Bevor ich mich von den beiden Alemannen verabschiede denke ich noch, siehst du, Salaì, du hast dich schon wieder geirrt, und wolln wir wetten dass Diebold mit dem Teuffel nichts zu tun hat, also auch Burkard und Sander nicht? Der führt sich bei den Weibern zwar auf wie ein altes Schwein, aber das will ja nicht heißen dass er's mit dem Teuffel hält. Doch dann muss ich den beiden alemannschen Pfäfflein schnell Addio sagen, denn in der Menge hab ich den Händler entdeckt von dem ich die Hemden gekauft, wie ich Euch schon sagte, nemlich hier in Rom brauch ich sie um Fiorenza unsrer Heimat alle Ehre zu machen, und wegen dem dass ich ihm einen Haufen Geld schulde das ich im Moment nicht hab, und ist sowieso viel besser wenn ich's schaffe ihm sein Geld nicht zu geben, mach ich mich schnell aus dem Staub, zumal wo der Händler mich schon gesehn hat und auf mich zu kommt mit einem Gesicht das ist nicht gerade sehr freudlich, und ich glaube fast, wenn er weiß dass ich hier in Rom in der Herberge de la Fontana wohn, dann wird er mich suchen kommen.

Danach bin ich in die Herberge zurück und Lionardo war nicht da, also konnt ich ihm nichts erzählen davon dass das Mädchen verschwunden ist das ich unter der Treppe so schön an der Angel hatte, wie zum Kuckuck heißt sie noch gleich, ach ja Rosa, und auch nicht dass der Dieb gehenkt wurd der mich fast umgebracht. Also hab ich mich in mein Zimmer eingeschlossen wo ich Euch jetzt schreibe und warte dass mein Ziehvater zurückkommt. Derweil hab ich nach dem Mägdlein rufen lassen, aber hab auf sie gewartet bis ich schwartz wurde, und endlich ist ein Diener aus der Küche kommen und hat mir eine Nachricht gebracht die nicht grade gut ist, Signior Padrone. Nemlich das Mägdchen ist gestern spät in der Nacht zurückgekommen (also nachdem wir bei Sander diesem Schwein warn), aber von dem Moment an hat keiner sie gesehn oder gehört und man weiß nicht was aus ihr geworden, nichtmal ob sie überhaupt in ihrem Bett geschlafen hat, und der Diener wollt's mir nicht zeigen aber es war klar dass er sich Sorgen macht, und niemand in der Herberge weiß was zum Henker ist passirt.

Obendrein hat der Mensch mit den verbeulten Eiern mich vor kurzem von den Dienern der Herberge rufen lassen, und sie mussten ihm melden dass ich nicht da bin und keiner weiß wann ich zurück sein werd. Aber jetzt sagen sie mir dass er auf der Straße vor der Herberge immer auf und ab geht, und ich glaube fast er wartet auf mich um mir nochmal das Gesicht zu zerschlagen was keine besonders schöne Sache ist. Dann kommt auch noch eine Nachricht von einem andren der sein Geld haben will, aber man kapirt nicht wer zum Teuffel das sein mag, weil es ist mit einer furchtbaren Klaue geschrieben, zittrig wie die von einem Greis, und ich versteh nur dass er sagt ich soll so schnell wie möglich herkommen, denn die Arbeit ist fertig. Aber die Unterschrifft kann keiner lesen, also wer mag das bloß sein?

Euer rastloser Diener
Salaì

52.

Liebenswürdiger und hochedler Padrone,

uff, endlich kann ich Euch wieder schreiben und vergebt mir wenn meine Schrifft zimlich krakelig ist aber ich bin außerhalb von Rom und fahr auf einem Karren und ich sag Euch sofort warum. Sobald der Mensch mit den Beuleiern vor dem Hotel verschwunden ist bin ich rausgegangen um Lionardo zu suchen, und bin überall im Viertel herumgelaufen und hab nur Acht gegeben nicht zum Pozzo Bianco zu gehn weil da könnt ich ja auf Beuleiergesicht treffen.

Nachdem ich mal hier mal da gesucht hab finde ich Lionardo dort wo ich's erwartet, nemlich auf dem Markt von der Piazza Navona, denn da gibt's Händler wo den Giuncata verkaufen, das ist dieser leckere frische Käse den Lionardo so gerne isst.

Aber wie ich ihn seh spricht er grad mit einem Unbekannten, und da werd ich misstrauisch, Signior Padrone, denn mal ehrlich, Lionardo ist heimlich in den Dienst vom Valentino getreten gegen unser Fiorenza, und gegen den Valentino wollt er heimlich in den Dienst der Türcken treten, also begeht er grad so leichthin Verrat als wie ich Pipi mach, und drum will ich lieber erstmal lauschen was zum Teuffel Lionardo mit diesem Mann bespricht und versteck mich hinter dem Karren von einem der Kräuter und Salate verkauft.

So hab ich dann gehört wie der Mann zu Lionardo sagt, mein lieber Herr, wie Ihr die Giuncata gekauft hörte ich dass Ihr sprecht wie einer der nicht von Rom ist, seid Ihr vielleicht aus der Toskana? Ja ich bin Toskaner, sagt Lionardo. Aha, sehr gut, dann seid Ihr vielleicht ganz zufällig jener Ser Lionardo der aus Fiorenza kommt? Mein Ziehvater freut sich sehr und denkt gewiss, meine Güte, man erkennt mich ja sogar ohne Bart und jetzt wird er mir gleich ein paar Komplimente über meine Werke machen. Der Mann ruft sofort einen Freund herbei der aussieht wie ein Bauer und grad in der Nähe steht. Komm her, komm, schau mal, vielleicht haben wir diesen Mann aus Fiorenza gefunden den du schon so lang suchst! Der Bauer tritt näher und fragt Lionardo, seid Ihr etwa der Lionardo wo diese wunderlichen Apparate entwirft? Ja natürlich, sagt Lionardo und denkt, Donnerwetter, wie berühmt ich bin, hier kennen sogar die Bauern meine Fluggeräte obgleich ich sie doch in Rom noch niemandem gezeigt hab. Da sagt der Bauer, wie schön, also seid Ihr wirklich der Ziehvater von Salaì? Ja, das bin ich, na und? Jetzt hör ich an Lionardos Stimme genau dass er sich ärgert, denn am Ende von all dem Gerede ist rausgekommen dass es den Bauern nicht die Bohne intressirt ob Lionardo der große Meister, Maler Baumeister Erfinder und blablabla ist, sondern nur dass er der Ziehvater von dem Einfaltspinsel Salaì ist. Scheiße, was wollt ich sagen, ach ja, wie auch Ihr gewiss verstanden habt, Signior Padrone, ist dieser Bauer einer der im Dorf von Dorothea wohnt und jetzt erklärt er Lionardo dass er nach ihm gesucht hat, weil er muss mir eine Botschaft von einer teutschen Frau geben. Aber diese Frau wusste nicht in welcher Herberge ich und Lionardo in Rom einquartirt, sind sondern nur dass wir aus Fiorenza kommen und dass Lionardo mein Ziehvater ist und Apparate erfindet die vom Himmel herunterfallen. Und hier hat sich Lionardo gewiss wieder die Krätze geärgert, denn niemand anders als ich kann dieser Frau gesagt haben dass Lionardos Apparate nicht funktionirn, wo ich doch außer Lionardo der einzge bin der das weiß.

Kurzum die Botschaft die dieser Bauer für mich hat, die sagt dass Dorothea mich sofort sprechen will, aber sie kann nicht nach Rom und erwartet mich in ihrem Haus und bittet mich so bald als möglich zu ihr zu kommen. Ich denke, armes Mädchen, wusst ich's doch dass dir meine Dienste schrecklich fehlen und bin sehr gerührt. Aber wartet, Signior Padrone, gerade wacht Lionardo auf, verfluchter Mist, ach doch nicht, gottseidank, er schläft ruhig weiter, hat im Schlaf nur seine Stellung geändert, vielleicht weil ich ihn am Bein gekitzelt wie ich ihm sein Geld aus der Tasche nehm, doch zum Glück holpert der Karren worauf wir fahren, rattatam rattatam, und das macht schläfrig, und außerdem hat Lionardo bevor wir abgefahren sind die ganze Giuncata gegessen und die war groß als wie ein Kuheuter.

Also wie gesagt, Signior Padrone, wann ich das hör bin ich hinter dem Karren mit den Kräutern und Salaten hervorgekommen, hab eine halbe Runde auf der Piazza gedreht und bin aus einer andren Richtung auf Lionardo zu, so dass es aussieht als wär ich zufällig angekommen. Wie er mich entdeckt reiß ich die Augen auf als wär's eine große Überraschung und sag, mein Vater, endlich, wie schön, ich hab Euch überall gesucht, denn es tut mir leid dass wir uns in den Haaren hatten, und ich wollte Euch um Entschuldigung bitten und Frieden schließen, und geh ihm mit ausgebreiteten Armen entgegen, da kann Lionardo mich nicht fortjagen wiewohl er ein bisschen misstrauisch ist. Sogleich stelle ich mich dem Bauern vor der bei ihm steht und sage, ciao, ich heiße Salaì, und da ruft er, oh, was für ein Glück, und erzählt mir die ganze Sache mit Dorothea nochmal von vorne, und ich kenn sie ja schon also muss ich erstaunt tun, aber ich glaub Lionardo ist blöd genug um wie üblich drauf reinzufallen.

Wie ich zum zweiten Mal hör dass Dorothea mich sehen will krieg ich mächtig Lust sofort zu ihr zurückzugehn, zumal die andren Weiber so ich in Rom hab kennengelernt allesamt verschwunden sind und würd ich sie jetzt vögeln wolln wär's schwierig, also sag ich zu Lionardo, mein Vater, ich fahre sofort zu Dorothea, wollt Ihr nicht mit mir kommen? Obendrein gibt's da ja die Hütte mit den Büchern von den Teutschen (das flüster ich ihm natürlich zu, ohne dass der Bauer mich hört, denn blöd ist Salaì ja nicht, oder?) und drum solltet Ihr mitkommen, Vater, wo Ihr doch sehr viel klüger seid als ich (das glaubt Lionardo immer wenn ich's ihm sage), denn so finden wir vielleicht ein paar brauchbare Beweise die wir Grassi, also dem Valentino, zeigen können, damit er begreift dass an allem die Straßburger schuld sind. Außerdem, unter uns gesagt, Signior Padrone, es ist sowieso besser, wenn ich und Lionardo mal eine Weile nicht in Rom sind, denn mit all den Leuten die Geld von uns haben wolln ist der Boden hier doch ein bisschen zu heiß für uns geworden.

Wie ich's erwartet sagt Lionardo sofort, ja gut, ich komme mit dir mit, denn er hat natürlich keine Lust allein in Rom zu bleiben. Auf der Fahrt erzähl ich ihm wie man den Dieb gehenkt und auch vom Verschwinden der Mädchen, nemlich Rosa und dem Mägdelein, und da wird Lionardo weiß wie ein Laken, aber er hat Recht damit, denn das ist wirklich nicht schön wenn die Weiber die man gevögelt hat einfach so verschwinden, weil vielleicht sind sie sogar getötet worden. Ihr mögt ja denken dass ich mir zuviel Sorgen mache, Signior Padrone, doch dem spanischen Poggio hat man den Kopf mit einem Beil gespalten, und für Euch der Ihr ein großer Mann seid ist das vielleicht eine Kleinigkeit, aber für mich nicht. Lionardo hab ich freilich nicht gesagt dass der gehenkte Dieb der war, der mir in meinem Zimmer in der Herberge an die Kehle wollt und hab ihm auch nicht all die Zweifel gesagt die mir wegen der Geschichte gekommen, nemlich ob die Straßburger vielleicht gar nichts damit zu tun haben, sonst prügelt er mich noch windelweich und sagt, Dreckskerl, grad jetzt wo wir die Beweise gegen die Straßburger finden müssen, kommen dir deine dämlichen Zweifel. Die Fahrt haben wir mit der Kutsche von dem Bauern gemacht, aber eigentlich ist's bloß sein Gemüsekarren, drum ist es auch nicht bequem, und obendrein herrscht heute eine Affenhitze und wir fahren sehr langsam, aber nach anderthalb Tagen sind wir jetzt fast angekommen, ja ich glaub sogar ich erkenne von weitem das Dach von Dorotheas Haus, aber da ist was Seltsames und noch weiß ich nicht was es ist.

Euer glühend diensteifriger Diener
Salaì

53.

Mein großzügiger und hochachtbarer Padrone,

ich schreib Euch nach ein paar Stunden die voller Verwirrung und Aufregung waren, denn wie Ihr gleich sehen werdet passiren hier höchst absonderliche Dinge die nichtmal das Hirn von Lionardo erklären kann, der sich zwar viel Humbug ausdenkt aber manchmal auch auf wundersame Ideen kommt.

Aber erst müsst Ihr entschuldigen wenn ich auf die Sache mit dem Vorschuss zurückkomme, denn ich weiß nicht ob Euch klar ist, geliebter Padrone, dass Ihr mir den noch immer nicht geschickt, aber mir ist das klar und wie!, also möchte ich Euer geschätztes Augenmerk darauf lenken, natürlich in aller Bescheidenheit, versteht sich, dass Euer Salaì hart arbeitet, und auch diesmal hat er Recht gehabt wann er sofort gedacht dass da was Ungewöhnliches geschieht. Denn wie wir mit dem Karren vom Bauern näherkommen seh ich dass aus dem Schornstein von Dorotheas Haus, nein dem von ihrem Vater, kein Fitzelchen Rauch aufsteigt obwohl wir Mittag haben, und das ist sonderbar denn ich erinnre mich dass dort immerzu was Gutes zu essen auf dem Feuer kochte.

Der Bauer lässt uns absteigen, und wie wir uns von ihm verabschieden sage ich, um Himmelswillen, dass du dem Vater von Dorothea bloß nicht verrätst dass wir hier sind, denn dumm ist der nicht und hat gewiss kapirt dass ich mir Dorothea gehörig auf den Spieß gesteckt hab. So bin ich beruhigt dass der Bauer den Mund hält, denn wenn der Vater von Dorothea mich entdeckt packt er mich mindestens am Schwanz und reibt ihn ordentlich auf dem eisernen Hobel hin und her wie ein Stück trocknen Käse.

Dann gehn wir langsam und leise auf Dorotheas Haus zu aber wir sehn sofort dass die Fenster geschlossen sind und die Tür auch. Wir überqueren den Hof wo kein einziges Huhn mehr zu sehen ist, sonderbar, und werfen durchs Fenster einen Blick ins Haus und bemerken dass es abgeschlossen ist, und scheint wie wenn seit längrer Zeit keiner mehr hier war.

Lionardo fragt mich, sag mal Salaì, bist du sicher dass deine Freundin hier wohnt? Ja Vater, ganz sicher, und jetzt kommt mit mir zu dem kleinen See mit der Insel am rechten Ufer und der Hütte wo die Bücher von den Teutschen sind.

Aber Ihr glaubt's nicht, Signior Padrone, Teuffel auch, die Hütte ist leer wie die Taschen von Lionardo, und von den Büchern wo vorher hier gestanden sieht man nichtmal kein halbes mehr.

Mein Ziehvater fragt, Salaì, bist du sicher dass du mir nicht wieder irgendwelche Lügengeschichten aufgetischt hast? Aber nein, Vater, ich hab diese Bücher doch nicht geträumt, was glaubt Ihr denn, etwa dass ich völlig verblödet bin? Kommt mit mir, ich zeig Euch die Insel im See, die kann ja nicht weg sein, die war grad hier am rechten Ufer.

Verflucht noch mal, Signior Padrone, es ist zum Verrücktwerden, denn wann wir am See ankommen blamir ich mich entsetzlich, weil die Insel ist nicht auf der rechten sondern auf der linken Seite, und wie ich mich zu Lionardo umdreh um ihm alles zu erklären sagt er, Salaì, du bist wirklich ein Lügner und ein Idiot obendrein, aber weißt du was? Im Grunde bin ich der Idiot denn schon wieder hab ich dir geglaubt.

Da weiß ich nicht was ich sagen soll, Signior Padrone, und schau zur Insel hin und denk mir, verflucht, erst war sie hier, ich erinnre mich genau, und jetzt ist sie dort, wie zum Henker ist das möglich? Aber dann antworte ich ihm, Vater, diese Bauern die kennen Dorothea wirklich, das habt Ihr auch gehört, also gehn wir jetzt mit jemandem sprechen der hier wohnt und fragen ihn was passirt. Lionardo hat keine Lust auf mich zu hören aber schließlich sagt er, na gut, wenn du unbedingt willst, gehn wir fragen. Denn der Bauer der uns hierher gefahren, hat leider nicht gesagt wo er wohnt, drum können wir nicht mit ihm reden.

Also klopfen wir an die Tür von den Bauern wo Dorothea oft hinging, und ich erinnere mich gut wo die wohnen nemlich direkt hinter ihrem Haus. Die Frau von dem Bauern macht uns auf und fragt, was wollt ihr? Wie sie hört dass wir Dorothea suchen sagt sie, ich kenne keine Dorothea, wer in dem Haus wohnt, weiß ich nicht, ich weiß nur dass da jemand war, aber jetzt fragt nicht weiter sonst schlag ich euch die Tür vor der Nase zu, verstanden? Hinter ihr erkennt man ihren Mann den ich schon oftmals gesehn wann er bei Dorothea war, und ich erinnre mich gut an ihn weil er eine lange und ganz grade Nase hat und an seinem Gesicht merkt man dass er nicht gern lügt und dass er denkt, mamma mia, was muss ich den beiden bloß für einen blauen Dunst vormachen.

Da sag ich, bitte erzählt uns keine Ammenmärchen, erinnert ihr euch denn nicht dass sie auch eine kleine Magd hatt?, und wie ich das sag zeichne ich mit den Händen ein kleines, rundliches Weib. Nein, tut mir leid und jetzt geht weg, wir müssen arbeiten, verstanden?

Ich fühl mich hundeelend, Signior Padrone, denn jetzt steh ich vor Lionardo wie ein Vollidiot da, aber sonderlich bin ich sehr besorgt, denn wenn diese beiden Bauern so einen Quark erzählen ohne sich zu schämen, dann bedeutet das sie haben große Angst wegen etwas sehr Schlimmen das mit Dorothea und ihrem Vater zusammenhängt, aber was ist das bloß?

Kaum sind wir allein, fangt Lionardo an zu brüllen wie ein Irrer, Schluss jetzt Salaì, deine Albernheiten stehn mir bis hier! Diesmal kannst du wirklich zur Hölle fahren, und er verpasst mir Tritte in den Hintern, aber so viele dass ich fast zurück nach Rom geflogen wär, und dann setzt es einen Haufen Schläge ins Gesicht auch dort wo mich schon der Mann mit den Beuleiern geschlagen so dass ich am Ende ausschaue wie ein Stück verkohltes Holz. Und dieweil Lionardo mich massakrirt schreit er, elender Mistkerl, deine Dorothea kannst du dir in den Hintern stecken, das ist doch bloß wieder einer von deinen saublöden Streichen, die du mir so gerne spielst, und ich erwidre, nein Vater, glaubt mir, es gibt sie wirklich.

Im Grunde hat Lionardo ja nicht ganz Unrecht, Signior Padrone, denn ich hab ihm wirklich schon massenweise Streiche gespielt, und Lionardo fällt immer drauf rein. Zum Beispiel hab ich ihm einmal mit ein paar Freunden einen Brief geschrieben der ging so: «Mein lieber Lionardo, ich find dich wunderschön und auch sehr intelligent denn das hat mir Salaì gesagt, dein Ziehsohn, und möcht ich gern dass du mich heut Abend in San Godenzo besuchen kommst dass ich dir die Gedichte vorlesen kann wo ich schreib und möchte gern wissen ob sie dir gefallen. Aber ich schreib dir heimlich denn ich bin erst sechzehn Jahre alt und mein Vater wacht eifersüchtig über mich und hält mich immerfort im Haus weil er sagt dass ich Brüste so groß als wie zwei Melonen hab und alle Bauernlümmel von San Godenzo mich vögeln wolln. Ich erwarte dich heut Abend unter der Brücke von San Godenzo wenn die Sonne untergeht und bitte dich inständig, komm, lass mich nicht allein, denn wenn ich unter der Brücke niemand habe der mich ganz fest drückt, dann fürchte ich mich.»

Lionardo dieser Tölpel ist drauf reingefallen, denn er hat sich erinnert dass ich in San Godenzo eine recht geile Bäurin kenn (ich bezweifle, Signior Padrone, dass ich Euch schon davon erzählt) die hat zwei so dicke Kugeln dass man im Sommer darunter schön kühl im Schatten sitzt. Aber er hat's auch geschluckt weil von Frauen hat er keinen Schimmer, und er weiß nicht dass so einen Brief nichtmal die versauteste Hure schreiben würde. Also ist er gleich nach San Godenzo gelaufen aber die Jungfer mit den dicken Brüsten hat er an dem Abend nicht gefunden, dafür war aber ich auf der Brücke mit meinen Freunden, und wir haben ihm einen Eimer mit

Wasser und Pisse auf den Kopf geschüttet und haben gerufen, ciao ciao Ser Lionardo, hier habt Ihr die Milch von den dicken Eutern der Bäurin, und seine Haare und sein Bart waren klatschnass dass er aussah wie dieser, wie heißt er noch gleich, ach ja, dieser Neptun, der Gott vom Meer wie er grad aus dem Wasser kommt. Schade dass Lionardo keinen Spaß versteht denn er hat so getobt vor Wut dass er mich dann in Fiorenza grün und blau geschlagen, und hat mir eine Woche lang fast nichts zu essen gegeben und mich nicht aus dem Haus gehn lassen.

Also hat mein Ziehvater Recht wenn ihm diese Geschicht mit Dorothea nicht ganz geheuer ist, denn er könnte ja denken ich hätt mich mit den Bauern abgesprochen und das alles wär bloß um ihn zu verarschen.

Wann mein Ziehvater wieder zu Atem kommt sagt er, Salaì, jetzt findest du mir sofort einen Weg wie ich nach Rom zurückkomme, sonst reiß ich dir den Schwanz ab und brat ihn in der Pfanne mit Knoblauch und Zwiebeln.

Bei diesen Worten, Signior Padrone, da ist mir ein Gedanke gekommen den ich Euch nicht recht erklären kann, aber hat mit den Zwiebeln zu tun nach denen der Mann stank wo mich verfolgt und mich vor der Taverne de la Campana umbringen wollt. Also, wenn ich klarer seh dann erklär ich's Euch genauer, denn hört Ihr wie mir diese Sache in den Kopf gekommen ist so lacht Ihr bloß laut und ich schäme mich es zu erzählen, weil wenn dann rauskommt dass ich mich geirrt hab würdet Ihr mir eine Standpauke halten die gar nicht mehr aufhört. Zu Lionardo aber sag ich, Vater, ich schwöre Euch und Ihr müsst mir glauben dass ich wirklich und wahrhaftig schon mal hier war, und hab hier geschlafen und Dorothea war dabei, und ob sie dabei war, ich hab sie sogar flachgelegt, und die kleine Magd ebenfalls, und wenn ich ein Weib vögel dann vergess ich vielleicht sie nach ihrem Namen zu fragen aber wo und wann und sonderlich wie ich sie gevögelt hab, das vergesse ich niemals nicht mehr, und erst recht nicht wenn ich sogar zwei im selben Haus und in einer Nacht vögele. Jaja, schon gut, wie üblich hast du nur deine Schweinerein im Kopf, sagt Lionardo dieweil er mir noch eine Ladung Maulschellen und Tritte in den Hintern verpasst. Aber jetzt fahren wir sofort nach Rom zurück denn wegen deiner verdammten Geschichte von dieser Dorothea haben wir mit Hin- und Rückfahrt schon drei Tage verlorn, und wenn er uns nicht findet zieht der Valentino uns beiden bei lebendigem Leib die Haut ab.

Doch grad in diesem Moment ist die Hilfe von Jesus gekommen, Signior Padrone, denn schließlich hab ich in den letzten Tagen reichlich zu ihm gebetet, ich weiß nicht ob Ihr Euch erinnert, aber ich bin ja in einem fort zur Messe gangen und hab eine Unmenge Avemaria und Paternoster gebetet und verdammt nochmal, ich hab's ja immer gesagt, wenn einer sich anstrengt kommt früher oder später was dabei raus. Nemlich wie wir grad fortgehn öffnet sich die Tür von einem Häuschen neben dem von den beiden Bauern und raus kommt der Kopf einer Alten die mag achtzig Jahre oder mehr auf dem Buckel haben. Ich grüße sie und sag, guten Tag, gute Frau, und sie antwortet, guten Tag, du schöner junger Fremder, was suchst du hier? Lionardo glaubt die Alte will uns auch schlecht behandeln und sagt unfreundlich, was willst du, Alte?, kümmer dich um deinen eignen Dreck und lass uns vorbei. Ich dagegen Signior Padrone, ich hatte ein mordsmäßiges Verlangen jemand zu finden der mir erklärt was zum Teuffel hier passirt ist, nemlich warum Dorothea mich erst rufen lässt und jetzt niemand da ist und warum keiner zugibt dass er sie kennt und warum die Insel im See von einer Seite zur andren gewandert und Haus und Land von Dorotheas Vater verlassen sind etcetera etcetera. Außerdem hatte ich bemerkt, Signior Padrone, dass die Alte eine sehr lange und ganz grade Nase hat, genau wie der Bauer der mit seiner Frau daneben wohnt und uns praktisch zur Hölle geschickt hat ohne uns irgendwas zu sagen, und wegen dieser Nase denk ich, wetten die Alte ist die Schwiegermutter von der bösen Bäurin? Also bring ich Lionardo zum Schweigen und zu der Alten sag ich folgendes: Gute Frau, um die Wahrheit zu sagen stecken wir zimlich in der Patsche wegen gewisser sonderbarer Sachen so uns in Rom passirt, und wir sind gekommen ein freundliches Weib das hier nebenan wohnt um Hilfe zu bitten, aber statt uns zu helfen hat sie uns praktisch die Tür vor der Nase zugeschlagen, denkt nur wie eigenartig, erst tut sie so freundlich und dann hat sie uns behandelt als wie Dreck!

Oh ja mein Junge, ich versteh dich, mir ist dasselbe passirt, sagt die Alte da, und mit dem dümmsten Gesicht der Welt frage ich, ach wiiiirklich? Warum denn? Oh, mein lieber Junge, du bist noch jung aber wenn du mal heiratest wirst du schon sehen zu welch schändlichem Verrat deine eignen Verwandten fähig sind.

Signior Padrone, die Mütterchen auf den Dörfern sind alle gleich und ich hab mir viel von den alten Weibern in meiner Familie anhören müssen bevor mein richtiger Vater mich Lionardo anvertraut hat*, und drum weiß ich genau wie sie denken, nemlich zuallererst möchten sie die Frau ihres Sohns am höchsten Baum im Dorf aufhängen denn die geht ihnen maximamente auf den Senkel, und sie sind gelb vor Eifersucht bis zu den Haarspitzen.

* Nach den heute bekannten Quellen übertrug sein Vater Pietro um 1490, als Salaì etwa 10 Jahre alt war, Leonardo das Sorgerecht für den Jungen.

Und wirklich, die Alte fangt an auf jede mögliche Weise schlecht über ihre Schwiegertochter zu reden, und da sag ich Ihr, arme alte Frau, hört doch nur, Vater, hört Euch das an etcetera. Kurz, ich hab ihr sehr übertrieben was vorgemacht damit ich der Alten ~~simmpa simpatit simppatet~~ damit sie mich nett findet, und auf ihr Gezeter über die Schwiegertochter hab ich noch eins draufgegeben und sag, oh ja, Eure Schwiegertochter ist fürwahr eine grässliche Ziege, und da fragt die Alte, sagt mal, ihr zwei, was wolltet ihr eigentlich von ihr wissen? Gute Frau, sage ich, wir wollten mit Dorothea sprechen, der schönen großen Teutschen die hier mit ihrem Vater und einer Magd gewohnt denn sie hat uns suchen lassen durch einen Bauern, doch heut haben wir das Haus verschlossen und leer vorgefunden etcetera etcetera. Ich erzähl ihr also die ganze Geschicht, und dieweil ich spreche les ich in den Äuglein von der Alten einen Ausdruck wie Oh das ist fein jetzt werd ich mich mal ein bisschen rächen. So hat am Ende der Hass zwischen Schwiegermutter und Schwiegertochter gesiegt genau wie ich gehofft, Signior Padrone, denn der ist eine der mächtigsten Sachen auf der Welt, glaube ich, und drum rat ich meinen Freunden immer wenn sie unbedingt heiraten wollen ist's besser zu warten bis sie und das Weib Waisen und alle vier Eltern gestorben sind, denn dann gibt's keine Schwiegereltern mehr die einem Tag und Nacht den Nerv töten.

Aber jetzt wartet, Signior Padrone, verflucht was muss ich gähnen, entschuldigt aber ich bin saumüde und drum, wenn Ihr gestattet, schlaf ich jetzt ein paar Stunden, sonst kriege ich noch irgendeine schlimme Krankheit am rechten Daumen den ich mir mit all dem Schreiben schon fast kaputtgemacht zumal wo ich mich immer sehr beeilen muss und nicht vor Lionardo schreiben kann der gottlob jetzt schon eine

Weile schläft, also bitt ich Euch, habt Geduld und wartet denn sobald es mir besser geht schreib ich Euch die Geschichte gleich weiter, wir sind nemlich noch nicht am Ende, ha ganz im Gegenteil.

Stets begierig Euer Sklave zu sein
Salaì

54.

Mein vortrefflicher und überaus gnädiger Padrone,

ich hab einen sehr guten und lobenswerten Schlaf getan, drum kann ich die Erzählung von eben fortsetzen. Also, die Alte tut zwar ganz unschuldig aber in Wahrheit macht's ihr einen Heidenspaß uns Sachen zu berichten bei denen ihre Schwiegertochter eine schlechte Figur macht, und sie sagt es ist erstunken und erlogen dass die Frau von nichts weiß denn sie ist eine Schlange und falsch und verlogen, wo doch alle in der Gegend genau wissen dass Dorothea und ihr Vater und die kleine Magd vor zwei Tagen das Haus verlassen haben, und sind fortgegangen aber keiner weiß wohin. Die Alte sagt, auch damals als sie das Haus gemietet haben wusste keiner woher sie kamen, und der Vater von Dorothea hält nachts Zusammenkünfte mit andren Teutschen ab und hat auch sonst viel sonderbar Geschäffte und sicher hat er das Haus gemietet weil's weit weg ist von Rom, nemlich in einem Ort wo nur dumme Bauern leben die von nichts eine Ahnung haben außer von Hühnern und Schweinen und ihrem Garten. Lionardo und ich sind seit vielen Jahren die ersten Fremden die hierher kommen und auch die einzgen die jemals nach den Teutschen gefragt, oder Moment mal, wartet, ihr seid nicht die einzgen, sagt die Alte. Ach nein?, wer ist denn gekommen und hat nach ihnen gefragt? Oh, das war vor langer Zeit, es mag vier fünf sechs Jahre her sein, ich erinnre mich nicht genau. Aus Rom ist ein Mann gekommen begleitet von sowas wie einem Schreiber und sie wollten wissen wer in dem Haus wohnt das dann später das von Dorothea war, aber damals wohnte ein andrer Teutscher darin, denn in dem Haus haben immer nur Teutsche gewohnt, Leute die aus Rom kamen und gingen, und es hieß dass sie alle für den Papst gearbeitet haben. Aber hör zu, mein lieber Junge, ich hab niemals Fragen gestellt, denn ich will mich nur um meinen eignen Kram kümmern, ich bin eine anständige Frau, nicht so eine die ihre Nase in andrer Leute Wirtschaft steckt, meine Schwiegertochter dagegen wo eine Klatschbase ist die könnte euch noch weiß Gott mehr erzähln, aber es hat sowieso keinen Zweck zu ihr zu gehn, sie erzählt ja nur Lügen, und wie die Alte das sagt hebt sie die Augen zum Himmel wie wenn sie sagen will, tja, meine Lieben, hier in der Gegend sind die Frauen alle Schlangen und gibt nur eine einzige anständige, und das bin ich.

Ich versteh die alten Weiber gut, sie sind alle listig und beklagen sich gern, und so frag ich sie, gute Frau, sag uns bitte wer der andre Mann war der aus Rom gekommen um die Teutschen zu suchen? Naja, ich weiß nicht ob ich mich genau erinnre, und außerdem müsst ihr wissen es war auch eine zimlich hässliche Geschichte, denn der Mann aus Rom wollt mit einem der Bauern aus dem Dorf sprechen, weil der kennt die Teutschen von hier gut. Aber dieser Bauer war grad nicht da und so hat der Mann aus Rom seinen Namen dagelassen und gebeten dass er ihn in Rom besuchen kommt. Und ein paar Wochen später wann der Bauer nach Rom fährt findet er raus dass der Mann tot ist, und es heißt sein Diener hat ihn mit dem Beil erschlagen, und so ist der Bauer ganz verängstigt ins Dorf zurückgekommen und hat gesagt, mamma mia, in was für eine üble Geschichte wär ich da fast reingeraten. Jedenfalls mein ich dass der Bauer diesem Fremden aus Rom sowieso nicht hätte helfen können, denn der Fremde verstand fast gar nicht wie wir hier sprechen. Ach, war er denn kein Italiener? Natürlich nicht, Junge, hab ich dir nicht gesagt dass er ein Spanier war? Er hat sogar gesagt dass er aus derselben Gegend kommt als wie der Papst, aber frag mich nicht wie er hieß denn ich bin eine arme alte Frau, und an Sachen von vor fünf sechs Jahren kann ich mich wirklich nicht mehr erinnern. Du müsstest meine Schwiegertochter fragen, aber ist ja sowieso nutzlos, denn sie ist eine Natter und auch wenn's sie wüsste würd sie's dir bestimmt nicht sagen, das hast du jetzt auch eingesehn, nicht wahr?

Oh ja natürlich, das hab ich verstanden, sag ich dieweil ich aus dem Augenwinkel seh dass Lionardo von der ganzen Geschicht einen feuchten Dreck versteht, aber er hat Angst und ist kreideweiß im Gesicht geworden.

Entschuldigt, gute Frau, sag ich weiter, aber was wollte der Spanier denn bloß von dem Bauern aus eurem Dorf wissen? Kann man vielleicht mit dem Bauern sprechen? Oha, mein Junge, jetzt habt ihr aber wirklich einen Haufen Fragen, sagt die Alte und macht ein pfiffges Gesicht, denn es stimmt ja, erst haben Lionardo und ich nur gesagt dass wir Dorothea suchen und jetzt wollen wir doch viel mehr wissen. Jedenfalls kannst du mit dem Bauern nicht sprechen, sagt die Alte, denn ein paar Monate nachdem er aus Rom zurück ist er eines schönen Tags nach der Arbeit auf dem Feld nicht mehr zurückgekommen, und niemand hat ihn nicht mehr gesehn, was für ein Glück dass er nicht verheiratet war sonst hätt er gar Frau und Waisenkinder hinterlassen, der Arme.

Was für eine eigenartige Geschichte, sage ich, aber hör mal, gute Frau, erinnerst du dich denn wirklich gar nicht mehr was dieser Spanier von dem Bauern wissen wollt? Ach fragt mich nicht, seither ist viel Zeit vergangen, sagt sie aber an ihren Augen sieht man dass sie sich an was erinnert, und ob, denn in diesen Kuhnestern passirt niemals was und wenn doch dann reden die Leute im Dorf zehn Jahre lang nur darüber. Ach ja, warte, vielleicht erinnre ich mich doch, sagt sie endlich, aber ich bin nicht sicher, weißt du, mir scheint der Spanier wollt den Bauern fragen ob er die Teutschen über einen hat reden hörn der Bücher schreibt. Einer der Bücher schreibt? Hieß der vielleicht Tacitus?, frag ich denn von den Schriftstellern kenn ich fast keinen und so hab ich den ersten Namen gesagt der mir in den Sinn gekommen. Nein, ich glaub es war ein Name der was mit einem Bock zu tun hatte. Hieß er Boccaccio?, fragt Lionardo und die Alte sagt, ja bravo, Boccaccio, genau der war's, und ich erinnre mich nur weil ich ungebildet bin und diesen Namen kannte ich vorher nicht und schien mir sehr lustig, Boccaccio ist ein lustiger Name, findet ihr nicht auch?

Ja gewiss, er ist wirklich lustig, sagt Lionardo, aber in Fiorenza ist er sehr bekannt, denn Boccaccio war Toskaner und zu seiner Zeit hoch verehrt, aber jetzt erklär mir mal, Alte, wieso sagt mein Sohn dass die Insel im See auf der rechten Seite war und jetzt ist sie auf der linken? Ich bin ein Baumeister und sehr kundig in Dingen der Wassertechnik, zum Beispiel kenn ich die Wissenschafft wie man Brücken über Flüsse und sogar übers Meer baut, auch versteh ich viel von Inseln, und ich bin sicher dass sie sich niemals bewegen. Ihr wollt wissen warum die Insel sich bewegt hat, fragt die Alte.

Hahahahaha hahah, aber das ist ja gar keine Insel!, lacht sie wie eine Gluckhenne, man sieht dass ihr Fremde seid und von dieser Gegend nichts wisst, denn hier weiß jeder, dass das gar keine Insel ist sondern nur ein Haufen Grünzeug, nemlich Stoppeln Blätter Gras Zweige und andre tote Pflanzen die auf dem See schwimmen und bewegen sich mit der Strömung, und wo sie alle so aneinanderkleben sehn sie aus wie eine Insel, aber die ist bloß künstlich, verstanden?

Euch immerdar ergeben

Salaì

55.

Padron, der ihr alle erdenklichen Komplimente verdient

gleich nach dem Schwatz mit der Alten sind Lionardo und ich zum See gelaufen um zu prüfen ob das Weib Recht hat, und wir werfen einen großen Stein mitten auf die Insel, und wie er auftrifft sehn wir dass er pflatsch macht und viele Spritzer und auf den Grund sinkt, also ist es keine Insel sondern bloß ein Haufen dämlicher Pflanzen nemlich solche wie sie auf allen Seen schwimmen, bloß sind es hier so viele dass sie ein Art kleinen Hügel bilden der aussieht als wie eine Insel.* Natürlich ist Lionardo wieder wütend geworden und sagt, Salaì, Du bist und bleibst ein Schwachkopf denn du hast mir gesagt

* Der von Salaì beschriebene See mit der schwimmenden Insel könnte der See bei Posta Fibreno sein (Provinz Frosinone), der schon in der Antike für seine besonderen Eigenschaften berühmt war.

das wär eine Insel wo es bloß ein Haufen Blätter und Sumpfpflanzen ist, und vor der Alten hast du mich auch blamirt. Ich entgegne, aber Vater, Ihr sagt Ihr seid ein Fachmann für die Wassertechnik von Flüssen etcetera und wisst nicht mal dass es künstliche Inseln wie diese hier gibt? Warum studirt Ihr nicht solche Dinge statt Euch immer so einen Blödsinn auszudenken wie zum Beispiel den Arno umzuleiten, den schönen Fluss in unserm Fiorenza, und hoffentlich erlaubt Euch das keiner, denn eine so verrückte Idee die würde in einem riesigen Durcheinander enden*.

Dieweil wir um den See gehn und Lionardo verstummt ist weil er vielleicht grübelt dass seine Ideen wirklich alle fauler Zauber sind, denk ich, mamma mia, wenn die Teutschen nun auch uns beide verschwinden lassen? Denn nach der Erzählung der Alten liegt's auf der Hand dass der spanische Fremdling der gekommen ist um nach den Teutschen in dieser Gegend zu fragen, wirklich der spanische Poggio war, und den Bauern der ihn in Rom besuchen wollt (aber da war der spanische Poggio schon tot), den hat man auch um die Ecke gebracht, weil er hat irgendwas gewusst was den Teutschen Elsässern Alemannen etcetera mächtig gestunken hat. In dieser Geschichte spielt auch Boccaccio eine Rolle, und ich entsinne mich dass Lionardo mir in den ersten Tagen in Rom von Boccaccio erzählt und mir gesagt hat dass Boccaccio und Petrarca die ersten Antikisten warn. Später hab ich auch die Teutschen von Boccaccio reden hören wann ich sie in der Hütte von Dorotheas Vater heimlich belauscht, aber ich hab nicht verstanden warum sie von ihm sprachen. Wie Lionardo mich schon wieder

* Salaì bezieht sich auf das bekannte, nie realisierte Projekt Leonardos, den Arno umzuleiten, um das feindliche Pisa von seiner Wasserzufuhr abzuschneiden.

mit Drecksack Idiot und Bastard beschimpft, sag ich, aber Vater, was kümmert's Euch dass Ihr Euch vor der Alten blamirt? Wir müssen rauskriegen was hier passirt bevor man uns auch verschwinden lässt wie den Bauern der den spanischen Poggio kannte. Denn die Weiber in Rom denen ich einen Dienst besorgt hab, nemlich die Magd und die andren, sind auch schon fast alle auf unglaubliche Weise verschwunden, sie haben sich einfach in Luft aufgelöst pfffhh wie die Fürze von Lionardo. Es gibt also nur eine Möglichkeit rauszufinden was hier passirt ist, aber das kann ich Euch, Signior Padrone, jetzt nicht erklären, denn wir haben grad einen Bauern gefunden der uns in die Stadt zurückfährt und müssen sofort auf seinen Karren steigen sonst lässt er uns einfach stehn.

Euer eifriger Diener
Salaì

56.

Mein Padrone, der ihr jegliche gute Eigenschaft besitzt

also wie ich schon sagte, was wir jetzt tun müssen ist dass wir die Zigeunerin fragen, denn wenn man's genau bedenkt hat sie alles richtig vorhergesagt: die Sache mit den Gehenkten (der Dieb der auf dem Campo de Fiore hingerichtet wurd und die Zeichnungen die uns mit Galgen und Strick bedrohn) und die Geschichte mit Poggio, also im Grunde sämtlich all die Scherereien die Lionardo sich eingehandelt, aber vor allem ich der ich fast umgelegt worden wär, und auch die Sache mit den Alemannen, die Verleumdungen von dem Papst etcetera

etcetera. Denn nachdem er die Karte mit dem Aufgehängten gezogen hat die Zigeunerin meinem Ziehvater klipp und klar gesagt dass er wegen Poggio Bracciolini in Gefahr ist.

Auf der Fahrt nach Rom hab ich Lionardo erstmal erklärt dass der Dieb den man am Campo de Fiore aufgeknüpft hat in Wirklichkeit kein Alemanne war und auch kein Teutscher, sondern bloß ein Bauer aus den Abruzzen der nicht mal sprechen konnt, aber Lionardo wird nicht böse dass ich's ihm nicht früher gesagt denn jetzt wissen wir was dem spanischen Poggio passirt ist, und darum sind die Zweifel alle verflogen die ich vorher hatte, nemlich dass ich womöglich alles nur geträumt hab und die Alemannen Straßburger Teutschen etcetera unschuldige gute Menschen sind.

Wann wir zu der Zigeunerin kommen ist sie freundlich aber ein bisschen weniger als beim letzten Mal, und sie sagt sofort, Ser Lionardo, ich hab Euch tausendmal suchen lassen und Nachrichten in Eurer Herberge hinterlegt, und wie die Zigeunerin das sagt, Signior Padrone, da dämmert's mir plötzlich, aaach ja, sie war das also die diesen Zettel mit der zittrigen Schrifft die man ums Verrecken nicht entziffern konnt geschickt hat, denn die Zigeunerin ist schon zimlich alt, und jetzt will auch sie ihr Geld, denn sie sagt, oh Ser Lionardo, wenn Ihr wüsstet was für gute Arbeit ich für Euch geleistet hab! Und sie gibt meinem Ziehvater ein winziges Fläschchen mit einer Flüssigkeit drin und sagt, hier bittesehr, ich hab Euch einen Zaubertrank gebraut der all das Ungemach von Euch fernhalten wird das Euch bis jetzt beschwert hat, es genügt, wenn Ihr Euch vor jeder wichtigen Unternehmung zwei Tropfen hinters Ohr träufelt, zum Beispiel wenn Ihr über einen wichtigen Auftrag sprechen müsst den man Euch übertragen will (und hier sieht man schon dass die Zigeunerin eine Niete ist denn kein Schwein gibt Lionardo wichtge

Aufträge), und seid getrost denn Ihr werdet mit meiner Protection wirklich gut schlafen, weil meine Schutzmittel sind sehr mächtig, ich bin nemlich nicht wie diese Betrüger wo eine rechte Sache versprechen und dann bloss ein Duftwässerchen verkaufen und die Leute bezahlen lassen als wär's ein echter Zaubertrank, kurzum die Zigeunerin hat das übliche Gewäsch von sich gegeben wie alle ihrer Art wenn sie bei Tölpeln wie Lionardo ordentlich absahnen wolln. Da ist mir der Kragen geplatzt, Signior Padrone, denn es geht mir ja schon auf den Sack wenn ich mir das Gerede von einem scharfen jungen Weib anhörn muss bevor ichs ihr besorgen kann, ganz zu schweigen von einer hässlichen alten Vettel wie der Zigeunerin die obendrein Unsinn redet und Lionardo außerdem noch sein Geld klaut, wo es doch viel besser wär, entschuldigt bitte, Signior Padrone, wenn ich's ihm klauen tät, oder etwa nicht? Also reiß ich dieser alten Ziege das Fläschchen aus der Hand, werf es auf den Boden und trampel mit den Füßen drauf rum bis das Glas knirscht und zerbricht, dieweil die Zigeunerin vor Staunen die Augen aufreißt, denn von all den Idioten die zu ihr kommen hat bestimmt noch keiner sowas gemacht, obwohl sie's wirklich verdient.

Lionardo schreit, aber Salaì, was fällt dir ein, bist du verrückt geworden?, denn er hat Angst dass die Zigeunerin ihn jetzt mit einem Fluch belegt und sein Pech noch schlimmer macht wo er eh schon so viel hat, aber mir ist das wurst, denn an die Hexereien und Zaubermittel von den Zigeunerinnen glaub ich nie und nimmer, nein, nein, und mal ehrlich, Signior Padrone, ein schönes Paternoster hat viel mehr Macht weil es sich direkt an Jesus richtet, und das ist einer der weiß was er tut. Drum beschließe ich das anzuwenden was ich und meine Freunde in Fiorenza den Wahrheitskniff oder auch das Krickkrack nennen, nemlich ich pack die Zigeunerin an einem Ohr und zieh sie nach unten bis ihr Gesicht auf den Tisch gequetscht wird, und dann sage ich, jetzt halt den Mund, Weib, und hör mir gut zu, hier in Rom versucht jemand seit einiger Zeit mich umzubringen, und andre Leute sind schon kaltgemacht worden, drum hab ich keine Lust mir deine Lügen anzuhörn, du sollst mir nur zwei Sachen sagen, nemlich erstens wieso zum Teuffel hast du gewusst dass der Dieb aus den Abruzzen gehenkt werden würd, und drittens wer ist das der mir und Lionardo Zettel mit einem Gehenkten drauf geschickt, sonst zwirbel ich dir das Ohr so lange bis es Krickkrack macht, als wie das Fläschchen mit deinem verfluchten Trank unter meinen Füßen, verstanden?

Das Weib das wie alle verlogenen Zigeunerinnen kein bisschen Würde hat schreit, ooh aua, ich bitte dich, schöner Jüngling, tu mir nicht weh, ich werd dir alles sagen was du wissen willst, ja ich koch dir sogar umsonst einen Zaubertrank der macht dass sich alle Frauen der Welt in dich verlieben und dass du ein reiches Weib findest das bald stirbt und dir eine große Erbschaft hinterlässt, aber ich schwör's dir, von dieser Geschichte mit Gehenkten weiß ich gar nichts, ich schwöre, bitte lass mein Ohr los, au aua, das tut verdammt weh. Einen Scheiß hab ich getan, Signior Padrone, und ihr Ohr losgelassen, nein, ich hab's gequetscht bis sie endlich gesteht dass die Karte von dem Aufgehängten mit einem Trick rausgekommen ist den Lionardo nicht bemerkt hat, nemlich die Zigeunerin hat Lionardo den Stapel Karten nicht mischen lassen bevor er den Aufgehängten gezogen hat, und wann sie ihm gesagt er soll elf Karten abheben, wusste sie schon welches die zwölfte war, nemlich just der Aufgehängte, denn sie hatte den Stapel so vorbereitet. Aber diese Karte hat sie nicht rauskommen lassen, um so zu tun als könnte sie das Erhängen und die Zettel mit den Drohungen vorhersehn, sondern weil die Gestalt des Aufgehängten ein angewinkeltes Bein hat, und es scheint als wenn sein Körper mit dem einen geknickten Bein ein P und ein B bildet, je nachdem wie du ihn anschaust, nemlich ein P wenn du den Körper wie eine einzge Linie betrachtest, oder ein B wenn du dir vorstellst dass der Ellenbogen unter dem geknickten Bein einen zweiten Halbkreis formt, grad wie der untere Bauch eines B, egal, ich leg Euch eine Karte vom Aufgehängten in den Brief, darauf hab ich das P weiß und das B schwartz gemalt, als Hilfe zum Verstehen für Euch, wiewohl ich sicher bin dass Euer trefflicher Geist sowas eigentlich nicht braucht:

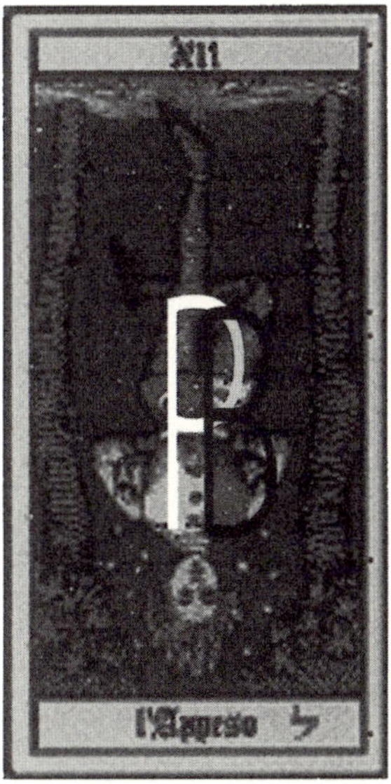

Und hätt ich jetzt nicht diesen ganzen Wirbel gemacht, dann hätte sie uns gesagt dass die Karte vom Aufgehängten rausgekommen ist weil der Grund von Lionardos Missgeschicken

P.B. ist, nemlich Poggio Bracciolini, und dann hätt die Zigeunerin uns vormachen können dass sie das durch Magie rausgefunden hat, und zuletzt hätt sie uns als Schutz ihren Trank aufgeschwatzt, meine Güte was für ein Betrug. Die Zigeunerin hat Stein und Bein geschworen dass sie von dem Dieb der tatsächlich am Campo de Fiore gehenkt wurd und auch von den Drohungen mit den Billetts rein gar nichts wusste, und schließlich hab ich ihr geglaubt, denn unterdessen hab ich ihr Ohr immer weiter nach vorn und hinten verdreht bis es Krickkrack gemacht, als wie das Fläschchen aus Glas mit ihrer blöden Protection, und das ist der Moment wo die Leute zimlich sicher die Wahrheit sagen.

Und, Signior Padrone, das kann ich Euch wirklich bestätigen, denn Zigeunerinnen wie dieser haben ich und meine Freunde in Fiorenza schon haufenweise Streiche gespielt, weil Zigeunerinnen gehn uns maximamente auf die Klöten, sonderlich mir wo sie Lionardo immer das wenige Geld abluchsen das er hat, wogegen wenn ich es ihm abluchse kann ich's jedes Mal gut gebrauchen. Zum Beispiel sind meine Freunde und ich einmal mitten in der Nacht in das Zelt von einer Zigeunerin gegangen, dieweil sie schlief, und waren alle verkleidet mit schwartzen Mänteln und Kapuzen auf dem Kopf mit bloß zwei Löchern für die Augen und haben sie geweckt mit grässlichen Schreien, buuuuh baaaah boooh, wir sind das Tribunal der schwartzen Magie, und jetzt bestrafen wir dich für all den Stuss den du den Leuten erzählst um ihnen ihr Geld abzuknöpfen, und du musst all deine Lügen gestehn, und wenn du sie nicht gestehst dann schicken wir dich gradewegs in die Hölle. Erst hat die Zigeunerin eine Scheißangst gehabt, aber dann wollt sie trotzdem nicht gestehen, denn die Zigeunerinnen, Ihr habt ja keine Ahnung, Signior Padrone, wie schamlos die sind, und haben sie nichtmal Angst vorm Teuffel. Da haben wir ihr eine Spezialität auf den Kopf geschmiert die hatten wir bei Lionardo zuhause vorbereitet und heißt Großmutters Leckerei, nemlich Kacke und Pisse die man langsam in einem Topf erhitzen muss bis es eine zähe Masse ergibt, und ist sehr wirkungsvoll, denn wenn du sie irgendwo draufschmierst so bleibt sie für immer da kleben, und der Gestank nach Scheiße geht die nächsten dreißig Jahre nicht mehr weg. Der Zigeunerin die mittlerweile schon zimlich übel dran war haben wir noch gehörig das Ohr umgedreht bis es Krickkrack gemacht, und grad in dem Moment hat die alte Vettel gestanden, nun gut, ich geb's ja zu dass ich einen Dreck vorhersagen kann und alle Leichtgläubigen betrüge die zu mir kommen, und alle schröpf ich um einen Batzen Geld, und das beweist, Signior Padrone, dass die Metode mit dem Krickkrack wunderbar funktionirt. Nachher sind ich und meine Freunde mit dem ganzen Geld von der Zigeunerin weggegangen, denn sie hat's ja sowieso an allen Ecken und Enden gestohlen, und ich versteh zwar nichts vom Gesetz, Signior Padrone, aber meiner Meinung nach hatte sie bestimmt nicht das Recht dieses Geld zu behalten, oder?

Ich komm jetzt besser wieder auf die andre Zigeunerin zurück, also die aus Rom, sonst bring ich noch alles durcheinander. Nun, zu der aus Rom sag ich, gut, jetzt hast du gestanden dass du uns nichts als gemeine Lügen erzählt hast, also musst du auch ausspucken wer dir befohlen hat uns was von Poggio Bracciolini zu sagen. Sie ~~schluz~~ ~~schlutcht~~ ~~schlehz~~ heult und sagt, ich bitt Euch, glaubt mir, niemand hat mir den Namen Poggio Bracciolini gesagt, ich hab ihn zum ersten Mal von Ser Lionardo gehört, und jetzt lasst mein Ohr los, ich flehe Euch an, denn es tut höllisch weh.

Lionardo der immer mehr Angst vor einem Fluch der Zigeunerin kriegt, sagt, komm schon, Salaì, lass ihr Ohr los, aber ich sage, nein, ganz bestimmt nicht, und du, Weib, pass auf, denn wenn du mir nicht die Wahrheit sagst mach ich auch mit deinem andren Ohr Krickkrack, also was ist nun, bekommst du Befehle von den Teutschen, ja oder nein? Nein, habt Erbarmen, es ist genug, ich weiß überhaupt nichts von den Teutschen, aber wenn Ihr Euch unbedingt in deren Angelegenheiten einmischen wollt dann geht zur Toten Stadt. Wie bitte?, fragt Lionardo denn er erinnert sich was ich ihm von der kleinen Magd von Dorothea erzählt hab, nemlich dass die Teutschen sich an einem Ort versammeln der die Tote Stadt heißt, aber wenn ich bloß diesen Namen höre, Signior Padrone, krieg ich gleich große Lust nach Fiorenza zurückzugehn, oder nein, lieber noch weiter weg, nemlich nach San Godenzo zu einer Freundin von der ich Euch noch erzählen muss, und für immer möchte ich dieses beschissne Rom vergessen und niemals mehr weg aus der Toskana und meinem Fiorenza, Gott segne es, Amen.

Also lasse ich das Ohr der Zigeunerin los und sage, hör mal, was weißt du denn über diese Tote Stadt? Sie fängt sofort an sich das Ohr zu massiern und zieht ein vor Schmerz verzerrtes Gesicht das mir sehr übertrieben erscheint, denn ich hab nur einmal Krickkrack bei ihr gemacht und ihr Großmutters Leckerei auch erspart, also ist sie im Vergleich zu andren Zigeunerinnen noch ganz gut weggekommen. Wie ich die Frage wiederhol und dabei eine Bewegung mach dass ich auch ihr andres Ohr packen will, wird die Zigeunerin böse und schreit, Ihr beiden stinkt wirklich vor Dummheit, ihr seid schon so lange in Rom und wisst noch immer nichts von der Toten Stadt der Teutschen, wo doch sogar die Steine auf der Straße davon wissen und jeder kann's euch sagen den man danach fragt. Wenn sie so berühmt ist, fragt Lionardo, wo finden wir sie dann? Ja, wisst ihr Hohlköpfe denn nicht dass alle Bauern von Rom und Umgebung sie kennen?, und dann fängt sie an zu weinen wie ein kleines Mädchen und sagt, ich bitt Euch, lasst mich allein, ich hab nichts Böses getan, und es wirkte fast echt, denn die Zigeunerinnen können gut auf Kommando weinen, Signior Padrone, nemlich immer wenn's ihnen passt, aber man darf ihnen niemals nicht glauben, sonst hauen sie einen garantirt übers Ohr.

Euer getreuer
Salaì

57.

Mein sehr gütiger und höchst rechtschaffener Padrone,

nach all dem was wir erfahren, und sind nicht grad erfreuliche Sachen, würd ich, wie ich Euch schon mehrmals gesagt, am liebsten diese ganzen schmutzigen und gefehrlichen Geschichten von Rom hinter mir lassen, denn es mag ja sein dass die Weiber hier etwas schärfer sind als wie bei uns, und nehmen auch den Schwengel sehr gut, aber wo einem hier fortwährend ein gewaltiger Schrecken eingejagt wird mit Politik und Intrigen und Machenschaften ist mein Schwengel schon drauf und dran dass er zu mir sagt, tut mir sehr leid, Salaì, aber ich geh mir einen neuen Herrn suchen der ein normaleres Leben führt. Kurzum, ich sag's Euch noch mal, Signior Padrone, ich hätte große Lust zurück nach Fiorenza zu gehen, aber wie Ihr wisst will ich meinen Dienst für Euch so lange tun bis Ihr zufrieden seid, und vor allem bis Ihr mich bezahlt habt, was ebenfalls sehr wichtig ist, und außerdem gibt's noch einen viel wichtigeren Grund diese Arbeit nicht aufzugeben, nemlich wann wir in die Herberge zurückkommen finden wir eine Nachricht vom Valentino höchst persönlich, und er hat wenige kalte und böse Zeilen geschrieben, weil er noch immer kein Ergebnis von Lionardo hat, sondern bloß Worte, und schreibt sogar (was sehr schlimm ist) dass er sich fast verarscht fühlt, und wenn einer wie der Valentino sowas schreibt der morgens beim Frühstück schon sein Schwert auf dem Tisch liegen hat und gut gelaunt eine Liste von den Feinden schreibt denen er am Tag zuvor die Kehle durchgeschnitten, dann ist das keine gute Sache. Wie Lionardo die Nachricht gelesen, kriegt er solche Angst dass seine Augen rund werden und vorquellen wie zwei Wachteleier, und es entfährt ihm sogar ein kleiner aber stinkiger Furz was bedeutet dass ihm die Angst auch faulige Säfte in den Eingeweiden macht, und das ist bei seinem Alter ein ziemlich übles Zeichen.

Darauf machen wir uns zusammen ans Nachdenken was nie einfach ist, denn in Lionardos Kopf geht's immer konfus zu, wogegen ich igniorant bin aber immer alles im Flug begreif, und darum muss ich ihm jede kleinste Sache mit viel Geduld erklären. Mein Ziehvater und ich finden also raus dass wir erstens Gefahr laufen dass der Valentino wenn er das nächste Mal mit seinen Freunden Ball spielt unsre Köpfe dafür benutzt, und dann sollte man lieber was dagegen unternehmen auch wenn's gefehrlich ist. Drittens wär's zum Beispiel eine gute Idee in die Tote Stadt zu gehn wo die Versammlungen der Teutschen stattfinden, aber wann? Fünftens erinnere ich mich an zwei Dinge, nemlich dass die betrunknen Teutschen mit denen ich draußen vorm Gasthaus de la Campana um die Wette gepisst, dass die gesagt haben die Versammlungen der Bruderschaft der Teutschen finden am Mittwoch statt. Zweitens und letztens, wann ich in Dorotheas Haus war hab ich gesehn wie die teutschen Freunde von ihrem Vater zusammenkommen, und das war am Freitag, also kann es sein dass Freitag der Tag ist wo sie ihre dämlichen Versammlungen abhalten, nemlich nachdem sich einige von ihnen, also die wo Mitglieder der Bruderschaft sind, schon am Mittwoch gesehn und am nächsten Tag, also am Donnerstag, miteinander abgesprochen haben. Und indem dass heute Donnerstag ist haben wir Glück, denn vielleicht versammeln die Teutschen sich ja gar nicht jeden Freitag, aber möglicherweise morgen, und drum könnten wir jemanden finden der uns in die Tote Stadt bringt, und schaffen wir's nicht noch heute hinzukommen könnten wir heut nacht im Haus von einem Bauern schlafen wenn wir ihm ein bisschen Geld geben (Lionardo hat sich schon etwas von mir geliehn, so ein Mist, denn ich hatte ja noch das Geld von Sander, aber ich hoff ich kann's mir wieder zurückholen).

Also sind wir über ein paar Märkte gegangen, und es war auch zimlich leicht einen Bauern zu finden der bereit war uns morgen zur Toten Stadt zu bringen, wir müssen ihn nur bezahlen. Wir erklären ihm dass wir morgen gegen Abend ankommen wollen, nemlich wenn es schon fast dunkel ist, denn ich hab mich erinnert dass die kleine Magd gesagt hat, die Freunde von Dorotheas Vater gehn abends oder praktisch nachts zur Toten Stadt. Der Bauer sagt, entschuldigt, aber was zum Teuffel wollt Ihr des Abends in der Toten Stadt? Sorg dich nicht, sagen wir, es genügt wenn du in der Nähe mit deinem Karren wartest bis wir zurückkommen, verstanden? Der Bauer macht ein misstrauisches Gesicht, also versprechen wir ihm ein bisschen mehr Geld und er sagt, na gut. Schlafen können wir bei ihm zu Haus, aber wir müssen bezahlen, denn, Signior Padrone, die Bauern interessirn sich nur für Geld, und wenn sie dich in ihr Haus einladen sagen sie, schau mal, wie schön mein Land, schau mal die schönen Bäume und Felder, aber ihnen geht's nur ums Geld, das weiß ich, denn auch der Vater von meiner Freundin der Bäuerin in San Godenzo, der hat Hände, wenn die nicht jeden Tag einen schönen Batzen Geld anfassen können dann zittern sie so sehr dass du damit ein Ei schlagen kannst.

Auf der Fahrt sagt der Bauer dass wir's nicht mehr schaffen werden am selben Abend anzukommen, und darum werden wir zum Schlafen bei ihm bleiben und am nächsten Abend zur Toten Stadt fahren. Dann erklärt er uns dass diese Tote Stadt eigentlich Ninfa heißt*, und ist eigentlich eine Stadt die früher mal fast wie Fiorenza war, nemlich reich bevölkert, und es ward lebhafter Handel betrieben, und war so schön dass ihr Herrscher nemlich der Kaiser von Konstantinopel sie dem Papst schenkte. Doch wie immer in Italien wo alle sich gern wegen jeder Kleinigkeit an die Gurgel gehn haben sich dann andre Päpste mit den Kaisern und mit einer Menge mächtiger Familien von Rom um Ninfa gestritten, und die Stadt wurde mehrmals gekauft verkauft zerstört erobert wieder verkauft wieder zerstört gestohlen und nochmal zerstört, bis vor etwa hundert Jahren die letzten Einwohner die Nase voll hatten und fortgegangen sind um woanders zu leben wo weniger Durcheinander herrscht. Seither heißt sie die Tote Stadt.

* Salaì gibt das, was man über Ninfa weiß, genau wieder. Es handelt sich um ein verlassenes Dorf etwa 60 km von Rom entfernt, das einst eine blühende Stadt war, die der Kaiser von Konstantinopel Mitte des 8. Jahrhunderts dem Papst schenkte. Nachdem die Stadt im Besitz mehrerer Familien war, darunter die Grafen von Tuscolo und die Frangipane, wurde sie von Friedrich Barbarossa zerstört und fiel unter Papst Innozenz III. an die Grafen Ceccano und die Annibaldi, um schließlich ein Lehen der Familie Caetani zu werden. 1382 wurde sie erneut zerstört und danach vollkommen verlassen. Derzeit befindet sich hier ein Naturreservat.

Die Tote Stadt ist klein, hat aber reichlich Häuser aus Stein, und sind sehr schön und gut gebaut, und in der Mitte steht ein stattlicher hoher Turm von dem aus man das ganze Land ringsumher überblickt, so glaub ich wenigstens, Signior Padrone, wo doch alle andren Häusern klein und niedrig sind.

Wann wir ankommen sagt der Bauer, passt auf, ihr zwei, um in die Tote Stadt zu kommen, müsst ihr über eine Brücke gehn, denn der Fluss läuft rings um die Stadt und man kann nicht hindurch, verstanden? Aber Lionardo und ich haben uns schon gedacht dass man nicht über die Brücke kann, weil dann würden die Teutschen uns bestimmt sehen, oder schlimmer, wahrscheinlich haben sie sogar eine Wache aufgestellt, denn man kann von den Teutschen und Straßburgern und Elsässern so schlecht reden wie man will, Signior Padrone, ein Talent haben sie mit Sicherheit, nemlich sie können gut, nein sehr gut organisiren, sonst würden sie's auch gar nicht schaffen so viel Ärger zu machen.

Von weitem sehn wir dass in den Ruinen der Toten Stadt allerlei Treiben herrscht, Menschen Pferde Karren, also sagen wir uns, aha, wir haben richtig geraten, heut ist die Versammlung der Teutschen, und ich bin zimlich froh denn endlich machen wir mal was richtig anstatt immer bloß zu warten dass jemand kommt uns zu drohen wie der Grassi oder uns das Gesicht einzuschlagen wie der Mensch mit den Beuleiern oder uns umzulegen wie der andre Kerl der mich verfolgt und vorm Gasthaus de la Campana fast erledigt hätt, und so denke ich, jetzt wollen wir doch mal sehn was zum Henker diese Straßburger so im Schilde führen. Lionardo dagegen hat wie immer Schiss, denn ihm kommen schon wieder Fürze, sogar drei hintereinander, und stinken als wie faule Eier.

Jedenfalls gehn wir auf die Tote Stadt zu, dieweil die Sonne sinkt, und bald sehn wir von weitem die Brücke, drum schlagen wir sofort eine andre Richtung ein, denn man sieht auch schon den Turm auf dem bestimmt eine Wache steht wo die Lage immer im Auge behält, weil wie ich schon gesagt, die Teutschen sind gewiss nicht blöd und können sehr gut organisiren etcetera. Wann wir aber an den Fluss kommen sehen wir dass er recht breit ist und hat an manchen Stellen sogar kleine Wasserfälle, und darum kann man auf gar keinen Fall durch diesen Scheißfluss waten. Also sind wir praktisch lahmgelegt und fangen an zu überlegen was zum Teuffel wir tun können, aber Gottlob kommt uns sofort die geniale ~~Intuitz~~ ~~Intzio~~ ~~Intuistiz~~ der schlaue Kopf von Lionardo zu Hilfe, denn er ruft, halt, Salaì, Ich weiß wie wir auf die andre Seite kommen!

In der Nähe liegt nemlich ein Stapel Brennholz, den hat vielleicht irgendein Bauer für den Winter aufgestapelt, und war alles ordentlich gehauen in lange grade Stücke und alle von gleicher Form, und bei denen kommt mir was in den Sinn das hab ich schon mal gesehn, aber ich weiß nicht was. Lionardo dagegen ist diesmal ganz klar und sagt, mein lieber Salaì, jetzt zeig ich dir wie man unser Problem löst und wie wir auf die andre Seite kommen, denn wir haben hier alles was wir brauchen um eine schöne Brücke zu bauen. Wirklich?, frage ich und er hebt den Zeigefinger wie wenn er vor dem Senat von Fiorenza sprechen würd, denn das tut mein Ziehvater furchtbar gern wenn er sich wichtig machen will.

Mein lieber Sohn, siehst du diese Hütte dort hinten? Ja, da steht tatsächlich eine Hütte aus Holz und Lionardo redet weiter, lieber Salaì, nach der Modernen Naturwissenschafft von der Logischen und Rationalen Dedukzion ist das mit Gewissheit die Hütte des Holzfällers der diese Stücke gehauen hat, und meiner Meinung nach finden wir dort drinnen auch

Sägen und andre Werkzeuge um das Holz zu bearbeiten, wollen wir wetten? Wirklich, Signior Padrone, Lionardo hat Recht, nemlich wie wir die Tür aufbrechen, die nicht sehr robust ist (in dieser Gegend haben die Leute keine Angst vor Dieben, denn außer den Teutschen gibt's hier wohl nur Schäfer und Bauern und vielleicht auch ein paar Grobiane, aber keine Diebe) und in die Hütte treten denk ich, verflucht, Lionardo hat endlich auch mal Recht, denn die Hütte ist voller Sägen, kleine und große, Hämmer Äxte Hacken Beile und andre Eisenwerkzeuge die ich nicht kenn, aber sind sicherlich alles Sachen um Bäume und Baumstümpfe zu zersägen. Lionardo trägt das Zeug Stück für Stück vor die Tür wo das Licht vom Sonnenuntergang hinfällt, um sich die Werkzeuge auszusuchen die er geeignet findet. Dann geht er zu dem Haufen geschnittner Baumstämme und sucht ein paar heraus indem er mit den Finger drüberstreicht, wie wenn es nicht Holzstücke wärn sondern kostbare Juwelen. Ich frage ihn was er vorhat, und er antwortet, hilf mir, fünfzehn von diesen Stämmen auszusuchen, und pass auf dass sie alle perfekt sind und von genau gleicher Größe. Entschuldigt Vater, aber mir scheint das eine hirnrissige Idee, denn bei dem bisschen Licht sehe ich nicht ob zwei Stämme genau gleich sind, da können mir nichtmal Jesus und alle Heiligen helfen. Er antwortet sofort, Salaì, halt den Mund und gehorche! Wenn du zugehört hättest wann ich dir Lectiones erteilt statt den lieben langen Tag mit deinen Freunden Unsinn zu machen oder Weibern hinterherzulaufen, dann würdest du jetzt auch die Geheimnisse der Matematik und der Geometrie und der Wissenschafft von den Proportionen, vom Goldenen Schnitt und der Aritmetik kennen und wärst du imstande wie ich es bin die guten Stämme auch im Dunkeln rauszusuchen. Und wo Lionardo den Ton des großen Mannes der Wissenschafft angenommen hat, seh ich ein dass es besser ist nicht dagegen zu reden, sonst schicken wir uns schon wieder gegenseitig zur Hölle was in der Lage in der wir uns befinden nicht so gut wär.

Jedenfalls haben wir in Nullkommanichts fünfzehn Stämme zusammen die alle gleich scheinen und bearbeiten sie mit der Säge indem wir eine Kerbe in die Mitte oder an den beiden Enden von jedem Stamm schneiden, also praktisch machen wir im Großen dieselben Holzstäbchen als wie die welche ich in dem mit rotem Samt gefütterten Kästchen gesehn. Die waren ja das Modell einer zerlegbaren Brücke deren Teile man alle ineinanderstecken kann, und dieses Modell hatte Lionardo vorbereitet, um es heimlich dem Valentino zu zeigen, und wenn ich das Kästchen nicht entdeckt hätt, würd Lionardo den Teuffel tun und mir das Geheimnis verraten.

Ich denke, sieh mal einer an, sollte ich mich in Lionardo getäuscht haben? Denn die Idee, eine Brücke zu bauen, die ist fürwahr nicht dumm, zumal Lionardo schon ein narrensichres Modell im Kopf hat, und drum ist es das Beste was wir versuchen können statt dass wir uns den Kopf zerbrechen über irgendeine schwierigere Lösung, meint Ihr nicht auch, Signior Padrone?

Wegen dem dass wir's mächtig eilig haben, denn gewiss bleibt uns nicht mehr viel Zeit um rauszukriegen was zum Henker die Teutschen in der Toten Stadt anstelln, sind die Stücke in wenig mehr als einer Stunde fertig, und wir fangen an die Brücke zu baun, aber trotzdem mach ich Euch gleich eine Zeichnung, Signior Padrone, sonst versteht Ihr's womöglich nicht richtig, obgleich Ihr einen so feinen Geist habt:

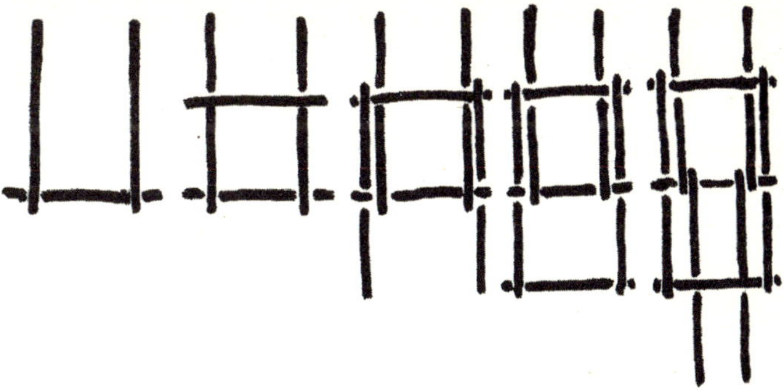

Am Anfang geht alles gut, nemlich man nimmt einen Balken, legt ihn über den andren, klemmt einen neuen ein, zack, und so weiter, und die Brücke wird immer länger und auch schön, und ich sag mir, gütiger Himmel, was für ein Rindvieh bin ich gewesen dass ich so schlecht von Lionardo gedacht, in Zukunft muss ich mehr Respekt vor meinem Ziehvater haben, und ich darf nicht vergessen dass er zwar mordsmäßig viele Dummheiten macht, aber Ser Lionardo bleibt doch immer ein großer Wissenschafftler etcetera etcetera.

Doch gleich danach ist's mit diesen Gedanken vorbei, denn ich merke dass wenn man die Brücke zuende bauen will, einer von uns beiden schon auf der andren Seite vom Fluss sein muss, sonst kann man die letzten Stücke am äußersten Ende, also praktisch am andren Ufer, unmöglich noch dranmachen. Da sag ich mir, aha, wusst ich's doch, Lionardo hat schon wieder mal etwas erfunden was nicht funktionirt. Ich sage, entschuldigt, Vater, aber mir scheint, um diese Brücke zu bauen muss man schon auf der andren Seite vom Fluss sein, doch warum zum Teuffel sollt man überhaupt eine Brücke baun wenn man den Fluss schon überquert hat? Lionardo antwortet wie üblich, sei still, Salaì, und krittele nicht immer an allem herum was ich mach, denn du bist dumm wie Bohnenstroh und hast kein Recht den Mund aufzutun, verstanden? Und weil wir nicht streiten können, sonst hören uns die Teutschen, beschließ ich ein zweites Mal mir anzusehn wie Lionardo sich aus dieser Sache herauswindet und sage nur, gut, Vater, wie Ihr wollt, Ihr habt ja Recht, und was tun wir jetzt? Eine so friedliche Antwort hat Lionardo nicht erwartet und stammelt, mmmh, naja, du wirst gleich sehn, Salaì, dass wir mit Hilfe der Modernen und Rationalen Wissenschafft gewiss eine gute Lösung finden, und wenn Grassi das hört wird er's dem Valentino berichten der dann stolz auf mich ist. Dann fängt er an ein paar große Worte zu nuscheln damit ich glaub dass er an irgendeine schlaue Teorie denkt, wie die von seinem Freund Luca Pacioli, dem Matematiker. Jaja, jetzt wolln mal sehn, sagt er und fuchelt mit den Händen in der Luft wie wenn er komplizirte geometrische Zeichnungen macht, wenn wir die relative Parallaxe des Goldenen Schnitts ausrichten, indem wir die absolute Proportion mit dem Quadrat umkehren, welches auf der Hauptbasis der mittleren Katete ruht, dann hätten wir die Lösung, oh ja, mein lieber Salaì, das ist bestimmt der richtge Weg, sagt Lionardo, und glaubt wie immer dass er mich mächtig beeindruckt. Aber ich hab schon immer gewusst, Signior Padrone, je geschwollner Lionardo daherredet desto mehr Blödsinn verzapft er, und im Grunde ist zwischen ihm und der Zigeunerin bei der ich Krickkrack gemacht kein großer Unterschied, nur dass Lionardo wenigstens vorher noch einen schönen Bart gehabt und jetzt hat er nichtmal mehr den.

Am Ende ist das Ergebnis von all den großen Worten nemlich bloß dass er vorschlägt die ganze Brücke auf unsrer Seite zu bauen, was wir dann auch schnell tun. Danach sagt er, siehst du, Salaì, jetzt müssen wir sie bloß umdrehen und auf das andre Ufer heben und die Sache ist geritzt, erkennst du wie wichtig es ist dass man Bildung und Wissenschafft im

Kopf hat? Ja, Vater, wir machen es wie Ihr sagt, aber ich warne Euch, mir scheint das zimlich schwierig, denn die Brücke ist groß und höllisch schwer. Lionardo bringt mich zum Schweigen mit Beleidigungen und unfreundlichen Worten wie Hornochse Esel Igniorant etcetera, denn wie alle Dorftrottel aus Vinci, seiner Heimat, möchte er nicht gern Unrecht haben, weil er insgeheim weiß dass er keinen Schimmer hat und ungehobelt ist, und darum machen wir's wie er gesagt, also wir drehn die Brücke langsam zum Fluss hin und heben sie hoch, ich auf einer Seite, er auf der andren, Scheiße ist das eine Plackerei, und wie schwer sie ist, aber blöd bin ich ja nicht, Signior Padrone, also geh ich nicht zu nah ans Wasser ran, wo ich doch schon kapirt hab dass diese Brücke wie alle Erfindungen von Lionardo sehr gefehrlich werden könnt für den der sie wirklich benutzen will. Lionardo der kein junger Mann mehr ist schwitzt wie ein Schwein und stöhnt und sagt, los, Salaì, halt durch, wir haben's fast geschafft, und wirklich, Signior Padrone, jetzt ragt der vordere Teil der Brücke schon über den Fluss und berührt fast das Ufer gegenüber. Aber grad in dem Moment hört man ein trockenes Geräusch wie Kracks denn einer von den Stämmen in der Mitte ist aus der Verzahnung gerutscht, und schon im nächsten Augenblick bricht Lionardos ganze Brücke auseinander und alle Stämme fallen auf den Boden oder in den Fluss und machen rumpelpumpel, wie eine Herde Rinder die durchgehn und reißen den armen Lionardo im Fallen mit sich der so schwer ins Wasser plumpst als wie ein Sack Rüben, wogegen ich, Signior Padrone, indem dass ich ja schon vorher misstrauisch war, mich bereits an einen Ast gehängt und von da aus einen Sprung ans andre Ufer getan hab, denn auf die Sachen die Lionardo entwirft und baut können sich nur Dummköpfe verlassen.

Zum Glück ist Lionardo keiner von den Stämmen auf den

Kopf gefallen, sonst wär er jetzt Futter für die Würmer unter der Erde und ich müsst in der Kirche Messen lesen lassen für das Heil seiner Seele als Ungläubiger und Sünder. Und jetzt wartet, Signior Padrone, dass ich mir eine Spülung mach, denn ich hab's Euch nicht gesagt weil ich nicht gerne jammere, im Gegenteil, aber manchmal tun mir noch die Augen weh wegen diesem Arschloch dem Kerl mit den Beuleiern der mir den Marmorstaub in die Augen geblasen.

Euer untertänigster Diener
Salaì

58.

Mein gütiger und sehr weiser Padrone,

zum Glück ist Lionardo an einer Stelle in den Fluss gefallen wo das Wasser nicht so tief war, drum ist er nicht ertrunken und hat sich nur die Hosen nass gemacht, er hat sie ausgezogen und so krepirt er nicht vor Kälte, denn auf dem Land rings um Rom herrscht eine Mordsfeuchtigkeit. In Unterhosen sieht Lionardo wirklich lustig aus, Signior Padrone, aber er muss seinen tropfnassen Rock zurückzulassen sonst kann er nicht ungehindert gehn, weil es macht splisch splasch und er kann nicht zwei Schritte tun ohne dass er sich die Füße mit Schlamm beschmiert. Lionardo heult wie ein kleiner Junge, au Salaì, mein Rücken schmerzt, ich hab einen schrecklichen Stoß abgekriegt, au Salaì, ich zittre vor Kälte denn ich bin völlig durchnässt, aber ich sage, seid still, Vater, wenn die Teutschen uns hören sind wir geliefert.

Nach dem Fluss gibt's glücklicherweise keine weitren Hindernisse um in die Tote Stadt reinzukommen, es ist nur schwierig zu vermeiden dass diese verfluchte Wache auf dem Turm uns sieht, aber die Tote Stadt ist voller Pflanzen und Büsche, denn hier lebt ja normalerweise keiner, und so schleichen wir uns geschickt von Busch zu Busch und kommen rasch an ein Haus aus Stein wo scheinbar all die Teutschen reingegangen sind. Denn draußen stehn ihre Pferde und Kutschen, und vor der Tür schiebt sogar einer Wache, aber der ist dann auch ins Haus rein, denn in der feuchten Luft steht sich keiner gern die Füße in den Bauch.

Erst müssen Lionardo und ich viele Male um das Steinhaus herumgehn, um ein Fenster zu finden von wo aus man sieht was zum Teuffel da drinnen passirt, und müssen obendrein Acht geben dass die Wache auf dem Turm uns nicht entdeckt (aber Gottlob ist's inzwischen richtig dunkel geworden), na jedenfalls finden wir endlich eine Art Loch in der Mauer mit zwei Gitterstäben, und von da sieht man recht gut ins Steinhaus rein.

Drinnen ist eine Gruppe Teutsche und Alemannen die essen wie üblich Würste und trinken Bier. Erst scheinen sie mir alle unbekannt und ich wundere mich ein bisschen, aber dann seh ich Angelo Toefl und Sander das Schwein, außerdem den Vater von Dorothea und ein paar von den Männern die ich bei ihm in der Hütte gesehn wann ich sie nachts mit der kleinen Magd belauscht, und alle scheinen sich sehr gut zu kennen und großes Gelächter und Schulterklopfen etcetera etcetera. Aber mir scheint dass zwei von drei der Teutschen die da versammelt sind mit diesem sonderbaren Aktzent von Straßburg sprechen, also dem Alemannischen, und man kapirt genau dass die Bruderschaft von der Anima und die Gesellschaft aus dem Gasthaus de la Campana, also eigentlich alle Teutschen von Rom, im Grunde von den Straßburgern kommandirt werden, das sind die wo unter der Kirche in ihrer Stadt diesen See mit dem Eingang zur Hölle haben, und ich weiß nicht wie's Euch geht, Signior Padrone, aber bei dieser Sache läuft mir immer ein Schauer den Rücken runter.

Eine ganze Weile sitzen und stehn und plaudern und trinken sie fröhlich, wie ich's schon im Gasthaus de la Campana gesehn, und drum frag ich mich schon, verflixt, sind wir etwa umsonst gekommen?

Aber grad in dem Moment tritt Sander vor und hält ein dickes von Hand geschriebnes Buch hoch, doch von dem was die Teutschen sagen verstehn Lionardo und ich nicht die Bohne, denn sie sprechen in ihrer Sprache, aber mir scheint von dem Moment an wo Sander das Buch gebracht, ist das Gespräch anders geworden, nemlich jetzt sitzen alle und lachen ein bisschen weniger und reden scheint's über dieses Buch. Ich glaube es ist ein Tagebuch, denn sie sagen die Namen von den Monaten im Jahr die auf Teutsch ganz ähnlich sind wie auf Italienisch, ja sie sind eigentlich fast gleich, denn die Männer sagen Septemper Octoper Nofemper und dann noch ein paar furchtbar lange Wörter, das sind vielleicht die Tage, denn darin gibt's das Wort trai das könnt drei bedeuten, und wann sie funf sagen öffnen sie alle fünf Finger der Hand, drum könnt funf vielleicht fünf bedeuten, und dann blättern sie wieder in Sanders Buch und so weiter.

Nun fängt Sander an vorzulesen was in dem Tagebuch geschrieben steht. Zum Glück ist alles auf Latein und darum, Signior Padrone, hab ich zwar nicht alles, aber ziemlich viel nicht schlecht verstanden und kann es Euch berichten.

Es geht um eine Reihe von Geschichten die ein Priester erzählt bei dem die Leute zur Beichte gehen, aber statt das

Beichtgeheimnis zu bewahren erzählt er seinen Freunden zur Belustigung all die unerhörten Sachen so ihm gebeichtet wurden.

Zum Beispiel erzählt er von einem Mönch aus dem Orden des heiligen Benedikt der die Ehe vollzogen hat und dreißig Jahr verheiratet war, und hat sechs Kinder gemacht. Dann wurde er Witwer und hat wieder geheiratet, und erst wann das Heilige Jahr kam hat er seinen Feler erkannt, und wie Sander ans Ende von der Geschichte kommt fangen die Teutschen sofort wieder an zu lachen und zu trinken.

Oder von einem jungen Novizen bei den Franziskanern in der Nähe von Straßburg, der hat nach vier Monaten die Kutte weggeworfen und eine Frau geheiratet die er auch fleischlich erkannt, dann hat er sie verlassen und ist in einen andren Orden eingetreten, aber nach zwölf Monaten Noviziat hat er wieder eine Frau geheiratet und auch die hat er fleischlich erkannt, aber dann hat er entdeckt dass sie eine Bigamistin war, nemlich sie war schon mit einem andren verheiratet, drum hat er sie verlassen und eine dritte Frau geheiratet. Dann hat er auch die verlassen und sich eine neue genommen, von der ist er aber auch wieder weggelaufen um in den Orden der heiligen Maria der Teutonen einzutreten. Die vierte Frau hat geglaubt er wär ihr rechtlich angetrauter Ehemann, drum ist sie in das Kloster gegangen und hat die Mönche gebeten ihr den Mann wiederzugeben, aber der ist aus Angst nach Rom geflohn, denn er wollte sein Leben in Ordnung bringen, und als die Geschichte zu Ende ist, brechen alle Teutschen in Gelächter aus und trinken wieder. Es folgen noch andre Geschichten über Sauereien von Kirchenleuten, kurzum, Signior Padrone, es geht hier einzig darum, die Ehre von der Kirche vom Papst und von Jesus in dem Dreck zu ziehen.

Dann setzt Sander sich hin und die andren sind leise und er fangt an eine Rede zu halten, als wenn er von einer Sache erzählen will die ihm passirt ist, und macht Bewegungen mit den Armen wie einer der genau erklären will was er getan, nemlich erst bin ich da hingegangen, dann hab ich das gemacht, dann ist einer gekommen der hat das und das gesagt und ich hab ihm so und so geantwortet etcetera etcetera.

Dieweil Sander spricht werden die andren immer neugieriger, und er macht Gesten die erinnern mich an etwas was ich vielleicht auch schon mal gesehn, aber es will mir nicht in den Kopf. Zuletzt steht er auf und macht eine Bewegung als wollt er etwas öffnen was auf dem Boden steht. Dabei fangen die andren an zu lachen, erst leise dann immer lauter und alle trinken weiter Bier bis Sander die Stimme erhebt und eine Bewegung macht die ich sehr gut kenn, Signior Padrone, nemlich es ist die von einem der ein Weib gehörig von hinten durchvögelt, und da lachen sie alle laut und klatschen in die Hände und machen ihm viele Komplimente. Und wann Sander vorspielt wie einer der ganz nackt ist mit Geschrei davonläuft und sich die Hand vor den Pinsel hält, da hab ich endlich genau verstanden, Signior Padrone, dass dieses versaute Schwein erzählt wie er im Haus vom Burkard das Mägdlein flachgelegt und wie er mich nackt in die Truhe hat steigen lassen, seht Ihr jetzt, Signior Padrone, was für ein dreckiges Schwein dieser Sander ist? Und dieweil ich zuschau wie Sander diese ganze Geschichte vorspielt und sich über mich lustig macht murmel ich, geh zur Hölle, du Arschloch, und Lionardo sieht mich sehr erstaunt an denn er glaubt ich versteh was Sander da auf Teutsch redet.

Doch jetzt wartet, ich muss mir den Leib trocknen, denn am Ende von der Geschichte die ich Euch grade erzähl bin ich ganz nass geworden und fühle mich krank als bekäm ich ein böses Dreitagefieber, und wenn ich bald ins Gras beißen muss kann ich Euch nicht mehr ergeben dienen wie ich's bis jetzt getan.

Euer stets vertrauenswürdiger
Salaì

59.

Mein gütiger und gnädiger Padrone,

also ich sagte eben schon dass ich gehörig die Wut im Bauch gekriegt hab, denn dieses Rabenaas Sander verarscht mich vor seinen Freunden. Doch die Wut verschwindet fast sogleich weil wie der Sekretarius vom Burkard mit dem ganzen Teater fertig ist, erzählt einer von seinen Freunden der glaub ich auch Alemanne ist einen Haufen Zeugs in ihrer Sprache wovon man einen Dreck versteht, aber eins versteht man gut, nemlich den Namen Boccaccio. Und das hat mich schon beeindruckt, denn es ist jetzt schon das dritte Mal dass mir der Name begegnet und das zweite Mal dass ich ihn von den Teutschen gehört, denn das erste Mal war wann ich Dorotheas Vater in seiner Hütte belauscht. Lionardo und ich ärgern uns schwartz, weil man überhaupt nicht versteht was zum Teuffel die Teutschen und Alemannen und Straßburger mit Boccaccio zu tun haben, abgesehn davon dass auch Boccaccio einer der Antikisten war. Dieweil fangt ein andrer Teutscher an zusammen mit Sander was auf ein Blatt Papier zu schreiben, als wären's Notizen zu dem was Sander gesagt.

Ser Lionardo der immer misstrauisch ist gegen mich egal

was ich tu auch wenn's die besten und heiligsten Sachen sind, flüstert mir ins Ohr, sag mal, Salaì, warum hast du den der da eben geredet hat Arschloch genannt?

Unterdessen stoßen die Teutschen wieder an und trinken literweise Bier und singen Lalalaaa Lalolooo Baaabooobuuu, und ich glaub sie sind schon zimlich betrunken.

Bei dem Lärm kann ich Lionardo antworten ohne dass mich jemand hört und so erklär ich ihm dass dieser Mensch Sander heißt und der Sekretarius vom Burkard ist, denn Lionardo hat ihn ja noch nie gesehn, und ich gestehe auch dass ich nicht nur das Mägdlein in sein Haus gebracht, sondern auch dass ich mich nackt in eine Holztruhe hocken musst dieweil er und das Mägdlein es auf der Truhe treiben, denn Sander ist ein Schwein, und solche versauten Sachen gefallen ihm besonders gut. Und jetzt hat er alles brühwarm seinen Freunden erzählt den Teutschen und Straßburgern etcetera und mich vor ihnen zum Narren gemacht. Da sagt Lionardo, Salaì, weißt du dass du wirklich ein Igniorant bist? Denn wenn du lesen würdest, und ich spreche nichtmal von den anderen großen Dichtern und den Schriftstellern, sondern wenn du wenigstens Boccaccio lesen würdest der doch aus unserem Fiorenza stammt, dann hättest du sofort gewusst dass die Geschichte der zwei Freunde von denen einer auf der Holztruhe die Frau des andren vögelt dieweil dieser nackt in der Truhe hockt eine von den schweinischen Fabeln des Boccaccio ist.*

Verfluchter Mist, Signior Padrone, grad in dem Moment, nemlich dem einzigen wo Lionardo nach all den Jahren in denen ich ihn kenne endlich mal was Nützliches gesagt,

* Salaì bezieht sich hier auf die achte Novelle des 8. Tages im *Decamerone,* wo von Spinelloccio und Zeppa erzählt wird, zwei befreundeten jungen Männern, zwischen denen sich eine ähnliche Geschichte abspielt.

macht mein Ziehvater der so wie ich an dem kleinen Fenster hängt, eine große Dummheit, denn er rutscht mit dem Fuß aus und fällt zu Boden, und wegen dem Schreck tut er einen leisen Schrei das heißt er sagt Scheiße, und leider haben die Teutschen und Alemannen etcetera grad in dem Moment aufgehört zu trinken und Lärm zu machen, und einer von ihnen der Lionardo ganz genau gehört brüllt etwas in ihrer Sprache, und wenn ich das aufschreiben müsst würd ich sagen es war wie Grrr Skptncgttt!, aber Lionardo und ich grübeln nicht lang über die Bedeutung nach, Signior Padrone, sondern machen uns so schnell wir können aus dem Staub, und wann wir nur ein wenig weiter weg sind hören wir schon wie die Tür vom Steinhaus aufgeht, sicherlich weil die Teutschen uns fangen wollen, aber zum Glück haben wir einen Pfad mitten durch dichte Dornenbüsche genommen, also können sie da nicht mit ihren Pferden hindurch denn mit denen hätten sie uns sofort gefasst und uns den Arsch mit dem Brenneisen versengt. Aber laufen können sie viel besser als wir, und schon nach ein paar Minuten sind sie hinter uns, bloß dass wir den Weg besser kennen, denn es ist der auf dem wir hergekommen, und darum können wir uns vor den Gräben hüten, wogegen manch einer von den Teutschen dort hineinfällt. Ein paar von ihnen sind schon ganz nahe, und Lionardo hat solche Angst dass er statt sich den Atem fürs Laufen aufzuheben fortwährend kreischt wie ein Frauenzimmer iiiih uuuh iiih, aber meiner Meinung nach ist das gar nicht so schlecht, Signior Padrone, denn die Teutschen haben sicher gedacht dass wenigstens einer von uns beiden ein Weib ist, drum werden sie niemals kapiren dass wir es waren. Denn schließlich sind Lionardo und ich genau an der Stelle am Fluss angelangt wo noch die Stämme von der eingestürzten Brücke liegen, und wir benutzen sie um ans andre Ufer zu kommen, was beweist dass die Erfindungen von Lionardo erst dann sehr gut zu gebrauchen sind wenn sie kaputtgegangen sind, und das ist eine Sache über die Lionardo mal lange nachdenken müsste, meint Ihr nicht auch, Signior Padrone?

Die Teutschen dagegen versuchen so durch den Fluss zu waten, an einer andren Stelle wo keiner von Lionardos Stämmen liegt, aber ich denk sie sind bloß klatschnass geworden und vielleicht sogar ertrunken, jedenfalls rennen mein Ziehvater und ich weiter wie zwei Verrückte bis wir zu dem Karren kommen wo der Bauer auf uns wartet und sagen zu ihm, los, fahr schnell weg wenn du dein Leben retten willst, und wie der uns halbnackt durchweicht und atemlos sieht sagt er, aber warum, was zum Teuffel ist denn passirt?, und er schaut uns misstrauisch an. Aber man muss ihm Recht geben, denn er hat uns wie zwei normale Menschen von seinem Karren absteigen sehn, und jetzt sehn wir aus als wie zwei Diebe wo vor den Sbirren flüchten. Also lass ich mir was einfallen was seinem dummen Bauernschädel ordentlich zu denken gibt und sag, lauf, mein Freund, denn gleich kommen die Antikisten, und zum Glück hat er sich verhört, Signior Padrone, und hat Antichristen verstanden, was sehr gut war, denn die Bauern sind einfache Leute und haben immer Angst vor dem Teuffel, und wenn sie das Wort Antichrist hören rennen sie gleich so schnell davon wie das Huhn vor dem Fuchs.

Nachdem wir mit dem Karren beim Haus vom Bauern angekommen, hat er uns ein paar Kleider gegeben und lässt uns auch nochmal bei sich schlafen, bloß dass Lionardo immer noch vor Angst zittert und noch manchen Schrei ausstößt, iiiih uuuuh, und so halbnackt und mit Schlamm verdreckt sieht er gleichzeitig schwul und schwachsinnig aus.

Euer unermüdlicher
Salaì

60.

Mein unermesslich lobwürdiger Padrone,

das erste was ich und Lionardo heut morgen beschließen ist dass wir Grassi unbedingt alles erzählen müssen was wir gesehn, und der wird gewiss sofort dem Valentino berichten wollen. Derweil wir nach Rom zurückfahren überlegen ich und Lionardo dass die Straßburger wirklich gefehrlich und sehr böse sind und dass wir uns am besten so bald wie möglich aus dieser Geschichte herausziehen. Aber wie wir in die Herberge zurückkommen, stoßen wir gleich auf den Menschen mit den verbeulten Eiern, diese Landplage, der uns beiden den Hals umdrehn will, denn er fordert das Geld was ich ihm versprochen, und diese Sache ist noch dringlicher als das Problem mit den Straßburgern, denn diesmal hat Beuleiergesicht mich nur deshalb nicht massakrirt, weil Lionardo dabei ist, der ja wohl oder übel ein Freund vom Bramante ist, von dem er selbst seine Befehle empfängt. Wann Lionardo hört wieviel Geld ich dem Kerl mit den verbeulten Eiern versprochen, wird er fast ohnmächtig, denn das ist eine gewaltige Summe, und soviel Geld hat Lionardo noch nie auf einem Haufen gesehn, und bei dem Pech das er immerfort hat wird er sie auch für keins seiner Bilder niemals nicht sehn. Wie der Kerl nicht aufhört uns lästig zu fallen und will dieses Geld wirklich haben, meine ich, na gut, ich sag dir die Wahrheit: Wir stehn im Dienst vom Valentino, und er ist's der dir dies Geld geben muss, also musst du ihn drum fragen, und wenn du uns nicht glaubst gehn wir sofort zusammen zu seinem Sekretarius, verstanden?

Lionardo macht einen Sprung vor Angst wann er mich so

reden hört, denn er will nicht dass jemand weiß dass er im Dienst vom Valentino steht weil das ist ja fürwahr ein echter Verrat an unsrer Stadt Fiorenza, stimmt's, Signior Padrone? Aber mein Ziehvater sieht auch dass der Mensch mit den Beuleiern wann er den Namen vom Valentino hört im Gesicht so grau wird wie einer der in einer Locanda gegessen hat und der Koch sagt ihm hinterher, hör mal, du musst entschuldigen, leider ist uns aus Versehn der Spucknapf von meinem Großvater in die Suppe gefallen, aber wenn du willst kannst du gerne alles auskotzen, in Ordnung?

Dann sind wir zusammen zum Haus vom Grassi gegangen, und wie der mich und Lionardo sieht lässt er uns sofort in seinen Hof hinein. Der Mensch mit den verbeulten Eiern aber, der genau weiß wer Grassi ist, denn in Rom kennen alle den Sekretarius vom Valentino, hält sich abseits, und wann er Grassi sieht wird sein Gesicht noch grauer, denn er weiß dass Grassi einer von diesen furchtbar mächtigen Männern ist die dich, wenn sie wolln, in fünf Minuten hängen lassen können, oder auch in zwei oder drei.

Grassi erklärt uns sofort dass er grad einige wichtige Briefe für seinen Padrone schreibt der sich im Krieg mitten in Tumult und Wirrwarr befindet und bittet uns morgen wiederzukommen, aber er fragt schon mal ob wir Neuigkeiten haben, und wir sagen, na klar, und ob. Dann sagt er, übrigens, Ser Lionardo, Ihr arbeitet in diesen Tagen doch nicht etwa auch für Fiorenza, oder? Denn vergesst nicht, mein Padrone, der Valentino, will sicher sein dass Ihr Euch nur der Nachforschung widmet die er Euch anvertraut. Mein Ziehvater sagt, aber gewiss doch natürlich seid unbesorgt und Salaì kann das bezeugen. Tüchtig, tüchtig, ich bin zufrieden, sagt Grassi. So hat der Mensch mit dem Beuleiergesicht der uns beobachtet gesehn dass Grassi nicht nur wirklich mit uns gesprochen, sondern auch dass er uns wie zwei Freunde behandelt, und hat nicht den Mut gehabt näherzukommen.

Wann Grassi weggegangen ist wirkt der Mensch auf einmal viel ruhiger und sogar bescheiden, also frag ich ihn, nun lieber Freund, siehst du dass ich dir keinen Kohl erzählt hab? Wir arbeiten wirklich für den Valentino, drum musst du bloß warten und wirst sehn dass du dein Geld kriegst, denn es genügt wenn du an einem der nächsten Tage mit uns kommst und wir gemeinsam mit Grassi sprechen. Und Lionardo sagt, oh ja, wann immer du willst, guter Freund, stimmt's, Salaì? Natürlich Vater, wann immer er will. Aber ist sowieso klar dass Beuleiergesicht, wo ein Spion ist, in seinem Leben schon so viel Mist gebaut haben muss, dass er viel mehr Schiss vor den Sbirren und vor Leuten wie Grassi hat als wie ich vor dem Teuffel.

Also hab ich die Gelegenheit genutzt und gesagt, mein lieber Freund, jetzt müssen wir dich um einen andren Gefallen bitten, aber dafür bezahlen wir dich sofort, so gehst du uns nicht wieder auf den Sack, und wie ich das sage geb ich ihm ein bisschen von dem Geld was mir Sander bezahlt hat, mamma mia, Signior Padrone, wie schnell man hier in Rom sein Geld loswird, das sag ich aber nur so nebenbei und nicht weil ich auf Euren Vorschuss warte, um Himmelswillen das wär Euch ja nichtmal im Traum eingefallen, oder? Jedenfalls erklär ich dem Mensch mit den verbeulten Eiern dass wir einen Fachmann für Handschrifften und für lateinische Manuscripta brauchen der uns hilft genau zu verstehn was zum Henker in den Papieren steht die er selbst, nemlich Beuleier, mir gegeben hat, und nachdem er jetzt gesehn dass Lionardo und ich Freunde von Grassi sind, wird er den Teuffel tun und Nein sagen.

Euer getreuester
Salaì

61.

Mein guter und höchlichst zu preisender Padrone,

der Mensch mit den verbeulten Eiern hat sehr gute Arbeit geleistet, und hat uns zu der richtigen Person geführt wie ich Euch sogleich erkläre. Ihr erinnert Euch sicherlich dass nah bei unsrer Herberge dieses Viertel liegt wo nur Betrüger wohnen, Pozzo Bianco heißt es, und laufen dort die ärgsten Schurken von Rom herum. Wann wir gesehn haben dass der Mensch mit den Beuleiern uns dorthin führt, hat mein Ziehvater angefangen zu protestiren, denn in der Gegend gibt's Leute die brauchen dich bloß anzusehn und schon hast du das Gefühl dass dein Geldbeutel wo du am Gürtel trägst weniger wiegt.

Beuleiergesicht führt uns erst in eine Gasse, dann in eine andre, dann auf einen kleinen Platz, dann lässt er uns zurückgehen, dann wieder in die Gasse von vorhin, kurzum es ist sonnenklar dass er ein großes Brimborium macht damit wir nicht verstehn wohin er uns bringt, denn so können wir den Ort allein nicht wiederfinden. Auf den Straßen durch die wir gehn tummeln sich nicht nur die schlimmsten Männer und Frauen von Rom, Signior Padrone, nein, auch Kinder mit schmutzigen Gesichtern und schlauen bösen Augen wo man genau sieht dass sie grad ihre Großmutter wegen zwei Groschen umgebracht haben. Im Pozzo Bianco sind sogar die Huren hässlich und alt, und und manche haben so ausgeleierte Brüste dass sie ihnen bis zum Nabel hängen, und andre sind so fett dass ihre Fußgelenke breiter sind als ihre Schenkel, kurzum, Signior Padrone, wenn Ihr eines Tags nach Rom kommt dann geht bloß niemals zum Pozzo Bianco, denn das ist kein Ort für einen großen Herrn wie Euch.

Was zum Teuffel wollt ich sagen, ach ja, also nach dem ganzen Hin und Her hab ich wirklich nicht mehr kapirt wo wir gelandet waren aber zuletzt hat der Mensch mit den Beuleiern uns in einen Hof geführt von wo aus wir eine Treppe in einen Keller hinuntersteigen mussten, und hat er an eine Tür geklopft vor der haben wir dann eine Ewigkeit gewartet. Endlich hat uns ein Kerl mit nur einem Auge aufgemacht der kannte den Mensch mit den verbeulten Eiern gut, nemlich wann er ihn sieht stellt er keine Fragen, sondern lässt ihn sofort eintreten, wogegen er mich und Lionardo misstrauisch anglotzt aber der Mensch mit den getretnen Klöten sagt zu ihm, lass sie rein, das sind Freunde. So sind wir alle drei in einen dunklen Keller wo der Kerl von eben uns allein lässt und wir endlos lange warten bis sich endlich eine andre Tür öffnet und der Einäugige uns in den nächsten Keller führt, der hat keine Fenster und eine sehr niedrige Decke aber ist sehr geräumig, und hier herrscht ein Gestank nach Rattenpisse den ich sehr gut kenn, Signior Padrone, denn wenn man den einmal gerochen erkennt man ihn immer wieder. Auf Gestellen an den Wänden liegen massenweise Bücher und Papiere, die sind zusammengerollt oder gefaltet oder einfach in einem riesigen Durcheinander eins über das andre geworfen, und überall fliegt ekliger Staub herum der mich in der Nase kitzelt, und ich muss andauernd niesen. Plötzlich hört man ein Geräusch Klack und dann eine Stimme, hah, hab ich dich Dreckskerl, und jetzt verreck!, und dann wieder ein Klack aus einer andren Richtung und schließlich ein wunderliches Rascheln. Der Mensch mit den Beuleiern macht uns ein Zeichen wir sollen ihm bis in die Mitte von dem Keller folgen wo ein Riesenhaufen Papier liegt, und dahinter scheint das schwache Licht von einer Lampe.

Dort sitzt ein winziges altes Männlein mit einem Buckel

und krummer Nase und Händen so mager dass man jeden einzelnen Knochen zählen kann, und hat schmale Augen wie wenn er sie immerfort zusammenkneifen müsst um besser sehn zu können in diesem Dunkel wo man nicht weiter als bis zur eigenen Nasenspitze sieht.

Wie wir nah genug sind seh ich dass dieses Rascheln das ich vorhin gehört von einem Apparat aus Metall zu seinen Füßen kommt, und es ist ein Käfig mit einer Ratte drin die von einem Stück Eisen am Hals festgehalten wird, und sie bewegt sich und strampelt mit den Beinen und versucht zu fliehn, aber ist schon klar dass es übel für sie aussieht. Der Alte fragt den Mensch mit dem Beuleiergesicht, sind das die zwei aus Fiorenza die du mir bringen wolltest? Ja, das sind sie. Na gut, sagt der Alte, und wühlt in einem Haufen Blätter die er vor sich auf dem Tisch hat. Was wollt ihr von mir? Seht ihr denn nicht dass ich zu tun hab und meine Zeit kostbar ist? Lionardo antwortet sofort in höflichem Ton, entschuldigt, Messere, unser gemeinsamer Freund hat uns hierher geführt denn wir brauchen Euer Urteil weil Ihr ein Fachmann für lateinische Dokumente seid. Da unterbrech ich Lionardo eilig, denn es ist sonnenklar dass der Alte sich lang bitten lassen will damit er dann Geld von Lionardo fordern kann, vielleicht um es mit Beuleiergesicht zu teilen wie Spitzbuben von dieser Sorte es oft machen. Also sage ich, hör mal gut zu Alter, du sprichst mit einem der größten Künstler und Baumeister und Ingeniör von Fiorenza der im Dienst vom Valentino und vom Papste steht, und außerdem dient er der edlen Familie Sforza in Mailand und dem türckischen Sultan und dem König der Frantzosen. Wenn ihm also nicht gefällt was du sagst lässt er sofort sechs oder sieben Soldaten vom Valentino herkommen die nehmen dann die Papiere die du in der Hand hältst, stecken sie dir in den Arsch und zünden sie an, hast du kapirt?

Dieweil ich sprech kriegt Lionardo einen Schluckauf wie wenn man ihm einen Pinienzapfen in den Schlund gesteckt hätt, denn er wollt ja tatsächlich in den Dienst vom Sultan treten, und dem Valentino dient er obendrein in Wirklichkeit, und das hält er vor Fiorenza geheim, und obwohl ich übertrieben hab um die beiden Kerle zu beeindrucken und ich auch sicher bin, dass sie aus Angst vorm Valentino bestimmt nichts ausplaudern, hat mein Ziehvater trotzdem eine Heidenangst dass seine Betrügereien ans Licht kommen, von denen er wenn er könnte zwei oder drei am Tag begehn würde, da bin ich sicher, Signior Padrone.

Wo er gesehn hat wie wir vor kurzem ja wirklich mit Grassi, dem Sekretarius vom Valentino, gesprochen haben, macht der Mensch mit dem Beuleiergesicht dem Alten ein Zeichen als würd er machen, tja, was soll ich machen, im Grunde ist das nicht alles gelogen, und da macht der Alte, mmmmh, na gut, wenn ihr mich wirklich so nötig braucht dann lasst mal hören was ihr wollt, und ich leg ihm die offizielle Kopie von der päpstlichen Bulle vor die mir der Mensch mit den Beuleiern gegeben, und soll ja angeblich genau dasselbe drinstehn was mir der Pisaner gesagt, nemlich dass der Valentino wirklich der Sohn und nicht der Neffe vom jetzigen Papst Alexander VI. ist:

> Sixtus Episcopus, Servus servorum Dei; dilecto filio Cesari de Boria, Scolari Romano, Salutem et apostolicam benedictionem. Comendabilia tue infantilis etatis, que in te pululare videntur, virtutum inditia, ex quibus prout fidedignorum testimoniis …

Ich werd Euch hier bestimmt nicht alles abschreiben, denn dafür würd ich ein paar Tage brauchen, aber wenn wir uns in Fiorenza sehn, Signior Padrone, dann geb ich Euch die Kopie die ich besitze direkt in die Hand. Am Ende fragen Lionardo und ich was genau in der Bulle geschrieben steht. Sagt mal, wollt Ihr mich auf den Arm nehmen?, fragt der Alte zurück. Das sieht doch ein Blinder dass dies Zeug von vorn bis hinten eine Fälschung ist und schlecht gemacht dazu. Wie bitte? Es ist falsch. Und warum, bitte? Das ist so klar, das würd sogar diese Ratte hier kapiren, lacht der Alte und schüttelt den Käfig aus Metall der klingklang macht dieweil die Ratte darin weiter strampelt, aber ein bisschen weniger als vorher.

Erstens, sagt der Alte, scheint dies die Bulle von einem früheren Papst zu sein, nemlich Sixtus IV., und hier steht geschrieben dass sie am ersten Oktober 1480 aufgesetzt ward, also vor einundzwanzig Jahren. Und sie nennt Cesare Borgia einen «Römer» wie wenn er in Rom geboren oder aufgewachsen wär, dabei ist er erst vor dreizehn Jahren aus Spanien hier hergekommen, und daran erinnre ich mich genau denn alle wollten ihn von Nahem sehn und kennenlernen wo er doch der Neffe vom Kardinal Borgia war, also dem Vizekanzler, einem hochgeehrten Mann und der zweitmächtigste nach dem Papst. Außerdem ist das Alter vom Valentino falsch, denn die Bulle sagt dass er 1480 sechs Jahre alt war, aber wenn er heute fünfundzwanzig ist konnt er damals höchstens vier sein. Und wo der frühere Papst wahrhaftig kein Idiot war, warum sollte er da sogar eine Bulle schreiben lassen, also ein öffentliches Dokument, worin er seinen Vizekanzler anschwärzt, indem er verrät dass der einen Sohn hat. Obendrein sage ich dir, dass diese sauschlecht gefälschte Bulle sogar von den Registern der päpstlichen Kanzlei widerlegt wird, warte ich zeig's dir ganz genau, und der Alte steht auf und geht zu einem der Regale an der Wand und wühlt mit seinen knochigen Händen in einem Haufen schmutzigen Papier. Schließlich sagt er, ohh, da ist es ja! Dies ist eine genaue Kopie des Registers der Kanzlei von Papst Sixtus IV. vom Oktober 1480, aber von dieser Bulle die doch sehr wichtig hätt sein müssen, steht hier kein einziges Wort. Also hat sich jemand den Spaß gemacht die Kopie einer Bulle in Umlauf zu bringen die's in Wirklichkeit nie gegeben hat, bloß um den Papst mit Dreck zu beschmeißen. Denn natürlich kann nicht jeder hingehn und die Register der Kanzlei kontrollieren, und ich hab bloß deswegen eine Kopie weil ich die brauch zum Arbeiten. Aber wo die Leute sie nicht kontrollieren können sind eine Menge falscher Bullen in Rom im Umlauf, ja ihr findet sie sogar in den Schreibstuben der päpstlichen Kanzlei, weil von da kommen die Fäschungen ja sowieso her, und das wissen alle.

Von da kommen sie her?, fragen mein Ziehvater und ich mit offnem Mund. Wie ist das möglich, der Papst Borgia ist dreißig Jahre lang Vizekanzler gewesen, und die Bullen gegen ihn kommen ausgerechnet aus der Kanzlei? Sagt mal, lebt ihr hinterm Mond?, fragt der Alte zurück. Habt ihr denn noch nie vom Bischof von Cosenza gehört? Nein, wer ist das? Vor vier Jahren, erklärt der Alte, hat der Papst seinen wichtigsten Sekretarius verhaften lassen, der hieß Bartolomeo Flores*, war Bischof von Cosenza und genoss das Vertrauen des ganzen päpstlichen Hofes. Doch er hat es missbraucht, denn mit einer Gruppe Kumpane hat er angefangen erst wenige und dann haufenweise falsche Dokumente herzustellen, nemlich Bullen Erlasse und Privilegien, und die schickte er jedem der sie haben wollte und bezahlte, und das nicht nur in Italien sondern auch in Spanien, und dann kassierte er das Geld ein

* Die Geschichte von Bartolomeo Flores, von der Salaì berichtet, hat sich wirklich ereignet, vgl. das *Diarium* von Johannes Burkard, hg. von E. Celani, Città di Castellano 1906, Bd. I September-Oktober 1974.

und teilte es mit seinen Kumpanen. Nachdem sie aufgeflogen waren, hat man entdeckt dass die Bande über dreitausend falsche Dokumente geschrieben und geliefert hatt, vielleicht sogar noch viele andre mehr von denen hat man nie erfahren. Wenn also sogar der Leibsekretarius des Papstes so viele Fälschungen fabriziren konnt, ist's leicht sich vorzustelln wie viele dann wohl erst die Kopisten und Skribenten und Kanzler hergestellt, die in der päpstlichen Kanzlei niedriger stehn, oder? Nach einem Jahr Kerkerhaft im Kastell Sant Angelo ist der Bischof von Cosenza krepirt, sagt der Alte, und seine Komplizen sind auch bestraft worden, aber ihr könnt sicher sein dass es immer wieder neue Fälscher gibt, und sind ihrer so viele und haben ihre Arbeit so gut organisirt dass sie wenn sie den Papst verleumden wollen wirklich nicht warten müssen bis er stirbt, von wegen, aber jetzt beeilt euch, wenn ihr noch mehr Fragen habt, denn bald muss ich weiter arbeiten, weil ich mach mir mein Brot ja nicht selbst, und muss Geld verdienen zum Leben. Und wie der kleine Alte das sagt muss ich fast lachen, denn das sieht ja auch der größte Trottel, Signior Padrone, dass er selbst ein Fälscher ist, und die Arbeit von der er spricht, die bedeutet neue Betrügereien und Schwindeleien und Fälschungen, also neue Papiere in Umlauf zu bringen wo Lügen verbreiten und noch mehr Durcheinander hier in Rom anzurichten das an sich schon ein großes Tollhaus ist.

Dann zieh ich die andren Dokumente hervor die mir der Mensch mit dem Beuleiergesicht gegeben, und der Alte übersetzt sie schnell, und es sind andre Bullen wo Cesare als legitimer Sohn des Papstes anerkannt wird oder wo der Papst ihn nicht nur anerkennt sondern ihm auch noch Benefizien und Pfründe schenkt und ihm säckeweise Gefälligkeiten auf Kosten der Kirche erweist, und es gibt noch mehr Papiere worin steht dass Lucrezia, also die Schwester von Cesare, auch ein

Kind vom Papste ist. Aber der Alte zeigt uns dass es in all diesen Fälschungen immer irgendeinen Feler gibt, beim Datum oder bei Orten, Namen oder Formeln, wie die Kanzlisten vom Papst sie niemals benutzen, oder auch Sachen die von andren Bullen widerlegt werden etcetera etcetera etcetera. Und einige von diesen Felern erklärt der Alte uns wirklich gut, denn er sagt zum Beispiel, siehst du, hier, diese falsche Unterschrifft die hätt ich viel besser gemacht, nemlich der letzte Buchstabe muss länger und schöner sein, und am besten macht man noch eine Zeichnung dazu die so und so aussieht und überhaupt nichts bedeutet aber den Eindruck von einer sehr geheimen Angelegenheit hinterlässt, wo nur die kennen die in der Kanzlei vom Papst arbeiten, denn dann betrachtet derjenige der das liest die Zeichnung und denkt, oha, wer weiß, was das bedeuten soll?, und dadurch wird er abgelenkt und sieht die Feler von der Fälschung nicht, nemlich solche Sachen wo schwer oder unmöglich gut zu fälschen sind, und in den Dokumenten leider immer vorkommen. Seht ihr das hier?, sagt der Alte, man erkennt genau dass dieses Dokument gefälscht ist und dass es ein rechter Dummkopf gemacht, denn in der Zeit von Sixtus IV. hat man solche Abkürzungen wie die hier und auch so eine Schreibweise noch nicht benutzt.

Was soll ich lang erzählen, Signior Padrone, jedenfalls hat der Alte, vielleicht weil das Beuleiergesicht uns zu ihm gebracht oder vielleicht weil er uns zeigen wollte wie gut er sich auf sein Gewerbe versteht, am Ende nichtmal mehr versteckt dass er selbst einer von denen ist die Fälschungen gegen Geld machen, und hat uns massenweise Kniffe erklärt wie man es anstellt dass ein gefälschtes Papier nicht erkannt wird, ja, ich glaube sogar, eine von unsren falschen Bullen war von ihm selbst gemacht, denn wann ich sie ihm vorleg wird er ein bisschen verlegen und sagt, ähh mmh nuuun, diese hier ist wirklich gut gearbeitet, aber ist vielleicht auch falsch denn da ist was Sonderbares dran, ich kann gar nicht sagen was, vielleicht das Aussehen allgemein oder der Tonfall oder die Schrifft, tja, aber auf jeden Fall muss sie ein wirklicher Kenner gemacht haben, oh ja, einer der sich wirklich darauf versteht. Und wie er spricht betrachte ich all die Berge aus Papier hinter ihm und dann seinen Tisch voller Blätter und Bücher und Federn und Tinte und hölzerne Gitter um die wagerechten Linien in die Papiere zu ritzen damit man ordentlich schreiben kann, und dabei macht die Ratte die noch nicht tot ist immer noch klingklang, und ich denke dass diese Fälscher wirklich ein beschissnes Leben führen, denn sie müssen immerfort Lügen erzählen und arbeiten den ganzen Tag mit der Angst dass früher oder später die Sbirren kommen und sie einsperren, und sitzen zwischen uraltem Papier und Staub und Ratten, aber ich meine, wenn sie aufhörn und mal rausgehn würden um ein bisschen frische Luft zu schnappen und ein paar Paternoster mehr zu beten, dann hilft ihnen Jesus vielleicht, obwohl sie meiner Meinung nach alle Sünder von der schändlichsten Sorte sind, und irgendwann haben sie dann auch mal einen Glückstreffer der ihnen ermöglicht in ein andres Gewerbe zu wechseln.

Am Schluss frag ich den Alten, sag mal, mein Freund, warum werden deiner Meinung nach all diese Fälschungen gemacht? Ach, was soll ich dir sagen, Junge, mit einem gefälschten Dokument kann man einen Prozess gewinnen und verhindern dass man im Gefängnis landet, oder man kann einen Betrug anzetteln und sich einen Haufen Geld unter den Nagel reißen, oder beweisen dass man adelig ist und von Julius Cäsar abstammt, kurz, mit Fälschungen lassen sich viele schöne und nützliche Sachen anstellen. Isabella, die Königin von Spanien, hat ihren Cousin geheiratet, was eigentlich nicht geht, aber weißt du wie sie's gemacht? Sie hat sich eine falsche päpstliche Bulle ausstellen lassen die ihr den Dispens für die Hochzeit gab. Wiiircklich? Ja wirklich, sagt er, und als Papst Sixtus IV. den Borgia nach Spanien geschickt dass er sie um Geld bittet für die Befreiung Konstantinopels von den Türcken, da hat der Papst ihr versprochen er würde ihr eine echte Bulle mit dem Dispens geben, aber sie hat gesagt, nein danke, die brauch ich nicht mehr, so musste der Borgia mit leeren Händen nach Rom zurückkehren und dann Gutenacht. Und stell dir vor, um diese Mission in Spanien zu bezahlen hat der Borgia sogar all seine Benefizien drei Jahre lang verpfänden müssen, denn der Papst hatte schon sein ganzes Geld für den Krieg gegen die Türcken ausgegeben, na, das war ein Reinfall. Weißt du was das bedeutet, mein lieber Junge? Gefälschte Bullen macht jeder der sie haben will und wann er will und schreibt darin was er will, und der Papst kann nichts dagegen tun, denn wenn er alle einlochen würd die sich falsche Bullen kaufen, dann wären die Straßen leer und der Papst läg im Krieg gegen alle christlichen Herrscher auf der Welt.

Ist doch unglaublich wie weit es heutzutage mit uns schon gekommen ist!, sagt mein Ziehvater plötzlich. Von solchen Geschichten hab ich noch nie zuvor gehört. Der Alte fängt an zu lachen, aber so sehr dass ihn fast der Schlag trifft. Woher kommt ihr eigentlich, aus Dummsdorf? Wisst Ihr denn nicht dass es schon vor vierhundert Jahren richtige Werkstätten gab die gegen Bezahlung falsche Dekrete von Papst Alexander III. herstellten, weil die in Gerichtsverhandlungen benutzt wurden? Und was ist mit den falschen Wechselbriefen mit gestohlnen Siegeln? Wisst ihr nichts von diesem Straßburger der aus der Stadt geflohen war und sich mit dem Siegel eines Bischofs falsche Papiere gemacht hatte, mit denen er den Stadtrat von Zürich überzeugte ihn zu einem ihrer Bürger zu ernennen?

Seht Ihr, Signior Padrone, schon wieder ist Straßburg aufgetaucht. Diese Straßburger sprießen wahrhaftig wie Pilze aus dem Boden, hab ich gedacht und hab mich gleich am Sack gekratzt, um das Unglück abzuwenden, denn immer wenn von diesen Alemannen die Rede ist, passirt mir was Schlimmes. Ist das wirklich wahr?, frage ich den Alten, sogar die Teutschen betrügen, wo sie doch so rein und ehrlich sind? Und er fängt wieder so laut an zu lachen, dass er fast auf der Stelle krepirt. Weißt du denn nicht, dass in Teutschland die besten Fälscher und Betrüger sitzen? Wie das tägliche Brot fabriziren sie unaufhörlich Fälschungen, falsche Briefe mit päpstlichen Privilegien, falsche Wechsel, falsche Inschrifften in den Kirchen damit man glaubt dass sie drei oder vier Jahrhunderte älter sind, falsche Grabsteine um zu beweisen dass auch die Teutschen große Männer der Antike hatten, falsche Dokumente über die Gründung von Orden Klöstern Abteien etcetera, falsche Diplome, falsche Gesetzeserlasse, falsche Schenkungsurkunden. Mainz Köln Tübingen und Straßburg bis hin zu den kleinen Dörfern, es gibt keinen Fleck in Teutschland wo sie nicht die falschen Papiere herstellen die ihnen am meisten nützen. Sie sind wirklich sehr tüchtig, sonderlich darin falsche Ablassbriefe und Bullen über neue Steuern herzustellen, und das ist alles Geld was den Leuten im Namen des Papstes abgeknöpft wird und dann landet in den Taschen der teutschen Fürsten, und dem Papst bleiben nur die Verwünschungen des ausgeplünderten Volkes.

Und damit erklärt sich, Signior Padrone, was mir Ciolek gesagt, nemlich dass in Teutschland weiterhin Ablässe verkauft und unerlaubte Steuern erhoben werden, obwohl der Papst das verboten hat. Die sowas tun, das sind die Feinde der Kirche und wollen ihre Spaltung herbeiführen, indem dass sie den einfältigen Leuten sagen, seht doch nur, was für ein Schwein der Papst ist der euch mit Ablässen und Steuern euer Geld wegnimmt, kommt, wir machen jetzt unsre eigne Kirche nur aus Teutschen Alemannen Elässern Flamen etcetera.

Dann erzählt der Alte weiter dass die teutschen Mönche schon tausendmal Papiere gefälscht haben, um die Äbte wo ihnen von Rom geschickt wurden aus ihren Klöstern zu werfen und welche aus ihrer eignen Gegend an deren Stelle zu setzen. Und stellt Euch bloß vor, in Basel sind falsche Dokumente im Umlauf, darin heißt es dass der Papst in Venedig das Weihwasser vergiften lässt und sogar dass er von einem Kardinal umgebracht wurd und der jetzige Papst drum bloß ein Schauspieler ist der ihm sehr ähnlich sieht, ein Doppelgänger also. Ganz zu schweigen von dem Humbug, den Otto von Freising und sein Schüler Rahewin über den Kaiser Friedrich Barbarossa schreiben, nemlich dass es keinem besser ging als ihm, bloß weil er sich in den Kopf gesetzt hatte dass die Teutschen über die ganze Welt herrschen müssten. Aber sieh mal einer an, Barbarossa wollte lieber in Italien einmarschiern, und unter dem Vorwand der Kriege blieb er gleich da und dachte überhaupt nicht mehr daran, sich in Teutschland den Arsch abzufriern, hahaha lacht der Alte. Und ihr kennt auch nicht den Abt Trithemius der Berge von Büchern über die Geschichte der Teutschen verfasst? Die antiken Manuscripta schreibt er selbst, aber sind auf so kreuzdumme Weise gefälscht dass sogar seine teutschen Landsleute zu ihm sagen, hör doch auf damit, wir blamiren uns ja vor allen! Aber er macht immer weiter und behauptet sogar dass die Teutschen von gewissen Verwandten der Trojaner abstammen, nemlich den Sicambern, die vom Schwartzen Meer direkt an den Niederrhein übergesiedelt sein solln hahaha, und zwar zu Zeiten des Propheten Esdra, ja genau dem der die Bibel so geordnet hat wie wir sie jetzt haben nachdem sie angeblich verlorenging. Jedenfalls sollen die Teutschen sowas wie die Juden sein, und Trithemius möchte gern einen Propheten darstellen wie Esdra und den Teutschen ihre ruhmreiche Vergangenheit zurückgeben die sie verloren haben blablabla.

Die Geschichte kenne ich schon, sage ich, und Lionardo fragt, aber schämen sich die Teutschen denn nicht über so viele Lügen? Und dann behaupten sie noch sie wären das ehrlichste Volk von allen! Messere, antwortet ihm der Alte, bei ihnen heißt, es wenn man aus guten Gründen Fälschungen macht ist es keine Sünde. Was wären denn das für gute Gründe, etwa sich den Papst vom Hals zu schaffen?, frage ich und da wird der Alte ernst und sagt, tja, wenn du wissen willst warum all die üblen Verdächtigungen gegen den Papst im Umlauf sind, so kann ich dir nur sagen, diese Leute planen ihre Sache so trefflich dass sie sich vor nichts fürchten müssen, und sind auch schrecklich schlau, denn sie greifen ja nicht einfach irgendwas aus der Luft, oh nein, viele Verleumdungen gründen auf wahren Ereignissen, die sie aber verdrehen, wie zum Beispiel dieser Unsinn dass der Borgia den Palazzo de la Cancelleria dem Ascanio Sforza als Belohnung für die Wahl zum Papst geschenkt hat. Die Wahrheit ist dass der Borgia den Palazzo mit seinem eignen Geld hat bauen lassen wann er noch Vizekanzler war, und dann hat er ihn der päpstlichen Kanzlei geschenkt, weil die besaß in Rom noch keinen eigenen Palazzo. Das war also eine schöne und großzügige Geste. Als Rodrigo Borgia Papst wurde, hat er Ascanio Sforza zum Vizekanzler ernannt, und darum hat er ihm den Palazzo de la Cancelleria zugewiesen. Wenn der Kardinal Sforza nicht mehr Vizekanzler ist, wird dieser Palazzo an seinen Nachfolger übergehen. Versteht ihr jetzt wie listig diese Schandmäuler sind? Sie verdrehen die Tatsachen, kehren sie um. Die großzügige Geste vom Papst haben sie in eine Tat schamloser Simonie verwandelt. Unglaublich, sagt mein Ziehvater, und schüttelt den Kopf. Ich frag den Alten, hör mal, wer sind denn eigentlich diese Spaßvögel die es so lustig finden Wahrheit und Lüge zu vermischen? Haben die keine Angst entdeckt zu werden? Und warum hassen sie den Papst so sehr? Nunja, mein Sohn, ich weiß nur dass das Volk bei den vielen Lügen wo die bösen Zungen in alle Himmelsrichtungen ausposaunen am Ende rein gar nichts mehr kapirt, und nach ein paar Jahren glauben sie alles denn dann gibt's keine Zeugen mehr für die Wahrheit. Die Lästermäuler halten ihre Afterreden mit Blick auf die Zukunft und lügen unverdrossen, etwas bleibt immer hängen. Doch jetzt müsst ihr gehen, tut mir leid, mehr kann ich euch beim besten Willen nicht sagen, denn von Politik versteh ich nichts und hab viel zu tun. Aber wie er so spricht, senkt er die Augen und ist sonnenklar dass er lügt, denn ich bin sicher er weiß ganz genau wer den Männern der päpstlichen Kanzlei oder auch andren Fälschern den Befehl gibt all diese Lügen zu schreiben, wo auch er selbst wer weiß wieviele Fälschungen in Umlauf gebracht, aber der Alte ist nicht dumm, drum hat er über diese Sache die im Grunde die allerwichtigste ist kein Sterbenswörtchen sagen wollen.

Wenn ich das so höre, Signior Padrone, dann glaube ich dass diese Teutschen und Alemannen immer noch an dem Gott Mannus und dem Gott Tuiscon hängen, hahaha entschuldigt bitte, aber diese Namen bringen mich jedesmal zum Lachen und all der andre Stuss von Tacitus auch, jedenfalls gefallen diese Götter ihnen besser als Unser Herrgott Jesus Christus und die Jungfrau Maria, weil das sind keine Teutschen. Aber die Teutschen werden immerzu vom Pech verfolgt sein wenn sie so weitermachen, denn nur Jesus und

Maria haben die Macht uns vor dem Teuffel zu beschützen und das Pech aus unsrem Leben zu verbannen, aber das hat ja nichtmal mein Ziehvater kapirt.

Untertänigst Euer Diener
Salaì

62.

Mein Padrone, der ihr die Freude Eures Dieners seid,

wie unsre Unterredung mit dem Alten beendet ist lässt der Mensch mit den verbeulten Eiern uns aus einer andren Tür am andren Ende des Kellers rausgehn die zu einer Treppe führt und in einen andren Hof als den wo wir vorher hineingegangen, und darum dreht sich uns fast der Kopf, und es ist unmöglich zu verstehn wo zum Teuffel wir gewesen und welchen Weg wir gegangen sind, und so denke ich, dieser Alte ist wahrhaftig nicht dumm, denn wenn jemand hier nur einmal gewesen kann er den Ort unmöglich wiederfinden, und wenn die Sbirren kommen weiß er auch sofort wie er fliehen kann, nemlich durch eine von den vielen Türen die hierhin und dorthin führen, wogegen einer der von draußen kommt sich sofort verirrt. Wann wir wieder auf der Straße sind lässt sich der Mensch mit den Beuleiern die Bullen zurückgeben dass sie wieder an ihren Platz in der päpstlichen Kanzlei gestellt werden, und dann sagt er, also gut, ihr habt gesehn dass die Papiere wo ich euch gebracht wirklich einen Haufen Geld wert sind, und die Arbeit die ich gemacht war mordsgefehrlich, drum muss der Valentino mir mein Geld geben, ist das klar? Und wir sagen, natürlich, er gibt es dir bestimmt, du musst nur zu Grassi gehn und es ihm sagen, aber da macht der Mensch mit den Beuleiern ein zweifelndes und ein bisschen ärgerliches Gesicht, und man sieht genau dass er niemals den Mut finden wird selbst mit Grassi zu sprechen, aber er sagt, ich warne euch, wenn es Probleme gibt sehn wir uns wieder, verstanden?, und wir antworten, ja gewiss, in Ordnung, besuch uns wann du willst, denn bevor Beuleier sich aufrafft mit Grassi zu sprechen sind wir sicher schon zurück in Fiorenza.

Wie wir wieder allein sind hat Lionardo ein müdes und finstres Gesicht, denn die Sachen die wir von dem Alten gehört waren alles andre als lustig, aber wir können uns jetzt nicht ausruhn, weil es gibt noch was zu erledigen. Wir gehen nemlich das teutsche oder elsässische oder alemannische Pfäfflein besuchen, was mir ja wie Ihr Euch erinnern werdet, Signior Padrone, seine Adresse hier in Rom gegeben, und wohnt in einem Haus das Ordensschwestern gehört.

Wann wir ankommen will das Pfäfflein grad ausgehn, aber kaum haben wir uns vorgestellt freut er sich sehr, denn ich sage ihm dass mein Ziehvater der berühmte Lionardo aus Vinci ist, und der junge Priester weiß genau wer das ist. Bloß in einer Sache irrt er sich, denn er sagt, oh ja, welch eine Ehre, den berühmten Lionardo aus Vinci kennenzulernen der die Kirche Sankt Ambrosius in Mailand so wunderbar wieder aufgebaut, aber das war ein Werk vom Bramante, Signior Padrone, und drum ist Lionardo wütend geworden, denn an seine eignen Werke erinnert sich kein Schwein, wogegen die vom Bramante alle kennen. Aber er hat sich's nicht anmerken lassen, denn er muss ja immer den Überlegnen spielen. Nun Signiori, was kann ich für Euch tun?, fragt das Pfäfflein.

Moment Signior Padrone, vorher muss ich Euch erst eine Sache sagen, die Ihr vielleicht schon kapirt habt. Nemlich dem Alten haben wir nur die Bullen zu lesen gegeben, nicht auch die Papiere die ich im Haus vom Burkard gestohlen, sonst fangt der Alte der mir wirklich schlau erscheint womöglich noch an zu fragen, wo habt Ihr eigentlich all diese Papiere her etcetera, und es fällt ihm gar noch ein seine Nase in unsere Angelegenheiten zu stecken. Außerdem dacht ich mir es ist viel klüger wenn man die Papiere vom Burkard dem elsässischen Pfäfflein zu lesen gibt, denn das ist sein Landsmann, und damit keine Gefahr besteht dass auch er Lust kriegt in unsren Angelegenheiten rumzuschnüffeln, genügt eine von den guten Entschuldigung die mir niemals ausgehn.

Also zeig ich ihm sofort die Papiere die ich im Haus vom Burkard stibiezt hab, und sage, Pater, seht mal her, diese Papiere hab ich auf der Straße gefunden, aber ich kapir nichts davon, denn ich bin ungebildet und kann kein Latein, aber wenn Ihr mir helft zu verstehn worum es sich handelt, so kann ich vielleicht ihren Besitzer wiederfinden und sie ihm zurückgeben. Erst schaut das Pfäfflein zu Lionardo hin denn er muss ja glauben dass mein Ziehvater das Lateinische sehr gut beherrscht wie all die andren Baumeister, aber Lionardo tut wie wenn nichts wär und guckt zerstreut aus dem Fenster, also fangt das Pfäfflein an sich die Papiere vom Burkard anzuschauen und wirft einen Blick auf jedes eins nach dem andren, und wie er fertig ist mit dem Durchblättern lacht er herzlich und fragt, entschuldigt, Ser Lionardo, habt Ihr Euer Nachtquartier zufällig in der Nähe vom Palazzo des päpstlichen Zeremonienmeisters? Mmh, ich glaube tatsächlich so ist es, sagt Lionardo mit einem unbestimmten Ausdruck im Gesicht. Aha, dacht ich's mir doch, sagt das Pfäfflein und sieht immer noch sehr belustigt aus, denn mich dünkt dem Sekretarius vom Burkard ist ein sehr komisches Missgeschick passirt, nemlich er muss diese Papiere wohl verloren haben, weil hier oben steht klein geschrieben COPIA was bedeutet dass es nicht die Originale sind, und drum hatte der Sekretarius sie wahrscheinlich in der Hand, und wie er in Eurer Gegend umherspaziert ist sind sie ihm wohl runtergefallen, aber er hat's nicht bemerkt, und damit hat er eine gewaltige Dummheit begangen. Ach ja, warum denn? Ganz einfach, hier drin stehn die schändlichsten Dinge die der Burkard früher gemacht und von denen hier in Rom mittlerweile nur noch wenige wissen, weil das ist eine Geschichte die vor vielen Jahren rausgekommen ist, aber schon damals haben es nur ein paar Leute in der Kurie erfahren. Also erklärt uns das Pfäfflein dass der Burkard wann er jung war eine Menge Sauereien gemacht, nemlich er hat gestohlen betrogen und gefälscht und musste aus seiner Stadt, also Straßburg, weggehen, denn alle wussten was für ein elender Schurke er war. Diese Papiere die wir ihm gezeigt, sagt das Pfäfflein, sind offizielle Dokumente die beschreiben was damals passirt ist, nemlich Folgendes: Als junger Mann hatte der Burkard in Straßburg eine Anstellung beim Generalvikar des Bischofs gefunden, der ihn zu einem seiner Skribenten gemacht hatte, das waren die wo für ihn öffentliche Dokumente schrieben und kopirten. Er verdiente nicht viel, aber es war eine angenehme und friedliche Arbeit die dem Burkard keiner mehr streitig machen konnte, und er hat gedacht, wer weiß was die Zeit noch bringen mag? Außerdem hatte er einen Schlafplatz, denn alle Sekretari des Generalvikars schliefen in seinem Haus, und jeder hatte sein eignes Zimmer.

Aber eines schönen Tages verschwand im Haus des Vikars ein Schwert, und man wußte nicht wer der Dieb war und warum es gestohlen ward. Dann wurd einem der Kollegen vom

Burkard aus seinem Zimmer ein Gulden gestohlen. Alle zerbrachen sich den Kopf wer das gewesen sein mochte und wer es nicht war etcetera, und schließlich verdächtigte jemand den Burkard, und in seinem Zimmer wurde eine ~~Perqwizisio Perquzisio Prsqz~~ man hat das Zimmer durchkämmt, und war ein großer Skandal wann man das Schwert und die gestohlne Münze fand, aber auch eine viel schlimmre Sache. Denn der Burkard hatte seit einiger Zeit angefangen Dokumente zu fälschen, zum Beispiel die Dispense, um das Aufgebot für die Hochzeit zu bestellen: Er bereitete das ganze Schriftstück vor aber ohne die Namen der beiden Parteien, denn die brauchte er dann nur einzufügen wenn ein Brautpaar, das eigentlich kein Recht hatte den Dispens zu erhalten, ihm Geld für das Papier anbot. Die Sache war kinderleicht, wo der Burkard die Pergamente und die Siegel, die man für solche Dokumente benutzt, ja jeden Tag zur Hand hatte, und er kannte die Formeln für jedes Dokument genau, und außerdem konnte er die Fälschungen in aller Seelenruhe in seinem Zimmer anfertigen.

Darauf wurd dem Burkard vor dem Kirchengericht von Straßburg der Prozess gemacht, und er wurd verurteilt, und damit war sein Leben praktisch zuende, denn er trug das Brandmal des Verbrechens, und niemand hätte ihm nichtmal eine halbe Arbeit mehr gegeben. Das Einzige was er tun konnte war in eine andre Stadt zu gehn, aber wer sollte Burkard das Geld für die Reise geben, und wovon sollte er leben bis er eine neue Arbeit fand? Da ist das Wunder passiert, denn jemand (man hat nie erfahren wer) beschloss dem Burkard zu helfen und gab ihm Geld damit er nicht nur aus Straßburg abreisen, sondern sogar aus Teutschland raus nemlich bis nach Rom fahren konnt.

In Rom traf der Burkard sofort Scharen von andren Teutschen und auch Elsässern, denn wie ich schon bemerkt, Signior Padrone, hier in der Stadt vom Papst gibt's unzählige Leute die aus Teutschland kommen, aber das Pfäfflein hat mir jetzt genauer erklärt warum. Die Teutschen die hier her kommen wollen mitnichten alle arbeiten, und die Frantzosen und Spanier auch nicht, und die Italiener eigentlich auch nicht, denn in Rom scheint fast immer eine schöne Sonne und der Himmel ist blau und die Leute sind lustig und lachen gern und die Weiber sind geil und lächeln und haben so dicke und gut gefüllte Brüste dass man gar nicht begreift wie sie's anstellen diese Dinger die ganze Zeit mit sich rumzuschleppen, ja man möcht sie sogar fragen, heh, kann ich dir tragen helfen? Jedenfalls hat in Rom keiner Lust jemals einen Finger krumm zu machen, und wenn die Leute könnten würden sie den ganzen Tag spazirengehn und die guten Sachen essen die's hier gibt und sich die Weiber anschaun wie die sich abmühn ihre Melonen vor sich herzutragen. Drum kommen seit jeher Priester, aber auch Laien aus aller Welt hier nach Rom und versuchen ein Privilegium sine cura zu kriegen, nemlich einen ~~ekklesais ekklesista ekklsiats~~ einen Titel von der Kirche, wodurch man Anrecht auf einen regelmäßigen Verdienst hat, aber man muss einen Dreck dafür tun und kassirt nur das Geld ein, versteht Ihr, Signior Padrone, was für eine feine Sache das ist? Das teutsche Pfäfflein erklärt, da gibt's zum Beispiel ein Amt als Kaplan oder als Kanonikus oder ein Submissariat das ist einfach ein Pergament das man vom Papst erhält und sagt dass du Kanonikus von einer Kirche in Teutschland bist oder Kaplan an einer Katedrale in Frankreich, aber in Wirklichkeit gehst du niemals da hin, ja du weißt noch nichtmal wo diese Stadt mit deiner Kirche überhaupt liegt, aber du steckst dein Salär ein und bleibst froh und munter in Rom. Also ist auch der Burkard in Rom angekommen und hat versucht so etwas zu ergattern, und es ist ihm trefflich gelungen, sagt das Pfäfflein, denn er versteht sich viel besser auf die Sachen wo man keinen Finger rühren muss, also solche Privilegien und Sinekuren, als wie auf die richtige Arbeit wo er in Straßburg hatt und wo er wirklich was tun musste, nemlich den lieben langen Tag schreiben. Aber erst hat er sich eine Anstellung im Dienst eines Kardinals gesucht, was sehr wichtig ist, denn Privilegien kriegen vor allem Leute die für Kardinäle arbeiten. Im Lauf der Zeit ist der Burkard von einem Kardinal zum andren gewandert weil was er sehr gut kann ist seinen Herren den Arsch lecken, und mit den Privilegien die er allmehlich angehäuft hatt brauchte er nicht mehr zu stehlen wie in Straßburg. Aber einfach war das nicht, denn jedes Mal wenn ein andrer Teutscher dasselbe Privilegium haben wollt wie der Burkard musste ein Prozess geführt werden, und die andren Straßburger haben's dem Burkard viele Male bös heimgezahlt und bei dem Prozess gesagt er wär nicht wert das Privilegium zu bekommen, denn er wär ein Dieb und Fälscher und Betrüger, und jedesmal musste der Burkard gestehn dass das leider die Wahrheit ist, und erklären was er vor Jahren in Straßburg angestellt hatte, und jedesmal wär er fast geplatzt vor Wut, denn der Burkard ist ein stolzer Mann und sehr von sich überzeugt.

Dieweil das Pfäfflein fröhlich weiterplaudert, wundere ich mich mit welcher Befriedigung er die Einzelheiten beschreibt, nemlich den schlechten Ruf den der Burkard in seiner Stadt hat und die Schandtaten die er verbrochen und die ihm seine Landsleute dann vergolten haben, aber obwohl das Pfäfflein sehr leise und sehr vorsichtig spricht wie alle Priester hat er doch eine solche Lust am Erzählen dass ich auf einmal was versteh, nemlich das Pfäfflein findet den Burkard zwar nicht unausstehlich, aber es ärgert ihn dass der Burkard so hoch hinaufgekommen ist und es bis zum Zeremonienmeister gebracht, und drum erzählt er aus Neid bloß alles Schlechte über ihn. Aber mal ehrlich, Signior Padrone, auch die Teuffel in der Hölle lieben sich ja nicht grad heiß und innig, im Gegenteil, ich glaube sie treten sich ganz gern gegenseitig in den Hintern, da wär's ja gelacht wenn die Elsässer und die Straßburger das nicht genauso täten, wo sie doch direkt über dem Eingang der Hölle wohnen, meint Ihr nicht auch?

Schließlich, erzählt das Pfäfflein, hat der Burkard wirklich erreicht, worauf alle Teutschen hoffen wenn sie nach Rom kommen, denn er hat mit seiner Gerissenheit eine unglaubliche Menge Privilegien gesammelt und ist sogar päpstlicher Zeremoniar geworden, was ein beneidenswerter Posten ist, gut bezahlt und hochangesehn. Grad will ich zu Lionardo sagen, Vater, lasst uns dem jungen Priester danken und unser Wege gehen, denn von dieser Geschichte hab ich inzwischen fast alles kapirt, aber in dem Moment fällt mir ein dass noch eine Sache geklärt werden muss die schon wieder mit dem vermaledeiten Latein zu tun hat, nemlich dieser sonderbare Satz Poggius Mercurio detur den ich im Tagebuch vom Burkard gelesen, wann ich in sein Studirzimmer geschlichen bin. Also nutz ich die Gelegenheit und sage zu dem Pfäfflein, erlaubt mir bitte noch eine Frage, was bedeutet Poggius Mercurio detur?

Diese Frage hat das Pfäfflein nicht erwartet, drum weiß er nicht was er sagen soll und antwortet, mmh, das sind nur drei Worte, so kann ich das nicht richtig verstehn, denn detur bedeutet es soll gegeben werden, aber in welchem Sinn kann ich nicht sagen, weil die Sätze davor und danach fehlen, aber sag mir, Junge, wo hast diesen Satz gelesen? Er stand auf einem andren von diesen Papieren, aber das hab ich in der Herberge gelassen, antworte ich mit einer schönen Lüge.

Aha, ich verstehe, sagt das Pfäfflein, kannst du das Papier nicht vielleicht jetzt gleich holen gehn? Das wäre ein Opfer, sage ich nach einer kleinen Pause, und damit die ganze Sache vergessen wird will ich grad noch erklären mein Vater wär müde und müsst sich jetzt gewiss ausruhen. Aber bevor ich was sagen kann ruft das Pfäfflein, ja, bravo, es könnte ein Opfer sein, denn wie du weißt brachten die alten Römer ihren Göttern Opfer, und Merkur war gewiss einer davon, aber wie Tacitus sagt haben die Germanen das auch getan. Ach ja, und wo sagt er das?, fragt Lionardo der bis zu diesem Moment stumm geblieben und sein übliches toternstes Gesicht gemacht mit dem er allen vorspielt er hätte hochwichtige und geniale Gedanken die keiner verstehn kann, aber jetzt, ohne Bart und lange Haare, klappt das nicht mehr so gut.

Nun, es steht in der Germania von Tacitus geschrieben, sagt das Pfäfflein, dass die alten Germanen Merkur und Jupiter und Mars etcetera Opfer darbrachten. Ihr könnt das sogar selbst lesen, ich hab nemlich hier eine Kopie (ha, wusst ich's doch, hab ich gedacht) und er nimmt ein Buch aus einer Kiste, öffnet es und fängt an darin zu blättern. Hmh, mal sehn, ah hier, ich hab's gefunden. Er gibt es uns zu lesen und ist so interessant dass ich ihn frag, darf ich mir das vielleicht abschreiben? Und ich lass mir von Lionardo ein Stück Papier und einen Stift geben (die hat er immer in der Tasche denn so kann er in jedem freien Moment die Apparate zeichnen die vom Himmel fallen) und hier, bitte, Signior Padrone, das stand da geschrieben:

> *Deorum maxime Mercurium colunt, cui certis diebus humanis quoque hostiis litare fas habent. Herculem et Martem concessis animalibus placant. Pars Sueborum et Isidi sacrificat: unde causa et origo peregrino sacro, parum comperi, nisi quod*

signum ipsum in modum liburnae figuratum docet advectam religionem. Ceterum nec cohibere parietibus deos neque in ullam humani oris speciem adsimulare ex magnitudine caelestium arbitrantur: lucos ac nemora consecrant deorumque nominibus appellant secretum illud, quod sola reverentia vident.

Also praktisch soll das heißen dass die Germanen Merkur mehr als wie alle andren Göttern verehren, und an bestimmten Tagen ist es sogar erlaubt Merkur Menschenopfer zu bringen, seht Ihr was das für eine üble Schweinerei ist, Signior Padrone? Dann sagt Tacitus dass sie Herkules und Mars Tiere opfern und dass ein Teil der Germanen, die Sueben heißen, auch der Isis Opfer bringen blablabla und andre Sachen die uns nicht interessirn, aber was wirklich zählt ist dass die Germanen laut Tacitus sowas Grässliches gemacht haben, und könnt Ihr Euch denken was mir und Lionardo da sofort eingefallen ist?

Zum Schluss sag ich, entschuldigt, aber diese Geschichte mit Merkur kommt mir ein wenig seltsam vor, warum zum Beispiel opferten die Germanen ausgerechnet ihm und nicht einem andren wichtigeren Gott? Ach, du meinst wahrscheinlich Tuiscon, antwortet das Pfäfflein, den großen Urvater von dem alle Gottheiten der alten Germanen abstammen. Nun, mein Junge, das weiß ich leider nicht, aber ich kann dir sagen dass es hier in Rom einen Mann von großer Gelehrsamkeit gibt, der heißt Annius von Viterbo und hat grad vor drei Jahren die uralten Manuscripta von einem sehr weisen Priester aus babylonischer Zeit mit Namen Berosus entdeckt. Dieser Priester sagt dass Tuiscon von Noah abstammte und die Germanen drum auf die Zeit der Sintflut zurückgehn, also sind sie das älteste Volk der Welt, das Urvolk, und er hat sogar rausgefunden auf wen all ihre verschiednen Volksstämme ursprünglich zurückgehn, nemlich zum Beispiel die Ingävonen auf Ingävon und die Sueben auf Suevus und die Herminonen auf Herminon und so weiter, das ist doch wirklich eine wichtige Entdeckung, findet ihr nicht auch?

Aber ich hör dem Pfäfflein schon gar nicht mehr zu, denn ich kann nur an die Geschichte von den Menschenopfern und an den Kopf vom spanischen Poggius denken der mit vier Axthieben gespalten wurd.

Euer unermüdlicher
Salaì

63.

Mein hochnobler Padrone,

Ihr habt Grips im Überfluss und könnt sogar ein paar Pfund davon verschenken ohne dass Euch die guten Ideen ausgehn, drum habt Ihr gewiss schon längst kapirt dass Lionardo und ich nach dem Besuch in der Toten Stadt und nachdem wir mit dem Fachmann für Manuscripta und mit dem teutschen Pfäfflein gesprochen, endlich alles verstanden haben oder fast, nemlich jetzt erzähl ich's Euch und bin ich überglücklich darüber weil Ihr seid mein allergnädigster Padrone dem ich in ~~Selbstopfre Selbstaufopfru Selbstafupfru~~ sehr gerne diene, sogar jetzt noch wo Ihr mir den Vorschuss immer noch nicht bezahlt habt, vielleicht wisst Ihr was ich meine.

Erstens: Die Teutschen Alemannen Straßburger sind allesamt Diener des Teuffels und um ihm zu gefallen bereiten sie einen großen Umsturz vor der soll dem Papst das Spiel verderben, denn sie wollen die Kirche Christi neu aufbauen wie es ihnen passt und damit das Werk Jesu auf Erden zerstören. Es ist doch kein Zufall nicht dass zu ihren Freunden Leute gehören wie der Diebold, der Moses mit Teuffelshörnern malt, dann dieser Toefel dessen Name auf Teutsch Teuffel heißt, außerdem liegt zufällig genau unter der Katedrale von Straßburg der Eingang zur Hölle und in Böhmen im Frankenreich und in der Lombardei kämpft der Papst gegen die Sekten der Adamiten Grubner etcetera, die schwartze Magie treiben und den Teuffel anbeten, wie mir Ciolek erzählt, also wenn einer nicht ganz vernagelt ist, Signior Padrone, dann kapirt er genau was hier abläuft.

Viertens: Die Straßburger und die Antikisten oder besser Antichristen verbreiten hinter dem Rücken vom Papst Borgia die übelsten Gerüchte gegen ihn damit sie dann sagen können: Seht ihr was für ein Sauhaufen diese Kirche von Rom ist, es gibt wirklich zu viele Skandale und Schändlichkeiten und darum muss sie von Grund auf neu gemacht werden. Und dann können die Antichristen eine neue Kirche gründen, eine teutsche ganz für sich allein, Signior Padrone, und sagt mir nicht das ist nicht möglich, denn grad hier in Rom hab ich gelernt dass es ein Schisma in der Kirche gibt, nemlich eine Spaltung zwischen allen Gläubigen und Priestern und Bischöfen, und dass zwei oder drei Päpste gleichzeitig regieren und ein großes Durcheinander anrichten, und so eine Spaltung hat's schon mal gegeben und hat sogar zimlich lang gedauert, also warum kann's sie nicht ein zweites Mal geben?

Drittens und letztens: So ein großes Durcheinander anzurichten ist natürlich nicht leicht, nemlich es reicht nicht einfach bloß Verleumdungen zu verbreiten die den Papst und den Valentino in Verruf bringen, oh nein, man muss erreichen dass alle Menschen vergessen dass Jesus nur eine einzige Kirche wollt, denn zwei verschiedne und getrennte wollt er gewiss nicht, drum haben die Antikisten also die Antichristen, das ist nemlich ihr richtiger Name, sich schon vor sehr langer Zeit an die Arbeit gemacht und Werke von Autoren erfunden die es niemals gegeben, zum Beispiel die Germania von Tacitus, und muss ich immer noch lachen wenn ich dran denke denn das ist ein hirnverbrannter Quark, aber die Sache war furchtbar wichtig um sagen zu können, heh, ihr Teutschen, wisst ihr eigentlich dass ihr die schönsten und edelsten und ältesten Ursprünge habt? Wisst ihr dass man euch in Italien für Barbaren und Ignioranten hält weil die Italiener von den alten Römern abstammen und sagen dass es in eurer Geschichte kein bisschen Siege Ruhmestaten und Ehre gibt? Nun, liebe Teutsche, das ist nichts als eine Riesenverarschung, erstunken und erlogen von den Italienern, diesen Betrügern und Gaunern. So und jetzt seht her, was dieser Tacitus, den Poggio Bracciolini soeben entdeckt, sagt: Ihr seid viel mehr wert als wie die Italiener denn eure Ursprünge sind mindestens genau so alt wie ihre und ehrlicher obendrein, denn die alten Germanen waren rechtschaffen schlicht und große, tapfere Krieger etcetera, ja sogar ein alter Römer wie Tacitus hat zu seinen Leuten gesagt, meine lieben Römer, wir sind Schurken, die Germanen dagegen sind ehrlich und haben eine reine Seele, stellt Euch mal vor, Signior Padrone, wie peinlich das für Rom war.

Fünftens: Dann haben die Antichristen von Straßburg wer weiß wie viele Dichtungen erfunden, damit man glaubt dass alles was es zur Zeit der alten Römer gab, also vor Jesus und der Muttergottes, großartig und hochinteressant gewesen wär. Nemlich sie haben sich untereinander abgesprochen und plötzlich alle angefangen zu erklären, ich hab hier eine alte Handschrifft gefunden, ich hab dort eine gefunden, meine ist fünf Jahrhunderte alt, meine mindestens zehn Jahrhunderte, meine enthält lauter unbekannte Meisterwerke, in meiner finden sich wichtige Quellen die man für immer verloren glaubte, und die einfachen Leute haben das alles geschluckt und gesagt, aah oha wie tüchtig diese Antikisten sind, und dann all diese alten und kostbaren Sachen die sie finden! Und wie schön und edel war die Welt vor Jesus und der Jungfrau Maria, zwar war Jesus gut und die Muttergottes auch, aber trotzdem ist das antike Rom durch die Christen völlig auf den Hund gekommen.

Danach sind die Antikisten allen so richtig auf den Sack gegangen, nemlich sie haben Bücher gedruckt mit den Schrifften die sie angeblich in den antiken Manuscripta gefunden, aber die hatten sie selbst geschrieben, und wirklich, Lionardo hat mir ja gleich zu Anfang erklärt dass Poggius und seine Freunde besser Latein sprachen und schrieben als die Lateiner selbst, stimmt's, Signior Padrone? Und gedruckt haben sie die Bücher auch selbst, denn wie Ciolek mir erklärt hat arbeitete dieser Guttenberg wo die Druckerpresse erfunden ja auch in Straßburg, und sagt mir jetzt nicht das wär nur Zufall, Signior Padrone, denn das glaubt ja nichtmal der dümmste Trottel nicht.

Und so denken die Leute statt an Jesus und die Jungfrau Maria jetzt immer öfter an die heidnischen Dichter und Schrifftsteller und sogar an einen wie Ovid der schweinische Gedichte sondergleichen schrieb und Geschichten von Huren und vom Hörneraufsetzen. Und ist ja auch kein Zufall nicht dass viele Antikisten selbst Liebesgedichte geschrieben haben oder sogar Novellen und Fazetien voll säuischer Dinge, so auch Poggio Bracciolini, wie Toefl erzählt wann ich in der Locanda de la Campana war. Und wenn das so weitergeht erscheint es allen schließlich ganz normal vom Schweinekram andrer Leute zu lesen, ja vielleicht finden sie's sogar gut und edel weil sie glauben dass es eine solche Welt wirklich gegeben, wo dergleichen Sauereien die ehrwürdigste Dichtung waren und wo sich jeder sein Porträt hat machen lassen auf dem ihm die Klöten oder Titten raushängen wie wenn nichts dabei wär, aber ihre antiken Vorbilder, nemlich die echten römischen Statuen, die waren wahrscheinlich grad frisch aus der Werkstatt von so einem Schlitzohr wie Michelangielo gekommen. Was soll ich sagen, Signior Padrone, es ist doch klar dass sowas nicht geht, denn seit den Zeiten von Adam und Eva läuft der Mensch nicht mehr mit nacktem Pinsel rum, und wenn ich mal mit einem Weib vögele dann erzähl ich das meinen Freunden oder höchstens Euch, der Ihr, wie ich meine, gewisse Dinge versteht, aber ich schreib sowas doch nicht für die ganze Welt auf, und außerdem wollen dann ja alle meine Weiber vögeln, meint Ihr nicht auch?

Mist, bis wohin war ich gekommen? Jedenfalls wollt ich sagen dass es dem Teuffel und seinen Freunden einen höllischen Spaß macht sich genau an den Orten einzuschleichen wo die Leute glauben dass Jesus dort wohnt, und darum haben die Straßburger sich in die heiligste Stadt von allen gesetzt, nemlich Rom, und grad auf die wichtigsten Posten, und schützen sich alle gegenseitig, drum können sie ja auch im Gasthaus de la Campana reden was sie wolln, auch gegen den Papst, denn die Teutschen wo ihnen helfen sind überall versteckt, zum Beispiel ist der Burkard Zeremonienmeister vom Papst damit er ungestört seine Teuffeleien treiben kann, denn die Leute vertrauen dem Papst drum vertrauen sie auch dem Burkard, obwohl der ist ein schlimmrer Betrüger als wie Lionardo. Denn Burkard und Sander wissen alles über die Geschäffte vom Papst, und wenn sie was über ihn sagen dann werden die Leute das immer glauben. Drum schreiben sie zwei Tagebücher von den Zeremonien des Papstes Borgia, eine richtige Fassung, die hab ich in der Studirstube vom Burkard gesehn und stehn nur langweilige Sachen drin, nemlich alles über seine Arbeit, aber das andre Tagebuch, die Kopie mit den Fälschungen, das bewahren die Teutschen in der Toten Stadt auf, und ich hab es zusammen mit Lionardo in Sanders Händen gesehn, und da schreiben Sander und Burkard säckeweise Lügen über den Papst rein, und wenn ihnen selbst keine Geschichten mehr einfallen nehmen sie sogar die schmutzigen Fabeln von Boccaccio dafür. Man muss nemlich bedenken, Signior Padrone, dass der Burkard, wie uns das teutsche Pfäfflein erzählt, schon als junger Mann also wann er noch ein hergelaufener Taugenichts war gestohlen gefälscht und betrogen hat, da kann man sich ja vorstellen was er jetzt anrichtet wo er nach Belieben schalten und walten kann, denn er hat Berge von Geld und einen wichtigen Posten. Auf jeden Fall sind die Fälscher die wo die bösen Gerüchte über den Papst verbreiten alles Teutsche: Hat der Alte, zu dem uns der Mensch mit den verbeulten Eiern geführt, etwa nicht gesagt dass die Teutschen sehr geschickt und erfahren sind im Fälschen Betrügen und Täuschen, wie zum Beispiel dieser Trithemius der der halben Welt einen sagenhaften Mumpitz über die Geschichte von Teutschland erzählt?

Wenn dieser Papst stirbt werden die Antichristen das falsche Tagebuch vom Burkard hervorholen wo dieser ganze Schmus drinsteht den die Teutschen von Rom erfinden um den Papst zu verleumden, nemlich derselbe Blödsinn, Signior Padrone, den ich mit eignen Ohren gehört wann ich im Gasthaus de la Campana gewesen bin, und der, wie Ihr wisst, alles bloß Lüge und Geschwafel ist, wie zum Beispiel die Geschichte von dem Notar in Fiorenza der die Beweise haben soll dass der Papst mit den Türcken ein Abkommen geschlossen hat und der überhaupt gar nicht existirt, oder die Geschichte dass der Valentino und seine Schwester Lucrezia Kinder vom Papst sind statt seine Neffen was, wie Ihr gesehn habt, Signior Padrone, ebenfalls bloß eine dreckige Lüge ist etcetera etcetera.

Aber der Plan von den Teutschen Straßburgern Antichristen Elsässern undsoweiter droht ins Wasser zu fallen, weil der Papst hat sich schon vorgenommen selbst eine große allgemeine Reform der Kirche zu machen und wenn diese Reform jetzt durchgeführt wird, dann wird es nicht mehr möglich sein sich über Skandale zu entrüsten und zu fordern die Kirche von Rom müsste von Grund auf erneuert werden und mit der Empörung wieder ein Schisma herbeizureden. Außerdem hat der Papst einen Neffen nemlich den Valentino, dem qualmt schon der Sack vor lauter Wut und Eifer, und seine Heere geben's den kleinen italienischen Staaten knüppeldick zur Strafe dafür dass ihnen Italien völlig wurst ist. Nemlich die lassen ja lieber die Fremden in Italien eindringen anstatt dass sie aufhörn sich gegenseitig die Rübe einzuschlagen, weil ihnen geht der Nachbar mehr auf den Senkel als der Fremde den man sowieso nicht kapirt wenn er spricht. Was machen also die Antichristen? Sie wollen dass die Reform vom Papst schiefgeht, und um ihm zu schaden benutzen sie den Zwist der kleinen italienischen Staaten. Damit schaffen sie für den Papst ein Riesendurcheinander und zusätzlich streuen sie das Gerücht aus er wär ein Verräter am christlichen Glauben, indem dass er heimlich gemeinsame Sache mit den Türcken macht obgleich er in Wahrheit doch schon immer Krieg gegen die Türcken führen will, und sie verbreiten auch die Lüge von dem Notar in Fiorenza bei dem die Briefe liegen sollen die ihn entlarven. Für die italienischen Staaten ist das fast zu schön um wahr zu sein dass sie den Papst jetzt mal mit Dreck beschmeißen können, und so verbreiten sie zusammen mit den Antichristen diese Verleumdungen im ganzen Land und sogar außerhalb. Derweil wollen die Fucker, die ja auch Freunde der Antichristen sind, dem Papst vierzigtausend Dukaten für den Krieg gegen die Türcken leihen, wie mir der armenische Priester erzählt hat. Jetzt weiß ich auch warum ich bei diesen Versammlungen von Teutschen und Straßburgern im Haus von Dorotheas Vater haufenweise Geld auf dem Tisch hab liegen sehn: Einer der ein bisschen einfältig ist denkt natürlich das haben sie gesammelt um die Kirche Sancta Maria de l'Anima wieder aufzubaun, aber ich glaub das ist das Geld das sie dem Papst für den Krieg gegen die Türcken leihen wollen, nemlich die vierzigtausend Dukaten von denen der armenische Pater gesprochen.

Der Papst hat immer schon gegen die Türcken kämpfen wollen, schon wann er ein junger Kardinal war, und drum ist er jetzt sehr froh dass er's mit dem Geld von den Fuckern endlich tun kann. Aber so verliert er erstmal Zeit mit dieser Angelegenheit statt an die Reformen der Kirche zu denken, und außerdem merkt er nicht dass diese Fucker, wie mir Kopernikus gesagt, alle italienischen Bankleute aus dem Weg geräumt haben, und sind sie dabei die mächtigste Bank von allen zu werden, auch in andren Ländern nemlich Frankreich Teutschland etcetera, und drum muss früher oder später jeder der Geld braucht um Krieg zu führen oder andre Sachen zu machen zu diesen Fuckern gehen, die Freunde von den Antichristen und Elsässern sind, also könnt Ihr Euch vorstellen, Signior Padrone, was passieren wird, nemlich dass die Antichristen nur denen Geld geben werden die ihre Freunde sind.

Jedenfalls ist es jetzt so dass wie gesagt bei der ganzen Verwirrung die da herrscht dem Papst keine Zeit bleibt sich mit der Reform der Kirche zu beschäftgen, und darum verbreiten sich die bösen Afterreden über die Verderbtheit die Schweinereien und die dunklen Machenschaften der Kirche ungestört immer weiter, und früher oder später werden alle Teutschen sagen, Leute, es reicht, wo wir jetzt unsere eigne Geschichte haben, weil das hat uns Tacitus gezeigt, da machen wir endlich auch unsere eigne Kirche und Rom kann uns mal kreuzweise. Und wirklich, die betrunknen Teutschen in der Campana haben ja auch gesagt dass Wimpfeling sicher ist, eines Tages wird in Teutschland ein Mann kommen der wird die Kirche komplett reformieren, und darum haben die Straßburger es so eilig mit dem ganzen Durcheinander was sie anrichten wolln, ha, und ob sie's eilig haben mit ihrem netten kleinen Plan, und meiner Meinung nach, Signior Padrone, brauchen wir nur noch ein paar Jahre zu warten und Ihr werdet sehn wie's in Teutschland drunter und drüber geht.

Der spanische Poggio hat wahrscheinlich von dieser ganzen Geschichte was rausgekriegt, vielleicht hat er gesehn wie Sander in dem Boccaccio liest oder wer weiß was sonst und Sander sonderbare Dinge tut, und da ist er bis zu dem Dorf gegangen wo auch Dorothea wohnt, um den Teutschen hinterherzuschnüffeln und die Bauern auszufragen. Aber leider haben die Teutschen das gemerkt und ihn von seinem Diener umbringen lassen, der war vielleicht ein armer Irrer, und so konnten sie ihn leicht überreden oder zwingen, oder sie haben ihm Wein zu trinken gegeben wer weiß. Mit Sicherheit waren sie das, die den spanischen Poggio um die Ecke gebracht haben, denn der Satz «Poggius detur Mercurio» bedeutet «Poggius soll dem Merkur geopfert werden» und die

Idee kommt aus der Germania von Tacitus, weil die Germanen opferten dem Merkur ja sogar Menschen wenn Ihr Euch erinnert, und darum haben diese Verrückten, der Burkard und seine Freunde, den spanischen Poggio getötet, wie die alten Germanen als sie kapirt haben dass er ihnen mächtig auf den Sack gehn konnt. Und der Beweis dass die Straßburger den spanischen Poggio umgebracht steht im Tagebuch vom Burkard was ich gelesen wann ich in seinem Studirzimmer war, nemlich die Nachricht vom Tod des Poggio ist mit großer Verachtung geschrieben und nicht länger als drei Zeilen.

Die Situazion ist also sonnenklar, Signior Padrone, aber da gibt's noch zwei Dinge die ich nicht recht versteh, und will ich Euch jetzt erklären.

Die erste ist dass die Weiber verschwunden sind denen ich's besorgt hab seit ich in Rom bin, und das wär ja gelacht wenn da nicht auch wieder die Straßburger dahinterstecken, denn wenn in dieser Geschichte jemand krepirt oder verschwindet dann stößt man ja immer auf sie. Aber warum lassen sie dann nicht auch mich und Lionardo verschwinden? Das wär doch kinderleicht, und außerdem schaffen sie sich zwei Leute vom Hals die sich in ihre Angelegenheiten einmischen.

Das zweite wo ich nicht recht durchblicke ist das was Ciolek gesagt, nemlich wie zum Henker ist es möglich dass ausgerechnet Poggio Bracciolini die Germania von Tacitus erfunden, also ein Buch das den Straßburgern und den Freunden des Teuffels grade recht kommt um den ganzen Wirrwarr anzurichten. Und warum hat Poggio Bracciolini dann sogar gesagt dass die Teutschen Barbaren und verblödet sind?

Doch diese beiden letzten Fragen muss ich jetzt erstmal beiseite tun, Signior Padrone, denn Lionardo und ich haben inzwischen samt und sonders kapirt was es in dieser Geschichte zu kapiren gibt, und drum kann man bei der Nachforschung von Lionardo endlich mal einen Schnitt machen, aber es wäre klug das alles jetzt sofort dem Grassi zu erzählen, bevor der Valentino, wo der so leicht böse wird, sich's anders überlegt und einen Schnitt bei Lionardos Eiern macht statt bei der Nachforschung.

Euer ewig gehorsamer
Salaì

64.

Mein Padrone der Ihr alles erdenklich Gute verdient,

wann er die ganze Geschichte von uns gehört steht Grassi vor Staunen der Mund so weit offen dass er mit seinem Kinn fast die Schuhspitzen berührt, und er sagt, Ser Lionardo, Ihr und Euer Sohn habt da wahrhaftig unglaubliche hochinteressante Entdeckungen gemacht, und muss ich das alles unverzüglich meinem Padrone berichten, nemlich dem Valentino, weil wenn er nicht sofort davon erfährt wird er gewiss toben wie ein wildes Tier, aber Ihr versteht, wenn das was Ihr mir sagt nicht bis in die kleinsten Einzelheiten wahr ist, dann wird uns allen ein glühendes Eisen durch den Hintern hinauf bis in den Hals getrieben. Denn so schwerwiegende Anschuldigungen und Verdächtigungen wie die wo ihr mir berichtet, darf man nicht ohne ein Minimum an Gewissheit verbreiten, drum hatte ich Beweise von euch verlangt und wo sind die?

Mein Ziehvater schaudert wie einer dem ein Messer in die Hosen fährt und ihn eiskalt am Sack streift, und wenn man's recht bedenkt haben wir ja wirklich einen feuchten Dreck vorzuweisen, denn das Tagebuch vom Burkard, das mit dem Boccaccio drin, wer weiß wo zum Teuffel sie das in der Toten Stadt versteckt haben und darum könnten wir den Valentino höchstpersönlich dort hinbringen dass er einen Monat lang danach gräbt, er würd es trotzdem nicht finden, aber spätestens dann hätt er der Toten Stadt schon einen neuen Namen gegeben und würde sie Stadt der Abgeschnittnen Eier nennen, das wären nemlich meine und die von Lionardo. Außerdem, wer weiß wo Sander die Kopie von dem Tagebuch hingebracht hat, nachdem er entdeckt dass wir ihn heimlich beobachtet haben, er wär ja blöd wenn er sie in dem Haus aus Stein lassen würd. Und auch die Teutschen werden bestimmt nicht mehr in die Tote Stadt zurückkehren, und Dorothea wohnt jetzt man weiß nicht wo. Also fangt Lionardo an Grassi von dem Alten im Keller mit den gefälschten Bullen zu erzähln, aber da will Grassi die Bullen sehn und wir haben sie ja schon dem Mensch mit den verbeulten Eiern zurückgegeben. Darauf will Grassi unbedingt sofort den Alten besuchen gehen, und wir müssen ihm sagen dass er im Viertel Pozzo Bianco wohnt, aber wir wissen nicht genau wo der Mensch mit den Beuleiern uns da hingebracht hat. Also gut! Wie heißt dieser Mensch und wo findet man ihn?, fragt Grassi. Salaì, mein Sohn, hol den Zettel raus, sagt Lionardo. Welchen Zettel, Vater? Na den wo uns der Bramante gegeben, mit dem Namen und der Straße von dem Menschen. Aber Vater, den habt Ihr doch. Nein. Doch. Aber ich sage dir, ich hab ihn nicht. Doch, glaubt mir, Ihr habt den. Signior Grassi, wir könnten den Bramante fragen ... stammelt mein Ziehvater, aber Grassi hat das Spielchen satt und schreit, seid Ihr denn verrückt, diese Sache ist streng geheim und zu viele wissen schon davon, das fehlte gerade noch dass wir einen großen Künstler wie den Bramante damit belästigen, er hat weiß Gott wichtigeres zu tun. Da beißt Lionardo sich aus Neid auf die Unterlippe denn er hat niemals was zu tun, und mit dem Biss hat er sich obendrein wehgetan aber er macht keinen Mucks. Dann fangt er an die Namen von Ciolek und Kopernikus und Iligi herunterzustottern und erzählt sogar das was sie uns gesagt, aber Grassi wird noch giftiger weil diese Sachen haben wir ihm schon mal erzählt, und außerdem sind das keine Beweise sondern nur Vermutungen. Also zieh ich die Papiere hervor die ich im Studirzimmer vom Burkard geklaut und erzähl Grassi von dem elsässischen Pfäfflein, aber schon wie ich ihm das alles sag kann ich mir vorstelln was seine ~~Rackt Reakito Raketion~~ was er machen wird, und wirklich, Grassi schaut die Papiere an und sagt dass man das alles seit langem weiß, und für ihn ist auch klar dass der Burkard ein Erzschurke ist, aber das ist kein Beweis dafür dass er hinter den Verleumdungen des Papstes steckt. Und auch die Sache mit der Ermordung vom spanischen Poggio hat zu rein gar nichts geführt: Ich hab bloß den Satz Poggius Mercurio detur im Tagebuch vom Burkard gelesen aber beweisen könnt ich's nicht.

Wie der Grassi uns anschaut denk ich, gut, jetzt hat er's auch kapirt dass Lionardo ein Esel ist, aber er sagt, ich verstehe dass ein Ingenium wie Ihr, Ser Lionardo, seine Quellen nicht gern preisgibt, aber Ihr könnt Euch denken dass Eure Informazionen diesmal nicht ausreichen, also müsst Ihr dem Valentino unbedingt sagen wer Euch auf die richtige Fährte gebracht. Lionardo und ich wir blicken uns unsicher an denn wir haben nicht genau verstanden was zum Henker Grassi eigentlich will. Mein Ziehvater stottert, mmh nun naja also gut warum nicht. Aber Lionardo guckt immer ein bisschen blöd aus der Wäsche, sonderlich jetzt wo er keinen Bart mehr hat wie die alten weisen Männer, und nur darum merkt Grassi nicht dass Lionardo keinen blassen Schimmer hat was er sagen soll. Gut, sehr gut, sagt Grassi, wusst ich's doch dass Ihr einen Informanten habt, weil eine so schwierige und gefehrliche Nachforschung wie die Eure, Ser Lionardo, die kann man nicht durchführen ohne wenigstens einen zu haben der schon weiß wo man suchen muss, ja ich glaube sogar dass Ihr einen sehr guten und kundigen Mann habt, nicht wahr? Ja natürlich, mein lieber Grassi, Ihr seid sehr scharfsinnig und habt alles durchschaut, sagt Lionardo mit dem Lächeln eines Toten, denn hätten wir jetzt Nein gesagt dann hätt Grassi sicherlich gebrüllt, verdammt nochmal, was habt ihr bis jetzt eigentlich fertiggebracht, habt ihr die Nachforschungen angestellt mit denen der Valentino Euch beauftragt oder habt ihr in irgendwelchen Gasthäusern rumgesessen um Euch zu betrinken und euch dämliche Hirngespinste auszudenken?

Wie auch immer, sagt Grassi, ich will, nein, ich fordere allerdringlichst dass Ihr mich zu diesem Informanten führt, Ser Lionardo, denn der Valentino wird sofort von mir verlangen dass ich überprüfe ob es wenigstens einen Zeugen gibt der die Sachen bestätigt die Ihr sagt. Also schicke ich jetzt unverzüglich einen eiligen Boten zu meinem Padrone und teile ihm mit dass Ihr, Ser Lionardo, mir sehr ernste Nachrichten überbracht wegen den schmählichen Verleumdungen Seiner Heiligkeit, welche überprüft werden müssen, und sage ihm dass ich so und so verfahren werd ohne ihn um Erlaubnis zu fragen, denn ich weiß schon jetzt dass sein Befehl lauten wird Eure Anklagen zu überprüfen. Nemlich der Valentino ist ein Mann des Krieges, drum kennt er die Kunst der Vorsicht, und wenn es geheime Nachrichten gibt will er immer wissen woher sie kommen.

Lionardo ist weiß geworden als wie ein Schafsfell, denn ihm ist klar, einen Informanten wie Grassi ihn sich vorstellt haben wir nicht, nichtmal einen halben, drum sagt er, verzeiht, Messer Grassi, Ihr habt gesagt dass Ihr unsren Informanten sofort treffen wollt, aber was meint Ihr mit sofort? Und Grassi antwortet, ach so, nun gut, Ser Lionardo, entschuldigt, Ihr habt Recht, ich hab Euch nicht erklärt dass meine Gedanken wenn ich rede immer so rasch voranpreschen wie der Valentino der schnell ist wie der Blitz und scharf wie ein Schwert. Und wie der Grassi das sagt schaut er Lionardo und mir direkt in die Augen, und da spür ich vor Angst ein Kitzeln am Hintern und denk bei mir, auaua, so fühlt's sich vielleicht zu Anfang an wenn man dir das glühende Eisen von dem Grassi gesprochen ins Loch stößt. Nun erklärt Grassi, wenn mein Padrone, der Valentino, sagt dass eine Sache gut gemacht werden muss dann meint er sie soll perfekt sein, wenn er schön sagt meint er großartig und wenn er bald sagt meint er früher als sofort. Früher als sofort?, fragt Lionardo der glaub ich nicht nur das Kitzeln sondern schon die Hitze vom Eisen im Hintern spürt. Ich will keine Widerworte hören, sagt Grassi scharf, aus meinem Mund spricht der Valentino, und darum gehn wir jetzt auf der Stelle alle drei los.

Entschuldigt mich, Signior Grassi, sage ich, aber ich kann nicht mitkommen, denn wenn Lionardo Euch zu unsrem Informanten führen soll mach ich in der Zwischenzeit einige wichtige Besorgungen für ihn die er mir aufgetragen, ist es Euch also Recht wenn ich mich eine Weile entferne? Mir reicht die Begleitung von Ser Lionardo wenn wir nur un-verzüg-lich zu Eurem Informanten gehn, sagt Grassi, damit wir die Sache gründlich besprechen können. Wie ich seh dass Lionardo vor Angst fast die Sinne schwinden sag ich zu ihm, also gut Vater, vergesst nicht, um zu unsrem Vertrauensmann zu kommen müsst Ihr an der gewohnten Stelle auf der gewohnten Straße die Ihr kennt vom gewohnten Karren absteigen, in Ordnung? Vor Angst ist Lionardo stumm, und kann er nur mit dem Kopf nicken, dieweil ich mich respektvoll von Grassi verabschiede und zum Weggehn schick, in der Hoffnung dass Lionardo dieser Obertölpel die Sache kapirt die ich ihm sagen wollt, aber zum Glück seh ich wie ich fortgeh noch ein Fünkchen Erkenntnis in seinen Äuglein aufblitzen, also hat er vielleicht verstanden wo ich mich mit ihm verabredet hab und wie. Doch jetzt müsst Ihr mich bitte entschuldigen, Signior Padrone, weil ich esse grad eine Handvoll gebratne Fischlein, und muss ich einen Augenblick mit Schreiben aufhören weil meine Finger sind voller Öl, und ich will das Papier von diesem Brief nicht mit Fett verschmiren, wo er doch sehr wichtig ist für den Dienst an meinem geliebten Padrone.

Euer unverzagter Diener
Salaì

65.

Mein hochverehrter Padrone,

Ihr könnt Euch vorstellen was für eine höllische Angst Lionardo und ich jetzt hatten, denn wo mein Ziehvater sich in drei Stunden nichtmal ein paar harte Eier kochen kann, wie soll er da auf die Schnelle jemanden finden der sagt, ja, das ist alles wahr, die bösen Zungen wo gegen Seine Heiligkeit lästern sind wirklich diese Antichristen aus Straßburg wie Wimpfeling und Burkard und sind einer Meinung mit solchen Italienern wie Poggio Bracciolini, die behaupten sie verehren die Antike, um dann selbst Berge von gefälschten alten Schrifften herzustellen, und sie fälschen auch das Tagebuch vom Burkard und mischen sogar die Geschichten vom Boccaccio darunter und wollen die ganze christliche Religion verderben und die Kirche zugrunderichten, erst in Teutschland und dann in Italien. Ganz zu schweigen davon dass sie den armen spanischen Poggio umgebracht und höchstwahrscheinlich auch den Bauern der nach Rom gegangen um ihnen Auskunft zu geben, und vielleicht sogar die armen Mädchen wo ich gevögelt, nemlich das Mägdlein aus der Herberge und die andre von unter der Treppe, wie hieß sie noch gleich, ach ja Rosa, und die mit der schmutzigen Wäsche.

Wie ich Lionardo und Grassi verlassen hab bin ich praktisch sofort zur Herberge gerannt um einige Sachen aus meinem Zimmer und dem von Lionardo zu holen. Dann hab ich mir von einem Diener zwei große Tischtücher und ein Bettlaken geben lassen, aber der wollt wissen wozu ich das brauch, und da hab ich ihm ein bisschen Geld gegeben also wurd er vernünftig und hat keine dummen Fragen mehr gestellt. Ich hab ihn gefragt ob's Neuigkeiten vom Mägdlein gibt, aber er sagt, nein, keine Spur, und dann erzählt er, aber mich wär ein Weib suchen kommen von etwa vierzig Jahren und hat gesagt dass ihre Tochter Wäscherin ist, und diese Wäscherin hat einer Freundin erzählt sie hätt in unsrer Herberge mit einem schönen Jungen geschlafen der sah aus wie Antinoo, und hätt sie sich fast in ihn verliebt. Drum bin ich zimlich sicher, Signior Padrone, das ist das Mädchen das den Korb mit schmutziger Wäsche trug, und ein paar Tage nachdem ich's ihr in der Herberge besorgt ist das Mädchen verschwunden, und seit die Mutter von der Freundin ihrer Tochter diese Geschichte mit Antinoo gehört hat, sucht sie ihre Tochter verzweifelt, und haben sogar die Sbirren von der Sache erfahren, ach übrigens das verschwundne Mädchen heißt Giuseppina. Außerdem hat mich der Mensch mit den verbeulten Eiern gesucht und viele andre Leut die Geld wolln für Fritelle Hemden Schuhe etcetera etcetera, kurzum ist ein verteuffeltes Durcheinander, Signior Padrone, aber das Geld von Sander was mir geblieben möcht ich den Leuten wirklich nicht geben, wenigstens so lange nicht bis das Geld ankommt was Ihr mir versprochen.

Damit mich keiner von diesen Plagegeistern oder vielleicht sogar ein Sbirre aufhält hab ich mich aus der Herberge geschlichen ohne dass mich jemand entdeckt und bin zur Piazza Navona gerannt wo ich zum Glück einen Bauern gefunden hab der gegen gute Bezahlung (leider musst ich schon wieder etwas von dem Geld nehmen das mir Sander bezahlt hat, aber vielleicht leih ich mir was von Lionardo) bereit ist, mich mit seinem Karren auf einer Straße, die ich ihm sag, bis zu einer bestimmten Stelle zu bringen.

In der Zwischenzeit hat Lionardo Gottlob kapirt was er tun muss wenn er sein Leib und Leben retten will, denn er hat im Grunde ja auch ein Hirn, bloß dass er's immer nur gebraucht um Sachen zu erfinden die zu gar nichts nütze sind, nemlich fliegende Apparate Matematik wunderliche Zeichnungen etcetera, und das Ergebnis ist dieser Quark bei dem man immer denkt, meine Güte, was ist Lionardo bloß für ein Trottel! Wenn's aber drum geht seinen Arsch zu retten wie in dem Fall wovon ich Euch gleich erzähl, nun dann wird Lionardo fast intelligent und strengt sich wirklich mal an.

Denn Lionardo hat zu Grassi gesagt dass sie auch einen Karren nehmen und eine bestimmte Straße fahren sollen die zu Dorothea führt, was nemlich die einzige Straße ist die er und ich mal außerhalb von Rom mit einem Karren gefahren sind, und darum konnt es nur diese eine Straße sein die ich meinte als ich von der gewohnten Straße dem gewohnten

Karren etcetera sprach, fürwahr eine leichte Sache die selbst ein Dorftrottel versteht.

Während der Fahrt ist Lionardo (aber das hat er mir natürlich erst nachher erzählt) nicht imstande gewesen irgendwas zu antworten auf die tausend Fragen die Grassi ihm gestellt, zum Beispiel, nun sagt mir doch, Ser Lionardo, wo fahren wir eigentlich hin und wie heißt denn dieser Informant? Lionardo hat den Geheimnisvollen gespielt, und darin ist er sehr gut, denn er kann die Leute die mit ihm sprechen einschüchtern mit Worten aus der Wissenschafft und der FI LO SO FIE (das hab ich so schön groß geschrieben damit ich keinen Feler mach), die nur er versteht. Wann Grassi ihm all diese Fragen stellt antwortet Lionardo, wartet wartet mein lieber Grassi, gleich werdet Ihr sehn dass unser Informant ein Großer Eksperte für Fysiopathoproposognomische Dinge ist, ich nehm an, Ihr wisst was ich meine, er ist ein Mann von großer Allgemeiner und Besondrer Weisheit und sehr kundig in der Razionalen Wissenschafft der Neuen Zeiten, Ihr versteht mich doch, nicht wahr? Darauf steckt er die Nase wieder in eins von seinen Heftchen für Notizen die voll sind mit Modellen von Apparaten und mit Berechnungen und sonderbaren Zeichnungen, und Grassi sagt, aha mmh ähh ja natürlich, gewiss verstehe ich, aber sagt mir, Ser Lionardo, wo liegt denn dieser Ort an dem wir Euren Informanten treffen werden? Lionardo hebt die Augen von seinem Heftchen und schaut ein bisschen ärgerlich drein, wie wenn Grassi ihn bei einem furchtbar wichtigen und sehr genialen Gedanken unterbrochen hätte und sagt, mein lieber Grassi, wir werden ihn an einem besondren Ort finden wo nur ein sehr weiser Mann voll Spiritueller Intuizion sich aufhalten kann, und erzählt mir nicht dass Ihr es nicht schon längst begriffen habt denn der Sekretarius eines Mannes wie Valentino hat gewiss schon gleich erraten an welcher Stelle wir halten werden, weil das ist so einfach dass sogar ein Jüngelchen wie mein Salaì es sofort begriffen hätte. Und wann Grassi wieder den Mund aufmacht sagt Lionardo, uff, mein lieber Grassi, seht Ihr denn nicht dass ich hochwichtige Zeichnungen mache um eine Festung für Euren Herrn den Valentino zu entwerfen? Wenn Ihr mich aber immerfort unterbrecht verrechne ich mich womöglich so dass mir bei der Festung, wenn sie erbaut ist, ein Turm zusammenbricht oder eine Mauer, und dann passirt ein Unglück und der Valentino wird sehr böse. Und obwohl Grassi nicht überzeugt ist hält er den Mund und wartet, denn es gibt nichts Schlimmeres als sich dem Zorn des Valentino auszusetzen.

Plötzlich sehn Grassi und Lionardo an einem Baum neben der Straße ein großes Tuch hängen mit einer Zeichnung drauf die für Grassi sehr rätselhaft ist, für Lionardo dagegen gänzlich unmissverständlich weil nur er und ich sie kennen:

Nemlich es handelt sich um eine Erfindung von Lionardo auf die er sehr stolz ist und er sagt das ist eine Luftschraube, und wenn sie sich rasend schnell um sich selbst dreht kann sie fliegen, aber ich nenn sie einen Eierschaumschläger und sage, von wegen, die wird niemals fliegen, nein, ich glaube die ist sogar gefehrlich für den der draufsteht.*

Jedenfalls wann Lionardo die Zeichung sieht kapirt er sofort dass nur ich sie gemacht haben kann und sagt, halt, der Karren soll halten denn wir sind angekommen. Grassi fragt, Ser Lionardo, was ist das für eine eigenartige Zeichnung auf dem Tuch und warum hängt sie hier? Lionardo, der außer ein paar scharfe Weiber zu malen praktisch nur eine andre Sache kann nemlich mit toternstem Gesicht den größten Stuss zu erzählen der aber sehr bedeutend erscheint und die Leute beeindruckt, sagt, oh mein lieber Grassi, das lässt sich nicht mal eben in zwei Worten erklären, ich kann Euch nur sagen dass es ein Simbol des Universalen Wissens ist und ist gemacht für die Eksperten der Speziellen Wissenschafft von den Kompleksen Sistemen, also ein Simbol das nur sehr wenige Menschen auf der Welt kennen. So kann unser Kundschafter sicher sein, wenn einer vorbeikommt der wie er die Geheimnisse des Menschlichen Wissens kennt und sieht das Bild, der hält an und kommt ihn besuchen.

Aber Grassi ist nicht überzeugt und meint, mmh, na ja, Ser Lionardo, es mag ja sein wie Ihr sagt, aber seid Ihr auch sicher dass es kein magisches Simbol ist? Bedenkt dass die christliche Religion die Magie verbietet weil sie gegen die Lehre Jesu und der Kirchenväter verstößt etcetera etcetera. Lionardo antwortet, aber nein, mein lieber Grassi, seid unbesorgt, und derweil sieht er schon das zweite Zeichen das ich für ihn gemacht, nemlich eine Zeichnung wo am Eingang von einer

* Salaì hat hier Leonardos bekanntes Projekt eines Propellers wiedergegeben. Jüngste Forschungen haben bewiesen, dass Leonardos Entwurf konzeptionelle Fehler enthält und darum nicht funktionieren kann.

Höhle hängt, und die ich noch deutlicher gemacht hab als wie sie vorher war damit Lionardo sich nicht irrt, denn diese Zeichnung kennen wirklich nur ich und er und die Bäurin aus San Godenzo die aber gewiss nicht nach Rom kommt, weil ich kenn sie gut und sie geht nie aus San Godenzo weg:

In Wirklichkeit ist es eine langweilige Zeichnung von Lionardo die ich viel besser gemacht um meine Bäurin aus San Godenzo damit zum Lachen zu bringen (das ist die mit den schönen großen Brüsten wie zwei Melonen, ich weiß nicht ob Ihr Euch erinnert), nemlich ich hab an den Mann von Lionardo einen feinen dicken Schwengel drangemacht, und die Bäuerin fand das wirklich sehr lustig, denn wenn du mit den Weibern vom Land säuische Späße machst wie diesen dann lachen sie immer und geben dir niemals Maulschellen wie die Mädchen aus der Stadt, die müssen nemlich immer so tun wie wenn ein schöner Stengel der fertig ist zum Gebrauch ihnen eklig wär, aber in Wirklichkeit ist genau das Gegenteil der Fall.

Grassi sagt, Ser Lionardo, ich muss mich doch sehr wundern, diese Zeichnung hat etwas Sonderbares, und Lionardo sagt, ja, das ist eine Gottheit der alten Römer und sie glaubten, dass sie hilft Kinder zu kriegen, aber mein Informant sagt es ist auch ein Sinnbild für den Reichtum an Ideen, nemlich für einen der haufenweise geniale Gedanken hat, und kennzeichnet also den der sich in den Dingen der Wissenschafft der Matematik und der Trigonophänogliotiskopesie auskennt, hab ich mich klar ausgedrückt? Aber lasst uns keine Zeit verlieren, mein lieber Grassi, denn jetzt sind wir am Ziel.

Wann Lionardo und Grassi am Eingang der Höhle ankommen hören sie eine geheimnisvolle laute und tiefe Stimme die sogar dem Valentino Angst machen würd, und sie ruft Aaaaaaah Uhuhuhuhuhuh Ihr Männer von schwachem Glauben tretet ein und fragt um Rat! Aaaaaaah Uhuhuhuhuhuh tretet eiiiiin und fragt um Rat!

Gewiss entsinnt Ihr Euch, Signior Padrone (denn Ihr habt einen ganz vorzüglichen Geist der viel besser ist als wie der von Lionardo und auch der von Salaì), dass ich, wann ich Dorothea mit ihrer Pingeligkeit nicht mehr ertragen konnt und ihr Haus verlassen hab, auf dem Karren von einem Bauer nach Rom zurückgefahren bin, und seine Tochter war auch dabei die hatte übrigens zwei schöne ordentlich runde Schenkel, und auf dem Weg haben wir eine Höhle gefunden von der die Bauerstocher gesagt sie wär sehr groß und voller Gänge und Stollen, und wenn einer darin spricht so verstärkt sich seine Stimme über alle Maßen.

Ihr fragt Euch gewiss, Signior Padrone, wie ich's angestellt das alles so vorzubereiten, drum erklär ich es Euch sofort, nemlich so stehl ich Euch keine Zeit wo Euer kostbarer Geist doch bestimmt viel wichtigere Dinge zu tun hat als immerfort zu denken, was wirklich eine Beschäfigung ist die auch mich zimlich müde macht. Die beiden Zeichnungen also das Ding von Lionardo zum Eierschaumschlagen und der Mann im Quadrat und im Kreis, die hab ich auf die beiden Küchentücher gemalt wo mir der Herbergsdiener gegeben hat und mit den Farben die Lionardo aus Fiorenza mitgebracht, so waren sie wenigstens mal zu was nütze.

Nachdem sie die Stimme gehört bleiben Lionardo und Grassi vor der Höhle stehn und haben kein bisschen Lust reinzugehn, denn die Stimme hab ich wirklich so gut gemacht dass ich selbst mich vor Angst bepisst hätt. Aber dann fasst mein Ziehvater sich ein Herz weil die andre Möglichkeit wär ja nur das glühende Eisen im Arsch gewesen, und darum gehn er und Grassi endlich in die Höhle rein. Gleich ist da ein Stollen der sich in zwei andre verzweigt und dann in noch mehr, und in Wirklichkeit hat Lionardo nicht den leisesten Schimmer wo zum Henker er entlanggehn soll, aber da hört man wieder die laute Stimme Aaaah Uuuuh Fragt um Rat! Fragt um Rat!, und so kann mein Ziehvater zu Grassi sagen, kommt mein guter Grassi und folgt mir in diesen Gang, wie wenn er den Weg genau wüsste.

Sie gehn eine Weile durch die Höhle, aber plötzlich macht Grassi einen Sprung rückwärts und schreit, halt! Wer bist du?, denn er steht vor einem alten Mann mit Bart und langen Haaren der hält in der linken Hand einen Stock als wie den wo der heilge Josef auf den Bildern immer in der Hand hat, und mit der Rechten hält er ein Kruzifix hoch und hat eine Kapuze auf dem Kopf die ihm die Augen und das Kinn fast ganz verdeckt, und kann einem wirklich Angst einjagen.

Euer trefflicher Geist, Signior Padrone, hat Euch sicherlich schon gesagt dass es diesen Alten natürlich nicht wirklich gibt, denn das bin ich, Salaì, und ich glaube fast Ihr habt auch schon kapirt wie ich es angestellt mich so herzurichten wie die Schauspieler es tun, nemlich um mir den Umhang mit der Kapuze zu machen hab ich das Bettlaken benutzt wo mir in der Herberge gegeben wurd, für den Stock hab ich einen

Ast genommen den ich auf der Erde gefunden, und den Bart und die langen Haare hab ich mir aus den Haaren und den Barthaaren gemacht die Lionardo sich abgeschnitten hat. Ich hab sie aus dem Säckchen stibiezt darin er sie aufbewahrt, das war in der Herberge, und von da hab ich auch das Kruzifix das über meinem Bett hing. Um mir Haare und Bart auf Kopf und Wangen zu kleben hab ich Lionardo auch die Salbe geklaut die ihm die Zigeunerin verkauft hat, und die sollt ja eigentlich eine Protection sein, aber beschützen tut sie meiner Meinung nach einen Dreck, man braucht ja bloß an das grässliche Pech zu denken was Lionardo in diesen Tagen hat. Ich kann Euch nicht beschreiben wie eklig das war, Signior Padrone, mir die Salbe von der Zigeunerin aufs Kinn und auf meine schönen Locken zu schmieren, denn man riecht genau dass sie aus ganz billigem Zeug gemacht ist, nemlich mit Fett Hefe und ranziger Butter die abscheulich stinkt, und dazu bloß ein paar Duftkräuter die den Gestank aber nicht wegnehmen können. Zum Glück roch die Salbe nicht so stark wie die Pisse in der Höhle, denn dort drinnen kacken und pissen und schlafen die Schäfer die in dieser Gegend ihre Schafherden weiden, und das ist nützlich für mich gewesen, denn vor der Höhle gab's auch noch Asche von den Feuern wo die Schäfer nachts anzünden, also hab ich eine ordentliche Handvoll Asche genommen um mir das Gesicht schwartz anzumaln, ja ich hab mir sogar die Schuhe ausgezogen und mir die Füße mit der Asche bestreut, so sah es aus wie wenn sie immerzu herumgelaufen wärn und immer nur nackt, und auch unter die Nägel von Händen und Füßen hab ich mir Asche getan. Am Ende sah ich jedenfalls aus wie ein Profet der zwanzig oder dreißig Jahre lang in Höhlen zugebracht hat, und vielleicht ist mir die Verkleidung deswegen so gut gelungen weil ich hab mich erinnert an ein Fest das Lionardo mal in Mailand für die Familie Sforza gemacht, da hat er Teatermasken entworfen von wilden Männern mit langen Bärten und groben Gesichtern wie von Urmenschen*, also hatte ich schon ein feines Vorbild dem ich folgen konnt und wenn auch Ihr in der Höhle gestanden hättet, Signior Padrone, wärt Ihr sicher zufriden mit mir gewesen, denn dann hättet Ihr gesehn wie sehr ich mich abrackere in Euren Diensten (übrigens Euer Geld ist immer noch nicht angekommen).

Wie Grassi den Sprung rückwärts macht sag ich, ho bliew stehn, Chrischtenmänsch, muscht kei Angscht nit han, fang liaber a zum bäte, denn das Ende vun de Ziten isch kumma!, nemlich ich mach den elsässischen Akzent nach wo die von Straßburg haben und auch Dorothea spricht so was ich sehr gern mocht.

Grassi ist fast auf die Knie gefallen vor Angst, denn Ihr müsst wissen, Signior Padrone, dass er zimlich klein ist, viel kleiner als ich, und wann ich mich auf Zehenspitzen vor ihn hingestellt mit dem erhobnen Kruzifix und den Stock hin und her geschwenkt hab wie ein Verrückter, da hat er wohl wirklich geglaubt ich wär ein echter Profet. Lionardo ist auch erst erschrocken aber dann hat er seinen Bart erkannt, weil der hatte noch die Löckchen die er sich so gern gekämmt hat und außerdem hat er ja erwartet mich dort anzutreffen.

Lionardo hilft Grassi sofort beim Aufstehn und sagt, nun sorgt Euch nicht, mein lieber Grassi, mein Freund ist ... äh oh mmh eine sehr spirituelle Person, und dann sieht er mich an wie wenn er sagen will, Salaì, verflucht nochmal was soll ich mir jetzt bloß ausdenken? Und ich seh dass er vor Angst zittert, denn jetzt liegt alles in meinen, in Salaìs Händen

* Bei dieser besonders genauen Beobachtung bezieht sich Salaì auf das berühmte Fest, das Leonardo 1491 für die Sforza in Mailand organisiert hat.

und er vertraut mir ja niemals, warum bloß nicht, Signior Padrone?

Also mach ich ihm ein Zeichen und beweg die Hand nach oben um ihm zu sagen, Kopf hoch Vater, ich hab alles im Griff, aber Lionardo hat mal wieder nicht die Bohne kapirt und denkt das bedeutet er soll Grassi sagen dass ich eine wichtige Persönlichkeit bin, und so erklärt er Grassi ich war in Straßburg sogar Monsignore, und wie ich ihm mit der Hand ein andres Zeichen mach, nemlich was zum Teuffel redet Ihr da, Vater?, da versteht er wieder nicht richtig und glaubt das wär noch nicht genug, drum verbessert er sich sofort und sagt, oh nein, entschuldigt bitte Grassi, ich wollte sagen dass die hier anwesende Exzellenz einst niemand Geringres war als der Bischof von Straßburg aber dann hat Jesus ihn zum Eremiten berufen.

Da muss ich diesen Erztrottel Lionardo unterbrechen bevor er mit seinem idiotischen Gerede alles versaut: Gnug jetz, sig mer min Sohn, wen hescht da brocht? Exzellenz, antwortet Lionardo, das ist ein Freund der sich Euren Ratschlägen anvertraun will, und möchte er wissen ob es wahr ist was Ihr mir in den letzten Tagen erzählt, nemlich von diesem Komplott der Teutschen Alemannen Straßburger etcetera gegen Seine Heiligkeit und außerdem dass die Antikisten Wimpfeling, Poggio Bracciolini etcetera ein großes Komplott aus tausend Schweinereien gegen die Kirche veranstalten, einschließlich Fälschungen Diebstahl Mord etcetera, Ihr habt doch verstanden wovon ich sprech, oder?

Ich bleib stumm und blick Grassi nur starr an mit aufgerissnen Augen und irrem Blick wie ihn diese närrischen Geisterseher haben, aber ich lass nur ein Auge unter der Kapuze hervorscheinen dass er mir nicht direkt ins Gesicht sehn kann, man weiß ja nie, und bin immer noch stumm, denn auch Ihr wisst, Signior Padrone, das Schweigen ist der erste Kniff wenn man die andren glauben machen will man ist besser als sie, so müssen sie warten und denken dabei, Grundgütiger, wenn der so lange nachdenkt wer weiß was für kluge Dinge er im Kopf hat? Derweil flüstert Lionardo dem Grassi ins Ohr dass ich ein Elsässer bin und darum so wunderlich spreche, aber Grassi macht ihm ein Zeichen er soll still sein, denn er hat Angst dass ich wieder anfang mich wie ein Verrückter aufzuführn.

Nach meinem Geschrei vorhin ist die tiefe Stille in der Höhle jetzt wirklich zum Fürchten, drum fängt Grassi an zu reden bloß um etwas zu sagen und fragt mit leiser Stimme, nun also, Ser Lionardo hat mir gesagt dass Ihr Beweise für dieses Komplott habt, ist das wahr?

Um den günstigen Moment auszunutzen bleib ich erst noch eine Weile stumm, dann heb ich wieder den Stock wie wenn ich Grassi schlagen will und leg los mit dröhnender Stimme und so laut wie ich kann Aaaaaah Uhuhuhuh Mane vun schwachi Glauben, höat mi a! Höat zua wo ehr nit Ahänger vu dr Universalen Bruaderschaft seid un eiren Durscht miäst löschen an dr Wahren Quälle dr Wiishait, i sag eich as in Düütschland herrscht das Beese wo mecht allis verderwen, weil ds händ mer mei düütsche Mitbrueder gseit, un die Bestie vergiesst alliwiil emmer dä Bluet vun de Unschuldigen un verbreitet das Gift vun dr Lüge un vun dr Felschung un vun dr Sünde, awwer isch segg eich aso wird an Ziit kumme wo all die Sünderknechte nemlich Wimpfeling Burkard un denen ihrä Freinde werden zahlen dä Bris für die Missetaten wo sie gmacht händ un wo sie als jetzig machen!

Wie ich spreche schützt Grassi auch wenn er's nicht zeigen will seinen Kopf mit den Armen, denn er hat Angst dass ich ihn jeden Augenblick mit dem Stock schlag, und am Ende von meiner Rede fragt er meinen Ziehvater leise, Ser Lionardo, woher weiß Seine Exzellenz diese Dinge eigentlich? Oh äh mmh ..., das ist doch klar, oder?, stottert Lionardo der schon wieder ganz bleich ist vor lauter Angst was Dummes zu sagen, Seine Exzellenz gehört zu jener Universalen Bruderschaft, das ist ein religiöser Geheimorden wo nur Männer drin sind die die Christliche Religion verteidigen, und gibt es in Italien und Teutschland, und indem dass sie sehr gute und weise Männer sind wissen sie einen Haufen Dinge ... stimmt's Exzellenz? fragt mich Lionardo der nicht weiß wie zum Teuffel er weitermachen soll, denn diesen Quark von der Universalen Bruderschaft hab ich mir ausgedacht ohne dass wir uns vorher abgesprochen.

Ooh uhu aha ja, gwiss mei liawe Sohn, sag ich zu Lionardo, mer vu dr Universalen Bruaderschaft han en Hauffe Brueder überall, wo sind Beichvatär vu sär gwichtige Persona, aso wisse's allis Megliga vu sällere ehre Gschicht, un mer erzählen iis ds untereinand, un aso san mer emmer guet unterrichtet, awwer mer machen ds bloß zum Gueten vu dr Chrischtenheit nit wie die Elsasser wo san die größte Hurensöhne un wolln die guete un chrischtliche Leit verderwen, un wänn im Fall as nooch ihna gehn tät sie täten die Türcken bis nooch Rom kumma lassn, dass sie alles zerschlagn vielleicht am Änd sogar die Chilche vu Sankto Petro.

Grassi schaut mich zweifelnd an, denn diese Geschichte von den Mitgliedern der Universalen Bruderschaft die einander das erzählen was sie hören wenn sie andren Leuten die Beichte abnehmen, die ist wirklich zimlich merkwürdig und ist mir nicht grad gut gelungen, aber alles aus dem Stegreif zu erfinden ohne jede Vorbereitung ist ja wahrlich nicht leicht, Signior Padrone.

Hört mich an Exzellenz, sagt Grassi der ein bisschen

Mut gefasst hat, mein Padrone der mir befohlen hierher zu Euch zu kommen ist ein vortrefflicher und sehr christlicher Mensch, denkt nur, er ist ein Verwandter des Papstes. Ach ja, wirklich? frag ich mit verschränkten Armen und heb das Kinn und den Bart mit dem Ausdruck und dem Ton von einem der denkt, ha, was kümmert mich das?, wie wenn ich ein großer Profet wär und der Papst bloß ein kleiner Dorfpfaffe. Ja Exzellenz, sagt Grassi, drum bitt ich Euch mir etwas genauer von diesem Komplott zu erzähln, nemlich mit allen Einzelheiten und haarklein ganz genau so wie Eure Mitbrüder von dieser Universalen Bruderschaft wie auch immer sie heißen mag es Euch erzählt haben. Und ich wäre Euch dankbar wenn Ihr mir Eure Mitbrüder hier in Rom vorstellen könntet, denn ich möcht mich gerne mal mit ihnen unterhalten.

Awwer hescht mi net verstande, Man vu schwachi Glaube? ruf ich wieder mit lauter Stimme und bedroh Grassi mit Stock und Kruzifix, i han dir scho gseit ass die Elsasser Ahänger un Jinger vum Beesen san, un wolln ere Konspirazion machen gegen die Mane wo gueten Willns san, un lassn sälli Papst verleimden denn dr will eini Große Allgmeine Reform vu dr Chilche mache, un wann's glingt sie jetzig z mache san die Antichrischten allwäg am Arsch, verschtande? Un nun spreche mer s Gebätt, ehr unglaibige Mane, sonst kummt die grausigi Rache vum Herrgott über uns. Dann hab ich mich hingekniet und mich dabei auf meinen Stock gestützt wie ein richtiger heiliger Josef, und hab angefangen das Vaterunser auf Latein zu beten mit lauter Stimme und geschlossnen Augen und sehr ernst wie ein richtiger Profet, also Paternoster Quiesincielis Santificeturnomentuus Veniatregnumtuum Fiatvoluntam …

Voluntam? Wieso Voluntam?, fragt Grassi verwundert wann er endlich auch grad niederknien will um zusammen mit Lionardo zu beten (bestimmt nur aus Angst dass ich wieder böse werd und ihm mit dem Stock eins überzieh). Verfluchter Mist, Signior Padrone, ich hab einen Fehler mit diesem vermaledeiten Latein gemacht, nemlich ich hab Voluntam gesagt statt Voluntas obwohl ich das Paternoster doch, in aller Bescheidenheit, sehr gut kenn, weil in Zeiten wo ich viel Pech hab zum Beispiel wenn ich lange keine Jungfer find der ich's besorgen kann, also manchmal sogar zwei oder drei Tage nicht, dann sag ich unzählig viele Paternoster auf, auch mal zwanzig dreißig am Tag, denn die funktioniren immer.

Jedenfalls hab ich nicht daran gedacht, Signior Padrone, dass Grassi natürlich vortrefflich Latein spricht und schreibt, nicht so wackelig wie ich, denn er ist der Sekretarius vom Valentino und das heißt dass er jeden Tag alle Briefe für ihn schreiben muss und davon viele auf Latein, also kennt er sich mit diesem Idiom so gut aus als wie ich mit den Haaren um meinen Schwengel.

Ich versuch also was zu sagen um die Sache wieder grade zu biegen, denn Grassi macht ein sehr, wirklich sehr misstrauisches Gesicht, und darum sag ich, Awwer gwiss doch, in Düütschland ka mer äu Voluntam segge denn das isch uns egal, mer hend unsre eigeni große Tradizion vun dr dütsche Sproch wo älteschti Wurzle het, un is gseit worre ass sie zrugg goht auf die Ziit vun die Römer, un aso isch das Latiinisch für uns net so bsunders wischtig im Gegensatz zu eich ihr Italiäner, denn wo ehr latiinisch schwätzet oder schribt lueget ehr emmer uf die dümmschte Feler.

Ja Exzellenz, entgegnet Grassi, aber habt Ihr nicht gesagt dass Wimpfeling einer der ärgsten Bösewichter in Teutschland ist? Verzeiht mir, Exzellenz, aber ich verstehe nicht warum Ihr mir jetzt die Geschichte von den alten Wurzeln Teutschlands erzählt wo das doch etwas ist was gerade den bösen Teutschen gefällt von denen ihr sprecht.

Nicht doch, mein lieber Grassi, mischt Lionardo sich ein, um den Schnitzer auszubügeln den ich gemacht, der Monsignore wollt sagen dass man's beim Lateinischen nicht so genau nehmen braucht, denn im Grunde ist es ja eine alte Sprache, drum können sich leicht Fehler einschleichen, auch mir zum Beispiel, müsst Ihr wissen, unterlaufen beim Latein manchmal ... Ach, was redet Ihr Euch da zusammen, Ser Lionardo? entgegnet Grassi der sich zwar manchmal von Lionardo einschüchtern lässt, aber ganz blöd ist er nicht, es ist doch wahrhaftig Zweierlei ob das Teutsche eine alte Sprache ist oder ob ein Bischof Fehler beim Latein macht! Ja, einverstanden, guter Grassi, sagt Lionardo unbeirrt, aber Ihr müsst bedenken dass er schon seit Jahren als Eremit lebt, also eine Art Profet der Weisheit geworden ist und seine ganze Zeit mit Beten und Meditiren in Höhlen wie dieser verbringt, weswegen ihm keine Zeit bleibt seine Kenntnisse vom Latein aufzufrischen.

Wo Lionardo mit seinen idiotischen Ausflüchten die Lage immer schlimmer macht, denk ich bevor Grassi mir jetzt noch Fragen auf Lateinisch stellt mach ich besser wieder Getöse, und so schrei ich, hold d' Goschn, Lionardo, (übrigens macht's mir großen Spaß das zu schreien weil mein Ziehvater redet immer fuderweise blödes Zeugs, und ich darf ihn nie verbessern), und heb ich den Stock und fang wieder an schrill und laut zu krächzen wie ein Rabe, Ihr sündige Mane alli, ehr chönned dankbar sin für die Offebarungen vu de Universale Bruaderschaft un derft eich nit bekampfen, verstande? Und dabei heb ich den Stock und das Kruzifix dieweil Grassi versucht sich zu schützen, und jetzt schaut er mich an wie man die Verrückten anschaut und ruft, Ser Lionardo, Ser Lionardo, ich bitte Euch inständig, bringt mich fort von hier!, und jetzt teil ich knüppeldick Hiebe aus, erst für Lionardo der sie mir ja nicht zurückgeben kann, sonst fallen mir womöglich die Barthaare ab oder die Kapuze rutscht runter, und dann gibt's wirklich einen Riesenärger. Und wie Lionardo und Grassi die Flucht ergreifen verpass ich auch Grassis Rücken eine gehörige Porzion Schläge mit dem Stock und dem Kruzifix und schrei dabei, Mani vun schwachi Glaube die Strafe werd bald kumma drum müscht ehr eire Sünden bereun un thuet Buuuuuße!, und es setzt noch mehr Hiebe auch für Lionardo derweil die beiden den Ausgang suchen der aber in der stockfinstren Höhle nicht einfach zu finden ist, und drum kann ich ihnen eine gehörige Menge Schläge verpassen und ein paar gut gezielte Arschtritte obendrein.

Euer immerdar treuer
Salaì

66.

Gütigster Padrone,

Lionardo und ich haben uns am Abend in der Herberge wiedergesehn und da hab ich ihn gefragt, nun, Vater, Grassi war gewiss zufrieden, oder? Aber Lionardo hat nur gebrummt, mmh tss naja ich weiß nicht, eigentlich hat er mir nur gesagt dass er beizeiten von sich hören lässt. Nach Lionardos Meinung scheint's den Grassi also nicht sehr zufridengestellt zu haben wie die Begegnung mit unsrem Informanten verlaufen ist. Naja, Vater, sag ich zu Lionardo, wenn Euch nicht eingefallen wär diesen Mumpitz zu erzählen dass ich sogar Bischof von Straßburg gewesen, dann hätt der Grassi vielleicht diesen verfluchten Feler beim Latein überhört, aber zum Glück hab ich ja mit den Stockschlägen alles aufs Beste gelöst. Doch Lionardo sagt nichts, er scheint erschöpft und legt sich sofort ins Bett, weil er hat überhaupt keinen Hunger, wie er sagt. Er lobt mich nichtmal für all die Mühe die ich mir gemacht um mich als Profet zu verkleiden, ja bevor er einschläft fragt er mich sogar ob ich ihm seine Barthaare wiedergeben kann, denn die sind ihm lieb und teuer. Tut mir sehr leid, Vater, sag ich, aber sind schmutzig geworden durch die Salbe von der Zigeunerin und musste ich sie wegwerfen. Aber das ist nicht wahr, nemlich ich hab die Barthaare von Lionardo heimlich aufbewahrt, weil man weiß ja nie, vielleicht können sie mir nochmal nützlich sein, und er antwortet nur, ach so, na gut.

Wann ich in meinem Zimmer ins Bett geh hab ich einen Mordshunger, denn wegen der Rückfahrt nach Rom die furchtbar lang gedauert sind's viele Stunden dass ich nichts ess, und wenn ich hungrig bin, Signior Padrone, dann ist es wie wenn ich grad ein schönes Weib gesehn, nemlich dann kann ich wirklich nicht brav und ruhig im Bett liegen, vom Schlafen ganz zu schweigen, aber der Unterschied zwischen den beiden Beispielen ist groß, denn je mehr einer im Bett an ein saftiges Huhn denkt und sich dabei vielleicht dort anfasst wo der Mangel ist, nemlich am leeren Bauch, desto größer wird der Hunger, wogegen wenn man an ein schönes Weib denkt und sich dort anfasst wo der Mangel ist, dann passirt früher oder später was Gutes und danach schläft man ein.

Wie ich schon sagte, ist mein Problem also das Schlimmre, nemlich das mit dem leeren Bauch und dem Huhn, und drum beschließe ich mir so gut es geht zu behelfen, und indem dass es spät in der Nacht ist und keiner auf der Straße der was zu essen verkauft sag ich folgendes Gebet, Lieber Jesus, versuch mich zu verstehn, natürlich gefällt's mir nicht die Sachen von andren zu stehlen aber ich hab wirklich Hunger, und drum vergib mir lieber Jesus wenn ich gleich was nicht so Gutes machen werde, aber Hunger ist Hunger vor allem meiner, Amen. Dann geh ich aus der Herberge und auf die andre Straßenseite zu der Osteria de la Vacca die zu dieser späten Stunde natürlich geschlossen ist, aber, Signior Padrone, die Küchen von solchen Osterie die kenn ich gut und sind immer voll mit Zeugs zum Essen, und drum hab ich mir gesagt, wolln doch mal sehn ob es nicht irgendein Loch gibt durch das ich in den Keller schlüpfen kann, um dort was Gutes zu finden?

In den Hof von der Osteria reinzukommen ist nicht schwer, denn das Tor ist zwar verschlossen aber das Mäuerchen das den Hof von der Straße trennt hat viele kleine Löcher, wo man die Füße reinstecken kann, und dann klettert man ganz leicht darüber, also prüf ich erstmal ob niemand auf der Straße ist der mich sieht und glaubt ich wär ein Dieb, und dann Ruckzuck bin ich mit ein paar gut gezielten Sprüngen schon im Hof von der Osteria de la Vacca gelandet. Und ich hab Glück, denn die Tür von der Küche die auf den Hof geht ist offen, das heißt fast offen, denn in Wirklichkeit muss ich sie nur ein bisschen aufstemmen, und das Holz von der Tür macht fast sofort Kracks und darum muss ich sie nicht allzusehr kaputtmachen, was mir leid getan hätt, weil in dem Gebet an Jesus hab ich vergessen ihm zu sagen dass ich vielleicht irgendwo Schaden anrichten muss um das Problem mit dem leeren Bauch zu lösen.

Wann ich in die Küche reingeh ist es dort stockfinster, und das ist gefehrlich denn man könnte gegen einen Teller oder einen Topf oder einen Stuhl stoßen, aber zum Glück erinnre ich mich ganz gut wo der Herd steht und wo die Tische mit den Töpfen zum Kochen und das Geschirr und all die andren Gerätschaften von der Köchin und ihren Gehilfen, drum komm ich recht gut voran ohne Lärm zu machen, weil es ist ja tiefe Nacht und eine Stille zum Fürchten. Ich fange also an hier und da nach was Essbarem zu suchen, aber da gibt's nichtmal ein Stück trocken Brot, verfluchter Mist ich hab mir die einzge Küche ausgesucht wo die Köche bevor sie nach Haus gehen alles schön sauber zurücklassen, nemlich nichtmal einen Topf mit noch ein bisschen Soße drin den man auslecken könnt. Also streng ich mein Gedächtnis an um mich zu erinnern wo das Türchen ist das ich bei meinem ersten Besuch in der Küche gesehn, das war kurz nachdem wir in der Herberge angekommen warn, denn man hatte mir zwar gesagt dass nur die Köchin die Schlüssel für dieses Türchen hat, aber wahrscheinlich ist es nicht schwer aufzubrechen. Und nach langem Rumsuchen merk ich endlich wo es ist, denn ich hab die Hände ausgestreckt und an der Mauer entlang getastet um zu fühlen ob ich irgendwo statt an Stein an Holz fasse, nemlich an das Türchen. Wirklich, da spür ich dass meine Fingerspitzen das Holz berührn und so streich ich mit den Fingern darüber bis ich einen Ring aus Eisen find und denke, oooh gut, das ist der Griff, und versuch ich die Tür aufzumachen. Aber seltsam, sie ist schon offen und nur angelehnt und so taste ich mit dem Fuß auf dem Boden vor mir, und wie ich merk da sind Treppenstufen, sag ich mir, gut, jetzt muss ich versuchen hinabzusteigen ohne mir das Genick zu brechen, und wenn ich nicht so einen Hunger hätt würd ich ums Verrecken nicht in diesen dunklen Keller runtergehn. Doch grad wie ich auf den ersten Stufen steh freu ich mich sehr, denn es ist gar nicht ganz dunkel, nein, da brennt eine kleine Leuchte die macht ein sehr sehr schwaches Licht, aber jedenfalls genug dass ich nicht die Treppe runterfall und mir das Genick breche. Wer weiß, vielleicht ist die Leuchte für die Leute von der Küche da, damit sie jederzeit in den Keller runtergehn können ohne auf der Treppe zu stürzen, Öl für die Leuchte haben sie ja so viel wie sie wollen, da kann's ihnen wurst sein ob sie nachts was davon verschwenden.

Wann ich unten angekommen fang ich sofort an das wichtigste Werkzeug zu benutzen was man in einem Keller braucht, nemlich die Nase, denn wenn's Würste oder Käselaibe gibt riecht man ihren feinen Duft und findet sie sofort, auch wenn sie versteckt sind, und dann Haps. Aber ich bin enttäuscht worden, Signior Padrone, denn statt nach Wurst und Käse riecht es nach Pisse und Kacke, und ich denke, das ist eigenartig, hier hat jemand sein Geschäfft gemacht, wie ekelhaft wenn ich mir vorstell, dass ich die ganze Zeit fröhlich all die Speisen aus der Küche und aus diesem Keller gegessen hab, und dann fang ich an zu schnüffeln dass ich erkenn woher dieser Gestank kommt, und dabei merk ich wie stark er ist, als hätten hier eine Menge Leute gepisst, und irgendwann seh ich einen großen Sack wo an der Wand lehnt, und mir scheint wie wenn er sich bewegt und ich krieg einen Schreck und mächtig Angst im Herzen. Aber dann denk ich dass ich mich sicher geirrt hab, denn die Flamme von der Leuchte zittert und macht dass die Sachen in der Küche sich bewegen, und wirklich, wann ich näher komm und den Sack wo an der Wand lehnt genauer anseh bewegt er sich nicht, und ich denke, sieh mal einer an, was für wunderliche Streiche dir eine dumme Lampe spielen kann, jetzt such ich mir besser mit den Fingern was zu essen statt mit der Nase und freu mich schon dass ich endlich für meinen armen Bauch sorgen kann, aber grad wie ich mich umdrehn will, Signior Padrone, seh ich dass unter dem Sack was Flüssges rauskommt, aber das Rinnsal ist nicht frisch sondern trocken und es sieht aus wie wenn einer Pipi gemacht und die Pipi dann trocknet und einen Fleck am Boden hinterlässt. Da denk ich, neeneenee, mein lieber Salaì, hier ist irgendwas nicht in Ordnung, und grad in dem Moment bewegt sich der Sack wieder, und diesmal seh ich's ganz genau dass es der Sack ist und nicht das Licht von der Leuchte das zittert. Ohne lang zu überlegen streck ich eine Hand aus, dass ich herausfinde was zum Henker in dem Sack ist, und fass ihn mit zwei Fingern an, und wie ich ihn grad hochziehn will hör ich diese Stimme die ich schon kenne, aber bei den ersten Worten errat ich noch nicht von wem sie ist, weil ich hab sie nicht oft gehört und das ist viele Tage her. Sie sagt nein Salaì, tu das nicht, ich bitte dich, und ich kann mich grad eben noch umdrehn und dem Weib das gesprochen hat ins Gesicht sehn, da trifft mich schon ihr Schlag auf eine Wange und ich fall zu Boden, wegen dem Schlag und dem Schrecken. Aber jetzt müsst Ihr warten, Signior Padrone, denn wir machen Halt um die Pferde zu wechseln und ich muss mir einen neuen Verband auf die Wange legen, die tut mir nemlich immer noch sehr weh, aua.

Herzlichst Euer
Salaì

67.

Mein allergnädigster Padrone,

wie gesagt der Schlag auf die Wange war furchtbar stark, Signior Padrone, denn dieses Weib ist nicht nur hässlich sondern auch dick und massig als wie ein Ochse, ach übrigens die Alte von der ich sprech ist die Köchin vom Wirtshaus de la Vacca.

Kaum bin ich zu Boden gefallen stürzt sie sich auf mich und sagt, Salaì, Salaì, warum bist du hierher gekommen? Ich wollt dir eine Überraschung bereiten, alles war trefflich geplant, ich wollt dich eines Abends zum Essen einladen, nur du und ich, ich wollte dir die besten Sachen kochen und dann wollte ich dich hier in den Keller führn damit du siehst was ich aus Liebe zu dir gemacht, weißt du? Und wie sie so redet, Signior Padrone, da springt die Köchin mit ihrem gewaltigen Leib und ihrem ganzen Speck auf mich und zerquetscht mir fast den Bauch, der übrigens, wie ich Euch schon sagte, so leer war wie die Höhle in die Lionardo und Grassi gekommen, und wieder riech ich den Gestank nach Zwiebeln den ich schon mal gerochen hab wann einer mich vor dem Gasthaus de la Campana fast umgebracht hätt, das war wie Dorothea mich gerettet, also war die Idee doch richtig die ich hatt und die ich Euch nicht schreiben wollt, denn sie erschien mir so verrückt. Nemlich dass es kein Mann war, sondern diese Köchin, die nicht nur mit abscheulichen Furunkeln übersät ist und Schielaugen hat, sondern auch nach Zwiebeln und Küchendunst stinkt wie alle Köchinnen, die mich in diesen Tagen in Rom verfolgt, nemlich wann ich zu Fuß nach San Pietro gegangen, dann wie ich mit dem Mädchen unter der Treppe von ihrem Haus geschmust, Rosa war das, und dann wie mich Dorothea gerettet hat.

Und dieweil sie mir mit ihrem Gewicht den Bauch zerquetscht sagt die Köchin, Salaì, Salaì, warum hast du mit all diesen Huren in deinem Zimmer gevögelt während ich dich hinter der Tür belauscht hab, aber mir hast du nichtmal ein einziges Kompliment gemacht? Dabei reitet diese Verrückte auf mir wie auf einem Pferd, Signior Padrone, hopp hopp hopp, aber auf dem Bauch, und zerquetscht mich wie einen Wurm, und mir scheint es gefällt ihr auf diese Weise Sauereien zu machen, nemlich so dass sie ihre Muschi an mir reibt, aber sie macht mir dabei nicht nur den Bauch kaputt, sie ängstigt mich auch zu Tode, weil sie hält in einer Hand ein Küchenmesser und in der andren ein Nudelholz mit dem verpasst sie mir gleich darauf schon wieder einen furchtbaren Schlag auf die andre Wange, tschak, und lacht dabei hahahaha, aber dann fangt sie an zu weinen und sagt, Salaì, Salaì, die guten Sachen die ich dir hier in der Vacca zu essen gegeben, die haben dir doch geschmeckt, oder? Stell dir vor, die hab ich alle mit eignen Händen für dich allein zubereitet, denn wann ich dich gesehn war mir sofort klar, das ist er, das ist die Liebe meines Lebens, ich spür's genau, und weil er aussieht wie Antinoo werd ich ihn lieben wie eine Statue, nemlich immer, auf dieselbe Weise, weil die Statuen verändern sich nie und werden nicht alt, und dann fängt sie wieder an zu weinen und ich denke, wenn ich den finde, der sich diesen Scheiß von Antinoo ausgedacht, dann schlag ich ihn tot. Aber zwei Sekunden später ist die Köchin schon wieder fröhlich denn sie reitet auf mir und das gefällt ihr sehr und wie sie mich reitet sagt sie, armer Salaì, du hast bestimmt Angst gekriegt bei all den Zeichnungen von Gehenkten die ich dir vor die Tür gelegt, aber das war nur um dir zu sagen dass ich dich liebe, doch hassen tu ich dich auch, denn ich weiß dass dir die jungen und schlanken Weiber gefallen, wogegen mich findest du widerwärtig so wie mich alle widerwärtig finden, aber was soll ich denn machen, Salaì? Ich liebe dich und will dir immer und überallhin folgen, doch wenn ich dann seh dass du die andren Weiber vögelst, die schönen und jungen, dann möcht ich dich umbringen, verstehst du mich, Salaì?

Dieweil die Köchin mich reitet und dummes Zeug redet hab ich nichtmal versucht mich zu befrein, Signior Padrone, sonst wär sie womöglich wirklich wütend geworden und hätt mir das Messer in den Bauch gestoßen, und dann Gutenacht Salaì.

Nachdem sie lange Zeit so geritten, lässt sie mich los und stößt dabei eine Art Schrei aus, aber bloß einen erstickten, denn ganz und gar verrückt ist diese verrückte Köchin nicht, sie weiß genau, wenn sie in der stillen Nacht laut schreit würden alle Römer wo hier in der Nähe schlafen sie hörn. Dann legt sie sich neben mich und ist sehr verschwitzt und scheint ein wenig müde und sagt, ach, Salaì, Salaì, fast hättest du mein Geheimnis entdeckt. Dann steht sie auf und zieht den Sack weg der sich bewegt und aus dem dieses Rinnsal Pisse kam, und wie ich seh was unter dem Sack ist schrei ich um ein Haar laut auf, denn es ist das Gesicht einer Frau, es ist sogar eine ganze und junge Frau, die ist an eine hölzerne Truhe gefesselt und verschnürt wie eine Wurst, und der Mund ist mit einem Lumpen verstopft. Zwei Dinge bemerk ich, nemlich dass sie zwei schöne runde Kugeln hat und dass mir das Gesicht bekannt vorkommt, aber sie hat die Augen geschlossen wie eine Tote oder wie eine der nur wenig zu leben bleibt, und ich denke, aber die kenn ich doch, Moment mal, warte, wie hieß sie noch gleich? Die Köchin hat derweil noch einen andren Sack abgezogen der daneben steht, und darunter steckt die Jungfer mit der schmutzigen Wäsche, also die wo auch verschwunden war und nach der sogar die Sbirren suchen, und sie ist Rücken an Rücken mit einem andren Mädchen zusammengebunden, wie man Fleischstücke recht fest miteinander verschnürt bevor man sie zum Kochen in den Ofen steckt. Und ich sag Euch, was war das für eine Überraschung und was für ein Schrecken, wie ich seh dass die zweite der beiden Frauen das Mägdlein ist, und da versteh ich auch dass die erste Rosa sein muss, nemlich die mit der ich mich unter der Treppe geherzt hab, und so wird mir klar dass es die Köchin war die all die Mädchen hat verschwinden lassen wo ich hier in Rom gevögelt, und dass sie das wegen ihrer verrückten und eifersüchtigen Liebe zu mir getan hat, seht Ihr, was das für eine unglaubliche Geschichte ist, Signior Padrone?

Und ich versichre Euch, Signior Padrone, dieses Bild mit all den Leibern der jungen Frauen die grässlich fest verschnürt und gefesselt und geknebelt sind, das war wirklich ein Anblick wie aus der Hölle, denn man konnte nicht wissen ob die drei Mädchen lebendig oder tot waren, und jetzt, wo die Säcke unter denen die Köchin sie versteckt hat weggezogen sind kommt von allen dreien ein schrecklicher Gestank nach Pisse und Scheiße, denn die Ärmsten haben sich wer weiß wie viele Tage lang mit Pipi und Kacke vollgemacht, und wer weiß ob die Köchin ihnen überhaupt was zu Essen oder wenigstens zu Trinken gegeben, aber sicherlich hat sie ihnen reichlich Schläge verpasst um sie zu fesseln und in diesen Keller zu stecken. Wahrscheinlich hat sie eine nach der andren unter irgendeinem Vorwand hierher gelockt, zum Beispiel dass sie sagt, komm, komm nur mit in diesen Keller, da hab ich eine gut bezahlte kleine Arbeit für dich, und dann zack ein tüchtiger Schlag auf den Kopf. Jedenfalls ist das die einzige Sache die mir in Rom passirt ist, Signior Padrone, mit der die Teutschen Straßburger Elsässer etcetera wirklich nichts zu tun haben.

Doch all diese Gedanken mach ich mir erst jetzt, Signior Padrone, denn in dem Moment ist was andres passirt, nemlich die Köchin kriegt schon wieder schweinische Gelüste auf meine Wenigkeit und beugt sich über mich wie ich noch halb auf der Erde sitz, und umarmt sie mich mit ihren Händen die nach Zwiebeln stinken und holt eine ihrer hässlichen Brüste raus, pflatsch, die sind zwar riesig aber schwabbelig und die Brustwarzen schwartz und flach und groß und voller Haare, wogegen ich sie gern klein rosa und spitz habe, denkt nur, Signior Padrone, was für ein Unterschied. Und sie wirft mir den Flatschen ins Gesicht und sagt, los, leck dran, mach schon, und ich blick auf das Messer das sie immer noch in der Hand hält und hab eine solche Angst dass ich in dem Moment drauf und dran bin zu gehorchen, obwohl allein bei der Erinnerung daran dass man eine so abscheuliche Brust von einer so hässlichen Frau berührt könnte jedem, vielleicht sogar Lionardo, die Lust vergehn sich die nächsten zweiunddreißig Jahrhunderte lang einen runterzuholen.

Also bereite ich mich innerlich vor und denke, na gut, ich hab schon begriffen worauf das hinausläuft, nemlich gleich wird die Köchin von mir verlangen dass ich es ihr besorg, und vor Ekel wird sich mein Schwänzchen mit Geschrei in eine Ecke vom Keller flüchten und dann wird die Köchin böse und spaltet mir den Kopf in vier gleiche Schnitze. Und mit diesem Gedanken streck ich die Zunge aus um den widerlichen Flatschen zu lecken und bete, Jesus, hilf mir bitte. Es gibt nemlich auch in diesen Dingen eine göttliche Gerechtigkeit, Signior Padrone, denn grad wie meine Zunge die grässlichen Haare auf der Brustwarze von der verrückten Köchin streift, dieweil sie immer noch das Messer in der Hand hält, da fällt die Brust, nein die ganze Köchin mit all ihrem Gewicht auf mich drauf, freilich ein bisschen seitlich, drum wird mein Kopf nicht unter ihr begraben, und ich komm mit dem Leben davon und begreife dass der Köchin was passirt sein muss, und da seh ich einen Schatten der sich im Keller bewegt und frage mich, was zum Teuffel ist hier los? Denn eins der drei Mädchen die die Köchin gefangen kann es gewiss nicht gewesen sein, weil die sind mir eher tot als lebendig erschienen. Und wirklich seh ich zu meinem großen Erstaunen das Gesicht von einem Mann der sich über die Köchin beugt und dann über mich und er sagt zu mir, verflucht, was machst du denn hier?

Euer treu ergebener
Salaì

68.

Mein verehrungswürdiger Padrone,

vergebt mir diese Unterbrechungen aber wir haben einen kleinen Zwist in der Herberge gehabt wo Lionardo und ich heut Nacht schlafen werden, denn der Wirt von der Herberge sagt dass ich seine Tochter zu oft mit den lüsternen Augen eines Schweins anschau, aber das ist nicht wahr, es ist nemlich grad umgekehrt seine Tochter die mich die ganze Zeit wo mein Ziehvater und ich zu Abend gegessen angestarrt hat, obgleich mein Gesicht noch verletzt ist vom Kampf mit der Köchin, und wann sie gekommen ist die Teller abzuräumen hat die Jungfer sogar ein Zettelchen in meine Hand fallen lassen, darauf stand geschrieben in welchem Zimmer sie schläft. Aber das hab ich ihrem Vater, also dem Wirt, bei unsrem Streit nicht gesagt, erstens weil es mir leid tut dem Mann der vielleicht ein guter Vater ist einen Kummer zu bereiten wenn ich ihm erklär dass seine Tochter meiner Meinung nach so geil ist dass sie sogar dem letzten Diener seiner Herberge ihre Muschi anbieten würd, und zweitens vor allem deswegen weil vielleicht mach ich später wirklich einen kleinen Besuch in ihrem Zimmer. Doch leider ist Lionardo dieser Feigling mir dann auch noch auf den Sack gegangen, denn er hat gesagt, Salaì, nach allem was uns widerfahren ist denkst du immer noch an die Weiber, und hat mir vor dem Wirt von der Herberge eine Strafpredigt gehalten, bloß weil er hofft er könnt ihm damit einen Gefallen tun und muss weniger zahlen. Aber das hat mich wirklich geärgert, und drum hab ich einen Streich für meinen Ziehvater vorbereitet den kann ich Euch aber erst später erklären, denn jetzt muss ich weitererzählen sonst verlier ich den Faden.

Ich sagte also dass dieser Mann der mich anstarrt wie ich da unter dem halbtoten Riesenleib von der Köchin lieg, dass der mich kannte und ich frag ihn, wer zum Teuffel bist du? Aber er hört mir gar nicht mehr zu, denn inzwischen hat er die drei Mädchen gesehn die wie Würste verschnürt sind, und jetzt verflucht er die Köchin, nun sieh sich einer das an was diese abscheuliche verrückte Vettel da angerichtet, ich ruf die Sbirren und lass sie ins Gefängnis werfen, oder nein, hängen muss sie auf dem Campo de Fiore! Und dieweil er versucht die Mädchen loszubinden sagt er, oh du Ärmste, was hat sie mit dir gemacht?, und ich seh dass er das zu dem Mägdlein sagt, und küsst sehr liebevoll ihr Gesicht und versucht ihre Fesseln vorsichtig zu lösen und ihr den Lumpen aus dem Mund zu nehmen ohne ihr wehzutun. Unterdessen hab ich mich von dem Fleischberg der Köchin befreit und kann endlich aufstehn, aber der andre achtet fast gar nicht auf mich denn er denkt nur an das Mägdelein, drum kann ich ihn genauer anschaun, und wann ich ihn erkenn ruf ich, Kopernikus! Was zum Henker machst du denn hier?

Kurz und gut, Signior Padrone, die Sache ist so gelaufen, also Kopernikus ist gar kein warmer Bruder wie ich dachte, im Gegenteil, die Weiber gefallen ihm sehr gut, aber er ist furchtbar schüchtern und darum sieht's für die Männer so aus wie wenn er schwul wär. Wann er sturzbetrunken in meinem Zimmer gestanden und seinen Schwengel rausgeholt und gesagt hat, oh Salaì, Salaì warum will bloß niemand meinen Pinsel?, da meinte er nicht mich oder die Männer, nein er dachte an die Weiber auf die er seit Jahren große Lust hatte, denn Kopernikus sitzt immer in seinem Zimmer und studirt Matematik Astrognomie die Planeten etcetera, ein bisschen so wie Lionardo, drum haben ja auch beide Probleme mit den Weibern, nemlich sie kriegen keine und das ist das schlimmste Problem von allen. Wie er mich in der Herberge besuchen kam hat Kopernikus auf dem Flur das Mägdlein getroffen die grad in dem Moment zimlich sauer auf mich war, denn ich hatte sie ja nicht besonders gut behandelt, aber mal ehrlich, Signior Padrone, im Grunde gehn einem die Weiber am Ende immer zimlich auf die Klöten, und ich hab mich in meinem ganzen Leben vielleicht nur einmal verliebt, nemlich in die blonde Teutsche, wie hieß sie noch gleich, ach ja Dorothea, oder nee, wenn ich's recht überleg ging sie mir auch auf den Sack wegen dieser Geschichte mit dem zerbrochnen Glas und dass man nie seine Meinung ändern darf etcetera.

Wie auch immer, wo war ich, ach ja dieweil Kopernikus das Mägdlein losbindet erklärt er mir dass er und sie sich an jenem Tag unterhalten hatten und mochten sich gern leiden, und schon am nächsten Tag haben sie in seinem Haus hinter meinem Rücken gevögelt, versteht Ihr, Signior Padrone, was diese polnischen Schlaumeier so alles anstellen wenn man nicht auf sie achtgibt? Ich dachte Kopernikus wär andersrum aber das einzige was er brauchte war eine die seinen Schwengel mal richtig in die Hand nimmt und ihm erklärt, guck mal mein Lieber, das macht man so und so, und mit solchen Sachen kennt das Mägdlein sich meiner Meinung nach wirklich gut aus. Im Grunde ist's auch egal, Kopernikus ist mir eigentlich ganz simpatisch und darum hab ich ihm auch nicht sagen wolln dass das Mägdlein noch am selben Abend an dem er sie kennengelernt mit Sander gevögelt hat, dieweil ich nackt in der Truhe saß, sonst grämt sich Kopernikus zu sehr und geht wieder zurück zu seinen Planeten und holt sich immer bloß einen runter wie Lionardo.

Dann stell ich ihm die wichtigste Frage, nemlich, sag mal, Kopernikus, wie hast du mich eigentlich in diesem Keller gefunden? Und er erklärt mir dass er verzweifelt war wann das Mägdlein verschwunden ist, und hat sie immerfort gesucht, und wegen dem dass er ein großer Geist ist war er zu Recht überzeugt jemand müsste sie entführt oder getötet haben, jemand der in der Nachbarschaft wohnt weil er wusste genau was das Mägdlein tagsüber bei seiner Arbeit tut und wo sie hingeht etcetera, drum musst es jemand aus der Gegend sein. Also hat er angefangen den ganzen Tag lang zu beobachten wer in die Herberge rein und rausgeht, und wann er mich gesehn wie ich mitten in der Nacht aus der Herberge komm und wie ein Dieb ins Gasthaus de la Vacca eindring, da hat er sofort beschlossen mir zu folgen und so hat er alles was zwischen mir und der verrückten Köchin passirt ist heimlich beobachtet und belauscht, und sobald er konnte hat er ihr einen gehörigen Schlag mit einer Pfanne verpasst. Und wie Kopernikus das erzählt fängt das Mägdlein an sich zu bewegen, und wir sehn dass sie lebt und freun uns sehr denn dann leben die beiden andren Mädchen wahrscheinlich auch noch, wiewohl sie gewiss sehr jämmerlich zugerichtet sind. Und ich erklär Kopernikus dass alles was er mir über die Teutschen und Elsässer und Fucker gesagt, sehr nützlich war, denn ich hab kapirt dass sie allesamt Antichristen sind und Freunde des Teuffels und dass dies ganze Durcheinander was sie anrichten wenn sie sagen die Kirche wär verderbt und der Papst auch Lügen sind, damit sie ihre eigne Kirche machen können. Und er sagt, genau, bravo, Gottseidank versteht manchmal jemand diese Dinge, aber da sag ich, weißt du Kopernikus, in Wahrheit hab ich aber noch einen Zweifel, den hat mir dein Freund Ciolek in den Kopf gesetzt, nemlich ich versteh nicht warum Poggio Bracciolini also grad der wo sich die Germania von Tacitus ausgedacht, die Antikisten, nee die teutschen Antichristen, gehasst und beleidigt hat, und warum hassen und beleidigen sich die Teutschen und die Italiener? Mein lieber Junge, sagt Kopernikus dieweil er flink die letzten Knoten an dem Mägdlein aufknüpft, du musst eine Revoluzion machen, freilich nur in deinem eignen Kopf, und das heißt du musst deine Sichtweise ändern. Wenn du meinst dass die Dinge die du siehst nicht richtig funktioniren, dann musst du deine Denkrichtung ändern, also in diesem Fall wenn es ein Komplott gibt wie das der Antichristen die sich aber vor allen Leuten bekämpfen und einander sagen, geh zur Hölle, nein, geh du zur Hölle etcetera, dann spielen sie in Wirklichkeit nur Teater, damit die Leute denken sie wärn völlig zerstritten wogegen sie in Wahrheit verbündet sind, dasselbe Ziel haben und insgeheim zusammenarbeiten, hast du verstanden und weißt du nicht mehr dass niemand andres als du mich auf diese Idee gebracht hat?

Mir scheint das ein recht kluger Gedanke, Signior Padrone, und viel besser als die Reden wo Lionardo hält um die Leute zu beeindrucken, und ist wirklich wahr, auf die Idee hab ausgerechnet ich ihn gebracht wann ich ihn mal besuchen gegangen, und er hat gut zugehört wogegen mein Ziehvater sobald ich den Mund aufmach immer sagt, sei still Salaì, du hast keine Ahnung von nichts. Und so denk ich, vielleicht ist es fast besser wenn dieser Kopernikus nach dem Mägdlein nicht mehr mit zu vielen Frauen vögelt, wo er doch einen so scharfen Geist hat dass es schade wär er würde zu oft abgelenkt, denn wenn er sich konzentriren kann kommt ihm vielleicht durch meine Reden noch eine andre so gute Idee über die Planeten und die Matematik etcetera, womöglich sowas wie die Revoluzion von der er spricht, wer weiß.

Aber grad in dem Moment gibt's wieder eine Überraschung, denn die Köchin ist aufgestanden mit ihrer grässlichen Brust die raushängt, und sie schreit, aaaah ihr Hurensöhne, ich bring euch alle beide um, und das Messer hat sie nicht mehr in der Hand wohl aber das Nudelholz, und jetzt haut ihr Kopernikus zwar furchtbar eins über die Rübe dass sie fast umfällt, aber die Köchin ist so dick und so abscheulich, Signior Padrone, dass ich lieber die Treppe rauf flüchte denn ich glaub diese Polen sind tapfer und schlau genug so dass bestimmt einer allein reicht um die Köchin zu erledigen. Und außerdem werden die Schreie von der Köchin alle Leute ringsumher aufwecken, und Verstärkung wird kommen, nemlich die Sbirren etcetera. Wie ich aus dem Gasthaus geh hör ich noch entfernte Geräusche vom Kampf wie Klang Klong und Kopernikus der schreit Verreck, du hässliche Schlampe, und dann spring ich wieder über das Mäuerchen um sofort in die Herberge zurückzukommen, aber das war keine so gute Idee, Signior Padrone.

Denn es ist kurz vorm Morgengrauen, doch in der Herberge herrscht ganz und gar keine friedliche Nachtruhe mehr wie vorhin, oh nein, sie ist voller Menschen und Lärm und lautem Geschrei und viele Lichter sind angezündet und an den Fenstern stehn Leute die schmeißen Betten und Stühle und andre Möbel auf die Straße und brüllen, findet sie, findet sie! und wann ich von weitem den erkenn der mir die Schuhe verkauft hat die ich noch nicht bezahlt, da versteh ich was hier passirt, nemlich die Gläubiger von mir und Lionardo sind alle zusammen gekommen um uns eine hübsche Überraschung zu bereiten, das heißt sie wollen uns mit Hämmern den Kopf einschlagen, und wie ich mich grad hinter einer Straßenecke verstecken will schreit einer der Tollwütigen, da ist der Lockenkopf!, worauf alle anfangen hinter mir herzurennen und rufen, los, wir reißen ihm den Arsch auf!, aber ich hab schon einen schönen Vorsprung und lauf wie ein Verrückter, und drum gelingt es mir wie durch ein Wunder dass sie mich nicht einholen, aber beim Laufen denk ich verfluchtes Rom, in dieser Stadt kannst du nichtmal ein paar Hemden kaufen und ein paar Weiber vögeln ohne dass du gleich Probleme kriegst.

Ihr dürft raten, Signior Padrone, was ich dann getan, nemlich ich bin an den einzigen Ort wo ich mich sicher fühlen konnt, ins Haus von Grassi, und da treff ich Lionardo, wie ich's gehofft. Denn der Aufseher über alle Diener unsrer Herberge hat ihn durch eine Geheimtür fliehen lassen, dieweil die Gläubiger in die Herberge eingedrungen sind, aber nur aus einem Grund, weil er wollt nicht dass sie Lionardo ausgerechnet in der Herberge den Hals umdrehn, denn Ermordete bringen den Herbergen Unglück dann will nemlich keiner mehr darin schlafen. Aber bevor er Lionardo rausließ hat der Diener gesagt, einen Moment, Ser Lionardo, erst zahlt Ihr mir die Rechnung sonst lass ich Euch nicht gehn. Lionardo hat gesagt, wieso? Ich dacht für mich und Salaì zahlt der Valentino in dessen Auftrag ich eine hochwichtige Nachforschung durchführe, und seine Mutter, also Vanozza Cattanei, ist doch die Besitzerin dieser Herberge. Da hat der andre geschrien, was zum Henker redet Ihr da, Ser Lionardo? Das hält ja kein Schwein aus, immer wieder diese alte Geschichte, unsre Madonna Vannozza hat absolut nichts mit dem Herzog Valentino zu tun, der ist der Sohn von einer andren Vanozza, nemlich Vanozza Borgia, und das ist eine Adelige von der Bruderschaft der Gonfalone. Und wie er das sagt reißt er Lionardo den Batzen Geld aus der Tasche den wir ihm schulden dafür dass wir all die vergangnen Tage bei ihm geschlafen und gegessen, und danach wirft er ihn mit einem kräftigen Tritt in den Hintern zur Tür hinaus. Wie Ihr seht, Signior Padrone, klärt sich so auch das letzte Geheimnis um Lionardo, nemlich er hatte bloß deswegen diese Herberge ausgesucht weil er hoffte er müsste hier nicht bezahlen, stellt Euch mal vor, wie blöd er jetzt dagestanden ist.

Im Haus von Grassi empfängt uns ein Diener und berichtet, vor ein paar Stunden wär ein Mensch zu Grassi gekommen mit einem Gesicht wie wenn ihm jemand die Eier verbeult hätt, und er ist vorgestellt worden von seinem Freund der schon eine Menge Arbeiten für Grassi besorgt. Der Mensch mit dem Gesicht nach verbeulten Eiern hat gejammert dass der Valentino ihm einen Haufen Geld schuldet für eine Arbeit, die war ein Auftrag von Lionardo und seinem Freund, diesem Lockenkopf der alle Weiber von Rom durchvögelt, von denen einige sogar schon verschwunden sind, und im Viertel vermutet man dass er, also der Lockenkopf, was ich, Salaì, sein soll, sie getötet oder entführt hat, und obendrein hat dieser Lockenkopf überall in Rom säckeweise Zeug gekauft und jetzt hat er Schulden bei der halben Stadt.

Grassi ist stinksauer gewesen dass der Mensch mit den Beuleiern den er noch nie zuvor gesehn, eine ungeheure Summe Geld von ihm verlangt, und hat geantwortet dass der Valentino mit dem Krieg beschäftigt ist, und hat wahrlich andre Sorgen, und sowieso muss er niemandem nicht eine Lira Schulden zurückzahlen, und außerdem ist er, Grassi, der Meinung dass diese ganze Geschiche eine Riesenverarschung ist. Aber der Mensch mit den verbeulten Eiern wollt sich nicht abwimmeln lassen, und am Ende ist er von Grassis Dienern mit Tritten aus dem Haus gejagt worden, aber im Weggehn hat er gesagt, so ist das also? Gut, dann ruf ich jetzt alle Gläubiger von Lionardo und dem Lockenkopf zusammen und wir werden den beiden den Kopf mit Hämmern einschlagen, und Grassi, der Betrüger zutiefst verachtet, hat gesagt, mach doch was du willst, von mir aus kannst du auch zur Hölle fahrn, und das hat Beuleiergesicht noch wütender gemacht.

An der Stelle sagt Lionardo, gut, ich hab verstanden, aber ich möchte mit Grassi sprechen, also geht ihn bitte sofort rufen. Der Diener von Grassi entgegnet dass sein Herr leider im Dienst für den Valentino sehr viel zu tun hat, und mich und Lionardo kann er nichtmal eine halbe Sekunde lang empfangen. Aber der Valentino persönlich bedankt sich durch Grassi bei meinem Ziehvater für die Nachforschung wo er so trefflich durchgeführt blablabla und wird ihm ausrichten lassen wann und wie er sich für den Dienst bei ihm bereithalten soll.* Wann wird das sein? fragt Lionardo und Grassis Diener antwortet, Signior Grassi hat gesagt in etwa einem Jahr, und da macht Lionardo ein Gesicht wie von einem dem die Eier schmelzen und an den Beinen runtertropfen wie Wachs überm Feuer, denn er hat gehofft gleich jetzt einen neuen Auftrag vom Valentino zu bekommen, nicht erst in einem Jahr, und in der Zwischenzeit können ich und Lionardo vor Hunger krepiren.

Eins ist jetzt jedenfalls völlig klar, Signior Padrone, nach dem was in der Höhle passirt ist, hält Grassi meinen Ziehvater für einen heillosen Trottel und er hat kein einziges Wort von der ganzen Geschichte mit den Teutschen und Straßbur-

* Auch in diesem Punkt ist Salaì gut informiert, denn ein Jahr nach den hier erzählten Ereignissen trat Leonardo tatsächlich für kurze Zeit als Militärtechniker in Valentinos Dienste.

gern geglaubt. Vielleicht hat er die Sache mit dem Komplott der Antichristen geglaubt, aber er hält nicht für möglich, dass Lionardo und ich das Problem lösen können, das heißt statt Lionardo müsste ein zweiter Salaì her, und das hab ich selbst schon immer gedacht, meint Ihr nicht auch? Für Lionardo ist die Reise nach Rom also gar nicht mal so übel ausgegangen denn er wird zwar nicht für den türckischen Sultan arbeiten, aber den Auftrag vom Valentino den hat er wie es scheint in der Tasche. Dagegen ist es nicht so gut für ihn dass Ihr, Signior Padrone, dank meiner Wenigkeit jetzt wisst dass Lionardo ein Verräter an unsrer Stadt Fiorenza ist, und darum tut er gut daran jetzt brav zu sein und keine Dummheiten mehr zu machen, sonst packen ihn die Magistrati von Fiorenza am Schlafittchen und wringen ihn aus wie einen Lumpen, hab ich Recht?

Zum Schluss händigt der Diener von Grassi uns ein wenig Geld und einen Geleitbrief aus dass wir nach Fiorenza zurückgehn können und sagt dass Grassi uns einen guten Rat gibt, nemlich wir sollen uns sofort aus dem Staub machen und eine ganze Weile still und friedlich in Fiorenza bleiben, sonst kriegen uns die Gläubiger und reißen uns mit Zangen zwei oder drei Finger an jeder Hand ab. Dann hat er uns zu einer Poststation begleitet und dort haben Lionardo und ich unsre Rückreise begonnen von der aus ich Euch jetzt grade schreib, und Gottlob hat uns auf der Straße keiner von denen gesehn die uns suchen, denn ich trag noch ein Paar Schuhe und ein Hemd die ich auf Kredit gekauft, und ich glaub wenn die mich erwischen dann lassen sie mir nicht mehr genügend Finger an den Händen um Euch auch nur eine halbe Zeile zu schreiben.

Der Diener von Grassi hat uns auch geraten eine Lösung für diese Geschicht mit den Schulden zu finden, weil unsre Gläubiger können ja auch welche beauftragen dass die uns in Fiorenza statt in Rom den Kopf einschlagen, kurzum das Problem ist noch nicht aus der Welt. Aber ich hab mir was ausgedacht, denn wo ich noch immer nicht den Vorschuss bekommen den Ihr mir schuldet, nur Euren sehr kurzen Brief von gestern worin Ihr mich bittet noch zu warten, weil im Moment hat unsre geliebte Stadt Fiorenza, Gott segne sie, nicht genug Mittel um geheimen Kundschaftern wie mir ihren Lohn zu zahlen, aber sorgt Euch nicht, ich hab nemlich bereits einen schönen Brief genau in Eurem Stil verfasst und ist sogar von Euch unterschrieben und sehr gut gemacht, viel besser als meine eignen, aber seht selbst, denn ich hab ihn unten für Euch abgeschrieben. Und bevor wir losgefahren hab ich einen amtlichen Kurier beauftragt dass er den Brief allen Gläubigern von mir und Lionardo aushändigt von denen ich die Adresse weiß:

Mit diesem Schreiben übernehme ich, Niccolo Machiavelli, Zweiter Kanzler der Florentinischen Republik, die Bürgschaft für alle Schulden meines treuen Dieners Salaì, Ziehsohn von Ser Lionardo aus Vinci, und ersuche seine Gläubiger, mir eine vollständige und genaue Liste der Fälligkeiten zu senden, auf welche sie ein Anrecht haben so wird die Schatzkammer der Stadt Fiorenza sie unverzüglich begleichen, nemlich praktisch geb ich euch allen euer Geld zurück aber lasst den armen Salaì in Ruhe, der sich in Rom für mich furchtbar den Arsch aufgerissen hat und den man fast kaltgemacht hätte.

Ser Niccolo Machiavelli

Keine schlechte Idee, oder Signior Padrone? So könnt Ihr das Geld was Ihr mir schuldet direkt an meine Gläubiger zahlen und das ganze Problem ist auf einfache Weise gelöst.

Denn auf meine Briefe habt Ihr ja fast niemals geantwortet und kommt mir auch fast vor wie wenn Ihr gar nichts von dem glaubt was ich Euch geschrieben, aber da täuscht Ihr Euch, denn Salaì erzählt keinen Kohl und wenn er etwas sagt dann ist es auch so.

Lionardo hat all seine Sachen in Rom lassen müssen, also Bücher Papiere Zeichnungen und auch die kleinen hölzernen Stäbchen, aber das ist besser denn so reisen wir nicht mit schwerem Gepäck. Und außerdem ist all das Zeugs zu rein gar nichts nütze und er hat's nichtmal selbst erfunden, und ich bin sicher wenn wir zurück in Fiorenza sind wird er wieder anfangen die Ideen und die Apparaturen aus den alten griechischen Handschrifften zu kopiren die bei ihm zuhause liegen, und dann wird er überall erzählen er hat sie erfunden.

Seit wir aus Rom weg sind ist er immerzu stumm denn meiner Meinung nach, Signior Padrone, hat er genauso wie ich kapirt dass der Valentino ihm diese Nachforschung bloß aufgetragen hat damit er Zeit damit verliert und nicht für Fiorenza arbeitet, was mit dem Papst verfeindet ist, also praktisch hat der Valentino meinen Ziehvater von Anfang an verarscht, denn mal ehrlich, Signior Padrone, einem der Geräte zum Fliegen entwirft und halbnackte Weiber malt, warum sollte man den mit einer so schwierigen und gefehrlichen Nachforschung über die Verleumder vom Papst beauftragen, wo sowas doch nur die Sbirren können oder Leute die wirklich Mumm in den Knochen haben? Der Valentino wollte nur dass Lionardo nicht als militärischer Baumeister für Fiorenza arbeitet, und drum hat er ihm versprochen dass er ihn in seine eignen Dienste holt, aber erstmal sollt Lionardo bloß Zeit verlieren denn diesen Auftrag gibt der Valentino ihm ja erst nächstes Jahr, nicht heute. Dann war es aber so dass die Nachrichten über die Straßburger und die Antikisten die wir Grassi gebracht ihn wohl zimlich erstaunt haben müssen, denn er hat uns ja sogar gebeten rauszufinden wer dieser Notar Patriarchi ist wo angeblich Briefe vom Papst an den Türcken besitzt und den es am Ende gar nicht gegeben hat. Aber meiner Meinung nach hat Grassi schon immer ein bisschen den Argwohn gehabt dass wir zwei Schwachköpfe sind, und wer weiß warum ihm sein Misstrauen nichtmal nach meiner trefflichen Vorführung als Profet in der Höhle vergangen ist, wo mir die doch so gut gelungen ist. Dass es das einzige Interesse vom Valentino war Lionardo aus Fiorenza wegzuholen ist klar, weil Grassi hat Lionardo ja immerfort ermahnt er soll nur an die Nachforschungen in Rom denken und nicht für Fiorenza arbeiten, und Lionardo hat ihm sogar gehorcht, und lass ich Euer Gnaden entscheiden ob das gut oder schlecht ist für unsere Heimatstadt Fiorenza.

Heute war ich den lieben langen Tag müde denn gestern bin ich noch die Tochter vom Wirt der Herberge besuchen gegangen wo ich und Lionardo übernachtet, und ich hab's ja schon geahnt, das Mädchen hatte ein mächtges Verlangen von meinem Schwengel zu kosten, aber hat mich auch ein bisschen müde gemacht denn ich musste ihr alle zwei Minuten sagen, pssst, schrei nicht so vor Lust sonst hört uns dein Vater.

Doch bin ich auch ein wenig traurig, Signior Padrone, denn ich glaub ich werd Dorothea nie wiedersehn die auf diese teutsche Weise gesprochen hat was ich sehr mochte, und auch den sehr teutschen Busen und ihre weißen großen teutschen Zähne mocht ich sehr. Bestimmt hat Dorothea mich von dem Bauern suchen lassen dass sie mich wiedersieht, denn ich kenn sie jetzt genau diese teutschen Weiber, sie müssen immer die Pingeligen spielen und sagen, Salaì mach das Glas nicht kaputt, änder nicht immer deine Meinung etcetera, aber im Grunde sind sie verrückt danach es ordentlich besorgt zu kriegen, sogar mehr noch als die Italienerinnen. Sicher hat ihr Vater Dorothea in ein andres Haus gebracht, drum haben Lionardo und ich sie nicht gefunden, nemlich grad in diesen Tagen haben die Fucker und die andren teutschen Antichristen dem Papst die vierzigtausend Dukaten für den Krieg gegen die Türcken geliehn, darum werden sie jetzt wohl mächtig Schiss haben dass man ihre wahren Absichten entdeckt, und schlafen sogar immer an einem andren Ort. Das ist auch der Grund warum die Bauern die in ihrer Nähe wohnten nichts sagen wollten, denn sie hatten diese ganzen Geschäffte der Teutschen beobachtet und gemerkt dass da was Großes im Gange war. Jedenfalls wenn ich eines Tages zufällig mal wieder nach Rom komm dann such ich Dorothea, verflixt ich darf nicht vergessen wie sie heißt.

Wann ich in die Kammer von der Tochter vom Wirt gegangen bin hab ich diesen Blödmann Lionardo in seinem Bett zurückgelassen wo er lag aber die Augen noch weit offen hielt, wie immer wenn er Lust hat sich damit zu trösten dass er sich noch kurz einen runterholt. Aber er sah auch aus wie einer der sich schuldig fühlt weil heute Sonntag ist, also der Tag des Herrn, und Lionardo weiß genau dass man am Sonntag keine Sauereien machen darf.

Also hab ich beschlossen ihm einen hübschen kleinen Streich zu spielen, nemlich erinnert Ihr Euch, Signior Padrone, dass ich mir im Haus von Sander diesem Schwein ein bisschen was von dem roten Pulver stiebizt was mit Chili gemacht wird, also der Pflanze von den westindischen Inseln die so grässlich auf der Haut brennt wenn man sie darauf verreibt? Wie ich Lionardo Gutenacht sage bevor ich zu der Tochter vom Wirt gehe, hab ich eine ordentliche Menge von dem Pulver genommen und ihm fest die rechte Hand gedrückt, und ich glaub nach der kleinen Wichserei hat ihm der Pinsel so entsetzlich gebrannt dass es ein Wunder ist wenn er ihn sich nicht abgeschnitten hat. Wirklich, heut morgen sieht er zimlich marode aus, aber er wagt natürlich nicht mich zu fragen was das meiner Meinung nach gewesen ist, denn er weiß genau was ich ihm geantwortet hätt, nemlich dass Jesus die Sünder immer bestraft.

Und hier, Signior Padrone, mach ich Schluss mit meinem letzten Brief denn ich hab nichts Gutes mehr zu schreiben, und vergebt mir wenn ich ehrlich bin, aber andauernd dieses Geschreibe den ganzen Tag lang hängt mir auch zimlich zum Hals raus, und sobald ich in Fiorenza bin werd ich ein paar Tage nach San Godenzo gehn wo eine Freundin von mir wohnt, und hat sehr besondre Fähigkeiten von denen ich nie jemandem was erzählt hab, aber wenn Ihr wollt, Signior Padrone, erklär ich Euch gern worum es sich handelt, wenn wir uns treffen.

~~Euer treuer Diener~~

Mist, ich hab was vergessen, nemlich heute hatten Lionardo und ich endlich mal ein bisschen Ruhe, und darum hab ich zum ersten Mal den Brief lesen können den ich grad an Euch geschrieben, also den wo Ihr jetzt in der Hand haltet, und da hab ich gemerkt dass meine Sätze vielleicht ein bisschen lang sind eigentlich sogar eher sehr lang und haben fast überhaupt keine Kommas und Punkte und manchmal versteht man wirklich nicht die Bohne, ja ich frag mich wie Ihr's bloß geschafft habt meine andren Briefe so ohne Kommas und Punkte zu lesen, wie viele waren das eigentlich, ich hab den Überblick verloren aber ich glaub ich hab Euch mindestens zehn oder elf geschrieben. Damit diese Briefe schöner werden und Ihr sie besser ~~entzifr~~ ~~etnzffer~~ ~~etzfr~~ leichter lesen könnt schreib ich Euch jetzt ein paar Punkte und Kommas als Vorrat hin wie in den Briefen wo Lionardo mir früher diktirt wann er mich Lesen und Schreiben lehrte, dann hat er nemlich immer gesagt es wär zum Heulen wie ich schreib denn ich mach nie Punkte und Kommas

,,,

. . . .

So geschafft, bitte sehr, hier habt Ihr so viel Punkte und Kommas als wie Ihr wollt, und jetzt könnt Ihr sie in den andren Briefen da reinsetzen wo es Euch am besten erscheint, denn Ihr habt ja einen großen Verstand drum könnt Ihr meine Briefe am Ende vielleicht nicht nur lesen sondern versteht sie sogar.

Euer allzeit untertäniger
Salaì

EIN APOLOG

Warum dieses Buch?

Lieber Leser, lass dich nicht verwirren, wenn du von der sensationellen Entdeckung der Briefe Salaìs keine Spur in den Zeitungen findest, wenn Professor Mario Rossi (ein Name, der in Italien so häufig ist wie John Smith in den USA) und der amerikanische Historiker Vincent S. Leonard, die im Vorwort auftauchen, Hirngespinste zu sein scheinen, wenn das Städtchen Grugliate und das Altersheim «Sant'Anna Addolorata», aus dem das Manuskript stammen soll, sich auch nach geduldiger Suche nicht aufspüren lassen. Nun gut, die Briefe Salaìs hat es nie gegeben. Aber aufgepasst: Wenn du glaubst, alles was sie enthalten, sei ebenfalls erfunden, dann geh in die Bibliothek und überprüfe die Texte, aus denen wir im Folgenden zitieren. Du wirst herausfinden, dass alles, was du in diesem Buch über Leonardo da Vinci und den schönen Salaì gelesen hast, einschließlich der Fußnoten, wahr ist.

Misstraue dagegen anderen Büchern über Leonardo. In den achtziger Jahren des vergangenen Jahrhunderts gaben ein bekannter englischer Komiker und seine Frau ein angeblich noch nie veröffentlichtes Manuskript Leonardos in den Druck. Der sogenannte Romanov-Kodex enthielt zahlreiche surreale Erfindungen Leonardos, alle für die Küche gedacht: windgetriebene Eierschneider, von Pferden gezogene Salatschleudern, gigantische Fleischwölfe, die lebende Kühe zerquetschen konnten. Unter den Rezepten gab es Schafhoden mit Honig und Sahne, Hahnenkämme in Brotkruste oder geröstete Schlangenschultern (*sic!*). Es handelte sich um einen bösen Scherz, doch alle fielen darauf herein: Nahezu überall auf der Welt erschienen ausführliche Rezensionen (auch in Italien, der Heimat Leonardos), die auf den außergewöhnlichen Fund hinwiesen. Fast niemand machte sich die Mühe, die Sache zu kontrollieren und den Schwindel zu entlarven. Auch andere, mittlerweile auf der ganzen Welt verbreitete Legenden, denen zufolge Leonardo in seiner Jugend mit Botticelli ein Wirtshaus betrieb oder eine Knoblauchpresse erfand, die später seinen Namen trug, gehen auf jenen englischen Komiker zurück.

Vor wenigen Jahren hat ein bis dahin unbekannter amerikanischer Schriftsteller den armen Leonardo gewaltsam in einen Schundroman voller absurder, unwahrscheinlicher Details gezwungen und ihn überdies mit nebulösen esoterischen Intrigen in Verbindung gebracht. Diesmal war die komische Wirkung unfreiwillig, sie verdankte sich der mangelnden Bildung des Autors und seinen amüsanten Patzern auf allen Gebieten des menschlichen Wissens. Doch wieder sind alle darauf hereingefallen: Statt diesen Trash so zu behandeln, wie man es seit jeher mit derartigen Genreerzeugnissen tut, nämlich ihn zu ignorieren, haben Kritiker und Zeitungen den Inhalt so sorgfältig untersucht, als handelte es sich um ein seriöses Buch, womit sie ihm Erfolg und vor allem Glaubwürdigkeit bescherten.

Zu Recht misstrauen seither die Leser, denen man diesen Schund auf ihre Kosten untergeschoben hat, jedem Roman, der von sich behauptet, er beruhe auf historischen Fakten. Die Autoren wiederum müssen sich entscheiden, ob sie sich dem Schund anpassen oder das Handtuch werfen wollen.

Wenn der Feudalherr seinen Hofnarren öffentlich sprechen lässt und ihn zum offiziellen Redner ausruft, müssen alle echten Redner ihren Beruf wechseln.

Die einzige Möglichkeit, sich dem alles beherrschenden Trash zu widersetzen, bestand also darin, zu dessen eigenen Waffen zu greifen, jedoch ihre Zielrichtung umzukehren: wie ein Narr zu sprechen, doch mit den Argumenten eines Redners. Wenn jeder beliebige Ignorant gefeiert wird, sobald er den Mund aufmacht, dann hat auch der Simpel Salaì das Recht, zwischen allerlei Albernheiten, Grammatikfehlern und vulgären Derbheiten eine ernste Geschichte zu erzählen. Im Übrigen ist die Umkehrung der Rollen typisch für unsere Zeit: Hat die Romanserie, die in den letzten Jahren weltweit so erfolgreich war wie kein Buch zuvor und von einer bekannten englischen Autorin für Zwölfjährige geschrieben wurde, nicht Millionen erwachsene Leser erobert?

Da war es nicht mehr als recht und billig, diesem unverschämten Lümmel Salaì freie Bahn zu lassen. Nur so konnte Leonardo aus den alten zwanghaften Deutungsmustern befreit werden: auf der einen Seite die unerträgliche, naive Verherrlichung durch die offizielle Geschichtsschreibung, auf der anderen der Sumpf kitschiger Desinformation. Es galt, das Genie Leonardos mit all seinen Begrenzungen wieder glaubwürdig in seine eigene Zeit einzubetten, nämlich jenen besonderen historischen Moment zwischen Humanismus und Renaissance, wo aus den Wurzeln einer bis heute nicht genügend geklärten Vergangenheit, dem Mittelalter, geheimnisvoll die ersten, wenig ruhmvollen Keime der Neuzeit sprossen.

Um die ganze Widersinnigkeit der berühmten Fälschungen, die noch heute für wahr gehalten (oder als wahr ausgegeben) werden, zu entlarven, musste eine weitere, ebenso widersinnige und unwahrscheinliche Fälschung geschrieben werden – die Briefe Salaìs, ein dreister und lächerlicher Betrug wie auch das Tagebuch von Johannes Burkard, an das die Forscher unerklärlicherweise angeblich immer noch glauben.

Es ist unwichtig, dass niemals Briefe von Leonardos Adoptivsohn entdeckt wurden; für uns war entscheidend, die historische Bühne wiederzuerschaffen, und den Geist, der dort herrschte, wiederzubeleben. Nicht zufällig bezieht sich das einzige ernst gemeinte Zitat zwischen den Flunkereien in unserem Vorwort auf die literaturgeschichtlichen Verwandten der Briefe Salaìs: Boccaccio, Pulci, Folengo, Berni und so weiter. Unser alter Universitätslehrer, Professsor Nino Borsellino, möge uns verzeihen, dass wir ihn in der Gesellschaft erfundener Kollegen zitiert und zugunsten Salaìs einen Passus aus seiner Abhandlung über Pietro Aretino («Gli anticlassicisti del Cinquecento», Roma/Bari 1973, S. 31) und seine Definition Leonardos als eines «Regellosen» (S. 10) gestohlen haben. Aber trifft seine Analyse, nach der bei den Antiklassizisten «die Welt von unten statt von oben betrachtet, vom physiologischen und instinktiven Grund der Existenz statt von der Oberfläche aus scheinbaren Schönheiten beschrieben wird» (S. 13) – obwohl Folengo, Ruzante und Cellini gemeint sind –, nicht wie maßgeschneidert auf Salaì zu?

Und wenn hinter den Briefen von Leonardos Ziehsohn sogar Machiavelli hervorgeschaut hätte (der Leonardo gut kannte, aber höchstwahrscheinlich nie mit Salaì korrespondiert hat), wäre dies nur ein weiteres literarisches Divertissement gewesen, um den Schlag unter die Gürtellinie zu parieren, den die Professionisten des Trash austeilen.

Abgesehen von der maßlos übertriebenen literarischen Fiktion und ihren polemischen Absichten, ist alles andere in geduldiger Forschungsarbeit anhand von Fakten und authentischen Zeitzeugnissen rekonstruiert worden, um dem Leser jene historische Genauigkeit zu bieten, auf die er ein Recht hat, wie der Leser unserer vorhergehenden Romane weiß. Wer einen historischen Roman mit fundierten Themen schreiben will, muss nicht selten vier- bis fünfhundert Bücher und Artikel lesen, von denen allerdings am Ende nicht einmal die Hälfte das erzählerische Material liefert. Der Rest dient nur den notwendigen Kontrollen: zum Beispiel, um die Zeit für den Fußweg zwischen zwei Städten zu berechnen; eine Namensgleichzeit zu ermitteln; den Tag oder den genauen Zeitpunkt eines Ereignisses, den Geburtstag einer Person oder die Lage eines Palazzo zu überprüfen – das alles ist notwendig, damit man dem armen Buchkäufer keine Lügen oder ungeschickten Erfindungen auftischt, denn einen schlechten Käse kann er dem Verkäufer zurückgeben, ein schlechtes Buch nicht.

Salaì und Leonardo

Die Art der Beziehung zwischen Salaì und seinem Ziehvater sowie das leichtsinnige, launenhafte Naturell unseres Protagonisten sind Historikern viel zu gut bekannt, als dass man hierfür noch Beweise liefern müsste (vgl. z. B. C. Vecce, *Leonardo,* Rom 1998, S. 129–130, 133–134 *passim*).

Der lockenköpfige Junge, dessen richtiger Name Giangiacomo Caprotti lautet, wird Leonardo von seinem leiblichen Vater im Alter von zehn Jahren zur Adoption übergeben. Leonardo soll sein Pflegevater und Lehrmeister werden, und der Junge soll der Armut entkommen. Sofort zieht Giangiacomo sich seinen bösen Spitznamen zu: Salaì oder Saladino, wie der wilde Sarazene. Denn schon am ersten Tag seines Lebens bei Leonardo stiehlt er ihm Geld aus der Börse, was Leonardo in seinen Aufzeichnungen vermerkt. Am zweiten Tag lässt der Künstler für

Salaì zwei Hemden, ein paar Hosen und eine Jacke schneidern. Zum Dank nimmt der Junge wieder Geld aus Leonardos Beutel und weigert sich, den Diebstahl zu gestehen, obwohl er in flagranti ertappt wurde. Am Rand des Blattes notiert Leonardo «Dieb, Lügner, Dickschädel und Fresssack». Am dritten Tag zerbricht Salaì im Haus eines mit seinem Ziehvater befreundeten Architekten drei Pokale und verschmutzt den Tisch mit Wein (Leonardo notiert: «Er aß für zwei und richtete Schaden an für vier»). In den folgenden Tagen stiehlt der kleine Teufel ein silbernes Werkzeug eines anderen Schülers von Leonardo, der sich das Diebesgut aus Salaìs Truhe zurückholt. Einen Monat später entwendet er seinem Adoptivvater ein Stück türkisches Leder, aus dem Stiefel gemacht werden sollen, und verkauft es an einen Schuster. Von dem Erlös kauft er sich Aniskringel und Süßigkeiten. Noch einmal stiehlt er einem Schüler Leonardos ein silbernes Werkzeug. Die geschickten Diebstähle sind eine Konstante: Auf einem Fest, das sein Adoptivvater in Mailand für den Hof der Sforza ausrichtet, beobachtet der freche Bengel, wie einer der Lakaien sich entkleidet, um sein Kostüm anzuziehen (eine der Masken der «wilden Männer», auf die Salaì anspielt, als er für Paride Grassi in der Höhle Theater spielt), und klaut ihm den Geldbeutel, den er auf dem Bettrand ablegt. Auch diese Episode taucht in einer Notiz Leonardos auf.

Wer nicht glaubt, dass Salaì seine Briefe mit Tinte bekleckerte, kann unter Leonardos eigenen Werken und denen zeitgenössischer Künstler zahlreiche Abbildungen von Salaìs schönem Kopf finden, aber überraschenderweise auch ein ungeschicktes, mit Tintenflecken versehenes Selbstporträt Salaìs (vgl. E. Möller, *Salaì und Leonardo da Vinci*, in: Jahrbuch der Kunsthistorischen Sammlungen des allerhöchsten Kaiserhauses, XVI [1928], S. 139–161).

Auch die Spionagetätigkeit Salaìs ist nicht unserer Phantasie entsprungen. Historiker haben nachgewiesen (Vecce, S. 343), dass der junge Mann tatsächlich als Informant bei einflussreichen Persönlichkeiten im Sold stand: zum Beispiel bei dem ehemaligen Herzog von Mailand Massimiliano Sforza, der Salaì großzügig (125 Scudi im Jahr) für vertrauliche Informationen aus dem Mailänder Hof bezahlte, die er an Sforzas Sekretär weiterleiten musste.

Leonardo, Machiavelli und die anderen

Salaì sagt die Wahrheit: Wie auch die jüngste Biographie von Vecce durchblicken lässt, war Leonardo wankelmütig, langsam, kaum gebildet, immer in Geldnöten und vor allem im Vergleich zu seinen Zeitgenossen und Konkurrenten ungeheuer benachteiligt, was Aufträge und Ämter betraf. Dass er dem Valentino militärische Geheimnisse über Florenz verriet, erscheint unzweifelhaft. Er soll ihm zum Beispiel eine Karte der Nachbarstadt Arezzo und des Valdichiana mit genauen Angaben über die Entfernungen zwischen den Dörfern und Festungen geliefert haben, wichtige Informationen für die Art von Blitzkrieg, die der Valentino bevorzugte (Vecce, S. 208). Also hätte Machiavelli gut daran getan, ihn von Salaì beobachten zu lassen.

Auch das von Salaì beschriebene Aussehen und die Haartracht, einschließlich der blauen Augengläser mit dem zu alten Brillengestell und den blond gefärbten Haaren, werden von den Quellen und Aufzeichnungen bestätigt, die der Meister in seinen Kodizes hinterließ (vgl. jeweils: Codex Atlanticus, f. 225r und Codex Arundel, f. 170r und f. 190ra). Heute neigt ein Teil der Kritik zu der Annahme, dass Leonardo erst im Alter einen langen Bart trug. Doch da schwer auszumachen ist, wann diese Zeit begann (Leonardo starb 1519), darf man vermuten, dass der Künstler schon in Rom, mit fünfzig Jahren, die Bartpracht zur Schau trug, mit der er auf vielen Porträts abgebildet ist.

Leonardo war, wie man weiß, persönlich mit Machiavelli bekannt, der ihn wahrscheinlich gegen den Verdacht mangelnder Treue zu seiner Heimatstadt verteidigen musste, den Florenz gegenüber dem Genie hegte (Vecce, S. 214). Aber gerade darum kann nicht ausgeschlossen werden, dass Leonardo kontrolliert und überwacht wurde. Wenn Salaì ihm wirklich Briefe geschrieben hätte, hätte der Verfasser des *Fürsten* ihren Inhalt wahrscheinlich nicht beherzigt: Obwohl er in seinen Werken die Gestalt des idealen Politikers nach dem Vorbild Cesare Borgias geformt hatte, zog Machiavelli es vor, sich den Interessen der Stadt Florenz anzubequemen und war ein Gegner von Papst Alexander VI., dem Feind der Florentiner.

Leonardo stand tatsächlich im Dienst Cesare Borgias, der ihn ein Jahr nach den Ereignissen, von denen Salaì erzählt, zu seinem Militärtechniker machte. Der Künstler hielt sich im Frühjahr 1501 in Rom auf, um die Werke der Antike zu studieren. Der Besuch der Hadriansvilla in Tivoli lässt sich einer Anmerkung aus dieser Zeit im Codex Atlanticus entnehmen (f. 618v [227 v-a]). Der wissenschaftlich interessierte Maler, der so sehr auf die Kraft der Vernunft vertraute, ging wirklich zu Zigeunerinnen, um sich sein Schicksal vorhersagen zu lassen, wie eine private Notiz beweist (Codex Atlanticus, f. 877v).

Gewitzte Leser werden begriffen haben, dass die Antikisten, von denen Salaì spricht, die in der europäischen Kulturgeschichte so sehr gepriesenen Humanisten sind. Zwar kannte das 15. Jahrhundert den Ausdruck *humanae litterae*, doch der Begriff «Humanismus» wurde erst im 19. Jahrhundert geprägt und konnte daher zur Zeit Leonardos noch nicht gebraucht werden, um Poggio Bracciolini und die anderen ruhmreichen Pioniere zu bezeichnen, die die griechisch-römische Antike wiederentdeckten (oder – je nachdem um wen es ging und wie man darüber dachte – erfanden).

Es ist bekannt, dass der große Nikolaus Kopernikus sich im Jahr 1501 tatsächlich in der Stadt des Papstes aufhielt, um an der Universität La Sapienza zu lehren. Allerdings hat die Geschichte uns keine Einzelheiten über seine Zeit in Rom hinterlassen. Erasmus Ciolek war in diesen Monaten mit Sicherheit in Rom, denn er kam am 11. März aus Krakau an (vgl. Bronislaw Bilinski, *Un umanista diplomatico polacco. Erasmo Ciolek-Vitellius al Natale di Roma del 1501*, in: Strenna dei Romanisti, XIX [1979], S. 73).

Der entsetzliche, rätselhafte Mord an Juan Maria Despuig (dessen Name den damaligen Gepflogenheiten gemäß in De Podio italianisiert wurde) wird in Burkards Tagebuch tatsächlich mit wenigen dürren Worten abgehandelt (*Johannis Burckardi liber notarum ab anno MCCCCLXXXIII usque ad annum MDVI*, hrsg. v. E. Celani, Città di Castello 1906, Bd. I, S. 544).

Auch die anderen Episoden, die Salaì in diesem Tagebuch liest, finden sich dort, und zwar vor allem die Novelle aus dem *Decamerone* von Boccaccio (die 24. Novelle vom achten Tag), die Burkard kurzerhand bei Boccaccio abgeschrieben hatte. Es ist unglaublich, aber bis heute hat kein Historiker dieses offenkundige Plagiat zur Kenntnis nehmen wollen, das einen peinlichen Schatten der Unglaubwürdigkeit auf den gesamten Bericht Burkards wirft (siehe im Folgenden das Kapitel über das Tagebuch von Johannes Burkard und den Anhang, wo Boccaccios Novelle mit dem Text des päpstlichen Zeremonienmeisters verglichen werden kann).

Authentisch sind auch alle Details über Burkard und seinen Palazzo, über die Bruderschaft und Kirche Santa Maria dell'Anima (vgl. z.B. J. Schmidlin, *Geschichte der deutschen Nationalkirche in Rom*, Freiburg i. Breisgau/Wien 1906, und R. Samperi, *La fabbrica di S. Maria dell'Anima e la sua facciata*, in: Annali di architettura, 14 [2002]).

Die Details über die Herberge della Fontana sowie über Personen und Läden in der Nachbarschaft stammen aus A. Modigliani, *Mercati, botteghe e spazi di commercio a Roma tra Medioevo ed età moderna*, Rom 1998. Die Herberge della Fontana und die Osteria della Vacca gehörten wirklich einer Vannozza Cattanei (vgl. I. Ait, *Taverne e locande: investimenti e gestione a Roma nel XV secolo*, in: AAVV, *Taverne locande e stufe a Roma nel Rinascimento*, Rom 1999, S. 69–70), aber wie Salaì entdeckt, trug sie nur den gleichen Namen wie die Mutter des Herzogs Valentino und der Lucrezia Borgia (vgl. P. De Roo, *Material for a history of Pope Alexander VI, his relatives and his time*, Brügge 1924, Bd. I, S. 146ff.).

Einzelheiten über die Bevölkerung, wie gebräuchliche Personennamen, Geschäfte und Handel, Adressen usw. sind belegt in E. Lee (Hrsg.), *Habitatores in Urbe. La popolazione di Roma nel Rinascimento*, Rom 2006 und bei: J. Heers, *La vita quotidiana nella Roma pontificia ai tempi dei Borgia e dei Medici*, Mailand 1986.

Die Legende von dem unterirdischen See mit seinen unheimlichen Erscheinungen, über dem sich das Straßburger Münster erhebt, ist in unterschiedlichen Versionen verbreitet (siehe z.B. A. Stöber, *Die Sagen des Elsasses*, St. Gallen 1852, S. 456). Über die Straßburger in Rom informiert ausführlich F. Noack, *Das Deutschtum in Rom*, Stuttgart 1927, wo beschrieben wird (S. 25–26), wie gegen Ende des 15. Jahrhunderts unter den Deutschen in Rom die Saat der antipäpstlichen Rebellion, deren geheime Anfänge Salaì entdeckt, auf fruchtbaren Boden fiel und wuchs. Bei Noack findet der Leser auf Seite 16 auch eine Erwähnung des Wirtshauses della Campana und seines Besitzers Johannes Teufel (oder Teuffel oder Toefl), der von den

Römern Angelo genannt wurde. Dorothea und ihr Vater gehörten zu den Mitgliedern der Bruderschaft des Heiligen Geistes (vgl. K. H. Schäfer, *Die deutschen Mitglieder der Heiliggeist-Bruderschaft zu Rom*, in: Quellen und Forschungen aus dem Gebiete der Geschichte, XVI [1913] S. 42). Die junge Frau, in die Salaì sich verliebt, wurde am 9. Februar 1494 in das Mitgliederverzeichnis der Bruderschaft eingetragen.

Ja, auch der große Michelangelo war ein Fälscher. Außer dem bekannten Betrug mit dem schlafenden Cupido, den der Bildhauer, wie Salaì erzählt, Kardinal Riario mit beträchtlichem Gewinn unterjubelte, schreiben die Historiker Leonardos Erzrivalen seit einiger Zeit auch die Fälschung der Laokoon-Gruppe zu, der wohl berühmtesten und bedeutendsten Marmorskulptur des Altertums, die 1506 in Rom gefunden wurde (vgl. L. Catterson, *Michelangelo's Laocoon?*, in: Artibus et Historiae, 52 [2005]).

Wie man aus seinen Aufzeichnungen erfährt, war Leonardo mit der Familie Grimani seit seinem Aufenthalt in Venedig bekannt, und er begab sich wirklich in ihren römischen Palazzo, um die Antikensammlungen zu besichtigen. Bei dieser Gelegenheit traf er, wie Salaì erzählt, den Sekretär Stefano Iligi (vgl. Codex Arundel, f. 274f).

Bei dem von Salaì beschriebenen See mit der schwimmenden Insel könnte es sich um den See von Posta Fibreno handeln (unweit von Rom in der Provinz Frosinone), aber auch um den alten Lago Cotilia (der heute Lago Paterno heißt, bei Città Ducale) oder um den Lago Vadimone in der Gegend von Bassano in Teverina (vgl. D. Cortiglia/L. Bellincioni, *Lazio. I luoghi del mistero e dell'insolito*, Aprilia 2006). Ausführliche Informationen über die faszinierende «tote Stadt» Ninfa und die herrlichen Gärten, die sie heute enthält, bietet E. Zampetti, *Le città perdute del Lazio e i loro segreti*, Aprilia 2005.

Leonardos Brücken

Wahr ist auch all das, was der Leser dieses Buches über Leonardos Entwurf für eine Brücke über den Bosporus erfahren hat. Leonardo unterbreitete dem türkischen Sultan Bayazet sogar mehr als einen Entwurf, wie der berühmte Islamforscher F. Babinger seinerzeit herausfand *(Vier Bauvorschläge Leonardo da Vincis an Sultan Bajezid II. [1502/3]*, in: Nachrichten der Akademie der Wissenschaften in Göttingen, Bd. I [1952], S. 1–20). In einem (ins Türkische übersetzten) Brief, den Babinger 1951 in Istanbul im Archiv des Topkapi-Museums fand, bot Leonardo den Osmanen offiziell seine Dienste an. Eine Skizze des wichtigsten von Leonardos Projekten, der Entwurf zu einer Brücke über den Bosporus, die Salaì zwischen den Papieren seines Ziehvaters findet, befindet sich im sogenannten Manuskript L (Paris, Institut de France, Codex 2182, f. 66r).

Es scheint, dass Bayazet den Vorschlag des toskanischen Architekten niemals ernsthaft in Betracht gezogen hat, weil er ihn für undurchführbar hielt. Die Türken von heute sind anderer Meinung: Im Mai 2006 gab die Regierung in Istanbul bekannt, dass sie einen berühmten türkischen Architekten beauftragt hat, den Entwurf in der von Leonardo vorgesehenen Größenordnung und an der geplanten Stelle zu realisieren. Die Brücke aus einem einzigen Brückenfeld wird gut 340 Meter lang und 24 Meter breit sein und an ihrer höchsten Stelle 40 Meter über dem Meeresspiegel aufragen. Moderne technische Mittel (Stahlbeton statt Steine, komplizierte statische Berechnungen statt der einfachen Skizzen Leonardos) machen möglich, was die Renaissance nicht vermochte. Ein Prototyp der Brücke aus Holz und Stahl, doch in kleinerem Maßstab und auf dem Festland, wurde schon 2002 von dem Architekten Vebjörn Sand in Oslo gebaut.

Die andere, selbsttragende und zerlegbare Brücke, deren Modell Salaì in der mit rotem Samt ausgeschlagenen Kiste findet, wurde von Leonardo im Codex Atlanticus gezeichnet (f. 71v). Eine präzise, maßstabsgetreue Rekonstruktion verdanken wir A. Bernardini/M. Taddei/E. Zanon, *I ponti di Leonardo*, Mailand 2005. Die Autoren liefern sogar einen Modellbausatz mit und erklären zuletzt, warum die durchaus originelle Idee Leonardos technisch undurchführbar ist.

Leonardo und die Griechen

Ebenfalls kein Phantasieprodukt sind die Anregungen, die Leonardo der Wissenschaft des hellenistischen Zeitalters verdankt: Die Vermutung, dass der schöpferische Toskaner seine «Erfindungen» in alten griechischen Kodizes entdeckte und einfach kopierte, wie Salaì es Machiavelli verrät, hat sich mittlerweile bestätigt. Modernere Strömungen geschichtswissenschaftlicher Forschung haben sich von der Figur des «visionären» Gelehrten verabschiedet, der Apparate entwarf, die ihrer Zeit weit voraus waren. Das Genie aus Vinci war stets auf der Suche nach griechischen Handschriften, deren Wert er unendlich hoch schätzte. Er kannte die Schriften des Archimedes (6. Jahrhundert v. Chr.), denn einen archimedischen Kodex hatte ihm ausgerechnet der Valentino geschenkt, und wahrscheinlich auf indirektem Wege lernte er sehr viel aus dem hellenistische Erbe (3. bis 4. Jahrhundert n. Chr.). In der Leonardo-Forschung wird zunehmend deutlich, dass Leonardo nicht in die Zukunft schauen konnte, wie häufig von ihm behauptet wird, sondern im Gegenteil die Vergangenheit sehr genau studierte und wiederzubeleben trachtete. Wie der Mathematiker Lucio Russo (*La rivoluzione dimenticata. Il pensiero scientifico greco e la scienza moderna*, Mailand 1996) gezeigt hat, schöpfte Leonardo ebenso wie andere Wissenschaftler und Baumeister der Renaissance mit vollen Händen aus dem reichen technologischen Wissensschatz des antiken Griechenland, der in römischer Zeit und im Mittelalter vergessen oder verdunkelt war und auf noch weit ältere Perioden zurückgeht. In seinem Vorwort zu Russos Buch erklärt der bekannte Physiker Marcello Cini, es gebe Grund zu der Vermutung, dass die bei Heron von Alexandrien im ersten Jahrhundert n. Chr. beschriebene Technologie, die eine Vielzahl von Werkzeugen umfasst, darunter Schrauben, Zahnstangen, Übersetzungsgetriebe, Transmissionsketten, Propeller, Kolben und verschiedene Arten von Ventilen, für die Energiequellen wie Wasser, Luft und Dampf vorgesehen waren, sehr wahrscheinlich eine Zusammenstellung aus hellenistischen Werken darstellt, die mindestens zwei oder drei Jahrhunderte früher datieren.

Auf diese Weise wurden der Renaissance auch Werke überliefert (und oft gründlich missverstanden, so Cini und Rosso) wie «die Arbeiten von Herophilos, des Begründers der wissenschaftlichen Medizin; von Eratosthenes, des ersten Mathematikers, dem es gelang, eine außergewöhnlich präzise Berechnung der Länge des Erdmeridians anzustellen; von Aristarchos von Samos, des Erfinders der heliozentrischen Astronomie; von Hipparchos, der die moderne Dynamik und die Gravitationslehre vorwegnahm, und von Ctesibios, der mit großem Geschick mechanische und hydraulische Werkzeuge erfand und baute – all dies Wissenschaftler, von denen sich außer dem Namen nahezu jede Spur verloren hat, obwohl sie die Hauptfiguren einer wissenschaftlichen Revolution waren, welche ein so hohes Niveau theoretischer Durchdringung und experimenteller Praxis erreicht hatte, dass Galileo und Newton im Vergleich dazu wie zwar geniale, aber leicht verwirrte Lehrlinge und blutige Anfänger erscheinen müssen.»

Die Geburt der modernen Wissenschaft war also «weder unabhängig von ihren Vorgängern noch zufällig. Im Gegenteil, zu Beginn taten die sogenannten Modernen nichts anderes, als sich langsam Kenntnisse zurückzuerobern, die in dem Maße nach und nach wieder ans Licht kamen, in dem die Funde griechischer, arabischer und byzantinischer Manuskripte durch den wachsenden Handelsverkehr und kulturellen Austausch auch nach Italien gelangten» (Russo, S. 13f.).

«Leonardo verdankt Philon von Byzanz, der damals gerade zum ersten Mal in eine moderne Sprache übersetzt worden war, sehr viele Anregungen aus dem Bereich der Technologie, und er verdankt der hellenistischen Zeit viel, was Ansaug- und Druckpumpen, Endlosschrauben, Zahnstangen und Wasserleitungen betrifft. Und vielleicht sollte man auch Heron von Alexandrien berücksichtigen, dessen Maschinen eine sehr wichtige Inspirationsquelle (und vielleicht noch mehr) waren: Wasserwaagen, Dampfmaschinen *ante litteram*, Pressen, Untersetzunggetriebe und vieles andere waren tatsächlich schon Jahrhunderte zuvor erdacht worden», bestätigt der Geologe Mario Tozzi (*Leonardo, L'acqua e il Rinascimento*, Mailand 2004, S. 17).

Kurzum, Leonardo, der sich das griechische und hellenistische Erbe gründlich angeeignet hatte, entwarf Maschinen, deren Zweck er selbst nicht immer begriff, und genau das ist der Grund, warum sie nicht funktionieren konnten, nicht weil sie ihrer Zeit so weit voraus waren. Um sie zu bauen, wäre ein technologisches Wissen vonnöten gewesen, das mittlerweile verloren war.

«Die Intellektuellen der Renaissance», schreibt Lucio Russo, «waren nicht in der Lage, die wissenschaftlichen Theorien der hellenistischen Zeit zu verstehen, doch wie intelligente und neugierige Kinder, die zum ersten Mal eine Bibliothek betreten, waren sie von den einzelnen Ergebnissen fasziniert und besonders von jenen, die in den Handschriften mit Illustrationen erklärt werden, zum Beispiel, in zufälliger Ordnung, von den anatomischen Sezierungen, der Perspektive, den Räderwerken, den mit Luftdruck betriebenen Maschinen, dem Guss großer Bronzewerke, den Kriegsgeräten, der Hydraulik, den Automaten, der ‹psychologischen› Porträtkunst und dem Bau von Musikinstrumenten» (Russo, S. 112).

Poggio Bracciolini

Wer sich davon überzeugen möchte, dass die Informationen über Poggio Bracciolini keine Ausgeburt der Phantasie sind, kann sie überprüfen bei E. Walser, *Poggius florentinus. Leben und Werke,* Hildesheim/New York 1974. Was die (angeblichen) Handschriftenfunde durch Poggio und die anderen Humanisten betrifft, so vergleiche man das, was Salaì berichtet, mit R. Sabbadini, *Le scoperte dei codici latini e greci nei secoli XIV e XV,* Florenz 1967.

Poggio Bracciolini wandte einen wirklich schlauen Trick an, um seine geheimnisvollen Erfolge als Jäger verschollener Manuskripte zu erklären: Er präsentierte der Welt die Kopie einer angeblich von ihm entdeckten Handschrift, die später jedoch seltsamerweise nicht mehr auffindbar war. So ist Poggio zum Beispiel bei der *Institutio oratoria* von Quintilian verfahren. Er behauptete, er habe sie von zwei antiken Kodizes abgeschrieben, die dann jedoch auf geheimnisvolle Weise verschwanden.

Diese Methode (erst einen aufsehenerregenden Fund bekanntgeben und nach der Herstellung von Kopien den bedauerlichen Verlust des Originals anzeigen) ist nicht nur der bekannteste literarische Kunstgriff seit Dumas. Sie ist auch schon immer der klassische Trick aller Fälscher gewesen. 1958 erklärte Morton Smith, angesehener Historiker und eremitierter Professor an der Columbia University, er habe in einem orthodoxen griechischen Kloster bei Jerusalem drei Seiten einer geheimnisvollen Handschrift gefunden, die angeblich den Beweis für die Existenz eines «anderen» Markusevangeliums lieferten. In dem Text entpuppte sich Jesus als eingefleischter Homosexueller an der Spitze einer sehr merkwürdigen esoterischen Sekte, deren Anhänger (darunter auch Lazarus) mit erotischen Praktiken initiiert wurden. Ohne die komische Seite des angeblichen Fundes wahrzunehmen, haben Bibelforscher rund um die Welt Morton Smith geglaubt (abgesehen von ein paar Mutigen, die vergeblich versuchten, den Schwindel auffliegen zu lassen), und das obwohl das geheimnisvolle Manuskript (dessen Fotos Smith der ganzen Welt gezeigt hatte) inzwischen unerklärlicherweise verschwunden war. Erst im Jahr 2005 gelang es einem anerkannten Experten für gefälschte Dokumente, Stephen C. Carlson, dank neuer forensischer Untersuchungsmethoden den Betrug definitiv zu entlarven und zu beweisen, dass das von Morton Smith fotografierte Manuskript nicht nur eine Fälschung war, sondern dass Smith es auch aller Wahrscheinlichkeit nach selbst hergestellt hatte.

Die betrügerische Kampagne gegen den Borgia-Papst

Manch ein Leser hat sich wahrscheinlich gewundert, dass die sogenannte historische Wahrheit über die Familie Borgia hier geradezu in ihr Gegenteil verkehrt wird. Er wird sich fragen:

Wenn es wahr ist, dass Cesare kein Sohn von Alexander VI. war, ebenso wie Lucrezia nicht seine Tochter, und wenn der Papst nicht das Ungeheuer war, für das man ihn immer gehalten hat, warum haben die Historiker das nicht bemerkt?

Zur Erklärung einige Beispiele. Eine der Quellen, aus der Historiker im Zusammenhang mit dem Pontifikat von Alexander VI. gerne zitieren, ist der Briefwechsel von Pietro Martire d'Anghiera (1457–1526), eines Mailänder Gelehrten, der während der Herrschaft des Borgia-Papstes in Rom und Spanien lebte. Die Briefe dieses Pietro Martire (vgl. Ministero per i beni culturali e ambientali – Comitato nazionale per le celebrazioni del V centenario della scoperta dell'America, Roma 1988, Bd. VI: *La scoperta del nuovo mondo negli scritti di Pietro Martire d'Anghiera*, S. 405 ff.), in denen sich einige der bekanntesten und schwerwiegendsten Angriffe auf Papst Alexander VI. finden, wurden vier Jahre nach dem Tod ihres vermeintlichen Verfassers in Amsterdam publiziert. Der veröffentlichte Text enthält jedoch eine Reihe schier unglaublicher, schwerer historischer Fehler, die niemand von einem gelehrten Humanisten wie Pietro Martire erwarten würde: Unwahrscheinlichkeiten, Anachronismen, Widersprüche und die Beschreibung von Ereignissen, die niemals stattgefunden hatten. Mehr noch: Von keinem der in Amsterdam veröffentlichten Briefe ist je ein Original von Hand des Verfassers gefunden worden. Nicht nur fehlt jede Spur der Briefentwürfe, die Pietro Martire geschrieben und verwahrt haben muss – unauffindbar sind auch alle Exemplare, die an ihre Adressaten abgesandt wurden, Dutzende von Personen in ganz Europa. Auch in deren Archiven gibt es erstaunlicherweise keinen einzigen Hinweis auf einen Briefwechsel mit Pietro Martire. Die Historiker konnten nur einen handgeschriebenen, mit Sicherheit echten und von Martire unterzeichneten Brief finden, der – welch ein Zufall – nicht in die gedruckte Briefsammlung aufgenommen wurde, wo sich auch kein anderer Brief an diesen Adressaten findet.

Sogar ein Kind könnte verstehen, dass die Briefsammlung von Pietro Martire d'Anghiera eine grobe Fälschung ist, die die Historiker schon längst als solche hätten entlarven müssen. Aber das ist nicht geschehen: Die Korrespondenz von Pietro Martire d'Anghiera wird noch heute als äußerst zuverlässige Quelle zitiert und von den Forschern weiterhin mit einer unerklärlichen Nachsicht behandelt. Es läuft einem kalt den Rücken herunter, wenn man daran denkt, dass Pietro Martire d'Anghiera auch als eine der wichtigsten Quellen für die Geschichte von der Entdeckung Amerikas gilt.

Den scharfen Angriffen Pietro Martires auf den Ruf Papst Alexanders VI. begegnet man tatsächlich auf Schritt und Tritt in allen Studien über die Borgia. In einem Brief Martires jedoch (an Marquis Pietro Fajardo und Marquis Luis Hurtado, in den Kodizes 773C = 770A und in einem späten Apograph = 741 ms, vgl. Comitato nazionale … *op. cit.* S. 23) liest man über eine Begebenheit, die den Papst in ein günstiges Licht rückt und auch in anderen Quellen wiedergegeben wird: Als 1494 die Pest in Rom ausbrach und alle Kardinäle aufs Land flohen, weigerte sich Rodrigo Borgia, die Stadt zu verlassen, und erklärte, es sei seine Pflicht, als Stellvertreter Christi in seinem Amt der Petrus-Nachfolge zu bleiben: «Rom wird von einer schweren Pestilenz heimgesucht, der Pontifex ist darum in den Vatikanischen Palazzi eingeschlossen. Der Papst gibt den dringenden Aufforderungen der Kardinäle, sich an einen Ort zu begeben, wo keine Gefahr eines Kontagiums droht, nicht nach. Er empfängt wenig Besucher.»

Während der gesamten Dauer der Pestepidemie blieb der Borgia-Papst praktisch allein im Vatikan, ihm standen nur sehr wenige Diener zur Seite, die seinem Vorbild gefolgt waren. Seltsamerweise wird aber gerade diese Episode, die Alexander VI. Ehre macht, von den Historikern niemals erwähnt.

Dies ist nur ein Beispiel für die Art und Weise, wie die offizielle Geschichtsschreibung sich mit den Borgia und den historischen Quellen befasst hat, die sie betreffen: oberflächlich, blind und vor allem unverfroren parteilich. So überlebte der negative Mythos um die Familie Alexanders VI. und blieb bis heute unangetastet. Die Auswirkungen eines solchen Mythos auf das kollektive Bewusstsein sind sehr viel größer, als man denkt. Jede Ideologie hat ihr unbezweifeltes Ungeheuer, ihr negatives Paradigma, das die ihm innewohnende Amoralität fortwährend zu beweisen scheint, ja es stellt geradezu ihren Gipfel und ihre Verkörperung dar. Für den Faschismus ist das Mussolini, für den Kommunismus Stalin, für den islamischen Fanatismus Bin Laden. Natürlich gelingt der Beweis umso besser, je gröber und demagogischer das negative Vorbild ist. Analog lässt sich bei nationalen Entitäten verfahren, und so ist die Mafia das klassische Exemplum für die italienische Unehrlichkeit, der Sonnenkönig für die wahnhafte *grandeur* der Franzosen. Und für die unausrottbare Korrumpierbarkeit der Kirche? Die Borgia natürlich, deren Namen alle kennen. Vor allem aber fiele es schwer, andere Namen zu nennen. Die dämonisierende Legende um Alexander VI. und seine Verwandten war eine unersetzliche Waffe für alle Verleumder der Kirche zur Zeit, als Luther auf den Plan tritt.

Der Borgia-Papst war und ist ein Sündenbock, der allen, auch den Katholiken, gelegen kommt, weil er durch seine Rolle verhindert, dass sehr viel unbequemere und kompliziertere Wahrheiten der Geschichte ausgegraben werden müssen.

Bis heute sind Historiker bemüht, den kolossalen Betrug zum Schaden der Borgia zu verbergen und diskreditieren all jene, die die schwarze Legende um Alexander VI. anzweifeln.

Wenn sich konträre Thesen nicht widerlegen lassen, versucht man eine Diskussion um Details zu vermeiden und dem Gegner stattdessen generell seine Glaubwürdigkeit abzusprechen. Oreste Ferrara, der mutige, unorthodoxe Biograph Alexanders VI. (*El Papa Borgia*, Madrid 1938), wurde von der berühmten, einflussreichen Autorin Maria Bellonci, die eine Biographie über Lucrezia Borgia verfasste, und von der «Civiltà Cattolica», einer Zeitschrift der Jesuiten, auf schroffe Weise angegriffen und verächtlich gemacht. Gegen Peter De Roo und seine geduldige, bis heute unübertroffene Forschungsarbeit in den vatikanischen und anderen Archiven (*Material for a History of the Pope Alexander VI, his relatives and his time*, 5 Bde., Brügge 1924), wurde, wie wir sehen werden, eine klassische Totschweigekampagne inszeniert. Andrea Leonetti, ein weiterer Historiker des 19. Jahrhunderts, der auf Archivforschungen gestützte Beweise liefern konnte, um Lügen und Vorurteile zu widerlegen (*Papa Alessandro sesto secondo documenti e carteggi del suo tempo*, Bologna 1880), wurde ebenfalls zur Vergessenheit verdammt. Sogar das präzise und gewöhnlich stets gut unterrichtete Bautz-Lexikon (vgl. *Bautz Biographisch-bibliographisches Kirchenlexikon*, Bd. I [1990], Spalten 104–105, von Friedrich Wilhelm Bautz persönlich verfasst) versäumt es, in seiner Bibliographie das monumentale Werk (etwa 2600 Seiten) von De Roo zu erwähnen. Auch der jüngst erschienene, sehr sachverständige Aufsatz von A. Ilari («*Il liber notarum* di Giovanni Burcardo», in: *Roma di fronte all'Europa al tempo di Alessandro VI*, Akten des Kongresses, Rom 2001, S. 249 ff.) begnügt sich listig damit, die Existenz des Werkes von De Roo mit einer einzigen Zeile in einer Fußnote zu erwähnen und als Warnung mit der lakonischen Bemerkung zu versehen: «Von der Kritik nicht anerkannt.»

Burkards Fälschung

Die Geschichte um das berühmte Tagebuch des päpstlichen Zeremoniniars gehört zu den aufschlussreichsten Episoden dieses ungeheuren, tragischen Betrugs. Johannes Burkard, genannt Burcardo, war der wichtigste Ankläger der Borgia, und spätere Historiker berufen sich fast ausschließlich auf seine Aussagen. In seinem Tagebuch hat der Zeremonienmeister des Papstes das Fundament dafür gelegt, dass der schlechte Ruf Alexanders VI. und seiner Familie seit Jahrhunderten andauert, es ist die Quelle, die mehr als jede andere dazu beigetragen hat, die schwarze Legende um den Borgia-Papst zu schaffen und seine Verwandten mit Schmähungen zu überhäufen. Denn auf das Tagebuch von Burkard stützen sich mehr oder weniger stark alle Biographien der Familie und die Beschreibungen Roms zu seiner Zeit.

Aber ist das Tagebuch überhaupt echt? Ist es wirklich ein Werk Burkards, wenigstens zum Teil? So unglaublich es auch erscheinen mag, kein einziger der Historiker, die die Echtheit des Tagebuchs bis aufs äußerste verteidigen, hat je wahrnehmen wollen, dass der Text, der dem päpstlichen Zeremonienmeister zugeschrieben wird, munter bei den deftigen Erfindungen Boccaccias abschreibt. Die Erzählung vom Kaufmann, der von seinem Freund nackt in eine Truhe gesperrt wird, einschließlich des glücklichen Endes, das die beiden Freunde und ihre Frauen wieder versöhnt, ist wortwörtlich eine getreue Nachahmung der 24. Novelle aus dem *Decamerone.* Nur die Namen der Figuren sind geändert: Bei Boccaccio heißen sie Zeppa und Spinelloccio, bei Burkard werden sie zu Pietro und Giovanni. Henry Thuasne, der Herausgeber der ersten Ausgabe des Tagebuchs (*Burchardi Johannis Diarium,* Paris 1883–1885), verbannt diese beunruhigende Tatsache in eine knappe Fußnote. Nach ihm herrscht

Schweigen. Generationen von Akademikern, Professoren und Gelehrten haben das freche (und als Faktum unbequeme) Plagiat verschwiegen, was beweist, wie wenig man sich manchmal auf die sogenannten Experten verlassen kann.

Der Italiener Giovanni Soranzo (*Studi intorno a papa Alessandro VI*, Mailand 1950, S. 62 ff.) erinnert an die gefälschten Briefe, die den Papst geheimer Absprachen mit dem türkischen Sultan Bayazet bezichtigen und in Burkards Tagebuch wiedergegeben werden. Wie Salaì richtig bemerkt, wurden die Anweisungen des Papstes an den Gesandten, der den Kontakt zu Bayazet herstellen sollte, nach Aussagen der Verleumder (darunter auch Burkard) bei dem Notar Filippo de' Patriarchi in Florenz deponiert. Ein störendes Detail: Einen Notar mit diesem Namen hat es in Florenz nie gegeben … (Soranzo, S. 63, Anm. 1).

Nicht weniger erschreckend ist die Tatsache, dass es von Burkards Tagebuch, aus dem die Historiker jahrhundertelang vertrauensvoll geschöpft haben, kein zweifelsfrei identifiziertes Original gibt, außer 25 Seiten, die die letzten drei Jahre, 1503–1506, umfassen. Tatsächlich liegen von Burkards Tagebuch verschiedene Abschriften vor (auch weil es erst dreihundert Jahre nach seiner Entstehung gedruckt wurde), aber nur in einer von ihnen wurde mit ausreichender Sicherheit die echte Handschrift des Autors erkannt, und es handelt sich wohl nicht zufällig nur um den Teil, der die Jahre nach dem Tod Alexanders VI. umfasst. Genauer: Dieses originale Tagebuch ist ab dem 12. August 1503 überliefert, also dem Tag, an dem Alexander VI. von einem mysteriösen Leiden befallen wurde, das ihn in nur sechs Tagen ins Grab brachte. Welch ein seltsames Zusammentreffen.

Kurzum, was das Pontifikat und die Jahre betrifft, in denen Rodrigo Borgia Kardinal war, müssen wir uns mit angeblichen Kopien des Tagebuchs begnügen, die zudem nicht persönlich von Burkard verfasst wurden. Sind es getreue Kopien? Wer hat sie geschrieben?

Wie schon vor vielen Jahren eingehend und mit detaillierten Belegen gezeigt wurde (vgl. F. Wasner, *Eine unbekannte Handschrift des Diarium Burckardi*, in: Historisches Jahrbuch, 83 [1963], S. 300–331), entstanden die Texte der wichtigsten Handschriften Burkards (nämlich das Original von 1503 bis 1506 und die ältesten Kopien) nicht kontinuierlich und in einheitlicher Form. *Erst* wurden jene Berichte geschrieben, die sich auf die Routine des päpstlichen Zeremoniale bezogen (Empfänge bedeutender Persönlichkeiten, liturgische Aktivitäten, Beförderung von Kardinälen, Feste, päpstliche Audienzen usw.); und *danach* wurden die «skandalösen» Nachrichten eingefügt, nämlich die Einzelheiten über die angeblichen Exzesse Papst Alexanders VI. und seiner Angehörigen. Wasner zeigt außerdem an (S. 331), dass aus dem lateinischen Vatikan-Kodex 5633 in der Vatikanischen Bibliothek in Rom, einer Sammlung unterschiedlicher Handschriften des päpstlichen Zeremoniars, mehrere Seiten entnommen wurden. Demnach handelt es sich nicht um ein richtiges Tagebuch, sondern um eine Art Kanevas, in den *zu einem bestimmten Zeitpunkt und aus nicht offengelegten Gründen* ganze Seiten herausgenommen und zahlreiche «pikante» Details kunstvoll eingeflochten wurden. Von einer langweiligen Beschreibung päpstlicher Zeremonien gelangt man zu einer erschütternden Reihe von Enthüllungen über die Hintergründe der Familie Borgia, über das sündige, korrupte Rom und das Papsttum, das einer kräftigen Säuberung bedarf.

Im Übrigen ist es höchst unwahrscheinlich, dass Burkard ein Tagebuch geführt hat, das ihn sofort den Kopf gekostet hätte, wenn es von Valentino oder anderen entdeckt worden wäre. So aber passt jeder Mosaikstein des Rätsels an seinen Platz: Die «skandalösen» Inhalte wurden dem Manuskript erst zu einem späteren Zeitpunkt eingeimpft, vielleicht nach dem Tod Alexanders VI., als ohnehin unzählige gefälschte Dokumente hergestellt wurden, die sich auf sein Pontifikat bezogen (wie Ferrara, De Roo und andere behaupten), vielleicht auch schon vorher (wie Wasner meint, vgl. S. 330), aber auf jeden Fall *a posteriori*.

Wasner fragt sich natürlich, warum das alles geschah und vor allem für wen. Es gibt die Hypothese einer Rache (Wasner, S. 328): Burkard hatte den Ehrgeiz, Bischof zu werden, wie sein Vorgänger Agostino Patrizi, was Alexander VI. ihm jedoch verweigerte. Tatsächlich schwelte zwischen dem Papst und seinem Zeremonienmeister ein heimlicher Krieg: Wie Salaì erzählt, bat Alexander VI. die deutsche Bruderschaft der Anima um Hilfe bei der Verteidigung der Stadt gegen das anmarschierende französische Heer, doch er erhielt eine klare Absage. Die überraschende Entscheidung, von der Spitze der Bruderschaft (zu der auch Angelo/Toefl gehörte, der Besitzer des Wirtshauses della Campana) gemeinsam gefällt, wurde dem Papst von Burkard persönlich mitgeteilt, der viele Jahre lang an der Spitze der Bruderschaft stand und höchstwahrscheinlich eine entscheidende Rolle bei der Weigerung gespielt hatte.

Unser Salaì geht jedoch noch einen Schritt weiter und betrachtet die Sache aus einer umfassenderen Perspektive: Während Tacitus' *Germania* die Herzen der Deutschen entflammte und sie mit Hilfe der elsässischen Sirenengesänge von Wimpfeling und seinen Genossen davon überzeugte, dass sie edler Abstammung waren und das Recht auf eine triumphale Wiedergutmachung hatten, musste gleichzeitig an der anderen Front deutlich werden, in welch unflätigen Morast Rom die ganze Christenheit hineinzog. Burkards Tagebuch enthielt die passenden Argumente, und sie sollten jahrhundertelang von der antikatholischen Propaganda benutzt und immer wieder «aufgewärmt» werden.

Manch einem könnte es willkürlich erscheinen, die elsässischen Humanisten mit Burkard und seinem Tagebuch und obendrein die Bankiersfamilie Fugger, die nicht aus Straßburg, sondern aus Augsburg stammte, in einer gemeinsamen Intrige zu verbinden, wie Salaì es tut. Nun, es gibt Verbindungen: In der zweiten Hälfte es 16. Jahrhunderts erhielt ein italienischer Humanist, Onofrio Panvinio (1530–1568), den Auftrag, Burkards Tagebuch zu kopieren. Da die älteren Kopien so lückenhaft sind und das einzige überlieferte Original nur wenige Seiten umfasst (wie gesagt, 25 Seiten, die Jahre 1503 bis 1506), wurde das Exemplar von Panvinio dann zu dem kanonischen Text, auf den die Historiker sich stützen müssen, um das Werk des päpstlichen Zeremoniars zu beurteilen (Ilari, op. cit., S. 264). Gab es nachträgliche Einfügungen, Veränderungen, Zusätze? Wir werden es nie erfahren. Panvinio erklärt seltsamerweise nicht, was er kopiert hat, nicht einmal, ob es ein Original oder bereits eine Kopie war.

Wer beauftragte Onofrio Panvinio mit dieser Abschrift? Johann Jakob Fugger (1459–1525), ein Mitglied der Bankiersfamilie, die sich schon 1479 nach Rom begab, um ihre finanziellen Beziehungen mit dem Papsttum zu festigen. Diese Beziehungen wurden nach dem Tod Alexanders V. besonders intensiv und erreichten ihren Höhepunkt 1508, unter dem Pontifikat Julius' II., als die Fugger die Münzen des Papststaates prägen durften. Wozu brauchten die Fugger Burkards Tagebuch? Man weiß es nicht.

Fast alle Historiker haben es nicht so genau genommen. Jahrhundertelang haben sie das Plagiat des päpstlichen Zeremonienmeisters nicht nur verschwiegen oder ignoriert, sie haben auch nie aufgehört, die Öffentlichkeit in dem Glauben zu wiegen, es gebe nicht den geringsten Zweifel an der Urheberschaft (also der Echtheit) des gesamten Berichts des Zeremonienmeisters. Abgesehen von der bereits erwähnten fragwürdigen Authentizität des Textes, gibt sogar Burkard selbst (oder wer an seiner Stelle schreibt) zu, Ereignisse mehrmals nur nach bloßem Hörensagen berichtet zu haben. Darüber hinaus hat er die zeitlichen Lücken mit Hilfe eines anderen, ebenso zweifelhaften Tagebuchs gestopft, das nur wenig älter ist und von Stefano Infessura stammt (siehe weiter unten das entsprechende Kapitel), oder im Nachhinein lang vergangene Ereignisse in das Tagebuch eingefügt, sie jedoch an falscher Stelle platziert und so eklatante Anachronismen geschaffen (vgl. De Roo, Bd. 5, S. 309f.).

Mehr noch. Die Übeltaten Burkards, von denen Salaì erfährt, sind alle wahr: Seine Vergangenheit als Fälscher und Händler mit gefälschten Dokumenten, Dieb und skrupelloser Emporkömling, der sogar in seiner Heimatstadt Straßburg verachtet wurde, ist bei mehr als einem Historiker ausführlich dokumentiert (vgl. J. Lesellier, *Les méfaits du cérémoniaire Jean Burckard*, in: Mélanges d'archéologie et d'histoire, 44 [1927], S. 11–34; L. Oliger, *Der päpstliche Zeremonienmeister Johannes Burckard von Straßburg*, in: Archiv für elsässische Kirchengeschichte, 9 [1934], S. 199–232). Überdies darf man nicht vergessen, dass der Zeremonienmeister schwerwiegende geistige Diebstähle bei seinen Vorgängern beging, indem er ihre Schriften über das Zeremoniale plünderte, um dann sich selbst die Urheberschaft und das Verdienst zuzuschreiben (Lesellier, S. 24–30). Später verschwanden diese Schriften auf geheimnisvolle Weise: Burkard brach mit der Tradition, indem er sie nicht an seinen Nachfolger Paride Grassi weiterreichte. Auch von seiner schleichenden Kleptomanie hat der Straßburger Zeremonienmeister sich nie befreit. Wie Grassi berichtet (Lesellier, S. 18f.), konnte Burkard am 18. April 1506, noch wenige Monate vor seinem Tod, der kindlichen Versuchung nicht widerstehen, sich heimlich eine Münze anzueignen, die der neue Papst Julius II. während des feierlichen Ritus der Eröffnung des neuen Chors von San Pietro in eine Schale gelegt hatte. Später versuchte er, die Tat zu vertuschen, indem er in seinem Tagebuch behauptete, er habe die Münze als Geschenk erhalten (*Diarium*, hg. v. Thuasne, Bd. III, S. 423). Der Zeremonienmeister, der während einer Zeremonie stiehlt und im Tagebuch des Zeremoniale lügt. Es wundert nicht, dass Burkard von einigen wenigen Forschern, die gegen den Strom schwimmen, eine «Persönlichkeitsspaltung» (Soranzo, S. 51) und ein «pathologisch krimineller Zug» (Wasner, S. 329) diagnostiziert wurde.

Und dennoch sind seit fünf Jahrhunderten weltweit fast alle Historiker entschlossen, diesem Mann und seinen (angeblichen) Schriften zu glauben.

Das Tagebuch von Infessura und andere Fälschungen

Ein anderer, in der Forschungsliteratur ausgiebig zitierter Text ist das Tagebuch von Stefano Infessura, Skribent beim Senat von Rom in der zweiten Hälfte des 15. Jahrhunderts. Aus seiner Feder stammen zahllose Verleumdungen des Borgia-Papstes, die in Biographien, Lehrbücher und Enzyklopädien aufgenommen wurden, um dann in Fernsehserien, Novellen und Romanen und sogar in Hollywoodfilmen weiterzuleben.

Auch in diesem Fall gibt es keinen Originaltext, auf den man sich beziehen könnte (aber dieser Umstand wird von den Historikern im Allgemeinen verschwiegen, wenn sie sich nicht an ein Fachpublikum wenden). Von Infessuras Tagebuch sind zahlreiche Kopien im Umlauf, und sie unterscheiden sich so stark, die

Editionslage ist so chaotisch, dass sogar die Ausgaben aus neuerer Zeit den Text halb auf Latein, halb auf Italienisch abdrucken. Ausführlich wurde nachgewiesen, dass der Text unendlich viele Interpolationen, Zusätze und Streichungen enthält, darum wäre es unmöglich, all die Hände zu zählen, die teilweise sehr weitgehende Veränderungen vornahmen, und noch schwieriger wäre es, die Urheber dieser «Korrekturen» ausfindig zu machen. Die mangelnde Glaubwürdigkeit des römischen Schreibers und des Textes, der seinen Namen trägt, ist von mehreren Seiten festgestellt worden (Pastor, der Autor der berühmten *Storia dei Papi*; außerdem Schröck, Brück, die Zeitschrift *Civiltà Cattolica* und andere, vgl. De Roo, Bd. V, S. 320f.). Trotzdem benutzen (manchmal auch ohne dies anzugeben) Historiker und populärwissenschaftliche Autoren das Tagebuch Infessuras weiterhin seelenruhig als Quelle schlüpfriger Anekdoten über die Papstherrschaft Rodrigo Borgias.

Der Fall De Roo

In Wahrheit mangelt es nicht an Versuchen, die Geschichte der Familie Borgia seriös und objektiv zu untersuchen, doch sie sind von der offiziellen Kritik alle gewaltsam unterdrückt worden. In den zwanziger Jahren des letzten Jahrhunderts veröffentlichte der belgische Priester Peter De Roo ein monumentales Werk über Alexander VI., seine Familie und seine Zeit (Literaturangabe siehe oben). Es ist das umfassendste Werk, das je über den Borgia-Papst geschrieben wurde, gestützt auf eine beeindruckende Dokumentation der Quellen, die in Dutzenden Archiven in Italien und im Ausland zusammengetragen wurde und zu der Hunderte konsultierter Bücher hinzukommen. Mit seiner äußerst detailreichen Rekonstruktion gelingt es De Roo, die rufschädigenden Gemeinplätze in der Biographie Alexanders VI. und seiner Verwandten Punkt für Punkt zu widerlegen. Er zeigt, dass es keinen Beweis dafür gibt, dass Cesare und Lucrezia Borgia leibliche Kinder des Papstes waren und er eine Geliebte namens Vannozza Cattanei hatte. Die damaligen Botschafter, sogar die Gesandten feindlicher Potentaten, sprechen in ihren geheimen Sendschreiben an ihre Herrscher von Cesare und Lucrezia immer nur als Neffen des Papstes, niemals als seine Kinder. Aus De Roos gründlichen Recherchen geht hervor, dass die Eltern von Cesare und Lucrezia eine Vannozza Cattanei und Guglielmo Raimondo Lançol de Borgia, ein Neffe des Papstes, waren. In Rom gab es mindestens noch eine andere Frau mit Namen Vannozza Borgia (De Roo, Bd. I, S. 146; nach Ferrara, S. 128, konnten es auch drei oder sogar vier gewesen sein), die mit dem Papst nichts zu tun hatte, wie Salaì erzählt. De Roo weist darauf hin, dass es zu dem Zeitpunkt, als Alexander VI. mit sechzig Jahren zum Papst gewählt wurde, kein einziges bis heute erhaltenes Dokument gab, das von seinen Beziehungen zu Vannozza spricht. Feinde hatte er damals schon viele, und sie bezeichnen ihn als hochmütig, heuchlerisch und gerissen, aber sie dichten ihm keine Geliebte und keine Kinder an. Als der Botschafter von Florenz seiner Stadt über den Fortgang des Konklave berichtet, erklärt er, dass Kardinal Ardicino della Porta nicht gewählt werden kann, weil er einen Sohn hat, aber sein Bericht enthält nicht die geringste Anspielung auf vermeintliche und wirkliche Kinder des Kardinals Borgia, der dann gewählt wird.

De Roo beweist außerdem, dass das Konklave, aus dem Alexander VI. als Papst hervorging, alles andere als simonistisch war, im Gegenteil, er wurde einstimmig gewählt, wie alle Botschafter der italienischen Staaten (Florenz, Ferrara, Lucca, Genua, Mantua, Mailand usw.) ihren Herren berichten. Überdies erwartete der Borgia nicht einmal, dass er gewählt werden würde, darum beschlossen die beiden anderen spanischen Kardinäle, von denen einer sein Cousin war, gar nicht erst, am Konklave teilzunehmen. Das Märchen vom simonischen Konklave tauchte erst später auf, wurde mit Hilfe gefälschter Papiere in alle Himmelsrichtungen hinausposaunt (einige davon grobe, fehlerhafte Fälschungen, zum Beispiel ein angeblicher Brief von Pietro Martire A'Anghiera vom 19. Juli 1492, der berichtet, dass der Borgia Papst wurde, weil er seine Wahl bezahlt hatte. Aber die Papstwahl fand am 11. August statt ...) und von den modernen Geschichtsschreibern akzeptiert, die es vorziehen, nicht allzu gründlich forschen zu müssen. Der Vorwurf des Ämterkaufs wird auch dadurch entkräftet, dass der Borgia-Papst am Morgen nach der Wahl eine Fülle von Benefizien austeilte, aber weniger an seine Freunde, nein, vor allem an seine Feinde: Er wollte die Kirche reformieren, und dafür brauchte er größten Zusammenhalt und Harmonie im Kardinalskollegium.

Tatsächlich trifft der Vorwurf der Simonie auch im Fall Ascanio Sforza nicht zu. Der Papst belohnte Sforza nicht mit dem Palazzo della Cancelleria für seine Stimme bei der Wahl. Es ist belegt, dass Rodrigo Borgia, als er Vizekanzler war, den Palazzo auf eigene Kosten erbauen ließ, da es in Rom kein Kanzleigebäude gab, und dass er ihn nach seiner Wahl zum Papst dem neuen Vizekanzler Ascanio Sforza überließ. Nach dessen Amtszeit blieb der Palazzo nicht im Besitz der Sforza, sondern beherbergte die nachfolgenden Vizekanzler, nämlich zwei Kardinäle Della Rovere und den Kardinal Giulio de Medici. 1521 beschloss der damalige Papst Leo X. den Palazzo von Kardinal Riario als neue Kanzlei zu benutzen. Der Palazzo Borgia wurde von da an «Palazzo della Cancelleria vecchia» genannt und erst 1535 von

Papst Paul III. einem Zweig der Sforza geschenkt, den Sforza Cesarini, nach denen der Palazzo heute benannt ist. Diese Schenkung, die jedoch dreißig Jahre nach Alexanders Tod erfolgte, haben sich die historischen Verleumder Alexanders VI. für ihre diskreditierende Unterstellung zunutze gemacht, der Palazzo sei ein Wahlgeschenk des Papstes für Kardinal Sforza gewesen (vgl. De Roo, Bd. II, 11. Kap., S. 356).

Die Stärke von De Roos Buch liegt in der systematischen Untersuchung sämtlicher Details aus dem Leben von Rodrigo Borgia, von der Wiege bis an die Schwelle zur Papstherrschaft und darüber hinaus bis zu seinem unerwarteten, mysteriösen Tod. Gestützt auf Hunderte gedruckter und handschriftlicher Quellen wird jener Mythos gründlich entzaubert, nach dem der Papst seine politischen Gegner regelmäßig vergiftet haben soll (wenn es Kardinäle waren, um sich ihrer Reichtümer zu bemächtigen), eine unglaubliche Anzahl Konkubinen hatte, darunter auch Prostituierte, und eine große Schar unehelicher Kinder zeugte. Lucrezia soll Alexander VI. sogar einen Sohn und Enkel geboren haben. Außerdem wird Rodrigo Borgia böswillig unterstellt, er habe geheime Absprachen mit den Türken getroffen, sich den Papstthron durch Bestechung der Kardinäle gekauft, er sei als Politiker treulos und verlogen gewesen und habe seine eigenen Verbündeten verraten, indem er die Franzosen unter Karl VIII. aufforderte, Italien zu erobern. Er soll sich weltlichen Vergnügungen wie Tänzen, Bällen und Orgien hingegeben haben, und in diesen Zusammenhang gehört die lächerlich unglaubwürdige Geschichte, nach der er Dutzende von Prostituierten in den vatikanischen Palast holte, die seine Festgäste unterhalten sollten, indem sie nicht nur großzügig ihre Körper zur Verfügung stellten, sondern auch einen Wettkampf veranstalteten, bei dem es darum ging, auf dem Boden verstreute Kastanien mit der Vagina einzusammeln; all das unter dem herzlichen Gelächter des Papstes. Weiterhin soll er seinem Sohn Cesare, der des Mordes an seinem Bruder Juan angeklagt wurde (noch eine Verleumdung, die nie bewiesen wurde), einen Ablass gewährt haben. Zuletzt soll Alexander VI. während eines Banketts vergiftet worden sein, bei dem die vergiftete Speise, die er und Cesare ihren mit am Tisch sitzenden Feinden zugedacht hatten, irrtümlich dem Papst selbst und dem Valentino serviert wurde (der nach langer Krankheit wie durch ein Wunder genas).

Zu Recht weist De Roo darauf hin, dass alle Anschuldigungen der Unsittlichkeit sich auf die Zeit beziehen, in der Rodrigo Borgia bereits Papst war. In den sechsunddreißig Jahren seiner Tätigkeit als Kardinal Vizekanzler (das zweithöchste Amt nach dem Papst) gibt es unglaublicherweise niemanden – auch unter seinen Feinden nicht –, der von Geliebten und unehelichen Kindern des zukünftigen Papstes Alexander VI. berichtet. Sogar ein gefälschter Brief Papst Pius' II., der nur dazu dient, den Borgia zu diffamieren (vgl. weiter unten im Kapitel «Die Methoden Pastors»), wagt nicht, so weit zu gehen.

Wie die Botschafter der italienischen Fürstentümer und Raffaele Maffei da Volterra (1451–1522) in seinem *Commentariorum Urbanorum* berichten, wurde an Rodrigos Tafel sogar nur ein Gang serviert, sodass Cesare Borgia und die andren Kardinäle nicht gern zum Essen bei ihm blieben, weil sie nicht hungrig vom Tisch aufstehen wollten. Die fünf Päpste, unter denen er als Vizekanzler tätig war, suchten seinen Rat, vertrauten ihm die wichtigsten Missionen an, beauftragten ihn, in ihrem Namen mit den Mächtigen der Erde zu verhandeln, und ließen sich auf all ihren Reisen von ihm begleiten. So zum Beispiel Pius II., als er zu einem Kreuzzug aufbrach. Diese Episode ist besonders aufschlussreich für die Böswilligkeit, mit der die

Geschichtsschreibung das Leben Rodrigo Borgias geschildert hat. Pius II. war im Begriff, sich in Ancona einzuschiffen, um die Türken in Konstantinopel zu bekämpfen, als eine Pestepidemie ausbrach. Die Stadt quoll über von den Kreuzrittern des Papstes, ihre Zahl übertraf die der Einwohner um das Zwanzigfache. Sogar der Papst war in einem winzigen Häuschen einquartiert worden, und die Kardinäle mussten sich damit abfinden, dicht gedrängt zu mehreren in wenigen Zimmern zu schlafen. Viele erkrankten an der Pest, auch der Papst, der leider daran starb, und Rodrigo Borgia, der über Schmerzen in den Drüsen klagte und dessen Gesundheitszustand sich zusehends verschlechterte. Der Arzt glaubte ihn nicht mehr heilen zu können, weil Rodrigo «nicht allein geschlafen hatte» *(«non solus in lecto dormiverat»)*, und wegen des fortwährenden Kontakts mit den anderen erkrankten Kardinälen schien es unmöglich, der Ansteckungsgefahr zu entgehen. In der blühenden Anekdotendichtung um den Borgia ist die Bemerkung des Arztes sofort als schlüpfrige Anspielung auf ein erotisches Abenteuer des Vizekanzlers verstanden worden, und die Pest verwandelte sich bald schon in Syphilis, obwohl die Symptome dieser Krankheit sich bei dem zukünftigen Papst niemals zeigten.

Es sind viele Dokumente überliefert, in denen die fünf Päpste, denen er diente, den Kardinal Vizekanzler loben. Hier einige Beispiele:

– «Rodrigo Borgia leitet gegenwärtig die Kanzlei; gewiss, er ist jung an Jahren [er war mit fünfundzwanzig ernannt worden], aber was seine Vernunft betrifft, so ist er alt» (das Urteil von Pius II., dem berühmten Enea Silvio Piccolomini, wird wiedergegeben bei: Leonetti, *Papa Alessandro VI.*, Bd. I, S. 166);

– Papst Sixtus IV. lobte seine «gewohnte Vorsicht, Rechtschaffenheit und Diensteifrigkeit und seine **strenge Sittlichkeit**» (Dokument seiner Bevollmächtigung, unterzeichnet von Sixtus IV. am 7. August 1477). Außerdem lobte er Rodrigo Borgias «beständige und ausgezeichnete und eifrige Tugend und überaus sorgfältige Genauigkeit» (*«Multis annis eximia virtutis solertissima et exactissima diligentia»*, Bulle vom 13. Juni 1482, Archivio Segreto Vaticano, *Sixtus IV*, Bd. LXXV, Regest 620, fol. 145). Wenn die Sittenstrenge wirklich ein schwacher Punkt des Borgia gewesen wäre, hätte der Papst wahrscheinlich vermieden, ihn ausdrücklich dafür zu loben …

– Innozenz VIII. schließlich, sein letzter päpstlicher Dienstherr vor seiner eigenen Wahl auf den Heiligen Stuhl, gibt in einer Bulle vom April 1486 unerwartet den protokollarischen Ton auf und dankt dem Vizekanzler Borgia in einer langen, informellen, lebhaften Lobrede für die dreißig Jahre seines Wirkens unter ihm und seinen päpstlichen Vorgängern: «*In dieser Zeit hast du uns geholfen, die Pflichten der Kirche zu tragen, und hast unter der fortwährenden Arbeit den Rücken gebeugt, mit einer Sorgfalt, die jeder Mühe standhielt, unterstützt von deiner außergewöhnlichen Vorsicht, deinem Scharfblick, deinem reifen Urteil, deiner Aufrichtigkeit im rechten Glauben, deiner langen Erfahrung und all den anderen Tugenden, die man dir zuerkennt. Bis zum heutigen Tag hast du kein einziges Mal versäumt, uns nützlich zu sein*» (Arch. Segr. Vaticano, *Innocentius VIII*, Reg. 682, fol. 251. Im 2. Band seines Werks, S. 455 f., gibt De Roo den Text dieser Bulle vollständig wieder). Solche Worte finden sich äußerst selten in den offiziellen Dokumenten der Kirchengeschichte. Zu jener Zeit war Rodrigo vierundfünfzig Jahre alt: Und nur sechs Jahre später sollte er sich in das Ungeheuer verwandeln, das man uns weismachen will?

War ganz Rom womöglich blind? Oder war es die unvorhergesehene Ankunft des spanischen Kardinals auf dem Papstthron, die zu solchen Klatschgeschichten anregte?

Eine einzige der Anklagen gegen Papst Borgia wird von De Roo bestätigt: der Nepotismus, da der Papst seinen Neffen Cesare tatsächlich begünstigte, was im Übrigen alle Päpste vor und nach Alexander VI. taten. Alle anderen Anschuldigungen dagegen werden von dem belgischen Historiker genau analysiert und eine nach der anderen widerlegt, wodurch auch die unglaubliche Reihe gefälschter Dokumente ans Licht kommt, auf die sie sich stützen.

Eines von vielen Beispielen ist die gefälschte Bulle, die Salaì dem Alten im Keller zeigt und in der Cesare Borgia als «romanus» bezeichnet wird. Sie existiert wirklich: Die grobe Fälschung ist von De Roo entdeckt und nachgewiesen worden (Bd. I, S. 477 ff.). Dennoch haben die bekanntesten unter den früheren und späteren Autoren (Pastor, Oliver, De l'Epinois) – unglaublich, aber wahr – sämtlich ein Auge zugedrückt. Die Bulle stammt aus dem bekannten spanischen Archiv des Herzogs von Osuna, einer wahren Fundgrube an Dokumenten, die, alle zum Zweck der Diskreditierung Alexanders VI. fabriziert, von mehreren Seiten bereits als Fälschungen erkannt wurden.

Diese Tatsache muss zu denken geben. Es gibt Dutzende Fälschungen, die keinen anderen Zweck hatten, als dem Ruf des Borgia-Papstes zu schaden. Dabei handelte es sich nicht um das Werk eines vereinzelten Irren, sondern mehrerer Fälscher, die wahrscheinlich ein gemeinsames Ziel verband. Doch wer wendet Zeit und Mühen auf, um mit Maßnahmen, die große Geschicklichkeit erfordern, das Andenken eines Papstes zu schmähen, der schon zu seiner Zeit von allen als frevelhaft und unmoralisch angesehen wird? Wer fabriziert Fälschungen, um den bereits besudelten Ruf eines Mafiabosses, eines Terroristen, eines bekanntermaßen korrupten Politikers in den Schmutz zu ziehen? Echte Dokumente und die Historiker sorgen schon dafür, ihnen den gebührenden Platz im kollektiven Gedächtnis zuzuweisen, da braucht es keine Fälschungen. Nur gegen ehrliche Menschen werden Verleumdungskampagnen konstruiert, nicht gegen Übeltäter.

Es gibt eine weitere unvermeidliche Frage: Warum haben auch die Historiker, die den Borgia-Papst gegen die zahlreichen, offensichtlich unbegründeten Bezichtigungen in Schutz nehmen wollten, die von De Roo angeführten Argumente und Beweise in ihren Arbeiten nicht zitiert? Sogar Soranzo oder Susanne Schüller Piroli (*Borgia. Die Zerstörung einer Legende. Die Geschichte einer Dynastie,* Olten, 1963; *Die Borgia-Päpste Kallixt III. und Alexander VI.*, Wien 1979), die beide gegen die Verteufelung der Borgia ins Feld gezogen sind, zitieren die entscheidende Arbeit ihres belgischen Vorgängers an keiner Stelle.

Der Grund ist einfach: Die akademische Forschung und Lehre beruht vor allem auf Diskussionen und Wortgefechten. Je hitziger die Debatte wird, desto mehr Veröffentlichung gibt es; wenn die entsprechende Fakultät zunehmend Vorlesungsskripte und Publikationen (und vielleicht sogar Doktoranden) hervorbringt, steigen auch die öffentlichen oder privaten Zuschüsse, die die Macht (oder den Narzißmus) der Professoren nähren, die sie verwalten. Darum schreckt die akademische Forschung besonders in den geisteswissenschaftlichen Fächern vor endgültigen Lösungen zurück, die dem Geschwätz den Boden entziehen. Diese Neigung wird übrigens von anderen Intellektuellen geteilt. Wie der bekannte Chefredakteur verschiedener italienischer Zeitungen Claudio Rinaldi schrieb: «Der Journalismus ist ein Beruf, der vor allem aus Geschwätz besteht.» Es gibt also Berufsgruppen, die, recht besehen, unanfechtbar belegte Tatsachen, unangreifbare Thesen, bei denen man entweder schweigen oder mit derselben Akribie reagieren muss, nicht ertragen können. Weil jeder im Rampenlicht stehen möchte, darf die Diskussion nie enden. *The show must go on.* Darum ist es besser, den Papst halbherzig zu verteidigen und eine Flanke ungeschützt zu lassen, damit ein neuer Einwand der Gegner den Streit wieder aufleben lässt. So haben sich Soranzo und seine Kollegen, darunter auch jene, die entschlossen sind, Rodrigo Borgia zu verteidigen, ihre Plätze ergattert, indem sie sorgfältig vermeiden, die definitiven Beweise von De Roo zu zitieren (mithin zu diskutieren). Denn auf diese Weise beleben sie weiterhin die Bühne des akademischen Geschwätzes und bauen munter an immer neuen Kulissen.

Nach dem Erscheinen von De Roos Werk, durch das die Geschichtsschreibung unwiderruflich eines ihrer Lieblingsopfer verlor, hat sie sich nicht im Geringsten bemüht, die Argumente des belgischen Priesters zu untersuchen – sie hat ganz einfach so getan, als existierten sie nicht. Es erschien ihr zu aufwendig und vielleicht unmöglich, die minutiöse Analyse, in die der belgische Priester jahrzehntelang viel Arbeit gesteckt hatte, Punkt für Punkt zu widerlegen. In Fällen wie diesem, das heißt, wenn es eine Idee, ein Ereignis oder eine Person gibt, die bekämpft werden müssen, setzt der offizielle Wissenschaftsbetrieb gegen die Rebellen die einzige Waffe ein, die ihn nichts kostet und die, vorausgesetzt alle machen mit, sehr wirkungsvoll ist: das Totschweigen. So wird De Roos Arbeit in den Veröffentlichungen über die Borgia auch heute noch kaum zitiert, oder man beschränkt sich darauf, das monumentale, fünfbändige Werk in drei Zeilen abzuhandeln, weil es «ihm an kritischem Geist mangelt» (so Maria Bellonci in ihrer berühmten Biographie über Lucrezia Borgia). Nur in einer Fachzeitschrift (*The American Historical Review*, Bd. 31, Nr. 1 – Oktober 1925, S. 117–120) erschien eine Rezension, oder besser gesagt ein radikaler Verriss mit der Anklage der Parteilichkeit, der jedoch sorgfältig vermied, sich auf die Argumente De Roos einzulassen. Wie hätte er das auch bewerkstelligen können? Die Rezension umfasst gerade mal drei Seiten.

Das ist noch nicht alles. Das überaus nützliche, noch immer unübertroffene Werk von De Roo ist im Lauf der Zeit völlig vom Markt verschwunden. Auf der ganzen Welt gibt es nur noch sehr wenige Exemplare, die heute nur dank des Internets auffindbar sind, was bedeutet, dass sie vor den Möglichkeiten des Netzes praktisch für niemanden zugänglich waren. Zudem ist kein einziges Exemplar auf dem Markt für antiquarische Bücher erhältlich. Von den wenigen existierenden Exemplaren befinden sich fünf Stück in Ohio (in verschiedenen Universitäten); aber weder die am besten ausgestattete Bibliothek der Welt, die Library of Congress in Washington, besitzt ein Exemplar (obwohl das Werk gleichzeitig in Belgien und in den USA auf Englisch veröffentlicht wurde), noch die nahezu allwissende Pariser Nationalbibliothek. Zwei weitere Exemplare werden in Belgien aufbewahrt, drei in England, zwei in Kanada, eins in Spanien, zwei in Deutschland und zwei in Rom (in der Vatikanischen Bibliothek und in der Päpstlichen Universität Gregoriana). Siebzehn Exemplare in der ganzen Welt, als handelte es sich um eine äußerst seltene Inkunabel aus dem 14. Jahrhundert. Dagegen genügt es, auf der Webseite www.ubka.uni-karlsruhe.de/kvk.html (der besten Datenbank für die Suche nach Büchern in Bibliotheken oder Antiquariaten) nach einem beliebigen anderen Buch aus dem 20. Jahrhundert zu suchen, um herauszufinden, dass man Dutzende, wenn nicht Hunderte Exemplare davon finden kann, viele auch im Handel, vor allem dann, wenn das Buch, wie im Fall De Roo, in der meistverbreiteten Sprache der westlichen Welt, in Englisch, geschrieben wurde. Nur zum Vergleich: Von der *Lucrezia Borgia* von Ferdinand Gregorovius, einem scharfen Kritiker der Borgia, gibt es auf der ganzen Welt – zählt man die zum Verkauf stehenden, gebrauchten Exemplare und den Bestand in den Bibliotheken zusammen – 415 Exemplare. Wahrlich ein unfairer Wettkampf, der zwischen De Roo und seinen Gegnern, denn es gibt Dutzende, wenn nicht Hunderte Veröffentlichungen gegen die Borgia, während sich die ihrer Verteidiger an den Fingern einer Hand abzählen lassen.

Die Lektüre der Monographie von Peter De Roo verblüfft und erschreckt gleichzeitig: Jahrhundertelang hat kein Historiker die Dokumente untersucht, die die Borgia betreffen, die Quellen korrekt wiedergegeben, die Tatsachen mit kritischem und unparteiischem Blick ins Auge gefasst. Von Anfang an ging es darum, ein Ungeheuer zu erschaffen (aus der ganzen Familie Borgia) und ein Urteil letzter Instanz zu fällen. Tatsächlich haben Pastor, Picotti und viele andere Forscher gewarnt, niemand solle sich erdreisten, die Fama vom üblen Ruf Alexanders VI. anzutasten. Sie ist ein Dogma und darf nicht in Frage gestellt werden. Jedes Werk, das es wagte, diese offizielle Version in Zweifel zu ziehen, wurde grob verrissen, ignoriert, sogar verheimlicht – ein Vorgehen im Geist intellektuellen Faschismus, zu dessen objektivem Komplizen sich noch heute jeder Historiker der Borgia macht, wenn er eilfertig von den «autorisierten» Werken abschreibt.

Die Verfasser dieser Zeilen haben sich gefragt: Was kann man tun, um der Komödie der Lüge, die seit fünfhundert Jahren gespielt wird, ein Ende zu setzen? Wir haben, wie man sagt, den Stier bei den Hörnern gepackt: Wir haben das gesamte Werk De Roos, das, wie gesagt, auf Englisch verfasst ist, scannen und ins Internet stellen lassen. Auf der Webseite www.attomelani.net/english/deroo kann jeder es einsehen und dort die Antworten auf alle Fragen finden, die ihm zum Borgia-Papst kommen. Und er kann, wie wir, schmerzlich überrascht den Triumph der Lüge über die Wahrheit entdecken.

Die gefälschte Korrespondenz mit Giulia Farnese

Damit wird es überflüssig, jede einzelne der Fälschungen zu untersuchen, die zum Schaden Alexanders VI. fabriziert und später entlarvt wurden. Es genügt, De Roo im Internet zu konsultieren. Etwas wird der Leser dort jedoch nicht finden, denn es hat sich erst nach dem Tod des Autors ereignet.

De Roo starb nämlich kurz nach der Veröffentlichung (1924) seines Werks über den Borgia-Papst. Schon bald darauf tauchten, welch ein Zufall, neue überraschende Papiere auf, die den Papst mit weiteren Diffamierungen schmähten. Sie kamen aus dem Archiv der Engelsburg, der alten Festung unweit von San Pietro, das in neuerer Zeit in das Archiv des Vatikans überführt wurde. Von hier stammt zum Beispiel eine falsche Bulle, von der Salaì spricht (De Roo, Bd. I, S. 501 ff.).

Gefunden und veröffentlicht wurden diese neuen Papiere, die großes Aufsehen erregten – auch weil sie den fieberhaften Recherchen Dutzender Forscher in den vergangenen Jahrhunderten unerklärerlicherweise entgangen waren – von dem berühmten Historiker von Pastor (dem Autor der monumentalen *Geschichte der Päpste seit dem Ausgang des Mittelalters (1305–1799)* in 22 Bänden, Freiburg/Brsg. 1886–1933, einem Werk, auf das sich die Forschung noch heute oft beruft). Es handelt sich um private Briefe des Papstes, aus denen hervorgeht, dass Rodrigo Borgia die schöne Giulia Farnese angeblich zunächst mit einem Orsini verheiratete und dann (mittlerweile über sechzig Jahre alt!) versucht haben soll, die beiden Eheleute auseinanderzubringen, um sich selbst an den Gunstbeweisen der Achtzehnjährigen zu erfreuen, überdies auch seine angeheiratete Nichte, weil ihr Gatte der Sohn von Rodrigo Borgias Cousine Adriana del Milà war. All das, daran muss erinnert werden, soll der Papst unternommen haben, nachdem er ein ganzes Leben damit verbracht hatte, seine Pflichten in Spitzenpositionen der kirchlichen Hierarchie rechtschaffen zu erfüllen und in einer stürmischen Epoche das Papsttum in ganz Europa auf den wichtigsten diplomatischen Missionen zu repräsentieren.

In den Briefen, die Pastor überraschend zutage förderte (sie sind im Anhang von Band III seiner *Geschichte der Päpste* veröffentlicht), lässt sich der angebliche Verfasser, Alexander VI. persönlich, zu naiven Äußerungen der Wut und Eifersucht gegenüber der jungen Giulia Farnese hinreißen. Über die Echtheit der Briefe entbrannte schon in den fünfziger Jahren des vergangenen Jahrhunderts ein heftiger Streit zwischen Soranzo und seinem Gegner Giovan Battista Picotti. Doch um zu erkennen, dass es sich nur um eine weitere lügnerische Verleumdung handelt, genügt es im Grunde, sich den aberwitzigen Tonfall der Schreiben anzusehen, in denen der Papst – was höchst unwahrscheinlich ist – es wagt, sich schriftlich an Giulia zu wenden, um sie «undankbar und heimtückisch» und ihren Gatten einen «Zuchthengst» zu nennen. Der Papst erscheint hier geradezu als Karikatur einer Romanfigur aus dem 19. Jahrhundert oder eines schlechten Films aus den siebziger Jahren. Doch mit sehr wenigen Ausnahmen haben die Historiker das lächerliche Hirngespinst akzeptiert (und reproduziert).

Der Höhepunkt dieses absurden Theaters ist die Beschreibung, die der Jesuitenpater Giuliano Gasca Queirazza von den angeblichen Briefen zwischen dem alten Papst und Giulia Farnese gibt (*Gli scritti autografi di Alessandro VI nell'Archivum arcis*, Turin 1959). Im Gegensatz zu dem, was er im Titel seines Buches ankündigt, muss der Jesuitenpater gestehen, dass keiner der Briefe aus dieser Korrespondenz vom Borgia-Papst selbst geschrieben wurde. Gasca Queirazza behauptet zwar, die Briefe seien echt, doch in einer sehr diskreten Fußnote (S. 3) räumt er ein, dass Alexander VI. «sie nicht mit eigener Hand verfasst, sondern diktiert hat». Eine, gelinde gesagt, lachhafte Widersinnigkeit: Welcher Papst (egal, ob «gut» oder «böse»), der von politischen und militärischen Feinden in Italien und im Ausland umgeben ist, der über dreißig Jahre lang Kardinal Vizekanzler war, würde einem Schreiber so skandalöse, kompromittierende Briefe diktieren, und als wäre das nicht genug, auch noch den Entwurf aufbewahren lassen? Gibt es nicht zu denken, dass, wie schon De Roo gezeigt hat, aus demselben Archiv der Engelsburg einige grobe Fälschungen stammen, die genau darauf abzielen, dem Ruf des Papstes zu schaden?

Der Jesuit und Gelehrte zieht nicht einmal in Betracht, dass die Briefe ohne Wissen Rodrigo Borgias geschrieben sein könnten, denn «dass es sich um ein Diktat und nicht um eine Abschrift handelt, lässt sich an den Korrekturen erkennen». Kurzum, es genügt, einen Brief mit ein paar Korrekturen zu finden, schon lässt sich daraus schließen, dass er nach Diktat verfasst wurde und obendrein von einem Papst. Wem soll Alexander VI. die Briefe diktiert haben? Giovanni Marrades, Kubikular des Papstes und sein Sekretär. Dies beweist angeblich ein Brief, ein einziger, der die gleiche Handschrift trägt und von Marrades selbst stammen soll. Doch er befindet sich in demselben Briefwechsel (Gasca Queirazza, S. 3), was bedeutet, dass der Briefwechsel seine Echtheit aus sich selbst beweisen soll, wie in dem Witz von dem Wirt, der alle auffordert, seinen Wein zu trinken: «Es ist der beste Wein der Stadt, seid gewiss. Warum? Weil ich es sage!»

Wo sind also die handgeschriebenen Briefe des Papstes, die Gasca Queirazza im Titel seiner Arbeit verspricht? Die echte Handschrift Rodrigo Borgias soll an mehreren Einzelheiten erkennbar sein, behauptet der Gelehrte. Vor allem an dem Kürzel τσ χσ in griechischen Buchstaben für «Jesus Christus», das laut Queirazza «dem größten Teil der Papiere, die er eigenhändig schrieb, vorangestellt ist, und das ihm zumindest in den Briefen dieser Korrespondenz eigentümlich ist». Also wird der Beweis für die Echtheit des Briefwechsels erneut in dem Briefwechsel selbst erkannt, und die Wortwahl «zumindest» ist die diskreteste Form, zuzugeben, dass es keine anderen Beweise gibt. Der Wirt macht weiter Werbung für seinen eigenen Wein.

Gasca Queirazza hat keinen Zweifel: In dem Briefwechsel befinden sich wirklich einige Zeilen, freilich nur wenige, die vom Papst persönlich geschrieben wurden. In diesen Zeilen, fügt er hinzu (S. 5), «weist die Handschrift des Papsts zwei grundsätzlich verschiedene Formen auf».

Dieser Umstand müsste zur Vorsicht auffordern: Wenn es in einer Quelle zwei vollkommen unterschiedliche Handschriften gibt, ist es dann nicht merkwürdig, dass sie ein und dieselbe Person geschrieben haben soll?

Die Zuschreibung der ersten Handschrift zu Alexander VI. «beruht im Wesentlichen auf den Angaben des Confalonieri» (Queirazza, S. 5), also dem Geistlichen, der den Briefwechsel sammelte und ordnete. Neben einige Briefe schrieb er «minuta Papae Alex. VI.» (= Entwurf von Papst Alexander VI.). Allerdings hat dieser geheimnisvolle Confalonieri den Briefwechsel im Jahr 1627 geordnet (*ibid.* S. 2), also zwei Jahrhunderte *nach* dem Tod des Papstes und zweieinhalb Jahrhunderte *vor* der Entdeckung der Briefe … Ein wirklich vertrauenswürdiger Zeuge.

Die zweite Handschrift soll – ebenfalls nach Gasca Queirazza – echt sein, weil sie von derselben Hand stammt, die einen Brief Rodrigo Borgias an seine Tochter Lucrezia verfasst hat, der heute in Mantua aufbewahrt wird. Wenn man jedoch überprüft, was diese Hand in dem Briefwechsel mit Giulia Farnese geschrieben hat, so entdeckt man, dass es sich um *vier Zeilen* am Anfang eines Briefes, *drei Zeilen* in einem anderen Brief und *eine einzige, isolierte Zeile* in einem anderen Blatt handelt. Acht Zeilen insgesamt – darauf reduzieren sich bestenfalls die berühmten, kompromittierenden Briefe Alexanders VI. an Giulia Farnese (und man vergesse nicht, dass es keine einzige Zeile von Giulia an den Papst gibt).

Was steht denn nun in diesen acht Zeilen? Es sind kurze Vermerke auf Katalanisch (übersetzt lauten sie: «Das Geld nehmen / die Ringe nehmen / mit Galceran und Franci über das Türkenproblem sprechen» usw.) und ein paar Rechnungen mit Geldsummen. Von heimlichen Liebschaften oder saftigen Skandalen keine Spur.

Doch als wenn das alles nicht zählte, füllen die Briefe aus der Engelsburg und das Märchen über die Liebschaft zwischen Alexander VI. und Giulia Farnese Wörterbücher, Enzyklopädien, Aufsätze, Biographien und kirchengeschichtliche Abhandlungen … Der Wirt hat seinen Wein gut verkauft und reibt sich zufrieden die Hände.

Gesunder Menschenverstand hätte alle schon vor langer Zeit auf den richtigen Weg bringen können. Giulia Farnese heiratete in zweiter Ehe einen Neffen von Giulio della Rovere. Aber Giulio II., Papst Julius II., hasste Rodrigo Borgia, er hatte sich sogar ein anderes Zimmer im Vatikan ausgesucht, weil er nicht in dem seines Vorgängers schlafen wollte. Niemals hätte er seinem Neffen die ehemalige Geliebte des Borgia-Papstes zur Frau gegeben, wenn ihr dieser Ruf schon damals vorausgegangen wäre. Also kann der Klatsch um Giulia Farnese erst lange Zeit nach dem Tod Alexanders VI. begonnen haben: Wie immer traten die Profis der Verleumdung erst in Aktion, als das Opfer sich nicht mehr wehren konnte.

Die Methoden Pastors

Einer der Gründe, warum der falsche Briefwechsel zwischen Rodrigo Borgia und Giulia Farnese anfangs ernst genommen wurde, ist die Tatsache, dass sein Herausgeber Baron Ludwig von Pastor war, die graue Eminenz unter den Historikern des Papsttums. Natürlich konnte ihm nicht entgehen, wie lächerlich die Argumente zugunsten der Echtheit dieser Quelle waren. Auch die Schnelligkeit, mit der der Briefwechsel ans Licht kam, gibt zu denken: 1924 veröffentlicht De Roo sein revolutionäres Werk über Rodrigo Borgia. Wenige Monate später legt Pastor, der zeitgenössische und zukünftige Historiker öffentlich aufforderte, sich jeder Art Rehabilitation des Borgia-Papstes zu verweigern, überraschend den Briefwechsel aus der Engelsburg vor. Was die Historiker jahrhundertelang offenbar übersehen hatten und er selbst erst nach Jahrzehnten entdeckte (Pastor hat seiner zweiundzwanzigbändigen *Geschichte der Päpste* einen Großteil seines Lebens gewidmet), tauchte nun prompt zum richtigen Zeitpunkt auf.

Aufschlussreich für die Methoden, die der österreichische Historiker anwandte, um seine eigene Sichtweise durchzusetzen, ist eine heute vergessene Episode, an die zu erinnern sich lohnt. 1928 wurde Pastor, der österreichischer Botschafter beim Heiligen Stuhl war, von dem deutschen Historiker Joseph

Schnitzer (*Der Tod Alexanders VI. Eine quellenkritische Untersuchung*, München 1929) öffentlich beschuldigt, er habe versucht, Schnitzers Werke auf den (damals noch existierenden) Index verbotener Bücher setzen zu lassen, und er habe durch Druck auf die päpstlichen Behörden erwirkt, dass Schnitzer der Zutritt zu den vatikanischen Archiven verwehrt wurde – eine «Strafe», die der Vatikan dem Forscher seltsamerweise ohne jede Erklärung auferlegte.

Seit langem schon herrschte zwischen den beiden Historikern eine starke Rivalität, und zwar gerade wegen Schnitzers Arbeiten über die Epoche Alexanders VI. Auf die Anschuldigungen seines Kollegen antwortete Pastor mit einem Zeitungsartikel, in dem er behauptete, dessen Anklagen seien «unwahr und unbewiesen». In der Zwischenzeit benannte Schnitzer jedoch öffentlich die Zeugen (*Der Tod* ... op. cit., S. 8–10) für die heimlichen Sondierungen, die Pastor bei der Kongregation für den Index verbotener Bücher im Hinblick auf eine mögliche Indizierung des Werks seines Gegners vorgenommen hatte. Die Angelegenheit hatte keine Folgen, da die beiden Jesuitenkardinäle, auf deren Unterstützung in der Kongregation Pastor gezählt hatte, inzwischen von der Bühne abgetreten waren. Darum fiel es Pastor leicht, die Vorwürfe als «unwahr» zu bezeichnen, denn seine Manöver waren nur geplant gewesen und unausgeführt geblieben. Ebenso gut passte der Begriff «unbewiesen» auf Schnitzers Ausschluss aus der Vatikanischen Bibliothek: Wer hätte jemals die Beweise dafür finden können, dass Pastor, der Unterstüzung auf höchster Ebene im Vatikan genoss, seinem Kollegen Schnitzer so raffiniert ein Bein gestellt hatte?

Ein weiterer schlauer *modus operandi* Pastors, um den Leser zu verwirren, ist das selektive Zitieren der Quellen. Von De Roo (vgl. Bd. II, S. 120) stammt folgende Beobachtung: Es gibt einen umstrittenen Brief Papst Pius' II. an den damaligen Kardinal Rodrigo Borgia, in dem der Papst ihm vorwirft, sich auf einer Reise nach Siena, der Heimatstadt des Papstes, anstößig und unsittlich benommen zu haben. In diesem Brief schrieb der Papst, ihm sei das Gerücht zu Ohren gekommen, während eines Festessens in einem Garten mit Damen und Kavalieren aus Siena habe Rodrigo Borgia die ganze Gruppe zu Tänzen angestachelt und sodann den anwesenden jungen Damen schamlos den Hof gemacht. Der Brief ist von mehreren Forschern als Fälschung identifiziert worden, da seine Sprache stark vom gewohnten Briefstil Pius' II. abweicht. Der schwerste Makel dieses Dokuments ist jedoch sein ganz und gar unwahrscheinlicher Inhalt: Der Kardinal Borgia soll sich den anwesenden Damen nämlich nicht nur genähert, sondern sie sogar von ihren rechtmäßigen Kavalieren getrennt haben. Angeblich hat ein Lakai (natürlich im Auftrag von Rodrigo Borgia) vor dem Eingang des Gartens den Brüdern, Vätern und Gatten der Damen den Zutritt verwehrt, die Damen dagegen, die alle ungeduldig darauf warteten, von dem spanischen Kardinal hofiert zu werden, in Scharen eintreten lassen. Die Begleiter sollen brav vor dem Gartentor auf die Rückkehr ihrer frivolen Frauen, Töchter und Schwestern gewartet haben, und danach habe in ganz Siena der Klatsch geblüht. Zu Recht bemerkt De Roo, dass die Szene unglaubwürdig ist: Hätten Dutzende Ehemänner, Verlobte, Väter und Brüder des Sieneser Adels ihre Frauen und Mädchen wirklich massenhaft den Fängen eines lüsternen, sittenlosen Kardinals überlassen? Waren diese Frauen wirklich alle so begeistert von der Begegnung, dass sie bereit waren, innerhalb von fünf Minuten ihren anständigen Ruf vor der ganzen Stadt zu kompromittieren? Und warum sollte ganz Siena am nächsten Tag nur schlecht über Kardinal Borgia gesprochen haben, nicht aber über leichtfertige Brüder, gewissenlose Väter und betrogene Ehemänner?

Pastor, dem vollkommen klar war, wie lächerlich dies klingen musste, hat in seiner Geschichte der Päpste klugerweise nur den glaubwürdigeren Teil des Briefes von Pius II. zitiert, in dem erwähnt wird, dass Rodrigo Borgia sich zwischen zwei Tänzen zügellos benommen habe. Die unglaubliche Episode von der Trennung der Frauen und Männer, die leicht Misstrauen an der Wahrhaftigkeit der ganzen Geschichte wecken könnte, hat er verschwiegen.

Ein Kongress nach dem anderen

Auch Italien und Rom beteiligten sich an dem großen Spiel der Verleumdung der Borgia. In der Wiege der Christenheit, der Wahlheimat Alexanders VI., richtete das Ministerium für Kulturgüter und kulturelle Aktivitäten ein «Nationales Komitee für Forschungskongresse anlässlich des fünfhundertsten Jahrestages des Pontifikats von Alexander VI.» ein, dessen Arbeiten sieben Jahre andauerten und im Dezember 2006 abgeschlossen wurden.

In seiner Einführung zu einem der Bände mit den Kongressakten (die den ehrgeizigen Titel *Corpus Borgiano* erhielten) sagte der Historiker Massimo Miglio, Präsident der Vereinigung «Rom in der Renaissance», die die Kongresse organisierte, er habe während der Arbeiten gespürt, dass «die Sorge umging, die ganze Initiative könnte eine Rehabilitierung bedeuten». Der Wissenschaftler beeilte sich zu versichern: «Dies ist nicht die Aufgabe historischer Forschung ... Es besteht weder die Absicht, etwas abzuschwächen oder zu verschärfen, noch soll hier gerechtfertigt oder Absolution erteilt werden. Meiner Meinung nach gehört dies nicht zu den Aufgaben derjenigen, die historische Forschung betreiben.» Alles soll bleiben, wie es ist; an dem dämonisierten Bild Alexanders VI. darf sich nichts ändern.

Der letzte Kongress der Reihe, der in Rom in der Engelsburg stattfand, trug den Titel «Alexander VI. – böser und glücklicher denn je». Der ätzende Slogan von Guicciardini über den Borgia-Papst wurde sogar auf die kostenlos verteilten Mappen gedruckt, in denen das Publikum Bücher und Broschüren nach Hause tragen konnte, und er ließ keinen Zweifel am Geist des Kongresses aufkommen.

Im Laufe der Tagung werden die unvermeidlichen falschen Briefe von Pietro Martire D'Anghiera und Passagen aus dem Tagebuch von Burkard gelesen. Ein bekannter Schauspieler rezitiert sie vor dem dicht besetzten Parkett. Zwar hatte der Kongress sich zum Ziel gesetzt, «zu überprüfen, ob das Bild der Borgia, wie es aus dem *Corpus Borgiano* hervorgeht, sich von dem üblichen Etikett der Borgia: Sex, Intrigen und Machtexzesse, unterscheidet». In Wirklichkeit warnt der Präsident der Vereinigung aber während der Tagung noch einmal, man könne und dürfe nicht zu einer «Rettung» des von der Geschichtsschreibung definitiv verurteilten Papstes kommen. Vom Rednertisch auf dem Podium wird zufrieden verkündet, dass das vom Ministerium eingerichtete Komitee in sieben Jahren Arbeit acht Kongresse veranstaltet und 4400 Seiten Kongressakten in zwölf Bänden veröffentlicht habe. Wie ein Kehrreim heißt es immer wieder: «Wir dürfen Alexander VI. nicht rehabilitieren, weil das nicht richtig wäre.» Denn, so unterstreicht der Italianist Francesco Tateo: «Die Geschichte darf nicht rehabilitieren.» Er fügt hinzu, allenfalls könne man die (wenig bekannten) positiven Seiten Rodrigo Borgias neben den (allseits bekannten) negativen ins rechte Licht rücken. In den Redebeiträgen (die eher allgemein gehalten, «zusammengestoppelt» und in einigen Fällen sogar recht konfus sind) wird nicht der geringste Zweifel an der Glaubwürdigkeit der historischen Quellen über Rodrigo Borgia geäußert; erst recht nicht in den Aufsätzen, die die zwölf Bände der Kongressakten füllen. Welchen Zweck hätte das auch? Die Rehabilitation darf ja nicht stattfinden. Also hält man eisern an den immergleichen Burkard, Pietro Martire, Guicciardini und Machiavelli fest. Der Redner Rusconi sagt lapidar: «Nach ihnen bleibt nicht mehr viel zu sagen.» Dem Papst wird Großartigkeit, aber keine Großherzigkeit zuerkannt, das Pontifikat wird rehabilitiert, nicht aber der Pontifex. Das Wichtigste bleibt die moralische Verurteilung.

Der Spanier La Parra Lopez wendet sich scharf gegen das Werk von De Roo, doch wie immer, wenn von De Roo die Rede ist, mit wenigen Worten und ohne zu präzisieren, was er beanstandet. Mit begeisterter Zustimmung wird hingegen Pastor beschworen, einschließlich des Satzes, der das Alexander VI. gewidmete Kapitel seiner *Geschichte der Päpste* beschließt: «Von nun an ist jeder Versuch, Alexander VI. zu rehabilitieren, vergeblich.»

Um nicht den Eindruck der Verbissenheit zu erwecken, werden ein paar Konzessionen gemacht: Im Grunde unterschied sich Alexander VI. nicht von anderen, er «fügt sich ein in das Kontinuum, das vom Abendländischen Schisma bis zur Reformation reicht und den Aufbau des Kirchenstaates beabsichtigte»; der Ablauf des simonistischen Konklave, bei dem er gewählt wurde, zeigt, dass «die Praxis allgemein üblich war» (was nicht im Geringsten in Zweifel gezogen wird). Alexander VI. ist kein Ungeheuer: Er war Teil eines Systems, darum genügt es nicht, nur einem Mann die Schuld zu geben. Man muss die gesamte Kirche jener Zeit verurteilen. Für dieses Vorhaben stehen übrigens genügend materielle Mittel bereit: Zwischen den verschiedenen Redebeiträgen verkündet ein Vertreter des Ministeriums, dass der italienische Staat in den nächsten Jahren den Kreis der Vereinigungen, die öffentliche Gelder bekommen, einschränken wird, doch «Rom in der Renaissance» werde man sogar großzügiger als zuvor subventionieren.

Der Satz, mit dem das Publikum verabschiedet wird, flüchtet sich in eine ästhetische Betrachtungsweise, um der einzigen wirklichen Frage auszuweichen, nämlich ob Rodrigo Borgia unwürdig war oder nicht: «Es geht nicht darum, Alexander VI. zu begnadigen, sondern höchstens darum, ihm etwas hinzuzufügen, was ihn appetitlicher macht.»

Apropos Appetit: Nachdem die Kongressteilnehmer die verderbten Sitten des Papstes eingehend untersucht hatten, fand auf einer der Terrassen der Engelsburg ein festliches Abendessen bei Kerzenlicht statt. Der elegante Abend ausgerechnet in der Festung, die Rodrigo Borgia wieder aufbauen und von Pinturicchio mit Fresken ausmalen ließ, hat – nach Aussagen der Cateringfirma – etwa 10.000 Euro gekostet. Ein schöner Toast auf das Andenken Alexanders VI.

2007: Der letzte Angriff auf den Borgia-Papst

Nach dem Toast in der Engelsburg vergehen nur wenige Monate, schon verbreiten die Zeitungen und Fernsehnachrichten in aller Welt unter lautem Getöse eine spektakuläre Nachricht: Endlich soll der Beweis (noch einer?) für die Liebesaffäre zwischen Alexander VI. und Giulia Farnese gefunden worden sein. Im Juni 2007 wird im Guggenheim Museum in New York das Fragment eines Freskos ausgestellt, das man für ein Werk Pinturicchios hält. Es zeigt ein Jesuskind, das von zwei Händen gehalten wird, vermutlich die der Madonna, und dessen Fuß sich auf eine dritte Hand stützt, die einer unbekannten Person gehört. Entdeckt wurde das Fragment, das sofort «Der Jesus der Hände» getauft wird, von Professor Franco Ivan Nucciarelli, Dozent für Ikonologie an der Universität Perugia, 2004 bei einem Kunsthändler. Er konnte einen italienischen Industriekonzern überzeugen, das Kunstwerk zu kaufen, restaurieren zu lassen und öffentlich bekannt zu machen (zu besichtigen auf der Webseite: http://www.margaritelli.com/fondazione/pinturic chio/eng/interna.asp?ln=62&sez=6466).

Warum die ganze Aufregung? In Mantua wird in einer privaten Sammlung ein Gemälde aus dem 16. Jahrhundert von geringer künstlerischer Qualität aufbewahrt, das eine Kopie des Jesuskindes von Pinturicchio zu sein scheint, und zwar eine Kopie des ganzen Werks (auch sie ist auf der oben angegebenen Internetseite zu sehen). Auf dieser vollständigen Kopie sieht man nämlich, dass das Kind auf dem Schoß der Madonna sitzt und dass die Hand, die seinen Fuß stützt, niemand Geringerem gehört als dem Borgia-Papst. In der Rekonstruktion von Nucciarelli passt dieses Gemälde auf eine Stelle in den *Lebensläufen* von Vasari, der 1568, also gut fünfundsechzig Jahre nach dem Tod des Papstes, von gewissen Gerüchten berichtet, nach denen Pinturicchio «über einer Zimmertür die Signora Giulia Farnese in der Gestalt unserer Lieben Frau porträtierte, und auf demselben Bild auch den Kopf von Papst Alexander, der sie anbetet». Von denselben Gerüchten hatten schon Rabelais (ja, genau der des *Gargantua und Pantagruel*) im Jahr 1532 und das berüchtigte Tagebuch von Stefano Infessura berichtet …

Nach Infessura befand sich das blasphemische Porträt in den Borgia-Gemächern im Vatikan über der Sopraporte des Kubikulums, eines kleinen Korridors, der in das Schlafzimmer des Papstes führte. Nach dem Tod Rodrigo Borgias wurde es aus Scham über eine solche Blasphemie bedeckt.

Doch diese Maßnahme sollte nicht genügen. 1612 (also über hundert Jahre nach dem Tod des Papstes) beauftragte ein Gonzaga, der neidisch auf die Familie Farnese war, den unbekannten (und untalentierten) Maler Facchetti mit einer Kopie des Werks. Der Gonzaga wollte beweisen, dass der Aufstieg der Farnese sich nur der schändlichen Affäre zwischen Giulia und dem verruchtesten Papst der Geschichte verdankte. So entstand die Kopie, die sich heute in Mantua, der Stadt der Gonzaga, befindet. Wie aber gelang es dem Maler Facchetti, heimlich in die Borgia-Gemächer im Vatikan einzudringen? Nachts, so heißt es, und indem er einen Garderobier mit einem Paar seidener Strümpfe bestach. Nucciarelli, der Entdecker des Freskos von Pinturicchio, glaubt die Geschichte.

Pinturicchios Original soll in den Gemächern der Borgia geblieben sein, bis Papst Alexander VII. Chigi (1655–1667), der nach der Wahl seines Namens zu urteilen nicht allzu schlecht von seinem gleichnamigen Vorgänger gedacht haben dürfte, es von der Wand abnehmen ließ und, nachdem die (vermeintlichen) Porträts Alexanders VI. und der Madonna-Giulia zerstört wurden, das Jesuskind in seiner privaten Kunstsammlung aufbewahrt haben soll.

So weit die Nachricht, wie sie von den Presseagenturen der halben Welt verbreitet wurde. Doch die Rechnung geht aus unterschiedlichen Gründen nicht auf.

Angesichts der Genauigkeit und Liebe zum Detail, die der Maler Facchetti für seine allerdings hässliche Kopie des Gemäldes aufgebracht hat, könnte einem zunächst der Verdacht kommen, er wäre wunderbarerweise mit einem Fotoapparat und Blitzlicht bewaffnet gewesen ... Denn jede Einzelheit, einschließlich der Stellung der Finger, entspricht millimetergenau dem Original von Pinturicchio. Ist ein kurzer Augenblick, heimlich erschlichen, dank der Hilfsbereitschaft eines Garderobiers, dem Seidenstrümpfe fehlten, nicht ein bisschen wenig für eine solche Arbeit, die Ruhe, Konzentration, eine komplette Malausrüstung und vor allem genug Licht erfordert?

Doch das ist nicht alles. Auf dem Porträt Alexanders VI., das Pinturicchio in denselben Borgia-Gemächern malte (Sala dei Misteri), also wenige Meter von dem angeblichen blasphemischen Porträt entfernt, sind die Hände des Papstes fleischig und grob. Die Hand, die den Fuß des Jesuskindes stützt, ist dagegen schmal und feingliedrig, ähnlich wie die Hände der Madonna, und steht in starkem Kontrast zu der korpulenten Statur des Papstes, was auch auf der Kopie in Mantua zu sehen ist. Pinturicchio kann die Hände des Borgia-Papstes unmöglich auf so unterschiedliche Weisen gemalt haben, doch davon sprechen die Ausstellung und alle beteiligten Kunsthistoriker nicht.

In Zeitungsartikeln über den Fund, die überall auf der Welt erscheinen, taucht der Name von Giulia Farnese, der «päpstlichen Venus», in jeder zweiten Zeile auf. Der amerikanischen kunsthistorischen Zeitschrift «Artnews» gestand sogar Nucciarelli, dass die Identifizierung der Madonna als Giulia Farnese nur auf «Geflüster» basierte und ein Geheimnis bleiben werde. Kurz, es gibt keine Beweise, dass das Antlitz der Madonna das von Giulia Farnese sein soll, von der es übrigens keine gesicherten Porträts gibt. Eines, eine Dame mit Einhorn, zeigt ein Gesicht, das keine größere Ähnlichkeit mit der Kopie in Mantua hat als die Gesichter anderer Madonnen Pinturicchios, wie zum Beispiel der Madonna der Geburt in der Kirche Santa Maria del Popolo in Rom.

Die gesicherten Fakten, die in dieser Geschichte eine Verbindung zum Borgia-Papst herstellen, lassen sich also an den

Fingern einer Hand abzählen, und keines geht direkt auf die Zeit Alexanders VI. zurück. Als Vasari und Rabelais das Gerücht wiedergeben, demzufolge diese Madonna ein Porträt Giulia Farneses sein soll, liegt der Tod des Papstes über sechzig bzw. dreißig Jahre zurück. Daran ist nichts Erstaunliches, da die Verleumdungen – bekanntlich zu internationalen politischen Zwecken organisiert – schon zu Lebzeiten des Papstes begonnen hatten. Wollte man solche (überdies verspäteten) Klatschgeschichten in den Rang von Beweisen erheben, könnte man ähnliche Verdachtsmomente bei allen Päpsten konstruieren, die sich in Anbetung von Madonnen oder Gekreuzigten darstellen ließen, was allerdings geradewegs ins Delirium führen würde.

Hinter der Geschichte verbirgt sich jedoch weit mehr als eine falsche, böswillige Identifizierung des Gesichts der Madonna mit Giulia Farnese. Auf diese Spur führt der Unterschied zwischen den Händen: Pinturicchio könnte nämlich jemand anderen als den Borgia-Papst gemalt haben, vielleicht eine Frau, zum Beispiel eine Heilige, oder einen Jüngling, auf jeden Fall einen schlanken Menschen, der gewiss nicht so korpulent war wie der Borgia-Papst. Es ist nicht auszuschließen, dass von dem Fresko eine Kopie zu diffamatorischen Zwecken hergestellt wurde, eine Fälschung, die jene schmale, den Fuß stützende Hand durch das Bildnis des Papstes ergänzt. Von dieser Vorlage ist dann die Kopie aus Mantua hergestellt worden. Doch wer war die ursprüngliche Figur? Hier liegt das Problem.

In der Darstellungstradition werden die Füße des Jesuskindes ausschließlich von der Madonna berührt. Es gibt nur eine Ausnahme, jedenfalls was erwachsene Personen betrifft: den ältesten der Heiligen Drei Könige, der häufig dargestellt wird, wie er mit der Hand den Fuß des Erlösers streift.

Ist das Kind als Rex Mundi Teil einer Anbetung der Könige? Die Kunsthistorikerin Cristina Acidini Luchinat (*Pinturicchio*, Florenz 1999) vermutet, dass das Fragment aus der verlorenen Anbetung der Könige stammt, die Pinturicchio im Kreuzgang von Santa Maria del Popolo malte. 1811 ließ Valadier ihn abreißen, um die heutige Piazza del Popolo zu erbauen.

Doch das Fragment enthält eine noch größere Sonderbarkeit: Die Hand, die den Fuß des Kindes berührt, ist eine linke Hand. Eine reale, schwerwiegende Blasphemie, die zudem ein ikonographisches Unikum darstellt. Der älteste der Heiligen Drei Könige berührt Jesus selbstverständlich immer nur mit der rechten Hand. Und allen Gemälden sieht man an, wie sorgfältig die Maler darauf bedacht waren, den König nichts mit der linken Hand ausführen zu lassen, weder die Überreichung des Geschenks, noch die Berührung des Fußes. Botticelli zum Beispiel lässt den König das Geschenk auf dem Boden abstellen, während er den Fuß des Heilands liebkost, ebenso Gentile da Fabriano und Sogliani auf seiner Anbetung der Könige in der Kirche San Domenico in Fiesole. Bei Ghirlandaio, außerdem bei Filippo Lippi und Beato Angelico in dem Tondo, den sie wahrscheinlich zusammen gemalt haben, ergreift der König den Fuß mit der rechten Hand, und die Maler stellen das Geschenk nicht dar, sondern überlassen es dem Betrachter, es sich an irgendeiner Stelle im Bild verborgen vorzustellen. Bei Perugino hingegen überreicht der König das Geschenk mit der rechten, aber er vermeidet es, das Kind mit der linken Hand anzufassen. Kein Maler wagt es, eine Figur darzustellen, die den Heiland mit der linken Hand berührt.

Hinzu kommt ein weiteres Problem. Es ist zwar richtig, dass die Könige den Rex Mundi suchten, und das würde zu der Darstellung des Kindes passen, das den Reichsapfel in der Hand hält. Doch es existiert keine einzige Anbetung der Könige, wo das Kind mit dem Reichsapfel abgebildet wird. Allenfalls ist es manchmal einer der Könige, der dem Jesuskind einen geschlossenen Pokal als Geschenk darreicht.

Abgesehen von einigen wenigen Ausnahmen aus dem Hochmittelalter wie der Madonna in der Metropolitanbasilika Santa Severina (11. Jahrhundert) findet sich der Reichsapfel das ganze fünfzehnte und sechzehnte Jahrhundert hindurch nur auf den Gemälden, in denen die Madonna als Regina Mundi dargestellt wird, auch «Madonna in maestà» genannt, was bedeutet, dass sie auf einem Thron sitzt, eine Krone auf dem Kopf trägt und das Kind auf dem Schoß hat. Am häufigsten taucht dieser Darstellungstyp gegen Ende des 15. Jahrhunderts auf (vgl. die «Madonna in Maestà» von Craveggia, die «Regina Mundi» von Gentile Bellini aus den Jahren 1475–1485, die hölzerne Madonnenstatue in Aufkirchen, die «Regina Mundi» von Collepardo, die Madonna der Passionistenpatres in Pugliano, die «Madonna mit dem Granatapfel», heute in der Londoner National Gallery, die «Regina Mundi» von Filippino Lippi aus dem Jahr 1498, die von Macrino d'Alba von 1499 etc.). Mit diesen Werken lässt sich auch die spätere «Regina Mundi» von Silvestro Arnorti aus dem Jahr 1597 vergleichen. Doch erst 1650 wird man eine Madonna auf dem Thron ohne Krone und mit dem Kind auf dem Schoß finden, das einen Reichsapfel trägt (die Statue des Bildhauers Tomaso Ortolino im Kloster Santa Chiara in Genua). Die Kugel ist manchmal aus Gold und trägt oben ein Kreuz (das macht sie zum Reichsapfel, dem Symbol der göttlichen Königsherrschaft, aber nicht zufällig auch des Heiligen Römischen Reiches), manchmal ist es eine Kugel ohne Kreuz, manchmal nimmt sie die Form des Granatapfels an, des Sinnbilds für die Wunden des Gekreuzigten, also der Passion.

Diese Darstellung der Madonna findet sich jedoch nie auf

den Gemälden mit der Anbetung der Könige. Die Vermutung, dass die Hand einem der Heiligen Drei Könige gehören könnte, scheint anhand der bildlichen Quellen keineswegs belegbar.

Die Kühnheit dieser linken Hand und die absolut atypische Eigenheit des Gemäldes, das auch wegen des Reichsapfels nicht als eine Anbetung der Könige identifiziert werden kann, sprechen somit für eine andere Vermutung: Auch diese Darstellung wurde nach dem Tod Alexanders VI. von denselben Verleumdern in Auftrag gegeben, die seit Jahren emsig an seinem negativen Mythos bastelten – um damit dem reformatorischen Impetus Luthers Material an die Hand zu geben, auf das er sich stützen konnte, mit dem er die Fliegenden Blätter füllen und schließlich die Massen, die der Kirche fernstanden, an sich binden konnte. Pinturicchio starb 1513, gut zehn Jahre nach Alexander VI. – er hätte also genug Zeit gehabt, um das diffamierende Porträt herzustellen. Es ist jedoch nicht gesagt, dass er persönlich den Auftrag erhielt, es zu malen. Bekanntlich wurden die Borgia-Gemächer im Vatikan nicht nur von Pinturicchio selbst, sondern auch von den zahlreichen talentierten Schülern seiner Werkstatt ausgemalt.

Diese Hypothese erklärt jedoch nicht, warum der Papst mit schmalen, weiblichen Händen gemalt wurde, die in so auffälligem Kontrast zu den fleischigen, ungeschlachten Händen auf dem berühmten Porträt Alexanders VI. stehen, das Pinturicchio in denselben Gemächern, in der Sala dei Misteri, malte. Zugegeben, auf der Kopie in Mantua hat das Profil des Papstes starke Ähnlichkeit mit dem seines Porträts in der Sala dei Misteri. Der Maler, der die verunglimpfende Kopie ausgeführt hat, war sorgsam darauf bedacht, genau das Bild zu kopieren, das es vom Borgia-Papst bereits gab, um seinem eigenen Gemälde mehr Glaubwürdigkeit zu verleihen. Die fleischigen Hände aus der

Sala dei Misteri aber konnte er so nicht reproduzieren. Denn die zarte linke Hand, die den Fuß des Heilands liebkost, gehörte ursprünglich zu einer anderen Gestalt, und dem Maler blieb nichts anderes übrig, als die Darstellung des Papstes an diese Hand anzufügen, die nicht die seine ist. Aber wem um alles in der Welt gehörte diese kühn platzierte Hand?

Dem Valentino vielleicht, oder seiner Schwester Lucrezia, die beide schmale Hände hatten? Oder jemand anderem, der geschmäht werden sollte? In diesem Fall wäre die Berührung des Fußes mit der linken Hand ursprünglich durchaus zum Zweck der Verleumdung gemalt worden, aber sie galt nicht dem Papst. Demnach wäre diese Figur erst zu einem späteren Zeitpunkt, nämlich zwischen dem Tod des Papstes und den ersten Zeugnissen von Rabelais und Vasari durch diejenige des Papstes ersetzt worden, der in jenen Jahren religiöser Kämpfe ein besonders lohnendes Angriffsziel darstellte.

Kehren wir zu der Kopie von Mantua zurück, die damit als einziges Gemälde keine weiteren Geheimnisse birgt. Sie ist ausdrücklich zum Zweck der Verhöhnung und Diffamierung gemalt worden. Denn während die Haltung der Finger aller Gestalten in jeder Einzelheit identisch ist, hat der Maler das Gesicht des Jesuskindes deutlich deformiert: Er hat ihm eine hässliche, nach unten gebogene Nase gemalt (bei Pinturicchio hat es dagegen ein hübsches Stupsnäschen), die überdies bei einem Kind in diesem zarten Alter unvorstellbar ist, und er hat ihr große Ähnlichkeit mit der Nase des Vaters verliehen, wie auch die ganze Mimik des Gesichts darauf angelegt ist, dem Gesicht des Papstes zu ähneln. Es ist, als wollte der Maler dem Betrachter augenzwinkernd zu verstehen geben, dass dieses Kind ein Bastard des Borgia und der Farnese ist. Auch das Gesicht der Madonna ist unwahrscheinlich: Statt der traditionellen keuschen Ergebenheit der Jungfrau hat diese Madonna ein boshaftes Lächeln. Mehr noch: Der Papst betrachtet nicht das Kind, obwohl es ihn segnet, und er blickt auch nicht auf die Hand, die ihm den Segen erteilt. Der Blick des Papstes ist auf den Reichsapfel gerichtet, den das Kind in der Hand hält, als wollte er sagen: Die Macht, die ich durch dich erhalte, interessiert mich viel mehr als der Segen ... Kurzum, dies ist kein sakrales Bild, es ist ein regelrechtes Pamphlet gegen Papst Borgia. Leider schweigen die Kunsthistoriker dazu.

Schlussfolgerung: Das Gemälde von Mantua hat sich als ein Akt der Diffamierung Alexanders VI. entpuppt und ist damit Teil der großen Kampagne, die dem Borgia mit Hilfe unzähliger Fälschungen Schaden zufügen wollte. Vom «Jesuskind der Hände» dagegen können wir sagen – nachdem wir uns zu diesem Zweck viele tausend Gemälde aus allen Zeiten und Orten angesehen haben –, dass es wegen dieser schmalen und kühn positionierten linken Hand (die nicht Papst Alexander VI. gehört) ein echtes Unikum im Panorama der mittelalterlichen und modernen Malerei darstellt. Die Vermutung, dass sich auch in diesem Gemälde eine dezidiert blasphemische Absicht ausdrückt, die jedoch gegen eine andere Person gerichtet ist, erscheint als die am wenigsten unwahrscheinliche. Doch das Geheimnis bleibt noch zu klären.

Der Plan Alexanders VI. einer großen Reform der Kirche

Verleumder, Fälscher und willfährige Historiker. Ist es möglich, dass über mehrere Jahrhunderte hinweg kontinuierlich ein solches Heer gegen den Borgia-Papst mobilisiert wurde? Wenn es so war, muss der Einsatz wirklich hoch gewesen sein. Die Antwort liegt im Werk Alexanders VI., oder genauer, in dem, was er plante, was aber unausgeführt blieb.

Das Projekt einer radikalen Kirchenreform, das der Borgia-Papst mehrmals zu verwirklichen versuchte, hätte der entstehenden protestantischen Reform den Boden unter den Füßen weggezogen. Wie erst Iligi und dann Ciolek Salaì erklären, bereitete der Papst eine Reform der Kirche und des Klerus vor. Alexander VI. hatte sowohl in Rom als auch in anderen christlichen Ländern bereits Vorkehrungen für zahllose Verbesserungsmaßnahmen getroffen: In den letzten drei Jahren seiner Regierung hatte er in Frankreich, Deutschland und Spanien Kardinäle ernannt, die von ihm ermächtigt wurden, den Klerus zu reformieren, und zwar vor allem den der Klöster und Ordensgemeinschaften. In Österreich hatte er den Oberen aller religiösen Institutionen Anweisungen gegeben, die Exzesse und Ausschweifungen ihrer Untergebenen zu unterdrücken. In Irland hatte er eine Synode einberufen, um die Moralität des religiösen Lebens zu verbessern. In Italien hatte er den Ordensleiter der Kamaldulenser beauftragt, dafür zu sorgen, dass das Leben in den Klöstern wieder der alten Ordensregel gehorchte. In sehr vielen Fällen versuchte er, durch persönliche Schreiben Missstände abzuschaffen oder zu verhüten – allein an die Franziskanerpatres richtete er zu diesem Zweck nicht weniger als vierundachtzig Briefe. 1501 hatte der Minoritenorden auf Druck des Papstes eine Reihe interner Reformen durchgeführt, die nach ihrem Anreger benannt wurden: «Alexandrinische Reform». Im Jahr zuvor hatte Papst Borgia mit der Bulle «Admonet nos» die Reform aller Männer- und Frauenorden in ganz Deutschland befohlen.

Im Allgemeinen verschweigen die Historiker dieses Werk Rodrigo Borgias, da es nicht zu der «schwarzen Legende» um seine Person passt. Doch die zahllosen, nahezu pedantischen Reformmaßnahmen, die er einleitete, sind von De Roo in den Archiven halb Europas mit Geduld ausfindig gemacht worden und nehmen im dritten Band seines Werks über 120 Seiten ein. Nicht zufällig fanden während der Regierungszeit des Borgia-Papstes ungewöhnlich viele Konzile und Synoden statt, auf denen es um die Reformvorhaben und die moralische Verbesserung des Klerus ging: von Ungarn über Polen, Island, Litauen bis zu Portugal und den Kanarischen Inseln.

Was jedoch wirklich gebraucht wurde, war eine umfassende Strategie, die die Leitlinien für eine einheitliche, allgemeine Reform der Kirche festlegte, und zwar vor allem mit Blick auf Deutschland und Holland, wo die größte Unzufriedenheit gärte, wie Papst Borgia wusste. Auf deutschem Boden gehörten fast alle Bischöfe und Äbte zum Adel, dessen sorglosen Lebensstil sie teilten, womit sie zum schlechten Vorbild für das Verhalten der niederen religiösen Ränge wurden. In der Diözese Straßburg (vgl. De Roo, Bd. III, S. 87) hatte man schon seit langer Zeit keine Mitra mehr gesehen, und vom Volk wurde sie mitnichten verlangt. Am Beginn der Reformmaßnahmen waren mindestens achtzehn deutsche Diözesen und Erzdiözesen in der Hand weltlicher Fürsten, die danach trachteten, ihre politische Machtstellung durch die Unabhängigkeit von Rom zu sichern.

Schon 1497 hatte Alexander VI. eine aus sechs Kardinälen und ihm selbst bestehende Kommission einberufen, zu der später weitere Kardinäle und Prälaten hinzukamen. Anfangs versammelte die Gruppe sich jeden Morgen. Von dieser Vorbereitungsarbeit gibt es Berichte (De Roo, Bd. III, S. 172 ff.) in zwei Kodizes der Vatikanischen Bibliothek. Der strenge Ruf der sechs Kardinäle bereitete den widerspenstigen deutschen Fürsten schon bald schlaflose Nächte, und die Kommission erhielt in ihren Kreisen schnell den Namen «die sechs Reformatoren» («sex reformatores»). Besorgt um die Wahrung ihrer Vorrechte, schickten einige Fürsten sofort Appelle an die Kommission.

Aus den Protokollen der Kommission geht hervor, dass Alexander VI. auf die Möglichkeit baute, eine oder zwei Bullen zur Reform zu erlassen, die die ersten durchschlagenden Wirkungen zeitigen sollten. Doch da die Anzahl der Machtmissbräuche, die aus allen christlichen Ländern gemeldet wurden, Sitzung für Sitzung immer höher wurde, kam man zu dem Schluss, dass das Mittel der Bulle nicht genüge. Konnte eine päpstliche Bulle die reichen und mächtigen deutschen Fürsten und die mit ihnen verwandten Bischöfe, die es gewohnt waren, selbst Recht und Gesetz auf ihrem Territorium zu sprechen (auch indem sie päpstliche Bullen fälschten) und das schrankenlose Leben des Hochadels zu führen, wirklich zu einem sittlicheren Verhalten bekehren? So zeichnete sich bald ab, dass ein allgemeines Konzil nötig wurde, wo die Delegierten aller Länder mit Sachkenntnis über die speziellen Probleme ihres Gebiets sprechen und dann *inter pares* über die anzuwendenden Maßnahmen entscheiden konnten.

Doch das Konzil, auf das in den Akten der Kommission Alexanders VI. wie auf ein kurz bevorstehendes Ereignis Bezug genommen wird, fand leider nie statt. Fast will es nicht als ein Zufall erscheinen, dass Alexander VI. sich plötzlich genötigt sah, eine Fülle gravierender Notsituationen zu meistern: Man denke nur an den französischen Einmarsch in Italien unter Karl VIII. und Ludwig XII., an die Kriege zwischen dem Kirchenstaat und den kleinen italienischen Fürstentümern oder an die ständige Bedrohung durch die Türken. Das nächste Konzil («Fünftes Laterankonzil» genannt) wurde von Papst Julius II. erst 1511 versucht, acht Jahre nach dem Tod Alexanders VI. Obwohl er seinen Vorgänger hasste, musste Julius II. zugeben, dass das so sehr ersehnte Konzil «aufgrund der allgemeinen Unglücksfälle, die zur Zeit von Papst Alexander begannen, Italien heimzusuchen und es seither immer noch heimsuchen, so lang verschoben werden musste». Zu spät: Nur sechs Monate nach dem Abschluss des Konzils verkündete Luther seine fünfundneunzig Thesen.

Die von Papst Borgia vorbereitete Reform wurde darum erst ab 1563 als Auswirkung des berühmten Konzils von Trient (1545–1563) durchgeführt. Die andere Reform, die protestantische, hatte ihren Einsatz im Spiel damals schon seit fast einem halben Jahrhundert gemacht.

Die Germania *von Tacitus*

Die Entdeckung des Grundlagentextes der deutschen Geschichte ist ebenso geheimnisumwittert wie unglaublich. Alle Umstände, von denen Salaì in diesem Zusammenhang berichtet, sind wahr: Niemand weiß genau (und höchstwahrscheinlich wird man es nie erfahren), wer die Handschrift der *Germania* von Tacitus entdeckt und der Nachwelt überliefert, wer sie nach Italien gebracht hat und wann und wo sie dort aufbewahrt wurde. Die glaubhafteste Version ist jene, die Enoch von Ascoli als Entdecker sieht, aber auch ihr wird von mehreren Forschern widersprochen (darunter vor allem R. P. Robinson, *The Germany of Tacitus*, Middletown 1935, für den Poggio Bracciolini der Entdecker war).

Umstritten ist jedoch vor allem die Echtheit des Textes von Tacitus. Dass die Tacitus zugeschriebenen Werke nicht echt sind, wurde von vielen Autoren wiederholt behauptet. Begonnen hat im 19. Jahrhundert der Engländer John Wilson Ross (*Tacitus and Bracciolini: the Annals forged in the XVth century,*

London 1878). Er war der Erste, der Bracciolini die Fälschung der *Annales* zuschrieb, einem der beiden Hauptwerke des lateinischen Historikers. Zu demselben Schluss kam im 19. Jahrhundert der Franzose Polydore Hochart (*De l'Authenticité des Annales et des Histoires de Tacite*, Paris 1890), der die Echtheit auch der *Historiae* bezweifelte, des anderen *Opus magnum* von Tacitus. Aber Hocharts Untersuchungen widerfuhr das gleiche Schicksal wie den Arbeiten De Roos: Sie wurden von keinem Historiker jemals ernsthaft diskutiert. Im 20. Jahrhundert griff der amerikanische Forscher Leo Wiener (*Tacitus' Germania and other forgeries*, in: *Toward A History of Arabico-Gothic Culture*, Bd. II, Philadelphia 1920) die Frage wieder auf und stellte nach einer philologischen Analyse des Textes fest, die *Germania* sei eine komplette Fälschung. Dennoch weigert die moderne Philologie sich nicht nur, die Hypothese zu diskutieren, dass Tacitus' *Germania* gefälscht sei – sie hat sie auch absichtlich verheimlicht. Dass die offiziellen akademischen Kreise die Thesen von Hochart und Wiener (Letzterer war ein bekannter und geschätzter Wissenschaftler, außerdem Vater des Nobelpreisträgers Norbert Wiener, des Begründers der Kybernetik) nicht anerkennen wollen oder sie vielleicht schlicht und einfach fürchten, geht deutlich aus der Zensur hervor, der ihre Arbeiten zum Opfer fielen. Ein besonders offensichtliches Beispiel ist die vollständigste, kritische Ausgabe der *Germania*, die angesehene Teubneriana (*Germania. Interpretiert, herausgegeben, übertragen, kommentiert und mit einer Bibliographie versehen von Allan A. Lund*, Heidelberg 1988). Der renommierte Philologe Lund listet im gewaltigen bibliographischen Apparat nahezu die gesamte einschlägige wissenschaftliche Literatur auf: Hunderte von Büchern, Artikeln und Texten zum universitären und sogar schulischen Gebrauch, in zahlreichen Sprachen. Die einzigen Titel, die bei Lund fehlen, sind ausgerechnet die

– offensichtlich unbequemen – Arbeiten von Ross, Hochart und Wiener; eine veritable intellektuelle Gewalttat. Und mit dem Phänomen der Gewalt hat der deutsche Wissenschaftler sich beschäftigt, da er der Verfasser eines Werkes über die Rezeption von Tacitus' *Germania* im Hitlerregime war (*Germanenideologie im Nationalsozialismus: Zur Rezeption der Germania des Tacitus im Dritten Reich*, Heidelberg 1995).

Die Frage der Echtheit des Tacitus-Textes ist ein regelrechtes Tabu, bei dem unklar ist, ob man es auf eine militante Auffassung der Philologie oder andere, unsichtbare ideologische Zwänge zurückführen soll.

Auch die Datierung des Hersfelder Kodex (9. Jahrhundert), der aus guten Gründen als Archetyp aller handschriftlichen Kopien der *Germania* gilt, löst das Problem nicht. Man hat behauptet, einer der Beweise für die «antike Qualität» der Germania sei die Tatsache, dass Rudolf von Fulda in seinen auf das 9. Jahrhundert zurückgehenden *Annales* daraus zitiert (es ist das einzige Zitat aus so alter Zeit). Um diesen Beweis anzuzweifeln, muss man sich nicht unbedingt so radikalen Thesen anschließen wie denen des deutschen Wissenschaftlers Heribert Illig (*Das erfundene Mittelalter*, Düsseldorf 1996; ders., *Wer hat an der Uhr gedreht?*, München 2000, außerdem zahlreiche Publikationen in Fachzeitschriften), der nach einer minutiösen interdisziplinären Forschungsarbeit zu dem Schluss kommt, das 7., 8. und 9. Jahrhundert seien reine Erfindung, weshalb er vorschlägt, sie aus der offiziellen Chronologie zu streichen. Es genügt schon, sich vorzustellen (doch seltsamerweise hat es keiner je getan), dass jemand die Stelle der *Germania*, die bei Rudolf von Fulda zitiert wird, aus dessen *Annales* entnommen haben könnte, statt umgekehrt. Das Zeugnis Rudolfs jedenfalls klärt nichts, bedenkt man, dass dem Mönch aus Fulda, wie schon seinem Lehrer Rabanus Maurus zahlreiche schwerwiegende Fälschungen zur Last gelegt werden. Dazu werfe man einen Blick in das große, sechsbändige Werk, in dem die Beiträge des ersten (und letzten) großen Kongresses über Fälschungen im Mittelalter 1968 in München gesammelt sind: *Fälschungen im Mittelalter. Internationaler Kongreß der Monumenta Germaniae Historica, München 16.–19. September 1986*, Hannover 1990, Bd. III. S. 100, 104, 337 ff.

Die Teutschen

Wer mehr über Diebold Lauber, seine Werkstatt und die dort gedruckten Werke erfahren will (oder den gehörnten Moses sehen möchte, den Salaì in den Papieren Burkards findet), kann die ausgezeichnete Webseite konsultieren, die anlässlich einer Ausstellung über Lauber und die *Scriptoria* im deutschsprachigen Raum von der Ruprecht-Karls-Universität in Heidelberg erstellt wurde (http://www.ub.uni-heidelberg.de/helios/fachinfo/www/kunst/digi/lauber/).

Die Informationen über die Aktivitäten der deutschen Bankiersfamilie Fugger in der Papststadt während der Jahre Alexanders VI. treffen alle zu, wie man nachlesen kann bei A. Schulte, *Die Fugger in Rom 1495–1523*, Leipzig 1904. Wie Schulte zeigt (S. 21), ereignete sich in den Geschäftsbeziehungen, die die deutsche Familie zum Vatikan unterhielt, zwischen 1499 und 1501 etwas Ungewöhnliches. Zu jener Zeit wurde über das große Darlehen für den Krieg Alexanders VI. gegen die Türken verhandelt, gleichzeitig jedoch verschwanden die Rechnungen über die finanziellen Transaktionen mit dem Heiligen Stuhl: Die entsprechenden Papiere aus diesen Jahren fehlen im vatikanischen Archiv, die folgenden Jahrgänge sind lückenhaft.

Wahr sind auch die Erzählungen Kopernikus' über den erstaunlichen Aufstieg der Fugger in Rom und die eigenartigen Formen, in denen er sich vollzog: zum Beispiel die Betrügereien, die bei der Vergabe kirchlicher Benefizien verübt wurden (Schulte, S. 28f.), und die seltsame Tatsache, dass die Transporte von Bargeld für den Papst regelmäßig das Opfer von Raubüberfällen wurden, die erstaunlicherweise aufhörten, als die Fugger diese Transportdienste übernahmen (ibid. S. 6f.).

Die Informationen über die satanischen Riten, deren man die Valdenser und andere häretische Sekten in Böhmen, Frankreich und Italien zwischen dem Ende des 15. und dem beginnenden 16. Jahrhundert beschuldigte, stammen von De Roo (op. cit., Bd. III, S. 30ff.).

Auch der Sekretär Burkards, Michael Sander, ist eine den Historikern seit langem wohlbekannte Gestalt, ebenso Paride Grassi, der nach Burkards Tod zu seinem Nachfolger und unerbittlichen Ankläger wurde (vgl. *Bautz Bio-bibliographisches Kirchennlexikon*, Nordhausen 2001, Bd. XIX, Spalten 599–605). Die scharfen Urteile Grassis über Burkard hätten auf Salaì großen Eindruck gemacht, denn schon wieder tritt der Teufel bei den Straßburgern in Erscheinung. Grassi zufolge waren die von Burkard verfassten Handschriften nämlich so wirr und mit so seltsamen Buchstaben geschrieben, dass es schien, als habe der Teufel sie ihm eingeflüstert und nur mit seiner Hilfe könnten sie verstanden werden (Oliger, *Der päpstliche* …, op. cit., S. 224.)

Die Inschrift «Argentina» in vergoldeten Lettern prangte wirklich auf dem Turm des Burkardschen Palazzo, doch schon wenige Jahrzehnte nach seinem Tod war vergessen, dass der Erbauer des Palazzo der mächtige Zeremoniar Papst Alexanders VI. gewesen war. Noch heute glauben die Römer, die angrenzende Piazza Argentina, ein lebhafter Verkehrsknotenpunkt der römischen Altstadt, verdanke seinen Namen dem südamerikanischen Land, während er von nichts anderem herrührt als dem weithin sichtbaren Wahrzeichen, das die Straßburger Lobby vor etwa fünf Jahrhunderten im Herzen von Rom anbrachte. Erst im Jahr 1908 entdeckte der Kunsthistoriker Domenico Gnoli, irritiert durch die unerklärliche Anwesenheit dieser spätgotischen Residenz inmitten von römischen Renaissancebauten, dass der Palazzo, zu dem der Turm gehörte (er wurde später abgeschlagen und in das Gebäude integriert), von Burkard erbaut und bewohnt worden war. Das hübsche kleine Gebäude, das im 20. Jahrhundert mehrmals restauriert wurde, steht heute zum bescheidenen Eintrittspreis von zwei Euro allen Neugierigen offen, die durch die Räume gehen möchten, wo Johannes Burkard und Michael Sander lebten – und ihre Verleumdungskampagne ausheckten. Salaìs Beschreibung des Palazzo und seiner Innenräume ist natürlich kein Phantasieprodukt, wie man nachlesen kann bei: AAVV, *La casa del Burcardo: il palazzetto e la raccolta teatrale della SIAE*, Rom 1967.

Was die Deutschen sagen, mit denen Salaì in der Gasse vor dem Wirtshaus della Campana steht, ist nicht das delirierende Geschwätz dreier Betrunkener. Es handelt sich um authentische Zeugnisse des elsässischen humanistischen Gedankenguts, wie man durch eine Lektüre des nützlichen, heute in Vergessenheit geratenen Aufsatzes von J. Knepper erfährt: *Nationaler Gedanke und Kaiseridee bei den deutschen Humanisten. Ein Beitrag zur Geschichte des Deutschtums und der politischen Ideen im Reichslande*, Freiburg im Breisgau 1898. Es ist kein Zufall, dass die Vorläufer des Protestantismus, wie zum Beispiel Wimpfeling, der bis zum Beginn des 20. Jahrhunderts von den Historikern studiert und gefeiert wurde, heute vergessen sind und nur noch in reinen Expertendebatten auftauchen. Die drohenden Aufrufe Wimpfelings, der schwülstige nationalistische und fremdenfeindliche Furor, der das Entstehen des deutschen Humanismus, des Vorboten der protestantischen Reformation, begleitet, sind denen nicht mehr genehm, die die Ursprünge des lutherischen Schismas als notwendigen, ruhmreichen Fortschritt in der Geschichte der Menschheit ausgeben wollen. Dabei wird vergessen, wovon er sich nährte: Es sind die in Tacitus' *Germania* aufgestellten Behauptungen von der Reinheit der deutschen Rasse, das Misstrauen und die Verachtung gegenüber anderen Kulturen (bei Wimpfeling vor allem der italienischen und französischen), die Verherrlichung der germanischen Vergangenheit und der kriegerischen Tugenden des deutschen Volkes und zuletzt der beflissene Versuch solcher Historiker, die auf der «richtigen» Seite stehen, dies alles zu legitimieren und zu würdigen. Zu Beginn des 20. Jahrhunderts sollte dann Georg von Schönerer, der von Hitler geschätzte Denker, mit seiner politischen «Los-von-Rom-Bewegung» die Losungen der elsässischen Humanisten wörtlich nehmen. Nachdem er vorgeschlagen hatte, den Kalender im Jahr 113 v. Chr. beginnen zu lassen, als die Kimbern und Teutonen die Römer in der Schlacht schlugen, und die Monatsnamen wegen ihres römischen Ursprungs durch andere germanischer Herkunft ersetzen ließ, gelang es Schönerer, im Namen der germanischen Identität und als Schmähung der Kirche von Rom mit Unterstützung der deutschen evangelischen Kirche über fünfzehntausend deutsche Katholiken zu überzeugen, en bloc zum Protestantismus überzutreten.

Doch die lange Welle der Intoleranz reicht weit über die symbolischen Wasserscheiden von Nürnberg und Jalta hinaus. Noch 1962 wird Wimpfeling von Adolf Schmidt in seiner Einführung zu der Ausgabe zweier Schriften von Wimpfeling und Enea Silvio Piccolomini über die *Germania* als ein «glühender Patriot» bezeichnet, denn «er wies nach, dass Elsass ein deutsches Land sei», und Enea Silvio Piccolomini entgegengesetzt, der aus dem Schulterschluss der italienischen Humanisten ausgetreten war und von Schmidt darum des Renegatentums bezichtigt wird (*Aeneas Silvius, Germania, und Jakob Wimpfeling: «Responsa et replicae ad Eneam Silvium»*, Köln/Graz 1962, S. 8).

Sechsundvierzig Kapitel, die Geschichte machten

Tacitus' *Germania* stellt nicht nur die Geburtsurkunde der Geschichtsschreibung über Deutschland dar, sondern ist auch der Ausgangspunkt jeder ideologischen und politischen Konzeption, in der die Deutschen eine Zentralstellung einnehmen. Recht besehen, haben die sechsundvierzig Kapitel von Tacitus' Beschreibung der Germanen wirklich Geschichte gemacht. Wie der Historiker und Altphilologe Luciano Canfora erklärt (*La Germania di Tacito da Engels al nazismo*, Neapel 1979), hat im Lauf der Jahrhunderte jede Neigung zum Pangermanismus, jeder Versuch, aus deutschem Boden das Zentrum Europas (oder sogar der Welt) zu machen, Anregungen aus der *Germania* empfangen. Dieser ideologische Wahn, der Hitler als Universalschlüssel diente, um den Krieg und alles, was daraus folgte, zu entfesseln, war weder das Produkt einer plötzlich aufflammenden, kollektiven Lust am Töten, noch verdankte er sich der brennenden Enttäuschung der Deutschen nach Versailles. Er ist das Ergebnis einer seit vielen Jahrhunderten andauernden Propaganda, die einem ganzen Volk heimlich das Gift der Verachtung und des Misstrauens gegenüber allem, was nicht deutsch ist, einflößte. Die Deutschen sollten glauben, dass die Ursprünge Germaniens in der fernen, verschwommenen Vergangenheit der römischen Antike wurzeln. Diese Überzeugung musste Stein für Stein aufgebaut werden, angefangen bei Tacitus, über Wimpfeling und den Idealismus des 19. Jahrhunderts, bis zu den extremen Konsequenzen im Hitlerregime. Die wirkungsmächtige politische Botschaft der *Germania* rief die Deutschen zur Wiederentdeckung ihrer verlorenen nationalen Identität und zu einer Revanche auf, bei der sie die Rolle frommer, kühner, grobschlächtiger, aber tapferer Krieger spielten. Wie neben Canfora auch D. Mertens klar dargelegt hat (*Die Instrumentalisierung der «Germania» des Tacitus durch die deutschen Humanisten*, in: H. Beck (Hrsg.), *Zur Geschichte der Gleichung germanisch/deutsch: Sprache und Namen, Geschichte und Institutionen*, Berlin 2004, S. 37–101), hat der Mythos von der rassischen Überlegenheit und der volkstümlichen deutschen Kultur seine Wurzeln in der *Germania* von Tacitus und jenem berühmten Passus, der Salaì misstrauisch macht, wo den alten Germanen ein altes, reines Blut und eine von keiner Invasion unterbrochene Herrschaft über ihr Land zuerkannt werden. Das Ganze basiert, wohlgemerkt, auch hier auf Fälschungen von der Art wie dem Betrug des Annius von Viterbo, von dem der elsässische Pfaffe Salaì berichtet. In seiner *Historia antiqua* (1498) veröffentlichte der italienische Humanist Annius ein Fragment des (frei erfundenen) babylonischen Gelehrten Berosus, aus dem hervorgeht, dass der Gott Tuiscon, der bei Tacitus an der Spitze des germanischen Pantheons steht, von Noah abstammt. So kann Annius die Ursprünge der Germanen mit der noch älteren biblischen Geschichte verknüpfen und dann eine völlig aus der Luft gegriffene germanische Geneaologie rekonstruieren. Ein meisterhafter Streich: Jahrzehntelang glauben die deutschen Humanisten (oder täuschen es vor), dass die Germanen mit vollem Recht uralte, ja die ältesten Ursprünge aller europäischen Völker für sich in Anspruch nehmen können. Als das Täuschungsmanöver entlarvt wird (1530), liegt der Anschlag von Luthers berühmten Thesen schon lange zurück (vgl. dazu die ausführliche Studie von P. Hutter, *Germanische Stammväter und römisch-deutsches Kaisertum*, Hildesheim 2000).

Im Dritten Reich erlangt die Bedeutung der *Germania* als Grundlagentext für den Mythos der Germanen als eines uralten, reinrassigen und kriegerischen Volks mit unverdorbenen Sitten groteske Ausmaße. Höhepunkt war eine Episode, die von Simon Schama erzählt wird (*Landscape and Memory*, London 1996, später aufgenommen von *Die Gazette*, Nr. 6, September 1998). Bei ihrer Begegnung in Deutschland im November 1936 wurden sich Mussolini und Hitler über das Abkommen, das den Namen «Achse Rom-Berlin» erhielt, rasch einig. Danach unterhielten sie sich über ein ganz anderes Thema. Hitler bat den italienischen Diktator um ein Geschenk: den *Codex aesinas* aus der Mitte des 15. Jahrhunderts, der in Italien aufbewahrt wurde. Denn im *Aesinas* sollten sich einige Seiten aus dem *Codex Hersfeldensis* befinden, der älteste Handschrift von Tacitus' *Germania* aus dem 9. Jahrhundert.

Mussolini war nur zu gerne bereit, diese Bitte zu erfüllen, denn der Kodex befand sich im Besitz eines bekannten Antifaschisten, des Grafen Balleani aus Jesi. Der Kodex Esinate oder auch Jesi-Kodex war nämlich 1906 zufällig in Jesi bei Ancona in der Bibliothek der Grafen Balleani entdeckt worden. Der Duce beabsichtigte nun, diesen Kodex konfiszieren zu lassen und ihn dem Führer zu schicken. Es war allerdings weniger Hitler selbst, der das Manuskript haben wollte. Für ihn war «der Nationalsozialismus in seiner Organisation wohl eine Volksbewegung, aber unter keinen Umständen eine Kultbewegung». Begierig, sich in den Besitz des *Codex aesinas* zu bringen, war eher Alfred Rosenberg, noch mehr aber Heinrich Himmler, der aus der SS eine Art «germanischen Orden» gemacht hatte und, um diesen ideologisch zu untermauern, 1935 das Forschungsinstitut «Ahnenerbe» gegründet hatte. Hitler machte sich sogar über seinen Reichsführer lustig, der «diese Lehmdörfer ausgräbt und in Begeisterung gerät über jeden Tonscherben und jede Streitaxt, die er findet». Damit beweise man doch nur, so Hitler, dass «wir noch um offene Feuerstellen hockten, als sich Rom schon auf höchster Kulturstufe befand: Wie müssen die heutigen Römer verächtlich über diese Enthüllungen lachen!»

Trotzdem hatte Hitler es, vielleicht auf Drängen Himmlers, für opportun gehalten, Mussolini um den *Codex aesinas* zu bitten. Doch die Zusage Mussolinis verwandelte sich eine Weigerung, als ihm bei der Ankündigung, ein so wichtiges Stück des römischen Erbes sollte außer Landes gebracht werden, und sei es auch zugunsten des mächtigen deutschen Verbündeten, ein Sturm der Entrüstung entgegenschlug. Hinzu kam, dass Mussolini selber schon seit langem die Aufwertung nationaler Kulturschätze forderte, und so beschloss er, das Hitler gegebene Versprechen zu brechen, worauf dieser nicht einmal reagierte.

Himmler aber wollte nicht auf seinen Wunsch verzichten. An der *Germania* interessierte ihn vor allem der berühmte und umstrittene Passus im vierten Kapitel, wo Tacitus sich der Meinung derer anschließt, «die glauben, dass die Stämme Germaniens in keiner Weise durch eheliche Verbindungen mit anderen Völkern verfälscht und dass sie ein eigenwüchsiges, unvermischtes Volk von unvergleichlicher Eigenart sind» *(propriam et sinceram et tantum sui similem gentem).* Auch das, was Tacitus sofort in kritischer Absicht hinzufügt («hünenhafte Leiber, die freilich nur zum Angriff taugen»), und andere Stellen, die ein primitives Volk beschreiben, erschien Himmler als ein positives Bild. Dank der Vermittlung des deutschen Botschafters in Rom, Hans Georg von Mackensen, erhielt Rudolph Till, einer der Latinisten des «Ahnenerbes», die Gelegenheit, den *Codex aesinas* einzusehen und ihn für eine Faksimile-Ausgabe abzufotografieren. Danach wurde der kostbare Kodex dem Grafen Balleani zurückerstattet. Till veröffentlichte seine wissenschaftliche Ausgabe der *Germania* (*Handschriftliche Untersuchungen zu Tacitus' Agricola und Germania*, Berlin-Dahlem 1943) mit einem Vorwort von Himmler.

Doch der Reichsführer SS hatte Mussolini das gebrochene Versprechen nicht verziehen. Als im Frühsommer 1944 die amerikanische 6. Armee an der Adriaküste nach Norden vorstößt und die Deutschen sich auf die sogenannte «Gotenlinie» am Apennin zurückziehen, ist für Himmler die Gelegenheit zur Rache gekommen. Im Juli 1944 fährt ein SS-Sonderkommando zum Palazzo des Grafen Balleani in Fontedamo, ein paar Kilometer westlich von Ancona. Sie klopfen, niemand öffnet. Die Tür wird eingetreten, das Haus von oben bis unten durchsucht, aber der *Codex aesinas* ist nicht zu finden. Außer sich vor Wut zerstören die SS-Männer das Mobiliar, schlitzen Polster und Gemälde auf, kratzen die Fresken von den Wänden und reißen die Bodenmosaiken heraus. Alles zwecklos, von der *Germania* keine Spur.

Das Kommando durchsucht noch zwei weitere Wohnstätten der Balleani, wenngleich nicht ganz so barbarisch: das Haus in Osimo (in dem die Balleani sich so gut versteckt haben, dass sie bei der Durchsuchung nicht bemerkt wurden) und den Palazzo der Familie auf der großen Piazza von Jesi. Erschöpft und gereizt durch die ergebnislose Suche, räumen die Soldaten des Reichs schließlich die Piazza des Städtchens in den Marken. Sie hätten es niemals geglaubt, aber sie waren einen Schritt von dem, was sie suchten, entfernt: In einem winzigen Küchenkeller des noblen Palazzo der Balleani befand sich, verborgen in einer mit Zinn verstärkten Holzkiste, das heißersehnte Manuskript.

Wenn Himmler gewusst hätte, wie viele Zweifel man an der

Echtheit der *Germania* von Tacitus hegen kann, hätte er sich und seinen Männern die Blamage von Jesi wahrscheinlich erspart.

Nach einer Reihe teilweise ungeklärter Vorfälle (das Verschwinden und Auftauchen an verschiedenen Orten, die schweren Beschädigungen des Kodex durch das Hochwasser, das 1966 in Florenz herrschte, außerdem der illegale Versuch der Besitzer, ihn ins Ausland zu verkaufen) befindet sich der *Codex aesinas* heute im Besitz des italienischen Staates und kann in der Nationalbibliothek in Rom eingesehen werden, wo er als Kodex Vittorio Emanuele 1631 registiert ist.

Die Vergangenheit, die nicht vergeht

Wenn die *Germania* nicht von Tacitus verfasst wurde, sondern eine Fälschung oder eine geschickte Manipulation zu politischen, religiösen oder ideologischen Zwecken ist, sind Philologen, Literaturwissenschaftler und Historiker aufgerufen, den Betrug zu entlarven. Wenn diese wissenschaftlichen Disziplinen sich dem Problem jedoch nicht stellen wollen oder sogar alles unternehmen, damit es unbekannt bleibt und nicht diskutiert wird, gibt es noch andere Möglichkeiten, der Sache nachzugehen, an die der aufmerksame Leser vielleicht schon gedacht hat.

Um die Mitte der sechziger Jahre fragte sich der angesehene Archäologe Herbert Jankuhn, ob der Inhalt der *Germania* sich womöglich durch archäologische Funde aus römischer Zeit auf deutschem Gebiet bestätigen lasse und damit ein wichtiger Beweis für ihre Glaubwürdigkeit erbracht werden könne. Wie geschickt Poggio Bracciolini oder ein anderer Fälscher die

Schrift des Tacitus auch immer manipuliert haben mochten – sie hätten doch niemals wissen können, welche Reste römischer Zivilisation sich auf deutschem Boden finden lassen und von der Fälschung zeugen könnten. In den letzten Sätzen seiner Arbeit (*Archeologische Bemerkungen zur Glaubwürdigkeit des Tacitus in der Germania*, in: Nachrichten der Akademie der Wissenschaften in Göttingen, 10 [1966]) kommt Jankuhn zu dem Ergebnis, dass das, was Tacitus schreibt, von den archäologischen Befunden tatsächlich nicht voll und ganz bestätigt wird. Trotzdem lautet seine nachdrückliche Schlussfolgerung (S. 426), dass solche Diskrepanzen, auch wenn sie «nicht zu leugnen sind», dennoch «den Eindruck guter Unterrichtung des römischen Autors nicht ernsthaft in Frage stellen können». Nach diesen Worten hat niemand mehr gewagt, die Glaubwürdigkeit des Tacitus-Textes auf der Basis archäologischer Funde in Frage zu stellen.

Jankuhn (1905–1990) war schon in den dreißiger Jahren einer der bedeutendsten Vertreter der prähistorischen und mittelalterlichen Archäologie. Mit seinem Namen verbindet sich vor allem der berühmte Ausgrabungsort Haithabu, wo man eine bedeutende Wikingersiedlung aus dem 8. Jahrhundert entdeckte.

Seine Handlungs- und Lehrfreiheit verdankte Jankuhn allerdings dem Naziregime, dessen wertvoller Mitarbeiter und überzeugter Anhänger er war. 1933 wurde er Mitglied der SA, im darauffolgenden Jahr der NSDAP und später des «Ahnenerbes», zu dem auch Rudolf Till und die SS Himmlers gehörten. 1941 stand er an der Front einer nach ihm benannten Einheit vor, dem Sonderkommando Jankuhn. Auftrag: das Requirieren von archäologisch bedeutenden Objekten im Kriegsgebiet.

Von 1942 bis 1945 fand er auch die Zeit, an der Universität Rostock zu unterrichten, wo eigens für ihn ein Lehrstuhl für

Vor- und Frühgeschichte geschaffen wurde. Von 1944 an war er Obersturmbannführer der SS und unterstand dem persönlichen Befehl Himmlers. Dank des nationalen und internationalen Ansehens, das er wegen der Ausgrabungen in Haithabu schon vor dem Krieg genoss, konnte Jankuhn dem «Ahnenerbe» außerordentliche Impulse geben. Eines der Hauptanliegen Himmlers war es, den germanischen Völkern eine mythische, ruhmreiche Vergangenheit zu verschaffen, und Jankuhn gehörte zu denen, die diesem Ehrgeiz dank seiner vierfachen Funktion als Forscher, Universitätslehrer, Gelehrter und Beschaffer archäologischer Fundstücke im militärischen Rang nützlich sein konnten. Denn «die Prähistorie kam mit ihrer germanophilen Deutung von Funden dem Wunsch des Nationalsozialismus nach politischer Legitimation nach, und der Nationalsozialismus schuf die Möglichkeit für eine feste Etablierung der Ur- und Frühgeschichte in der deutschen Forschungslandschaft» (Katharina Krall, *Ein Vergleich der Schriften von Herbert Jankuhn und Hans Reinerth zwischen 1933 und 1939*, Magisterarbeit im Fach Geschichte an der Universität Konstanz, 2005).

In seiner Monographie *Haithabu, ein Handelsplatz der Wikingerzeit* (1937 in vollständiger, 1980 dann in «bereinigter» Fassung erschienen) greift Jankuhn das alte Thema der Überlegenheit der Germanen über andere Völker wieder auf. Er betont, dass sie eine besondere Rolle spielen, da «sie ihren Stammbaum am weitesten zurückführen können», weiter nämlich als die Römer, die Kelten oder die Slawen. Außerdem habe bei den Germanen «eine fremde Überschichtung und eine Umbiegung der Entwicklung nicht stattgefunden», und zwar «wegen der inneren Kraft dieses Volkstums». Sogar in den Ornamenten der Tongefäße, die bei Ausgrabungen gefunden wurden, erkennt Jankuhn die «überlegenen geistigen Kräfte» seiner Urahnen. In der Einschätzung heutiger Wissenschaftler versuchte Jankuhn die historischen Quellen so zu interpretieren, dass die Germanen als ein höherwertiges Volk als andere erschienen, und vermittelte dabei den Eindruck, nach einer objektiven wissenschaftlichen Methode vorzugehen, während er in Wirklichkeit jeden Interpretationsspielraum nutzte, den seine Fundstücke und Quellen boten, um eine nationalistische oder nationalsozialistische Deutung zu favorisieren (vgl. Krall, S. 76f.). Wenige Jahre nach Erscheinen von Jankuhns Monographie stieß Rudolf Till, sein Kollege beim «Ahnenerbe», mit seiner Ausgabe der *Germania* von Tacitus ins gleiche Horn.

Jankuhns Aktivitäten mit seinem Sonderkommando an der Front waren so emsig, dass sich heutige Historiker fragen (vgl. Krall, S. 68), ob es nicht statt Himmler vielleicht sogar Jankuhn selbst war, der im Rahmen seiner Forschungen auf dem Gebiet der Indo-Europäisierung (im Deutschen heißt es immer noch «Indogermanisierungsforschung») die Beschlagnahmung von Megalithen in der Bretagne oder prähistorischer Objekte in russischen Museen anordnete und durchführen ließ. Nach drei Jahren Kriegsgefangenschaft bei der amerikanischen Armee (1945–48) kehrte Jankuhn, obwohl er sich als engster Mitarbeiter der Spitzen des Hitlerregimes schwer kompromittiert hatte, dank der Landesregierung von Schleswig-Holstein unbehelligt an seinen Arbeitsplatz zurück. In den folgenden Jahren vervielfachten sich die Lehraufträge an den Universitäten Hamburg, Kiel und vor allem Göttingen, wo er von 1959 bis 1973, der Zeit, in der sein Aufsatz über Tacitus erschien, emeritierter Professor für Vor- und Frühgeschichte war. Er veröffentlichte außerdem Werke, die nachhaltigen Einfluss auf die Zukunft der wissenschaftlichen Forschung hatten, wie das *Reallexikon der germanischen Altertumskunde* (Göttingen 1968). Jankuhn führte schließlich von 1971 bis 1986 den Vorsitz in der «Kommission für die Altertumskunde Mittel- und Nordeuropas» der angesehenen Göttinger Akademie der Wissenschaften, für die er bis zu seinem Tod 1990 weitergearbeitet hat.

Wie ist es möglich, dass der wichtigste Mitarbeiter Himmlers bei der Schaffung eines archäologischen Substrats für die Ideologie des Dritten Reichs bis in allerjüngste Zeit seelenruhig in Amt und Würden sitzen konnte?

Den Aussagen einiger Wissenschaftler zufolge (vgl. Krall, S. 93f.), überlebte in der Altertumskunde noch lange nach 1945 eine Art Netzwerk aus ehemaligen Mitgliedern des «Ahnenerbes», die durch gegenseitige Unterstützung und vor allem durch günstige Zeugenaussagen der Mitglieder füreinander die Rolle Jankuhns in Himmlers Hofstaat herunterspielen konnte. Krall kommt zu dem Schluss: «Die Entnazifizierung muss daher im Fall der Ur- und Frühgeschichte eher als gescheitert angesehen werden» (ebd.).

Die Namen der ehemaligen Genossen Jankuhns sind seit langer Zeit bekannt: eine ganze Reihe Historiker und Juristen, die während der Nazizeit wichtige Positionen innehatten und sich unter anderem für seine Berufung nach Göttingen und seine Zuwahl in die Akademie der Wissenschaften einsetzten (vgl. U. Halle, *Die Externsteine sind bis auf weiteres germanisch! Prähistorische Archäologie im Dritten Reich*, Bielefeld 2002).

Eines der entscheidenden Kapitel in der Kontroverse um Tacitus' *Germania* ist also von einem überzeugten Nazi und Mitarbeiter Himmlers geschrieben worden, den seine ehemaligen Komplizen später gedeckt haben. Sein ursprünglicher Plan bestand darin, die Überlegenheit des Volkes der Germanen zu rechtfertigen, indem er ihnen mit Hilfe des Textes von Tacitus eine mythisch überhöhte, märchenhafte Vergangenheit erschuf. Vom Hitlerregime übernommen, haben sich die gefährlichen ideologischen Fälschungen der elsässischen Humanisten ebenso wie ihre Verbreiter problemlos bis in unsere Tage erhalten.

Wird die Geschichte (seit Generationen) von Fälschern geschrieben?

Auch wir waren fassungslos. Wir brauchten ein wenig Zeit, bevor wir diese überraschende Erkenntnis akzeptieren können. Ein paar Tage lang sind wir verwirrt und ratlos durch die Bibliotheken gelaufen, die eben noch Schauplatz unserer Entdeckungen gewesen waren, und hofften, wir hätten uns geirrt. Eine naive Hoffnung! Als wir im 15. und 16. Jahrhundert angelangt waren, nachdem wir Jahre mit dem Studium von Quellen aus den folgenden Jahrhunderten, besonders des 17. und 18. zugebracht hatten, hatten wir uns bereits daran gewöhnt, immer wieder auf parteiische Historiker zu stoßen. Aber nie hätten wir uns eine solche Dreistigkeit beim Fälschen historischer Wahrheiten vorzustellen gewagt, und erst nicht recht, dass dies die wirklichen, ja sogar die einzigen Hauptfiguren der Geschichte sind: die Großen Fälscher. Wir hatten vorgehabt, uns in Gesellschaft Salaìs ein bisschen zu amüsieren, freilich mit den polemischen Absichten, die wir zu Beginn dieses Apologs erklärt haben, doch sieh mal einer an, wo unsere Nachforschungen uns hingeführt haben.

Die erste Reaktion war die, den Deckel dieser Büchse der Pandora schnell wieder zu schließen, alles aufzugeben und uns aufs Land zurückzuziehen; die zweite, etwas weniger radikale, uns sofort wieder dem Studium unseres geliebten Barock, anderthalb Jahrhunderte nach Burkard, zuzuwenden. Doch da meldete sich eine unangenehme Erinnerung an eine länger zurückliegende Begebenheit. Als Italien damals beschloss, unseren Büchern Tür und Tor zu verschließen, hatten wir ein interessantes Telefongespräch mit einem Journalisten des bekannten Wochenblatts *L'Espresso*, den wir kontaktiert hatten, weil wir ihm vorschlagen wollten, eine Rezension unseres ersten historischen Romans *Imprimatur* zu schreiben. Der Journalist (ein wichtiger Name in dem römischen Nachrichtenmagazin) bekundete zunächst großes Interesse und schlug sogar vor, in der Internetausgabe der Zeitschrift einige der von uns entdeckten historischen Dokumente zu zeigen. Nachdem er den Roman gelesen hatte, änderte sich der Ton. «Ihr Buch ist gefährlich!», brüllte er mehrmals hysterisch am Telefon, während wir vor Überraschung verstummten. «Es suggeriert die Vorstellung, dass die ganze Geschichte eine Fälschung ist, dass in den Büchern der Historiker nur Unsinn steht. Wollen Sie wissen, was ich denke? Ich hoffe inständig, dass niemand etwas von Ihrem Buch erfährt und dass keine Zeitung auch nur eine Zeile darüber schreibt!» Dann wartete er auf unsere Reaktion. Wir bedankten uns für die interessante Meinungsäußerung und verabschiedeten uns höflich (nachdem wir aufgelegt hatten, mussten wir uns erst einmal hinsetzen, um uns von der Überraschung zu erholen).

In Italien ist der Wunsch des Journalisten vom *Espresso* in Erfüllung gegangen. In der übrigen Welt, wo *Imprimatur* und die folgenden Bücher in einundzwanzig Sprachen übersetzt wurden, ist die Sache anders verlaufen. Seit den Zeiten des Borgia-Papstes sind die Angst vor Ideen, die den Status quo in Frage stellen, und die Mittel, sie zu unterdrücken, unverändert die gleichen geblieben.

Nachdem wir uns an diesen Vorfall erinnert hatten, erkannten wir, dass es durchaus nicht darum ging zu entscheiden, ob wir auf dem eingeschlagenen, mühsamen Weg weitergehen wollten oder nicht: Dazu hatten wir uns schon vor Jahren mit *Imprimatur* entschieden, und jener zu repressiven Mitteln neigende Journalist hatte es schon früher begriffen als wir. Darum sind wir jetzt hier und schlagen uns mit Salaì herum. Zum Barock werden wir bald zurückkehren und ihn nach dieser Erfahrung mit neuen Augen sehen.

Im Übrigen können, dürfen und wollen wir im Moment keine Antwort auf die Frage im Titel dieses Schlusskapitels geben, sondern nur auf das bereits zitierte Werk in sechs Bänden (und etwa viertausend Seiten Umfang) über die mittelalterliche Fälschungspraxis hinweisen: *Fälschungen im Mittelalter – Internationaler Kongreß der Monumenta Germaniae Historica, München 16.–19. September 1986*, Hannover 1990. Hieraus stammen die Informationen über Fälschungen auf deutschem Gebiet, von denen der Alte berichtet, den Leonardo und Salaì um Rat fragen, außerdem die Angaben über Trithemius, den gewisse Teile der Historiographie immer noch zu retten versuchen, indem sie ihm mildernd «höhere Zwecke» zubilligen (nämlich Deutschland eine große Vergangenheit zu geben), Zwecke, die Trithemius jedoch dazu verleiteten, die Ursprünge des deutschen Volkes frei zu erfinden. Dem Leser, der sich in die sechs Bände von *Fälschungen im Mittelalter* vertieft, werden die Augen durch die Lektüre dieser Beispiele eher geöffnet als durch alle abstrakten Darstellungen. Wie im Vorwort zum ersten Band zu lesen ist, hat die Breite des Themas die anfänglichen Erwartungen der Organisatoren des Kongresses weit übertroffen, und die Fülle des Quellenmaterials, das während der Tagung vorgestellt wurde (1028 Fälle von Fälschungen), hat alle Teilnehmer erstaunt. Viel mehr hätte noch hinzugefügt werden können, auch aus den vorhergehenden und folgenden Jahrhunderten, doch dieser schon zwanzig Jahre zurückliegende Kongress hat – vielleicht nicht zufällig – nicht noch einmal stattgefunden. Zu viel Sprengkraft in dem behandelten Material?

«O Leser, ich hab dir vorgelegt (...) nun musst du speisen», dichtete Dante am Beginn des zehnten Gesangs des «Paradies».

Die geneigten und aufmerksamen Leser, die uns bis hierhin gefolgt sind, vielleicht sogar seit den Zeiten von *Imprimatur*, haben wahrscheinlich gelernt, hinter die Kulissen der – wie Napoleon sie gerne nannte – Fabel zu schauen, die zu glauben man übereingekommen ist und die Geschichte heißt.

ANHANG

Das Plagiat von Johannes Burkard nach Boccaccio

Aus: *Johannis Burckardi capelle pontificie magistri ceremoniarum liber notarum ab anno MCCCCLXXXIII usque ad annum MDVI* (hrsg. v. L. Thuasne, Paris 1885, Bd. I, S. 108).

Bei einem vertraulichen Gespräch mit einem der Beichtväter der Basilika (von San Pietro) gab ich dem Wunsche Ausdruck, von einigen der Fälle zu erfahren, denen er und seine Kollegen tagtäglich begegnen. Er sagte mir, er habe die unterschiedlichsten und wunderlichsten Fälle vernommen, jedoch er entsinne sich ihrer kaum. Dann erzählte er mir jene wenigen, die ihm im Gedächtnis geblieben waren.

[...] Petrus und Johannes, zwei Kaufleute aus der Provençe, hatten jeder eine sehr schöne Frau. Von einer Magd eingeweiht, sagte Petrus zu seiner Frau, er werde an einem der nächsten Tage nach Brügge reisen, denn er wusste, dass sie sogleich Johannes zu sich rufen würde. Als nun dieser Tag gekommen war, tat Petrus nur so, als würde er nach Brügge aufbrechen. In Wirklichkeit begab er sich in das Haus eines Freundes, nachdem er der Dienstmagd seiner Frau einige Vorkehrungen befohlen hatte, welche die Magd gewissenhaft ausgeführt hatte. Petrus kehrte zu seinem Haus zurück und klopfte laut an die Tür. Erschrocken versteckte seine Frau Johannes nackt in einer Truhe, die in ihrer Kammer stand. Petrus trat ein, ging sofort zu seiner Frau und ließ darauf die Frau des Johannes rufen, die alsbald kam. Er fragte sie, wo ihr Mann sei. Sie antwortete, sie wisse es nicht, denn er verlasse oft am Morgen das Haus und komme erst abends zurück, ja, manchmal bleibe er sogar zwei Tage fern. Petrus antwortete: «Dein Mann ist hier, eingesperrt in dieser Truhe. Oftmals hat er fleischlichen Verkehr mit meiner Frau gehabt, obwohl du viel schöner bist als sie. Ich lasse dir die Wahl: Entweder du erlaubst mir, mich auf dieser Truhe hier mit dir zu vereinigen, oder du wirst den grausamen Tod deines Mannes erleben.»

Die Frau fragte ihren in der Truhe eingesperrten Mann, was sie tun sollte. Dieser antwortete, es sei besser, die Schmach als den Tod zu erleiden. So besaß Petrus die Frau des Johannes auf der Truhe, in welcher dieser hockte; dann ließ er ihn herauskommen. Die zwei wurden Freunde, und die Geschichte blieb, wie es oft geschieht, viele Jahre lang geheim.

Aus: Giovanni Boccaccio, Das Decamerone (Achter Tag, Novelle VIII)

Spinelloccio schläft bei der Frau seines Nachbarn und Freundes Zeppa. Dieser merkt es und macht, daß seine Frau ihn in eine Kiste einsperren muß, auf welcher er an der Frau des Spinelloccio das Vergeltungsrecht ausübt

In Siena sollen einmal ein paar ziemlich wohlhabende junge Männer aus guter Bürgerfamilie gewesen sein, von denen der eine Spinelloccio Tanena und der andere Zeppa di Mino hieß. Sie wohnten Wand an Wand im Viertel Camollia. Diese beiden waren unzertrennliche Gesellschafter und schienen einander fast noch mehr als Brüder zu lieben. Beide hatten recht hübsche Frauen. Da nun Spinelloccio täglich in dem Hause des Zeppa aus und ein ging, dieser mochte zu Hause sein oder nicht, so ward er nach und nach mit seiner Frau so vertraut, daß er bei ihr lag. Dieses Verhältnis dauerte eine geraume Zeit, ohne daß irgend jemand davon erfuhr. Endlich aber traf es sich einmal, daß Zeppa zu Hause war, als Spinelloccio nach ihm fragte. Seine Frau wußte es nicht und sagte, er wäre ausgegangen. Spinelloccio kam deswegen sogleich zu ihr hinauf, und als er sie allein im Saale fand, umarmte er sie mit einem tüchtigen Kuß. Zeppa sah es, verhielt sich ganz still und wartete, wie das Spiel weiter ablaufen würde. Kurz, er sah, daß seine Frau und Spinelloccio Arm in Arm in die Kammer gingen und sich einschlossen, was ihn heftig wurmte. Er bedachte indessen, daß er durch Lärm und Gepolter die Beleidigung nicht abwaschen, sondern nur seinen Schimpf dadurch vermehren würde, und er sann deswegen auf Mittel, sich Genugtuung zu verschaffen, die sein Herz befriedige, ohne die Sache ruchbar werden zu lassen. Nach einigem Besinnen glaubte er dieses Mittel gefunden zu haben. Er hielt sich demnach so lange verborgen, bis Spinelloccio sich entfernte.

Als dieser wegging, trat Zeppa den Augenblick in die Kammer seiner Frau, die noch beschäftigt war, ihren Kopfputz wieder in Ordnung zu bringen, den Spinelloccio ein wenig zerstört hatte. «Was machst du, Frau?» fragte Zeppa. «Siehst du es nicht?» erwiderte sie. «Jawohl, sehe ich's», sprach Zeppa, «und ich wünschte, ich hätte nicht noch manches mehr gesehen.» Er ließ sich hierauf deutlicher aus über alles, was vorgefallen war, und nach einigem Wortwechsel gestand sie ihm unter Angst und Furcht ihren vertrauten Umgang mit Spinelloccio, den sie nicht leugnen konnte, und bat ihren Mann unter Tränen um Vergebung. «Höre, Frau», sprach Zeppa, «du hast böse Streiche begangen, und wenn ich dir verzeihen soll, so mußt du mir alles treulich ausrichten, was ich dir befehlen will. Und das ist folgendes: Sage Spinelloccio, daß er sich morgen vormittag um die dritte Stunde, wenn wir beisammen sind, unter irgendeinem Vorwande von mir losmachen und zu dir kommen soll. Wenn er bei dir ist, werde ich plötzlich nach Hause kommen, und dann mußt du ihn, sobald du mich hörst, in diesen Kasten kriechen lassen und ihn darin einschließen. Was du weiter tun sollst, das will ich dir hernach sagen; du kannst es getrost tun und versichert sein, daß ihm nichts Böses geschehen soll.»

Die Frau versprach alles, um ihren Mann wieder zu besänftigen, und hielt auch Wort. Als Spinelloccio und Zeppa am anderen Vormittag um die dritte Stunde beisammen waren, sagte Spinelloccio, der der Frau versprochen hatte, um diese Zeit bei ihr zu sein, zu Zeppa: «Ich soll heute mittag bei einem Freunde essen und mag ihn nicht warten lassen. Gott befohlen!» «Es ist ja noch lange hin bis zur Mittagszeit», erwiderte Zeppa. «Wohl wahr», sprach Spinelloccio; «aber ich habe mit ihm noch über eines und das andere zu sprechen und will deswegen ein wenig früher zu ihm gehen.»

Damit verließ er ihn, nahm einen kleinen Umweg und ging zu der Frau Zeppas, die ihn sogleich in ihre Kammer führte; doch waren sie noch nicht lange darin, als Zeppa nach Hause kam. Sobald seine Frau ihn hörte, stellte sie sich ganz erschrocken, hieß ihren Nachbar sich in die Kiste verstecken, schloß ihn ein und ging aus der Kammer. Zeppa kam hinauf und sagte: «Frau, ist es schon Zeit zum Essen?» «Ja, es wird bald Zeit sein», gab sie ihm zur Antwort. «Spinelloccio ist heute bei einem Freunde zu Gast», sprach Zeppa, «und seine Frau ist allein. Gehe ans Fenster und bitte sie, herumzukommen, um mit uns zu essen.»

Die Frau, die für sich selber fürchtete und darum peinlich gehorchte, tat, was er befahl, und als ihre Nachbarin hörte, daß ihr Mann nicht nach Hause käme, ging sie nach einigem Bitten und Nötigen zu ihr hinüber. Zeppa empfing sie sehr freundlich, nahm sie vertraulich bei der Hand und gab seiner Frau einen

Wink, sich in der Küche etwas zu schaffen zu machen. Unterdessen führte er seine Nachbarin in die Kammer und schloß plötzlich die Tür hinter sich zu.

«Himmel!» rief sie. «Was soll das bedeuten Zeppa? Habt Ihr mich darum in diese Kammer geführt? Ist das die Frucht Eurer Freundschaft für Spinelloccio und Eures vertraulichen Umganges mit ihm?»

Zeppa ging mit ihr näher zu der Kiste, in der ihr Mann verborgen war, und sagte zu ihr, indem er sie fest in seinen Armen hielt: «Weibchen, ehe du mir zürnst, so höre, was ich zu sagen habe: Ich habe Spinelloccio wie meinen Bruder geliebt und liebe ihn noch; aber gestern, als er sich's nicht versah, habe ich entdeckt, daß meine große Vertraulichkeit mit ihm ihn dahin gebracht hat, daß er bei meiner Frau liegt wie bei dir. Weil ich ihn aber lieb habe, so will ich mich nicht strenger an ihm rächen, als er mich beleidigt hat. Er hat meine Frau gehabt, und ich will die seine haben. Gefällt dir das nicht, so ertappe ich ihn wohl einmal, und da ich nicht willens bin, das ungerächt hingehen zu lassen, so werde ich ihm dergestalt mitspielen, daß es dich und ihn auf immer gereuen soll.»

Die Frau sträubte sich lange, es zu glauben; als Zeppa es ihr aber so nahelegte, daß sie seine Worte nicht länger bezweifeln konnte, sagte sie: «Lieber Zeppa, wenn ich denn für meinen Mann büßen soll, so muß ich mich darein ergeben; doch mußt du mir versprechen, daß du deine Frau bewegen willst, mir deswegen ebensowenig böse zu werden, wie ich ihr das übelnehmen will, was sie an mir getan hat, und daß wir nach wie vor gute Freundinnen bleiben.»

«Das nehme ich auf mich», sprach Zeppa, «und ich will dir noch überdies ein so hübsches und kostbares Kleinod verehren, wie dir wohl noch niemand eins geschenkt hat.» Mit diesen Worten schloß er sie noch fester und feuriger in seine Arme und warf sie unter Küssen über die Kiste, in der ihr Mann steckte, und vergnügte sich mit ihr und sie mit ihm, solange es ihm gefiel.

Spinelloccio in der Kiste, der jedes Wort Zeppas und die Antwort seiner Frau gehört hatte, und den Walzer, den sie ihm hernach über dem Kopfe tanzten, wollte anfänglich vor Qual schier sterben, und nur seine Furcht vor Zeppa konnte ihn abhalten, seine Frau mit Scheltworten aus seinem Gefängnis anzudonnern. Als er aber bedachte, daß er selbst den ersten Anlaß zu dem Schimpf gegeben hatte, daß Zeppa ein Recht hatte, zu tun, was er tat, und daß er menschlich und brüderlich mit ihm verfuhr, ließ er seinen Zorn fahren und wünschte nichts, als ferner noch mehr als zuvor in Freundschaft mit ihm zu leben, wenn der es wolle.

Als Zeppa seine Rache genügend befriedigt hatte, stieg er von der Kiste herab. Seine hübsche Nachbarin erinnerte ihn an das versprochene Kleinod. Er öffnete die Tür und rief seine Frau, welche lächelnd hereintrat und nichts weiter sagte als: «Madonna, Ihr habt mir Gleiches mit Gleichem bezahlt.»

«Öffne jetzt diese Kiste», sprach Zeppa zu seiner Frau. Sie tat es, und Zeppa zeigte seiner Nachbarin ihren Mann, der darin lag. Viel wäre nötig zu sagen, wer von den beiden sich mehr schämte, ob Spinelloccio, als er Zeppa sah und nun wußte, daß jener wisse, was er getan, oder die Frau, als sie ihren Mann sah und erkannte, daß er alles, was sie über seinem Kopf getan hatten, gehört und gemerkt hatte. Zeppa aber sagte zu ihr: «Hier ist das Kleinod, womit ich dich beschenke.» Spinelloccio kroch aus der Kiste und sagte, ohne viel Redens weiter zu machen: «Zeppa, wir sind quitt. Und darum wird's am besten sein, wir bleiben Freunde, wie du vorhin zu meiner Frau sagtest. Und weil wir bisher alles gemeinsam hatten, nur unsere Frauen nicht, so wollen wir von jetzt ab auch unsere Frauen gemeinsam haben.» Zeppa war damit zufrieden. Sie aßen alle vier zusammen in schönster Eintracht zu Mittag. Und von nun an hatte jede der zwei Frauen zwei Männer und jeder von den Männern zwei Frauen, ohne daß deshalb je Zank oder Zwietracht zwischen ihnen entstanden wäre.

(Dt. Übersetzung aus: Giovanni Boccaccio, Decameron, übersetzt von Klabund, Berlin 1924.)